O PRIMO BASÍLIO

O PRIMO BASÍLIO

EÇA DE QUEIRÓS

MARTIN CLARET

Apresentação

Realismo/Naturalismo

Cristina Garófalo Porini[1]

Na segunda metade do século XIX, a Europa é palco para grandes mudanças, uma vez que a burguesia se estabelece, exercendo o poder econômico e político. Se, por um lado, vive-se com as grandes inovações desencadeadas pela Revolução Industrial, por outro, as classes sociais menos abastadas sofrem com o novo contexto urbano. É nesse clima que na França surgem três estilos literários praticamente simultâneos: o Realismo (com a publicação de *Madame Bovary*, de Gustave Flaubert, no ano de 1857), o Naturalismo (a vertente científica, biológica, do Realismo, com a publicação de *Thérèse Raquin*, de Émile Zola, em 1867) e o Parnasianismo (com a antologia *Parnasse contemporain*, em 1866). Em comum, as escolas são uma franca reação contra o ponto de vista extremamente subjetivo e a idealização do Romantismo, estilo literário anterior.

É importante notar, porém, conforme ressalta Antonio Candido em seu *Presença da literatura brasileira*, que a palavra *Realismo* pode gerar dúvidas. Por estar relacionado àquilo que existe, o real sempre se faz presente na literatura; a diferença é que cada escola literária

---

[1] Graduada em Letras pela Universidade de São Paulo e em Relações Públicas pela Faculdade de Comunicação Social Cásper Líbero, professora de ensino médio na rede particular de ensino e em cursos pré-vestibulares, redatora e revisora de textos.

se apropria dele de uma maneira particular. O autor romântico, por exemplo, o descreve de forma idealizada, de acordo com o seu ponto de vista; já o realista busca tratá-lo com objetividade, muito próximo de como ele é.

De qualquer maneira, o fato é que, a partir desse momento, a literatura passa a exercer seu papel social, expondo o problemático contexto político e econômico vivido na Europa. A preocupação do autor realista é voltar-se com objetividade àquilo que é real, descrevendo-o com defeitos e qualidades, sem a aura da subjetiva e inexistente perfeição. Uma grande diferença percebida pelo leitor do final do século XIX está relacionada ao herói: o romântico, sempre apresentado em sua perfeição moral, sucumbe; e um novo herói desponta, um herói problemático — e a literatura ganha com personagens abordados de maneira mais profunda, muitas vezes analisados psicologicamente.

Tal enfoque racional na arte decorre do próprio contexto histórico: o desenvolvimento científico é o responsável por tantas e tão profundas transformações. A literatura passa a ser influenciada pelas correntes cientificistas, de modo que muitos romances se transformam em verdadeiras teses sobre o comportamento humano. Os autores têm predileção por temas relacionados tanto à patologia clínica quanto à patologia social: escrevem sobre a falência de estruturas como a família e o casamento, criticam a Igreja, revelam as relações mantidas por interesse financeiro e/ou social, assim como o adultério, a tara, a loucura. Mencionam também relações homossexuais, consideradas, na época, um grande desvio de conduta. O leitor burguês entra em choque com as descrições muitas vezes detalhistas do próprio cotidiano alienado, feitas por um narrador irônico e inevitavelmente pessimista.

Contexto histórico

Durante a segunda metade do século XIX, nações imperialistas da Europa, como Reino Unido, França, Alemanha e Bélgica, entre outras, alcançaram sua fase de êxito industrial, possibilitado pelo controle que a burguesia exercia sobre as esferas política e econômica. Não era, porém, essa a situação que ocorria em Portugal, com regiões ainda mantendo estruturas próprias ao modo de produção feudalista.

Os centros urbanos portugueses, como Lisboa e Coimbra, no entanto, estavam em comunicação estreita com Paris, promovendo a alegria dos muitos estudantes dessas cidades. Por intermédio dos trens diários, lá chegava toda sorte de informação — e foi desta maneira que as novas teorias do pensamento alcançaram as terras lusitanas. Os jovens portugueses tomaram contato com a teoria positivista de Augusto Comte, buscando as leis científicas nas questões físicas, sociais e espirituais; conheceram o Evolucionismo de Charles Darwin, e a importância de fatores biológicos, como o instinto, para melhor adaptação à sociedade; leram sobre o Determinismo e a falta de livre-arbítrio proposta por Hyppolite Taine; sobre o Socialismo utópico de Pierre-Joseph Proudhon, defendendo a organizações de núcleos de produtores em auxílio mútuo, assim como sobre o Socialismo científico de Karl Marx e Friedrich Engels, propondo a luta de classes para o estabelecimento de uma sociedade igualitária. No campo da literatura, *Madame Bovary*, de Gustave Flaubert, foi a prova cabal de que o Romantismo fora superado — ao menos para os demais países europeus...

Essa imensa quantidade de novas teorias deixou os estudantes da Universidade de Coimbra bastante interessados, com fôlego para propagá-las pelo país. Encontraram, porém, a oposição nos setores mais conservados da sociedade portuguesa, assim como em seus tradicionais rivais, os estudantes da Universidade de Lisboa. Exatamente a partir da discussão entre estes grupos o Realismo simbolicamente foi iniciado em Portugal, batizada como Questão Coimbrã ou Polêmica do Bom Senso e do Bom Gosto, em 1865.

A desavença parecia algo banal. Antônio Feliciano de Castilho, um dos fundadores do Romantismo em Portugal, era autoridade incontestável na Universidade de Lisboa; afirmava-se, inclusive, que uma obra literária só faria sucesso se passasse pelo crivo dele. Provavelmente por esse motivo, Tomás Ribeiro, poeta romântico, escolhera-o para redigir o prefácio de uma obra, *Dom Jaime ou a Dominação de Castela*, um poema em nove cantos, de forte teor nacionalista. Em tal prefácio, Castilho comparou o autor a Luís Vaz de Camões, afirmando que a obra ultrarromântica era superior a *Os Lusíadas*.

Os alunos de Coimbra, indignados, reagiram frente ao que consideraram desrespeito à obra máxima da literatura portuguesa. Em seguida, Antônio Feliciano de Castilho respondeu a eles: aproveitou o lançamento do *Poema da mocidade*, de Pinheiro Chagas, elogiou com veemência o teor ultrarromântico de tal obra, e dirigiu-se aos jovens coimbrões, afirmando que eles não tinham bom senso ou bom gosto em relação à arte. A resposta foi escrita e publicada por Antero de Quental, um de seus antigos alunos, em 2/11/1865: no folheto "Bom Senso e Bom Gosto", entre tantas ironias, Antero considerou seu antigo mestre como alguém fútil, afirmando que "V.Exa. precisa menos cinquenta anos de idade, ou então mais cinquenta de reflexão"[2] e despediu-se afirmando que não lhe era "Nem admirador nem respeitador".[3]

Castilho não respondeu ao seu ex-aluno; quem o fez foi Ramalho Ortigão e, depois de aproximadamente 40 artigos — envolvendo diversas outras pessoas, dentre as quais inclusive Camilo Castelo Branco —, tal discussão foi considerada o início do Realismo/Naturalismo lusitano, apesar de a polêmica não se restringir ao campo artístico ou literário. A partir desse momento, as ideias que circulavam na França, na Alemanha e no Reino Unido, entre outros países, chegaram decisivamente a Portugal.

Em 1871, no entanto, o embate entre os conceitos considerados ultrapassados e as novas teorias do pensamento ainda persistia entre os portugueses. Incentivados pelos acontecimentos franceses (fim do Segundo Império, com a queda de Napoleão III e da monarquia, e a consequente Comuna de Paris, primeiro governo operário da história), os intelectuais mais importantes daquele momento — futuramente chamados de Geração de 70, eram: Antero de Quental, Eça de Queirós, Guerra Junqueiro, Oliveira Martins e Ramalho Ortigão — organizaram uma série de dez conferências a se realizar numa sala alugada do Cassino de Lisboa. A programação foi idealizada visando à alteração do contexto português nas áreas política, econômica e religiosa; dessa maneira, os participantes colocariam em discussão as mais diversas

---

[2] QUENTAL, Antero de. *Bom-senso e bom gosto. Carta ao excelentíssimo senhor Antonio Feliciano de Castilho.*

[3] Idem.

temáticas, desde causas da decadência da nação até os conceitos de República e de Socialismo.

Antes que o governo reprimisse os encontros, cinco das conferências previstas foram realizadas. A primeira e a segunda foram apresentadas por Antero de Quental, uma sobre os objetivos do projeto e a outra sobre as causas da decadência portuguesa (segundo o autor, a religião católica, a política absolutista dos monarcas e o colonialismo); a terceira defendia a literatura nacional, proferida por Augusto Soromenho; a quarta, de Eça de Queirós, pregava a missão social da literatura realista, como meio transformador da sociedade; a quinta, de Adolfo Coelho, propunha que o ensino fosse desvinculado da religião, promovendo o ensino voltado para as ciências humanas e naturais.

Esses portugueses que, em 1865, eram alunos enfrentando o catedrático Antônio Feliciano de Castilho e, em 1871, eram recém-formados enfrentando o governo, resolveram se reunir mais uma vez. Em 1888, formaram o grupo *Os vencidos da vida*, reconhecendo que, apesar do sucesso alcançado como homens das letras, não conseguiram fazer com que Portugal superasse o atraso tecnológico, se transformasse em uma república ou se adequasse ao socialismo.

Esse período compreendido entre 1851 e 1910 foi chamado, em solo lusitano, de Regeneração. Após um golpe de estado dado pelos militares, estabeleceu-se uma Monarquia Constitucionalista que pretendia harmonizar interesses díspares, como os pequenos agricultores e a alta burguesia. De fato, o governo português promoveu uma série de progressos tecnológicos, com investimentos nas áreas de comunicação e transportes, por exemplo; porém, a falta de matéria-prima, de mão-de-obra e a dependência do capital estrangeiro, entre outros problemas, impediram aquilo que os jovens de Coimbra expressavam: a superação do atraso em que Portugal se encontrava.

Influências

O Realismo e o Naturalismo trazem fontes de influências relacionadas às teorias científicas e filosóficas que surgiram na segunda metade do século XIX. As que se fizeram presentes na literatura realista, entre outras áreas do conhecimento, foram:

Criticismo e Anticlericalismo — teorias de Joseph Ernest Renan, voltadas à análise crítica do tanto do papel de Jesus Cristo e da Igreja Católica, assim como a sua influência deles frente ao contexto social, político e econômico que os países enfrentam.

Determinismo — a teoria de Hyppolite Taine defende que o homem não tem livre-arbítrio; seu comportamento está, portanto, pré-determinado por três fatores: a raça (determinismo genético), o meio (determinismo mesológico) e o momento (determinismo histórico).

Evolucionismo — teoria de Charles Darwin; defende a seleção natural de todos os seres vivos e, portanto, o homem é influenciado por instintos animais. Para evoluir, a adaptação ao meio é indispensável: apenas os mais fortes, os que melhor se adaptam, sobrevivem.

Objetivismo — os autores têm compromisso em observar o que ocorre no cotidiano da sociedade para retratá-la com neutralidade, sendo um mero espectador. Porém, é importante lembrar que se trata de um trabalho artístico, de modo que a criação é alterada pela visão do escritor, sem que se perca o vínculo com o que é observado. Uma das técnicas mais empregadas para executar essa tarefa é o *Descritivismo*, ou seja, a descrição muitas vezes detalhista com a intenção de levar o leitor a visualizar o ambiente retratado.

Pessimismo — o pensamento de Arthur Schopenhauer prega que nada resta ao Homem além de sofrer até o fim de sua existência, uma vez que está sempre insatisfeito por guiar suas ações pelo desejo e pelo erro.

Positivismo — a teoria de Auguste Comte defende que só pode ser considerado verdadeiro aquilo que se comprova cientificamente por meio de experiências.

Socialismo Científico — teoria de Karl Marx e Friedrich Engels; afirma que a vida social é condicionada pelo modo de produção vigente, assim como defende que a luta de classes é responsável pela evolução da sociedade para que se alcancem a justiça e a igualdade.

Socialismo Utópico — teoria de Pierre-Joseph Proudhon; mostra-se contrária à luta de classes defendida pelo Socialismo Científico. Seu pensamento está relacionado à organização de pequenos aglomerados de produtores, vivendo à base do auxílio mútuo.

O Naturalismo, além de manter as influências relacionadas ao Realismo, ainda acrescenta outras influências:

Coletividade — nestas obras, é nítida a opressão da sociedade em relação às camadas mais baixas, em concordância com o *Socialismo Científico*.

Experimentalismo — a teoria de Claude Bernard relaciona-se ao campo da Medicina: o que se afirma como verdade precisa ser comprovado por intermédio de exames laboratoriais. Os escritores naturalistas partem desse princípio e desenvolvem romances de tese: a narrativa deve, obrigatoriamente, comprovar a verdade de sua proposição por meio de exames minuciosos relacionados à sociedade, levando à tona toda problemática humana — tanto a patologia clínica (por meio de caricaturas, males como varíola, flatulências, dispepsias, tuberculose, entre tantos outros) quanto a patologia social (relações adúlteras ou com interesses financeiros, por exemplo).

Perspectiva biológica degradante — a animalização do Homem é uma consequência do *Evolucionismo*, muitas vezes exaltando o sensualismo repulsivo.

O autor

José Maria Eça de Queirós nasceu em 25 de novembro de 1845, em Póvoa do Varzim, no distrito do Porto, Portugal. Seu pai, um carioca formado em Direito pela Universidade de Coimbra, registrou-o como filho de "mãe incógnita" (fato que comumente ocorria quando a mãe pertencia à classe social mais alta e não obtinha o consentimento familiar para o matrimônio); apenas quatro anos após o nascimento de Eça o casamento de seus pais ocorreu, cerca de uma semana após a morte de sua avó. Por esse motivo, o autor viveu seus quatro primeiros anos sob aos cuidados de uma ama; em seguida, foi enviado a um internato, de onde saiu aos 16 anos — quando se mudou para Coimbra, a fim de cursar Direito. Vale lembrar que nesse momento ele fez amizade com Antero de Quental, o estudante responsável pelo início da Questão Coimbrã — da qual Eça não participou ativamente.

Após se formar, Eça exerceu atividades ligadas ao Direito e ao Jornalismo em Lisboa. Nos primeiros anos de carreira, ele viajou para o Oriente, o que lhe possibilitou conhecer a Palestina e assistir à inauguração do Canal de Suez, no Egito — fonte para seu livro *A Relíquia*. Ao retornar a Portugal, sua carreira política foi iniciada (momento em que *O crime do padre Amaro* foi escrito); logo se tornou cônsul em Cuba, Inglaterra e França. Eça lia e escrevia avidamente e, mesmo distante fisicamente, colaborava para a imprensa portuguesa, assim como redigia seus grandes romances, como *O primo Basílio*, *Os Maias* e *A ilustre casa de Ramires*.

Casou-se apenas aos 40 anos, já falido financeiramente e com problemas de saúde relacionados à vida boêmia de que sempre desfrutou. Teve quatro filhos, e, bastante debilitado, ainda escreveu *A Cidade e as Serras*, obra cuja revisão pelo próprio autor não passou das primeiras 120 páginas. "O Senhor das Palavras", título do mais importante escritor de ficção portuguesa, faleceu aos 54 anos, em Paris, após trocar incessantemente de médicos e cidades europeias, à procura da cura para os diversos males que lhe afligiam.

O Realismo de Eça de Queirós

A carreira literária de Eça de Queirós é costumeiramente dividida pelos críticos em três fases: a primeira ainda demonstra traços românticos, como o gosto pelo grotesco, porém já adianta o estilo direto de escrita do autor; a segunda é a propriamente realista/naturalista, procurando retratar Portugal a fim de fazer com que a literatura desempenhe sua função social; por fim, a terceira traz o autor mais ameno, nacionalista, pretendendo que a elite portuguesa assuma o controle a respeito das necessárias mudanças quanto à modernização do país.

Logo no início da carreira, porém, por ocasião das Conferências Democráticas do Cassino realizadas em Lisboa, no ano de 1871, o escritor afirmou: "(...) O Romantismo era a apoteose do sentimento; o Realismo é a anatomia do caráter. É a crítica do homem. É a arte que nos pinta a nossos próprios olhos — para conhecermos, para que saibamos se somos verdadeiros ou falsos, para condenarmos o que houve de mau na sociedade".[4] Desta maneira, Eça de Queirós defendeu a nova estética literária que já tomava conta da Europa: uma reação aos preceitos românticos, sobretudo à subjetividade e à idealização presentes em tais obras.

Apesar de o autor viver bastante tempo longe de Portugal, a postura crítica que sempre defendeu em relação à sociedade não perdeu a força; aliás, justamente essa distância física permitiu que sua visão se tornasse mais objetiva e ácida. Por meio desse olhar, hoje é possível conhecer uma galeria de tipos portugueses do século XIX, em um retrato social panorâmico a respeito daquele momento. Para tanto, as descrições são inúmeras, muitas vezes detalhistas e mesmo impressionistas — o que pode incomodar aquele que espera um ritmo mais veloz da narrativa ou meramente objetivo; estes traços de subjetividade, em um período de obras marcadas pela objetividade, são um diferencial do autor. Eça trabalhava minuciosamente seu texto, permitindo ao leitor

---

[4] Trecho do discurso proferido durante a 4ª Conferência do Cassino, realizada em Lisboa, em 1871.

conhecer os costumes, as ruas e, inclusive, o sotaque dos lisboenses, leirienses, evorenses, coimbrões, portuenses, sintrenses...

Em uma carta para o amigo Teófilo Braga, em 1878, Eça declarou ter a ambição de mostrar os portugueses aos próprios portugueses — é a literatura de denúncia, com o firme propósito de alterar o comportamento da sociedade. Por essa razão, escreveu as obras que compuseram as "Cenas Portuguesas": *O crime do padre Amaro* (em 1876, reelaborado em 1880), *O primo Basílio* (1878) e *Os Maias* (1888) — este último de grandeza literária comparada a *Os Lusíadas*, curiosamente o mesmo motivo da discussão que desencadeou o movimento realista em Portugal. A recepção desses romances não poderia ser diferente: considerados escandalosos pela Igreja Católica, pelo governo e pelos próprios leitores de então, sofreram com a censura. Não se podia, na verdade, aguardar outra reação, quando se levavam a público a crítica ao celibato clerical, a vida provinciana, a vida da pequena burguesia e dos aristocratas portugueses, assim como as relações adúlteras e incestuosas.

Percebe-se que a obra de Eça de Queirós é composta por diversos romances de tese, mas é importante ressaltar que seu estilo o distanciou dos demais autores contemporâneos a ele. Devido à maestria do autor, a ironia com que expôs a sociedade faz com que, ainda hoje, os leitores riam ou se indignem em diversas passagens de seus livros. A linguagem empregada por ele, direta e bastante próxima ao que se encontrava nas ruas, faz com que a leitura ganhe ritmo, mesmo quando a narrativa parece não avançar muito. Sem dúvida, seu estilo é um dos motivos que lhe permitiu alcançar tantos leitores ao longo dos anos.

Quanto às personagens, segundo observações feitas por Machado de Assis em críticas sobre as obras de Eça, nem sempre o autor optava por abordá-las de forma psicológica e densa. Com essa escolha, imaginava-se que as obras perderiam em qualidade, o que não ocorreu. Colocar em cena os variados tipos sociais caricaturais foi a estratégia empregada para que a sociedade portuguesa fosse representada como um todo, reforçando seus defeitos. Assim, é exercida a função social da literatura: a observação crítica das fúteis moças burguesas, dos dândis, dos beatos, dos padres, das vizinhas fofoqueiras, dos adúlteros...

Sempre buscando a perfeição, o autor lança mão de diálogos vivos, permitindo que se ouçam as diversas vozes que compõem o romance. Essa técnica, chamada polifonia, é uma de suas grandes características, permitindo ao leitor "ouvir", como o próprio narrador de *O primo Basílio* afirma, a "maneira aflautada de dizer *chapiéu, tisoiras,* de arrastar um pouco os *rr*" de Juliana, a azeda empregada de Luísa, ou a influência da cultura francesa junto aos burgueses, com os passeios nos *coupés,* ou com as *cocottes* e suas preocupações com o *toilette* e o *frou-frou* de seus vestidos.

Sobre *O primo Basílio*

Publicado em 1878, com o subtítulo *Episódio doméstico*, *O primo Basílio* foi motivo de aplausos e injúrias para Eça de Queirós: o segundo livro das "Cenas Portuguesas" o coroou como o mais importante escritor da ficção portuguesa e, simultaneamente, provocou reações indignadas de diversos setores da sociedade portuguesa. O motivo é bastante simples: o adultério feminino.

Considerando o ideário da época, a mulher estava fadada à falta de liberdade. Submissa primeiramente ao pai e em seguida ao marido, ela nada fazia a não ser desempenhar os papéis que lhe obrigavam: aprendia a manter um lar para, quando casada, desempenhar a mesma função e procriar. Porém, o que caberia à mulher burguesa? Com empregadas, a ela restava a ociosidade, passando o imenso tempo livre em leituras dos clássicos românticos, (que a faziam sonhar com as aventuras de capa-e-espada e com os casos de amor), bordados, música e compras.

Luísa é mais uma dessas fúteis burguesas, facilmente manipulável. Casada com um engenheiro, Jorge, que sustentava os luxos da esposa, Luísa tinha um único problema: a antipatia em relação a Juliana, uma de suas serviçais. Porém, o cotidiano previsível de reuniões com amigos do marido aos domingos é abalado quando, coincidentemente, o conquistador Basílio, primo e ex-namorado, volta de Paris no mesmo momento em que seu controlador marido viaja a negócios.

Eça de Queirós parte de uma situação inicial simples para apresentar uma galeria de tipos lisboenses: um jovem médico, Julião Zuzarte, que não consegue seu lugar ao sol, então adota um discurso a favor dos pobres e oprimidos — até que consegue seu cargo público; Ernestino Ledesma, dramaturgo que aborda a questão do adultério feminino — chance de expor a hipocrisia de Jorge; o monarquista e conservador Conselheiro Acácio, tido como a grande personagem de Eça — a partir desta obra, o termo "acaciano" é citado nos dicionários como sinônimo de uma pessoa medíocre que se vale de discursos baseados em clichês e frases prontas.

Um dos pontos altos desse romance é a galeria de personagens femininas criada por Eça. A medíocre Luísa é muito próxima da bela Leopoldina, a amiga adúltera, fonte de má influência segundo Jorge; assim como de D. Felicidade, uma rechonchuda cinquentona apaixonada pelo Conselheiro Acácio. Manipulando a patroa, Juliana é a empregada chantagista. De existência medíocre, pobre, feia e doente, ela tem duas preocupações na vida: comprar belas botinas e garantir sua velhice sem trabalhar, motivando-a a buscar deslizes de suas patroas — o que faz de Luísa seu alvo.

O PRIMO BASÍLIO

Carta inédita

do pai de Eça de Queirós a seu filho

Meu querido J. Maria

26-2-1878:

Recebi a tua carta de 20. Tenho ideia (e creio que não me engano) de que, quando passei ao Chardron o recibo do que te pagou pelo Padre Amaro, declarei que tu lhe vendias a primeira edição. Conseguintemente, se ele quiser fazer segunda edição deve pagar-ta.

O Chardron mandou-me o Primo Basílio. *Não sei se ele o mandou aos jornais. O que sei é que lendo eu todos os dias os jornais de Lisboa, e os do Porto que há no Grêmio, nenhum deles tem anunciado a publicação, a não ser o* Jornal do Norte *daqui, e o* Jornal do Porto.

O Jornal do Norte *anunciou a publicação, disse que ia ler o romance, e daria a sua opinião. Por ora ainda a não deu.*

O Jornal do Porto *publicou apenas a breve notícia que verás no nº que mando hoje pelo correio.*

Não sei, pois, se os periódicos se têm conservado silenciosos pelo motivo de lhes não ter o Chardron mandado o romance (se é que não mandou) ou se o fazem de propósito como fizeram com o Padre Amaro e como fazem com qualquer publicação que eclipsa o falso brilho da literatura de papel pardo que é a literatura destes literatos das dúzias. Isto quanto aos periódicos; e se alguma coisa aparecer publicada, eu te mandarei.

Quanto às opiniões verbais que haja do romance, nada te posso dizer, porque, como sabes, eu não ando na roda dos que se ocupam de crítica literária. Quem te pode informar disso é o Alberto. Consta-me apenas que o romance tem tido grande venda, que o acham muito bom como obra de arte, mas dum realismo exagerado: isto mesmo apenas o sei pelo ouvir ao Alberto que lida com a gente que faz literatura.

Mando também no correio de hoje um nº da Revolução de Setembro, *em que vem uma correspondência do Porto, que fala do romance.*

A minha opinião franca é a seguinte. O romance é magnífico, e como obra de arte acho-o superior ao Padre Amaro porque trabalhaste num campo mais limitado, ocupando-te unicamente duma questão doméstica, enquanto que, no Padre Amaro, tratavas no fundo a grave questão social do celibato do clero. Os tipos estão bem tratados. O do conselheiro por si só vale um romance. O da criada Juliana, protagonista do romance, é talvez um pouco exagerado no ódio contra os amos: esses ódios quadram mais propriamente nos países onde a classe servil está sempre em rebelião contra as raças dominadoras: em Portugal, onde a brandura dos costumes faz dos criados uma espécie de membros da família, o ódio de Juliana contra a ama, que nunca a ofendera, sai fora das paixões comuns e, portanto, da vida real. No ponto de vista porém em que a compreendeste o tipo está admiravelmente desenvolvido.

O tipo de Basílio é magnífico, e é o que são os Lovelaces de hoje. Eu o que teria era feito sempre dele um ser extravagante, e não um homem trabalhador que foi restabelecer, talvez com honra, a sua fortuna no Brasil; porque um homem que assim procede não deve vir lançar depois a desonra nas famílias.

O tipo da Luísa está superiormente descrito, e a culpa que cometeu resgatada afinal para um modo sublimemente trágico. Ainda não li nada que tanto me comovesse. Faço apenas um reparo. Como é que uma mulher de uma educação recolhida, casada com um homem que ama, vivendo naturalmente feliz, se entrega sem grande dificuldade? Talvez devesses preparar para isso o leitor dando àquela mulher os vícios, ou erros de educação, como no Padre Amaro fizeste ao caráter de Amélia.

Todos os outros tipos os acho magníficos. O de Sebastião é extremamente simpático. E ainda que alguns deles estejam só no fundo do quadro, deste-lhes em poucos traços uma luz cintilante de verdade.

O caráter de Leopoldina tem toda a realidade do asqueroso. O de D. Felicidade não pode estar mais bem descrito.

No ponto de vista da escola realista que te domina, o romance é uma obra de arte perfeita. Entretanto, eu creio que, mesmo nessa escola, há um ponto além do qual não é permitido, ou pelo menos não é conveniente passar. Pode mostrar-se a chaga, e o realismo está nisso; mostrar porém toda a podridão não dá mais caráter à escola realista e leva ao exagero, que é um defeito em todo o gênero de composição.

Nesta parte lembro-te como espécimen o que se lê a página 320 do romance. Hás de concordar em que é um realismo cru!*

Aqui tens em poucas palavras o meu juízo sobre o romance, que acho admirável e como em Portugal não se faz.

De resto deixa falar, ou não falar os invejosos, e vai por diante. Recomendo-te só que em tudo o que escreveres evites descrições que senhoras não possam ler sem corar.

Saudades de todos,

Teu pai.

---

* O autor da carta refere-se à edição antiga.

1

Tinham dado onze horas no *cuco* da sala de jantar. Jorge fechou o volume de Luís Figuier que estivera folheando devagar, estirado na velha *voltaire* de marroquim escuro; espreguiçou-se, bocejou e disse:

— Tu não te vais vestir, Luísa?

— Logo.

Ficara sentada à mesa, a ler o *Diário de Notícias*, no seu roupão de manhã de fazenda preta, bordado a *soutache*, com largos botões de madrepérola; o cabelo louro um pouco desmanchado, com um tom seco do calor do travesseiro, enrolava-se, torcido no alto da cabeça pequenina, de perfil bonito; a sua pele tinha a brancura tenra e láctea das louras; com o cotovelo encostado à mesa acariciava a orelha, e, no movimento lento e suave dos seus dedos, dous anéis de rubis miudinhos davam cintilações escarlates.

Tinham acabado de almoçar.

A sala esteirada, alegrava, com o seu teto de madeira pintado a branco, o seu papel claro de ramagens verdes. Era em julho, um domingo; fazia um grande calor; as duas janelas estavam cerradas, mas sentia-se fora o sol faiscar nas vidraças, escaldar a pedra da varanda; havia o silêncio recolhido e sonolento de manhã de missa; uma vaga *quebreira* amolentava, trazia desejos de sestas, ou de sombras fofas debaixo de arvoredos, no campo, ao pé da água; nas duas gaiolas, entre as bambinelas de cretone azulado, os canários dormiam; um zumbido monótono de moscas arrastava-se por cima da mesa, pousava no fundo das chávenas sobre o açúcar mal derretido, enchia toda a sala de um rumor dormente.

Jorge enrolou um cigarro, e muito repousado, muito fresco na sua camisa de chita, sem colete, o jaquetão de flanela azul aberto, os olhos no teto, pôs-se a pensar na sua jornada ao Alentejo. Era engenheiro de minas; no dia seguinte devia partir para Beja, para Évora, mais para o sul até S. Domingos; e aquela jornada, em julho, contrariava-o como uma interrupção, afligia-o como uma injustiça. Que maçada por um verão daqueles! Ir dias e dias sacudido pelo chouto de um cavalo de aluguel, por esses descampados do Alentejo que não acabam nunca, cobertos de um rastolho escuro, abafados num sol baço, onde os moscardos zumbem! Dormir nos montados, em quartos que cheiram a tijolo cozido, ouvindo em redor, na escuridão da noite tórrida, grunhir as varas dos porcos! A todo o momento sentir entrar pelas janelas, passar no ar o bafo quente das queimadas! E só!

Tinha estado até então no ministério, em comissão. Era a primeira vez que se separava de Luísa; e perdia-se já em saudades daquela salinha, que ele mesmo ajudara a forrar de papel novo nas vésperas do seu casamento, e onde, depois das felicidades da noite, os seus almoços se prolongavam em tão suaves preguiças!

E cofiando a barba curta e fina, muito frisada, os seus olhos iam-se demorando, com uma ternura, naqueles móveis íntimos, que eram do tempo da mamã: o velho guarda-louça envidraçado, com as pratas muito tratadas a gesso-cré, resplandecendo decorativamente; o velho painel a óleo, tão querido, que vira desde pequeno, onde apenas se percebiam, num fundo lascado, os tons avermelhados de cobre de um bojo de caçarola e os rosados desbotados de um molho de rabanetes! Defronte, na outra parede, era o retrato de seu pai: estava vestido à moda de 1830, tinha a fisionomia redonda, o olho luzidio, o beiço sensual; e sobre a sua casaca abotoada reluzia a comenda de Nossa Senhora da Conceição. Fora um antigo empregado do Ministério da Fazenda, muito divertido, grande tocador de flauta. Nunca o conhecera, mas a mamã afirmava-lhe "que o retrato só lhe faltava falar". Vivera sempre naquela casa com sua mãe. Chamava-se Isaura; era uma senhora alta, de nariz afilado, muito apreensiva; bebia ao jantar água quente; e ao voltar um dia do lausperene da Graça, morrera de repente, sem um ai!

Fisicamente Jorge nunca se parecera com ela. Fora sempre robusto, de hábitos viris. Tinha os dentes admiráveis de seu pai, os seus ombros fortes.

De sua mãe herdara a placidez, o gênio manso. Quando era estudante na Politécnica, às 8 horas recolhia-se, acendia o seu candeeiro de latão, abria os seus compêndios. Não frequentava botequins, nem fazia noitadas. Só duas vezes por semana, regularmente, ia ver uma rapariguita costureira, a Eufrásia, que vivia ao Borratem, e nos dias em que o Brasileiro, o seu homem, ia jogar o bóston ao clube, recebia Jorge com grandes cautelas e palavras muito exaltadas; era enjeitada, e no seu corpinho fino e magro havia sempre o cheiro relentado de uma pontinha de febre. Jorge achava-a *romanesca*, e censurava-lho. Ele, nunca fora sentimental; os seus condiscípulos, que liam Alfredo de Musset suspirando e desejavam ter amado Margarida Gautier, chamavam-lhe *proseirão*, *burguês*; Jorge ria; não lhe faltava um botão nas camisas; era muito escarolado; admirava Luís Figuier, Bastiat e Castilho; tinha horror a dívidas, e sentia-se feliz.

Quando sua mãe morreu, porém, começou a achar-se só; era no inverno, e o seu quarto nas traseiras da casa, ao sul, um pouco desamparado recebia as rajadas do vento na sua prolongação uivada e triste; sobretudo à noite, quando estava debruçado sobre o compêndio, os pés no capacho, vinham-lhe melancolias lânguidas; estirava os braços, com o peito cheio de um desejo; quereria enlaçar uma cinta fina e doce, ouvir na casa o frufru de um vestido! Decidiu casar. Conheceu Luísa, no verão, à noite, no Passeio. Apaixonou-se pelos seus cabelos louros, pela sua maneira de andar, pelos seus olhos castanhos muito grandes. No inverno seguinte foi despachado, e casou. Sebastião, o seu íntimo, o bom Sebastião, o Sebastiarrão, tinha dito, com uma oscilação grave da cabeça, esfregando vagarosamente as mãos:

— Casou no ar! Casou um bocado no ar!

Mas Luísa, a Luisinha, saiu muito boa dona de casa: tinha cuidados muito simpáticos nos seus arranjos; era asseada, alegre como um passarinho, como um passarinho, amiga do ninho e das carícias do macho; e aquele serzinho louro e meigo veio dar à sua casa um encanto sério.

— É um anjinho cheio de dignidade! — dizia então Sebastião, o bom Sebastião, com a sua voz profunda de *basso*.

Estavam casados havia três anos. Que bom que tinha sido! Ele próprio melhorara; achava-se mais inteligente, mais alegre... E recordando aquela existência fácil e doce, soprava o fumo do charuto, a perna traçada, a alma dilatada, sentindo-se tão bem na vida como no seu jaquetão de flanela!

— Ah! — fez Luísa de repente, toda admirada para o jornal, sorrindo.

— Que é?

— É o primo Basílio que chega!

E leu alto, logo:

"Deve chegar por estes dias a Lisboa, vindo de Bordéus, o Senhor Basílio de Brito, bem conhecido da nossa sociedade. S. Exa. que, como é sabido, tinha partido para o Brasil, onde se diz reconstituíra a sua fortuna com um honrado trabalho, anda viajando pela Europa desde o começo do ano passado. A sua volta à Capital é um verdadeiro júbilo para os amigos de S. Exa., que são numerosos."

— E são! — disse Luísa, muito convencida.

— Estimo, coitado! — fez Jorge, fumando, anediando a barba com a palma da mão. — E vem com fortuna, hem?

— Parece.

Olhou os anúncios, bebeu um gole de chá, levantou-se, foi abrir uma das portadas da janela.

— Oh! Jorge, que calor que lá vai fora, Santo Deus! — Batia as pálpebras sob a radiação da luz crua e branca.

A sala, nas traseiras da casa, dava para um terreno vago, cercado de um tabuado baixo, cheio de ervas altas e de uma vegetação de acaso; aqui, ali, naquela verdura crestada do verão, largas pedras faiscavam, batidas do sol perpendicular; e uma velha figueira brava, isolada no meio do terreno, estendia a sua grossa folhagem imóvel, que, na brancura da luz, tinha os tons escuros do bronze. Para além eram as traseiras de outras casas, com varandas, roupas secando em canas, muros brancos de quintais, árvores esguias. Uma vaga poeira embaciava, tornava espesso o ar luminoso.

— Caem os pássaros! — disse ela cerrando a janela. — Olha tu pelo Alentejo, agora!

Veio encostar-se à *voltaire* de Jorge, passou-lhe lentamente a mão sobre o cabelo preto e anelado. Jorge olhou-a, triste já da separação; os dous primeiros botões do seu roupão estavam desapertados; via-se o começo do peito de uma brancura muito tenra, a rendinha da camisa; muito castamente Jorge abotoou-lhos.

— E os meus coletes brancos? — disse. — Devem estar prontos.

Para se certificar chamou Juliana.

Houve um ruído domingueiro de saias engomadas, Juliana entrou, arranjando nervosamente o colar e o broche. Devia ter quarenta anos; era muitíssimo magra. As feições, miúdas, espremidas, tinham a amarelidão de tons baços das doenças de coração. Os olhos grandes, encovados, rolavam numa inquietação, numa curiosidade, raiados de sangue, entre pálpebras sempre debruadas de vermelho. Usava uma cuia de retrós imitando tranças, que lhe fazia a cabeça enorme. Tinha um *tique* nas asas do nariz. E o vestido chato sobre o peito, curto da roda, tufado pela goma das saias — mostrava um pé pequeno, bonito, muito apertado em botinas de duraque com ponteiras de verniz.

Os coletes não estavam prontos, disse com uma voz muito lisboe-ta; não tivera tempo de os meter em goma.

— Tanto lhe recomendei, Juliana! — disse Luísa. — Bem, vá. Veja como se arranja! Os coletes hão de ficar à noite na mala!

E apenas ela saiu:

— Estou a tomar ódio a esta criatura, Jorge!

Há dous meses que a tinha em casa, e não se pudera acostumar à sua fealdade, aos seus trejeitos, à maneira aflautada de dizer *chapiéu*, *tisoiras*, de arrastar um pouco os *rr*, ao ruído dos seus tacões que tinham laminazinhas de metal; ao domingo, a cuia, o pretensioso do pé, as luvas de pelica preta arrepiavam-lhe os nervos.

— Que antipática!

Jorge ria:

— Coitada, é uma pobre de Cristo! — E depois que engomadeira admirável! No ministério examinavam com espanto os seus peitilhos! O Julião diz bem: eu não ando engomado, ando esmaltado! Não é simpática, não, mas é asseada, é apropositada...

E levantando-se, com as mãos nos bolsos das suas largas calças de flanela:

— E, enfim minha filha, a maneira como ela se portou na doença da tia Virgínia... Foi um anjo para ela! Repetiu com solenidade: de dia, de noite, foi um anjo para ela! Estamos-lhe em dívida, minha filha! — E começou a enrolar um cigarro, com a fisionomia muito séria.

Luísa, calada, fazia saltar com a pontinha da chinela a orla do roupão; e examinando fixamente as unhas, a testa um pouco franzida, pôs-se a dizer:

— Mas enfim, se eu embirro com ela, não me importa, posso bem mandá-la embora.

Jorge parou, e raspando um fósforo na sola do sapato:

— Se eu consentir, minha rica. É que é uma questão de gratidão para mim!

Ficaram calados. O *cuco* cantou meio-dia.

— Bem, vou à vida — disse Jorge. Chegou-se ao pé dela, tomou-lhe a cabeça entre as mãos.

— Viborazinha! — murmurou, fitando-a muito meigamente.

Ela riu. Ergueu para ele os seus magníficos olhos castanhos, luminosos e meigos. Jorge enterneceu-se, pôs-lhe sobre as pálpebras dous beijos chilreados. E torcendo-lhe o beicinho, com uma meiguice:

— Queres alguma cousa de fora, amor?

Que não viesse muito tarde.

Ia deixar uns bilhetes; ia numa tipoia; era um pulo...

E saiu, feliz, cantando com a sua boa voz de barítono:

Dio del oro,
Del mundo signor
La la ra, la ra.

Luísa espreguiçou-se. Que seca ter de se ir vestir! Desejaria estar numa banheira de mármore cor-de-rosa, em água tépida, perfumada, e adormecer! Ou numa rede de seda, com as janelas cerradas, embalar-se, ouvindo música! Sacudiu a chinelinha; esteve a olhar muito amorosamente o seu pé pequeno, branco como leite, com veias azuis, pensando numa infinidade de cousinhas: em meias de seda que queria comprar; no farnel que faria a Jorge para a jornada; em três guardanapos que a lavadeira perdera...

Tornou-se a espreguiçar. E saltando na ponta do pé descalço, foi buscar ao aparador por detrás de uma compota um livro um pouco enxovalhado, veio estender-se na *voltaire*, quase deitada e, com o gesto acariciador e amoroso dos dedos sobre a orelha, começou a ler, toda interessada.

Era a *Dama das Camélias*. Lia muitos romances; tinha uma assinatura na Baixa, ao mês. Em solteira, aos 18 anos, entusiasmara-se por Walter Scott e pela Escócia; desejara então viver num daqueles castelos escoceses, que têm sobre as ogivas os brasões do *clã*, mobilados com arcas góticas e troféus de armas, forrados de largas tapeçarias, onde estão bordadas legendas heroicas, que o vento do lago agita e faz viver; e amara Ervandalo, Morton e Ivanhoé, ternos e graves, tendo sobre o gorro a pena de águia, presa ao lado pelo cardo de Escócia de esmeraldas e diamantes. Mas agora era o *moderno* que a cativava: Paris, as suas mobílias, as suas sentimentalidades. Ria-se dos trovadores, exaltara-se por Mr. De Camors; e os homens ideais apareciam-lhe de gravata branca, nas ombreiras das salas de baile, com um magnetismo no olhar, devorados de paixão, tendo palavras sublimes. Havia uma semana que se interessava por Margarida Gautier; o seu amor infeliz dava-lhe uma melancolia enevoada; via-a alta e magra, com o seu longo xale de caxemira, os olhos negros cheios da avidez da paixão e dos ardores da tísica; nos nomes mesmo do livro — Júlia Duprat, Armando, Prudência, achava o sabor poético de uma vida intensamente amorosa; e todo aquele destino se agitava, como numa música triste, com ceias, noites delirantes, aflições de dinheiro, e dias de melancolia no fundo de um *coupé* quando nas avenidas do Bois, sob um céu pardo e elegante, silenciosamente caem as primeiras neves.

— Até logo, Zizi — gritou Jorge do corredor, ao sair.

— Olha!

Ele veio, com a bengala debaixo do braço, apertando as luvas.

— Não apareças muito tarde, hem? Escuta, traze-me uns bolos do Baltresqui para a D. Felicidade. Ouve. Vê se passas pela *Madame* François que me mande o chapéu. Escuta.

— Que mais, bom Deus?

— Ah! Não! Era para ires pelo livreiro que me mande mais romances... Mas está fechado!

Foi com duas lágrimas a tremer-lhe nas pálpebras que acabou as páginas da *Dama das Camélias*. E estendida na *voltaire*, com o livro caído no regaço, fazendo recuar a película das unhas, pôs-se a cantar baixinho, com ternura, a ária final da *Traviata*:

Addio, del passato...

Lembrou-lhe de repente a notícia do jornal, a chegada do primo Basílio...

Um sorriso vagaroso dilatou-lhe os beicinhos vermelhos e cheios. — Fora o seu primeiro namoro, o primo Basílio! Tinha ela então 18 anos! Ninguém o sabia, nem Jorge, nem Sebastião...

De resto fora uma criancice; ela mesma, às vezes, ria, recordando as pieguices ternas de então, certas lágrimas exageradas! Devia estar mudado o primo Basílio. Lembrava-se bem dele — alto, delgado, um ar fidalgo, o pequenino bigode preto levantado, o olhar atrevido, e um jeito de meter as mãos nos bolsos das calças fazendo tilintar o dinheiro e as chaves! *Aquilo* começara em Sintra, por grandes partidas de bilhar muito alegres, na quinta do tio João de Brito, em Colares. Basílio tinha chegado então da Inglaterra; vinha muito *bife*; usava gravatas escarlates passadas num anel de ouro, fatos de flanela branca, espantava Sintra! Era na sala de baixo pintada a oca, que tinha um ar antigo e morgado; uma grande porta envidraçada abria para o jardim, sobre três degraus de pedra. Em roda do repuxo havia romãzeiras, onde ele apanhava flores escarlates. A folhagem verde-escura e polida dos arbustos de camélias fazia ruazinhas sombrias; pedaços de sol faiscavam, tremiam na água do tanque; duas rolas, numa gaiola de vime, arrulhavam docemente — e, no silêncio aldeão da quinta, o ruído seco das bolas de bilhar tinha um tom aristocrático.

Depois, vieram todos os episódios clássicos dos amores lisboetas passados em Sintra: os passeios em Sitiais ao luar, devagar, sobre a relva pálida com grandes descansos calados no Penedo da Saudade, vendo o vale, as areias ao longe, cheias de uma luz saudosa, idealizadora e branca; os sestos quentes, nas sombras da Penha Verde, ouvindo o rumor fresco e gotejante das águas que vão de pedra em pedra; as tardes na várzea de Colares, remando num velho bote, sobre a água escura da sombra dos freixos — e que risadas quando iam encalhar nas ervagens altas, e o seu chapéu de palha se prendia aos ramos baixos dos choupos!

Sempre gostara muito de Sintra! Logo ao entrar, os arvoredos escuros e murmurosos do Ramalhão lhe davam uma melancolia feliz! Tinham muita liberdade, ela e o primo Basílio. A mamã, coitadinha, toda cismática, com reumatismo egoísta, deixava-os, sorria, dormitava; Basílio era rico, então; chamava-lhe tio Jojó, trazia-lhe cartuchos de doce...

Veio o inverno, e aquele amor foi-se abrigar na velha sala forrada de papel *sangue-de-boi* da rua da Madalena. Que bons serões ali! A mamã ressonava baixo, com os pés embrulhados numa manta, o volume *Biblioteca das Damas* caído sobre o regaço. E eles, muito chegados, muito felizes no sofá! O *sofá*! Quantas recordações! Era estreito e baixo, estofado de casimira clara, com uma tira ao centro, bordada por ela, amores-perfeitos amarelos e roxos sobre um fundo negro. Um dia veio o *final*. João de Brito, que fazia parte da firma Bastos & Brito, faliu. A casa de Almada, a quinta de Colares foram vendidas.

Basílio estava pobre; partiu para o Brasil. Que saudades! Passou os primeiros dias sentada no sofá querido, soluçando baixo, com a fotografia dele entre as mãos.

Vieram então os sobressaltos das cartas esperadas, os recados impacientes ao escritório da Companhia, quando os paquetes tardavam...

Passou um ano. Uma manhã, depois de um grande silêncio de Basílio, recebeu da Bahia uma longa carta, que começava: "Tenho pensado muito e entendo que devemos considerar a nossa inclinação como uma criancice..."

Desmaiou logo. Basílio afetava muita dor em duas laudas cheias de explicações: que estava ainda pobre; que teria de lutar muito antes de ter para dous; o clima era horrível; não a queria sacrificar, pobre anjo; chamava-lhe minha "pomba" e assinava o seu nome todo, com uma firma complicada.

Viveu triste durante meses. Era no inverno; e sentada à janela, por dentro dos vidros, com o seu bordado de lã, julgava-se desiludida, pensava no convento, seguindo com um olhar melancólico os guarda-chuvas gotejantes que passavam sob as cordas de água; ou sentando-se ao piano, ao anoitecer, cantava Soares de Passos:

> Ai! adeus, acabaram-se os dias
> Que ditoso vivi a teu lado...

ou o final da *Traviata*, ou o fado do Vimioso, muito triste, que ele lhe ensinara.

Mas, então, o catarro da mamã agravou-se; vieram os sustos, as noites veladas. Na convalescença foram para Belas; ligou-se ali muito com as Cardosos, duas irmãs magras, estouvadas e esguias, sempre coladas uma à outra, com um passinho trotado e seco, como um casal de galgos. O que riam, Jesus! O que falavam dos homens! Um tenente de artilharia tinha-se apaixonado por ela. Era vesgo, mandou-lhe uns versos, *Ao Lírio de Belas*:

Sobre a encosta da colina
Cresce o lírio virginal...

Foi um tempo muito alegre, cheio de consolações.

Quando voltaram no inverno tinham engordado, traziam boas cores. E um dia, tendo achado numa gaveta uma fotografia que logo ao princípio Basílio lhe mandara da Bahia, de calça branca e chapéu-panamá, fitou-a, encolhendo os ombros:

— E o que eu me ralei por esta figura! Que tola!

Tinham passado três anos quando conheceu Jorge. Ao princípio não lhe agradou. Não gostava dos homens barbados; depois percebeu que era a primeira barba, fina rente, muito macia de certo; começou a admirar os seus olhos, a sua frescura. E sem o amar, sentia ao pé dele como uma fraqueza, uma dependência e uma quebreira, uma vontade de adormecer encostada ao seu ombro, e de ficar assim muitos anos, confortável, sem receio de nada. Que sensação quando ele lhe disse: Vamos casar, hem! Viu de repente o rosto barbado, com os olhos muito luzidios, sobre o mesmo travesseiro, ao pé do seu! Fez-se escarlate. Jorge tinha-lhe tomado a mão; ela sentia o calor daquela palma larga penetrá-la, tomar posse dela; disse que *sim*; ficou como idiota, e sentia debaixo do vestido de merino dilatarem-se docemente os seus seios. Estava noiva, enfim! Que alegria, que descanso, para a mamã!

Casaram às oito horas, numa manhã de nevoeiro. Foi necessário acender luz para lhe pôr a coroa e o véu de tule. Todo aquele dia lhe aparecia como enevoado, sem contornos, à maneira de um sonho antigo — onde destacava a cara balofa e amarelada do padre, e a figura medonha de uma velha, que estendia a mão adunca, com uma sofreguidão colérica, empurrando, rogando pragas, quando, à porta da igreja, Jorge comovido distribuía patacos. Os sapatos de cetim apertavam-na. Sentira-se enjoada da madrugada; fora necessário fazer-lhe chá-verde muito forte. E tão cansada à noite naquela casa nova, depois de desfazer os seus baús! — Quando Jorge apagou a vela, com um sopro trêmulo, esses luminosos faiscavam, corriam-lhe diante dos olhos.

Mas era o seu marido; em novo, era forte, era alegre; pôs-se a adorá-lo. Tinha uma curiosidade constante da sua pessoa e das suas cousas; mexia-lhe no cabelo, na roupa, nas pistolas, nos papéis. Olhava muito para os maridos das outras, comparava, tinha orgulho nele. Jorge envolvia-a em delicadezas de amante, ajoelhava-se aos seus pés, era muito *dengueiro*. E sempre de bom humor, com muita graça; mas nas cousas da sua profissão ou do seu *brio* tinha severidades exageradas e punha, então, nas palavras, nos modos uma solenidade carrancuda. Uma amiga dela, romanesca, que via em tudo dramas, tinha-lhe dito: é homem para te dar uma punhalada. Ela que não conhecia ainda o temperamento plácido de Jorge, acreditou, e isso mesmo criou uma exaltação no seu amor por ele. Era o seu *tudo* — a sua força, o seu fim, o seu destino, a sua religião, o seu homem! Pôs-se a pensar, o que teria sucedido se tivesse casado com o primo Basílio. Que desgraça, hem! Onde estaria? Perdia-se em suposições de outros destinos, que se desenrolavam, como panos de teatro: via-se no Brasil, entre coqueiros, embalada numa rede, cercada de negrinhos, vendo voar papagaios!

— Está ali a senhora D. Leopoldina — veio dizer Juliana. Luísa ergueu-se surpreendida.

— Hem? A senhora D. Leopoldina? Para que mandou entrar?

Pôs-se a abotoar à pressa o roupão. Jesus! Olha se Jorge soubesse! Ele que lhe tinha dito tantas vezes "que a não queria em casa!" Mas se já estava na sala, agora, coitada!

— Está bom, diga-lhe que já vou.

Era a sua íntima amiga. Tinham sido vizinhas, em solteiras, na Rua da Madalena e estudado no mesmo colégio, o Patriarcal, na Rita Pessoa, a coxa. Leopoldina era a filha única do Visconde de Quebrais, o devasso, o caquético, que fora pajem de D. Miguel. Tinha feito um casamento infeliz com um João Noronha, empregado da alfândega. Chamavam-lhe a "Quebrais"; chamavam-lhe também a "Pão-e-Queijo."

Sabia-se que tinha amantes; dizia-se que tinha vícios. Jorge odiava-a. E dissera muitas vezes a Luísa: Tudo, menos a Leopoldina!

Leopoldina tinha então vinte e sete anos. Não era alta, mas passava por ser a mulher mais benfeita de Lisboa. Usava sempre os vestidos muito colados, com uma justeza que acusava, modelava o corpo como uma pelica, sem largueza de roda, apanhados atrás. Dizia-se dela, com os olhos em alvo: é uma estátua, é uma Vênus! Tinha ombros de modelo, de uma redondeza descaída e cheia; sentia-se nos seus seios, mesmo através do corpete, o desenho rijo e harmonioso de duas belas metades de limão; a linha dos quadris rica e firme; certos quebrados vibrantes de cintura faziam voltar os olhares acesos dos homens. A cara era um pouco grosseira; as asas do nariz tinham uma dilatação carnuda; na pele, muito fina, de um trigueiro quente e corado, havia sinaizinhos desvanecidos de antigas bexigas. A sua beleza eram os olhos, de uma negrura intensa, afogados num fluido, muito *quebrados*, com grandes pestanas.

Luísa veio para ela com os braços abertos; beijaram-se muito. E Leopoldina, sentada no sofá, enrolando devagarinho a seda clara do guarda-sol, começou a queixar-se; tinha estado adoentada, muito secada, com tonturas. O calor matava-a. E que tinha ela feito? Achava-a mais gorda.

Como era um pouco curta de vista, para se afirmar piscava ligeiramente os olhos, descerrando os beiços gordinhos, de um vermelho cálido.

— A felicidade dá tudo, até boas cores! — disse, sorrindo.

O que a trazia era perguntar-lhe a morada da francesa que lhe fazia os chapéus. E há tanto tempo que a não via; já tinha saudades também!

— Mas não imaginas! Que calor! Venho morta.

E deixou-se cair sobre a almofada do sofá, encalmada, com um sorriso aberto, mostrando os dentes brancos e grandes.

Luísa disse-lhe a morada da francesa, gabou-lha; era barateira e tinha bom gosto. Como a sala estava escura foi entreabrir um pouco as portadas da janela. Os estofos das cadeiras e as bambinelas eram de repes verde-escuro; o papel e o tapete com desenhos de ramagens tinham o mesmo tom, e naquela decoração sombria destacavam muito as molduras douradas e pesadas de duas gravuras (a *Medeia* de Delacroix e a *Mártir* de Delaroche), as encadernações escarlates dos dous vastos volumes do Dante de G. Doré, e entre as janelas o oval de um espelho onde se refletia um napolitano de *biscuit* que, na consola, dançava a tarantela.

Por cima do sofá pendia o retrato da mãe de Jorge, a óleo. Estava sentada, vestida ricamente de preto, direita no seu corpete espartilhado e seco; uma das mãos, de um lívido morto, pousava nos joelhos sobrecarregada de anéis; a outra perdia-se entre as rendas muito trabalhadas de um mantelete de cetim; e aquela figura longa, macilenta, com grandes olhos carregados de negro, destacava sobre uma cortina escarlate, corrida em pregas copiosamente quebradas, deixando ver para além céus azulados e redondezas de arvoredos.

— E teu marido? — perguntou Luísa, vindo sentar-se muito junto de Leopoldina.

— Como sempre. Pouco divertido — respondeu, rindo. E, com ar sério, a testa um pouco franzida: — Sabes que acabei com o Mendonça?

Luísa fez-se ligeiramente vermelha.

— Sim?

Leopoldina deu logo detalhes.

Era muito indiscreta; falava muito de si, das suas sensações, da sua alcova, das suas contas. Nunca tivera segredos para Luísa; e na sua necessidade de fazer confidências, de gozar a admiração dela, descrevia-lhe os seus amantes, as opiniões deles, as maneiras de amar, os tiques, a roupa, com grandes exagerações! Aquilo era sempre muito picante, cochichado ao canto de um sofá, entre risinhos; Luísa costumava escutar, toda interessada, as maçãs do rosto um pouco envergonhadas, pasmada, saboreando, com um arzinho beato. Achava tão curioso!

— Desta vez é que bem posso dizer que me enganei, minha rica filha! — exclamou Leopoldina erguendo os olhos desoladamente.

Luísa riu.

— Tu enganas-te quase sempre!

Era verdade! Era infeliz!

— Que queres tu? De cada vez imagino que é uma paixão, e de cada vez me sai uma maçada!

E picando o tapete com a ponta da sombrinha:

— Mas se um dia acerto!

— Vê se acertas — disse Luísa. — Já é tempo!

Às vezes na sua consciência achava Leopoldina "indecente"; mas tinha um fraco por ela; sempre admirara muito a beleza do seu corpo, que quase lhe inspirava uma atração física. Depois desculpava-a; era tão infeliz com o marido! Ia atrás da paixão, coitada! E aquela grande palavra, faiscante e misteriosa, de onde a felicidade escorre como a água de uma taça muito cheia, satisfazia Luísa como uma justificação suficiente; quase lhe parecia uma heroína; e olhava-a com espanto como se consideram os que chegam de alguma viagem maravilhosa e difícil, de episódios excitantes. Só não gostava de certo cheiro de tabaco misturado de *feno*, que trazia sempre nos vestidos. Leopoldina fumava.

— E que fez ele, o Mendonça?

Leopoldina encolheu os ombros, com um grande tédio:

— Escreveu-me uma carta muito tola, que afinal bem considerado era melhor que acabasse tudo, porque não estava para se meter em camisa de onze varas! Que imbecil! Até devo ter aqui a carta.

Procurou na algibeira do vestido; tirou o lenço, uma carteirinha, chaves, uma caixinha de pó de arroz; mas encontrou apenas um programa do *Price*.

Falou então do circo. — Uma sensaboria. O melhor era um rapaz que trabalhava no trapézio. Lindo rapaz, benfeito, uma perfeição!

E de repente:

— Então teu primo Basílio chega?

— Assim li hoje no *Diário de Notícias*. Fiquei pasmada!

— Ah! outra cousa que te queria perguntar antes que me esqueça. Com que guarneceste tu aquele teu vestido de xadrezinho azul? Vou mandar fazer um assim.

Tinha-o guarnecido de azul também, um azul mais escuro. — Vem ver. Vem cá dentro.

Entraram no quarto. Luísa foi descerrar a janela, abrir o guarda-vestidos. Era um quarto pequeno, muito fresco, com cretones de um azul pálido. Tinha um tapete barato, de fundo branco, com desenhos azulados. O toucador, alto, estava entre as duas janelas, sob um dossel de renda grossa, muito ornado de frascos facetados. Entre as bambinelas, em mesas redondas de pé de galo, plantas espessas, begônias, macomas, dobravam decorativamente a sua folhagem rica e forte, em vasos de barro vermelho vidrado.

Aqueles arranjos confortáveis lembraram de certo a Leopoldina felicidades tranquilas. Pôs-se a dizer devagar, olhando em roda:

— E tu, sempre muito apaixonada por teu marido, hem? Fazes bem, filha, tu é que fazes bem!

Foi defronte do toucador, aplicar pó de arroz no pescoço, nas faces:

— Tu é que fazes bem! — repetia. — Mas vá lá uma mulher prender-se a um homem como o meu!

Sentou-se na *causeuse* com um ar muito abandonado; vieram as queixas habituais sobre seu marido: era tão grosseiro! Era tão egoísta!

— Acreditarás que há tempos para cá, se não estou em casa às quatro horas, não espera, põe-se à mesa, janta, deixa--me os restos! E depois desleixado, enxovalhado, sempre a cuspir nas esteiras... O quarto dele — nós temos dous quartos, como tu sabes — é um chiqueiro!

Luísa disse com severidade:

— Que horror! A culpa também é tua.

— Minha! — e endireitou-se, luziam-lhe os olhos, mais largos, mais negros. — Não me faltava mais nada senão ocupar-me do quarto do homem!

Ah! Era muito desgraçada; era a mulher mais desgraçada que havia no mundo!

— Nem ciúmes tem, o bruto!

Mas Juliana entrou, tossiu, e arranjando ainda o colar e o broche:

— A senhora sempre quer que engome os coletes todos?

— Todos, já lhe disse. Hão de ficar à noite na mala antes de se ir deitar.

— Que mala? Quem parte? — perguntou Leopoldina.

— O Jorge. Vai às minas, ao Alentejo.

— Então estás só, posso vir ver-te! Ainda bem!

E sentou-se logo ao pé dela, com um olhar que se fizera doce.

— É que tenho tanto que contar! Se tu soubesses, filha!

— O quê? Outra paixão? — fez Luísa rindo.

A face de Leopoldina tornou-se grave.

Não era para rir. Estava de todo! Era por isso até que tinha vindo. Sentira-se tão só em casa, tão nervosa! — Vou até Luísa, vou palrar um bocado!

E com a voz mais baixa, quase solene:

— Desta vez é sério, Luísa! — Deu os detalhes. Era um rapaz alto, louro, lindo! E que talento! É poeta! — Dizia a palavra com devoção, prolongando o som das sílabas. — É poeta!

Desapertou devagar dous botões do corpete, tirou do seio um papel dobrado. Eram versos.

E muito chegada para Luísa, com as narinas dilatadas pela delícia da sensação, leu baixo, com orgulho, com pompa:

A TI

Farol da Guia, 5 de junho.

Quando cismo à hora do poente
Sobre os rochedos onde brame o mar...

Era uma elegia. O rapaz contava, em quadras, as longas contemplações em que a via a ela, Leopoldina, *visão radiosa que deslizas leve*, nas águas dormentes, nas vermelhidões do ocaso, na brancura das espumas. Era uma composição delambida, de um sentimentalismo reles, com um ar tísico, muito lisboeta, cheia de versos errados. E terminando dizia-lhe que não era "nos esplendores das salas" ou nos "bailes febricitantes" que gostava de a ver; era ali, naqueles rochedos,

Onde todos os dias ao sol posto
Eu vejo adormecer o mar gigante.

— Que bonito, hem!

Ficaram caladas, com uma comoçãozinha.

Leopoldina, com os olhos perturbados, repetia a data, amorosamente:

— Farol da Guia, 5 de junho!

Mas o relógio do quarto deu quatro horas. Leopoldina ergueu-se logo, atarantada; meteu o poema no seio.

Tinha de se ir já! Fazia-se tarde, senão o outro punha-se à mesa. Tinha um ruivo assado para o jantar. E peixe frio era a cousa mais estúpida!

— Adeus. Até breve, não? — E agora que Jorge ia para fora, havia de vir muito. — Adeus. Então a francesa, rua do Ouro, por cima do estanque?

Luísa foi com ela até ao patamar. Leopoldina já no fundo da escada ainda parou, gritou:

— Sempre te parece que guarneça o vestido de azul, hem?

Luísa debruçou-se sobre o corrimão:

— Eu assim fiz, é o melhor...

— Adeus! Rua do Ouro, por cima do estanque.

— Sim. Rua do Ouro. Adeus. — E com um gritinho: — Porta à direita, *Madame* François.

Jorge voltou às cinco horas, e logo da porta do quarto, pondo a bengala a um canto:

— Já sei que tiveste cá uma visita.

Luísa voltou-se, um pouco corada. Estava diante do toucador já penteada, com um vestido de linho branco, guarnecido de rendas.

Era verdade, tinha vindo a Leopoldina. Juliana mandara-a entrar... Ficara mais contrariada! Era por causa da *adresse* da francesa dos chapéus. Tinha-se demorado dez minutos. — Quem te disse?

— Foi a Juliana; que a senhora D. Leopoldina tinha estado toda a tarde.

— Toda a tarde! Que tolice, esteve dez minutos, se tanto!

Jorge tirava as luvas, calado. Chegou-se à janela, pôs-se a sacudir as duras folhas de uma begônia malhada de um vermelho doente, com uma baba prateada. Assobiava baixo; e parecia todo ocupado em conchegar um botão de amarílis aninhado entre a sua folhagem luzidia, como um pequenino coração assustado.

Luísa ia passando o seu medalhão de ouro numa longa fita de veludo preto; tinha uma tremura nas mãos, estava vermelha.

— O calor tem-lhes feito mal — disse.

Jorge não respondeu. Assobiou mais alto, foi à outra janela, bateu com os dedos nas folhas elásticas de uma macoma de tons verdes e sanguíneos, e, alargando impacientemente o colarinho como um homem sufocado:

— Ouve lá, é necessário que deixes por uma vez de receber essa criatura. É necessário acabar por uma vez!

Luísa fez-se escarlate.

— É por causa de ti! É por causa dos vizinhos! É por causa da decência!

— Mas foi a Juliana... — balbuciou Luísa.

— Mandasse-a sair outra vez. Que estavas fora! Que estavas na China! Que estavas doente?

Parou, com um tom desconsolado, abrindo os braços:

— Minha rica filha, é que todo o mundo a conhece. É a Quebrais! É a *Pão-e-Queijo*! É uma vergonha!

Citava-lhe os seus amantes, exasperado: o Carlos Viegas, o magro, de bigode caído, que escrevia comédias para o Ginásio! O Santos Madeira, o picado das bexigas, com uma gaforinha! O Melchior Vadio, um jingão desossado, com um olhar de carneiro morto, sempre a fumar numa enorme boquilha! O Pedro Câmara, o bonito! O Mendonça, dos calos! *Tutti quanti*!

E encolhendo os ombros, exasperado:

— Como se eu não percebesse que ela esteve aqui! Só pelo cheiro! Este horrível cheiro de feno! Vocês foram criadas juntas, etc.; tudo isso é muito bom. Hás de desculpar, mas se a encontro na escada, corro-a! Corro-a!

Parou um momento, e comovido:

— Ora, vamos, Luísa, confessa. Tenho ou não razão?

Luísa punha os brincos, ao espelho, atarantada:

— Tens — disse.

— Ah! bem!

E saiu, furioso.

Luísa ficou imóvel. Uma lagrimazinha redonda, clara, rolava-lhe pela asa do nariz. Assoou-se muito doloridamente. Aquela Juliana! Aquela bisbilhoteira! De má! Para fazer cizânia!

Veio-lhe então uma cólera. Foi ao quarto dos engomados, atirou com a porta:

— Para que foi você dizer quem esteve ou quem deixou de estar?

Juliana, muito surpreendida, pousou o ferro:

— Pensei que não era segredo, minha senhora.

— Está claro que não? Tola! Quem lhe diz que era segredo? E para que mandou entrar? Não lhe tenho dito muitas vezes que não recebo a senhora D. Leopoldina?

— A senhora nunca me disse nada — replicou, toda ofendida, cheia de verdade.

— Mente! Cale-se!

Voltou-lhe as costas; veio para o quarto, muito nervosa, foi encostar-se à vidraça.

O sol desaparecera; na rua estreita havia uma sombra igual, de tarde sem vento; pelas casas, de uma edificação velha, escuras, estavam abertas as varandas onde em vasos vermelhos se mirrava alguma velha planta miserável, manjericão ou cravo; ouvia-se, no teclado melancólico de um piano, a *Oração de uma virgem*, tocada por alguma menina, no sentimentalismo vadio do domingo; e na sua janela, defronte, as quatro filhas do Teixeira Azevedo, magrinhas, com os cabelos muito riçados, as olheiras pisadas, passavam a sua tarde de dia santo, olhando para a rua, para o ar, para as janelas vizinhas, cochichando se viam passar um homem — ou debruçadas, com uma atenção idiota, faziam pingar saliva sobre as pedras da calçada.

Jorge tinha razão, coitado! pensava Luísa. Mas, também, que podia ela fazer? Já não ia à casa de Leopoldina, tirara o seu retrato do álbum da sala, vira-se obrigada a confessar-lhe a repugnância de Jorge, tinham chorado ambas, até! Coitada! Só a recebia de longe a longe, uma raridade, um momento! E, enfim, depois de ela estar na sala, não a havia de ir empurrar pela escada abaixo!

Um homem grosso, de pernas tortas, curvado sob um realejo, apareceu então ao alto da rua; as suas barbas pretas tinham um aspecto feroz; parou, pôs-se a voltear a manivela, levantando em redor, para as janelas, um sorriso triste de dentes brancos; e a *Casta Diva*, com uma sonoridade metálica e seca, muito tremida, espalhou-se pela rua.

Gertrudes, a criada e a concubina do doutor de matemática, veio encostar logo aos caixilhos estreitos da janela a sua vasta face trigueira de quarentona farta e estabelecida; adiante, na sacada aberta de um segundo andar, debruçou-se a figura do Cunha Rosado, magro e chupado, com um boné de borla, o aspecto desconsolado do doente de intestinos, conchegando com as mãos transparentes o *robe de chambre* ao ventre. Outras faces enfastiadas mostraram-se entre as bambinelas de cassa.

Na rua, a estanqueira chegou-se à porta, vestida de luto, estendendo o seu carão viúvo, os braços cruzados sobre o xale tingido de preto, esguia nas longas saias escoadas. Da loja, por baixo da casa Azevedo, veio a carvoeira, enorme de gravidez bestial, o cabelo esguedelhado em repas secas, a cara oleosa e enfarruscada, com três pequenos meio nus, quase negros, chorões e hirsutos, que se lhe penduravam da saia de chita. E o Paula, com loja de trastes velhos, adiantou-se até ao meio da rua; a pala de verniz do seu boné de pano preto nunca se erguia de cima dos olhos; escondia sempre as mãos, como para ser mais reservado, por trás das costas, debaixo das abas do seu casaco de cotim branco;

o calcanhar sujo da meia saía-lhe para fora da chinela bordada a miçanga; e fazia roncar o seu pigarro crônico de um modo despeitado. Detestava os reis e os padres. O estado das cousas públicas enfurecia-o. Assobiava frequentemente a *Maria da Fonte*, e mostrava-se nas suas palavras, nas suas atitudes, um patriota exasperado.

O homem do realejo tirou o seu largo chapéu desabado e, tocando sempre, ia-o estendendo em redor para as janelas, com um olhar necessitado. As Azevedos tinham logo fechado violentamente a vidraça. A carvoeira deu-lhe uma moeda de cobre; mas interrogou-o; quis de certo saber de que país era, por que estradas tinha vindo, e quantas peças tinha o instrumento.

Gente endomingada começava a recolher, com um ar derreado do longo passeio, as botas empoeiradas; mulheres de xale, vindas das hortas, traziam ao colo as crianças adormecidas da caminhada e do calor; velhos plácidos, de calça branca, o chapéu na mão, gozavam a frescura, dando um giro no bairro; pelas janelas, bocejava-se; o céu tomava uma cor azulada e polida, como uma porcelana; um sino repicava a distância o fim de alguma festa de igreja; e o domingo terminava, com uma serenidade cansada e triste.

— Luísa — disse a voz de Jorge.

Ela voltou-se, com um vago — hem?

— Vamos jantar, filha; são sete horas.

No meio do quarto, tomou-a pela cinta, e falando-lhe baixo, junto à face:

— Tu zangaste-te há bocado?

— Não! Tu tens razão. Conheço que tens razão.

— Ah! — fez ele com um tom vitorioso, muito satisfeito.

— Está claro,

Quem melhor conselheiro e bom amigo
Que o marido que a alma m'escolheu?

E com uma ternura grave:

— Minha querida filha, esta nossa casinha é tão honesta que é uma dor de alma ver entrar essa mulher aqui, com o cheiro do feno, do cigarro e do resto!... *Mà, di questo no parlaremo più, o donna mia!* À sopa!

2

Aos domingos à noite havia em casa de Jorge uma pequena reunião, uma *cavaqueira*, na sala, em redor do velho candeeiro de porcelana cor-de-rosa. Vinham apenas os íntimos. "O Engenheiro", como se dizia na rua, vivia muito ao seu canto, sem visitas. Tomava-se chá, palrava-se. Era um pouco à *estudante*. Luísa fazia crochê, Jorge cachimbava.

O primeiro a chegar era Julião Zuzarte, um parente muito afastado de Jorge e seu antigo condiscípulo nos primeiros anos da Politécnica. Era um homem seco e nervoso, com lunetas azuis, os cabelos compridos caídos sobre a gola. Tinha o curso de cirurgião da Escola. Muito inteligente, estudava desesperadamente, mas, como ele dizia, era um *tumba*. Aos trinta anos, pobre, com dívidas, sem clientela, começava a estar farto do seu quarto andar na Baixa, dos seus jantares de doze vinténs, do seu paletó coçado de alamares; e entalado na sua vida mesquinha, via os outros, os medíocres os superficiais, *furar*, subir, instalar-se à larga na prosperidade! "Falta de *chance*", dizia. Podia ter aceitado um partido da Câmara numa vila da província, com pulso livre, ter uma casa *sua*, a *sua* criação no quintal. Mas tinha um orgulho resistente, muita fé nas suas faculdades, na sua ciência, e não se queria ir enterrar numa terriola adormecida e lúgubre, com três ruas onde os porcos fossam. Toda a província o aterrava; via-se lá obscuro, jogando a manilha na Assembleia, morrendo de caquexia. Por isso não "arredava pé"; e esperava, com a tenacidade do plebeu sôfrego, uma clientela rica, uma cadeira na Escola, um *coupé* para as visitas, uma mulher loura com dote. Tinha certeza do seu direito a estas felicidades, e como elas tardavam a chegar ia-se tornando despeitado e amargo; andava amuado com a vida; cada dia se prolongavam mais os seus silêncios hostis, roendo as unhas; e, nos dias melhores, não cessava de ter ditos secos, *tiradas* azedadas — em que a sua voz desagradável caía como um gume gelado.

Luísa não gostava dele; achava-lhe um *ar nordeste*, detestava o seu tom de pedagogo, os reflexos negros da luneta, as calças curtas que mostravam o elástico roto das botas. Mas disfarçava, sorria-lhe, porque Jorge admirava-o, dizia sempre dele: tem muito espírito! Tem muito talento! Grande homem!

Como vinha mais cedo ia à sala de jantar, tomava a sua chávena de café; e tinha sempre um olhar de lado para as pratas do aparador e para as *toilettes* frescas de Luísa. Aquele parente, um *medíocre*, que vivia confortavelmente, bem casado, com a carne contente, estimado no ministério, com alguns contos de réis em inscrições — parecia-lhe uma injustiça e pesava-lhe como uma humilhação. Mas afetava estimá-lo; ia sempre às noites, aos domingos; escondia então as suas preocupações, cavaqueava, tinha pilhérias — metendo a cada momento os dedos pelos seus cabelos compridos, secos e cheios de caspa.

Às nove horas, ordinariamente, entrava D. Felicidade de Noronha. Vinha logo da porta com os braços estendidos, o seu bom sorriso dilatado. Tinha cinquenta anos, era muito nutrida e, como sofria de dispepsia e de gases, àquela hora não se podia espartilhar e as suas formas transbordavam. Já se viam alguns fios brancos nos seus cabelos levemente anelados, mas a cara era lisa e redonda, cheia, de uma alvura baça e mole de freira; nos olhos papudos, com a pele já engelhada em redor, luzia uma pupila negra e úmida, muito móbil; e aos cantos da boca uns pelos de buço pareciam traços leves e circunflexos de uma pena muito fina. Fora a íntima amiga da mãe de Luísa, e tomara aquele hábito de vir ver a *pequena* aos domingos. Era fidalga, dos Noronhas de Redondela, bastante aparentada em Lisboa, um pouco devota, muito da Encarnação.

Mal entrava, ao pôr um beijo muito cantado na face de Luísa, perguntava-lhe baixo, com inquietação:

— Vem?

— O conselheiro? Vem.

Luísa sabia-o. Porque o conselheiro, o Conselheiro Acácio, nunca vinha aos *chás* de D. Luísa, como ele dizia, sem ter ido na véspera ao Ministério das Obras Públicas procurar Jorge, declarar-lhe com gravidade, curvando um pouco a sua alta estatura:

— Jorge, meu amigo, amanhã lá irei pedir à sua boa esposa a minha chávena de chá.

Ordinariamente acrescentava:

— E os seus valiosos trabalhos progridem? Ainda bem! Se vir o ministro, os meus respeitos a S. Exa. Os meus respeitos a esse formoso talento!

E saía, pisando com solenidade os corredores enxovalhados.

Havia cinco anos que D. Felicidade o amava. Em casa de Jorge riam-se um pouco com aquela *chama*. Luísa dizia: Ora! É uma caturrice dela! Viam-na corada e nutrida, e não suspeitavam que aquele sentimento concentrado, irritado semanalmente, queimando em silêncio, a ia devastando como uma doença e desmoralizando como um vício. Todos os seus ardores até aí tinham sido inutilizados. Amara um oficial de lanceiros que morrera, e apenas conservava o seu daguerreótipo.

Depois apaixonara-se muito ocultamente por um rapaz padeiro, da vizinhança, e vira-o casar. Dera-se então toda a um cão, o *Bilro*; uma criada despedida deu-lhe por vingança rolha cozida; o *Bilro* rebentou, e tinha-o agora empalhado na sala de jantar. A pessoa do conselheiro viera de repente, um dia, pegar fogo àqueles desejos, sobrepostos como combustíveis antigos. Acácio tornara-se a sua *mania*; admirava a sua figura e a sua gravidade, arregalava grandes olhos para a sua eloquência, achava-o numa "linda posição". O conselheiro era a sua ambição e o seu vício! Havia sobretudo nele uma beleza, cuja contemplação demorada a estonteava como um vinho forte: era a calva. Sempre tivera o gosto perverso de certas mulheres pela calva dos homens, e aquele apetite insatisfeito inflamara-se com a idade. Quando se punha a olhar para a calva do conselheiro, larga, redonda, polida, brilhante às luzes, uma transpiração ansiosa umedecia-lhe as costas, os olhos dardejavam-lhe, tinha uma vontade absurda, ávida de lhe deitar as mãos, palpá-la, sentir-lhe a forma, amassá-la, penetrar-se dela! Mas disfarçava, punha-se a falar alto com sorriso parvo, abanava-se convulsivamente, e o suor gotejava-lhe nas roscas anafadas do pescoço. Ia para casa rezar estações, impunha-se penitências de muitas coroas à Virgem; mas apenas as orações findavam, começava o temperamento a latejar. E a boa, a pobre D. Felicidade tinha agora pesadelos lascivos, e as melancolias do histerismo velho! A indiferença do conselheiro irritava-a mais; nenhum olhar, nenhum suspiro, nenhuma revelação amorosa o comovia! Era para com ela glacial e polido. Tinham-se às vezes encontrado a sós, à parte, no vão favorável de uma janela, no isolamento mal alumiado de um canto do sofá — mas apenas ela fazia uma demonstração sentimental, ele erguia-se bruscamente, afastava-se, severo e pudico. Um dia ela julgara perceber que, por trás das suas lunetas escuras, o conselheiro lhe deitava de revés um olhar apreciador para a abundância do seio; fora mais clara, mais urgente, falara em *paixão*, disse-lhe baixo:

— Acácio!... Mas ele com um gesto gelou-a — e de pé, grave:

— Minha senhora,

As neves que na fronte se acumulam
Terminam por cair no coração...

É inútil, minha senhora!

O martírio de D. Felicidade era muito oculto, muito disfarçado; ninguém o sabia; conheciam-lhe as infelicidades do sentimento, ignoravam-lhe as torturas do desejo. E um dia, Luísa ficou atônita, sentindo D. Felicidade agarrar-lhe o pulso com a mão úmida, e dizer-lhe baixo, os olhos cravados no conselheiro:

— Que regalo de homem!

Falava-se nessa noite do Alentejo, de Évora e das suas riquezas, da capela dos ossos, quando o conselheiro entrou com o paletó no braço. Foi-o dobrar solicitamente numa cadeira a um canto, e no seu passo aprumado e oficial, veio apertar as mãos ambas de Luísa, dizendo-lhe com uma voz sonora, de *papo*:

— Minha boa senhora D. Luísa, de perfeita saúde, não? O nosso Jorge tinha-mo dito. Ainda bem! Ainda bem!

Era alto, magro, vestido todo de preto, com o pescoço entalado num colarinho direito. O rosto aguçado no queixo ia-se alargando até à calva, vasta e polida, um pouco amolgada no alto; tingia os cabelos que de uma orelha à outra lhe faziam colar por trás da nuca — e aquele preto lustroso dava, pelo contraste, mais brilho à calva; mas não tingia o bigode: tinha-o grisalho, farto, caído aos cantos da boca. Era muito pálido; nunca tirava as lunetas escuras. Tinha uma covinha no queixo, e as orelhas grandes muito despegadas do crânio.

Fora, outrora, diretor-geral do ministério do reino, e sempre que dizia — El-Rei! erguia-se um pouco na cadeira. Os seus gestos eram medidos, mesmo a tomar rapé. Nunca usava palavras triviais; não dizia *vomitar*, fazia um gesto indicativo e empregava *restituir*. Dizia sempre "o nosso Garrett, o nosso Herculano". Citava muito. Era autor. E sem família, num terceiro andar da rua do Ferregial, amancebado com a criada, ocupava-se de economia política: tinha composto os ELEMENTOS GENÉRICOS DA CIÊNCIA DA RIQUEZA E SUA DISTRIBUIÇÃO, *segundo os melhores autores*, e como subtítulo: *Leituras do serão*! Havia apenas meses que publicara a RELAÇÃO DE TODOS OS MINISTROS DE ESTADO DESDE O GRANDE MARQUÊS DE POMBAL ATÉ NOSSOS DIAS, COM DATAS CUIDADOSAMENTE AVERIGUADAS DE SEUS NASCIMENTOS E ÓBITOS.

— Já esteve no Alentejo, conselheiro? — perguntou-lhe Luísa.

— Nunca, minha senhora — e curvou-se. — Nunca! E tenho pena! Sempre desejei lá ir, porque me dizem que as suas curiosidades são de primeira ordem.

Tomou uma pitada de uma caixa dourada, entre os dedos, delicadamente, e acrescentou com pompa:

— De resto, país de grande riqueza suína!

— Ó Jorge, averigua quanto é o partido da Câmara em Évora — disse Julião do canto do sofá.

O conselheiro acudiu, cheio de informações, com a pitada suspensa:

— Devem ser seiscentos mil-réis, Senhor Zuzarte, e pulso livre. Tenho-o nos meus apontamentos. Por que, senhor Zuzarte, quer deixar Lisboa?

— Talvez!...

Todos desaprovaram.

— Ah! Lisboa sempre é Lisboa! — suspirou D. Felicidade.

— Cidade de mármore e de granito, na frase sublime do nosso grande historiador! — disse solenemente o conselheiro.

E sorveu a pitada com os dedos abertos em leque, magros, bem tratados.

D. Felicidade disse então:

— Quem não era capaz de deixar Lisboa, nem à mão de Deus Padre, era o conselheiro.

O conselheiro, voltando-se vagarosamente para ela, um pouco curvado, replicou:

— Nasci em Lisboa, D. Felicidade, sou lisboeta de alma!

— O conselheiro — lembrou Jorge — nasceu na rua de São José.

— Número setenta e cinco, meu Jorge. Na casa pegada àquela em que viveu, até casar, o meu prezado Geraldo, o meu pobre Geraldo!

Geraldo, o seu pobre Geraldo, era o pai de Jorge. Acácio fora o seu íntimo. Eram vizinhos. Acácio tocava então rebeca e, como Geraldo tocava flauta, faziam duos, pertenciam mesmo à filarmônica da rua de S. José. Depois Acácio, quando entrou nas repartições do Estado, por escrúpulo e por dignidade, abandonou a rebeca, os sentimentos ternos, os serões joviais da Filarmônica.

Entregou-se todo à estatística. Mas conservou-se muito leal a Geraldo; continuou mesmo a Jorge aquela amizade vigilante; fora padrinho do seu casamento, vinha vê-lo todos os domingos e, no dia dos seus anos, mandava-lhe pontualmente, com uma carta de felicitações, uma lampreia de ovos.

— Aqui nasci — repetiu, desdobrando o seu belo lenço de seda da Índia — e aqui conto morrer.

E assoou-se discretamente.

— Isso ainda vem longe, conselheiro!

Ele disse, com uma melancolia grave:

— Não me arreceio *dela*, meu Jorge. Até já fiz construir, sem vacilar, no Alto de S. João, a minha última morada. Modesta, mas decente. É ao entrar, no arruamento à direita, num lugar abrigado, ao pé da choça dos Veríssimos amigos.

— E já compôs o seu epitáfio, senhor conselheiro? — perguntou Julião, do canto, irônico.

— Não o quero, senhor Zuzarte. Na minha sepultura não quero elogios. Se os meus amigos, os meus patrícios entenderam que eu fiz alguns serviços, têm outros meios para os comemorar; lá têm a imprensa, o comunicado, o necrológio, a poesia mesmo! Por minha vontade quero apenas sobre a lápide lisa, em letras negras, o meu nome — com a minha designação de conselheiro — a data do meu nascimento e a data do meu óbito.

E com um tom demorado, de reflexão:

— Não me oponho todavia a que inscrevam por baixo, em letras menores: *Orai por ele*!

Houve um silêncio comovido, e à porta uma voz fina, disse: — Dão licença?

— Oh Ernestinho! — exclamou Jorge.

Com um passo miudinho e rápido, Ernestinho veio abraçá-lo pela cintura:

— Eu soube que tu partias, primo Jorge... Como está, prima Luísa?

Era primo de Jorge. Pequenino, linfático, os seus membros franzinos, ainda quase tenros, davam-lhe um aspecto débil de colegial; o buço, delgado, empastado em *cera-mostache*, arrebitava-se aos cantos em pontas afiadas como agulhas; e na sua cara chupada, os olhos repolhudos amorteciam-se com um quebrado langoroso. Trazia sapatos de verniz com grandes laços de fita; sobre o colete branco, a cadeia do relógio sustentava um medalhão enorme, de ouro, com frutos e flores esmaltados em relevo. Vivia com uma atrizita do Ginásio, uma magra, cor de melão, com o cabelo muito riçado, o ar tísico — e escrevia para o teatro. Tinha traduções, dous originais num ato, uma comédia, em *calembures*. Ultimamente trazia em ensaios nas Variedades uma obra considerável um drama em cinco atos, a *Honra e Paixão*. Era a sua estreia séria. E desde então, viam-no sempre muito atarefado, os bolsos inchados de manuscritos, com localistas, com atores, muito pródigo de cafés e de conhaques, o chapéu ao lado, descorado e dizendo a todos: esta vida, mata-me! Escrevia todavia por paixão entranhada pela Arte — porque era empregado na alfândega, com bom vencimento, e tinha quinhentos mil-réis de renda das suas inscrições. A Arte mesma, dizia, obrigava-o a desembolsos; para o ato do baile da *Honra e Paixão* mandara fazer, à sua custa, botas de verniz para o galã, botas de verniz para o pai-nobre! O seu nome de família era Ledesma.

Deram-lhe um lugar, e Luísa notou logo, pousando o bordado, que estava abatido! Queixou-se, então, das suas fadigas: os ensaios arrasavam-no; tinha turras com o empresário; na véspera, vira-se forçado a refazer todo o final de um ato! Todo!

— E tudo isto — acrescentou muito exaltado — porque é um pelintra, um parvo, e quer que se passe numa sala, o ato que se passava num abismo!

— Num quê? — perguntou surpreendida D. Felicidade. O conselheiro, muito cortês, explicou:

— Num abismo D. Felicidade, num despenhadeiro. Também se diz, em bom vernáculo, *um vórtice.* — Citou: *Num espumoso vórtice se arroja...*

— Num abismo? — perguntaram. — Por quê?

O conselheiro quis conhecer o lance.

Ernestinho, radioso, esboçou largamente o enredo: era uma mulher casada. Em Sintra tinha-se encontrado com um homem fatal, o Conde de Monte-Redondo. O marido arruinado devia cem contos de réis ao jogo! Estava desonrado, ia ser preso. A mulher, louca, corre a umas ruínas acasteladas onde habita o conde, deixa cair o véu, conta-lhe a catástrofe. O conde lança o seu manto aos ombros, parte, chega no momento em que os beleguins vão levar o homem. — É uma cena muito comovente, dizia, é de noite, ao luar! — O conde desembuça-se, atira uma bolsa de ouro aos pés dos beleguins, gritando-lhes: saciai-vos abutres!...

— Belo final! — murmurou o conselheiro.

— Enfim — acrescentou Ernesto, resumindo — aqui há um enredo complicado: o Conde de Monte-Redondo e a mulher amam-se, o marido descobre, arremessa todo o seu ouro aos pés do conde, e mata a esposa.

— Como? — perguntaram.

— Atira-a ao abismo. É no quinto ato. O conde vê, corre, atira-se também. O marido cruza os braços, e dá uma gargalhada infernal. Foi assim que eu imaginei a cousa!

Calou-se, ofegante, e, abanando-se com o lenço, rolava em redor os seus olhos langorosos, prateados como os de um peixe morto.

— É uma obra de cunho, embatem-se grandes paixões! — disse o conselheiro, passando as mãos sobre a calva. — Os meus parabéns, senhor Ledesma!

— Mas que quer o empresário? — perguntou Julião, que escutara de pé, atônito — que quer ele? Quer o abismo num primeiro andar, mobilado pelo Gardé?

Ernestinho voltou-se, muito afetuosamente:

— Não, senhor Zuzarte, — a sua voz era quase meiga — quero desfecho numa sala. De modo que eu — e fazia um gesto resignado a gente tem de condescender — tive de escrever outro final. Passei a noite em claro. Tomei três chávenas de café!...

O conselheiro acudiu, com a mão espalmada:

— Cuidado, senhor Ledesma, cuidado! Prudência com esses excitantes! Por quem é, prudência!

— A mim não me faz mal, senhor conselheiro — disse sorrindo. Escrevi-o em três horas! Venho de lho mostrar agora. Até o tenho aqui...

— Leia, Senhor Ernesto, leia! — exclamou logo D. Felicidade. Que lesse! Que lesse! Por que não lia?

Era uma maçada!... Era um rascunho!... Enfim, como queriam!... E radiante desdobrou, no silêncio, uma grande folha de papel azul pautado.

— Eu peço desculpa. Isto é um borrão. A cousa não está ainda com todos os efes e erres. — Fez então voz teatral:

— ÁGATA!... É a mulher; isto aqui é a cena com o marido, o marido já sabe tudo...

ÁGATA (*caindo de joelhos aos pés de Júlio*)

"Mas mata-me! Mata-me, por piedade! Antes a morte, que ver, com esses desprezos, o coração rasgado fibra a fibra!"

JÚLIO

"E não me rasgaste tu também o coração? Tiveste tu piedade? Não. Retalhaste-mo! Meu Deus, eu que a julgava pura, nessas horas em que arrebatados..."

O reposteiro franziu-se. Sentiu-se um fino tilintar de chávenas. Era Juliana, de avental branco, com o chá.

— Que pena! — exclamou Luísa. — Depois do chá se lê. Depois do chá.

Ernesto dobrou o papel e, com um olhar de lado para Juliana, rancoroso:

— Não vale a pena, prima Luísa!

— Ora essa! É lindo! — afirmou D. Felicidade.

Juliana pousava sobre a mesa o prato das fatias, os biscoutos de Oeiras, os bolos do Cocó.

— Aqui tem o seu chá fraco, conselheiro — dizia Luísa. — Sirva-se, Julião. As torradas ao Senhor Julião! Mais açúcar! Quem quer? Uma torrada, conselheiro?

— Estou amplamente servido, minha prezada senhora — replicou, curvando-se.

E declarou, voltado para Ernestinho, que achava o diálogo opulento.

Mas, perguntaram, o que quer o empresário mais agora? Já tem a sala...

Ernestinho, de pé, excitado, com um bolo de ovos na ponta dos dedos, explicou:

— O que o empresário quer é que o marido lhe perdoe... Foi um espanto:

— Ora essa! É extraordinário! Por quê?

— Então! — exclamou Ernestinho, encolhendo os ombros, — diz que o público que não gosta! Que não são cousas cá para o nosso país.

— A falar a verdade — disse o conselheiro — a falar a verdade, senhor Ledesma, o nosso público não é geralmente afeto a cenas de sangue.

— Mas não há sangue senhor conselheiro! — protestava Ernestinho, erguendo-se sobre os bicos dos sapatos — mas não há sangue! É com um tiro. É com um tiro pelas costas, senhor conselheiro!

Luísa fez a D. Felicidade — psit! e, num aparte, com um sorriso:

— Desses bolinhos de ovos. São muito frescos!

Ela respondeu, com uma voz lamentosa:

— Ai, filha, não!

E indicou o estômago, compungidamente.

No entanto, o conselheiro aconselhava a Ernestinho a clemência; tinha-lhe posto a mão no ombro paternalmente, e com uma voz persuasiva:

— Dá mais alegria à peça, Senhor Ledesma. O espectador sai mais aliviado! Deixe sair o espectador aliviado!

— Mais um bolinho, conselheiro?

— Estou repleto, minha prezada senhora.

E, então, invocou a opinião de Jorge. Não lhe parecia que o bom Ernesto devia perdoar?

— Eu, conselheiro? De modo nenhum. Sou pela morte. Sou inteiramente pela morte! E exijo que a mates, Ernestinho!

D. Felicidade acudiu, toda bondosa:

— Deixe falar, Senhor Ledesma. Está a brincar. E ele então que é um coração de anjo!

— Está enganada, D. Felicidade — disse Jorge, de pé, diante dela. — Falo sério e sou uma fera! Se enganou o marido, sou pela morte. No abismo, na sala, na rua, mas que a mate. Posso lá consentir que, num caso desses, um primo meu, uma pessoa da minha família, do meu sangue, se ponha a perdoar como um lamecha! Não! Mata-a! É um princípio de família. Mata-a quanto antes!

— Aqui tem um lápis, senhor Ledesma — gritou Julião, estendendo-lhe uma lapiseira.

O conselheiro, então, interveio, grave:

— Não — disse — não creio que o nosso Jorge fale sério. É muito instruído para ter ideias tão...

Hesitou, procurou o adjetivo. Juliana pôs-se-lhe diante com uma bandeja, onde um macaco de prata se agachava comicamente, sob um vasto guarda-sol eriçado de palitos. Tomou um, curvou-se, e concluiu:

— ...Tão anticivilizadoras.

— Pois está enganado, conselheiro, tenho-as — afirmou Jorge. São as minhas ideias. E aqui tem, se em lugar de se tratar de um final de ato fosse um caso da vida real; se o Ernesto viesse dizer-me: sabes, encontrei minha mulher...

— Oh Jorge! — disseram, repreensivamente.

— ...Bem, suponhamos, se ele mo viesse dizer, eu respondia-lhe o mesmo. Dou a minha palavra de honra, que lhe respondia o mesmo: mata-a!

Protestaram. Chamaram-lhe *tigre*, *Otelo*, *Barba-Azul*. Ele ria, enchendo muito sossegadamente o seu cachimbo.

Luísa bordava, calada; a luz do candeeiro, abatida pelo *abat-jour*, dava aos seus cabelos tons de um louro quente, resvalava sobre a sua testa branca como sobre um marfim muito polido.

— Que dizes tu a isto? — disse-lhe D. Felicidade.

Ela ergueu o rosto, risonha, encolheu os ombros... E o conselheiro logo:

— A senhora D. Luísa diz com orgulho o que dizem as verdadeiras mães de família:

> Impurezas do mundo não me roçam
> Nem a fímbria da túnica sequer.

— Ora muito boas noites — disse, à porta, uma voz grossa.

Voltaram-se.

Ó Sebastião! Ó senhor Sebastião! Ó Sebastiarrão!

Era ele, Sebastião, o grande Sebastião, o Sebastiarrão, Sebastião *tronco de árvore* — o íntimo, o camarada, *o inseparável* de Jorge, desde o latim, na aula de Frei Libório, aos Paulistas.

Era um homem baixo e grosso, todo vestido de preto, com um chapéu mole desabado na mão. Começava a perder um pouco na frente, os seus cabelos castanhos e finos. Tinha a pele muito branca, a barba alourada e curta.

Veio sentar-se ao pé de Luísa.

— Então, de onde vem? De onde vem?

Vinha do *Price*. Rira muito com os palhaços. Houvera a brincadeira da pipa.

O seu rosto, em plena luz, tinha uma expressão honesta, simples, aberta: os olhos pequenos, azuis de um azul-claro, de uma suavidade séria, adoçavam-se muito quando sorria; e os beiços escarlates, sem películas secas, os dentes luzidios, revelavam uma vida saudável e hábitos castos. Falava devagar, baixo, como se tivesse medo de se manifestar ou de fatigar. Juliana trouxera-lhe a sua chávena, e remexendo o açúcar com a colher direita, os olhos ainda a rir, um sorriso bom:

— A pipa tem muita graça. Muita graça!

Sorveu um gole de chá e depois de um momento:

— E tu, maroto, sempre partes amanhã? Não há umas tentaçõezinhas de ir por aí fora com ele, minha cara amiga?

Luísa sorriu. Tomara ela! Quem dera! Mas era uma jornada tão incômoda! Depois a casa não podia ficar só, não havia que fiar em criados...

— Está claro, está claro — disse ele.

Jorge, então, que abrira a porta do escritório, chamou-o:

— Ó Sebastião! Fazes favor?

Ele foi logo com o seu andar pesado, o largo dorso curvado; as abas do seu casaco malfeito tinham um comprimento eclesiástico.

Entraram para o escritório.

Era uma saleta pequena, com uma estante alta e envidraçada, tendo em cima a estatueta de gesso, empoeirada e velha, de uma bacante em delírio. A mesa, com um antigo tinteiro de prata que fora de seu avô, estava ao pé da janela; uma coleção empilhada de *Diários do Governo* branquejava a um canto; por cima da cadeira de marroquim escuro, pendia, num caixilho preto, uma larga fotografia de Jorge; e sobre o quadro, duas espadas encruzadas reluziam. Uma porta, no fundo, coberta com um reposteiro de baeta escarlate, abria para o patamar.

— Sabes quem esteve aí de tarde? — disse logo Jorge, acendendo o cachimbo. — Aquela desavergonhada da Leopoldina! Que te parece, hem?

— E entrou? — perguntou Sebastião, baixo, correndo por dentro o pesado reposteiro de fazenda listrada.

— Entrou, sentou-se, esteve, demorou-se! Fez o que quis! A Leopoldina, a *Pão-e-Queijo*!

E arremessando o fósforo violentamente:

— Quando penso que aquela desavergonhada vem a minha casa! Uma criatura que tem mais amantes que camisas, que anda pelo Dafundo em troças, que passeava nos bailes, este ano, de dominó, com um tenor! A mulher do Zagalão, um devasso que falsificou uma letra!

E quase ao ouvido de Sebastião:

— Uma mulher que dormiu com o Mendonça dos calos! Aquele sebento do Mendonça dos calos!

Teve um gesto furioso, exclamou:

— E vem aqui, senta-se nas minhas cadeiras, abraça minha mulher, respira o meu ar!... Palavra de honra, Sebastião, se a pilho — procurou mentalmente, com o olhar aceso, um castigo suficiente — dou-lhe açoutes!

Sebastião disse devagar:

— E o pior é a vizinhança.

— Está claro que é! — exclamou Jorge. — Toda essa gente aí pela rua abaixo sabe quem ela é! Sabem-lhe os amantes, sabem-lhe os sítios. É a *Pão-e-Queijo*! Todo o mundo conhece a *Pão-e-Queijo*.

— Má vizinhança — disse Sebastião.

— De tremer.

Mas então! Estava acostumado à casa, era sua, tinha-a arranjado, era uma economia...

— Se não! Não parava aqui um dia!

Era um horror de rua! Pequena, estreita, acavalados uns nos outros! Uma vizinhança a postos, ávida de mexericos! Qualquer bagatela, o trotar de uma tipoia, e aparecia por trás de cada vidro um par de olhos repolhudos a tocar! E era logo um badalar de línguas por aí abaixo e conciliábulos, e opiniões formadas! Fulano é indecente, fulana é bêbeda!

— É o diabo! — disse Sebastião.

— A Luísa é um anjo, coitada — dizia Jorge, passeando pela saleta — mas tem cousas em que é criança! Não vê o mal. É muito boa, deixa-se ir. Com este caso da Leopoldina, por exemplo, foram criadas de pequenas, eram amigas, não tem coragem agora para a pôr fora. É acanhamento, é bondade. Ele compreende-se! Mas enfim as leis da vida têm as suas exigências!...

E depois de uma pausa:

— Por isso, Sebastião, enquanto eu estiver fora, se te constar que a Leopoldina vem por cá, avisa a Luísa! Porque ela é assim: esquece-se, não reflexiona. E necessário alguém que a advirta, que lhe diga: — Alto lá, isso não pode ser! Que então cai logo em si, e é a primeira!... Vens por aí, fazes-lhe companhia, fazes-lhe música, e se vires que a Leopoldina aparece ao largo, tu logo: — Minha rica senhora, cuidado, olhe que isso não! Que ela sentindo-se apoiada, tem decisão. Se não, acanha-se, deixa-a vir. Sofre com isso, mas não tem coragem de lhe dizer: não te quero ver, vai-te! Não tem coragem para nada; começam as mãos a tremer-lhe, a secar-se-lhe a boca... É mulher, é muito mulher!... Não te esqueças, hem, Sebastião?

— Então havia de me esquecer, homem?

Sentiram então o piano na sala, e a voz de Luísa ergueu-se, fresca e clara, cantando a *Mandolinata*:

Amici, la notte é bella,
La luna va spontari...

— Fica tão só, coitada!... — disse Jorge.

Deu alguns passos pelo escritório, fumando, com a cabeça baixa:

— Todo o casal bem organizado, Sebastião, deve ter dous filhos! Deve ter pelo menos um!...

Sebastião coçou a barba em silêncio — e a voz de Luísa, elevando-se com um certo esforço áspero, nos altos da melodia:

Di cà, di là, per la cità
Andiami a transnottari...

Era uma tristeza secreta de Jorge — não ter um filho! Desejava-o tanto! Ainda em solteiro, nas vésperas do casamento, já sonhava aquela felicidade: o seu filho! Via-o de muitas maneiras: ou gatinhando com as suas perninhas vermelhas, cheias de roscas, e os cabelos anelados, finos como fios de seda; ou rapaz forte, entrando da escola com os livros, alegre e de olho vivo, vindo mostrar-lhe as boas notas dos mestres; ou, melhor, rapariga crescida, clara e rosada, com um vestido branco, as duas tranças caídas, vindo pousar as mãos nos seus cabelos já grisalhos...

Vinha-lhe, às vezes, um medo de morrer sem ter tido aquela felicidade completadora!

Agora, na sala, a voz aguda de Ernestinho perorava, depois, no piano, Luísa recomeçou a *Mandolinata*, com um *brio* jovial.

A porta do escritório abriu-se, Julião entrou:

— Que estão vocês aqui a conspirar? Vou-me safar, que é tarde! Até à volta, meu velho, hem? Também ia contigo tomar ar, respirar, ver campos, mas...

E sorriu com amargura.

— *Addio*! *Addio*!

Jorge foi alumiar-lhe ao patamar, abraçá-lo outra vez. Se quisesse alguma cousa do Alentejo!...

Julião carregou o chapéu na cabeça:

— Dá cá outro charuto, por despedida! Dá cá dous!

— Leva a caixa! Eu em viagem só fumo cachimbo. Leva a caixa, homem!

Embrulhou-lha num *Diário de Notícias*; Julião meteu-a debaixo do braço, e descendo os degraus:

— Cuidado com as sezões, e descobre uma mina de ouro!

Jorge e Sebastião entraram na sala. Ernestinho, encostado ao piano, torcia as guias do bigodinho, e Luísa começava uma valsa de Strauss — o *Danúbio Azul*.

Jorge disse, rindo, estendendo os braços:

— Uma valsa, D. Felicidade?

Ela voltou-se, com um sorriso. E por que não? Em nova era falada! Citou logo a valsa que dançara com o senhor D. Fernando, no tempo da Regência, nas Necessidades. Era uma valsa linda, dessa época: *A Pérola de Ofir*.

Estava sentada ao pé do conselheiro, no sofá. E como retomando um diálogo mais querido — continuou, baixo para ele, com uma voz meiga:

— Pois creia, acho-o com ótimas cores.

O conselheiro enrolava vagarosamente o seu lenço de seda da Índia.

— Na estação calmosa passo sempre melhor. E D. Felicidade?

— Ai! Estou outra, conselheiro! Muito boas digestões, muito livre de gases... Estou outra!

— Deus o queira, minha senhora, Deus o queira — disse o conselheiro, esfregando lentamente as mãos.

Tossiu, ia levantar-se. Mas D. Felicidade pôs-se a dizer.

— Espero que esse interesse seja verdadeiro...

Corou. O corpete flácido do vestido de seda preta enchia-se-lhe com o arfar do peito.

O conselheiro recaiu lentamente no sofá, e com as mãos nos joelhos:

— D. Felicidade sabe que tem em mim um amigo sincero...

Ela levantou para ele os seus olhos pisados, de onde saíam revelações de paixão e súplicas de felicidade:

— E eu, conselheiro!...

Deu um grande suspiro, pôs o leque sobre o rosto.

O conselheiro ergueu-se secamente. E com a cabeça alta, as mãos atrás das costas, foi ao piano, perguntou a Luísa curvando-se:

— É alguma canção do Tirol, D. Luísa?

— Uma valsa de Strauss — murmurou-lhe Ernestinho, em bicos de pés, ao ouvido.

— Ah! Muita fama! Grande autor!

Tirou então o relógio. Eram horas, disse, de ir coordenar alguns apontamentos. Aproximou-se de Jorge, com solenidade:

— Jorge, meu bom Jorge, adeus! Cautela com esse Alentejo! O clima é nocivo, a estação traiçoeira!

E apertou-o nos braços com uma pressão comovida.

D. Felicidade punha a sua manta de renda negra.

— Já, D. Felicidade? — disse Luísa.

Ela explicou-lhe, ao ouvido:

— Já, sim, filha, que tenho estado a abarrotar, comi umas vagens e tenho estado!... E aquele homem, aquele gelo! O senhor Ernesto vem para os meus sítios, hem?

— Como um fuso, minha senhora!

Tinha vestido o seu paletó de alpaca clara, fumava chupando, com as faces encovadas, por uma boquilha enorme, onde uma Vênus se torcia sobre o dorso de um leão domado.

— Adeus, primo Jorge, saudinha e dinheiro, hem? Adeus. Quando for a *Honra e Paixão* cá mando um camarote à prima Luísa. Adeus! Saudinha!

Iam a sair. Mas o conselheiro, à porta, voltando-se subitamente, com as abas do paletó deitadas para trás, a mão pomposamente apoiada no castão de prata da bengala que representava uma cabeça de mouro, disse, com gravidade:

— Esquecia-me, Jorge! Tanto em Évora, como em Beja, visite os governadores civis! E eu lhe digo por quê: deve-lho como primeiros funcionários do distrito e podem-lhe ser de muita utilidade nas suas peregrinações científicas!

E curvando-se profundamente:

— *Al rivedere*, como se diz em Itália.

Sebastião tinha ficado. Para arejar do fumo de tabaco, Luí-sa foi abrir as janelas; a noite estava quente e imóvel, de luar.

Sebastião pusera-se ao piano, e com a cabeça curvada, corria devagar o teclado.

Tocava admiravelmente, com uma compreensão muito fina da música. Outrora, compusera mesmo uma *Meditação*, duas *Valsas*, uma *Balada*; mas eram estudos muito trabalhados, cheios de reminiscências, sem estilo.

— Da cachimônia não me sai nada — costumava ele dizer com bonomia, batendo na testa, sorrindo — mas lá com os dedos!... Pôs-se a tocar um *Noturno*, de Chopin. Jorge sentara-se no sofá ao pé de Luísa.

— Já tens pronto o teu farnelzinho! — disse-lhe ela.

— Bastam umas bolachas, filha. O que quero é o cantil com conhaque.

— E não te esqueças de mandar um telegrama logo que chegues!

— Pudera!

— Tu daqui a quinze dias, vens!

— Talvez...

Ela teve um gesto amuado.

— Ah, hem! Se não vieres, vou ter contigo! A culpa é tua.

E olhando em redor:

— Que só que vou ficar!

Mordeu o beicinho, fitou o tapete. E de repente, com a voz ainda triste:

— Psit, Sebastião! A *malaguenha*, faz favor?

Sebastião começou a tocar a *malaguenha*. Aquela melodia cálida, muito arrastada, encantava-a. Parecia-lhe estar em Málaga, ou em Granada, não sabia; era sob as laranjeiras, mil estrelinhas luzem; a noite é quente, o ar cheira bem; por baixo de um lampião suspenso a um ramo, um cantador sentado na tripeça mourisca faz gemer a guitarra; em redor, as mulheres com os seus corpetes de veludilho encarnado batem as mãos em cadência; e ao largo dorme uma Andaluzia de romance e de zarzuela, quente e sensual, onde tudo são braços brancos que se abrem para o amor, capas românticas que roçam as paredes, sombrias vielas onde luz o nicho do santo e se repenica a viola, serenos que invocam a Virgem Santíssima cantando as horas...

— Muito bem, Sebastião! Gracias!

Ele sorriu, ergueu-se, fechou cuidadosamente o piano, e indo buscar o seu chapéu desabado:

— Então amanhã às sete? Cá estou, e vou-te acompanhar até ao Barreiro.

Bom Sebastião!

Foram debruçar-se na varanda para o ver sair. A noite fazia um silêncio alto, de uma melancolia plácida; o gás dos candeeiros parecia mortiço; a sombra que se recortava na rua, com uma nitidez brusca, tinha um tom quente e doce; a luz punha nas fachadas brancas claridades vivas, e nas pedras da calçada faiscações vidradas; uma claraboia reluzia, a distância, como uma velha lâmina de prata; nada se movia; e instintivamente os olhos erguiam-se para as alturas, procuravam a lua branca, muito séria.

— Que linda noite!

A porta bateu, e Sebastião debaixo, na sombra:

— Dá vontade de passear, hem?

— Linda!

Ficaram à varanda preguiçosamente, olhando, detidos pela tranquilidade, pela luz. Puseram-se a falar baixo da jornada. Aquela hora onde estaria ele? Já em Évora, num quarto de estalagem, passeando monotonamente sobre um chão de tijolo. Mas voltaria breve; esperava fazer um bom negócio com o Paco, o espanhol das minas de Portel, trazer talvez alguns centos de mil-réis, e teriam então a doçura do mês de setembro; poderiam fazer uma jornada ao Norte, irem ao Bussaco, trepar aos altos, beber a água fresca das rochas, sob a espessura úmida das folhagens; irem a Espinho, e pelas praias, sentar-se na areia, no bom ar cheio de azote, vendo o mar unido, de um azul metálico e faiscante, o mar do verão, com algum fumo de paquete que passa para o sul ao longe muito adelgaçado. Faziam outros planos com os ombros muito chegados; uma felicidade abundante enchia-os deliciosamente. E Jorge disse:

— Se houvesse um pequerrucho, já não ficavas tão só!

Ela suspirou. Também o desejava tanto! Chamar-se-ia Carlos Eduardo. E via-o no seu berço dormindo, ou no colo, nu, agarrando com a mãozinha o dedo do pé, mamando a ponta rosada do seu peito... Um estremecimento de um deleite infinito correu-lhe no corpo. Passou o braço pela cinta de Jorge. Um dia seria, teria um filho de certo! E não compreendia o seu filho homem nem Jorge velho; via-os ambos do mesmo modo: um sempre amante, novo, forte; o outro sempre dependente do seu peito, da maminha, ou gatinhando e palrando, louro e cor-de-rosa. E a vida aparecia-lhe infindável, de uma doçura igual, atravessada do mesmo enternecimento amoroso, quente, calma e luminosa como a noite que os cobria.

— A que horas quer a senhora que a venha acordar? — disse a voz seca de Juliana.

Luísa voltou-se:

— Às sete, já lhe disse há pouco, criatura.

Fecharam a janela. Em torno das velas uma borboleta branca esvoaçava. Era bom agouro!

Jorge prendeu-a nos braços:

— Vai ficar sem o seu maridinho, hem? — disse tristemente.

Ela deixou pesar o corpo sobre as mãos dele cruzadas, olhou-o com um longo olhar que se enevoava e escurecia, e envolvendo-lhe o pescoço com o gesto lento, harmonioso e solene dos braços, pousou-lhe na boca um beijo grave e profundo. Um vago soluço levantou-lhe o peito.

— Jorge! Querido! — murmurou.

3

Havia doze dias que Jorge tinha partido e, apesar do calor e da poeira, Luísa vestia-se para ir a casa de Leopoldina. Se Jorge soubesse, não havia de gostar, não! Mas estava tão farta de estar só! Aborrecia-se tanto! De manhã, ainda tinha os arranjos, a costura, a *toilette*, algum romance... Mas de tarde!

À hora em que Jorge costumava voltar do ministério, a solidão parecia alargar-se em torno dela. Fazia-lhe tanta falta o seu toque de campainha, os seus passos no corredor!...

Ao crepúsculo, ao ver cair o dia, entristecia-se sem razão, caía numa vaga sentimentalidade; sentava-se ao piano, e os fados tristes, as cavatinas apaixonadas gemiam instintivamente no teclado, sob os seus dedos preguiçosos, no movimento abandonado dos seus braços moles. O que pensava em tolices então! E à noite, só, na larga cama francesa, sem poder dormir com o calor, vinham-lhe de repente terrores, palpites de viuvez.

Não estava acostumada, não podia estar só. Até se lembrara de chamar a tia Patrocínio, uma velha parenta pobre que vivia em Belém; ao menos era *alguém*; mas receou aborrecer-se mais ao pé da sua longa figura de viúva taciturna, sempre a fazer meia, com enormes óculos de tartaruga sobre o nariz de águia.

Naquela manhã pensara em Leopoldina, toda contente de ir tagarelar, rir, segredar, passar as horas do calor. Penteava-se em colete e saia branca; a camisinha decotada descobria os ombros alvos de uma redondeza macia, o colo branco e tenro, azulado de veiazinhas finas; e os seus braços redondinhos, um pouco vermelhos no cotovelo, descobriam por baixo, quando se erguiam prendendo as tranças, fiozinhos louros, frisando e fazendo ninho.

A sua pele conservava ainda o rosado úmido da água fria; havia no quarto um cheiro agudo de vinagre de *toilette*; os transparentes de linho branco descidos davam uma luz baça, com tons de leite.

Ah! positivamente devia escrever a Jorge — que voltasse depressa! Que o que tinha graça era ir surpreendê-lo a Évora, cair-lhe no Tabaquinho, um dia, às três horas! E quando ele entrasse empoeirado e encalmado, de lunetas azuis, atirar-se-lhe ao pescoço! E à tardinha, pelo braço dele, ainda quebrada da jornada, com um vestido fresco, ir ver a cidade. Pelas ruas estreitas e tristes admiravam-na muito. Os homens vinham às portas das lojas. Quem seria? É de Lisboa. É a do Engenheiro. — E diante do toucador, apertando o corpete do vestido, sorria àquelas imaginações, e ao seu rosto, no espelho.

A porta do quarto rangeu devagarinho.

— Que é?

A voz de Juliana, plangente, disse:

— A senhora dá licença que eu vá logo ao médico?

— Vá, mas não se demore. Puxe-me essa saia atrás. Mais. O que é que você tem?

— Enjôos, minha senhora, peso no coração. Passei a noite em claro.

Estava mais amarela, o olhar muito pisado, a face envelhecida. Trazia um vestido de merino preto escoado, e a cuia da semana de cabelos velhos.

— Pois sim, vá — disse Luísa. — Mas arranje tudo antes. E não se demore, hem?

Juliana subiu logo à cozinha. Era no segundo andar com duas janelas de sacada para as traseiras, larga, ladrilhada de tijolo diante do fogão.

— Diz que sim, senhora Joana — disse à cozinheira — que podia ir. Vou-me vestir. Ela também está quase pronta. Fica vossemecê com a casa por sua!

A cozinheira fez-se vermelha, pôs-se a cantar, foi logo sacudir, estender na varanda um velho tapete esfiado; e os seus olhos não deixavam, defronte, uma casa baixa, pintada de amarelo, com um portal largo — a loja de marceneiro do tio João Galho, onde trabalhava o Pedro, o seu amante. A pobre Joana "babava-se" por ele. Era um rapazola pálido e afadistado; Joana era minhota, de Avites, de família de lavrador, e aquela figura delgada de lisboeta anêmico seduzia-a com uma violência abrasada. Como não podia sair à semana, metia-o em casa, pela porta de trás, quando estava só; estendia então na varanda para dar sinal o velho tapete desbotado, onde ainda se percebiam os paus de um veado.

Era uma rapariga muito forte, com peitos de ama, o cabelo como azeviche, todo lustroso do óleo de amêndoas doces. Tinha a testa curta de plebeia teimosa. E as sobrancelhas cerradas faziam-lhe parecer o olhar mais negro.

— Ai! — suspirou Juliana. — A senhora Joana é que a leva!

A rapariga ficou escarlate.

Mas Juliana acudiu logo:

— Olha o mal! Fosse eu! Boa! Faz muito bem!

Juliana lisonjeava sempre a cozinheira; dependia dela; Joana dava-lhe caldinhos às horas de debilidade ou, quando ela estava mais adoentada, fazia-lhe um bife às escondidas da senhora. Juliana tinha um grande medo de "cair em fraqueza", e a cada momento precisava tomar a "sustância". De certo, como feia e solteirona detestava aquele "escândalo do carpinteiro"; mas protegia-o, porque ele valia muitos realos aos seus fracos de gulosa.

— Fosse eu! — repetiu — dava-lhe o melhor da panela! Se a gente ia a ter escrúpulos por causa dos amos, boa! Olha quem! Veem uma pessoa a morrer, e é como se fosse um cão.

E com um risinho amargo:

— Diz que me não demorasse no médico. E como quem diz, cura-te depressa ou espicha depressa!

Foi buscar a vassoura a um canto, e com um suspiro agudo:

— Todas o mesmo, uma récua!

Desceu, começou a varrer o corredor. — Toda a noite estivera doente; o quarto no sótão, debaixo das telhas, muito abafado, com um cheiro de tijolo cozido, dava-lhe enjoos, faltas de ar, desde o começo do verão; na véspera até vomitara! E já levantada às seis horas, não descansara, limpando, engomando, despejando, com a pontada no lado e todo o estômago embrulhado! — Tinha escancarado a cancela, e com grandes ais, atirava vassouradas furiosas contra as grades do corrimão.

— A senhora D. Luísa está em casa?

Voltou-se. Nos últimos degraus da escada estava um sujeito, que lhe pareceu "estrangeirado". Era trigueiro, alto, tinha um bigode pequedo levantado, um ramo na sobrecasaca azul, e o verniz dos seus sapatos resplandecia.

— A senhora vai sair — disse ela olhando-o muito. — Faz favor de dizer quem é?

O indivíduo sorriu.

— Diga-lhe que é um sujeito para um negócio. Um negócio de minas.

Luísa diante do toucador, já de chapéu, metia numa casa do corpete dous botões de rosa de chá.

— Um negócio! — disse muito surpreendida. — Deve ser algum recado para o senhor Jorge, de certo! Mande entrar. Que espécie de homem é?

— Um janota!

Luísa desceu o véu branco, calçou devagar as luvas de *peau de suède* claras, deu duas pancadinhas fofas ao espelho na gravata de renda, e abriu a porta da sala. Mas quase recuou; fez *ah*! toda escarlate. Tinha-o reconhecido logo. Era o primo Basílio.

Houve um *shake-hands* demorado, um pouco trêmulo. Estavam ambos calados; ela com todo o sangue no rosto, um sorriso vago; ele fitando-a muito, com um olhar admirado. Mas as palavras, as perguntas vieram logo muito precipitadamente: — Quando tinha ele chegado? Se sabia que ele estava em Lisboa? Como soubera a morada dela?

Chegara na véspera no paquete de Bordéus. Perguntara no ministério, disseram-lhe que Jorge estava no Alentejo, deram-lhe a *adresse*...

— Como tu estás mudada, Santo Deus!

— Velha?

— Bonita!

— Ora!

E ele, que tinha feito? Demorava-se?

Foi abrir uma janela, dar uma luz larga, mais clara. Sentaram-se. Ele no sofá muito languidamente; ela ao pé, pousada de leve à beira de uma poltrona, toda nervosa.

Tinha deixado o *degredo* — disse ele. — Viera respirar um pouco à velha Europa. Estivera em Constantinopla, na Terra Santa, em Roma. O último ano passara-o em Paris. Vinha de lá, daquela audeola de Paris! — Falava devagar, recostado, com um ar íntimo, estendendo sobre o tapete, comodamente, os seus sapatos de verniz.

Luísa olhava-o. Achava-o mais varonil, mais trigueiro. No cabelo preto anelado havia agora alguns fios brancos: mas o bigode pequeno tinha o antigo ar moço orgulhoso e intrépido; os olhos, quando ria, a mesma doçura amolecida, banhada num fluido. Reparou na ferradura de pérola da sua gravata de cetim preto, nas pequeninas estrelas brancas bordadas nas suas meias de seda. A Bahia não o vulgarizara. Voltava mais interessante!

— Mas tu, conta-me de ti — dizia ele com um sorriso, inclinado para ela. — És feliz, tens um pequerrucho...

— Não — exclamou Luísa rindo. — Não tenho! Quem te disse?

— Tinham-me dito. E teu marido demora-se?

— Três, quatro semanas, creio.

Quatro semanas! Era uma viuvez! Ofereceu-se logo para a vir ver mais vezes, palrar um momento, pela manhã...

— Pudera não! És o único parente, que tenho, agora...

Era verdade!... E a conversação tomou uma intimidade melancólica; falaram da mãe de Luísa, a tia *Jojó*, como lhe chamava Basílio. Luísa contou a sua morte, muito doce, na poltrona, sem um ai...

— Onde está sepultada? — perguntou Basílio com uma voz grave; e acrescentou, puxando o punho da camisa de chita: — Está no nosso jazigo?

— Está.

— Hei de ir lá. Pobre tia Jojó!

Houve um silêncio.

— Mas tu ias sair! — disse Basílio de repente, querendo erguer-se.

— Não! — exclamou. — Não! Estava aborrecida, não tinha nada que fazer. Ia tomar ar. Não saio, já.

Ele ainda disse:

— Não te prendas...

— Que tolice! Ia a casa de uma amiga passar um momento.

Tirou logo o chapéu; naquele movimento os braços erguidos repuxaram o corpete justo, as formas do seio acusaram-se suavemente. Basílio torcia a ponta do bigode devagar, e vendo-a descalçar as luvas:

— Era eu antigamente quem te calçava e descalçava as luvas... Lembras-te?... Ainda tenho esse privilégio exclusivo, creio eu...

Ela riu-se.

— De certo que não...

Basílio disse então, lentamente, fitando o chão:

— Ah! Outros tempos!

E pôs-se a falar de Colares. A sua primeira ideia, mal chegara, tinha sido tomar uma tipoia e ir lá; queria ver a quinta; ainda existiria o balouço debaixo do castanheiro? Ainda haveria o caramanchão de rosinhas brancas, ao pé do Cupido de gesso que tinha uma asa quebrada?...

Luísa ouvira dizer que a quinta pertencia agora a um brasileiro; sobre a estrada havia um mirante com um teto chinês, ornado de bolas de vidro; e a velha casa morgada fora reconstruída e mobiliada pelo Gardé.

— A nossa pobre sala de bilhar, cor de oca, com grinaldas de rosas! — disse Basílio; e fitando-a: — Lembras-te das nossas partidas de bilhar?

Luísa, um pouco vermelha, torcia os dedos das luvas; ergueu os olhos para ele, disse, sorrindo:

— Éramos duas crianças!

Basílio encolheu tristemente os ombros, fitou as ramagens do tapete; parecia abandonar-se a uma saudade remota, e com uma voz sentida:

— Foi o bom tempo! Foi o meu bom tempo!

Ela via a sua cabeça benfeita, descaída naquela melancolia das felicidades passadas, com uma risca muito fina, e os cabelos brancos — que lhe dera a separação. Sentia também uma vaga saudade encher-lhe o peito; ergueu-se, foi abrir a outra janela, como para dissipar na luz viva e forte aquela perturbação. Perguntou-lhe então pelas viagens, por Paris, por Constantinopla.

Fora sempre o seu desejo viajar — dizia — ir ao Oriente. Quereria andar em caravanas, balouçada no dorso dos camelos; e não teria medo, nem do deserto, nem das feras...

— Estás muito valente! — disse Basílio. — Tu eras uma maricas, tinhas medo de tudo... Até da adega, na casa do papá, em Almada!

Ela corou. Lembrava-se bem da adega, com a sua frialdade subterrânea que dava arrepios! A candeia de azeite pendurada na parede alumiava com uma luz avermelhada e fumosa as grossas traves cheias de teias de aranha, e a fileira tenebrosa das pipas bojudas. Havia ali, às vezes, pelos cantos, beijos furtados...

Quis saber então o que tinha feito em Jerusalém, se era bonito.

Era curioso. Ia pela manhã um bocado ao Santo Sepulcro; depois do almoço montava a cavalo... Não se estava mal no hotel, inglesas bonitas... Tinha algumas intimidades ilustres...

Falava delas, devagar, traçando a perna; o seu amigo patriarca de Jerusalém, a sua velha amiga princesa de La Tour d'Auvergne! Mas o melhor do dia era de tarde — dizia — no Jardim das Oliveiras, vendo defronte as muralhas do templo de Salomão, ao pé a aldeia escura de Betânia onde Marta fiava aos pés de Jesus, e mais longe, faiscando imóvel sob o sol, o mar Morto! E ali passava sentado num banco, fumando tranquilamente o seu cachimbo!

Se tinha corrido perigos?

De certo. Uma tempestade de areia no deserto de Petra! Horrível! Mas que linda viagem, as caravanas, os acampamentos! Descreveu a sua *toilette*: uma manta de pele de camelo às listras vermelhas e pretas, um punhal de Damasco numa cinta de Bagdá, e a lança comprida dos Beduínos.

— Devia-te ficar bem!

— Muito bem. Tenho fotografias. Prometeu dar-lhe uma, e acrescentou:

— Sabes que te trago presentes?

— Trazes? — E os seus olhos brilhavam. O melhor era um rosário...

— Um rosário?

— Uma relíquia! Foi benzido primeiro pelo patriarca de Jerusalém sobre o túmulo de Cristo, depois pelo papa...

Ah! Porque tinha estado com o papa! Um velhinho muito asseado, já todo branquinho, vestido de branco, muito amável!

— Tu dantes não eras muito devota — disse.

— Não, não sou muito caturra nessas cousas — respondeu rindo.

— Lembras-te da capela da nossa casa em Almada?

Tinham passado ali lindas tardes! Ao pé da velha capela morgada havia um adro todo cheio de altas ervas floridas — e as papoulas, quando vinha a aragem, agitavam-se como asas vermelhas de borboletas pousadas...

— E a tília, lembras-te onde eu fazia ginástica?

— Não falemos no que lá vai!

Em que queria ela então que ele falasse? Era a sua mocidade, o melhor que tivera na vida...

Ela sorriu, perguntou:

— E no Brasil?

Um horror! Até fizera a corte a uma mulata.

— E por que te não casaste?...

Estava a mangar! Uma mulata!

— E de resto — acrescentou com a voz de um arrependimento triste — já que me não casei quando devia — encolheu os ombros melancolicamente — acabou-se... Perdi a vez. Ficarei solteiro.

Luísa fez-se escarlate. Houve um silêncio.

— E qual é o outro presente, então, além do rosário?

— Ah! Luvas. Luvas de verão, de *peau de suède*, de oito botões. Luvas decentes. Vocês aqui usam umas luvitas de dous botões, a ver-se o punho, um horror!

De resto pelo que tinha visto, as mulheres em Lisboa cada dia se vestiam pior! Era atroz! Não dizia por ela; até aquele vestido tinha *chic*, era simples, era honesto. Mas em geral, era um horror. Em Paris! Que deliciosas, que frescas as *toilettes* daquele verão! Oh! Mas em Paris!... Tudo é superior! Por exemplo desde que chegara ainda não pudera comer. Positivamente não podia comer! — Só em Paris se come, resumiu.

Luísa voltava entre os dedos o seu medalhão de ouro, preso ao pescoço por uma fita de veludo preto.

— E estiveste então um ano em Paris?

Um ano divino. Tinha um *apartamento* lindíssimo, que pertencera a Lord Falmouth, rue Saint Florentin, tinha três cavalos...

E recostando-se muito, com as mãos nos bolsos:

— Enfim, fazer este vale de lágrimas o mais confortável possível!... Dize cá, tens algum retrato nesse medalhão?

— O retrato de meu marido.

— Ah! deixa ver!

Luísa abriu o medalhão. Ele debruçou-se; tinha o rosto quase sobre o peito dela. Luísa sentia o aroma fino que vinha de seus cabelos.

— Muito bem, muito bem! — fez Basílio.

Ficaram calados.

— Que calor que está! — disse Luísa. — Abafa-se, hem!

Levantou-se, foi abrir um pouco uma vidraça. O sol deixara a varanda. Uma aragem suave encheu as pregas grossas das bambinelas.

— É o calor do Brasil — disse ele. — Sabes que estás mais crescida?

Luísa estava de pé. O olhar de Basílio corria-lhe as linhas do corpo; e com a voz muito íntima, os cotovelos sobre os joelhos, o rosto erguido para ela:

— Mas, francamente, dize cá, pensaste que eu te viria ver?

— Ora essa! Realmente, se não viesses zangava-me. És o meu único parente... O que tenho pena é que meu marido não esteja...

— Eu — acudiu Basílio — foi justamente por ele não estar...

Luísa fez-se escarlate. Basílio emendou logo, um pouco corado também:

— Quero dizer... talvez ele saiba que houve entre nós...

Ela interrompeu:

— Tolices! Éramos duas crianças. Onde isso vai!

— Eu tinha vinte e sete anos — observou ele, curvando--se.

Ficaram calados, um pouco embaraçados. Basílio cofiava o bigode, olhando vagamente em redor.

— Estás muito bem instalada aqui — disse.

Não estava mal... A casa era pequena, mas muito cômoda. Pertencia-lhes.

— Ah! Estás perfeitamente! Quem é esta senhora com uma luneta de ouro?

E indicava o retrato por cima do sofá.

— A mãe de meu marido.

— Ah! vive ainda?

— Morreu.

— É o que uma sogra pode fazer de mais amável...

Bocejou ligeiramente, fitou um momento os seus sapatos muito aguçados, e com um movimento brusco, ergueu-se, tomou o chapéu.

— Já? Onde estás?

— No Hotel Central. E até quando?

— Até quando quiseres. Não disseste que vinhas amanhã com o rosário?

Ele tomou-lhe a mão, curvou-se:

— Já se não pode dar um beijo na mão de uma velha prima?

— Por que não?

Pousou-lhe um beijo na mão, muito longo, com uma pressão doce.

— Adeus! — disse.

E à porta, com o reposteiro meio erguido, voltando-se:

— Sabes, que eu, ao subir as escadas, vinha a perguntar a mim mesmo, como se vai isto passar?

— Isto quê? Vermo-nos outra vez? Mas, perfeitamente. Que imaginaste tu?

Ele hesitou, sorriu:

— Imaginei que não eras tão boa rapariga. Adeus. Amanhã, hem? No fundo da escada acendeu o charuto, devagar.

— Que bonita que ela está! — pensou.

E arremessando o fósforo, com força:

— E eu, pedaço de asno, que estava quase decidido a não a vir ver! Está de apetite! Está muito melhor! E sozinha em casa, aborrecidinha talvez!...

Ao pé da Patriarcal fez parar um *coupé* vazio; e estendido, com o chapéu nos joelhos, enquanto a parelha esfalfada trotava:

— E tem-me o ar de ser muito asseada, cousa rara na terra! As mãos muito bem tratadas! O pé muito bonito!

Revia a pequenez do pé, pôs-se a fazer por ele o desenho mental de outras belezas, despindo-a, querendo adivinhá-la... A amante que deixara em Paris era muito alta e magra, de uma elegância de tísica; quando se decotava viam-se as saliências das suas primeiras costelas. E as formas redondinhas de Luísa decidiram-no:

— A ela! — exclamou com apetite. — A ela, como S. Tiago aos mouros!

Luísa, quando o sentiu embaixo fechar a porta da rua, entrou no quarto, atirou o chapéu para a *causeuse*, e foi-se logo ver ao espelho. Que felicidade estar vestida! Se ele a tivesse apanhado em roupão, ou mal penteada!... Achou-se muito afogueada, cobriu-se de pós de arroz. Foi à janela, olhou um momento a rua, o sol que batia ainda nas casas fronteiras. Sentia-se cansada. Àquelas horas, Leopoldina estava a jantar já, de certo... Pensou em escrever a Jorge "para matar o tempo", mas veio-lhe uma preguiça; estava tanto calor! Depois não tinha que lhe dizer! Começou então a despir-se devagar diante do espelho, olhando-se muito, gostando de se ver branca, acariciando a finura da pele, com bocejos lânguidos de um cansaço feliz. Havia sete anos que não via o primo

Basílio! Estava mais trigueiro, mais queimado, mas ia-lhe bem!

E depois de jantar ficou junto à janela, estendida na *voltaire*, com um livro esquecido no regaço. O vento caíra e o ar, de um azul forte nas alturas, estava imóvel; a poeira grossa pousara, a tarde tinha uma transparência calma de luz; pássaros chilreavam na figueira brava; da serralheria próxima saía o martelar contínuo e sonoro de folhas de ferro. Pouco a pouco o azul desbotou; sobre o poente, laivos de cor de laranja desmaiada esbateram-se como grandes pinceladas desleixadas. Depois tudo se cobriu de uma sombra difusa, calada e quente, com uma estrelinha muito viva que luzia e tremia. E Luísa deixara-se ficar na *voltaire* esquecida, absorvida, sem pedir luz.

— Que vida interessante a do primo Basílio! — pensava. — O que ele tinha visto! Se ela pudesse também fazer as suas malas, partir, admirar aspectos novos e desconhecidos, a neve nos montes, cascatas reluzentes! Como desejaria visitar os países que conhecia dos romances — a Escócia e os seus lagos taciturnos, Veneza e os seus palácios trágicos; aportar às baías, onde um mar luminoso e faiscante morre na areia fulva; e das cabanas dos pescadores, de teto chato, onde vivem as Grazielas, ver azularem-se ao longe as ilhas de nomes sonoros! E ir a Paris! Paris sobretudo! Mas, qual! Nunca viajaria de certo; eram pobres; Jorge era caseiro, tão lisboeta!

Como seria o patriarca de Jerusalém? Imaginava-o de longas barbas brancas, recamado de ouro, entre instrumentações solenes e rolos de incenso! E a princesa de La Tour d'Auvergne? Devia ser bela, de uma estatura real, vivia cercada de pajens, namorara-se de Basílio. — A noite escurecia, outras estrelas luziam. — Mas de que servia viajar, enjoar nos paquetes, bocejar nos vagões, e, numa diligência muito sacudida, cabecear de sono pela serra nas madrugadas frias? Não era melhor viver num bom conforto, com um marido terno, uma casinha abrigada, colchões macios, uma noite de teatro às vezes, e um bom almoço nas manhãs claras quando os canários chalram? Era o que ela tinha. Era bem feliz! Então veio-lhe uma saudade de Jorge; desejaria abraçá-lo, tê-lo ali, ou quando descesse ir encontrá-lo fumando o seu cachimbo no escritório, com o seu jaquetão de veludo. Tinha tudo, ele, para fazer uma mulher feliz e orgulhosa: era belo, com uns olhos magníficos, terno, fiel. Não gostaria de um marido com uma vida sedentária e caturra; mas a profissão de Jorge era interessante; descia aos poços tenebrosos das minas, um dia apertara as pistolas contra uma malta revoltada; era valente, tinha talento! Involuntariamente, porém, o primo Basílio fazendo flutuar o seu *burnous* branco pelas planícies da Terra Santa, ou em Paris, direito na almofada, governando tranquilamente os seus cavalos inquietos, davam-lhe a ideia de uma outra existência mais poética, mais própria para os episódios do sentimento.

Do céu estrelado caía uma luz difusa; janelas alumiadas sobressaíam ao longe, abertas à noite abafada; voos de morcegos passavam diante da vidraça.

— A senhora não quer luz? — perguntou a porta a voz fatigada de Juliana.

— Ponha-a no quarto.

Desceu. Bocejava muito, sentia-se quebrada.

— É trovoada — pensou.

Foi à sala, sentou-se ao piano, tocou ao acaso bocados da *Lúcia*, da *Sonâmbula*, o *Fado*; e parando, os dedos pousados de leve sobre o teclado, pôs-se a pensar que

Basílio devia vir no dia seguinte; vestiria o roupão novo de *foulard* cor de castanho! Recomeçou o *Fado*, mas os olhos cerravam-se-lhe.

Foi para o quarto.

Juliana trouxe o rol e a lamparina. Vinha arrastando as chinelas, com um casabeque pelos ombros, encolhida e lúgubre. Aquela figura com um ar de enfermaria irritou Luísa:

— Credo, mulher! Você parece a imagem da morte!

Juliana não respondeu. Pousou a lamparina; apanhou, placa a placa, sobre a cômoda, o dinheiro das compras; e com os olhos baixos:

— A senhora não precisa mais nada, não?

— Vá-se, mulher, vá!

Juliana foi buscar o candeeiro de petróleo, subiu ao quarto. Dormia em cima, no sótão, ao pé da cozinheira.

— Pareço-te a imagem da morte! — resmungava, furiosa.

O quarto era baixo, muito estreito, com o teto de madeira inclinado; o sol, aquecendo todo o dia as telhas por cima, fazia-o abafado como um forno; havia sempre à noite um cheiro requentado de tijolo encandescido. Dormia num leito de ferro, sobre um colchão de palha mole coberto de uma colcha de chita; da barra da cabeceira pendiam os seus *bentinhos* e a rede enxovalhada que punha na cabeça; ao pé tinha preciosamente a sua grande arca de pau, pintada de azul com uma grossa fechadura. Sobre a mesa de pinho estava o espelho de gaveta, a escova de cabelo enegrecida e despelada, um pente de osso, as garrafas de remédio, uma velha pregadeira de cetim amarelo e, embrulhada num jornal, a *cuia* de retrós dos domingos. E o único adorno das paredes sujas, riscadas da cabeça de fósforos, era uma litografia de Nossa Senhora das Dores por cima da cama, e um daguerreótipo onde se percebia vagamente, no reflexo espelhado da lâmina, os bigodes encerados e as divisas de um sargento.

— A senhora já se deitou, senhora Juliana? — perguntou a cozinheira do quarto pegado, de onde saía uma barra de luz viva cortando a escuridão do corredor.

— Já se deitou, senhora Joana, já. Está hoje com os azeites. Falta-lhe o homem!

Joana, às voltas, fazia ranger as madeiras velhas da cama. Não podia dormir! Abafava-se! Ufa!

— Ai! E aqui! — exclamou Juliana.

Abriu o postigo que dava para os telhados, para deixar arejar; calçou as chinelas de tapete, e foi ao quarto de Joana. Mas não entrou, ficou à porta; era *criada de dentro*, evitava familiaridades. Tinha tirado a *cuia*, e com um lenço preto e amarelo amarrado na cabeça, o seu rosto parecia mais chupado, e as orelhas mais despegadas do crânio; a camisa decotada descobria as clavículas descarnadas; a saia curta mostrava as canelas muito brancas, muito secas. E com o casabeque pelos ombros, coçando devagarinho os cotovelos agudos:

— Diga-me cá, senhora Joana — disse com a voz discreta — aquele sujeito demorou-se muito? Reparou?

— Tinha saído naquele instantinho, quando vossemecê entrou. Ufa!

Encalmada, quase descoberta, com as pernas muito abertas, Joana coçava-se furiosamente por baixo da grossa camisa com folhos à minhota que lhe descobria os peitos. Não podia parar com os percevejos! O raio do quarto tinha ninhos! Até sentia o estômago embrulhado.

— Ai! É um inferno! — disse com lástima Juliana. — Eu só adormeço com dia. Mas ainda eu agora reparo... Vossemecê tem S. Pedro à cabeceira. É devoção?

— É o santo do meu rapaz — disse a outra. Sentou-se na cama. Ufa! E então tinha estado toda a noite com uma sede!...

Saltou para o chão, com passadas rijas que faziam tremer o soalho, foi ao jarro, pô-lo à boca, bebeu uma tarraçada. A camisa justa, feita de pouca fazenda, mostrava as formas rijas e valentes.

— Pois eu fui ao médico — disse Juliana. E com um grande suspiro: — Ai! isto só Deus, senhora Joana! Isto só Deus!

Mas por que se não resolvia a senhora Juliana a ir à mulher de virtude? Era a saúde certa. Morava ao Poço dos Negros; tinha unções e unguentos para tudo. Levava meia moeda pelo *preparo*...

— Que isso são humores, senhora Juliana. O que vossemecê tem, são humores.

Juliana tinha dado dous passos para dentro do quarto. Quando se tratava de doenças, de remédios, tornava-se mais familiar.

— Eu já me tenho lembrado... eu já me tenho lembrado de ir à mulher. Mas, meia moeda!

E ficou a olhar, tristemente, refletindo.

— É o que eu tenho junto para umas botinas de gáspea!

Eram o seu vício, as botinas! Arruinava-se com elas; tinha-as de duraque com ponteiras de verniz, de cordovão com laço, de pelica com pespontos de cor, embrulhadas em papéis de seda, na arca, fechadas — guardadas para os domingos!

Joana censurou-a.

— Ai! eu, em se tratando do corpo, do interior, que o diabo leve os arrebiques!

Queixou-se também da sua miséria. Tinha pedido à senhora um mês adiantado! Estava sem camisas! As duas que tinha eram uns trapos! Pelo gosto da que trazia, a desfazerem-se!

— Mas, então! — suspirou. — O meu rapaz precisou um dinheiro...

— Vossemecê também, senhora Joana, deixa-se cardar pelo homem!

Joana sorriu.

— Ainda que eu tivesse de roer ossos, senhora Juliana, a última migalha havia de ser para ele!

Juliana teve um risinho seco, e com a voz arrastada:

— Vale lá a pena!

Mas invejava asperamente a cozinheira pela posse daquele amor, pelas suas delícias. Repetiu, contrafeita:

— Vale lá a pena! Perfeito rapaz — continuou — o que veio hoje ver a senhora! Melhor que o homem!

E depois de uma pausa:

— Então esteve mais de duas horas?

— Tinha saído quando vossemecê entrou.

Mas o candeeiro de petróleo apagava-se, com um cheiro fétido e uma fumarada negra.

— Boa noite, senhora Joana. Ainda vou rezar a minha coroa.

— Ó senhora Juliana! — disse a outra de entre os lençóis. — Se vossemecê quer rezar três salve-rainhas pela saúde do meu rapaz que tem estado adoentado, eu cá lhe rezava três pelas melhoras do peito.

— Pois sim, senhora Joana!

Mas refletindo:

— Olhe. Eu do peito vou melhor; dê-mas antes para alívio das dores de cabeça. A Santa Engrácia!

— Como vossemecê quiser, senhora Juliana.

— Se faz favor. Boa noite! Fica-lhe aí um cheiro! Credo!

Foi para o quarto. Rezou, apagou a luz. Um calor mole contínuo caía do forro; começou a faltar-lhe o ar; tornou a abrir o postigo, mas o bafo quente que vinha dos telhados enjoava-a; e era assim todas as noites, desde o começo do estio! Depois as madeiras velhas fervilhavam de bicharia! Nunca, nunca, nas casas que servira, tinha tido um quarto pior. Nunca!

A cozinheira começou a ressonar ao lado. E acordada, às voltas, com aflições no coração, Juliana sentia a vida pesar-lhe, com uma amargura maior!

Nascera em Lisboa. O seu nome era Juliana Couceiro Tavira. Sua mãe fora engomadeira; e desde pequena tinha conhecido em casa um sujeito, a quem chamavam na vizinhança — o *fidalgo*, a quem sua mãe chamava — o senhor D. Augusto. Vinha todos os dias, de tarde no verão, de manhã no inverno, para a saleta onde sua mãe engomava, e ali estava horas sentado no poial da janela que dava para um quintalejo, fumando cachimbo, cofiando em silêncio um enorme bigode preto. Como o poial era de pedra, punha-lhe em cima, com muito método, uma almofada de vento, que ele mesmo soprava. Era calvo, e trazia ordinariamente uma quinzena de veludo castanho e chapéu alto branco. Às seis horas levantava-se, esvaziava a almofada, estava um bocado a esticar as calças para cima, e saía com a sua grossa bengala de cana-da-índia debaixo do braço, gingando da cinta. Ela e sua mãe iam então jantar na mesinha de pinho da cozinha debaixo de um postigo, diante do qual se balouçavam, de verão e de inverno, galhos magros de uma árvore triste.

À noite o senhor D. Augusto voltava; trazia sempre um jornal; sua mãe fazia-lhe chá e torradas, servia-o, toda enlevada nele. Muitas vezes Juliana a vira chorar de ciúmes.

Um dia uma vizinha má, a quem ela não quisera ajudar a lavar a roupa, enfureceu-se, e atirando-lhe injúrias dos degraus da porta, gritou-lhe que sua mãe era uma desavergonhada, e que seu pai estava na África por ter morto o *Rei de Copas*!

Pouco tempo depois foi servir. Sua mãe morreu daí a meses, com uma doença de útero. Juliana só uma vez tornou a ver o senhor D. Augusto — uma tarde, com uma opa roxa, lúgubre, na procissão de Passos!

Servia, havia vinte anos. Como ela dizia, mudava de amos, mas não mudava de sorte. Vinte anos a dormir em cacifos, a levantar-se de madrugada, a comer os restos, a vestir trapos velhos, a sofrer os repelões das crianças e as más palavras das senhoras, a fazer despejos, a ir para o hospital quando vinha a doença, a esfalfar-se quando voltava a saúde... Era demais! Tinha agora dias em que só de ver o balde das águas sujas e o ferro de engomar se lhe embrulhava o estômago. Nunca se acostumara a servir. Desde rapariga a sua ambição fora ter um negociozito, uma tabacaria, uma loja de capelista ou de quinquilharias, dispor, governar, ser patroa; mas, apesar de economias mesquinhas e de cálculos sôfregos, o mais que conseguira juntar foram sete moedas ao fim de anos; tinha então adoecido; com o horror do hospital fora tratar-se para casa de uma parenta; e o dinheiro, ai! derretera-se! No dia em que se trocou a última libra, chorou horas com a cabeça debaixo da roupa.

Ficou sempre adoentada desde então, perdeu toda a esperança de se estabelecer. Teria de servir até ser velha, sempre, de amo em amo! Essa certeza dava-lhe uma desconsolação constante. Começou a azedar-se.

E depois não tinha jeito, não sabia tirar partido das casas; via companheiras divertir-se, vizinhar janela, bisbilhotar, sair aos domingos às hortas e aos retiros, levar o dia cantando, e quando as patroas iam ao teatro, abrir a porta aos derriços — e patuscar pelos quartos! Ela não. Sempre fora embezerrada. Fazia a sua obrigação, comia, ia estirar-se sobre a cama; e aos domingos, quando não passeava, encostava-se a uma janela, com o lenço sobre o peitoril para não roçar as mangas, e ali estava imóvel, a olhar, com o seu broche de filigrana e a cuia dos dias santos! Outras companheiras eram muito das amas, faziam-se muito humildes, sabujavam, traziam de fora as histórias da rua, e cartinhas levadas e recadinhos e para dentro e para fora, muito confidentes — muito presenteadas também! Ela não podia. Era *minha senhora isto*! *Minha senhora aquilo!* E cada uma no seu lugar! Era gênio!

Desde que servia, apenas entrava numa casa sentia logo, num relance, a hostilidade, a malquerença; a senhora falava-lhe com secura, de longe; as crianças tomavam-lhe birra; as outras criadas, se estavam chalrando, calavam-se, mal a sua figura esguia aparecia; punham-lhe alcunhas — *a isca seca*, *a fava torrada*, *o saca-rolhas*; imitavam-lhe os trejeitos nervosos; havia risinhos, cochichos pelos cantos; e só tinha encontrado alguma simpatia nos galegos taciturnos, cheios de uma saudade morrinhenta, que vêm de manhã quando ainda os quartos estão escuros, com as suas grossas passadas, encher os barris, engraxar o calçado.

Lentamente, começou a tornar-se desconfiada, cortante como um nordeste; tinha respostadas, questões com as companheiras; não se havia de deixar pôr o pé no pescoço!

As antipatias que a cercavam faziam-na assanhada, como um círculo de espingardas enraivece um lobo. Fez-se má; beliscava crianças até lhe enodoar a pele; e se lhe ralhavam, a sua cólera rompia em rajadas. Começou a ser despedida. Num só ano esteve em três casas. Saía com escândalo, aos gritos, atirando as portas, deixando as amas todas pálidas, todas nervosas...

A inculcadeira, a sua velha amiga, a tia Vitória, disse-lhe:

— Tu acabas por não ter onde te arrumar, e falta-te o bocado do pão!

O pão! Aquela palavra que é o terror, o sonho, a dificuldade do pobre assustou-a. Era fina, e dominou-se. Começou a fazer-se "uma pobre mulher", com afetações de zelo, um ar de sofrer tudo, os olhos no chão. Mas roía-se por dentro; veio-lhe a inquietação nervosa dos músculos da face, o *tic* de franzir o nariz; a pele esverdeou-se-lhe de bílis.

A necessidade de se constranger trouxe-lhe o hábito de odiar: odiou sobretudo as patroas, com um ódio irracional e pueril. Tivera-as ricas, com palacetes, e pobres, mulheres de empregados, velhas e raparigas, coléricas e pacientes — odiava-as a todas, sem diferença. É patroa e basta! Pela mais simples palavra, pelo ato mais trivial! Se as via sentadas: — Anda, refestela-te, que a moura trabalha! Se as via sair: — Vai-te, a negra cá fica no buraco! Cada riso delas era uma ofensa à sua tristeza doentia; cada vestido novo uma afronta ao seu velho vestido de merino tingido. Detestava-as na alegria dos filhos e nas prosperidades da casa. Rogava-lhes pragas. Se os amos tinham um dia de contrariedade, ou via as caras tristes, cantarolava todo o dia em voz de falsete a *Carta adorada!* Com que gosto trazia a conta retardada de um credor impaciente, quando pressentia embaraços na casa! "Este papel! — gritava com uma voz estridente — diz que não se vai embora sem uma resposta!" Todos os lutos a deleitavam — e sob o xale preto, que lhe tinham comprado, tinha palpitações de regozijo. Tinha visto morrer criancinhas, e nem a aflição das mães a comovera; encolhia os ombros: "Vai dali, vai fazer outro. Cabras!"

As boas palavras mesmo, as condescendências eram perdidas com ela, como gotas de água lançadas no fogo. Resumia as patroas na mesma palavra — *uma récua*! E detestava as boas pelos vexames que sofrera das más. A ama era para ela o Inimigo, o Tirano. Tinha visto morrer duas — e de cada vez sentira, sem saber por quê, um vago alívio, como se uma porção do vasto peso, que a sufocava na vida, se tivesse desprendido e evaporado!

Sempre fora invejosa; com a idade aquele sentimento exagerou-se de um modo áspero. Invejava tudo na casa: as sobremesas que os amos comiam, a roupa branca que vestiam. As noites de *soirée*, de teatro, exasperavam-na. Quando havia passeios projetados, se chovia de repente, que felicidade! O aspecto das senhoras vestidas e de chapéu, olhando por dentro da vidraça com um tédio infeliz, deliciava-a, fazia-a loquaz:

— Ai minha senhora! É um temporal desfeito. É a cântaros, está para todo o dia! Olha o ferro!

E muito curiosa; era fácil encontrá-la, de repente, cosida por detrás de uma porta com a vassoura a prumo, o olhar aguçado. Qualquer carta que vinha era revirada, cheirada... Remexia sutilmente em todas as gavetas abertas, vasculhava em todos os papéis atirados. Tinha um modo de andar ligeiro e surpreendedor. Examinava as visitas. Andava à busca de um *segredo*, de um *bom segredo*! Se lhe caía um nas mãos!

Era muito gulosa. Nutria o desejo insatisfeito de comer bem, de petiscos, de sobremesas. Nas casas em que servia ao jantar, o seu olho avermelhado seguia avidamente as porções cortadas à mesa; e qualquer bom apetite que repetia exasperava-a, como uma diminuição da sua parte. De comer sempre os restos ganhara o ar aguado, — o seu cabelo tomara tons secos, cor de rato. Era lambareira; gostava de vinho; em certos dias comprava uma garrafa de oitenta réis, e bebia-a só, fechada, repimpada, com estalos da língua, a orla do vestido um pouco erguida, revendo-se no pé.

E nunca tivera um homem, era virgem. Fora sempre feia, ninguém a tentara; e, por orgulho, por birra, com receio de uma desfeita, não se oferecera, como vira muitas, claramente. O único homem que a olhava com desejo tinha sido um criado de cavalariça, atarracado e imundo, de aspecto facínora; a sua magreza, a sua *cuia*, o seu ar domingueiro tinham excitado o bruto. Fitava-a com um ar de *bull-dog*. Causara-lhe horror — mas vaidade. E o primeiro homem por quem ela sentira, um criado bonito e alourado, rira-se dela, pusera-lhe o nome de *Isca seca*! Não contou mais com os homens, por despeito, por desconfiança de si mesma. As rebeliões da natureza, sufocava-as; eram *fogachos*, *flatos*. Passavam. Mas faziam-na mais seca; e a falta daquela grande consolação agravava a miséria da sua vida.

Um dia teve, enfim, uma grande esperança. Entrara para o serviço da senhora D. Virgínia Lemos, uma viúva rica, tia de Jorge, muito doente, quase a morrer com um catarro de bexiga. A tia Vitória, a inculcadeira, preveniu-a:

— Tu trata a velha, apaparica-a, que ela o que quer é uma enfermeira que a sofra. É rica, não é nada apegada ao dinheiro, é capaz de te deixar uma independência!

Durante um ano Juliana, roída de ambição, foi a enfermeira da velha. Que zelos! Que mimos!

Virgínia era muito rabujenta, a ideia de morrer enfurecia-a; quanto mais ela ralhava com a sua voz gutural, mais Juliana se fazia serviçal. A velha, por fim, estava enternecida; gabava-a às pessoas que a vinham ver, chamava-lhe a sua *providência*. Tinha-a recomendado muito a Jorge.

— Não há outra! Não há outra! — exclamava.

— Pois apanhaste — dizia-lhe a tia Vitória. — Pelo menos deixa-te o teu conto de réis.

Um conto de réis! Juliana, de noite, enquanto a velha gemia no seu antigo leito de pau-santo, via o conto de réis à claridade mórbida que dava a lamparina reluzir em pilhas de ouro inesgotável e prodigioso. Que faria com o dinheiro? E, à cabeceira da doente, com um cobertor pelos ombros, os olhos dilatados e fixos, planeava: poria uma loja de capelista! Vinham-lhe logo lampejos vivos de outras felicidades: um conto de réis era um dote, poderia casar, teria um homem!

Estavam acabadas as canseiras. Ia jantar, enfim, o *seu* jantar! Mandar, enfim, a *sua* criada! A *sua* criada! Via-se a chamá-la, a dizer-lhe, de cima para baixo: — Faça, vá, despeje, saia! — Tinha contrações no estômago, de alegria. Havia de ser boa ama. Mas que lhe andassem direitas! Desmazelos, más respostas, não havia de sofrer a criadas! — E, impelida por aquelas imaginações, arrastava sutilmente as chinelas pelo quarto, falando só. — Não, desmazelos, não havia de sofrer! Mantê-las bem, de certo, porque quem trabalha precisa meter para dentro! Mas havia de lho tirar do corpo. Ah! lá isso, haviam de lhe andar direitas... — A velha tinha então um gemido mais aflito.

— É agora! — pensava. — Morre!

E o seu olhar ansioso ia logo para a gaveta da cômoda, onde estava de certo o dinheiro, os papéis. Mas não! A velha queria beber, ou voltar-se...

— Como se sente? — perguntava Juliana, com uma voz plangente.

— Melhor, Juliana, melhor — murmurava.

Supunha-se sempre melhor.

— Mas a senhora tem estado desinquieta! — dizia Juliana, despeitada da melhora.

— Não — suspirava — dormi bem!

— Isso não tem dormido... Tenho-a ouvido gemer! Tem estado toda a noite a gemer!

Queria argumentar com ela, convencê-la que estava pior! Convencer-se a si mesma que o alívio era efêmero, que ia morrer depressa! E todas as manhãs seguia o Dr. Pinto até à porta, com os braços cruzados, a face triste:

— Então, senhor doutor, não há esperança?

— Está por dias!

Queria saber os dias: dous? Cinco?

— Sim, senhora Juliana — dizia o velho, calçando as suas luvas pretas — uns dias, sete, oito.

— Oito dias!

E como a felicidade se aproximava, já tinha de olho três pares de botinas que vira na vidraça do Manuel Lourenço!

A velha, enfim, morreu. Nem a mencionava no testamento!

Veio-lhe uma febre. Jorge, agradecido pelos cuidados dela com a tia Virgínia, pagou-lhe um quarto no hospital, e prometeu tomá-la para criada de dentro. A que tinha, uma Emília muito bonita, ia casar.

Quando saiu do hospital para casa de Jorge, começava a queixar-se mais do coração. Vinha desiludida de tudo, tinha às vezes vontade de morrer. Ouviam-se todo o dia pela casa os seus ais. Luísa achava-a fúnebre.

Quis despedi-la ao fim de duas semanas. Jorge não consentiu, estava em dívida com ela, dizia. Mas Luísa não podia disfarçar a sua antipatia; e Juliana começou a detestá-la; pôs-lhe logo um nome: a *piorrinha*! Depois, daí a semanas, viu vir os estofadores; renovava-se a mobília da sala! A tia Virgínia deixara três contos de réis a Jorge, e ela, ela que durante um ano fora a enfermeira, humilde como um cão e fixa como uma sombra, aturando o mostrengo, tinha em paga ido para o hospital, com uma febre, das noitadas, das canseiras! Julgava-se vagamente roubada. Começou a odiar a casa.

Tinha para isso muitas razões, dizia: dormia num cubículo abafado; ao jantar não lhe davam vinho, nem sobremesa; o serviço dos engomados era pesado; Jorge e Luísa tomavam banho todos os dias, e era um trabalhão encher, despejar todas as manhãs as largas bacias de folha; achava despropositada aquela mania de se porem a chafurdar todos os dias que Deus deitava ao mundo; tinha servido vinte amos e nunca vira semelhante despropósito! A única vantagem — dizia ela à tia Vitória — era não haver pequenos; tinha horror a crianças! Além disso achava que o bairro era saudável, e como tinha a cozinheira "na mão", não é verdade? Havia aquele regalo dos caldinhos, de algum prato melhor de vez em quando! Por isso ficava; senão, não era ela!

Fazia no entanto o seu serviço, ninguém tinha nada que lhe dizer. O olho aberto sempre e o ouvido à escuta, já se vê! E como perdera a esperança de se estabelecer, não se sujeitava ao rigor de economizar; por isso ia-se consolando com algumas pinguinhas, de vez em quando; e satisfazia o seu vício — trazer o pé catita. O pé era o seu orgulho, a sua mania, a sua despesa. Tinha-o bonito e pequenino.

— Como poucos — dizia ela — não vai outro ao Passeio!

E apertava-o, aperreava-o; trazia os vestidos curtos, lançava-o muito para fora. A sua alegria era ir aos domingos para o Passeio Público e, ali, com a orla do vestido erguida, a cara sob o guarda-solinho de seda, estar a tarde inteira na poeira, no calor, imóvel, feliz, — a mostrar, a expor o pé!

4

Pelas três horas da tarde, Juliana entrou na cozinha e atirou-se para uma cadeira, derreada. Não se tinha nas pernas de debilidade! Desde as duas horas que andava a arrumar a sala! Estava um chiqueiro. O peralta na véspera até deixara cinza de tabaco por cima das mesas! A negra é que as pagava. E que calor! Era de derreter! Ufa!

— O caldinho há de estar pronto, hem! — disse, adocicando a voz. — Tira-mo, senhora Joana, faz favor?

— Vossemecê hoje está com outra cara — notou a cozinheira.

— Ai! Sinto-me outra, senhora Joana! Pois olhe que adormeci com dia. Já luzia o dia!

— E eu! — Tinha tido cada sonho! Credo! Uma avantesma cor de fogo a passear-lhe por cima do corpo, e cada pancada na boca do estômago, como quem pisava uvas num lagar!

— Enfartamento — disse sentenciosamente Juliana, e repetiu:

— Pois eu sinto-me outra. Há meses que me não sinto tão bem!

Sorria com os seus dentes amarelados. O caldo que Joana deitava na malga branca, com um vapor cheiroso, cheio de hortaliça, dava-lhe uma alegria gulosa. Estendeu os pés, recostou-se, feliz, na boa sensação da tarde quente e luminosa, entrando largamente pelas duas janelas abertas.

O sol retirara-se da varanda, e sobre a pedra, em vasos de barro, plantas pobres encolhiam a sua folhagem chupada do calor; sobre uma tábua a um canto, numa velha panela bojuda, verdejava um pé de salsa muito tratado; o gato dormia sobre um esteirão; esfregões secavam numa corda; e para além alargava-se o azul vivo como um metal candente, as árvores dos quintais tinham tons ardentes do sol, os telhados pardos com as suas vegetações esguias coziam no calor, e pedaços de paredes caiadas despediam uma rebrilhação dura.

— Está de apetite, senhora Joana, está de apetite! — dizia Juliana, remexendo o caldo devagarinho, com gula. A cozinheira de pé, com os braços cruzados sobre o seu peito abundante, regozijava-se:

— O que se quer é que esteja a gosto.

— Está a preceito.

Sorriam, contentes da intimidade, das boas palavras. — E a campainha da porta que já tinha tocado, tornou a tilintar discretamente.

Juliana não se mexeu. Bafos de aragem quente entravam; ouvia-se ferver a panela no fogão, e fora o martelar incessante da forja; às vezes o arrulhar triste de duas rolas que viviam na varanda, numa gaiola de vime, punha na tarde abrasada uma sensação de suavidade.

A campainha retilintou, sacudida com impaciência.

— Com a cabeça, burro! — disse Juliana.

Riram. Joana fora sentar-se à janela, numa cadeira baixa; estendia os seus grossos pés, calçados de chinelas de ourelo; coçava-se devagarinho, no sovaco, toda repousada.

A campainha retiniu violentamente.

— Fora, besta! — rosnou Juliana, muito tranquila.

Mas a voz irritada de Luísa chamou de baixo:

— Juliana!

— Que nem uma pessoa pode tomar a sustância sossegada! Raio de casa! Irra!

— Juliana! — gritou Luísa.

A cozinheira voltou-se, já assustada:

— A senhora zanga-se, senhora Juliana.

— Que a leve o diabo!

Limpou os beiços gordurosos ao avental, desceu furiosa.

— Você não ouve, mulher? Estão a bater há uma hora!

Juliana arregalou os olhos espantada; Luísa tinha vestido o roupão novo de *foulard* cor de castanho, com pintinhas amarelas!

— Temos novidade! Temo-la grossa! — pensou Juliana pelo corredor.

A campainha repicava. E no patamar, vestido de claro, com uma rosa ao peito, um embrulho debaixo do braço, estava o *sujeito do negócio das minas*!

— Aquele sujeito de ontem! — veio dizer, toda pasmada. — Mande entrar...

— Viva! — pensou.

Galgou a escada da cozinha, disse logo da porta, com a voz aguda de júbilo:

— Está cá o peralta de ontem! Está cá outra vez! Traz um embrulho! — Que lhe parece, senhora Joana? Que lhe parece?

— Visitas... — disse a cozinheira.

Juliana teve um risinho seco. Sentou-se, acabou o seu caldo, à pressa.

Joana indiferente cantarolava pela cozinha; o arrulhar das rolas continuava langoroso e débil.

— Pois, senhores, isto vai rico! — disse Juliana.

Esteve um momento a limpar os dentes com a língua, o olhar fixo, refletindo. Sacudiu o avental, e desceu ao quarto de Luísa; o seu olhar esquadrinhador avistou logo sobre o toucador as chaves esquecidas da despensa; podia subir, beber um trago de bom vinho, engolir dous ladrilhos de marmelada... Mas possuía-a uma curiosidade urgente, e, em bicos de pés foi agachar-se à porta que dava para a sala, espreitou. O reposteiro estava corrido por dentro; podia apenas sentir a voz grossa e jovial do sujeito. Foi de volta, pelo corredor, à outra porta, ao pé da escada; pôs o olho à fechadura, colou o ouvido à frincha. O reposteiro dentro estava também cerrado.

— Os diabos calafetaram-se! — pensou.

Pareceu-lhe que se arrastava uma cadeira, depois que se fechava uma vidraça. Os olhos faiscavam-lhe. Uma risada de Luísa sobressaiu, em seguida, um silêncio; e as vozes recomeçaram num tom sereno e contínuo. De repente o sujeito ergueu a fala, e entre as palavras que dizia, de pé de certo, passeando, Juliana ouviu claramente: *Tu, foste tu*!

— Oh, que bêbeda!

Um tlim-tlim tímido da campainha, ao lado, assustou-a. Foi abrir. Era Sebastião, muito vermelho do sol, com as botas cheias de pó.

— Está? — perguntou, limpando a testa suada. — Está com uma visita, senhor Sebastião!

E cerrando a porta sobre si, mais baixo:

— Um rapaz novo que já cá esteve ontem, um janota! Quer que vá dizer?

— Não, não, obrigado, adeus.

Desceu discretamente. Juliana voltou logo a encostar-se à porta, a orelha contra a madeira, as mãos atrás das costas; mas a conversação, sem saliência de vozes, tinha um rumor tranquilo e indistinto. Subiu à cozinha.

— Tratam-se por tu! — exclamou. — Tratam-se por tu, senhora Joana!

E muito excitada:

— Isto vai à vela! Cáspite! Assim é que eu gosto delas!

O sujeito saiu às cinco horas. Juliana, apenas sentiu abrir-se a porta, veio a correr; viu Luísa no patamar, debruçada no corrimão, dizendo para baixo, com muita intimidade:

— Bem, não falto. Adeus.

Ficou então tomada de uma curiosidade que a alterava como uma febre. Toda a tarde, na sala de jantar, no quarto, esquadrinhou Luísa com olhares de lado. Mas Luísa, com um roupão de linho mais velho, parecia serena, muito indiferente.

— Que sonsa!

Aquela naturalidade despertava a sua bisbilhotice.

— Eu hei de te apanhar, desavergonhada! — calculava.

Afigurou-se-lhe que Luísa tinha os olhos um pouco pisados! Estudava-lhe as posições, os tons de voz. Viu-a repetir o assado, pensou logo:

— Abriu-lhe o apetite!

E quando Luísa ao fim do jantar se estendeu na *voltaire* com um ar quebrado:

— Ficou derreada.

Luísa, que nunca tomava café, quis nessa tarde "meia chávena, mas forte, muito forte".

— Quer café! — veio ela dizer à cozinheira, toda excitada. Tudo à grande! E do forte. Quer do forte! Ora o diabo!

Estava furiosa.

— Todas o mesmo! Uma récua de cabras!

Ao outro dia era domingo. Logo pela manhã cedo, quando Juliana ia para a missa, Luísa chamou-a da porta do quarto, deu-lhe uma carta para levar a D. Felicidade. Ordinariamente mandava um recado; e a curiosidade de Juliana acendeu-se logo diante daquele sobrescrito fechado e lacrado com o sinete de Luísa, um L gótico dentro de uma coroa de rosas.

— Tem resposta?

— Tem.

Quando voltou às dez horas, com um bilhete de D. Felicidade, Luísa quis saber se havia muito calor, se fazia poeira. Sobre a mesa estava um chapéu de palha escuro, que ela estivera a enfeitar com duas rosas de musgo.

Fazia um bocadinho de vento, mas para a tarde abrandava, de certo. E pensou logo: — Temos passeata; vai ter com o gajo!

Mas durante todo o dia, Luísa em roupão não saiu do seu quarto ou da sala, ou estendida na *causeuse* lendo aos bocados, ora batendo distraidamente no piano pedaços de valsas. Jantou às quatro horas. A cozinheira saiu, e Juliana pôs-se a passar a sua tarde à janela da sala de jantar. Tinha o vestido novo, as saias muito rijas de goma, a cuia dos dias santos — e pousava solenemente os cotovelos num lenço, estendido sobre o peitoril da varanda. Defronte os pássaros chilreavam na figueira brava. Dos dous lados do tabique que cercava o terreno vago, agachavam-se os tetos escuros das duas ruazitas paralelas; eram casas pobres onde viviam mulheres, que pela tarde, em *chambre* ou de garibaldi, os cabelos muito oleosos, faziam meia à janela, falando aos homens, cantarolando com um tédio triste. Do outro lado do terreno, verduras de quintais, muros brancos davam àquele sítio um ar adormecido de vila pacata. Quase ninguém passava. Havia um silêncio fatigado; e só às vezes o som distante de um realejo, que tocava a *Norma* ou a *Lúcia*, punha uma melancolia na tarde. — E Juliana ali estava imóvel, até que os tons quentes da tarde empalideciam, e os morcegos começavam a voar.

Pelas oito horas entrou no quarto de Luísa — ficou pasmada de a ver vestida toda de preto, de chapéu! Tinha acendido as serpentinas na parede, os castiçais no toucador; e sentada à beira da *causeuse* calçava as luvas devagar, com a face muito séria, um pouco esbatida de pó de arroz, o olhar cheio de brilho.

— O vento abrandou? — disse.

— Está a noite muito bonita, minha senhora.

Um pouco antes das nove horas uma carruagem parou à porta. Era D. Felicidade, muito encalmada. Abafara todo o dia! E à noite nem uma aragem! Até tinha mandado buscar uma carruagem descoberta, que num *coupé*, credo, morria-se.

Juliana pelo quarto arrumava, dobrava, toda curiosa. Onde iriam? Onde iriam? D. Felicidade, amplamente sentada, de chapéu, tagarelava; uma indigestão que tivera na véspera com umas vagens; a cozinheira que a tinha querido "comer" em quatro vinténs; uma visita que lhe fizera a Condessa de Arruela...

Enfim, Luísa, disse, baixando o seu véu branco:

— Vamos, filha. Faz-se tarde.

Juliana foi-lhes alumiar, furiosa. Olha que propósito, irem duas mulheres sós por aí fora, numa tipoia! E se uma criada então se demorava na rua mais meia hora, credo, que alarido! Que duas bêbedas!

Foi à cozinha desabafar com a Joana. Mas a rapariga, estirada numa cadeira, dormitava.

Fora com o seu Pedro ao Alto de S. João. E toda a tarde tinham passeado no cemitério, muito juntos, admirando os jazigos, soletrando os epitáfios, beijocando-se nos recantos que os chorões escureciam, e regalando-se do ar dos ciprestes e das relvas dos mortos. Voltaram por casa da Serena, entraram a beberricar um quartilho no Espregueira... Tarde cheia! E estava derreada da soalheira, do pó, da admiração de tanto túmulo rico, do homem, e da pinguita de vinho.

O que ia, era refestelar-se para a cama!

— Credo, senhora Joana, vossemecê está-se a fazer uma dorminhoca! Olha que mulher! Com pouco arreia! Cruzes!

Desceu ao quarto de Luísa, apagou as luzes, abriu as janelas, arrastou a poltrona para a varanda, — e, repimpada, os braços cruzados, pôs-se a passar a noite.

O estanque ainda não se fechara, e a sua luzita lúgubre como a estanqueira estendia-se tristemente sobre a pedra miúda da rua; as janelas ao pé estavam abertas; por algumas, mal alumiadas, viam-se dentro serões melancólicos; noutras, onde havia vultos imóveis, luzia às vezes a ponta de um cigarro; aqui, além tossia-se; e o moço do padeiro, no silêncio quente da noite, harpejava baixinho a guitarra.

Juliana pusera um vestido de chita claro; dous sujeitos que estavam à porta do estanque riam, erguiam de vez em quando os olhos para a janela, para aquele vulto branco de mulher: Juliana, então, gozou! Tomavam-na de certo pela senhora, pela do Engenheiro; faziam-lhe "olho", diziam brejeirices... Um tinha calça branca e chapéu alto, eram janotas... E com os pés muito estendidos, os braços cruzados, a cabeça de lado, saboreava, longamente, aquela consideração.

Passos fortes que subiam a rua, pararam à porta; a campainha retiniu de leve.

— Quem é? — perguntou muito impaciente.

— Está? — disse a voz grossa de Sebastião.

— Saiu com a D. Felicidade, foram de carruagem.

— Ah! — fez ele.

E acrescentou:

— Muito bonita noite!

— De apetite, senhor Sebastião! De apetite! — exclamou alto.

E quando o viu descer a rua, gritou, afetadamente:

— Recados a Joana! Não se esqueça! — mostrando-se íntima, madama, com olho terno para os homens.

Àquela hora D. Felicidade e Luísa chegavam ao Passeio.

Era benefício; já de fora se sentia o bruaá lento e monótono, e via-se uma névoa alta de poeira, amarelada e luminosa.

Entraram. Logo ao pé do tanque encontraram Basílio. Fez-se muito surpreendido, exclamou:

— Que feliz acaso!

Luísa corou, apresentou-o a D. Felicidade.

A excelente senhora teve muitos sorrisos. Lembrava-se dele, mas se não lhe dissessem talvez o não conhecesse! Estava muito mudado!

— Os trabalhos, minha senhora... — disse Basílio curvando-se.

E acrescentou rindo, batendo com a bengala na pedra do tanque:

— É a velhice! Sobretudo a velhice!

Na água escura e suja as luzes do gás torciam-se até uma grande profundidade. As folhagens em redor estavam imóveis, no ar parado, com tons de um verde lívido e artificial. Entre os dous longos renques paralelos de árvores mesquinhas, entremeadas de candeeiros de gás, apertava-se, num empoeiramento de macadame, uma multidão compacta e escura; e através do rumor grosso, as saliências metálicas da música faziam passar no ar pesado, compassos vivos de valsa.

Tinham ficado parados, conversando.

Que calor, hem? Mas a noite estava linda! Nem uma aragem! Que enchente!

E olhavam a gente que entrava: moços muito frisados, com calças cor de flor de alecrim, fumando cerimoniosamente os charutos do dia santo; um aspirante com a cinta espartilhada e o peito enchumaçado; duas meninas de cabelo riçado, de movimentos gingados que lhe desenhavam os ossos das omoplatas sob a fazenda do vestido atabalhoado; um eclesiástico cor de cidra, o ar mole, o cigarro na boca, e lunetas defumadas; uma espanhola com dous metros de saia branca muito rija, fazendo ruge-ruge na poeira; o triste Xavier, poeta; um fidalgo de jaquetão e bengalão de chapéu na nuca, o olho avinhado; e Basílio ria muito de dous pequenos que o pai conduzia com um ar hílare e compenetrado — vestidos de azul--claro, a cinta ligada numa faixa escarlate, barretinas de lanceiros, botas à húngara, cretinos e sonâmbulos.

Um sujeito alto então passou rente deles, e voltando-se, revirou para Luísa dous grandes olhos langorosos e prateados; tinha uma pera longa e aguçada; trazia o colete decotado mostrando um belo peitilho, e fumava por uma boquilha enorme que representava um zuavo.

Luísa quis-se sentar.

Um garoto de blusa, sujo como um esfregão, correu a arranjar cadeiras; e acomodaram-se ao pé de uma família acabrunhada e taciturna.

— Que fizeste tu hoje, Basílio? — perguntou Luísa.

Tinha ido aos touros.

— E que tal? Gostaste?

— Uma sensaboria. Se não fosse pelo trambolhão do Peixinho tinha-se morrido de pasmaceira. Gado fraco, cavaleiros infelizes, nenhuma sorte! Touros em Espanha! Isso sim!

D. Felicidade protestou. Que horror! Tinha-os visto em Badajoz, quando estivera de visita em Elvas à tia Francisca de Noronha, e ia desmaiando. O sangue, as tripas dos cavalos... Puf! É muito cruel!

Basílio disse, com um sorriso:

— Que faria se visse os combates de galos, minha senhora!

D. Felicidade tinha ouvido contar, — mas achava todos esses divertimentos bárbaros contra a religião.

E recordando um gozo que lhe punha um riso na face gorda:

— Para mim não há nada como uma boa noite de teatro! Nada!

— Mas aqui representam tão mal! — replicou Basílio com uma voz desolada. — Tão mal, minha rica senhora!

D. Felicidade não respondeu; meio erguida na cadeira, o olhar avivado de um brilho úmido, saudava desesperadamente com a mão:

— Não me viu — disse desconsolada.

— Era o conselheiro? — perguntou Luísa.

— Não. Era a Condessa de Alviela. Não me viu! Vai muito à Encarnação, sou muito dela. É um anjo! Não me viu. Ia com o sogro.

Basílio não tirava os olhos de Luísa. Sob o véu branco, à luz falsa do gás, no ar enevoado da poeira, o seu rosto tinha uma forma alva e suave, onde os olhos que a noite escurecia punham uma expressão apaixonada; os cabelinhos louros, frisados, tornando a testa mais pequena, davam-lhe uma graça ameninada e amorosa; e as luvas *gris perle* faziam destacar sobre o vestido negro o desenho elegante das mãos, que ela pousara no regaço, sustentando o leque, com uma fofa renda branca em torno dos seus pulsos finos.

— E tu, que fizeste hoje? — perguntou-lhe Basílio.

Tinha-se aborrecido muito. Estivera todo o santo dia a ler.

Também ele passara a manhã deitado no sofá a ler a *Mulher de fogo*, de Belot. Tinha lido, ela?

— Não, que é?

— É um romance, uma novidade. E acrescentou sorrindo:

— Talvez um pouco picante; não to aconselho!

D. Felicidade andava a ler o *Rocambole*. Tanto lho tinham apregoado! Mas era uma tal trapalhada! Embrulhava-se, esquecia-se... E ia deixar, porque tinha percebido que a leitura lhe aumentava a indigestão.

— Sofre? — perguntou Basílio, com um interesse bem educado.

D. Felicidade contou logo a sua dispepsia. Basílio aconselhou-lhe o uso do gelo. — De resto felicitava-a, porque as doenças de estômago, ultimamente, tinham muito *chic*. Interessou-se pela dela, pediu pormenores.

D. Felicidade prodigalizou-os; e, falando, via-se-lhe crescer no olhar, na voz a sua simpatia por Basílio. Havia de usar o gelo!

— Com o vinho, já se sabe?

— Com o vinho, minha senhora!

— E olha que talvez! — exclamou D. Felicidade, batendo com o leque no braço de Luísa, já esperançada.

Luísa sorriu, ia responder — mas viu o sujeito pálido de pera longa que fitava nela os seus olhos langorosos, com obstinação. Voltou o rosto importunada. O sujeito afastou-se, retorcendo a ponta da pera.

Luísa sentia-se mole; o movimento rumoroso e monótono, a noite cálida, a acumulação da gente, a sensação de verdura em redor davam ao seu corpo de mulher caseira um torpor agradável, um bem-estar de inércia, envolviam-na numa doçura emoliente de banho morno. Olhava com um vago sorriso, o olhar frouxo; quase tinha preguiça de mexer as mãos, de abrir o leque.

Basílio notou o seu silêncio. — Tinha sono?

D. Felicidade sorriu com finura.

— Ora, vê-se sem o seu maridinho! Desde que o não tem está esta mona que se vê.

Luísa respondeu, olhando Basílio instintivamente:

— Que tolice! Até estes dias tenho andado bem alegre!

Mas D. Felicidade insistia:

— Ora, bem sabemos, bem sabemos. Esse coraçãozinho está no Alentejo!

Luísa disse, com impaciência:

— Não hás de querer que me ponha aos pulos e às gargalhadas no Passeio.

— Está bem, não te enfureças! — exclamou D. Felicidade. E para Basílio: — Que geniozinho, hem!

Basílio pôs-se a rir.

— A prima Luísa antigamente era uma víbora. Agora não sei...

D. Felicidade acudiu:

— É uma pomba, coitada, é uma pomba! Não, lá isso, é uma pomba.

E envolvia-a num olhar maternal.

Mas a família taciturna ergueu-se, sem ruído, — e as meninas adiante, os pais atrás, afastaram-se lugubremente, sucumbidos.

Basílio imediatamente apossou-se da cadeira ao pé de Luísa, — e vendo D. Felicidade a olhar distraída:

— Estive para te ir ver de manhã — disse baixinho a Luísa.

Ela ergueu a voz, muito naturalmente, com indiferença:

— E por que não foste? Tínhamos feito música. Fizeste mal. Devias ter ido...

D. Felicidade quis então saber as horas. Começava a enfastiar-se. Tinha esperado encontrar o conselheiro; por ele, para lhe parecer bem, fizera o sacrifício de se apertar: Acácio não vinha, os gases começavam a afrontá-la; e o despeito daquela ausência aumentava-lhe a tortura da digestão. Na sua cadeira, com o corpo mole, ia seguindo a multidão que girava incessantemente, numa névoa empoeirada.

Mas a música, no coreto, bateu de repente, alto, a grande ruído de cobres, os primeiros compassos impulsivos da marcha do *Fausto*. Aquilo reanimou-a. Era um *pot-pourri* da ópera, — e não havia música de que gostasse mais. Estaria para a abertura de S. Carlos, o senhor Basílio?

Basílio disse, com uma intenção, voltando-se para Luísa:

— Não sei, minha senhora, depende...

Luísa olhava, calada. A multidão crescera. Nas ruas laterais mais espaçosas, frescas, passeavam apenas, sob a penumbra das árvores, os acanhados, as pessoas de luto, os que tinham o fato coçado. Toda a burguesia domingueira viera amontoar-se na rua do meio, no corredor formado pelas filas cerradas das cadeiras do asilo; e ali se movia entalada, com a lentidão espessa de uma massa mal derretida, arrastando os pés, raspando o macadame, num amarfanhamento plebeu, a garganta seca, os braços moles, a palavra rara. Iam, vinham, incessantemente, para cima e para baixo, com um bamboleamento relaxado e um rumor grosso, sem alegria e sem bonomia, no arrebatamento passivo que agrada às raças mandrionas; no meio da abundância das luzes e das festividades da música, um tédio morno circulava, penetrava como uma névoa; a poeirada fina envolvia as figuras, dava-lhes um tom neutro; e nos rostos que passavam sob os candeeiros, nas zonas mais diretas de luz, viam-se desconsolações de fadiga e aborrecimentos de dia santo.

Defronte as casas da Rua Ocidental tinham na sua fachada o reflexo claro das luzes do Passeio; algumas janelas estavam abertas; as cortinas de fazenda escura destacavam sobre a claridade interior dos candeeiros. Luísa sentia como uma saudade de outras noites de verão, de serões recolhidos. Onde? Não se lembrava. O movimento então retraía-a; e encontrava em face, fitando-a numa atitude lúgubre, o sujeito da pera longa. Debaixo do véu sentia a poeira arder-lhe nos olhos; em redor dela gente bocejava.

D. Felicidade propôs uma volta. Levantaram-se, foram rompendo devagar; as filas das cadeiras apertavam-se compactamente, e uma infinidade de faces a que a luz do gás dava o mesmo tom amarelado olhavam de um modo fixo e cansado, num abatimento de pasmaceira. Aquele aspecto irritou Basílio, e como era difícil andar lembrou — "que se fossem daquela sensaboria".

Saíram. Enquanto ele ia comprar os bilhetes, D. Felicidade, deixando-se quase cair num banco sob a folhagem de um chorão, exclamou aflita:

— Ai, filha! Estou que arrebento!

Passava a mão no estômago, tinha a face envelhecida.

— E o conselheiro, que me dizes? Olha que já é pouca sorte! Hoje que eu vim ao Passeio...

Suspirou, abanando-se. E com o seu sorriso bondoso:

— É muito simpático, teu primo! E que maneiras! Um verdadeiro fidalgo. Que eles conhecem-se, filha!

Declarou-se muito fatigada, apenas saíram o portão. Era melhor tomarem um trem.

Basílio achava preferível subirem a pé até ao Largo do Loreto. A noite estava tão agradável! E o andar fazia bem à senhora D. Felicidade!

Depois diante do Martinho, falou em irem tomar neve; mas D. Felicidade receava a frialdade, Luísa tinha vergonha. Pelas portas do café abertas, viam-se sobre as mesas jornais enxovalhados; e algum raro indivíduo, de calça branca, tomava placidamente o seu sorvete de morango.

No Rossio, sob as árvores, passeava-se; pelos bancos, gente imóvel parecia dormitar; aqui e além pontas de cigarro reluziam; sujeitos passavam, com o chapéu na mão, abanando-se, o colete desabotoado; a cada canto se apregoava água fresca "do Arsenal"; em torno do largo, carruagens descobertas rodavam vagarosamente. O céu abafava — e na noite escura, a coluna da estátua de D. Pedro tinha o tom baço e pálido de uma vela de estearina colossal e apagada.

Basílio, ao pé de Luísa, ia calado. Que horror de cidade! — pensava. — Que tristeza! E lembrava-lhe Paris, de verão; subia, à noite, no seu faéton, os Campos Elísios devagar; centenares de vitórias descem, sobem rapidamente, com um trote discreto e alegre; e as lanternas fazem em toda a avenida um movimento jovial de pontos de luz; vultos brancos e mimosos de mulheres reclinam-se nas almofadas, balançadas nas molas macias; o ar em redor tem uma doçura aveludada, e os castanheiros espalham um aroma sutil. Dos dous lados, dentre os arvoredos, saltam as claridades violentas dos cafés cantantes, cheios do bruaá das multidões alegres, dos *brios* impulsivos das orquestras; os restaurantes flamejam; há uma intensidade de vida amorosa e feliz; e, para além, sai das janelas dos palacetes através dos estores de seda, a luz sóbria e velada das existências ricas. Ah! Se lá estivesse! — Mas ao passar junto dos candeeiros olhava de lado para Luísa; o seu perfil fino sob o véu branco tinha uma grande doçura; o vestido prendia bem a curva do seu peito; e havia no seu andar uma lassidão que lhe quebrava a linha da cinta de um modo lânguido e prometedor.

Veio-lhe uma certa ideia, começou a dizer: Que pena que não houvesse em toda a Lisboa um restaurante, onde se pudesse ir tomar uma asa de perdiz e beber uma garrafa de *champagne frappée*!

Luísa não respondeu. Devia ser delicioso — pensava. — Mas D. Felicidade exclamou:

— Perdiz, a esta hora!

— Perdiz ou outra qualquer cousa.

— Fosse o que fosse, era para estourar! Credo!

Subiam pela rua Nova do Carmo. Os candeeiros davam uma luz mortiça; as altas casas dos dous lados, apagadas, entalavam, carregavam a sombra; e a patrulha muito armada, descia passo a passo, sem ruído, sinistra e sutil.

Ao Chiado um garoto de barrete azul perseguiu-os com cautelas de loteria, a sua voz aguda e chorosa prometia a fortuna, muitos contos de réis. D. Felicidade ainda parou, com uma tentação... Mas uma troça de rapazes bêbedos que descia de chapéu na nuca, falando alto, aos tropeções, assustou muito as duas senhoras. Luísa encolheu-se logo contra Basílio, D. Felicidade enfiada agarrou-lhe ansiosamente o braço, quis-se meter numa carruagem; e até ao Loreto foi explicando o seu medo aos borrachos com a voz atarantada, contando casos, facadas, sem largar o braço de Basílio. Da fileira de tipoias, ao lado das grades da Praça de Camões, um cocheiro lançou logo a sua caleche descoberta, de pé na almofada, apanhando confusamente as rédeas, com grandes chicotadas na parelha, muito excitado, gritando:

— Pronto, meu amo, pronto!

Demoraram-se um momento ainda conversando. Um homem então passou, rondou, e Luísa desesperada reconheceu os olhos acarneirados do sujeito da pera.

Entraram para a caleche. Luísa ainda se voltou para ver Basílio imóvel no largo, com o seu chapéu na mão; depois acomodou-se, pôs os pezinhos no outro assento e balançada pelo trote largo viu passar, calada, as casas apagadas da rua de S. Roque, as árvores de S. Pedro de Alcântara, as fachadas estreitas do Moinho de Vento, os jardins adormecidos da Patriarcal. A noite estava imóvel, de um calor mole; e desejava, sem saber por quê, rolar assim sempre, infinitamente, entre ruas, entre grades cheias de folhagem de quintas nobres, sem destino, sem cuidados, para alguma cousa de feliz que não distinguia bem! Um grupo defronte da Escola ia tocando o *Fado do Vimioso*; aqueles sons entraram-lhe na alma como um vento doce, que fazia agitar brandamente muitas sensibilidades passadas; suspirou baixo.

— Um suspirozinho que vai para o Alentejo — disse D. Felicidade, tocando-lhe o braço.

Luísa sentiu todo o sangue abrasar-lhe o rosto. Davam onze horas quando entrou em casa.

Juliana veio alumiar. — O chá estava pronto, quando a senhora quisesse...

Luísa subiu daí a pouco com um largo roupão branco, muito fatigada, estendeu-se na *voltaire*; sentia vir-lhe uma sonolência, a cabeça pendia-lhe, cerrava as pálpebras... E Juliana tardava tanto com o chá! Chamou-a. Onde estava? Credo!

Tinha descido, pé ante pé, ao quarto de Luísa. E aí tomando o vestido, as saias engomadas que ela despira e atirara para cima da *causeuse*, desdobrou-as, revirou-as, examinou-as, e com uma certa ideia, cheirou-as! Havia o vago aroma de um corpo lavado e quente, com uma pontinha de suor e de água-de-colônia. Quando a sentiu chamar, impacientar-se em cima, subiu, correndo. — Fora abaixo dar uma arrumadela. Era o chá? Estava pronto...

E entrando com as torradas:

— Veio aí o Senhor Sebastião, haviam de ser nove horas...

— Que lhe disse?

— Que a senhora tinha saído com a senhora D. Felicidade. Como não sabia, não disse para onde.

E acrescentou:

— Esteve a conversar comigo, o senhor Sebastião... Esteve a conversar mais de meia hora!...

Luísa recebeu, na manhã seguinte, da parte de Sebastião, um ramo de rosas, magenta escuro, magníficas. Cultivava-as ele na quinta de Almada, e chamavam-se rosas *D. Sebastião*. Mandou-as pôr nos vasos da sala, e como o dia estava encoberto, de um calor baixo e sufocante:

— Olhe — disse a Juliana — abra as janelas.

— Bem — pensou Juliana — temos cá o melro.

O *melro* veio com efeito às três horas. Luísa estava na sala, ao piano.

— Está ali o sujeito do costume — foi dizer Juliana.

Luísa voltou-se corada, escandalizada da expressão:

— Ah! meu primo Basílio? Mande entrar.

E chamando-a:

— Ouça, se vier o senhor Sebastião, ou alguém, que entre.

Era o primo! O *sujeito*, as suas visitas perderam de repente para ela todo o interesse picante. A sua malícia cheia, enfunada até aí, caiu, engelhou-se como uma vela a que falta o vento. Ora, adeus! Era o primo!

Subiu à cozinha, devagar, lograda.

— Temos grande novidade, senhora Joana! O tal peralta é primo. Diz que é o primo Basílio.

E com um risinho:

— É o Basílio! Ora o Basílio! Sai-nos primo à última hora! O diabo tem graça!

— Então que havia de o homem ser se não parente? — observou Joana.

Juliana não respondeu. Quis saber se estava o ferro pronto, que tinha uma carga de roupa para passar! E sentou-se à janela, esperando. O céu baixo e pardo pesava, carregado de eletricidade; às vezes, uma aragem súbita e fina punha nas folhagens dos quintais um arrepio trêmulo.

— É o primo! — refletia ela. — E só vem então quando o marido se vai. Boa! E fica-se toda no ar quando ele sai, e é roupa branca e mais roupa branca, e roupão novo, e tipoia para o passeio, e suspiros e olheiras! Boa bêbeda! Tudo fica na família!

Os olhos luziam-lhe. Já se não sentia tão lograda. Havia ali muito "para ver e para escutar", E o ferro, estava pronto?

Mas a campainha, embaixo, tocou.

— Boa! Isto agora é um fadário! Estamos na casa do despacho! Desceu; e exclamou logo, vendo Julião com um livro debaixo do braço:

— Faz favor de entrar, senhor Julião! A senhora está com o primo, mas diz que mandasse entrar!

Abriu a porta da sala bruscamente, de surpresa.

— Está aqui o senhor Julião — disse com satisfação. Luísa apresentou os dous homens.

Basílio ergueu-se do sofá languidamente, e, num relance, percorreu Julião desde a cabeleira desleixada até às botas mal engraxadas, com um olhar quase horrorizado.

— Que pulha! — pensou.

Luísa, muito fina, percebeu, e corou, envergonhada de Julião. Aquele homem de colarinho enxovalhado e com um velho casaco de pano preto malfeito — que ideia daria a Basílio das relações, dos amigos da casa! Sentia já o seu *chic* diminuído. E instintivamente, a sua fisionomia tornou-se muito reservada — como se semelhante visita a surpreendesse! semelhante *toilette* a indignasse!

Julião percebeu o constrangimento dela, disse, já embaraçado, ajeitando a luneta:

— Passei por aqui por acaso, entrei a saber se há algumas notícias de Jorge...

— Obrigada. Sim, tem escrito. Está bem...

Basílio, recostado no sofá, como um parente íntimo, examinava a sua meia de seda bordada de estrelinhas escarlates, e cofiava indolentemente o bigode, arrebitando um pouco o dedo mínimo — onde brilhavam, em dous grossos anéis de ouro, uma safira e um rubi.

A afetação da atitude, o reluzir das joias irritaram Julião.

Quis mostrar também a sua intimidade, os seus direitos, disse:

— Eu não tenho vindo fazer-lhe um bocado de companhia porque tenho estado muito ocupado...

Luísa acudiu para desautorizar logo aquela familiaridade:

— Eu também não me tenho achado bem. Não tenho recebido ninguém, a não ser meu primo, naturalmente!

Julião sentiu-se renegado! E todo vermelho, de surpresa, de indignação, ficou a balançar a perna calado, com o livro sobre o joelho; como a calça era curta, via-se o elástico esfiado das botas velhas.

Houve um silêncio difícil.

— Bonitas rosas! — disse enfim Basílio, preguiçosamente.

— Muito bonitas! — respondeu Luísa.

Estava agora compadecida de Julião, procurava uma palavra; disse-lhe enfim muito precipitadamente:

— E que calor! É de morrer! Tem havido muitas doenças?

— Colerinas — respondeu Julião. — Por causa das frutas. Doenças de ventre.

Luísa baixou os olhos. Basílio então começou a falar da viscondessinha de Azueias; tinha-a achado acabada; e que era feito da irmã, da grande?

Aquela conversação sobre fidalgas que ele não conhecia isolava mais Julião; sentia o suor umedecer-lhe o pescoço; procurava um dito, uma ironia, uma agudeza; e maquinalmente abria e fechava o seu grosso livro de capa amarela.

— É algum romance? — perguntou-lhe Luísa.

— Não. É o tratado do dr. Lee sobre doenças do útero.

Luísa fez-se escarlate; Julião também, furioso da palavra que lhe escapara. E Basílio, depois de sorrir, perguntou por uma certa D. Rafaela Grijó, que costumava ir à rua da Madalena, que usava luneta, e tinha um cunhado gago...

— Morreu-lhe o marido. Casou com o cunhado.

— Com o gago?

— Sim. Tem um filhito dele, gago também.

— Que conversação, em família! E a D. Eugênia, a de Braga?

Julião, exasperado, ergueu-se; e com uma voz de garganta seca:

— Estou com pressa, não me posso demorar. Quando escrever a Jorge, os meus recados, hem?

Abaixou bruscamente a cabeça a Basílio. Mas não achava o chapéu, tinha rolado para debaixo de uma cadeira. Embrulhou-se no reposteiro, topou violentamente contra a porta fechada, e saiu enfim desesperado, desejando vingar-se, odiando Luísa, Jorge, o luxo, a vida, — transbordando agora de ironias, de ditos, de réplicas. Devia-os ter achatado, o asno e a tola... E não lhe acudira nada!

Mas apenas ele tinha fechado a cancela, Basílio pôs-se de pé, e cruzando os braços:

— Quem é este pulha?

Luísa corou muito, balbuciou:

— É um rapaz médico...

— É uma criatura impossível, é uma espécie de estudante!

— Coitado, não tem muitos meios...

Mas não era necessário ter meios para escovar o casaco e limpar a caspa! Não devia receber semelhante homem! Envergonha uma casa. Se seu marido gosta dele, que o receba no escritório!...

Passeava pela sala, excitado, com as mãos nos bolsos, fazendo tilintar o dinheiro e as chaves.

— São frescos os amigos da casa!... — continuou. — Que diabo! Tu não foste educada assim. Nunca tiveste gente deste gênero na rua da Madalena.

Não tivera; e pareceu-lhe que as ligações do casamento lhe tinham trazido um pouco o plebeísmo das convivências. Mas um respeito pelas opiniões, pelas simpatias de Jorge fez-lhe dizer:

— Diz que tem muito talento...

— Era melhor que tivesse botas.

Luísa, por cobardia, concordou.

— Também o acho esquisito! — disse.

— Horrível, minha filha!

Aquela palavra fez-lhe bater o coração. Era assim que ele lhe chamava, outrora! Houve um momento de silêncio; — e a campainha da porta retiniu fortemente.

Luísa ficou assustada. Jesus! Se fosse Sebastião! Basílio achá-lo-ia ainda mais reles! Mas Juliana veio dizer:

— O senhor conselheiro. Mando entrar?

— De certo — exclamou.

E a alta figura de Acácio adiantou-se, com as bandas do casaco de alpaca deitadas para trás, a calça branca muito engomada caindo sobre os sapatos de entrada baixa, de laço.

Apenas Luísa lhe apresentou o primo Basílio, disse logo, respeitoso:

— Já sabia que V. Exa. tinha chegado, vi-o nas interessantes notícias do nosso *high-life*. E do nosso Jorge?

Jorge estava em Beja... Diz que se aborrece muito...

Basílio, mais amável, deixou cair:

— Eu realmente não tenho a menor ideia do que se possa fazer em Beja. Deve ser horroroso!

O conselheiro, passando sobre o bigode a sua mão branca onde destacava o anel de armas, observou:

— É todavia a capital do distrito!

Mas se já em Lisboa se não podia fazer nada, e era a capital do reino! — E Basílio puxava, todo recostado, o punho da camisa. Morria-se positivamente de pasmaceira!

Luísa, muito contente da afabilidade de Basílio, pôs-se a rir:

— Não digas isso diante do conselheiro. É um grande admirador de Lisboa.

Acácio curvou-se:

— Nasci em Lisboa, e aprecio Lisboa, minha rica senhora.

E com muita bonomia:

— Conheço porém que não é para comparar aos Parises, às Londres, às Madris...

— De certo — fez Luísa.

E o conselheiro continuou com pompa:

— Lisboa porém tem belezas sem igual! A entrada, ao que me dizem (eu nunca entrei a barra), é um panorama grandioso, rival das Constantinoplas e das Nápoles. Digno da pena de um Garrett ou de um Lamartine! Próprio para inspirar um grande engenho!...

Luísa, receando citações ou apreciações literárias, interrompeu-o, perguntou-lhe o que tinha feito. Tinham estado domingo no Passeio, ela e D. Felicidade, tinham esperado vê-lo, e nada!

Nunca ia ao Passeio, ao domingo — declarou. — Reconhecia que era muito agradável, mas a multidão entontecia-o. Tinha notado, — e a sua voz tomou o tom espaçado de uma revelação, — tinha notado que muita gente num local causa vertigens aos homens de estudo. De resto queixou-se da sua saúde e do peso dos seus trabalhos. Andava compilando um livro e usando as águas de Vichy.

— Podes fumar — disse Luísa de repente, sorrindo, a Basílio. — Queres lume?

Ela mesma lhe foi buscar um fósforo, toda ligeira, feliz. Tinha um vestido claro, um pouco transparente, muito fresco. Os seus cabelos pareciam mais louros, a sua pele mais fina.

Basílio soprou o fumo do charuto, e declarou muito reclinado:

— O Passeio ao domingo é simplesmente idiota!...

O conselheiro refletiu e respondeu:

— Não serei tão severo, senhor Brito! — Mas parecia-lhe que com efeito antigamente era uma diversão mais agradável. — Em primeiro lugar — exclamou com muita convicção, endireitando-se — nada, mas nada, absolutamente nada pode substituir a charanga da Armada! — Além disso havia a questão dos preços... Ah! tinha estudado muito o assunto! Os preços diminutos favoreciam a aglomeração das classes subalternas... Que longe do seu pensamento lançar desdouro nessa parte da população... As suas ideias liberais eram bem conhecidas. — Apelo para a senhora D. Luísa! — disse. — Mas enfim, sempre era mais agradável encontrar uma roda escolhida! Quanto a si nunca ia ao Passeio. Talvez não acreditassem, mas nem mesmo quando havia fogo de vistas! Nesses dias, sim, ia ver por fora das grades. Não por economia! De certo não. Não era rico, mas podia fazer face a essa contribuição diminuta. Mas é que receava os acidentes! É que os receava muito! Contou a história de um sujeito, cujo nome lhe escapava, a quem uma cana de foguete furara o crânio. — E além disso nada mais fácil que cair uma fagulha acesa na cara, num paletó novo... — É conveniente ter prudência — resumiu, compenetrado, limpando os beiços com o lenço de seda da Índia muito enrolado.

Falaram então da estação; muita gente fora para Sintra; de resto, Lisboa no verão era tão secante!... E o conselheiro declarou que Lisboa só era imponente, verdadeiramente imponente, quando estavam abertas as câmaras e S. Carlos!

— Que estavas tu a tocar quando eu entrei? — perguntou Basílio.

O conselheiro acudiu logo:

— Se estavam fazendo música, por quem são... Sou um velho assinante de S. Carlos, há dezoito anos...

Basílio interrompeu-o:

— Toca?

— Toquei. Não o oculto. Em rapaz fui dado à flauta.

E acrescentou, com um gesto benévolo:

— Rapaziadas!... Alguma novidade, o que estava tocando. D. Luísa?

— Não! Uma música muito conhecida, já antiga: a *Filha do Pescador*, de Meyerbeer! Tenho a letra traduzida.

Tinha cerrado as vidraças, sentara-se ao piano.

— O Sebastião é que toca isto bem, não é verdade, conselheiro?

— O nosso Sebastião — disse o conselheiro com autoridade — é um rival dos Thalbergs e dos Liszt. Conhece o nosso Sebastião? — perguntou a Basílio.

— Não, não conheço.

— Uma pérola!

Basílio tinha-se aproximado do piano devagar, frisando o bigode.

— Tu ainda cantas? — perguntou-lhe Luísa, sorrindo.

— Quando estou só.

Mas o conselheiro pediu-lhe logo um "trecho". Basílio ria. Tinha medo de escandalizar um velho assinante de S. Carlos...

O conselheiro animou-o; disse mesmo paternalmente:

— Coragem, senhor Brito, coragem!

Luísa então preludiou.

E Basílio soltou logo a voz, cheia, bem timbrada, de barítono; as suas notas altas faziam a sala sonora. O conselheiro, direito na poltrona, escutava concentrado; a sua testa, franzida num vinco, parecia curvar-se sob uma responsabilidade de juiz; e as lunetas defumadas destacavam, com reflexos escuros, naquela fisionomia de calvo, que o calor tornava mais pálida.

Basílio dizia com uma melancolia grave a primeira frase, tão larga, da canção:

> Igual ao mar sombrio
> Meu coração profundo...

Um poeta, com uma dedicação obscura, traduzira a letra no *Almanaque das Senhoras*. Luísa pela sua própria mão a tinha copiado nas entrelinhas da música. E Basílio debruçado sobre o papel sempre torcendo as pontas do bigode:

> Tem tempestades, cóleras,
> Mas pérolas no fundo!

Os olhos largos de Luísa afirmavam-se para a música — ou a espaços, com um movimento rápido, erguiam-se para Basílio. Quando, na nota final, prolongada como a reclamação de um amor suplicante, Basílio soltou a voz de um modo apelativo:

> Vem! Vem
> Pousar, ó doce amada,
> Teu peito contra o meu...

os seus olhos fixaram-se nela com uma significação de tanto desejo, que o peito de Luísa arfou, os seus dedos embrulharam-se no teclado.

O conselheiro bateu as palmas.

— Uma voz admirável! — exclamava. — Uma voz admirável!

Basílio dizia-se envergonhado.

— Não, senhor, não, senhor! — protestou Acácio, levantando-se. — Um excelente órgão! Direi, o melhor órgão da nossa sociedade!

Basílio riu. Uma vez que tinha sucesso, então ia dizer-lhes uma modinha brasileira da Bahia. Sentou-se ao piano, e depois de ter preludiado uma melodia muito balançada, de um embalado tropical, cantou:

> Sou negrinha, mas meu peito
> Sente mais que um peito branco.

E interrompendo-se:

— Isto fazia furor nas reuniões da Bahia quando eu parti.

Era a história de uma "negrinha" nascida na roça, e que contava, com lirismos de almanaque, a sua paixão por um feitor branco.

Basílio parodiava o tom sentimental de alguma menina baiana; e a sua voz tinha uma preciosidade cômica, quando dizia o *ritornello* choroso:

E a negra pra os mares
Seus olhos alonga;
No alto coqueiro
Cantava a araponga.

O conselheiro achou "delicioso"; e, de pé na sala, lamentou a propósito da cantiga a condição dos escravos. Que lhe afirmavam amigos do Brasil que os negros eram muito bem tratados. Mas enfim a civilização era a civilização! E a escravatura era um estigma! Tinha todavia muita confiança no imperador...

— Monarca de rara ilustração... — acrescentou respeitosamente. Foi buscar o seu chapéu, e colando-lhe as abas ao peito, curvando-se, jurou que — havia muito tempo não tinha passado uma manhã tão completa. De resto para ele nada havia como a boa conversação e a boa música...

— Onde está V. Exa. alojado, senhor Brito?

Pelo amor de Deus! Que não se incomodasse! Estava no Hotel Central.

Não havia considerações que o impedissem de cumprir o seu dever — declarou. — Cumpri-lo-ia! Ele era uma pessoa inútil, a senhora D. Luísa bem o sabia. — Mas se necessitar alguma cousa, uma informação, uma apresentação nas regiões oficiais, licença para visitar algum estabelecimento público, creia que me tem às suas ordens!

E conservando na sua mão a mão de Basílio:

— Rua do Ferregial de Cima número três, terceiro. O modesto tugúrio de um ermita.

Tornou a curvar-se diante de Luísa:

— E quando escrever ao nosso viajante, que faço sinceros votos pela prosperidade dos seus empreendimentos. Por quem é! Criado de V. Exa.!

E direito, grave, saiu.

— Este ao menos é limpo — resmungou Basílio, com o charuto ao canto da boca.

Sentara-se outra vez ao piano, corria os dedos pelo teclado. Luísa aproximou-se:

— Canta alguma cousa, Basílio!

Basílio pôs-se então a olhar muito para ela.

Luísa corou, sorriu; através da fazenda clara e transparente do vestido, entrevia-se a brancura macia e láctea do colo e dos braços; e nos seus olhos, na cor quente do rosto havia uma animação e como uma vitalidade amorosa.

Basílio disse-lhe, baixo:

— Estás hoje nos teus dias felizes, Luísa.

O olhar dele, tão ávido, perturbava-a; insistiu:

— Canta alguma cousa.

O seu seio arfava.

— Canta tu — murmurou Basílio.

E devagarinho, tomou-lhe a mão. As duas palmas um pouco úmidas, um pouco trêmulas, uniram-se.

A campainha, fora, tocou. Luísa desprendeu a mão bruscamente.

— É alguém — disse agitada.

Vozes baixas falavam à cancela.

Basílio teve um movimento de ombros contrariado, foi buscar o chapéu.

— Vais-te? — exclamou ela toda desconsolada.

— Pudera! Não posso estar só contigo um momento!

A cancela fechou-se com ruído.

— Não é ninguém, foi-se — disse Luísa.

Estavam de pé, no meio da sala.

— Não te vás! Basílio!

Os seus olhos profundos tinham uma suplicação doce. Basílio pousou o chapéu sobre o piano; mordia o bigode um pouco nervoso.

— E para que queres tu estar só comigo? — disse ela. — Que tem que venha gente? — E arrependeu-se logo daquelas palavras.

Mas Basílio, com um movimento brusco, passou-lhe o braço sobre os ombros, prendeu-lhe a cabeça, e beijou-a na testa, nos olhos, nos cabelos, vorazmente.

Ela soltou-se a tremer, escarlate.

— Perdoa-me — exclamou ele logo, com um ímpeto apaixonado. — Perdoa-me. Foi sem pensar. Mas é porque te adoro, Luísa!

Tomou-lhe as mãos com domínio, quase com direito.

— Não. Hás de ouvir. Desde o primeiro dia que te tornei a ver estou doudo por ti, como dantes, a mesma cousa. Nunca deixei de me morrer por ti. Mas não tinha fortuna, tu bem o sabes, e queria-te ver rica, feliz. Não te podia levar para o Brasil. Era matar-te, meu amor! Tu imaginas lá o que aquilo é! Foi por isso que te escrevi aquela carta, mas o que eu sofri, as lágrimas que chorei!

Luísa escutava-o imóvel, a cabeça baixa, o olhar esquecido; aquela voz quente e forte, de que recebia o bafo amoroso, dominava-a, vencia-a; as mãos de Basílio penetravam com o seu calor febril a substância das suas; e, tomada de uma lassidão, sentia-se como adormecer.

— Fala, responde! — disse ele ansiosamente, sacudindo-lhe as mãos, procurando o seu olhar avidamente.

— Que queres que te diga? — murmurou ela.

A sua voz tinha um tom abstrato, mal acordado.

E desprendendo-se devagar, voltando o rosto:

— Falemos noutras cousas!

Ele balbuciava com os braços estendidos:

— Luísa! Luísa!

— Não, Basílio, não!

E na sua voz havia o arrastado de uma lamentação, com a moleza de uma carícia.

Ele então não hesitou, prendeu-a nos braços.

Luísa ficou inerte, os beiços brancos, os olhos cerrados — e Basílio, pousando-lhe a mão sobre a testa, inclinou-lhe a cabeça para trás, beijou-lhe as pálpebras devagar, a face, os lábios depois muito profundamente; os beiços dela entreabriram-se, os seus joelhos dobraram-se.

Mas de repente, todo o seu corpo se endireitou, com um pudor indignado, afastou o rosto, exclamou aflita:

— Deixa-me, deixa-me!

Viera-lhe uma força nervosa; desprendeu-se, empurrou-o; e passando as mãos abertas pela testa, pelos cabelos:

— Oh meu Deus! É horrível! — murmurou. — Deixa-me! É horrível!

Ele adiantava-se com os dentes cerrados; mas Luísa recuava, dizia:

— Vai-te. Que queres tu? Vai-te! Que fazes tu aqui? Deixa-me!

Ele então tranquilizou-a com a voz subitamente serena e humilde. Não percebia. Por que se zangava? Que tinha um beijo? Ele não pedia mais. Que tinha ela imaginado, então? Adorava-a, de certo, mas puramente.

— Juro-te! — disse com força, batendo no peito.

Fê-la sentar no sofá, sentou-se ao pé dela. Falou-lhe muito sensatamente: — Via as circunstâncias, e resignar-se-ia. Seria como uma amizade de irmãos, nada mais.

Ela escutava-o, esquecida.

De certo, dizia ele, aquela paixão era uma tortura imensa. Mas era forte, dominar-se-ia. Só queria vir vê-la, falar-lhe. Seria um sentimento ideal. — E os seus olhos devoravam-na.

Voltou-lhe a mão, curvou-se, pôs-lhe um beijo cheio na palma. Ela estremeceu, ergueu-se logo:

— Não! Vai-te!

— Bem, adeus.

Levantou-se com um movimento resignado e infeliz. E limpando devagar a seda do chapéu:

— Bem, adeus — repetiu melancolicamente.

— Adeus.

Basílio disse então com muita ternura:

— Estás zangada?

— Não!

— Escuta — murmurou, adiantando-se.

Luísa bateu com o pé.

— Oh que homem! Deixa-me! Amanhã. Adeus. Vai-te! Amanhã!

— Amanhã! — disse ele, baixinho.

E saiu rapidamente.

Luísa entrou no quarto toda nervosa. E ao passar diante do espelho ficou surpreendida: nunca se vira tão linda! Deu alguns passos calada. Juliana arrumava roupa branca num gavetão do guarda-vestidos.

— Quem tocou há bocado? — perguntou Luísa.

— Foi o senhor Sebastião. Não quis entrar; disse que voltava.

Tinha dito, com efeito, "que voltava". Mas começava quase a envergonhar-se de vir assim todos os dias, e encontrá-la sempre "com uma visita"!

Logo no primeiro dia ficara muito surpreendido quando Juliana lhe disse: "Está com um sujeito! Um rapaz novo que já cá esteve ontem!" Quem seria? Conhecia todos os amigos da casa... Seria algum empregado da secretaria ou algum proprietário de minas, o filho do Alonso, talvez, um negócio de Jorge de certo...

Depois no domingo, à noite, trazia-lhe a partitura de *Romeu e Julieta*, de Gounod, que ela desejava tanto ouvir, e quando Juliana lhe disse da varanda "que tinha saído com D. Felicidade de carruagem", ficou muito embaraçado com o grosso volume debaixo do braço, coçando devagar a barba. Onde teriam ido? Lembrou-se do entusiasmo de D. Felicidade pelo Teatro de D. Maria. Mas irem sós, naquele calor de julho, ao teatro! Enfim, era possível. Foi a D. Maria.

O teatro, quase vazio, estava lúgubre; aqui e além, nalgum camarote, uma família feia perfilava-se, com cabelos negríssimos carregados de postiços, gozando soturnamente a sua noite de domingo; na plateia, à larga nas bancadas vazias, pessoas avelhadas e inexpressivas escutavam com um ar encalmado e farto, limpando a espaços, com lenços de seda, o suor dos pescoços; na geral, gente de trabalho arregalava olhos negros em faces trigueiras e oleosas; a luz tinha um tom dormente; bocejava-se. E no palco, que representava uma sala de baile amarela, um velhote condecorado falava a uma magrita de cabelos riçados, sem cessar, com o tom diluído de uma água gordurosa e morna que escorre.

Sebastião saiu. Onde estariam? Soube-o na manhã seguinte. — Descia o Moinho de Vento, e um vizinho, o Neto, que subia curvado sob o seu guarda-sol, com o cigarro ao canto do bigode grisalho, deteve-o bruscamente, para lhe dizer:

— Ó amigo Sebastião, ouça cá. Vi ontem à noite no Passeio a D. Luísa com um rapaz que eu conheço. Mas de onde conheço eu aquela cara? Quem diabo é?

Sebastião encolheu os ombros.

— Um rapaz alto, bonito, com um ar estrangeirado. Eu conheço-o. Noutro dia vi-o entrar para lá. Você não sabe?

— Não sabia.

— Eu conheço aquela cara. Tenho estado a ver se me recordo... — Passava a mão pela testa. — Eu conheço aquela cara! Ele é de Lisboa. De Lisboa é ele!

E depois de um silêncio, fazendo girar o guarda-sol:

— E que há de novo, Sebastião?

Também não sabia.

— Nem eu!

E bocejando muito:

— Isto está uma pasmaceira, homem!

Nessa tarde, às quatro horas, Sebastião voltou a casa de Luísa. Estava com "o sujeito!" Ficou então preocupado. De certo era algum negócio de Jorge; porque não compreendia que ela falasse, sentisse, vivesse que não fosse no interesse da casa e para maior felicidade de Jorge. Mas devia ser grave então — para reclamar visitas, encontros, tantas relações. Tinham pois interesses importantes que ele não conhecia! E aquilo parecia-lhe uma ingratidão, e como uma diminuição de amizade.

A tia Joana tinha-o achado "macambúzio".

Foi ao outro dia que soube que o sujeito era o primo Basílio, o Basílio de Brito. O seu vago desgosto dissipou-se, mas um receio mais definido veio inquietá-lo.

Sebastião não conhecia Basílio pessoalmente, mas sabia a crônica da sua mocidade. Não havia nela certamente, nem escândalo excepcional, nem romance pungente. Basílio tinha sido apenas um pândego e, como tal, passara metodicamente por todos os episódios clássicos da estroinice lisboeta: — partidas de monte até de madrugada com ricaços do Alentejo; uma tipoia despedaçada num sábado de touros; ceias repetidas com alguma velha Lola e uma antiga salada de lagosta; algumas *pegas* aplaudidas em Salvaterra ou na Alhandra; noitadas de bacalhau e Colares nas tabernas fadistas; muita guitarra; socos bem jogados à face atônita de um polícia; e uma profusão de gemas de ovos nas glórias do entrudo. As únicas mulheres mesmo que apareciam na sua história, além das Lolas e das Carmens usuais, eram a Pistelli, uma dançarina almã cujas pernas tinham uma musculatura de atleta, e a condessinha de Alvim, uma douda, grande cavaleira, que se separara de seu marido depois de o ter chicotado, e que se vestia de homem para bater ela mesma em trem de praça do Rossio ao Dafundo. Mas isto bastava para que Sebastião o achasse um *debochado*, um *perdido*; ouvira que ele tinha ido para o Brasil para fugir aos credores; que enriquecera por acaso, numa especulação, no Paraguai; que mesmo na Bahia, com a corda na garganta, nunca fora um trabalhador; e supunha que a posse da fortuna para ele seria apenas um desenvolvimento dos vícios. E este homem agora vinha ver a Luisinha todos os dias, estava horas e horas, seguia-a ao Passeio...

Para quê?... Era claro, para a desinquietar!

Ia justamente descendo a rua, dobrado sob a pesada desconsolação destas ideias, quando uma voz encatarroada disse com respeito:

— Ó senhor Sebastião!

Era o Paula dos móveis.

— Viva, senhor João.

O Paula atirou para as pedras da rua um jato escuro de saliva, e com as mãos cruzadas debaixo das abas do comprido casaco de cotim, o tom grave:

— Ó senhor Sebastião, há doença cá por casa do senhor Engenheiro?

Sebastião todo surpreendido:

— Não. Por quê?

O Paula fez roncar a garganta, cuspilhou:

— É que tenho visto entrar para cá todos os dias um sujeito. Imaginei que fosse o médico.

E puxando o escarro:

— Desses novos da homeopatia!

Sebastião tinha corado.

— Nada — disse. — É o primo de D. Luísa.

— Ah! — fez o Paula. — Pois pensei... Queira desculpar, senhor Sebastião.

E curvou-se, respeitosamente.

— Já temos falatório! — foi pensando Sebastião.

E entrou em casa, descontente.

Morava ao fundo da rua, num prédio seu, de construção antiga, com quintal.

Sebastião era só. Tinha uma fortuna pequena em inscrições, terras de lavoura para o lado do Seixal, e a quinta em Almada — o Rozegal. As duas criadas eram muito antigas na casa. A Vicência, a cozinheira, era uma preta de S. Tomé já do tempo da mamã. A tia Joana, a governanta, servia-o havia trinta e cinco anos; chamava ainda a Sebastião o "menino"; tinha já as tontices de uma criança, e recebia sempre os respeitos de uma avó. Era do Porto, do *Poarto*, como ela dizia, porque nunca perdera o seu acento minhoto. Os amigos de Sebastião chamavam-lhe uma velha de comédia. Era baixinha e gorda, com um sorriso muito bondoso; tinha os cabelos alvos como uma estriga, atados no alto num rolinho com um antigo pente de tartaruga; trazia sempre um vasto lenço branco muito asseado, traçado sobre o peito. E todo o dia passarinhava pela casa, com o seu passinho arrastado, fazendo tilintar os molhos de chaves, resmungando provérbios, tomando rapé de uma caixa redonda, em cuja tampa se lascava o desenho abonecado da ponte pênsil do Porto.

Em toda a casa havia um tom caturra e doce; na sala de visitas, quase sempre fechada, o vasto canapé, as poltronas tinham o ar empertigado do tempo do senhor D. José I, e os estofos de damasco vermelho desbotado lembravam a pompa de uma corte decrépita; das paredes da sala de jantar pendiam as primeiras gravuras das batalhas de Napoleão, onde se vê invariavelmente, numa eminência, o cavalo branco, para o qual galopa desenfreadamente do primeiro plano um hussardo, brandindo um sabre. Sebastião dormia os seus sonos de sete horas, sem sonhos, numa velha barra de pau preto torneado; e numa saleta escura, sobre uma cômoda de fecharias de metal amarelo, conservava-se, havia anos, o padroeiro da casa, S. Sebastião — que se torcia, cravado de setas, nas cordas que o atavam ao tronco, à luz de uma lâmpada muito cuidada pela tia Joana, sob os ruídos sutis dos ratos pelo forro.

A casa condizia com o dono. Sebastião tinha um gênio antiquado. Era solitário e acanhado. Já no latim lhe chamavam o *peludo*; punham-lhe rabos, roubavam-lhe impudentemente as merendas. Sebastião, que tinha a força de um ginasta, oferecia a resignação de um mártir.

Foi sempre reprovado nos primeiros exames do liceu. Era inteligente, mas uma pergunta, o reluzir dos óculos de um professor, a grande lousa negra imobilizavam-no; ficava muito embezerrado, a face inchada e rubra, a coçar os joelhos, o olhar vazio.

Sua mãe, que era da aldeia e que fora padeira, muito vaidosa agora das suas inscrições, da sua quinta, da sua mobília de damasco, sempre vestida de seda, carregada de anéis, costumava dizer:

— Ora! Tem que comer e beber! Estar a afligir a criança com estudos! Deixa lá, deixa lá!

A inclinação de Sebastião era pela música. Sua mãe, por conselhos da mãe de Jorge, sua vizinha e sua íntima, tomou--lhe um mestre de piano; logo desde as primeiras lições, a que ela assistia com enfeites de veludo vermelho e cheia de joias, o velho professor Aquiles Bentes, de óculos redondos e cara de coruja, exclamou excitado com a sua voz nasal:

— Minha rica senhora! O seu menino é um gênio! É um gênio! Há de ser um Rossini! É puxar por ele! É puxar por ele!

Mas era justamente o que ela não queria, era puxar por ele, coitadinho! Por isso não foi um Rossini. E todavia o velho Bentes continuava a dizer, por hábito:

— Há de ser um Rossini! Há de ser um Rossini!

Somente em lugar de o gritar, brandindo papéis de música, murmurava-o, com bocejos enormes de leão enfastiado.

Já então os dous rapazes vizinhos, Jorge e Sebastião, eram íntimos. Jorge mais vivo, mais inventivo, dominava-o. No quintal, a brincar, Sebastião era sempre o *cavalo* nas imitações da diligência, o *vencido* nas guerras. Era Sebastião que carregava os pesos, que oferecia o dorso para Jorge trepar; nas merendas comia todo o pão, deixava a Jorge toda a fruta. Cresceram. E aquela amizade sempre igual, sem amuos, tornou-se na vida de ambos um interesse essencial e permanente.

Quando a mãe de Jorge morreu, pensaram mesmo em viver juntos; habitariam a casa de Sebastião, mais larga e que tinha quintal; Jorge queria comprar um cavalo; mas conheceu Luísa no Passeio, e daí a dous meses passava quase todo o seu dia na rua da Madalena.

Todo aquele plano jovial da *Sociedade Sebastião e Jorge* — chamavam-lhe assim, rindo — desabou, como um castelo de cartas. Sebastião teve um grande pesar.

E era ele, depois, que fornecia os ramos de rosas que Jorge levava a Luísa, sem espinhos, com cuidados devotos embrulhados num papel de seda. Era ele que tratava dos arranjos do "ninho", ia apressar os estofadores, discutir preços de roupas, vigiar o trabalho dos homens que pregavam os tapetes, conferenciar com a inculcadeira, cuidar dos papéis do casamento!

E à noite, fatigado como um procurador zeloso, tinha ainda de escutar com um sorriso as expansões felizes de Jorge, que passeava pelo quarto até às duas horas da noite em mangas de camisa, namorado loquaz, brandindo o cachimbo!

Depois do casamento Sebastião sentiu-se muito só. Foi a Portel visitar um tio, um velho esquisito, com um olhar de doudo, que passava a existência combinando enxertos no pomar, e lendo, relendo o *Eurico*. Quando voltou, passado um mês, Jorge disse-lhe radioso:

— E sabes, hem? Isto agora é que é a tua casa! Aqui é que tu vives!

Mas nunca obteve de Sebastião que fosse a sua casa com uma inteira intimidade. Sebastião batia à porta, timidamente. Corava diante de Luísa; o antigo *peludo* de latim reaparecia. Jorge lutara para que ele cruzasse sem cerimônia as pernas, fumasse cachimbo diante dela, não lhe dissesse a todo o momento: — V. Exa., V. Exa. — meio erguido na cadeira.

Nunca vinha jantar senão arrastado. Quando Jorge não estava, as suas visitas eram curtas, cheias de silêncio. Julgava-se gebo, tinha medo de maçar.

Nessa tarde quando ele foi para a sala de jantar, a tia Joana veio-lhe perguntar pela Luisinha.

Adorava-a, achava-a um *anjinho*, uma *açucena*.

— Como está ela? Viu-a?

Sebastião corou, não quis dizer, como na véspera, "que estava gente, que não tinha entrado"; e abaixando-se, pondo-se a brincar com as orelhas do *Trajano*, o seu velho perdigueiro:

— Está boa, tia Joana, está boa. Então como há de estar? Está ótima!

Àquela hora Luísa recebia uma carta de Jorge. Era de Portel, com muitas queixas sobre o calor, sobre as más estalagens, histórias sobre o extraordinário parente de Sebastião — saudades e mil beijos...

Não a esperava, e aquela folha de papel cheia de uma letra miudinha, que lhe fazia reaparecer vivamente Jorge, a sua figura, o seu olhar, a sua ternura, deu-lhe uma sensação quase dolorosa. Toda a vergonha dos seus desfalecimentos cobardes, sob os beijos de Basílio, veio abrasar-lhe as faces. Que horror deixar-se abraçar, apertar! No sofá o que ele lhe dissera, com que olhos a devorara!... Recordava tudo — a sua atitude, o calor das suas mãos, a tremura da sua voz... E maquinalmente, pouco e pouco, ia-se esquecendo naquelas recordações, abandonando-se-lhe, até ficar perdida na deliciosa lassidão que elas lhe davam, com o olhar lânguido, os braços frouxos. Mas a ideia de Jorge vinha então outra vez fustigá-la como uma chicotada. Erguia-se bruscamente, passeava pelo quarto toda nervosa, com uma vaga vontade de chorar...

— Ah! Não! É horroroso, é horroroso! — dizia só, falando alto. — É necessário acabar!

Resolveu não receber Basílio, escrever-lhe, pedir-lhe que não voltasse, que partisse! Meditava mesmo as palavras; seria seca e fria; não diria *meu querido primo*, mas simplesmente *primo Basílio*.

E que faria ele, quando recebesse a carta? Choraria, coitado!

Imaginava-o só, no seu quarto de hotel, infeliz e pálido; e daqui, pelos declives da sensibilidade, passava à recordação da sua pessoa, da sua voz convincente, das turbações do seu olhar dominante, e a memória demorava-se naquelas lembranças com uma sensação de felicidade, como a mão se esquece acariciando a plumagem doce de um pássaro raro. Sacudia a cabeça com impaciência, como se aquelas imaginações fossem os ferrões de insetos importunos; esforçava-se por pensar só em Jorge; mas as ideias más voltavam, mordiam-na; e achava-se desgraçada, sem saber o que queria, com vontades confusas de estar com Jorge, de consultar Leopoldina, de fugir para longe, ao acaso. Jesus, que infeliz que era! — E do fundo da sua natureza de preguiçosa vinha-lhe uma indefinida indignação contra Jorge, contra Basílio, contra os sentimentos, contra os deveres, contra tudo o que a fazia agitar-se e sofrer. Que a não secassem, Santo Deus!

Depois de jantar, à janela da sala, ficou a reler a carta de Jorge. Pôs-se a recordar de propósito tudo o que a encantava nele, do seu corpo e das suas qualidades. E juntava ao acaso argumentos, uns de honra, outros de sentimento, para o amar, para o respeitar. Tudo era por ele estar fora, na província! Se ele ali estivesse ao pé dela! Mas tão longe, e a demorar-se tanto! E ao mesmo tempo, contra sua vontade, a certeza daquela ausência dava-lhe uma sensação de liberdade; a ideia de se poder mover à vontade nos desejos, nas curiosidades, enchia-lhe o peito de um contentamento largo, como uma lufada de independência.

Mas enfim, vamos, de que lhe servia estar livre, só? — E de repente tudo o que poderia fazer, sentir, possuir, lhe aparecia numa perspectiva longa que fulgurava; aquilo era como uma porta, subitamente aberta e fechada, que deixa entrever, num relance, alguma cousa de indefinido, de maravilhoso, que palpita e faísca. — Oh! estava douda, decerto!

Escureceu. Foi para a sala, abriu a janela; a noite estava quente e espessa, com um ar de eletricidade e de trovoada. Respirava mal, olhava para o céu, desejando alguma cousa fortemente, sem saber o quê.

O moço do padeiro embaixo, como sempre, tocava o fado; aqueles sons banais entravam-lhe agora na alma, com a brandura de um bafo quente e a melancolia de um gemido.

Encostou a cabeça à mão com uma lassidão. Mil pensamentozinhos corriam-lhe no cérebro como os pontos de luz que correm num papel que se queimou; lembrava-lhe sua mãe, o chapéu novo que lhe mandara *Madame* François, o tempo que faria em Sintra, a doçura das noites quentes sob a escuridão das ramagens...

Fechou a janela, espreguiçou-se; e sentada na *causeuse*, no seu quarto, ficou ali, numa imobilidade, pensando em Jorge, em lhe escrever, em lhe pedir que viesse. Mas bem depressa aquele cismar começou a quebrar-se a cada momento como uma tela que se esgarça em rasgões largos, e por trás, aparecia logo com uma intensidade luminosa e forte a ideia do primo Basílio.

As viagens, os mares atravessados tinham-no tornado mais trigueiro; a melancolia da separação dera-lhe cabelos brancos. Tinha sofrido por ela! — dissera. — E no fim onde estava o mal? Ele jurara-lhe que aquele amor era casto, passando-se todo na alma. Tinha vindo de Paris, o pobre rapaz, assim lho jurara, para a ver, uma semana, quinze dias. E havia de dizer-lhe: — Não voltes; vai-te?

— Quando a senhora quiser o chá... — disse da porta do quarto Juliana.

Luísa deu um suspiro alto como acordando. Não; que trouxesse a lamparina, mais tarde.

Eram dez horas. Juliana foi tomar o seu chá, à cozinha. O lume ia-se apagando, o candeeiro de petróleo estendia nos cobres dos tachos reflexos avermelhados.

— Hoje houve cousa, senhora Joana — disse Juliana sentando-se. — Está toda no ar! E é cada suspiro! Ali houve-a e grossa.

Joana, do outro lado, com os cotovelos na mesa e a face sobre os punhos, pestanejava de sono.

— A senhora Juliana, também, deita tudo para o mal — disse.

— É que era necessário ser tola, senhora Joana!

Calou-se, cheirou o açúcar; era um dos seus despeitos; gostava dele bem refinado — e aquele açúcar mascavado e grosso, que punha no chá um gosto de formigas, exasperava-a.

— Este é pior que o do mês passado! Para uma pobre de Cristo tudo é bom! — rosnou muito amargamente.

E depois de uma pausa repetiu:

— É que era necessário ser tola, senhora Joana!

A cozinheira disse preguiçosamente:

— Cada um sabe de si...

— E Deus de todos — suspirou Juliana.

E ficaram caladas.

Luísa tocou a campainha embaixo.

— Que teremos nós agora? Está com as cócegas!

Desceu. Voltou com o regador, muito enfastiada:

— Quer mais água! Olha a mania, pôr-se agora a chafurdar à meia-noite! Sempre a gente as vê...

Foi encher o regador, e enquanto a água da torneira cantava no fundo de lata:

— E diz que lhe faça amanhã ao almoço um bocado de presunto frito, do salgado. Quer picantes!

E com muito escárnio:

— Sempre a gente vê cousas! Quer picantes!

À meia-noite a casa estava adormecida e apagada. Fora, o céu enegrecera mais; relampejou, e um trovão seco estalou, rolou.

Luísa abriu os olhos estremunhada; começara a cair uma chuva grossa e sonora; a trovoada arrastava-se, ao longe. Esteve um momento escutando as goteiras que cantavam sobre o lajedo; a alcova abafava, descobriu-se; o sono tinha fugido, e de costas, o olhar fixo na vaga claridade que vinha de fora da lamparina, seguia o tique-taque do relógio. Espreguiçou-se, e uma certa ideia, uma certa visão foi-se formando no seu cérebro, completando-se, tão nítida, quase tão visível, que se revirou na cama devagar, estirou os braços, lançou-os em roda do travesseiro, adiantando os beiços secos — para beijar uns cabelos negros onde reluziam fios brancos.

Sebastião tinha dormido mal. Acordou às seis horas e desceu ao quintal em chinelas. Uma porta envidraçada da sala de jantar abria para um terraçozinho, largo apenas para três cadeiras de ferro pintado e alguns vasos de cravos; dali, quatro degraus de pedra desciam para o quintal; era uma horta ajardinada, muito cheia, com canteirinhos de flores, saladas muito regadas, pés de roseiras junto dos muros, um poço e um tanque debaixo de uma parreirita, e árvores; terminava por outro terraço assombreado de uma tília, com um parapeito para uma rua baixa e solitária; defronte corria um muro de quintal muito caiado. Era um sítio recolhido de uma paz aldeã. Muitas vezes Sebastião, de madrugada, ia para ali fumar o seu cigarro.

Era uma manhã deliciosa. Havia um ar transparente e fino; o céu arredondava-se a uma grande altura com o azulado de certas porcelanas velhas e, aqui e além, uma nuvenzinha algodoada, molemente enrolada, cor de leite; a folhagem tinha um verde lavado, a água do tanque uma cristalinidade fria; pássaros chilreavam de leve com voos rápidos.

Sebastião estava debruçado para a rua, quando a ponteira de uma bengala, passos vagarosos cortaram o silêncio fresco. Era um vizinho de Jorge, o Cunha Rosado, o doente de intestinos; arrastava-se, curvado, abafado num cachenê e num paletó cor de pinhão, com a barba grisalha desmazelada, a crescer.

— Já a pé, vizinho! — disse Sebastião.

O outro parou, ergueu a cabeça lentamente.

— Oh Sebastião! — disse com uma voz plangente. — Ando a passear os meus leites, homem!

— A pé?

— Ao princípio ia na burrita até fora de portas, mas diz que me fazia bem o passeiozito a pé...

Encolheu os ombros com um gesto triste de dúvida, de desconsolação.

— E como vai isso? — perguntou Sebastião, muito debruçado para a rua, com afeto.

O Cunha teve um sorriso desolado nos seus beiços brancos:

— A desfazer-se!

Sebastião tossiu, embaraçado, sem achar uma consolação.

Mas o doente, com as duas mãos apoiadas à bengala, uma súbita radiação de interesse no olhar amortecido:

— Ó Sebastião, um rapaz alto, que eu tenho visto todos estes dias entrar para casa do Jorge é o Basílio de Brito, pois não é? O primo da mulher? O filho do João de Brito?

— É, sim, por quê?

O Cunha fez: *Ah! ah!* com uma grande satisfação.

— Bem dizia eu! — exclamou. — Bem dizia eu! E aquela teimosa que não! que não!...

E então explicou com uma tagarelice súbita, e cansaços de voz:

— O meu quarto é para a rua, e todos os dias, como eu estou quase sempre pela janela para espairecer... tenho visto aquele rapaz, a modo estrangeirado, entrar para lá... todos os dias! Este é o Basílio de Brito! disse eu. Mas minha mulher que não! que não!... Que diabo, homem! Eu tinha quase a certeza... Não conheço eu outra cousa!... Até ele esteve para casar com a D. Luísa. Oh! Eu sei essa história na ponta dos dedos... Morava ela na rua da Madalena!...

Sebastião disse vagamente:

— Pois é, é o Brito...

— Bem dizia eu!

Ficou um momento imóvel, fitando o chão, e refazendo uma voz dolente:

— Pois, vou-me arrastando até a casa.

Suspirou. E arregalando os olhos:

— Quem me dera a sua saúde, Sebastião!

E dizendo adeus, com um gesto da mão calçada de luva de casimira escura, afastou-se curvado, rente do muro, conchegando com o braço ao ventre, o seu largo paletó cor de pinhão.

Sebastião entrou preocupado. Todo o mundo começava a reparar, hem! Pudera! Um rapaz novo, janota, vir todos os dias de trem, estar duas, três horas! Uma vizinhança tão chegada, tão maligna!...

Ao começo da tarde saiu. Teve vontade de procurar Luísa; mas sem saber por que sentia um grande acanhamento; como que receava encontrá-la diferente ou com outra expressão... E subia a rua devagar, sob o seu guarda-sol hesitando, quando um *coupé* que descia a trote largo veio parar à porta de Luísa.

Um sujeito saltou rapidamente, atirou o charuto, entrou. Era alto, com um bigode levantado, trazia uma flor ao peito; devia ser o primo Basílio, pensou. O cocheiro limpou o suor da testa, e, cruzando as pernas, pôs-se a enrolar o cigarro.

Ao ruído do trem o Paula postou-se logo à porta, de boné carregando as mãos enterradas no bolso, com olhares de revés; a carvoeira defronte, imunda, disforme de obesidade e de prenhez, veio embasbacar com um pasmo lorpa na face oleosa; a criada do doutor abriu precipitadamente a vidraça. Então o Paula atravessou rapidamente a rua faiscante de sol, entrou no estanque; daí a um momento apareceu à porta, com a estanqueira, de carão viúvo; e cochichavam e cravavam olhares pérfidos nas varandas de Luísa, no *coupé*! O Paula, dali, arrastando as chinelas de tapete, foi segredar com a carvoeira, provocou-lhe uma risada que lhe sacudia a massa do seio; e foi enfim estacar à sua porta entre um retrato de D. João VI e duas velhas cadeiras de couro, assobiando com júbilo. No silêncio da rua ouvia-se num piano, a compasso de estudo, a *Oração de uma virgem*.

Sebastião ao passar olhou maquinalmente para as janelas de Luísa. — Rico calor, senhor Sebastião! — observou o Paula curvando-se. — É um regalo estar à fresca!

Luísa e Basílio estavam muito tranquilos, muito felizes na sala, com as portadas meio cerradas, numa penumbra doce. Luísa tinha aparecido de roupão branco, muito fresca, com um bom cheiro de água de alfazema.

— Eu venho assim mesmo — disse ela. — Não faço cerimônias.

Mas assim é que ela estava linda! Assim é que a queria sempre! — exclamou Basílio muito contente, como se aquele roupão de manhã fosse já uma promessa da sua nudez.

Vinha muito tranquilo, afetava um tom de parente. Não a inquietou com palavras veementes, nem com gestos desejosos; falou-lhe do calor, de uma *zarzuela* que vira na véspera, de velhos amigos que encontrara, e disse-lhe apenas que tinha sonhado com ela.

O quê? Que estavam longe, numa terra distante, que devia ser a Itália, tantas as estátuas que havia nas praças, tantas as fontes sonoras que cantavam nas bacias de mármore; era num jardim antigo, sobre um terraço clássico; flores raras transbordavam de vasos florentinos; pousando sobre as balaustradas esculpidas, pavões abriam as caudas; e ela arrastava devagar sobre as lajes quadradas a cauda longa do seu vestido de veludo azul. De resto, dizia, era um terraço como o de S. Donato, a *villa* do Príncipe Demidoff, — porque lembrava sempre as suas intimidades ilustres, e não se descuidava de fazer reluzir a glória das suas viagens.

E ela, tinha sonhado?

Luísa corou. — Não, tinha tido muito medo da trovoada. Tinha ouvido a trovoada, ele?

— Estava a cear no Grêmio, quando trovejou.

— Costumas cear?

Ele teve um sorriso infeliz. — Cear! Se se podia chamar cear ir ao Grêmio rilhar um bife córneo e tragar um Colares peçonhento!

E fitando-a:

— Por tua causa, ingrata!

Por sua causa?

— Por quem, então? Por que vim eu a Lisboa? Por que deixei Paris?

— Por causa dos teus negócios...

Ele encarou-a severamente:

— Obrigado — disse, curvando-se até ao chão.

E a grandes passadas pela sala soprava violentamente o fumo do seu charuto.

Veio sentar-se bruscamente ao pé dela. — Não, realmente era injusta. Se estava em Lisboa, era por ela. Só por ela!

Fez uma voz meiga, perguntou-lhe se lhe tinha realmente um bocadinho de amor muito pequenino, assim... — Mostrava o comprimento da unha.

Riram.

— Assim, talvez.

E o peito de Luísa arfava.

Ele então examinou-lhe as unhas; admirou-lhas e aconselhou-lhe o verniz que usam as *cocottes*, que lhes dá um lustre polido; ia-se apossando da sua mão, pôs-lhe um beijo na ponta dos dedos; chupou o dedo mínimo, jurou que era muito doce; arranjou-lhe com um contacto muito tímido uns fios de cabelo que se tinham soltado, — e, disse, tinha um pedido a fazer-lhe!

Olhava-a com uma suplicação

— Que é?

— É que venhas comigo ao campo. Deve estar lindo no campo!

Ela não respondeu; dava pancadinhas leves nas pregas moles do roupão.

— É muito simples — acrescentou ele. — Tu vais-me encontrar a qualquer parte, longe daqui, está claro. Eu estou à espera de ti com uma carruagem, tu saltas para dentro e *fouette, cocher*!

Luísa hesitava.

— Não digas que não.

— Mas onde?

— Onde tu quiseres. A Paço d'Arcos, a Loires, a Queluz. Dize que sim.

A sua voz era muito urgente, quase ajoelhara.

— Que tem? É um passeio de amigos, de irmãos.

— Não! Isso não!

Basílio zangou-se, chamou-lhe *beata*. Quis sair. Ela veio tirar-lhe o chapéu da mão, muito meiga, quase vencida.

— Talvez, veremos — dizia.

— Dize que sim! — insistia. — Sê boa rapariga.

— Pois sim, amanhã veremos, amanhã falaremos.

Mas no dia seguinte, muito habilmente, Basílio não falou no passeio, nem no campo. Não falou também do seu amor, nem dos seus desejos. Parecia muito alegre, muito superficial; tinha-lhe trazido o romance de Belot, *A mulher de fogo*. E sentando-se ao piano, disse-lhe canções de *café-concerto*, muito picantes; imitava a rouquidão acre e canalha das cantoras; fê-la rir.

Depois falou muito de Paris, contou-lhe a moderna crônica amorosa, anedotas, paixões *chics*. Tudo se passava com duquesas, princesas, de um modo dramático e sensibilizador, às vezes jovial, sempre cheio de delícias. E, de todas as mulheres de que falava, dizia recostando-se: era uma mulher distintíssima, tinha naturalmente o seu amante...

O adultério aparecia assim um dever aristocrático. De resto a virtude parecia ser, pelo que ele contava, o defeito de um espírito pequeno ou a ocupação reles de um temperamento burguês...

E quando saiu, disse, como recordando-se:

— Sabes que estou com minhas ideias de partir?...

Ela perguntou, um pouco descorada:

— Por quê?

Basílio disse, muito indiferente:

— Que diabo faço eu aqui?...

Esteve um momento a fitar o tapete, deu um suspiro, e como dominando-se:

— Adeus, meu amor...

E saiu.

Quando nessa tarde Luísa entrou na sala de jantar, levava os olhos vermelhos.

Foi ela no dia seguinte que falou do campo. Queixou-se do contínuo calor, da *seca* de Lisboa. Como devia estar lindo em Sintra!

— És tu que não queres — acudiu ele. — Podíamos fazer um passeio adorável.

Mas tinha medo, podiam ver...

— O quê! Num *coupé* fechado? Com os estores descidos?

Mas então era pior que estar numa sala, era abafar numa boceta!

Mas não! Iam a uma quinta. Podiam ir às *Alegrias*, à quinta de um amigo dele que estava em Londres. Só viviam lá os caseiros; era ao pé dos Olivais, era lindo! Belas ruas de loureiros, sombras adoráveis. Podiam levar gelo, *champagne*...

— Vem! — disse bruscamente, tomando-lhe as mãos.

Ela corou. — Talvez. No domingo veria.

Basílio conservava-lhe as mãos presas. Os seus olhos encontraram-se, umedeceram-se. Ela sentiu-se muito perturbada; desprendeu as mãos; foi abrir as vidraças ambas, dar à sala uma claridade larga como uma publicidade; sentou-se numa cadeira ao pé do piano, receando a penumbra, o sofá, todas as cumplicidades; e pediu-lhe que cantasse alguma cousa, porque já temia as palavras, tanto como os silêncios! Basílio cantou a *Medjé*, a melodia de Gounod, tão sensual e perturbadora. Aquelas notas quentes passavam-lhe na alma como bafos de uma noite elétrica. E quando Basílio saiu, ficou sentada, quebrada, como depois de um excesso.

Sebastião tinha estado nos últimos três dias em Almada, na quinta do Rozegal, onde trazia obras. Voltara na segunda-feira cedo, e, pelas dez horas, sentado no poial da janela de jantar que abria para o terraçozinho, esperava o seu almoço, brincando com o *Rolim* — o seu gato, amigo e confidente da ilustre Vicência, nédio como um prelado, ingrato como um tirano.

A manhã começava a aquecer; o quintal estava já cheio de sol; na água do tanque, sob a parreira, claridades espelhadas e trêmulas faiscavam. Nas duas gaiolas os canários cantavam estridentemente.

A tia Joana, que andava a arranjar a mesa do almoço muito calada, pôs-se então a dizer com a sua vozinha arrastada e minhota:

— Ora, esteve aí ontem a Gertrudes, a do doutor, com uns palratórios, com umas tontices!...

— A respeito de quê, tia Joana? — perguntou Sebastião.

— A respeito de um rapaz, que diz que vai agora todos os dias a casa da Luisinha.

Sebastião ergueu-se logo:

— Que disse ela, tia Joana?

A velha assentava a toalha devagar com a sua mão gorducha espalmada:

— Esteve aí a parlar. Quem seria, quem não seria? Diz que é um perfeito rapaz. Vem todos os dias. Vem de trem, vai de trem... No sábado, que estivera até quase à noitinha. E cantou-se na sala, diz que uma voz que nem no teatro...

Sebastião interrompeu-a, impaciente:

— É o primo, tia Joana. Então quem havia de ser? É o primo que chegou do Brasil.

A tia Joana teve um bom sorriso.

— Eu logo vi que era cousa de parente. Pois diz que é um perfeito rapaz! E todo janota!

E saindo para a cozinha, devagar:

— Eu logo vi que era parente, logo disse!...

Sebastião almoçou inquieto. Positivamente a vizinhança já se punha a mexericar, a comentar! Estava-se a armar um escândalo! — E, assustado, decidiu-se logo a ir consultar Julião.

Descia a rua de S. Roque para casa dele, quando o viu, que subia devagar pela sombra, com um rolo de papel debaixo do braço, uma calça branca enxovalhada, o ar suado.

— Ia a tua casa, homem! — disse Sebastião logo.

Julião estranhou a excitação desusada da sua voz. Havia alguma novidade? Que era?

— Uma do diabo! — exclamou, baixo, Sebastião.

Estavam parados ao pé da confeitaria. Na vidraça, por trás deles emprateleirava-se uma exposição de garrafas de malvasia com os seus letreiros muito coloridos, transparências avermelhadas de gelatinas, amarelidões enjoativas de doces de ovos, e queques de um castanho-escuro tendo espelados cravos tristes de papel branco ou cor-de-rosa. Velhas natas lívidas amolentavam-se no oco dos folhados; ladrilhos grossos de marmelada esbeiçavam-se ao calor; as empadinhas de marisco aglomeravam as suas crostas ressequidas. E no centro, muito proeminente numa travessa, enroscava-se uma lampreia de ovos, medonha e bojuda, com o ventre de um amarelo ascoroso, o dorso malhado de arabescos de açúcar, a boca escancarada; na sua cabeça grossa esbugalhavam-se dous horríveis olhos de chocolate; os seus dentes de amêndoa aferravam-se numa tangerina de chila; e em torno do monstro espapado moscas esvoaçavam.

— Vamos ali para o café — disse Julião. — Aqui na rua arde-se!

— Tenho estado apoquentado — ia dizendo Sebastião. — Muito apoquentado! Quero falar-te.

No café o papel azul-ferrete e as meias-portas fechadas abatiam a áspera intensidade da luz, davam uma frescura calada.

Foram-se sentar ao fundo. Do outro lado da rua as

fachadas muito caiadas brilhavam com uma radiação faiscante. Por trás do balcão, onde reluziam garrafas de cristal, um criado de jaquetão, estremunhado e esguedelhado, cabeceava de sono. Um pássaro chilreava dentro; sentia-se o bater espaçado das bolas do bilhar através de uma porta de baeta verde; às vezes, o pregão de um cangalheiro na rua sobressaía, e todos estes sons, por momentos, se perdiam no ruído forte do descer de um trem travado.

Defronte deles um sujeito de ar debochado lia um jornal; as suas melenas grisalhas colavam-se a um crânio amarelado; o bigode tinha tons queimados do cigarro; e das noitadas ficara-lhe uma vermelhidão inflamada nas pálpebras. De vez em quando erguia preguiçosamente a cabeça, atirava para o chão areado um jato escuro de saliva, dava uma sacudidela triste ao jornal e tornava a fitá-lo com um olhar infeliz. Quando os dous entraram e pediram carapinhadas, abaixou-lhes gravemente a cabeça.

— Mas o que é então? — perguntou logo Julião.

Sebastião chegou-se mais para ele:

— É por causa lá da nossa gente. Por causa do primo — disse baixo.

E acrescentou:

— Tu viste-o, hem?

A lembrança repentina da sua humilhação na sala de Luísa trouxe um rubor às faces de Julião. Mas muito orgulhoso, disse secamente:

— Vi.

— E então?

— Pareceu-me um asno! — exclamou, não se contendo.

— E um extravagante — disse com terror Sebastião. — Não te pareceu, hem?

— Pareceu-me um asno — repetiu. — Umas maneiras, uma afetação, um alambicado, a olhar muito para as meias, umas meias ridículas de mulher...

E com um certo sorriso azedado:

— Eu mostrei-lhe francamente as minhas botas. Estas — disse, apontando para os botins mal engraxados — tenho muita honra nelas, são de quem trabalha...

Porque publicamente costumava gloriar-se de uma pobreza que intimamente não cessava de o humilhar.

E remexendo devagar a sua carapinhada:

— Uma besta! — resumiu.

— Tu sabes que ele foi namoro de Luísa? — disse Sebastião, baixo, como assustado da gravidade da confidência.

E respondendo logo ao olhar surpreendido de Julião:

— Sim. Ninguém o sabe. Nem Jorge. Eu soube-o há pouco, há meses. Foi. Estiveram para casar. Depois o pai faliu, ele foi para o Brasil, e de lá escreveu a romper o casamento.

Julião sorriu, e encostando a cabeça à parede:

— Mas isso é o enredo da *Eugênia Grandet*, Sebastião! Estás-me a contar o romance de Balzac! Isso é a *Eugênia Grandet*!

Sebastião fitou-o espantado.

— Ora! Não se pode falar sério contigo. Dou-te a minha palavra de honra! — acrescentou vivamente.

— Vá, Sebastião, vá, dize.

Houve um silêncio. O sujeito calvo, agora, contemplava o estuque do teto sujo do fumo dos cigarros e do pousar das moscas; e, com a mão sapuda, de tom pegajoso, cofiava amorosamente as repas. No bilhar, vozes altercavam.

Sebastião, então, como tomado de uma resolução, disse bruscamente:

— E agora vai lá todos os dias, não sai de lá! Julião afastou-se na banqueta e encarou-o:

— Tu queres-me dar a entender alguma cousa, Sebastião?

E com uma vivacidade quase jovial:

— O primo atira-se?

Aquela palavra escandalizou Sebastião.

— Ó Julião! — E severamente: — Com essas cousas não se brinca.

Julião encolheu os ombros.

— Mas está claro que se atira! — exclamou. — És de bom tempo ainda! Está claro que sim! Namorou-a solteira, agora a quer casada!

— Fala baixo — acudiu Sebastião.

Mas o criado dormitava, e o sujeito calvo tinha recaído na sua leitura fúnebre.

Julião baixou a voz:

— Mas é sempre assim, Sebastião. O primo Basílio tem razão; quer o prazer sem a responsabilidade!

E quase ao ouvido dele:

— É de graça, amigo Sebastião! É de graça! Tu não imaginas que influência isto tem no sentimento!

Riu-se. Estava radioso; as palavras, as pilhérias vinham-lhe com abundância:

— Há um marido que a veste, que a calça, que a alimenta, que a engoma, que a vela se está doente, que a atura se ela está nervosa, que tem todos os encargos, todos os tédios, todos os filhos, todos, todos os que vierem, sabes a lei... Por consequência o primo não tem mais que chegar, bater ao ferrolho, encontra-a asseada, fresca, apetitosa à custa do marido, e...

Teve um risinho, recostou-se com uma grande satisfação, enrolando deliciosamente o cigarro, regozijando-se no escândalo.

— É ótimo! — acrescentou. — Todos os primos raciocinam assim. Basílio é primo, logo... Sabes o silogismo, Sebastião! Sabes o silogismo, menino! — gritou, dando-lhe uma palmada na perna.

— É o diabo — murmurou Sebastião cabisbaixo.

Mas revoltando-se contra a suspeita que o ia dominando:

— Mas tu supõe que uma rapariga de bem...

— Eu não suponho nada! — acudiu Julião.

— Fala baixo, homem!

— Eu não suponho nada — repetiu Julião baixinho. — Eu afirmo o que ele faz. Agora ela...

E acrescentou com secura:

— Como é uma rapariga honesta...

— Se é! — exclamou Sebastião, batendo uma punhada na pedra da mesa.

— Pronto! — cantou arrastadamente o moço.

O velho calvo ergueu-se logo; mas vendo que o criado se recolhia ao balcão bocejando, e que os dous continuavam a remexer a sua carapinhada, encostou os cotovelos à mesa, salivou para longe, e puxando o jornal deixou-lhe cair em cima um olhar desolado.

Sebastião disse, então, com tristeza:

— A questão não é por ela. A questão é pela vizinhança.

Ficaram um momento calados. A altercação de vozes no bilhar crescia.

— Mas — disse Julião, como saindo de uma reflexão — a vizinhança? Como a vizinhança?

— Sim, homem! Veem entrar para lá o rapaz. Vem de tipoia, faz um escândalo na rua. Já se fala. Já vieram com mexericos à tia Joana. Há dias encontrei o Neto que reparou. O Cunha também. O homem dos trastes embaixo, não se faz nada que ele não dê fé; são umas línguas de tremer. Há dias ia eu a passar quando o primo se apeou da carruagem para entrar e foram logo conciliábulos na rua, olhadelas para a janela, o diabo! Vai lá todos os dias. Sabem que o Jorge está no Alentejo... Está duas e três horas. E muito sério, é muito sério!

— Mas ela então é tola!

— Não vê o mal...

Julião encolheu os ombros, duvidando.

Mas a porta de baeta do bilhar abriu-se; um homem hercúleo, de bigode negro, muito escarlate, saiu bruscamente, e parando, segurando a porta aberta, gritou para dentro:

— E fique sabendo que havia de encontrar homem!

Uma voz grossa, do bilhar, respondeu-lhe uma obscenidade.

O sujeito hercúleo atirou a porta, furioso; atravessou o café resfolegando, apoplético; um rapaz chupado, de jaquetão de inverno e calça branca, seguia-o, com um ar gingado.

— O que eu devia fazer — exclamava o agigantado, brandindo o punho — era quebrar a cara àquele pulha!

O rapaz chupado dizia, com doçura e servilismo, bamboleando-se:

— Questões não servem para nada, *sô* Correia!

— É que sou muito prudente — berrou o hercúleo. — É que me lembro que tenho mulher e filhos! Senão bebia-lhe o sangue!

E saindo, a sua voz roncante perdeu-se no rumor da rua.

O criado, muito pálido, tremia dentro do balcão; e o sujeito calvo, que erguera a cabeça, teve um sorriso de tédio, e retomou tristemente o jornal.

Sebastião, então, disse refletindo:

— Não te parece que seria bom avisá-la?

Julião encolheu os ombros, soltou uma baforada de fumo.

— Dize alguma cousa! — implorou Sebastião. — Tu não ias falar-lhe, hem?

— Eu? — exclamou Julião com um aspecto que repelia a ideia. — Eu! Estás doudo!

— Mas que te parece, enfim?

E a voz de Sebastião tinha quase uma aflição. Julião hesitou:

— Vai, se queres. Dize-lhe que se tem reparado... Enfim, eu não sei, meu amigo!

E pôs-se a chupar o seu cigarro.

Aquele mutismo afetou Sebastião. Disse com desconsolação:

— Homem, vim-te pedir um conselho...

— Mas que diabo queres tu? — E a voz de Julião irritava-se. — A culpa é dela. É dela! — insistiu, vendo o olhar de Sebastião. — É uma mulher de vinte e cinco anos, casada há quatro, deve saber que se não recebe todos os dias um peralvilho, numa rua pequena, com a vizinhança a postos! Se o faz, é porque lhe agrada.

— Ó Julião! — disse muito severamente Sebastião. E dominando-se, com a voz comovida:

— Não tens razão, não tens razão!

Calou-se muito magoado.

Julião levantou-se.

— Amigo Sebastião, eu digo o que penso, tu fazes o que entendes.

Chamou o criado.

— Deixa — disse Sebastião precipitadamente, pagando.

Iam sair. Mas então o sujeito calvo, atirando o jornal, arremessou-se para a porta, abriu-a, curvou-se, e estendeu a Sebastião um papel enxovalhado.

Sebastião, surpreendido, leu alto, maquinalmente:

"O abaixo-assinado, antigo empregado da nação, reduzido à miséria..."

— Fui íntimo amigo do nobre duque de Saldanha! — gemeu chorosamente, com uma rouquidão, o sujeito calvo.

Sebastião corou, cumprimentou, meteu-lhe na mão duas placas de cinco tostões, discretamente.

O sujeito dobrou profundamente o espinhaço, e declamou com uma voz cava:

— Mil agradecimentos a V. Exa., senhor conde!

5

A manhã estava abrasadora. Um pouco depois do meio-dia, Joana, estirada numa velha cadeira de vime da Ilha da Madeira que havia na cozinha, dormitava a sesta. Como madrugava muito, àquela hora da calma vinha-lhe sempre uma quebreira.

As janelas estavam cerradas ao sol faiscante; as panelas no lume faziam um *rom-rom* dormente; e toda a casa, muito silenciosa, parecia amodorrada no amolecimento do calor tórrido, quando Juliana entrou como uma rajada, atirou para o chão, furiosa, uma braçada de roupa suja, e gritou:

— Raios me partam se não há um escândalo nesta casa que vai tudo raso!

Joana deu um salto estremunhada.

— Quem quer as cousas em ordem olha por elas! — berrava a outra com os olhos injetados. — Não é estar todo o dia na sala a palrar com as visitas!

A cozinheira foi fechar a porta precipitadamente, já assustada.

— Que foi senhora Juliana, que foi?

— Está com a mosca! Tem o sangue a ferver! Sangrias! Sangrias! Tem peguilhado por tudo! Não estou para a aturar, não estou!

E batia o pé com frenesi.

— Mas que foi? Que foi?

— Diz que os colarinhos tinham pouca goma, pôs-se a despropositar! Estou farta de a aturar! Estou farta! Estou até aqui! — bradava, puxando a pele engelhada da garganta. — Pois que me não faça sair de mim! Que me vou, pespego-lhe na cara por quê! Desde que aqui temos homem e pouca vergonha, boas noites!... Quem quiser que se meta em alhadas...

— Ó senhora Juliana, pelo amor de Deus! Jesus! — E a Joana apertava a cabeça nas mãos. — Ai, se a senhora ouve!

— Que ouça, digo-lho na cara! Estou farta! Estou farta!

Mas, de repente, fez-se branca como a cal, caiu sobre a cadeira de vime com as duas mãos contra o coração, os olhos em alvo.

— Senhora Juliana! — gritou Joana. — Senhora Juliana! Fale!

Borrifou-a de água; sacudiu-a, ansiosamente.

— Nossa Senhora nos valha! Nossa Senhora nos valha! Está melhor? Fale!

Juliana deu um suspiro longo, de alívio, cerrou as pálpebras. E arquejava devagarinho, muito prostrada.

— Como se sente? Quer um caldinho? É fraqueza, há de ser fraqueza...

— Foi a pontada — murmurou Juliana.

Ai! aqueles frenesis matavam-na! — dizia a cozinheira, remexendo-lhe o caldo, muito pálida também. — A gente tinha de aturar os amos! Que tomasse a sustância, que sossegasse!...

Naquele momento Luísa abriu a porta. Vinha em colete e saia branca.

Que barulho era aquele?

— A senhora Juliana, que lhe tinha dado uma cousa, quase desmaiara...

— Foi a pontada — balbuciou Juliana. E erguendo-se, com um esforço:

— Se a senhora não precisa nada, vou ao médico...

— Vá, vá! — disse Luísa logo. E desceu.

Juliana pôs-se a tomar o seu caldo com um vagar moribundo. Joa-na consolava-a baixo: — Também, a senhora Juliana arrenegava-se por qualquer cousa. E quando a gente tem pouca saúde não há nada pior que enfrenesiar-se...

— É que não imagina! — e abafava a voz arregalando os olhos. — Tem estado de não se poder aturar! Está-se a vestir que nem para uma partida! Amarfanhou uns poucos de colares, atirou-os para o chão, que eu engomava que era uma porcaria, que não servia pra nada... Ai! Estou farta! — repetia. — Estou farta!

— É ter paciência! Todos têm a sua cruz!

Juliana teve um sorriso lívido, ergueu-se com um grande ai, escabichou os dentes, apanhou a roupa suja, e subiu ao sótão.

Daí a pouco, de luvas pretas, muito amarela, saiu.

Ao dobrar a esquina da rua, defronte do estanque, parou indecisa. Até ao médico era um estirão!... E estava que lhe tremiam as pernas!... Mas também, largar três tostões para trem!...

— Psit! psit! — fez do lado uma voz doce.

Era a estanqueira, com o seu longo vestido de luto tingido, o seu sorriso desconsolado.

Que era feito da senhora Juliana? A dar o seu passeio, hem?

Gabou-lhe a sombrinha preta de cabo de osso. — De muito gosto — disse. — E como ia de saúde?

Mal. Dera-lhe a pontada. Ia ao médico...

Mas a estanqueira não tinha fé nos médicos. Era dinheiro deitado à rua... Citou a doença do seu homem, os gastos, um *ror* de moedas. E para quê? Para o ver penar e morrer como se nada fosse! Era um dinheiro que sempre chorava!

E suspirou. Enfim, fosse feita a vontade de Deus! E lá por casa do senhor Engenheiro?

— Tudo sem novidade.

— Ó senhora Juliana, quem é aquele rapaz que vai agora por lá todos os dias?

Juliana respondeu logo:

— É o primo da senhora.

— Dão-se muito!...

— Parece.

Tossiu, e com um cumprimentozinho:

— Pois, muito boas-tardes, senhora Helena. E foi resmungando:

— Ora, fica-te a chuchar no dedo, lesma!

Juliana detestava a vizinhança; sabia que a escarneciam, que a imitavam, que lhe chamavam a *tripa velha*!... — Pois também dela não haviam de saber nada! Podiam rebentar de curiosidade! Vinham de carrinho! Boa! Tudo o que visse ou que lhe cheirasse havia de ficar guardadinho, lá dentro. — Para uma ocasião! — pensava com rancor, sacudindo os quadris.

A estanqueira ficou à porta, despeitada. E o Paula dos móveis, que as vira conversar, veio logo, deslizando sutilmente nas suas chinelas de tapete:

— Então a *tripa velha* escorregou-se?

— Ai! não se lhe tira nada!

O Paula enterrou as mãos nos bolsos, com tédio:

— Aquilo, a do Engenheiro besunta-lhe as mãos... É ela quem leva a cartinha, quem abre a portita de noite...

— Tanto não direi! Credo!

O Paula fitou-a com superioridade:

— A senhora Helena está aí ao seu balcão... Mas eu é que as conheço, as mulheres da alta sociedade! Conheço-as nas pontas dos dedos. É uma cambada!

Citou logo nomes, alguns ilustres; tinham amantes inumeráveis: até trintanários! Algumas fumavam, outras *entortavam-se*. E pior! E pior!

— E passeiam por aí, muito repimpadas de carrinho, à barba da gente de bem!

— Falta de religião! — suspirou a estanqueira.

O Paula encolheu os ombros:

— A religião é que é, senhora Helena! C'os padres é que é!

E agitando furioso o punho fechado:

— C'os padres é uma *choldra* viva!

— Credo, senhor Paula, que até lhe fica mal!...

E o carão amarelado da estanqueira tinha uma severidade de devota ofendida.

— Ora, histórias, senhora Helena! — exclamou o homem com desprezo.

E bruscamente:

— Por que é que acabaram os conventos? Diga-me! Porque era um desaforo lá dentro!

— Oh senhor Paula! Senhor Paula! — balbuciava a Helena, recuando, encolhendo-se.

Mas o Paula atirava-lhe as impiedades como punhaladas.

— Um desaforo! De noite as freiras vinham por um subterrâneo ter c'os frades. E era vinhaça e mais vinhaça. E batiam o fandango em camisa! Anda isso por aí em todos os livros.

E erguendo-se nas chinelas:

— E os jesuítas, se vamos a isso! Sim! Diga! Mas recuou, e levando a mão à pala do boné:

— Um criado da senhora — disse com respeito.

Era Luísa que passava, vestida de preto, o véu descido. Ficaram calados, a olhá-la.

— Que ela é muito bonita! — murmurou a estanqueira, com admiração.

O Paula franziu a testa:

— Não é mau bocado... — disse. E acrescentou, com desdém: Pra quem gosta daquilo!...

Houve um silêncio. E o Paula rosnou:

— Não são as saias que me levam o tempo, nem disto!...

E bateu no bolso do colete, fazendo tilintar dinheiro. Tossiu, pigarreou, e ainda áspero:

— Venha de lá um pataco de Xabregas.

Foi para a porta do estanco enrolar o cigarro, assobiar; mas os seus olhos arregalaram-se indignados; numa das janelas de cima na casa do Engenheiro, tinha avistado, por entre as vidraças abertas, a figura enfezada do Pedro, o carpinteiro.

Voltou-se para a estanqueira, e cruzando dramaticamente os braços:

— E agora, que a patroa vai à vida, lá está o rapazola a entender-se com a criada!

Soltou uma larga baforada de fumo, e com uma voz soturna:

— Aquela casa vai-se tornando um prostíbulo!

— Um quê, senhor Paula?

— Um prostíbulo, senhora Helena! É como se dissesse um alcouce!

E, com passos escandalizados, o patriota afastou-se.

Luísa ia enfim ao campo com Basílio. Consentira na véspera, declarando logo "que era só um passeio de meia hora, de carruagem, sem se apearem". Basílio ainda insistiu, falando em "sombras de alamedas, uma merendinha, relvas..." Mas ela recusou, muito teimosa, rindo, dizendo: — Nada de relvas!...

E tinham combinado encontrar-se na praça da Alegria. Chegou tarde, já depois das duas e meia, com o guarda-solinho muito carregado sobre o rosto, toda assustada.

Basílio esperava, fumando, num *coupé*, à esquina, debaixo de uma árvore. Abriu rapidamente a portinhola, e Luísa entrou fechando atrapalhadamente a sombrinha; o vestido prendeu-se ao estribo, esgaçou-se no rufo de seda; e achou-se ao lado dele, muito nervosa, ofegante, com o rosto abrasado, murmurando:

— Que tolice, que tolice esta!

Mal podia falar. O *coupé* partiu logo a trote. O cocheiro era o Pintéus, um batedor.

— Tão cansada, coitadinha! — disse-lhe Basílio muito meigo.

Levantou-lhe o véu; estava suada; os seus largos olhos brilhavam da excitação, da pressa, do medo...

— Que calor, Basílio!

Quis descer um dos vidros do *coupé*.

Não, isso não! Podiam vê-los! Quando passassem as portas...

— Para onde vamos nós?

E espreitava, levantando o estore.

— Vamos para o lado do Lumiar, é o melhor sítio. Não queres?

Encolheu os ombros. Que lhe importava? Ia sossegando; tinha tirado o véu e as luvas; sorria, abanando-se com o lenço, de onde saía um aroma fresco.

Basílio prendeu-lhe o pulso, pôs-lhe muitos beijos longos, delicados, na pele fina, azulada de veiazinhas.

— Tu prometeste ter juízo! — fez ela com um sorriso cálido, olhando-o de lado.

Ora! Mas um beijo, no braço! Que mal havia? Também era necessário não ser beata!

E olhava-a avidamente.

Os velhos estores do *coupé* corridos eram de seda vermelha, e a luz que os atravessava envolvia-a num tom igual, cor-de-rosa e quente. Os seus beiços tinham um escarlate molhado, a lisura sã de uma pétala de rosa; e ao canto do olho um ponto de luz movia-se num fluido doce.

Não se conteve, passou-lhe os dedos um pouco trêmulos nas fontes, nos cabelos, com uma carícia fugitiva e assustada; e com a voz humilde:

— Nem um beijo na face, um só?

— Um só?... — fez ela.

Pousou-lho delicadamente ao pé da orelha. Mas aquele contacto exasperou-lhe o desejo brutalmente; teve um som de voz soluçado; agarrou-a com sofreguidão, e atirava-lhe beijos tontos pelo pescoço, pela face, pelo chapéu...

— Não! Não! — balbuciava ela, resistindo. — Quero descer! Dize que pare!

Batia nos vidros; esforçava-se por correr um, desesperada, ma-goando os dedos na dura correia suja.

Basílio pôs-se a suplicar que lhe perdoasse! Que doudice, zangar-se por um beijo! Se ela estava tão linda!... Fazia-o doudo. Mas jurava ir quieto muito quieto...

A carruagem, ao pé das portas, rolava sacudida na calçada miúda; nas terras, aos lados, as oliveiras de um verde empoeirado estavam imóveis na luz branca; e sobre a erva crestada o sol batia duramente numa fulguração contínua.

Basílio tinha descido um dos vidros; o estore corrido palpitava brandamente; pôs-se então a falar-lhe ternamente de si, do seu amor, dos seus planos. Estava resolvido a vir estabelecer-se em Lisboa — dizia. —

Não tencionava casar--se; amava-a e não compreendia nada melhor do que viver ao pé dela, sempre. Dizia-se desiludido, enfastiado. Que mais lhe podia oferecer a vida? Tinha tido as sensações dos amores efêmeros, as aventuras das longas viagens. Ajuntara alguma cousa de seu, — e sentia-se velho.

Repetia, fitando-a, tomando-lhe as mãos:

— Não é verdade que estou velho?

— Não muito — e os seus olhos umedeciam-se.

Ah! Estava! Estava! O que lhe apetecia agora era viver para ela, vir descansar nas doçuras da sua intimidade. Ela era a sua única família. Fazia-se muito *parente*. — A família no fim de tudo é o que há de melhor ainda. Não te incomoda que eu fume?

E acrescentou, raspando o fósforo:

— O que há de bom na vida é uma afeição profunda como a nossa. Não é verdade? Contento-me com pouco, de resto. Ver-te todos os dias, conversar muito, saber que me estimas... — Por dentro do campo, ó Pintéus! — gritou com força pela portinhola.

O *coupé* entrou a passo no Campo Grande. Basílio ergueu os estores; um ar mais vivo penetrou. O sol caía sobre o arvoredo, traspassando-o de uma luz faiscante, formando no chão poeirento e branco sombras quentes de ramagens. Tudo tinha em redor um aspecto ressequido e exausto. Na terra gretada, a erva curta, crestada, fazia tons cinzentos. Na estrada ao lado, arrastava-se uma poeira amarelada. Saloios passavam, amodorrados sobre o albardão, bamboleando as pernas, abrigados sob os vastos guarda-sóis escarlates; e a luz que vinha de um céu azul-ferrete, acabrunhador, fazia reluzir com uma radiação crua as paredes muito caiadas, as águas de algum balde esquecido às portas, todas as brancuras de pedras.

E Basílio continuava:

— Vendo tudo o que tenho lá fora, alugo aqui uma casinha em Lisboa, em Buenos-Aires, talvez... Não te agrada? Dize...

Ela calava-se; aquelas palavras, as promessas, a que a voz dele metálica e velada dava um vigor mais amoroso, iam-na perturbando como a inebriação dum licor forte. O seu seio arfava.

Basílio baixou a voz, disse:

— Quando estou ao pé de ti sinto-me tão feliz, parece-me tudo tão bom!...

— Se isso fosse verdade! — suspirou ela, encostando-se para o fundo do *coupé*.

Basílio prendeu-lhe logo a cintura; jurou-lhe que sim! Ia pôr a sua fortuna em inscrições. Começou a dar-lhe provas; já falara a um procurador, citou-lhe o nome, um seco, de nariz agudo...

E apertando-a contra si, os olhos muito vorazes:

— E se fosse verdade, dize, que fazias?

— Nem eu sei — murmurou ela.

Iam entrando no Lumiar, e por prudência desceram os estores. Ela afastou um, e, espreitando, via fora passar rapidamente, ao lado do trem, árvores empoeiradas; um muro de quinta de uma cor-de-rosa sujo; fachadas de casas mesquinhas; um ônibus desatrelado; mulheres sentadas ao portal, à sombra, catando os filhos; e um sujeito vestido de branco, de chapéu de palha, que estacou, arregalou os olhos para as cortinas fechadas do *coupé*. E ia desejando habitar ali numa quinta, longe da estrada; teria uma casinha fresca com trepadeiras em roda das janelas, parreiras sobre pilares de pedra, pés de roseiras, ruazinhas amáveis sob árvores entrelaçadas, um tanque debaixo de uma tília, onde de manhã as criadas ensaboariam, bateriam a roupa, palrando. E ao escurecer, ela e ele, um pouco quebrados das felicidades da sesta, iriam pelos campos, ouvindo calados, sob o céu que se estrela, o coaxar triste das rãs.

Cerrou os olhos. O movimento muito lançado do *coupé*, o calor, a presença dele, o contacto da sua mão, do seu joelho, amoleciam-na. Sentia um desejo a alargar-se dentro do peito.

— Em que vais tu a pensar? — perguntou-lhe ele baixo, muito terno.

Luísa fez-se vermelha. Não respondeu. Tinha medo de falar, de lhe dizer...

Basílio tomou-lhe a mão devagarinho, com respeito, com cuidado, como uma cousa preciosa e santa; e beijou-lha de leve, com a servilidade de um negro e a unção de um devoto. Aquela carícia tão humilde, tão tocante, quebrou-a; os seus nervos distenderam-se; deixou-se cair para o canto do *coupé*, rompeu a chorar...

Que era? Que tinha? Prendera-a nos braços, beijava-a, dizia-lhe palavras loucas.

— Queres que fujamos?

As suas lagrimazinhas redondas e luminosas, rolando devagarinho sobre aquela face mimosa, enterneciam-no, e davam aos seus desejos uma vibração quase dolorosa.

— Foge comigo, vem, levo-te! Vamos para o fim do mundo!

Ela soluçou, murmurou muito doridamente:

— Não digas tolices.

Ele calou-se; pôs a mão sobre os olhos com uma atitude melancólica, pensando: — Estou a dizer tolices, não há que ver!

Luísa limpava as lágrimas, assoando-se devagarinho.

— É nervoso — disse. — É nervoso. Voltamos, sim? Não me sinto bem. Dize que volte.

Basílio mandou "bater" para Lisboa.

Ela queixava-se de um ameaço de enxaqueca. Ele tinha-lhe tomado a mão, repetia-lhe as mesmas ternuras: chamava-lhe "sua pomba", "seu ideal". E pensava baixo:

— Estás caída!

Pararam na praça da Alegria. Luísa espreitou, saltou depressa, dizendo:

— Amanhã, não faltes, hem?

Abriu o guarda-solinho, carregou-o sobre o rosto, subiu rapidamente para o Patriarcal.

Basílio então desceu os vidros, e respirou com satisfação. Acendeu outro charuto, estendeu as pemas, gritou:

— Ao Grêmio, ó Pintéus!

Na sala de leitura, o seu amigo o visconde Reinaldo, que havia anos vivia em Londres, e muito em Paris também, lia o *Times* languidamente, enterrado numa poltrona. Tinham vindo ambos de Paris, com promessa de voltarem juntos por Madri. Mas o calor desolava Reinaldo; achava a temperatura de Lisboa reles; trazia lunetas defumadas; e andava saturado de perfumes, por causa "do cheiro ignóbil de Portugal". Apenas viu Basílio deixou escorregar o *Times* no tapete, e com os braços moles, a voz desfalecida:

— E então essa questão da prima, vai ou não vai? Isto está horrível, menino! Eu morro! Preciso o Norte! Preciso a Escócia! Vamos embora! Acaba com essa prima. Viola-a. Se ela te resiste, mata-a!

Basílio, que se estendera numa poltrona, disse, estirando muito os braços:

— Oh! Está caidinha!

— Pois avia-te, menino, avia-te!

Apanhou moribundamente o *Times*, bocejou, pediu soda — soda inglesa!

"Não havia", veio dizer o criado. Reinaldo fitou Basílio com espanto, com terror, e murmurou soturnamente:

— Que abjeção de país!

Quando Luísa entrou, Juliana, ainda vestida, disse-lhe logo à porta:

— O Senhor Sebastião está na sala. Tem estado um *ror* de tempo à espera... Já cá estava quando eu cheguei.

Tinha vindo com efeito havia meia hora. Quando a Joana lhe veio abrir, muito encamada, com ar estremunhado, e resmungou "que a senhora estava para fora", Sebastião ia logo descer, com o alívio delicioso de uma dificuldade adiada. Mas reagiu, retesou a vontade, entrou, pôs-se a esperar... Na véspera tinha decidido falar-lhe, avisá-la que aquelas visitas do primo, tão repetidas, com espalhafato, numa rua maligna, podiam comprometê-la... Era o diabo, dizer-lho!... Mas era um dever! Por ela, pelo marido, pelo respeito da casa! Era forçoso acautelá-la... E não se sentia acanhado. Perante as reclamações do dever, vinham-lhe as energias da decisão. O coração batia-lhe um pouco, sim, e estava pálido... Mas, que diabo, havia de lho dizer!...

E passeando pela sala com as mãos nos bolsos, ia arranjando as suas frases, procurando-as muito delicadas, bem amigas...

Mas a campainha retiniu, um *frou-frou* de vestido roçou o corredor, e a sua coragem engelhou-se como um balão furado. Foi-se logo sentar ao piano, pôs-se a bater vivamente no teclado. Quando Luísa entrou, sem chapéu, descalçando as luvas, ergueu-se, disse embaraçado:

— Tenho estado aqui a trautear um bocado... Estava à espera... Então de onde vem?

Ela sentou-se, cansada. Vinha da modista — disse. Fazia um calor! Por que não tinha entrado as outras vezes? Não estava com visitas de cerimônia! Era família, era seu primo que viera de fora.

— Está bom, seu primo?

— Bom. Tem estado aqui, bastante. Aborrece-se muito em Lisboa, coitado! Ora, quem vive lá fora!

Sebastião repetiu, esfregando devagar os joelhos:

— Está claro, quem vive lá fora!

— E Jorge, tem-lhe escrito? — perguntou Luísa.

— Recebi carta ontem.

Também ela. Falaram de Jorge, dos tédios da jornada, do que contava do fantástico parente de Sebastião, da demora provável...

— Faz-nos uma falta, aquele maroto! — disse Sebastião.

Luísa tossiu. Estava um pouco pálida, agora. Passava às vezes a mão pela testa, cerrando os olhos.

Sebastião de repente teve uma decisão:

— Pois eu vinha, minha rica amiga... — começou.

Mas viu-a ao canto do sofá com a cabeça baixa, a mão sobre os olhos.

— Que tem? Está incomodada?

— É a enxaqueca que me veio de repente. Já tinha tido ameaços na rua. E com uma força!

Sebastião tomou logo o chapéu:

— E eu a maçá-la! É necessário alguma cousa? Quer que vá chamar o médico?

— Não! Vou-me deitar um momento, passa logo.

Que não apanhasse ar, ao menos, recomendava ele. Talvez sinapismos ou rodelas de limão nas fontes... E em todo o caso, se não estivesse melhor que o mandasse chamar...

— Isto passa! E apareça, Sebastião! Não se esconda...

Sebastião desceu, respirou largamente; e pensava: — Eu não me atrevo, Santo Deus!... Mas à porta, ao levantar os olhos, viu no fundo escuro da loja de carvão o vulto enorme da carvoeira, de chambre branco, estendendo o olhar, cocando; por cima, três das Azevedos, entre as velhas cortinas de cassa, juntavam as suas cabecinhas riçadas nalgum conciliábulo maligno; por trás dos vidros a criada do doutor costurava, com olhares de lado, a cada momento, que lambiam a rua; e ao lado, na loja de móveis, sentiam-se as expectorações do patriota.

— Não passa um gato que esta gente não dê fé! — pensou Sebastião. — E que línguas! Que línguas! Devo fazê-lo, ainda que estoure! Se ela amanhã está melhor, digo-lhe tudo!

Estava com efeito já boa, às nove horas, no dia seguinte quando Juliana a foi acordar, com "uma cartinha da senhora D. Leopoldina".

A criada de Leopoldina, a Justina, uma magrita muito trigueira, de buço e olho vesgo, esperava na sala de jantar. Era amiga de Juliana, beijocavam-se muito, diziam-se sempre finezas. E depois de ter guardado a resposta de Luísa num cabazinho que trazia no braço, traçou o xale, e muito risonha:

— Então que há por cá de novo, senhora Juliana?

— Tudo velho, senhora Justina.

E mais baixo:

— O primo da senhora, agora, vem todos os dias. Perfeito rapaz!

Tossiram ambas, baixinho, com malícia.

— E por lá, senhora Justina, quem vai por lá? Justina fez um aceno de desprezo.

— Um rapazola, um estudante. Fraca cousa!...

— Sempre pinga — disse Juliana com um risinho.

A outra exclamou:

— Olha quem! O pelintra! Nem cheta!

E erguendo o olhar com saudade:

— Ai, como o Gama não há! Quando era do tempo do Gama, isso sim! Nunca ia que me não desse os seus dez tostões, às vezes meia libra. Ai, devo dizê-lo, foi ele que me ajudou para o meu vestido de seda! Este agora!... É um fedelho. Eu nem sei como a senhora suporta aquilo! E amarelado, enfezado! Aquilo pode prestar para nada!

Juliana disse então:

— Pois olhe, senhora Justina, eu agora é que começo a considerar: é onde se está bem, é em casas em que há podres! Encontrei ontem a Agostinha, a que está em casa do comendador, ao Rato... Pois senhor, não se imagina. É tudo o que se pode! Tudo! Anel, vestido de seda, sombrinha, chapéu! E de roupa branca diz que é um enxoval. E tudo o Couceiro, o que está com a ama. E pelas festas sua moeda. Diz que é um homem rasgado. Ela também, verdade seja, tem um trabalhão: fá-lo entrar pelo jardim, e para o fazer sair tem de esperar...

— Ah, lá não! — acudiu a Justina. — Lá é pela escada.

Riram baixinho, saboreando o escândalo.

— Gênios... — disse Juliana.

— Ai, lá isso, o nosso tem estômago — afirmou Justina. — Encontra-os na escada, e tanto se lhe dá...

E muito afetuosamente, arranjando o xale.

— E adeusinho, que se faz tarde, senhora Juliana. Ela vem hoje cá jantar, a senhora. Estive toda a manhã a engomar uma saia; desde as sete!

— Também eu por cá — disse Juliana. — Elas é o que tem; quando há amante sempre há mais que engomar.

— Deitam mais roupa branca, deitam — observou a Justina.

— As que deitam! — exclamou Juliana, com desprezo.

Mas Luísa tocou a campainha dentro.

— Adeus, senhora Juliana — disse logo a outra, ajeitando o chapéu.

— Adeus, senhora Justina.

Foi acompanhá-la ao patamar. Beijocaram-se. Juliana voltou muito apressada ao quarto de Luísa; estava já a pé, vestindo-se, muito alegre, cantarolando.

O bilhete de Leopoldina dizia na sua letra torta:

> "Meu marido vai hoje para o campo. Eu vou-te pedir de jantar, mas não posso ir antes das seis. Convém-te?"

Ficou muito contente. Havia semanas que a não via... O que iam rir, palrar! E Basílio devia vir às duas. Era um dia divertido, bem preenchido...

Foi logo à cozinha dar as suas ordens para o jantar. Quando descia, o criadito de Sebastião tocava a campainha, com um ramo de rosas, "a saber se a senhora estava melhor".

— Que sim, que sim! — gritou logo Luísa. — E para o tranquilizar, para que ele não viesse: — Que estava boa, que até talvez saísse...

As rosas, sim é que vinham a propósito. Foi ela mesma pô-las nos vasos, cantarolando sempre, o olhar vivo, satisfeita de si, da sua vida que se tornava interessante, cheia de incidentes...

E às duas horas, vestida, veio para a sala, pôs-se ao piano a estudar a *Medjé* de Gounod, que Basílio trouxera, e que a encantava agora muito, com os seus acentos suspirados e cálidos.

As duas e meia, porém, começou a estar impaciente; os dedos embrulhavam-se-lhe no teclado. — Já devia ter vindo, Basílio! — pensava.

Foi abrir as janelas, debruçar-se para a rua; mas a criada do doutor, que costurava por dentro dos vidros, ergueu logo olhos tão sôfregos que Luísa fechou rapidamente as vidraças. Veio recomeçar a melodia, já nervosa.

Uma carruagem rolou. Ergueu-se agitada, batia-lhe o coração. A carruagem passou...

Três horas já! O calor parecia-lhe maior, insuportável; sentia-se afogueada, foi cobrir-se de pó de arroz. Se Basílio estivesse doente! E num quarto de hotel! Só, com criados desleixados! Mas não, ter-lhe-ia escrito nesse caso!... Não viera, não se importara! Que grosseiro, que egoísta!

Era bem tola em se afligir. Melhor! Mas, abafava-se, positivamente! Foi buscar um leque, e as suas mãos enraivecidas sacudiram num frenesi a gaveta, que não se abriu logo, um pouco perra. Pois bem, não o tornaria a receber! E acabava tudo!

E o seu grande amor, de repente, como um fumo que uma rajada dissipa desapareceu! Sentiu um alívio, um grande desejo de tranquilidade. Era absurdo, realmente, com um marido como Jorge, pensar noutro homem, um leviano, um estroina!...

Deram quatro horas. Veio-lhe uma desesperação, correu ao escritório de Jorge, agarrou uma folha de papel, escreveu à pressa:

"Querido Basílio.

Por que não vens? Estás doente? Se soubesses os tormentos por que me fazes passar..."

A campainha retiniu. Era ele! Amarrotou o bilhete, meteu-o no bolso do vestido, ficou esperando, palpitante. Passos de homem pisaram o tapete da sala. Entrou, com o olhar faiscante... Era Sebastião.

Sebastião, um pouco pálido, que lhe apertou muito as mãos. Estava melhor? Tinha dormido bem?

Sim, obrigada, estava melhor. Sentara-se no sofá, muito vermelha. Mal sabia que dizer.

Repetiu com um sorriso vago:

— Estou muito melhor! — E pensava: — Não me deixa agora a casa, este maçador!

— Então, não saiu? — perguntou Sebastião, sentado na poltrona, com o chapéu desabado nas mãos.

Não, estava um pouco fatigada ainda.

Sebastião passou devagar a mão pelos cabelos, e com uma voz que o embaraço engrossava:

— Também agora tem sempre companhia pela manhã...

— Sim; meu primo Basílio tem aparecido. Há tanto tempo que nos não víamos! Fomos criados de pequenos, quase... Tenho-o visto quase todos os dias.

Sebastião fez logo rolar um pouco a poltrona, e curvando-se, baixando a voz:

— Eu mesmo tinha vindo para lhe falar a esse respeito...

Luísa abriu um olhar surpreendido.

— A respeito de quê?

— É que se repara... A vizinhança é a pior cousa que há, minha rica amiga. Repara em tudo. Já se tem falado.

A criada do lente, o Paula. Até já vieram à tia Joana. E como o Jorge não está... O Neto também reparou. Como não sabem o parentesco... E como vem todos os dias...

Luísa ergueu-se bruscamente, com o rosto alterado:

— Então eu não posso receber os meus parentes sem ser insultada? — exclamou.

Sebastião levantou-se também. Aquela cólera súbita nela, uma pessoa tão doce, atarantou-o como um trovão que estala num céu claro de verão.

Pôs-se a dizer, quase ansiosamente:

— Oh minha rica senhora! Mas repare, eu não digo... É por causa da vizinhança!...

— Mas que pode dizer a vizinhança?

A sua voz tinha uma vibração aguda. E batendo com as mãos, apertando-as, exaltada:

— Isto é curioso! Tenho um parente único, com quem fui criada, que não vejo há uns poucos de anos, vem-me fazer três ou quatro visitas, está um momento, e já querem deitar maldade!

Falava convencida, esquecendo as palavras de Basílio, os beijos, o *coupé*...

Sebastião, acabrunhado, enrolava o chapéu nas mãos trêmulas. E com uma voz abafada:

— Eu tinha-me parecido prudente avisar; o Julião também...

— O Julião! — exclamou ela. — Mas que tem o Julião com isso? Com que direito se metem no que se passa em minha casa? O Julião!

A intervenção, as decisões de Julião pareciam-lhe um acréscimo de afronta. Caiu numa cadeira, com as mãos contra o peito, os olhos no teto.

— Oh! Se o Jorge aqui estivesse! Oh! Se ele aqui estivesse, Santo Deus!

Sebastião balbuciou aniquilado:

— Era para seu bem...

— Mas que mal me pode suceder?

E erguendo-se, indo de um móvel a outro, numa excitação:

— É o meu único parente. Fomos criados ambos, brincávamos juntos. Em casa da mamã, na rua da Madalena, estava lá sempre. Ia lá jantar todos os dias. É como se fôssemos irmãos. Em pequena trazia-me ao colo...

E amontoava detalhes daquela fraternidade, exagerando uns, inventando outros, ao acaso, na improvisação da cólera.

— Vem aqui — acrescentava — está um bocado, fazemos música, ele toca admiravelmente, fuma um charuto, vai-se...

Instintivamente justificava-se.

Sebastião estava sem ideia, sem resolução. Parecia-lhe aquela uma outra Luísa, diferente, que o assustava; e quase curvava os ombros sob a estridência da sua voz, que nunca conhecera tão forte, vibrando numa loquacidade trapalhona.

Erguendo-se enfim, disse com uma dignidade melancólica:

— Eu entendi que era o meu dever, minha senhora.

Fez-se um silêncio grave. Aquele tom sóbrio, quase severo, obrigou-a a corar um pouco dos seus espalhafatos; baixou os olhos; disse embaraçada:

— Perdoe, Sebastião! Mas realmente!... Não, acredite, juro-lhe, estou-lhe muito obrigada em me avisar. Fez muito bem, Sebastião!

Ele exclamou logo, vivamente:

— Para evitar qualquer calúnia dessas línguas danadas! Pois não é verdade?

Justificou então a sua intervenção, com muita amizade: às vezes por uma palavra, arma-se uma intriga, e quando uma pessoa está prevenida...

— De certo, Sebastião! — repetiu ela. — Fez perfeitamente bem em me avisar. De certo!...

Tinha-se sentado; o olhar reluzia-lhe febrilmente; e a cada momento limpava com o lenço os cantos secos da boca.

— Mas que hei de eu fazer, Sebastião! Diga!

Ele comovia-se agora de a ver assim ceder, aconselhar-se; quase lamentava vir, com a gravidade das suas advertências, perturbar a alegria das suas intimidades. Disse:

— Está claro que deve ver seu primo, recebê-lo... Mas enfim, sempre é bom uma certa reserva, com esta vizinhança! Eu se fosse a si contava-lhe... explicava-lhe...

— Mas, por fim, que diz essa gente, Sebastião?

— Repararam. Quem seria? Quem não seria? Que vinha, que estava, o diabo!

Luísa ergueu-se impetuosamente:

— Eu bem tenho dito a Jorge! Tantas vezes lho tenho dito! Isto é uma rua impossível! Não se mexe um dedo que não espreitem, que não cochichem!

— Não têm que fazer...

Houve um silêncio. Luísa passeava pela sala, com a cabeça baixa, a testa franzida; e parando, olhando quase ansiosamente para Sebastião:

— O Jorge se soubesse é que tinha um desgosto! Santo Deus!

— Escusa de saber! — exclamou logo Sebastião. — Isto fica entre nós!

— Para o não afligir, não é verdade? — acudiu ela.

— Está claro! Isto fica entre nós.

E Sebastião estendendo-lhe a mão, quase humildemente:

— Então não está zangada comigo, hem?

— Eu, Sebastião! Que tolice!

— Bem, bem. Acredite! — e espalmou a mão sobre o peito — eu entendi que era o meu dever. Porque enfim, a minha rica amiga não sabia nada...

— Estava bem longe!...

— De certo. Bem, adeus. Não a quero maçar mais. — E com uma voz profunda, comovida: — Cá estou às ordens, hem!

— Adeus, Sebastião... Mas que gente! Por ver entrar o pobre rapaz três ou quatro vezes!...

— Uma canalha, uma canalha! — disse Sebastião, arregalando os olhos.

E saiu.

Apenas ele fechou a porta:

— Que desaforo! — exclamou Luísa. — Isto só a mim!

Porque a intervenção de Sebastião, no fundo, irritava-a mais que os mexericos da vizinhança! A sua vida, as suas visitas, o interior da sua casa era discutido, resolvido por Sebastião, por Julião, por *tutti quanti*! Aos vinte e cinco anos tinha mentores! Não estava má! E por quê, Santo Deus? Porque seu primo, o seu único parente, vinha vê-la!...

Mas então, de repente, emudecia interiormente. Lembravam-lhe os olhares de Basílio, as suas palavras exaltadas, aqueles beijos, o passeio ao Lumiar. A sua alma corava baixo, mas o seu despeito seguia declamando alto: — de certo, havia um sentimento, mas era honesto, ideal, todo platônico!... Nunca seria *outra cousa*! Podia ter lá dentro, no fundo, uma fraqueza... Mas seria sempre uma mulher de bem, fiel, só de um!...

E esta certeza irritava-a então contra os "palratórios" da rua! Que de resto era lá possível, que só por verem entrar Basílio, quatro ou cinco vezes, às duas horas da tarde, começassem logo a murmurar, a cortar na pele?... Sebastião era um caturra, com terrores de ermitão! E que ideia, ir consultar Julião! Julião! Era ele, de certo, que o instigara a vir pregar, assustá-la, humilhá-la!... Por quê? Azedume, inveja! Porque Basílio tinha beleza, *toilette*, maneiras, dinheiro!... Se tinha!

As qualidades de Basílio apareciam-lhe então magníficas e abundantes como os atributos de um deus. E estava apaixonado por ela! E queria vir viver junto dela! O amor daquele homem, que tinha esgotado tantas sensações, abandonado de certo tantas mulheres, parecia-lhe como a afirmação gloriosa da sua beleza e da irresistibilidade da sua sedução.

A alegria que lhe dava aquele culto trazia-lhe o receio de o perder. Não o queria ver diminuído; queria-o sempre presente, crescendo, balouçando sem cessar, diante dela, o murmúrio lânguido das ternuras humildes! Podia lá separar-se de Basílio! Mas se a vizinhança, as relações começavam a comentar, a cochichar... Jorge podia saber!... Aquela suposição o coração arrefecia-lhe... — Sebastião tinha razão, no fundo, era evidente!

Numa rua pequena, com doze casas, vir todos os dias, aquele lindo rapaz, tão elegante, agora que seu marido não estava... Era terrível! — Que havia de fazer, Santo Deus!...

A campainha retiniu com força; Leopoldina entrou.

Vinha furiosa com o cocheiro; que imaginasse ela, hem! Tinha parado ao Correio, e o homem queria duas corridas. Uma canalha assim!...

— E que calor, ufa! — Atirou a sombrinha, as luvas; agitou as mãos no ar para descer o sangue, dar-lhes palidez; e diante do toucador, compondo ligeiramente os frisados do cabelo, com uma cor na pele, muito espartilhada, admirável no seu corpete couraçado:

— Que tens tu, filha? Estás toda no ar!

Nada. Tinha-se zangado com as criadas...

— Ai! Estão insuportáveis! — Contou as exigências da Justina, os seus desmazelos. — E muito agradecida ainda que ela se me não vá! Quando a gente depende delas!... — E pondo pó de arroz no rosto, com uma voz lenta: — Lá o meu senhor foi para o Campo Grande. Eu estive para ir jantar fora com... — Suspendeu-se, sorriu, e voltada para Luísa, mais baixo, com um tom alegre, muito sincero: — Mas olha, a falar a verdade, nem sabia onde, nem tinha dinheiro... Que ele coitado com a sua mesada mal lhe chega. Disse comigo: nada, vou ver a Luísa. Também os homens sempre, sempre, secam!... — Que tens tu para jantar? Não fizeste cerimônia, hem?

E com uma ideia súbita:

— Tens tu bacalhau?

Devia haver, talvez. Que extravagância! Por quê?

— Ai! — exclamou. — Manda-me assar um bocadinho de bacalhau! Meu marido detesta o bacalhau! Aquele animal! Eu é a minha paixão. Com azeite e alho! — Mas calou-se, contrariada. — Diabo!

— O quê?

— É que hoje não posso comer alho...

E entrou para a sala a rir. Foi tirar uma rosa do ramo de Sebastião, pô-la numa casa do corpete. Desejava ter uma sala assim, — pensava — olhando em redor. Queria-a de repes azul, com dous grandes espelhos, um lustre de gás, e o seu retrato a óleo de corpo inteiro, decotada, ao pé de um rico vaso de flores... Sentou-se ao piano, bateu rijamente o teclado, tocou motivos do *Barba Azul*.

E vendo Luísa entrar:

— Mandaste arranjar o bacalhau?

— Mandei.

— Assado?

— Sim.

— *Gracias!* — E atirou, com a sua voz mordente, a sua canção querida da *Grã-Duquesa*:

Ouvi dizer que meu avô de vinho,
Era um tal amador...

Mas Luísa achava aquela música "espalhafatona"; queria alguma cousa triste, doce... O fado! Que tocasse o fado!...

Leopoldina exclamou logo:

— Ai, o fado novo! Tu não ouviste? É lindo! Os versos são divinos!

Preludiou, cantando com um balouçar lânguido da cabeça, o olhar erguido e turvo:

O rapaz que eu ontem vi
Era moreno e benfeito...

— Tu não sabes isto, Luísa? Oh filha! É o último! É de chorar!

Recomeçou, com o tom muito quebrado. Era a história rimada de um amor infeliz. Falava-se nas "raivas do ciúme, nas rochas de cascais, nas noites de luar, nos suspiros da saudade", todo o palavreado mórbido do sentimentalismo lisboeta. Leopoldina dava tons dolentes à voz, revirava um olhar expirante; uma quadra sobretudo enternecia-a; repetiu-a com paixão:

Vejo-o nas nuvens do céu,
Nas ondas do mar sem fim,
E por mais longe que esteja
Sinto-o sempre ao pé de mim.

— Lindo! — suspirava Luísa.

E Leopoldina terminava com *ais*! em que a sua voz se arrastava numa extensão desafinada.

Luísa, de pé junto do piano, sentia o cheiro do *feno* que ela usava; o fado, os versos entristeciam-na um pouco; e com o olhar saudoso seguia sobre o teclado os dedos ágeis e magros de Leopoldina, onde reluziam as pedras dos anéis que lhe tinha dado o Gama.

Mas Juliana entrou, vestida de passeio, com a sua cuia nova. Estava o jantar na mesa!

Leopoldina declarou que vinha a cair de fome! E a sala de jantar com as vidraças abertas, as verduras dos terrenos vagos defronte, um azul de horizonte onde se algodoavam nuvenzinhas muito brancas — alegrou-a; a sala de jantar dela tirava-lhe até o apetite, era uma tristeza, deitava para o saguão!

Pôs-se a depenicar bagos de uvas, a trincar bocadinhos de conserva — e reparando no retrato do pai de Jorge, desdobrando o guardanapo:

— Havia de ser divertido teu sogro! Tem cara de pândego!...

E há que tempos que não jantavam juntas! Desde quando?

— Desde o meu primeiro ano de casada — lembrou Luísa.

Leopoldina fez-se um pouco vermelha. Viam-se muito nesse tempo; Jorge deixava-as ir às lojas ambas, aos confeiteiros, à Graça... A lembrança daquela camaradagem levou-a às recordações mais distantes do colégio. Tinha visto, havia dias, a Rita Pessoa, com o sobrinho. Lembras-te dele?

— O *Espinafre*?

Espinafre ou não, era no colégio o homem, o ideal, o herói; todas lhe escreviam bilhetes, desenhavam-lhe corações de onde saía uma fogueira, metiam-lhe no boné muito sebento ramos de flores de papel... E quando a Micaela foi apanhada, no cacifo dos baús, a devorá-lo de beijos!...

Luísa disse:

— Que horror!

— Não que a Micaela era douda!

Coitada! Tinha casado com um alferes, um homem que a espancava. Estava cheia de filhos...

— Isto é um vale de lágrimas! — resumiu Leopoldina, recostando-se.

Estava loquaz. Servia-se muito, com gula; depois picava um bocadinho na ponta do garfo, provava, deixava, punha-se a comer côdeas de pão que barrava de manteiga. E deleitava-se nas recordações do colégio! Que bom tempo!

— Lembras-te quando estivemos de mal?

Luísa não se lembrava...

— Por tu teres dado um beijo na Teresa, que era o meu *sentimento* — disse Leopoldina.

Puseram-se a falar dos *sentimentos*. Leopoldina tivera quatro; a mais bonita era a Joaninha, a Freitas. Que olhos! E que benfeita! Tinha-lhe feito a corte um mês!...

— Tolices! — disse Luísa corando um pouco.

— Tolices! Por quê?

Ai! Era sempre com saudades que falava dos *sentimentos*. Tinham sido as primeiras sensações, as mais intensas. Que agonia de ciúmes! Que delírio de reconciliações! E os beijos furtados! E os olhares! E os bilhetinhos, e todas as palpitações do coração, as primeiras da vida!

— Nunca — exclamou — nunca, depois de mulher, senti por um homem o que senti pela Joaninha!... Pois podes crer...

Um olhar de Luísa deteve-a. — A Juliana!... Diabo! Tinha-se esquecido! Constrangia-as muito, com o seu sorrisinho torcido, a figura de peito chato, o tique-taque metálico dos tacões.

— E que foi feito da Joaninha? — perguntou Luísa.

Morrera tísica — e a voz de Leopoldina fez-se saudosa. Uma doença bem triste, não era? Mas não lhe tinha medo, ela! Batia no seio, bem formado:

— Isto é rijo, isto é, são!

Juliana saiu, e Luísa observou logo:

— Vê no que falas, filha! Tem cuidado!

Leopoldina curvou-se:

— Ah! a respeitabilidade da casa! Tens razão! — murmurou.

E como Juliana entrava com o bacalhau assado, fez-lhe uma ovação!

— Bravo! Está soberbo!

Tocou-lhe com a ponta do dedo, gulosa; vinha louro, um pouco tostado, abrindo em lascas.

— Tu verás — dizia ela. — Não te tentas? Fazes mal!

Teve então um movimento decidido de bravura, disse:

— Traga-me um alho, senhora Juliana! Traga-me um bom alho!

E apenas ela saiu:

— Eu vou ter logo com o Fernando, mas não me importa!... Ah! Obrigada, senhora Juliana! Não há nada como o alho!...

Esborrachou-o em roda do prato, regou as lascas do bacalhau de um fio mole de azeite, com gravidade. — Divino! — exclamou. — Tornou a encher o copo, achava aquilo "uma pândega".

— Mas que tens tu?

Luísa com efeito parecia preocupada. Tinha suspirado baixo. Duas vezes, endireitando-se na cadeira, dissera a Juliana, inquieta:

— Parece que tocaram a campainha, vá ver. Não era ninguém.

— Quem havia de ser? Não esperas teu marido, de certo.

— Ah! não!

E então Leopoldina, com os olhos no prato, partindo devagar, muito atenta, lascazinhas de bacalhau:

— E teu primo veio ver-te?

Luísa fez-se vermelha.

— Sim, tem vindo. Tem vindo várias vezes.

— Ah!

E depois de um silêncio:

— Ainda está bonito?

— Não está feio...

— Ah!

Luísa apressou-se a perguntar se tinha encomendado o vestido de xadrezinho? Não. E começaram a falar de *toilettes*, fazendas, lojas, e preços... Depois, de conhecidas, de outras senhoras, de boatos — perdendo-se numa conversa de mulheres sós, miudinha e divagada, semelhante ao ramalhar de folhagens.

Viera o assado. Leopoldina já ia tendo uma cor quente nas faces. Pediu a Juliana que lhe fosse buscar o leque; — e recostada, abanando-se, declarou que se sentia como um príncipe! E ia bebericando golinhos de vinho. Que boa ideia, jantarem juntas!...

Apenas Juliana dispôs os pratos de fruta, Luísa disse-lhe logo: "que chamaria para o café, que podia ir". Foi ela mesma fechar a porta da sala, correr o reposteiro de cretone:

— Estamos à vontade, agora! Faço-me velha só de olhar para esta criatura! Estou morta pela ver pelas costas!

— Mas por que a não pões na rua?

Era Jorge que não queria, senão...

Leopoldina protestou. Boa! Os maridos não deviam ter vontade!... Era o que faltava...

— E o teu, então? — disse Luísa, rindo.

— Obrigada! — exclamou Leopoldina. — Um homem que faz quarto à parte!

De resto detestava os homens que se ocupam de criadas, de róis, de azeites e vinagres...

— Que lá o meu cavalheiro até pesa a carne! — Sorriu, com ódio. — Também é o que vale, senão!... Eu só de ir à cozinha me dão enjoos...

Quis deitar vinho, mas a garrafa estava vazia. Luísa acudiu:

— Queres tu *champagne*? — Tinha-o muito bom, que o mandava a Jorge um espanhol, um proprietário de minas.

Foi ela mesmo buscar a garrafa, desembrulhou-a do seu papel azul;— e com risinhos, sustos, fizeram estalar a rolha. A espuma encantou-as; olhavam os copos, caladas, com um bem-estar feliz. Leopoldina gabou-se de saber abrir muito bem o *champagne*; falava vagamente de ceias passadas...

— Em terça-feira gorda, há dous anos!...

E toda recostada na cadeira, com um sorriso cálido, as asas do nariz dilatadas, a pupila úmida, olhava com sensua-lidade os globulozinhos vivos que subiam, sem cessar, no copo esguio.

— Se fosse rica, bebia sempre *champagne* — disse.

Luísa não; ambicionava um *coupé*; e queria viajar, ir a Paris, a Sevilha, a Roma... Mas os desejos de Leopoldina eram mais vastos: invejava uma larga vida, com carruagens, camarotes de assinatura, uma casa em Sintra, ceias, bailes, *toilette*s, jogo... Porque gostava do *monte* — dizia — fazia-lhe bater o coração. E estava convencida que havia de adorar a roleta.

— Ah! — exclamou. — Os homens são bem mais felizes que nós! Eu nasci para homem! O que eu faria!

Levantou-se, foi-se deixar cair muito languidamente na *voltaire*, ao pé da janela. A tarde descia serenamente; por trás das casas para lá dos terrenos vagos, nuvens arredondavam-se, amareladas, orladas de cores sanguíneas ou de tons alaranjados.

E voltando-lhe a mesma ideia de ação, de independência:

— Um homem pode fazer tudo! Nada lhe fica mal! Pode viajar, correr aventuras... Sabes tu, fumava agora um cigarrito...

O pior é que Juliana podia sentir o cheiro. E parecia tão mal!...

— É um convento, isto! — murmurou Leopoldina. — Não tens má prisão, minha filha!

Luísa não respondeu; tinha encostado a cabeça à mão; e com o olhar vago, como continuando alguma ideia:

— São tolices, no fim, andar, viajar! A única cousa neste mundo é a gente estar na sua casa, com o seu homem um filho ou dous... Leopoldina deu um salto na *voltaire*. Filhos! Credo, que nem falasse em semelhante cousa! Todos os dias dava graças a Deus em os não ter!

— Que horror! — exclamou com convicção. — O incômodo todo o tempo que se está!... as despesas! Os trabalhos, as doenças! Deus me livre! E uma prisão! E depois quando crescem, dão fé de tudo, palram, vão dizer... Uma mulher com filhos está inútil para tudo, está atada de pés e mãos! Não há prazer na vida. É estar ali a aturá-los... Credo! Eu? Que Deus não me castigue, mas se tivesse essa desgraça parece-me que ia ter com a velha da travessa da Palha!

— Que velha? — perguntou Luísa.

Leopoldina explicou. Luísa achava uma "infâmia". A outra encolheu os ombros, acrescentou:

— E depois, minha rica, é que uma mulher estraga-se; não há beleza de corpo que resista. Perde-se o melhor. Quando se é como a tua amiga, a D. Felicidade, enfim!... Mas quando se é direitinha e arranjadinha!... Nada, minha rica! Embaraços não faltam!

Por baixo, na rua, o realejo do bairro, no seu giro da tarde, veio tocar o final da *Traviata*; ia escurecendo; já as verduras dos quintais tinham uma igual cor parda; e as casas para além esbatiam-se na sombra.

A *Traviata* lembrou a Luísa a *Dama das Camélias*; falaram do romance; recordaram episódios...

— Que paixão que eu tive por Armando em rapariga! — disse Leopoldina.

— E eu foi por d'Artagnan — exclamou ingenuamente Luísa.

Riram muito.

— Começamos cedo — observou Leopoldina. — Dá-me uma gotinha mais.

Bebeu, pousou o cálice — e encolhendo os ombros:

— Oh! Começamos cedo? Começam todas! Aos treze anos já a gente vai na sua quarta paixão. Todas são mulheres, todas sentem o mesmo! — E batendo o compasso com o pé, cantou, no tom do fado:

> O amor é uma doença
> Que costuma andar no ar;
> Só d'ir à janela, às vezes
> S'apanha a febre d'amar!

Estou hoje com uma telha! E espreguiçando-se muito languidamente: — No fim de contas é o que há de melhor neste mundo; o resto é uma sensaboria! Não é verdade? Dize, tu! Não é verdade?

Luísa murmurou:

— Se é! — E acrescentou logo: — Creio eu!

Leopoldina ergueu-se, e escarnecendo-a:

— Crê ela! Pobre inocentinha! Vejam o anjinho!

Foi-se encostar à janela; ficou a olhar pelos vidros o descer do crepúsculo; de repente pôs-se a dizer devagar:

— Realmente vale bem a pena estar uma pobre de Cristo a privar-se, a passar uma vida de coruja, a mortificar-se, para vir um dia uma febre, um ar, uma soalheira, e boas noites, vai-se para o alto de S. João! Tó rola!

A sala agora estava um pouco escura.

— Pois não te parece? — perguntou ela.

Aquela conversa embaraçava Luísa; sentia-se corar; mas o crepúsculo, as palavras de Leopoldina davam-lhe como o enfraquecimento de uma tentação. Declarou todavia *imoral* semelhante ideia.

— Imoral, por quê?

Luísa falou vagamente nos *deveres*, na *religião*. Mas os deveres irritavam Leopoldina. Se havia uma cousa que a fizesse sair de si — dizia — era ouvir falar em deveres!...

— Deveres? Para com quem? Para um maroto como meu marido?

Calou-se, e passeando pela sala excitada:

— E quanto a religião, histórias! A mim me dizia o padre Estêvão, o de luneta, que tem os dentes bonitos, que me dava todas as absolvições se eu fosse com ele a Carriche!

— Ah, os padres... — murmurou Luísa.

— Os padres quê? São a religião! Nunca vi outra. Deus, esse, minha rica, está longe, não se ocupa do que fazem as mulheres.

Luísa achava horrível "aquele modo de pensar". A felicidade, a verdadeira, segundo ela, era ser honesta...

— É a bisca em família! — resmungou Leopoldina, com ódio.

Luísa disse, animada:

— Pois olha que com as tuas paixões, umas atrás das outras...

Leopoldina estacou:

— O quê?

— Não te podem fazer feliz!

— Está claro que não! — exclamou a outra. — Mas... — procurou a palavra; não a quis empregar de certo; disse apenas com um tom seco:

— Divertem-me!

Calaram-se. Luísa pediu o café.

Juliana entrou com a bandeja, trouxe luz; daí a pouco foram para a sala.

— Sabes quem me falou ontem de ti? — disse Leopoldina, indo estender-se no divã.

— Quem?

— O Castro.

— Que Castro?

— O de óculos, o banqueiro.

— Ah!

— Muito apaixonado por ti sempre.

Luísa riu.

— Doudo, palavra! — afirmou Leopoldina.

A sala estava às escuras, com as janelas abertas; a rua esbatia-se num crepúsculo pardo; um ar lânguido e doce amaciava a noite.

Leopoldina esteve um momento calada; mas o *champagne*, a meia obscuridade deram-lhe bem depressa a necessidade de cochichar confidenciazinhas. Estirou-se mais no divã, numa atitude toda abandonada; pôs-se a falar "dele". Era ainda o Fernando, o poeta. Adorava-o.

— Se tu soubesses! — murmurava com um ar de êxtase. — É um amor de rapaz!

A sua voz velada tinha inflexões de uma ternura cálida. Luísa sentia-lhe o hálito e o calor do corpo, quase deitada também, enervada; a sua respiração alta tinha por vezes um tom suspirado; e a certos detalhes mais picantes de Leopoldina soltava um risinho quente e curto, como de cócegas... Mas passos fortes de botas de tachas subiram a rua, e no candeeiro defronte o gás saltou com um jato vivo. Uma branda claridade pálida penetrou na sala.

Leopoldina ergueu-se logo. — Tinha de ir já, já, ao acender do gás. Estava à espera, o pobre rapaz! Entrou no quarto, mesmo às escuras, a pôr o chapéu, buscar a sombrinha. — Tinha-lhe prometido, coitado, não podia faltar. Mas realmente embirrava de ir só. Era tão longe! Se a Juliana pudesse vir acompanhá-la...

— Vai, sim, filha! — disse Luísa.

Ergueu-se preguiçosamente com um grande *ai*! Foi abrir a porta, e deu de cara com Juliana, na sombra do corredor.

— Credo, mulher, que susto!

— Vinha saber se queriam luz...

— Não. Vá pôr um xale para acompanhar a senhora D. Leopoldina! Depressa!

Juliana foi correndo.

— E quando apareces tu, Leopoldina? — perguntou Luísa.

Logo que pudesse. Para a semana estava com ideias de ir ao Porto ver a tia Figueiredo, passar quinze dias na Foz...

A porta abriu-se.

— Quando a senhora quiser... — disse Juliana.

Fizeram grandes *adeuses*, beijaram-se muito. Luísa disse rindo ao ouvido de Leopoldina:

— Sê feliz!

Ficou só. Fechou as janelas, acendeu as velas, começou a passear pela sala, esfregando devagar as mãos. E, sem querer, não podia desprender a ideia de Leopoldina que ia ver o seu amante! O seu amante!...

Seguia-a mentalmente: — caminhava depressa de certo falando com Juliana; chegava; subia a escada nervosa; atirava com a porta — e que delicioso, que ávido, que profundo o primeiro beijo! Suspirou. Também ela amava — e um mais belo, mais fascinante. Por que não tinha vindo?

Sentou-se ao piano preguiçosamente; pôs-se a cantar baixo, triste, o fado de Leopoldina:

> E por mais longe que esteja
> Vejo-o sempre ao pé de mim!...

Mas um sentimento de solidão, de abandono, veio impacientá-la. Que seca, estar ali tão sozinha! Aquela noite cálida, bela e doce, atraía-a, chamava-a para fora, para passeios sentimentais, ou para contemplações do céu, num banco de jardim, com as mãos entrelaçadas. Que vida estúpida, a dela! Oh! Aquele Jorge! Que ideia ir para o Alentejo!

As conversas de Leopoldina e a lembrança das suas felicidades voltavam-lhe a cada momento; uma pontinha de *champagne* agitava-se-lhe no sangue. O relógio do quarto começou lentamente a dar nove horas — e de repente a campainha retiniu.

Teve um sobressalto; não podia ser ainda Juliana! Pôs-se a escutar, assustada. Vozes falavam à cancela.

— Minha senhora — veio dizer Joana baixo — é o primo da senhora que diz que se vem despedir...

Abafou um grito, balbuciou:

— Que entre!

Os seus olhos dilatados cravavam-se febrilmente na porta. O reposteiro franziu-se, Basílio entrou, pálido, com um sorriso fixo.

— Tu partes! — exclamou ela surdamente, precipitando-se para ele.

— Não! — E prendeu-a nos braços. — Não! Imaginei que me não recebias a esta hora, e tomei este pretexto.

Apertou-a contra si, beijou-a; ela deixava, toda abandonada; os seus lábios prendiam-se aos dele. Basílio deitou um olhar rápido, em redor pela sala, e foi-a levando abraçado, murmurando: Meu amor! Minha filha! — Mesmo tropeçou na pele de tigre, estendida ao pé do divã.

— Adoro-te!

— Que susto que tive! — suspirou Luísa.

— Tiveste?

Ela não respondeu; ia perdendo a percepção nítida das cousas; sentia-se como adormecer; balbuciou: Jesus! Não! Não! Os seus olhos cerraram-se.

Quando a campainha retiniu fortemente às dez horas, Luísa, havia momentos, sentara-se à beira do divã. Mal teve força de dizer a Basílio:

— Há de ser a Juliana, tinha ido fora...

Basílio cofiou o bigode, deu duas voltas na sala, foi acender um charuto. Para quebrar o silêncio sentou-se ao piano, tocou alguns compassos ao acaso e, erguendo um pouco a voz, começou a cantarolar a ária do 3ª ato do *Fausto*:

Al pallido chiarore
Dei astri d'oro...

Luísa, através das últimas vibrações dos seus nervos, ia entrando na realidade; os seus joelhos tremiam. E então, ouvindo aquela melodia, uma recordação foi-se formando no seu espírito, ainda estremunhado: — era uma noite, havia anos, em S. Carlos, num camarote com Jorge; uma luz elétrica dava ao jardim, no palco, um tom lívido de luar legendário; e numa altitude extática e suspirante o tenor invocava as estrelas; Jorge tinha-se voltado, dissera-lhe: Que lindo! E o seu olhar devorava-a. Era no segundo mês do seu casamento. Ela estava com um vestido azul-escuro. E à volta, na carruagem, Jorge, passando-lhe a mão pela cinta, repetia:

Al pallido chiarore
Dei astri d'oro...

E apertava-a contra si...

Ficara imóvel à beira do divã, quase a escorregar, os braços frouxos, o olhar fixo, a face envelhecida, o cabelo desmanchado. Basílio então veio sentar-se devagarinho junto dela.

— Em que estava a pensar?

— Nada.

Ele passou-lhe o braço pela cinta, começou a dizer que havia de procurar uma casinha para se verem melhor, estarem mais à vontade; não era mesmo prudente ali em casa dela...

E falando, voltava a cada momento o rosto, soprava para o lado o fumo do charuto.

— Não te parece que vir eu aqui, todos os dias, pode ser reparado?

Luísa ergueu-se bruscamente, lembrara-lhe Sebastião!... E com uma voz um pouco desvairada:

— Já é tão tarde! — disse.

— Tens razão.

Foi buscar o chapéu em bicos de pés, veio beijá-la muito, saiu. Luísa sentiu-o acender um fósforo, fechar devagarinho a cancela. Estava só; pôs-se a olhar em roda, como idiota. O silêncio da sala parecia-lhe enorme. As velas tinham uma chama avermelhada. Piscava os olhos, tinha a boca seca. Uma das almofadas do divã estava caída, apanhou-a.

E com um ar sonâmbulo entrou no quarto. Juliana veio trazer o rol. E já vinha com a lamparina, estava a arranjá-la...

Tinha tirado a cuia; subiu à cozinha quase a correr. A Joana, que estivera dormitando, espreguiçava-se com bocejos enormes.

Juliana pôs-se a arranjar a torcida da lamparina; os dedos tremiam-lhe; tinha no olhar um brilho agudo;

e depois de tossir, devagarinho, com um sorriso para Joana:

— E então a que horas veio o primo da senhora?

— Veio logo que vossemecê saiu; estavam a dar as nove.

— Ah!

Desceu com a lamparina; e sentindo Luísa na alcova despir-se:

— A senhora não quer chá? — perguntou, com muito interesse.

— Não.

Foi à sala, fechou o piano. Havia um forte cheiro de charuto. Pôs-se a olhar em redor, devagar, andando com um passo sutil... De repente agachou-se, ansiosamente: ao pé do divã uma cousa reluzia. Era uma travessa de Luísa, de tartaruga, com o aro dourado. Tornou a entrar no quarto em pontas de pés, pousou-a no toucador, entre os rolos de cabelo.

— Quem anda aí? — perguntou da alcova a voz sonolenta de Luísa.

— Sou eu, minha senhora, sou eu, estive a fechar a sala. Muito boas-noites, minha senhora!

Àquela hora Basílio entrava no Grêmio. Procurou pelas salas. Estavam quase desertas. Dous sujeitos, com os rostos entre os punhos, curvados em atitudes lúgubres, ruminavam os jornais; aqui, além, junto a mesinhas redondas, pessoas de calça branca mastigavam torradas com uma satisfação plácida; as janelas estavam fechadas, a noite, quente, e o calor mole do gás abafava. Ia descer quando de uma saleta de jogo, de repente, saiu o ruído irritado de uma altercação; trocavam-se injúrias, gritava-se: — Mente! O asno é você!

Basílio estacou, escutando. Mas, subitamente, fez-se um grande silêncio; uma das vozes disse com brandura:

— Paus!

A outra respondeu com benevolência:

— É o que devia ter feito há pouco.

E imediatamente a questão rebentou de novo, estridente. Praguejavam, diziam obscenidades.

Basílio foi ao bilhar. O visconde Reinaldo, de pé, apoiado ao taco, seguia com uma imobilidade grave o jogo do seu parceiro; mas apenas viu Basílio, veio para ele rapidamente, e muito interessado:

— Então?

— Agora mesmo — disse Basílio mordendo o charuto.

— Enfim, hem? — exclamou Reinaldo, arregalando os olhos, com uma grande alegria.

— Enfim!

— Ainda bem, menino! Ainda bem!

Batia-lhe no ombro, comovido.

Mas chamaram-no para jogar; e todo estirado sobre o bilhar, com uma perna no ar, para dar com mais segurança o *efeito*, dizia com a voz constrangida pela atitude:

— Estimo, estimo, porque essa cousa começava a arrastar...

Taque! Falhou a carambola.

— Não dou meia! — murmurou com rancor.

E chegando-se a Basílio, a dar giz no taco:

— Ouve cá...

Falou-lhe ao ouvido.

— Como um anjo, menino! — suspirou Basílio.

6

Foi Juliana que na manhã seguinte veio acordar Luísa, dizendo à porta da alcova com a voz abafada, em confidência:

— Minha senhora! Minha senhora! É um criado com esta carta, diz que vem do hotel.

Foi abrir uma das janelas, em bicos de pés; e voltando à alcova com uma cautela misteriosa:

— E está à espera da resposta, está à porta.

Luísa, estremunhada, abriu o largo envelope azul com um monograma — dous BB, um púrpura, outro ouro, sob uma coroa de conde.

— Bem, não tem resposta.

— Não tem resposta — foi dizer Juliana ao criado, que esperava encostado ao corrimão, fumando um grande charuto, e cofiando as suíças pretas.

— Não tem resposta? Bem, muito bom dia. — Levou o dedo secamente à aba do "coco", e desceu, gingando.

Perfeito homem! foi pensando Juliana, pela escada da cozinha.

— Quem bateu, senhora Juliana? — perguntou-lhe logo a cozinheira.

Juliana resmungou:

— Ninguém, um recado da modista.

Desde pela manhã a Joana achava-lhe o "ar esquisito". Sentira-a desde as sete horas varrer, espanejar, sacudir, lavar as vidraças da sala de jantar, arrumar as louças no aparador. E com uma azáfama! Ouvira-a cantar a *Carta adorada*, ao mesmo tempo que os canários, nas varandas abertas, chilreavam estridentemente ao sol. Quando veio tomar o seu café à cozinha não palestrou como de costume; parecia preocupada e ausente.

Joana até lhe perguntou:

— Sente-se pior, senhora Juliana?

— Eu? Graças a Deus, nunca me senti tão bem.

— Como a vejo tão calada...

— A malucar cá por dentro... A gente nem sempre está para grulhar.

Apesar de serem nove horas não quisera acordar a senhora. Deixa-a descansar, coitada! — disse. Foi em pontas de pés encher devagarinho a bacia grande do banho, no quarto; para não fazer ruído, sacudiu no corredor as saias, o vestido da véspera; e os seus olhos brilharam avidamente quando sentiu na algibeirinha um papel amarrotado! Era o bilhete que Luísa escrevera a Basílio: "Por que não vens?... Se soubesses o que me fazes sofrer..." Teve-o um momento na mão, mordendo o beiço, o olhar fixo num cálculo agudo; por fim tornou a metê-lo na algibeira de Luísa, dobrou o vestido, foi estendê-lo com muito cuidado na *causeuse*.

Enfim, mais tarde, sentindo o *cuco* dar horas, decidiu-se a ir dizer a Luísa, com uma voz meiga:

— São dez e meia, minha senhora!

Luísa, na cama, tinha lido, relido o bilhete de Basílio: "Não pudera — escrevia ele — estar mais tempo sem lhe dizer que a adorava. Mal dormira! Erguera-se de manhã muito cedo para lhe jurar que estava louco, e que punha a sua vida aos pés dela." Compusera aquela prosa na véspera no Grêmio, às três horas, depois de alguns *robbers* de *whist*, um bife, dous copos de cerveja e uma leitura preguiçosa da *Ilustração*. E terminava, exclamando: — "Que outros desejem a fortuna, a glória, as honras, eu desejo-te a ti! Só a ti, minha pomba, porque tu és o único laço que me prende à vida, e se amanhã perdesse o teu amor, juro-te que punha um termo, com uma boa bala, a esta existência inútil!" — Pedira mais cerveja, e levara a carta para a fechar em casa, num envelope com o seu monograma, "porque sempre fazia mais efeito".

E Luísa tinha suspirado, tinha beijado o papel devotamente! Era a primeira vez que lhe escreviam aquelas sentimentalidades, e o seu orgulho dilatava-se ao calor amoroso que saía delas, como um corpo ressequido que se estira num banho tépido; sentia um acréscimo de estima por si mesma, e parecia-lhe que entrava enfim numa existência superiormente interessante, onde cada hora tinha o seu encanto diferente, cada passo conduzia a um êxtase, e a alma se cobria de um luxo radioso de sensações!

Ergueu-se de um salto, passou rapidamente um roupão, veio levantar os transparentes da janela... Que linda manhã! Era um daqueles dias do fim de agosto em que o estio faz uma pausa; há prematuramente, no calor e na luz, uma certa tranquilidade outonal; o sol cai largo, resplandecente, mas pousa de leve; o ar não tem o embaciado canicular, e o azul muito alto reluz com uma nitidez lavada; respira-se mais livremente; e já se não vê na gente que passa o abatimento mole da calma enfraquecedora. Veio-lhe uma alegria: sentia-se ligeira, tinha dormido a noite de um sono são, contínuo, e todas as agitações, as impaciências dos dias passados pareciam ter-se dissipado naquele repouso. Foi-se ver ao espelho; achou a pele mais clara, mais fresca, e um enternecimento úmido no olhar; — seria verdade então o que dizia Leopoldina, que "não havia como uma maldadezinha para fazer a gente bonita?" Tinha um amante, ela!

E imóvel no meio do quarto, os braços cruzados, o olhar fixo, repetia: Tenho um amante! Recordava a sala na véspera, a chama aguçada das velas, e certos silêncios extraordinários em que lhe parecia que a vida parara, enquanto os olhos do retrato da mãe de Jorge, negros na face amarela, lhe estendiam da parede o seu olhar fixo de pintura. Mas Juliana entrou com um tabuleiro de roupa passada. Eram horas de se vestir...

Que requintes teve nessa manhã! Perfumou a água com um cheiro de *Lubin*, escolheu a camisinha que tinha melhores rendas. E suspirava por ser rica! Queria as bretanhas e as holandas mais caras, as mobílias mais aparatosas, grossas joias, inglesas, um *coupé* forrado de cetim... Porque nos temperamentos sensíveis as alegrias do coração tendem a completar-se com as sensualidades do luxo; o primeiro erro que se instala numa alma até aí defendida, facilita logo aos outros entradas tortuosas; — assim, um ladrão que se introduz numa casa vai abrindo sutilmente as portas à sua quadrilha esfomeada.

Subiu para o almoço, muito fresca, com o cabelo em duas tranças, um roupão branco. Juliana precipitou-se logo a fechar as janelas, "porque apesar de não estar calor, as portadas cerradas sempre davam mais frescura!" E, vendo que lhe esquecera o lenço, correu a buscar-lhe um, que perfumou com água-de-colônia. Servia-a com ternura. Viu-a comer muitos figos:

— Não lhe vão fazer mal, minha senhora! — exclamou quase lacrimosamente.

Andava em redor dela com um sorriso servil, sem ruído; ou defronte da mesa, com os braços cruzados, parecia admirá-la com orgulho, como um ser precioso e querido, todo seu, a *sua ama*! O seu olhar esbugalhado apossava-se dela.

E dizia consigo:

— Grande cabra! Grande bêbeda!

Luísa, depois de almoço, veio para o quarto estender-se na *causeuse*, com o seu *Diário de Notícias*. Mas não podia ler. As recordações da véspera redemoinhavam-lhe na alma a cada momento, como as folhas que um vento de outono levanta a espaços de um chão tranquilo; certas palavras dele, certos ímpetos, toda a sua maneira de amar... E ficava imóvel, o olhar afogado num fluido, sentindo aquelas reminiscências vibrarem-lhe muito tempo, docemente, nos nervos da memória. Todavia a lembrança de Jorge não a deixava; tivera-a sempre no espírito, desde a véspera; não a assustava, nem a torturava; estava ali, imóvel mas presente, sem lhe fazer medo, nem lhe trazer remorso; era como se ele tivesse morrido, ou estivesse tão longe que não pudesse voltar, ou a tivesse abandonado! Ela mesma se espantava de se sentir tão tranquila. E todavia impacientava-a ter constantemente aquela ideia no espírito, impassível, com uma obstinação espectral; punha-se instintivamente a acumular as justificações: Não fora culpa sua. Não abrira os braços a Basílio voluntariamente!... Tinha sido uma *fatalidade*; fora o calor da hora, o crepúsculo, uma pontinha de vinho talvez... Estava douda, de certo. E repetia consigo as atenuações tradicionais: não era a primeira que enganara seu marido; e muitas eram apenas por vício, ela fora por paixão... Quantas mulheres viviam num amor ilegítimo e eram ilustres, admiradas! Rainhas mesmo tinham amantes. E ele amava-a tanto!... Seria tão fiel, tão discreto! As suas palavras eram tão cativantes, os seus beijos, tão estonteadores!... E enfim que lhe havia de fazer agora? *Já agora*!...

E resolveu ir responder-lhe. Foi ao escritório. Logo ao entrar o seu olhar deu com a fotografia de Jorge — a cabeça de tamanho natural, no seu caixilho envernizado de preto. Uma comoção comprimiu-lhe o coração; ficou como *tolhida* — como uma pessoa encalmada de ter corrido, que entra na frieza de um subterrâneo; e examinava o seu cabelo frisado, a barba negra, a gravata de pontas, as duas espadas encruzadas que reluziam por cima. Se ele soubesse matava-a!... Fez-se muito pálida. Olhava vagamente em redor o casaco de veludo de trabalho dependurado num prego, a manta em que ele embrulhava os pés dobrada a um lado, as grandes folhas de papel de desenho na outra mesa ao fundo, e o potezinho do tabaco, e a caixa das pistolas!... Matava-a de certo!

Aquele quarto estava tão penetrado da personalidade de Jorge, que lhe parecia que ele ia voltar, entrar daí a bocado... Se ele viesse de repente!... Havia três dias que não recebia carta — e quando ela estivesse ali a escrever ao seu amante, num momento o outro podia aparecer e apanhá-la!... Mas eram tolices, pensou. O vapor do Barreiro só chegava às cinco horas; e depois ele dizia na última carta que ainda se demorava um mês, talvez mais...

Sentou-se, escolheu uma folha de papel, começou a escrever, na sua letra um pouco gorda:

"Meu adorado Basílio"

Mas um terror importuno tolhia-a; sentia como um palpite de que ele vinha, ia entrar... Era melhor não se pôr a escrever, talvez!... Ergueu-se, foi à sala devagar, sentou-se no divã; e, como se o contacto daquele largo sofá e o ardor das recordações que ele lhe trazia da véspera lhe tivesse dado a coragem das ações amorosas e culpadas, voltou muito decidida ao escritório, escreveu rapidamente:

"Não imaginas com que alegria recebi esta manhã a tua carta..."

A pena velha escrevia mal; molhou-a mais, e ao sacudi-la, como lhe tremia um pouco a mão, um borrão negro caiu no papel. Ficou toda contrariada, pareceu-lhe aquilo um *mau agouro*. Hesitou um momento — e coçando a cabeça, com os cotovelos sobre a mesa, sentia Juliana varrer fora o patamar, cantarolando a *Carta adorada*. Enfim, impaciente, rasgou a folha muitas vezes em pedacinhos miúdos — e atirou-os para um caixão de pau envernizado com duas argolas de metal, que estava ao canto junto à mesa, onde Jorge deitava os rascunhos velhos e os papéis inúteis; chamavam-lhe o *sarcófago*; Juliana, de certo, descuidara-se de o esvaziar no lixo, porque transbordava de papelada.

Escolheu outra folha, recomeçou:

"Meu adorado Basílio".

"Não imaginas como fiquei quando recebi a tua carta, esta manhã, ao acordar... Cobri-a de beijos...".

Mas o reposteiro franziu-se numa prega mole, a voz de Juliana disse discretamente:

— Está ali a costureira, minha senhora.

Luísa, sobressaltada, tinha tapado a folha de papel com a mão.

— Que espere.

E continuou:

"... Que tristeza que fosse a carta e que não fosses tu que aí estivesses! Estou pasmada de mim mesma, como em tão pouco tempo te apossaste do meu coração, mas a verdade é que nunca deixei de te amar. Não me julgues por isto leviana, nem penses mal de mim, porque eu desejo a tua estima, mas é que nunca deixei de te amar e ao tornar a ver-te, depois daquela estúpida viagem para tão longe, não fui superior ao sentimento que me impelia para ti, meu adorado Basílio. Era mais forte que eu, meu Basílio. Ontem, quando aquela maldita criada me veio dizer que tu te vinhas despedir, Basílio, fiquei como morta; mas quando vi que não, nem eu sei, adorei-te! E se tu me tivesses pedido a vida dava-ta, porque te amo, que eu mesma, me estranho... Mas para que foi aquela mentira, e para que vieste tu? Mau! tinha vontade de te dizer adeus para sempre, mas não posso, meu adorado Basílio! É superior a mim. Sempre te amei, e agora que sou tua, que te pertenço corpo e alma, parece-me que te amo mais, se é possível..."

— Onde está ela? Onde está ela? — disse uma voz na sala.

Luísa ergueu-se, com um salto, lívida. Era Jorge! Amarrotou convulsivamente a carta, quis escondê-la no bolso, — o roupão não tinha bolso! E desvairada, sem reflexão, arremessou-a para o *sarcófago*. Ficou de pé, esperando, as duas mãos apoiadas à mesa, a vida suspensa.

O reposteiro ergueu-se, — e reconheceu logo o chapéu de veludo azul de D. Felicidade.

— Aqui metida, sua brejeira! Que estavas tu aqui a fazer? Que tens tu, filha, estás como a cal...

Luísa deixou-se cair no *fauteuil*, branca e fria, disse com um sorriso cansado:

— Estava a escrever, deu-me uma tontura...

— Ai! Tonturas, eu! — acudiu logo D. Felicidade. — É uma desgraça, a cada momento a agarrar-me aos móveis, até tenho medo de andar só. Falta de purgas!

— Vamos para o quarto! — disse logo Luísa. — Estamos melhor no quarto.

Ao erguer-se, as pernas tremiam-lhe.

Atravessaram a sala: Juliana começava a arrumar. Luísa, ao passar, viu na pedra da *consola*, debaixo do espelho oval, uma pouca de cinza; era da véspera do charuto *dele*! Sacudiu-a — e ao erguer os olhos, ficou pasmada de se ver tão pálida.

A costureira vestida de preto, com um chapéu de fitas roxas, esperava sentada à beira da *causeuse*, com um olhar infeliz e o seu embrulho nos joelhos; vinha provar o corpete de um vestido composto; assentou, pregou, alinhavou, falando baixo, com uma humildade triste e uma tossinha seca; e apenas ela saiu, de leve, com o seu andar de sombra, o xale tinto muito cingido às omoplatas magras — D. Felicidade começou logo a falar *dele*, do conselheiro. Tinha-o encontrado no Moinho de Vento. Pois, senhores, nem lhe viera falar! Fizera-lhe uma cortesia muito seca, por demais, e tique-tique por ali fora, que se diria que ia fugido! Que te parece? Ai! Aquelas indiferenças matavam-na. E não as compreendia, não, realmente não as compreendia...

— Porque enfim — exclamava — eu bem me conheço, não sou nenhuma criança, mas também não sou nenhum caco! Pois não é verdade?

— Certamente — disse Luísa distraída. Lembrava-lhe a carta.

— Olha que aqui onde me vês com os meus quarenta, decotada, ainda valho! O que são ombros e colo é do melhor!

Luísa ia erguer-se. Mas D. Felicidade repetiu:

— Do melhor! Tomaram-no muitas novas!

— Creio bem — concordou Luísa, sorrindo vagamente.

— E ele também não é nenhum rapazinho novo...

— Não...

— Mas muito bem conservado! — E os olhos luziam-lhe. — Para fazer ainda uma mulher muito feliz!

— Muito...

— Um homem de apetecer! — suspirou D. Felicidade.

E Luísa, então:

— Tu esperas um instantinho? Vou lá dentro e volto já.

— Vai, filha, vai.

Luísa correu ao escritório, direita ao *sarcófago*. Estava vazio! E a carta dela, Santo Deus?

Chamou logo Juliana, aterrada.

— Você despejou o caixão dos papéis?

— Despejei, sim, minha senhora — respondeu muito tranquilamente.

E com interesse.

— Por quê, perdeu-se algum papel?

— Luísa fazia-se pálida.

— Foi um papel que eu atirei para o caixão. Onde o despejou você?

— No barril do lixo, como é costume, minha senhora; imaginei que nada servia...

— Ah! Deixe ver!

Subiu rapidamente à cozinha.

Juliana, atrás, ia dizendo:

— Ora esta! Pois ainda não há cinco minutos! O caixão estava mais cheio... Andei a dar uma arrumadela no escritório... Valha-me Deus, se a senhora tem dito...

Mas o barril do lixo estava vazio. Joana tinha-o ido despejar abaixo naquele instantinho; e vendo a inquietação de Luísa:

— Por quê, perdeu-se alguma coisa?

— Um papel — disse Luísa, que olhava em redor, pelo chão, muito branca.

— Iam uns poucos de papéis, minha senhora — disse a rapariga — eu deitei tudo ao despejo.

— Podia ter ficado algum caído por fora, senhora Joana — lembrou timidamente Juliana.

— Vá ver, vá ver, Joana — acudiu Luísa com uma esperança.

Juliana parecia aflita:

— Jesus, Senhor! Eu podia lá adivinhar! Mas por que não disse a senhora?...

— Bem, bem, a culpa não é sua, mulher...

— Credo, que até se me está a embrulhar o estômago... E é cousa de importância, minha senhora?

— Não, é uma conta...

— Valha-me Deus!...

Joana voltou, sacudindo um papel enxovalhado. Luísa agarrou-o, leu: — "... o diâmetro do primeiro poço de exploração..."

— Não, não é isto! — exclamou toda contrariada.

— Então foi pra baixo pra o cano, minha senhora, não está mais nada.

— Viu bem?

— Esquadrinhei tudo...

E Juliana continuava, desolada:

— Antes queria perder dez tostões! Uma assim! Eu, minha senhora, podia lá adivinhar...

— Bem, bem! — murmurou Luísa descendo.

Mas estava assustada, sentia mesmo uma suspeita indefinida... Lembrou-lhe o bilhete que escrevera na véspera a Basílio, e que metera, todo amarrotado, no bolso do vestido... Entrou no quarto, agitada.

D. Felicidade tirara o chapéu, acomodara-se na *causeuse*.

— Tu desculpas, hem? — fez Luísa.

— Anda, filha, anda! Que é?

— Perdi uma conta — respondeu.

Foi ao guarda-vestidos, achou logo o bilhete na algibeira... Aquilo serenou-a. A carta tinha ido para o lixo, de certo. Mas que imprudência!

— Bem, acabou-se! — disse, sentando-se resignada.

E D. Felicidade imediatamente, baixando a voz muito confidencialmente:

— Ora, eu vinha-te falar numa cousa. Mas vê lá! Olha que é segredo.

Luísa ficou logo sobressaltada.

— Tu sabes — continuou D. Felicidade, devagar, com pausas — que a minha criada, a Josefa, está para casar com o galego... O homem é de ao pé de Tuí, e diz que na terra dele há uma mulher que tem uma virtude para fazer casamentos que é uma cousa milagrosa... Diz que é o mais que há... Em deitando a sorte a um homem, — o homem entra-lhe uma tal paixão que se arranja logo o casamento, e é a maior felicidade.

Luísa, tranquilizada, sorriu.

— Escuta — acudiu D. Felicidade — não te ponhas já com as tuas cousas...

No seu tom grave havia um respeito supersticioso.

— Diz que tem feito milagres. Homens que tinham desamparado raparigas, outros que não faziam caso delas, maridos que tinham amigas, enfim toda a sorte de ingratidão... Em a mulher deitando o encanto, os homens começam a esmorecer, a arrepender-se, a apaixonar-se, e estão pelo beiço... A rapariga contou-me isto. Eu lembrei-me logo...

— De deitar uma sorte ao conselheiro! — exclamou Luísa. — Que te parece?

Luísa deu uma risada sonora. Mas D. Felicidade quase se escandalizou. Contou outros casos: um fidalgo que desonrara uma lavadeira; um homem que abandonou a mulher e os filhos, fugira com uma *bêbeda*... Em todos a *sorte* operara de um modo fulminante, produzindo um amor súbito e fogoso pela pessoa desprezada. Apareciam logo rendidos, se estavam perto; se estavam longe, voltavam, ávidos, a pé, a cavalo, na mala-posta, apressando-se, ardendo... E entregavam-se, mansos e humildes como escravos acorrentados...

— Mas o galego — continuava ela muito excitada — diz que para ir à terra, falar à mulher, levar o retrato do conselheiro, é necessário o retrato dele, o meu, é necessário o meu, ir falar, voltar — quer sete moedas!...

— Oh D. Felicidade! — fez Luísa repreensivamente.

— Não me digas, não venhas com as tuas! Olha que eu sei de casos...

E erguendo-se:

— Mas são sete moedas! Sete moedas! — exclamou, arregalando os olhos.

Juliana apareceu à porta, e muito baixinho, com um sorriso:

— A senhora faz favor?

Chamou-a para o corredor, em segredo:

— Esta carta. Que vem do hotel.

Luísa fez-se escarlate.

— Credo, mulher! Não é necessário fazer mistérios!

Mas não entrou no quarto, abriu-a logo no corredor; era a lápis, escrita à pressa:

"Meu amor — dizia Basílio — por um feliz acaso descobri o que precisávamos: um ninho discreto para nos vermos..." E indicava a rua, o número, os sinais, o caminho mais perto. " ... Quando vens, meu amor? Vem amanhã. Batizei a casa com o nome de *Paraíso*; para mim, minha adorada, é com efeito o paraíso. Eu espero-te lá desde o meio-dia; logo que te aviste, desço."

Aquela precipitação amorosa em arranjar o *ninho* — provando uma paixão impaciente, toda ocupada dela — produziu-lhe uma dilatação doce do orgulho; ao mesmo tempo que aquele Paraíso secreto, como num romance, lhe dava a esperança de felicidades excepcionais; e todas as suas inquietações, os sustos da carta perdida se dissiparam de repente sob uma sensação cálida, como flocos de névoa sob o sol que se levanta.

Voltou ao quarto, com o olhar risonho.

— Que te parece, hem? — perguntou logo D. Felicidade, a quem a sua ideia ocupava tiranicamente.

— O quê?

— Achas que mande o homem a Tuí?

Luísa encolheu os ombros; veio-lhe um tédio de tais enredos de bruxaria, misturados a amores caturras. Na vaidade da sua intriga romântica, achava repugnante aquele sentimentalismo senil.

— Tolices! — disse com muito desdém.

— Oh filha! Não me digas, não me digas! — acudiu desolada D. Felicidade.

— Bem, então manda, manda! — fez Luísa, já impaciente.

— Mas são sete moedas! — exclamou D. Felicidade, quase chorosa.

Luísa pôs-se a rir.

— Por um marido? Acho barato...

— E se a sorte falha?

— Então é caro!

D. Felicidade deu um grande *ai*! Estava muito infeliz, naquela hesitação entre os impulsos da concupiscência e as prudências da economia. Luísa teve pena dela, e, tirando um vestido do guarda-roupa:

— Deixa lá, filha! Não hão de ser necessárias bruxarias!...

D. Felicidade ergueu os olhos ao céu.

— Vais sair? — perguntou melancolicamente.

— Não.

D. Felicidade propôs-lhe então que viesse com ela à Encarnação. Visitavam a Silveira, coitada, que tinha um furúnculo! E viam a armação da igreja para a festa, estreava-se o frontal novo, um primor!

— E estou também com vontade de ir rezar uma estaçãozinha, para aliviar cá por dentro — ajuntou, suspirando.

Luísa aceitou. Apetecia-lhe ir ver altares alumiados, ouvir o ciciar de rezas no coro, como se os requintes devotos dissessem bem com as suas disposições sentimentais. Começou a vestir-se depressa.

— Como tu estás gorda, filha! — exclamou D. Felicidade admirada, vendo-lhe os ombros, o colo. Luísa diante do espelho olhava-se, sorria com o seu sorriso quente, contente das suas linhas, acariciando devagarinho, voluptuosamente, a pele branca e fina.

— Redondinha — disse, namorando-se.

— Redondinha? Vais-te a fazer uma bola!

E acrescentou, tristemente:

— Também com a tua vida, um marido como o teu, regaladinha, sem filhos, sem cuidados...

— Vamos lá, minha rica — disse Luísa — que as tristezas não te têm feito emagrecer...

— Pois sim, pois sim! Mas... — e parecia desolada, como curvada sob as suas próprias ruínas — cá por dentro é uma desgraça, estômago, fígado...

— Se a mulher de Tuí faz o milagre, põe tudo isso como novo!

D. Felicidade sorriu, com uma dúvida desconsolada.

— Sabes que tenho um chapéu lindo? — exclamou de repente Luísa. — Não viste? Lindo!

Foi logo buscá-lo ao guarda-vestidos. Era de palha fina, guarnecido de miosótis.

— Que te parece?

— É um primor!

Luísa mirava-o dando pancadinhas com as pontas dos dedos nas florzinhas azuis.

— Dá frescura — fez D. Felicidade.

— Não é verdade?

Pô-lo com muito cuidado, toda séria. Ficava-lhe bem! Basílio se a visse havia de gostar, pensou. Era bem possível que o encontrassem...

Veio-lhe, sem motivo, uma felicidade exuberante; achava tão delicioso viver, sair, ir à Encarnação, pensar no seu amante!... E toda no ar, procurava pelo quarto as chavinhas do toucador.

Onde tinha deixado as chaves? Na sala de jantar, talvez! Ia ver! Saiu correndo, tontinha, cantarolando:

Amici, la notte é bella...
La ra la la...

Quase topou com Juliana, que varria o corredor.

— Não deixe de engomar a saia bordada para amanhã, Juliana!

— Sim, minha senhora. Está em goma!

E seguindo-a com um olhar feroz:

— Canta, piorrinha, canta, cabrazinha, canta bebedazinha!...

E ela mesma, tornada subitamente de um júbilo agudo, atirou vassouradas rápidas, sonhando na sua voz rachada:

Além d'amanhã termina a campanha,
P-o-o-or aqui se diz...
Se tal for verdade, se não for patranha...

E com um espremido enfático:

Se-e-rei bem mais feliz!

Ao outro dia, pelas duas horas da tarde, Sebastião e Julião passeavam em S. Pedro de Alcântara.

Sebastião estivera contando a sua "cena" com Luísa, e como desde então a sua estima por ela crescera. Ao princípio escabreara-se, sim...

— Mas teve razão! Assim de surpresa, ouvir uma daquelas! E eu levei a cousa a mal, fui muito à bruta...

Depois, coitadinha, concordara logo, mostrara-se muito desgostosa, toda zelosa do seu pudor, pedira-lhe conselhos... Até tinha as lágrimas nos olhos.

— Eu disse-lhe logo que o melhor era falar ao primo, dizer o que se passava... Que te parece?

— Sim — disse vagamente Julião.

Tinha-o escutado distraído, chupando a ponta do cigarro. O seu rosto térreo cavava-se, com uma cor mais biliosa.

— Então achas que fiz bem, hem?

E depois de uma pausa:

— Que ela é uma senhora de bem às direitas! Às direitas, Julião!

Continuaram calados. O dia estava encoberto e abafado, com um ar de trovoada; grossas nuvens pesadas e pardas iam-se acumulando, enegrecendo para o lado da Graça por trás das colinas; um vento rasteiro passava por vezes, pondo um arrepio nas folhas das árvores.

— De maneira que agora estou descansado — resumiu Sebastião. — Não te parece?

Julião encolheu os ombros com um sorriso triste:

— Quem me dera os teus cuidados, homem! — disse.

E falou então com amargura nas suas preocupações. — Havia uma semana que se abrira concurso para uma cadeira de substituto na Escola, e preparava-se para ele. Era a sua tábua de salvação, dizia; se apanhasse a cadeira, ganhava logo nome, a clientela podia vir, e a fortuna... E, que diabo, sempre era estar de dentro!... Mas a certeza da sua superioridade não o tranquilizava — porque, enfim, em Portugal, não é verdade? Nestas questões, a ciência, o estudo, o talento são uma história, o principal são os padrinhos! Ele não os tinha — e o seu concorrente, um sensaborão, era sobrinho de um diretor-geral, tinha parentes na Câmara, era um colosso! Por isso ele trabalhava a valer, mas parecia-lhe indispensável meter também as suas cunhas! Mas quem?

— Tu não conheces ninguém, Sebastião?...

Sebastião lembrava-se de um primo seu, deputado pelo Alentejo, um gordo, da maioria, um pouco fanhoso. Se Julião queria, falava-lhe... Mas sempre ouvira dizer que a Escola não era gente de empenhos e de intriga... De resto tinham o Conselheiro Acácio...

— Uma besta! — fez Julião. — Um parlapatão! Quem faz lá caso daquilo? O teu primo, hem! O teu primo parece-me bom! É necessário alguém que fale, que trabalhe... — Porque acreditava muito nas influências dos empenhos, no domínio dos "personagens", nas docilidades da fortuna quando dirigida pelas habilidades da intriga. E com um orgulho raiado de ameaça: — Que eu hei de lhes mostrar o que é saber as cousas, Sebastião!

Ia explicar-lhe o assunto da tese, mas Sebastião interrompeu-o:

— Ela aí vem.

— Quem?

— A Luísa.

Passava com efeito, por fora do Passeio, toda vestida de preto, só. — Respondeu à cortesia dos dous homens com um sorriso, adeusinhos da mão, um pouco corada.

E Sebastião imóvel, seguindo-a devotadamente com os olhos:

— Se aquilo não respira mesmo honestidade! Vai às lojas... Santa rapariga!

Ia encontrar Basílio no *Paraíso* pela primeira vez. E estava muito nervosa; não pudera dominar, desde pela manhã, um medo indefinido que lhe fizera pôr um véu muito espesso, e bater o coração ao encontrar Sebastião. Mas ao mesmo tempo uma curiosidade intensa, múltipla, impelia-a, com um estremecimentozinho de prazer. — Ia, enfim, ter ela própria aquela aventura que lera tantas vezes nos romances amorosos! Era uma forma nova do amor que ia experimentar, sensações excepcionais! Havia tudo — a casinha misteriosa, o segredo ilegítimo, todas as palpitações do perigo! Porque o aparato impressionava-a mais que o sentimento; e a *casa* em si interessava-a, atraía-a mais que Basílio! Como seria? Era para os lados de Arroios, adiante do largo de Santa

Bárbara; lembrava-se vagamente que havia ali uma correnteza de casas velhas... Desejaria antes que fosse no campo, numa quinta, com arvoredos murmurosos e relvas fofas; passeariam então, com as mãos enlaçadas, num silêncio poético; e depois o som da água que cai nas bacias de pedra daria um ritmo lânguido aos sonos amorosos... Mas era num terceiro andar — quem sabe como seria dentro? Lembrava-lhe um romance de Paulo Féval em que o herói, poeta e duque, forra de cetins e tapeçarias o interior de uma choça; encontra ali a sua amante; os que passam, vendo aquele casebre arruinado, dão um pensamento compassivo à miséria que de certo o habita — enquanto dentro, muito secretamente, as flores se esfolham nos vasos de Sèvres e os pés nus pisam Gobelins veneráveis! Conhecia o gosto de Basílio — e o *Paraíso* de certo era como no romance de Paulo Féval.

Mas no largo de Camões reparou que o sujeito de pera comprida, o do Passeio, a vinha seguindo, com uma obstinação de galo; tomou logo um *coupé*. E ao descer o Chiado, sentia uma sensação deliciosa em ser assim levada rapidamente para o seu amante, e mesmo olhava com certo desdém os que passavam, no movimento da vida trivial enquanto ela ia para uma hora tão romanesca da vida amorosa! Todavia à maneira que se aproximava vinha-lhe uma timidez, uma contração de acanhamento, como um plebeu que tem de subir, entre alabardeiros solenes, a escadaria de um palácio. Imaginava Basílio esperando-a estendido num divã de seda; e quase receava que a sua simplicidade burguesa, pouco experiente, não achasse palavras bastante finas ou carícias bastante exaltadas. Ele devia ter conhecido mulheres tão belas, tão ricas, tão educadas no amor! Desejava chegar num *coupé* seu, com rendas de centos de mil-réis, e ditos tão espirituosos como um livro...

A carruagem parou ao pé de uma casa amarelada, com uma portinha pequena. Logo à entrada um cheiro mole e salobro enojou-a. A escada, de degraus gastos, subia ingrememente, apertada entre paredes onde a cal caía, e a umidade fizera nódoas. No patamar da sobreloja, uma janela com um gradeadozinho de arame, parda do pó acumulado, coberta de teias de aranha, coava a luz suja do saguão. E por trás de uma portinha, ao lado, sentia-se o ranger de um berço, o chorar doloroso de uma criança.

Mas Basílio desceu logo, com o charuto na boca, dizendo baixo:

— Tão tarde! Sobe! Pensei que não vinhas. O que foi?

A escada era tão esguia, que não podiam subir juntos. E Basílio, caminhando adiante, de esguelha:

— Estou aqui desde a uma hora, filha! Imaginei que te tinhas esquecido da rua...

Empurrou uma cancela, fê-la entrar num quarto pequeno, forrado de papel às listras azuis e brancas.

Luísa viu logo, ao fundo, uma cama de ferro com uma colcha amarelada, feita de remendos juntos de chitas diferentes; e os lençóis grossos, de um branco encardido e mal lavado, estavam impudicamente entreabertos...

Fez-se escarlate, sentou-se, calada, embaraçada. E os seus olhos, muito abertos iam-se fixando — nos riscos ignóbeis da cabeça dos fósforos, ao pé da cama; na esteira esfiada, comida, com uma nódoa de tinta entornada; nas bambinelas da janela, de uma fazenda vermelha, onde se viam passagens; numa litografia, onde uma figura, coberta de uma túnica azul, flutuante, espalhava flores voando... Sobretudo uma larga fotografia, por cima do velho canapé de palhinha, fascinava-a: era um indivíduo atarracado, de aspecto hílare e alvar, com a barba em colar, o feitio de um piloto ao domingo; sentado, de calças brancas, com as pernas muito afastadas, pousava uma das mãos sobre um joelho, e a outra muito estendida assentava sobre uma coluna truncada; e por baixo do caixilho, como sobre a pedra de um túmulo, pendia de um prego de cabeça amarela uma coroa de perpétuas!

— Foi o que se pôde arranjar — disse-lhe Basílio. — E foi um acaso; é muito retirado, é muito discreto... Não é muito luxuoso...

— Não — fez ela, baixo. — Levantou-se, foi à janela, ergueu uma ponta da cortininha de cassa fixada à vidraça: defronte eram casas pobres; um sapateiro grisalho batia a sola a uma porta; à entrada de uma lojita balouçava-se um ramo de carqueja ao pé de um maço de cigarros pendentes de um barbante; e, a uma janela, uma rapariga esguedelhada embalava tristemente no colo uma criança doente que tinha crostas grossas de chagas na sua cabecinha cor de melão.

Luísa mordia os beiços, sentia-se entristecer. Então nós de dedos bateram discretamente à porta. Ela assustou-se, desceu rapidamente o véu. Basílio foi abrir. Uma voz adocicada, cheia de *ss* melífluos, ciciou baixo. Luísa ouviu vagamente: Sossegadinhos, suas chavezinhas...

— Bem, bem! — disse Basílio apressado, batendo com a porta...

— Quem é?

— É a patroa.

O céu pusera-se a enegrecer; já a espaços grossas gotas de chuva se esmagavam nas pedras da rua; e um tom crepuscular fazia o quarto mais melancólico.

— Como descobriste tu isto? — perguntou Luísa, triste.

— Inculcaram-mo.

Outra gente, então, tinha vindo ali, "amado" ali? — pensou ela. E a cama pareceu-lhe repugnante.

— Tira o chapéu — disse Basílio, quase impaciente — estás-me a fazer aflição com esse chapéu na cabeça.

Ela soltou devagar o elástico que o prendia, foi pô-lo no canapé de palhinha, desconsoladamente.

Basílio tomou-lhe as mãos, e atraindo-a, sentando-se na cama:

— Estás tão linda! — Beijou-lhe o pescoço, encostou a cabeça ao peito dela. E com a vista muito quebrada:

— O que eu sonhei contigo esta noite!

Mas, de repente, uma forte pancada de chuva fustigou os vidros. E imediatamente bateram à porta, com pressa.

— Que é? — bradou Basílio furioso.

A voz cheia de ss explicou que esquecera um cobertor na varanda que estava a secar. Se se encharcasse, que perdição!...

— Eu lhe pagarei o cobertor, deixe-me! — berrou Basílio.

— Dá-lhe o cobertor...

— Que a leve o diabo!

E Luísa, sentindo um arrepio de frio nos seus ombros nus, abandonava-se com uma vaga resignação, entre os joelhos de Basílio — vendo constantemente voltada para si a face alvar do piloto.

Assim um iate que aparelhou nobremente para uma viagem romanesca vai encalhar, ao partir, nos lodaçais do rio baixo; e o mestre aventureiro, que sonhava com os incensos e os almíscares das florestas aromáticas, imóvel sobre o seu tombadilho, tapa o nariz aos cheiros dos esgotos.

Apenas Luísa começou a sair todos os dias, Juliana pensou logo: Bem, vai ter com o gajo!

E a sua atitude tornou-se ainda mais servil. Era com um sorriso de baixeza que corria a abrir a porta, alvoroçada, quando Luísa voltava às cinco horas. E que zelo! Que exatidões! Um botão que faltasse, uma fita que se extraviava, e eram "mil perdões, minha senhora", "desculpe por esta vez", muitas lamentações humildes. Interessava-se com devoção pela saúde dela, pela sua roupa, pelo que tinha para jantar...

Todavia, desde as idas ao *Paraíso*, o seu trabalho aumentara: todos os dias agora tinha de engomar; muitas vezes era preciso ensaboar à noite colares, rendinhas, punhos, numa bacia de latão, até às onze horas. Às seis da manhã, mais cedo, já estava com o "ferro às voltas". E não se queixava, até dizia a Joana:

— Ai! É um regalo ver assim uma senhora asseada!... Que as há! Credo! Não, não é por dizer, mas até me dá gosto. Depois, graças a Deus, agora tenho saúde, o trabalho não me assusta!

Não tornara a resmungar da "patroa". Afirmava mesmo à Joana repetidamente:

— A senhora! Ai, é uma santa! Muito boa de aturar... Não a há melhor!

O seu rosto perdera alguma cousa do tom bilioso, da contração amarga. Às vezes, ao jantar ou à noite, costurando calada ao pé de Joana, à luz do petróleo, vinham-lhe sorrisos súbitos, o olhar clareava-se-lhe numa dilatação jovial.

— A senhora Juliana tem o ar de quem está a pensar em cousas boas...

— A malucar cá por dentro, senhora Joana! — respondia com satisfação.

Parecia perder a inveja; ouviu mesmo falar com tranquilidade do vestido de seda que estreou num dia de festa, em setembro, a Gertrudes do doutor. Disse apenas:

— Também um dia hei de estrear vestidos, e dos bons! Dos da modista!

Já outras vezes revelara por palavras vagas a ideia de uma abundância próxima. Joana até lhe dissera:

— A senhora Juliana espera alguma herança?

— Talvez! — respondeu secamente.

E cada dia detestava mais Luísa. Quando pela manhã a via arrebicar-se, perfumar-se com água-de-colônia, mirar-se ao toucador cantarolando, saía do quarto porque lhe vinham venetas de ódio, tinha medo de estourar! Odiava-a pelas *toilettes*, pelo ar alegre, pela roupa branca, pelo *homem* que ia ver, por todos os seus regalos de senhora. "A cabra!" Quando ela saía ia espreitar, vê-la subir a rua, e fechando a vidraça com um risinho rancoroso:

— Diverte-te, piorrinha, diverte-te, que o meu dia há de chegar! Oh se há de!

Luísa, com efeito, divertia-se. Saía todos os dias às duas horas. Na rua já se dizia que "a do Engenheiro tinha o seu S. Miguel".

Apenas ela dobrava a esquina, o conciliábulo juntava-se logo a cochichar. Tinham a certeza que se ia encontrar com o "peralta". Onde seria? — era a grande curiosidade da carvoeira.

— No hotel — murmurava o Paula. — Que nos hotéis é escândalo bravio. Ou talvez — acrescentava com tédio — nalguma dessas pocilgas da baixa!

A estanqueira lamentava-a: uma senhora que era tão apropositada!

— Vaca solta lambe-se toda, senhora Helena! — rosna o Paula. — São todas o mesmo!

— Menos isso! — protestava a estanqueira. — Que eu sempre fui uma mulher honesta!

— E ela? — reclamava a carvoeira — ninguém tinha que lhe dizer!

— Falo da alta sociedade, das fidalgas, das que arrastam sedas! É uma cambada. Eu é que o sei! — E acrescentava gravemente: — No povo há mais moralidade. O povo é outra raça! — E com as mãos enterradas nos bolsos, as pernas muito abertas, ficava absorto, com a cabeça baixa, o olhar cravado no chão. — Se é! — murmurava. — Se é! — Como se estivesse positivamente achando as pedrinhas da calçada menos numerosas que as virtudes do povo!

Sebastião, que tinha estado na quinta de Almada quase duas semanas, ficou aterrado quando, ao voltar, a Joana lhe deu as grandes "novidades": que a Luisinha agora saía todos os dias às duas horas, que o primo não voltara; a Gertrudes é que lho dissera; não se falava na rua noutra cousa...

— Então a pobre senhora nem sequer pode ir às lojas, aos seus arranjos! — exclamou Sebastião. — A Gertrudes é uma desavergonhada, e nem sei como a tia Joana consente que ela ponha aqui os pés. Vir com esses mexericos!...

— Cruzes! Olha o destempero! — replicou muito escandalizada a tia Joana. — Oh menino, realmente... A pobre mulher disse o que ouviu na rua! Que ela até a defende! Até ela é que a defende! Até se esteve a queixar que se fala! Que se fala! Boa! — E a tia Joana saiu resmungando: — Olha o destempero, credo!

Sebastião chamou-a, aplacou-a:

— Mas quem fala, tia Joana?

— Quem? — E muito enfaticamente: — Toda a rua! Toda a rua! Toda a rua!

Sebastião ficou aniquilado. Toda a rua! Pudera! Se ela agora se punha a sair todos os dias, uma senhora, que quando estava Jorge não saía do buraco! A vizinhança que murmurara das visitas do outro, naturalmente começava a comentar as saídas dela! Estava-se a desacreditar! E ele não podia fazer nada! Ir adverti-la? Ter outra "cena"? Não podia.

Procurou-a. Não lhe queria de certo tocar em nada, ia só vê-la. Não estava. Voltou daí a dous dias. Juliana veio-lhe dizer à cancela, com o seu sorriso amarelado: "Foi-se agora mesmo, há um instantinho. Ainda a apanha à Patriarcal". Enfim, um dia encontrou-a ao princípio da rua de S. Roque. Luísa pareceu muito contente em o ver: — Por que se tinha demorado tanto em Almada? Que deserção!

Trazia carpinteiros, era necessário vigiar as obras. E ela?

— Bem. Um bocado aborrecida. O Jorge diz que ainda se demora. Tenho estado muito só. Nem Julião, nem conselheiro, ninguém. A D. Felicidade é que tem aparecido às vezes de fugida. Está agora sempre metida na Encarnação... Isto gente devota! — E riu.

Então aonde ia?

A umas comprazitas; à modista depois... — E apareça agora, Sebastião, hem?

— Hei de aparecer.

— À noite. Estou tão só! Tenho tocado muito, e o que me vale é o piano!

Nessa mesma tarde Sebastião recebeu uma carta de Jorge. "Tens visto a Luísa? Estive quase com cuidado, porque estive mais de cinco dias sem carta dela. De resto está preguiçosa como uma freira; quando escreve são quatro linhas porque está o correio a partir. Vai dizer ao correio que espere, que diabo! Queixa-se de se aborrecer, de estar só, que todos a abandonaram, que tem vivido como num deserto. Vê se lhe vais fazer companhia, coitada, etc."

No dia seguinte, ao anoitecer, foi a casa dela. Apareceu-lhe muito vermelha, com os olhos estremunhados, de roupão branco. Tinha chegado muito cansada de fora, tinha-lhe dado o sono depois de jantar, adormecera sobre a *causeuse*... Que havia de novo? E bocejava.

Falaram das obras de Almada, do conselheiro, de Julião; e ficaram calados. Havia um constrangimento.

Luísa então acendeu as velas no piano, mostrou-lhe a nova música que estudava, a *Medjé* de Gounod; mas havia uma passagem em que se embrulhava sempre; pediu a Sebastião que a tocasse, e junto do piano, batendo o compasso com o pé, acompanhava baixo a melodia, a que a execução de Sebastião dava um encanto penetrante. Quis tentar depois, mas enganou-se, zangou-se, atirou a música para o lado, veio sentar-se no sofá, dizendo:

— Quase nunca toco! Estão-se-me a enferrujar os dedos!...

Sebastião não se atrevia a perguntar pelo primo Basílio. Luísa não lhe pronunciou sequer o nome. E Sebastião, vendo naquela reserva uma diminuição de confiança ou um resto persistente de despeito, disse que tinha de ir à Associação Geral da Agricultura, e saiu muito desconsolado.

Cada dia que se seguiu trouxe-lhe a sua inquietação diferente. Às vezes era a tia Joana que lhe dizia à tarde: "A Luisinha lá saiu hoje outra vez! Por este calor, até pode apanhar alguma! Credo!" Outras, era o conciliábulo dos vizinhos, que avistara de longe, e que de certo "estavam a cortar na pele da pobre senhora"!

Parecia-lhe tudo aquilo exatamente a *Ária da Calúnia* no *Barbeiro de Sevilha*: a calúnia ao princípio leve como o frêmito das asas de um pássaro, subindo num crescendo aterrador até estalar como um trovão!

Dava agora voltas para não passar na rua, diante do Paula e da estanqueira; tinha vergonha deles! Encontrara o Teixeira Azevedo, que lhe perguntara:

— Então o Jorge quando vem? Que diabo! O rapaz fica por lá!

E aquela observação trivial aterrou-o.

Enfim, um dia, mais apoquentado, foi procurar Julião. Encontrou-o no seu quarto andar em mangas de camisa e em chinelas, enxovalhado e esguedelhado, rodeado de papelada, com uma chocolateirinha de café ao pé, trabalhando. O soalho negro estava cheio de pontas de cigarros; ao canto estava embrulhada roupa suja; sobre a cama desfeita havia livros abertos; — e um cheiro relentado saía do desmazelo das cousas. A janela de peitoril dava para o saguão, de onde vinha o cantar estridente de uma criada, e o ruído areado do esfregar de tachos.

Julião, apenas ele entrou, ergueu-se, espreguiçou-se, enrolou um cigarro, e declarou que estava a trabalhar desde as sete!... Hem? Era bonito! Para que soubesse o senhor Sebastião!

— De resto chegaste a propósito. Estava para mandar a tua casa... Devia receber aí um dinheiro e não veio. Dá cá uma libra.

E imediatamente começou a falar da tese. A cousa saía!

Leu-lhe parágrafos do prólogo com uma deleitação paternal, e, muito satisfeito, na abundância de confiança que dá a excitação do trabalho, com grandes passadas pelo quarto:

— Hei de lhes mostrar que ainda há portugueses em Portugal, Sebastião! Hei de os deixar de boca aberta! Tu verás!

Sentou-se, pôs-se a numerar as folhas escritas, assobiando. Sebastião, então, com timidez, quase vexado de perturbar com as suas preocupações domésticas aqueles interesses científicos, disse baixo:

— Pois eu vim-te falar por causa lá da nossa gente...

Mas a porta abriu-se com força, e um rapaz de barba desleixada, e olhar um pouco doudo, entrou; era um estudante da Escola, amigo de Julião; e quase imediatamente os dous recomeçaram uma discussão que tinham travado de manhã, e que fora interrompida às onze horas, quando o rapaz de olhar doudo desceu a almoçar à Áurea.

— Não, menino! — exclamava o estudante, exaltado. — Estou na minha! A medicina é uma meia ciência, a fisiologia é outra meia ciência! São ciências conjeturais, porque nos escapa a base, conhecer o princípio da vida!

E cruzando os braços diante de Sebastião, bradou-lhe:

— Que sabemos nós do princípio da vida?

Sebastião, humilhado, baixou os olhos. Mas Julião indignava-se:

— Estás desmoralizado pela doutrina vitalista, miserável! Trovejou contra o Vitalismo, que declarou "contrário ao espírito científico". Uma teoria que pretende que as leis que governam os corpos brutos não são as mesmas que governam os corpos vivos — é uma heresia grotesca! — exclamava. — E Bichat que a proclama é uma besta!

O estudante, fora de si, bradou — que chamar a Bichat uma besta era simplesmente de um alarve.

Mas Julião desprezou a injúria, e continuou, exaltado nas suas ideias:

— Que nos importa a nós o princípio da vida? Importa-me tanto como a primeira camisa que vesti! O princípio da vida é como outro qualquer princípio: um segredo! Havemos de ignorá-lo eternamente! Não podemos saber nenhum princípio. A vida, a morte, as origens, os fins, mistérios! São causas primárias com que não temos nada a fazer, nada! Podemos batalhar séculos, que não avançamos uma polegada. O fisiologista, o químico, não têm nada com os princípios das cousas; o que lhes importa são os fenômenos! Ora os fenômenos e as suas causas imediatas, meu caro amigo, podem ser determinadas com tanto rigor nos corpos brutos, como nos corpos vivos — numa pedra, como num desembargador! E a fisiologia e a medicina são ciências tão exatas como a química! Isto já vem de Descartes!

Travaram então um berreiro sobre Descartes. E imediatamente, sem que Sebastião atônito tivesse descoberto a transição, encarniçaram-se sobre a ideia de Deus.

O estudante parecia necessitar Deus para explicar o Universo. Mas Julião atacava Deus com cólera; chamava-lhe "uma hipótese safada", "uma velha caturrice do partido miguelista"! E começaram a assaltar-se sobre a questão social, como dous galos inimigos.

O estudante, com os olhos esgazeados, sustentava, dando punhadas sobre a mesa, o princípio da autoridade! Julião berrava pela "anarquia individual"! E depois de citarem com fúria Proudhon, Bastiat, Jouffroy romperam em personalidades. Julião que dominava pela estridência da voz, censurou violentamente ao estudante — as suas inscrições a seis por cento, o ridículo de ser filho de um corretor de fundos, e o bife de proprietário que vinha de comer na Áurea!

Olharam-se, então, com rancor.

Mas daí a momentos o estudante deixou cair com desdém algumas palavras sobre Claude Bernard, e a questão recomeçou, furiosa.

Sebastião tomou o chapéu.

— Adeus — disse baixo.

— Adeus, Sebastião, adeus — disse prontamente Julião.

Acompanhou-o ao patamar.

— E quando quiseres que eu fale a meu primo... — murmurou Sebastião.

— Pode sim, veremos, eu pensarei — disse Julião com indiferença, como se o orgulho do trabalho lhe tivesse dissipado o terror da injustiça.

Sebastião foi descendo as escadas, pensando: Não se lhe pode falar em nada, agora!

De repente veio-lhe uma ideia: se fosse ter com D. Felicidade, abrir-se com ela! D. Felicidade era espalhafatona, um pouco tonta, mas era uma mulher de idade, íntima de Luísa; tinha mais autoridade, mais habilidade mesmo...

Decidiu-se logo, tomou um trem, foi à rua de S. Bento.

A criada de D. Felicidade apareceu-lhe, desolada e lacrimosa:

— Pois não sabe?

— Não.

— Ai! Até admira!

— Mas o quê?

— A senhora! Uma desgraça assim! Torceu um pé na Encarnação, deu uma queda. Tem estado muito mal, muito mal.

— Aqui?

— Na Encarnação. Nem pôde sair. Está com a senhora D. Ana Silveira. Uma desgraça assim! E está num frenesi!

— Mas quando foi?

— Anteontem à noite.

Sebastião saltou para o trem, mandou "bater" para casa de Luísa. A D. Felicidade, doente na Encarnação! Mas então Luísa podia bem sair todos os dias! Ia vê-la, fazer-lhe companhia, tratar dela!...

A vizinhança não tinha que rosnar! Ia ver a pobre doente!...

Eram duas horas quando a parelha estacou à porta de Luísa. Encontrou-a, que descia a escada, vestida de preto, de luva *gris perle*, com um véu negro.

— Ah! Suba, Sebastião, suba! Quer subir?

Parara, nos degraus, com uma corzinha no rosto, um pouco embaraçada.

— Não, obrigado. Vinha dizer-lhe... Não sabe? A D. Felicidade...

— O quê?

— Torceu um pé. Está mal.

— Que me diz?

Sebastião deu os pormenores.

— Vou já lá.

— Deve ir. Eu não posso ir, não entram homens. Coitada! Diz que está mal. Acompanhou-a até à esquina da rua, ofereceu-lhe mesmo a tipoia: — E muitos recados, que tenho pena de a não ver!... Pobre senhora! E diz que está num frenesi!

Viu-a afastar-se para a Patriarcal, e, admirando a graça da sua figura, esfregava as mãos satisfeito.

Estavam justificadas, santificadas mesmo aquelas passeatas todos os dias! Ia ser a enfermeira da pobre D.

Felicidade! Era necessário que todos soubessem, o Paula, a estanqueira, a Gertrudes, as Azevedos, todos, de modo que quando a vissem de manhã, subir a rua, dissessem:

— Lá vai fazer companhia à doente! Santa senhora!

O Paula estava à porta da loja — e Sebastião com uma ideia súbita, entrou. Estava-se estimando de se sentir tão fecundo em expedientes, tão hábil!

Deitou um pouco o chapéu para a nuca, e mostrando com o guarda-sol o painel que representava D. João VI:

— Quanto quer vossemecê por isto, ó senhor Paula?

O Paula ficou surpreendido:

— O senhor Sebastião está a brincar?

Sebastião exclamou:

— A brincar? — Falava muito sério! Queria uns quadros para a sala de entrada, em Almada; mas velhos, sem caixilho, para dizerem bem sobre um papel escuro.

— Como isto! Estou a brincar! Ora essa, homem!

— Desculpe, senhor Sebastião... Pois nesse caso há por aí alguns painéis a calhar.

— Este D. João VI agrada-me. Quanto custa isto?

O Paula disse, sem hesitar:

— Sete mil e duzentos. Mas é obra de mestre.

Era uma tela desbotada de tom defumado, onde uns restos de face avermelhada, com uma cabeleira em cachos, sobressaíam vagamente sobre um fundo sombrio. Um vermelhão baço indicava o veludo de uma casaca de corte: a pança saliente e ostentosa enchia um colete esverdeado. E a parte mais conservada da tela era, ao lado sobre um coxim, a coroa real, que o artista trabalhara com uma minuciosidade entusiasta, ou por preocupação de idiota, ou por adulação de cortesão.

Sebastião achava caro; mas o Paula mostrou-lhe o preço escrito por trás, numa tirinha de papel; espanejou a tela com amor; indicou as belezas, falou na sua honestidade; deprimiu outros vendedores de móveis, "que tinham a consciência nas palmilhas"; jurou que o retrato pertencera ao Paço de Queluz, e ia atacar as questões públicas — quando Sebastião disse resumindo:

— Bem, pois mande-mo logo, fico com ele. E mande a conta.

— Leva uma rica obra!

Sebastião agora olhava em redor. Queria falar do "pé torcido de D. Felicidade", e procurava uma transição. Examinou umas jarras da Índia, um tremó; e avistando uma poltrona de doente:

— Aquilo é que era bom para a D. Felicidade! — exclamou logo — aquela cadeira! Boa cadeira!

O Paula arregalou os olhos.

— Para a D. Felicidade Noronha — repetiu Sebastião. — Para estar deitada... Pois não sabia, homem? Partiu um pé, tem estado muito mal.

— A D. Felicidade, a amiga *de cá*? — e indicou com o polegar a casa do Engenheiro.

— Sim, homem! Quebrou um pé na Encarnação. Até lá ficou. A D. Luísa vai para lá fazer-lhe companhia todos os dias. Agora ia ela para lá...

— Ah! — fez o Paula lentamente. E depois de uma pausa: — Mas eu ainda a vi entrar *para cá* há de haver oito dias.

— Foi anteontem. — Tossiu e acrescentou, voltando o rosto, olhando muito umas gravuras: — De resto a D. Luísa já ia todos os dias à Encarnação, mas era para ver a Silveira, a D. Ana Silveira que esteve mal. Coitada, há três semanas que tem passado uma vida de enfermeira. Não sai da Encarnação! E agora é a D. Felicidade. Não é má maçada!

— Pois não sabia, não sabia — murmurava o Paula, com as mãos enterradas nos bolsos.

— Mande-me o D. João VI, hem?

— Às ordens, senhor Sebastião.

Sebastião foi para casa. Subiu à sala; e atirando o chapéu para o sofá: "Bem, pensou, agora ao menos estão salvas as aparências"! Passeou algum tempo com a cabeça baixa; sentia-se triste; porque o ter conseguido, por um acaso, justificar aqueles passeios para com a vizinhança, fazia-lhe parecer mais cruel a ideia de que os não podia justificar para consigo. Os comentários dos vizinhos iam findar por algum tempo, mas *os seus*?... Queria achá-los falsos, pueris, injustos; e, contra sua vontade, o seu bom-senso e a sua retidão estavam sempre a revolvê-los baixo. Enfim, tinha feito o que devia! E com um gesto triste, falando só, no silêncio da sala:

— O resto é com a sua consciência!

Nessa tarde, na rua, sabia-se já que a D. Felicidade Noronha torcera um pé na Encarnação (outros diziam quebrara uma perna), e que a D. Luísa não lhe saía da cabeceira... O Paula declarara com autoridade:

— É de boa rapariga, é de muito boa rapariga!

A Gertrudes do doutor foi logo, à noitinha, perguntar à tia Joana, "se era verdade da perna quebrada". A tia Joana corrigiu: era o pé, torcera o pé! E a Gertrudes veio dizer ao doutor, ao chá, que a D. Felicidade dera uma queda, que ficara em pedaços. — Foi na Encarnação, acrescentou. Diz que anda tudo lá numa roda viva. A Luisinha até lá tem dormido...

— Pieguices de beatas! — rosnou com tédio o doutor.

Mas na rua todos a elogiavam. Mesmo, daí a dias, o Teixeira Azevedo (que apenas cumprimentava Luísa), tendo-a encontrado na rua de S. Roque, parou, e com uma cortesia profunda:

— Desculpe vossência. Como vai a sua doente?

— Melhor, agradecida.

— Pois, minha senhora, tem sido de muita caridade, ir todos os dias por este calor à Encarnação...

Luísa corou.

— Coitada! Não lhe falta companhia, mas...

— É de muita caridade, minha senhora — exclamou com ênfase. — Tenho-o dito por toda a parte. É de muita caridade. Um criado de vossência!

E afastou-se comovido.

Luísa fora logo, com efeito, ver D. Felicidade. Tinha uma luxação simples; e deitada nos quartos da Silveira, com o pé em compressas de arnica, cheia de terror de "perder a pema", passava o dia rodeada de amigas, chorando, saboreando os mexericos do Recolhimento, e debicando petiscos.

Apenas alguém entrava para a ver, redobrava de exclamações e de queixas; vinha logo a história miúda, incidentada, prolixa da "desgraça"; ia a descer, a pôr o pé no degrau; escorregara; sentiu que ia a cair; ainda se sustentou, e pôde dizer: Ai Nossa Senhora da Saúde! Ao princípio a dor não foi grande; mas podia ter morrido; tinha sido um milagre!

Todas as senhoras concordavam "que era realmente um milagre". Olhavam-na compungidas, e iam ao coro alternadamente prostrar-se, e pedir aos santos especiais o alívio da Noronha!

A primeira visita de Luísa foi para D. Felicidade uma consolação, "deu-lhe melhoras"; porque se ralava de estar ali de cama, sem saber notícias dele, sem poder falar *dele*!

E nos dias seguintes, apenas ficava só no quarto com Luísa, chamava-a logo para a cabeceira, e num murmúrio misterioso: Tinha-o visto? Sabia *dele*? — A sua aflição era que o conselheiro não soubesse que ela estava doente, e não lhe pudesse dar aqueles pensamentos compassivos — a que o seu pé tinha direito, e que seriam um conforto para o seu coração! Mas Luísa não *o* vira — e D. Felicidade, remexendo a cházada, exalava suspiros agudos.

Às duas horas Luísa saía da Encarnação — e ia tomar um trem ao Rossio; para não parar à porta do *Paraíso* com espalhafato de tipoia, apeava-se ao largo de Santa Bárbara; e fazendo-se pequenina, cosida com a sombra das casas, apressava-se com os olhos baixos, e um vago sorriso de prazer.

Basílio esperava-a deitado na cama, em mangas de camisa; para não se enfastiar, só, tinha trazido para o *Paraíso* uma garrafa de conhaque, açúcar, limões — e com a porta entreaberta fumava, fazendo *grogues* frios. O tempo arrastava-se, via a todo o momento as horas, e sem querer ia escutando, notando os ruídos íntimos da família da proprietária que vivia nos quartos interiores: a rabugem de uma criança, uma voz acatarroada que ralhava, e de repente uma cadelinha que começava a ladrar furiosa. Basílio achava aquilo burguês e reles, impacientava-se. Mas um *frou-frou* de vestido roçava a escada — e os tédios dele, bem como os receios dela, dissipavam-se logo no calor dos primeiros beijos. Luísa vinha sempre com pressa; queria estar em casa às cinco horas, "e era um estirão depois"! Entrava um pouco suada, e Basílio gostava da transpiraçãozinha tépida que havia nos seus ombros nus.

— E teu marido? — perguntava ele. — Quando vem?

— Não fala em nada. — Ou então: — Não recebi carta, não sei nada.

Parecia ser aquela a preocupação de Basílio, na alegria egoísta da posse recente. Tinha então carícias muito extáticas; ajoelhava-se aos pés dela; fazia voz de criança:

— Lili não ama Bibi...

Ela ria, meio despida, com um riso cantado e libertino.

— Lili adora Bibi!... É douda por Bibi!

E queria saber se pensava nela, o que tinha feito na véspera. Fora ao Grêmio; jogara uns *robbers*, viera para casa cedo, sonhara com ela...

— Vivo para ti, meu amor, acredita!

E deixava-lhe cair a cabeça no regaço, como sob uma felicidade excessiva.

Outras vezes, mais sério, dava-lhe certos conselhos de gosto, de *toillette*: pedira-lhe que não trouxesse postiços no cabelo, que não usasse botinhas de elástico. Luísa admirava muito a sua experiência do luxo; obedecia-lhe, amoldava-se às suas ideias: — até afetar, sem o sentir, um desdém pela gente virtuosa, para imitar as suas opiniões libertinas.

E lentamente, vendo aquela docilidade, Basílio não se dava ao incômodo de se constranger; usava dela, como se a pagasse! Acontecera uma manhã escrever-lhe duas palavras a lápis que "não podia ir ao *Paraíso*", sem outras explicações! Uma ocasião mesmo não foi, sem a avisar, e Luísa achou a porta fechada. Bateu timidamente, olhou pela fechadura, esperou palpitante — e voltou muito desconsolada, quebrada do calor, com a poeirada nos olhos, e vontade de chorar.

Não aceitava o menor incômodo, nem para lhe causar um contentamento. Luísa tinha-lhe pedido que fosse de vez em quando aos domingos a sua casa, passar a noite;

viria Sebastião, o conselheiro, D. Felicidade quando estivesse melhor, era uma alegria para ela, e depois dava às suas relações um ar mais parente, mais legítimo.

Mas Basílio pulou:

— O quê! Ir cabecear de sono com quatro caturras... Ah! não!...

— Mas conversa-se, faz-se música...

— *Merci!* Conheço-a, a música das *soirées* de Lisboa! A valsa do *Beijo* e o *Trovador*. Safa!

Depois duas ou três vezes falara de Jorge com desdém. Aquilo ofendera-a.

Utimamente mesmo, quando ela entrava no *Paraíso*, já não tinha a delicadeza amorosa de se levantar alvoroçado; sentava-se apenas na cama, e tirando preguiçosamente o charuto da boca:

— Ora viva a minha flor! — dizia.

E um ar de superioridade quando lhe falava! Um modo de encolher os ombros, de exclamar: — Tu não percebes nada disso! Chegava a ter palavras cruas, gestos brutais. E Luísa começou a desconfiar que Basílio não a estimava, — apenas a desejava!

Ao princípio chorou. Resolveu explicar-se com ele, romper se fosse necessário. Mas adiou, não se atrevia; a figura de Basílio, a sua voz, o seu olhar dominavam-na; e acendendo-lhe a paixão tiravam-lhe a coragem de perturbar com queixas. Porque estava convencida então que o adorava; o que lhe dava tanta exaltação no desejo, se não era a grandeza do sentimento?... Gozava tanto, é porque o amava muito!... E a sua honestidade natural, os seus pudores refugiavam-se neste raciocínio sutil.

Ele tinha às vezes uma secura áspera de maneiras, era verdade; certos tons de indiferença, era certo... Mas noutros momentos, quantas denguices, que tremuras na voz, que frenesi nas carícias!... Amava-a também, não havia dúvida. Aquela certeza era a sua justificação.. E como era o Amor que os produzia, não se envergonhava dos alvoroços voluptuosos com que ia todas as manhãs ao *Paraíso*!

Duas ou três vezes, ao voltar, tinha encontrado Juliana que subia também apressada o Moinho de Vento.

— De onde vinha você? — perguntara-lhe em casa.

— Do médico, minha senhora, fui ao médico.

Queixava-se de pontadas, palpitações, faltas de ar.

— Flatos! Flatos!

Com efeito, Juliana agora fazia todos os arranjos pela manhã; depois apenas Luísa, pela uma hora, dobrava a esquina, ia-se vestir, e muito espartilhada no seu vestido de merino, de chapéu e sombrinha, vinha dizer a Joana:

— Até logo, vou ao médico.

— Até logo, senhora Juliana — dizia a cozinheira radiante.

E ia logo fazer sinal ao carpinteiro.

Juliana descia por S. Pedro de Alcântara, e tomando para o Largo do Carmo ia à ruazita, defronte do quartel. Ali morava num terceiro andar a sua íntima amiga, a tia Vitória.

Era uma velha que fora inculcadeira. Ainda tinha mesmo na cancela, numa placa de metal, com letras negras: "VITÓRIA SOARES, INCULCADEIRA". Mas nos últimos anos a sua indústria tornou-se mais complicada, muito tortuosa.

Exercia-a numa saleta esteirada, com mosquiteiros de papel pendentes do teto encardido, alumiada por duas tristes janelas de peito. Um vasto sofá ocupava quase a parede do fundo; fora, de certo, de repes verde, mas o estofo coçado, comido, remendado, tinha agora, sob largas nódoas, uma vaga cor parda; as molas partidas rangiam com estalidos melancólicos; a um dos cantos numa cova que o uso cavara, dormia todo o dia um gato; e um dos lados da madeira queimada revelava que fora salvo de um incêndio. Sobre o sofá pendia a litografia do senhor D. Pedro IV. Entre as duas janelas havia uma cômoda alta; e, em cima, entre um Santo Antônio e um cofre feito de búzios, um macaquinho empalhado, com olhos de vidro, equilibrava-se sobre um galho de árvore. Ao entrar via-se logo, junto da janela fronteira à porta, a uma mesa coberta de oleado, um dorso magro e curvado, e um barretinho de seda com uma borla arrebitada. Era o senhor Gouveia, o escriturário!

O ar abafado tinha um cheiro complexo, indefinido — em que se sentia a cavalariça, a graxa e o refogado. Havia sempre gente: grossas matronas de capote e lenço, face gordalhufa e buço; cocheiros com o cabelo acamado, muito lustroso de óleo, e blusa de riscadinho; pesados galegos cor de greda, de passadas retumbantes e formas lorpas; criadinhas de dentro, amareladas, de olheiras, sombrinha de cabo de osso, e as luvas de pelica com passagens nas pontas dos dedos.

Defronte da sala abria-se um quarto que deitava para o saguão, — por cuja portinha verde se viam às vezes desaparecer dorsos respeitáveis de proprietários, ou caudas espalhafatosas de vestidos suspeitos.

Em certas ocasiões, aos sábados, juntavam-se cinco, seis pessoas; velhas falavam baixo, com gestos misteriosos; uma altercação mal abafada roncava no patamar; rapariguitas de repente desatavam a chorar; e, impassível, o senhor Gouveia escrevinhava os seus registros, arremessando para o lado jatos melancólicos de saliva.

A tia Vitória, no entanto, com a sua touca de renda negra, um vestido roxo, ia, vinha, cochichava, gesticulava, fazia tilintar o dinheiro tirando a cada momento da algibeira rebuçados de avenca para o catarro.

A tia Vitória era uma grande utilidade, tornara-se um centro! A criadagem reles, mesmo a criadagem fina, tinha ali para tudo o seu despacho. Emprestava dinheiro aos desempregados; guardava as economias dos poupados; fazia escrever pelo senhor Gouveia as correspondências amorosas ou domésticas dos que não tinham ido à escola; vendia vestidos em segunda mão; alugava casacas; aconselhava colocações, recebia confidências, dirigia intrigas, entendia de partos. Nenhum criado era inculcado por ela; mas, arranjados ou despedidos, nunca deixavam de subir e descer as escadas da tia Vitória. Tinha além disso muitas relações, infinitas condescendências; celibatários maduros iam entender-se com ela, para o confortozinho de uma sopeira gordita e nova; era ela quem inculcava as serventes às mulheres policiadas; sabia de certos agiotas discretos. E dizia-se: a tia Vitória tem mais manhas que cabelos!

Mas, ultimamente, apesar dos seus "afazeres", apenas Juliana entrava, levava-a para o quarto nas traseiras, fechava a porta, e "havia para meia hora"!

E Juliana saía sempre vermelha, os olhos acesos, feliz! Voltava depressa para casa; e mal entrava:

— A senhora ainda não voltou, senhora Joana?

— Ainda não.

— Está na Encarnação. Coitada! Não tem má cruz, ir aturar a velha! E depois naturalmente vai dar o seu passeio! Faz ela muito bem! Espairecer!

Joana era de certo espessa e obtusa; além disso a paixão animal pelo rapazola emparvecia-a. Todavia, percebera que a senhora Juliana andava "muito derretida pela senhora"; disse-lho mesmo um dia:

— Vossemecê agora, senhora Juliana, parece mais na bola da senhora!

— Na bola?

— Sim, quero dizer, mais aquela, mais...

— Mais apegada à senhora?

— Mais apegada.

— Sempre o estive. Mas então! Às vezes a gente tem os seus repentes... Que olhe, senhora Joana, não se acha melhor que aqui. Senhora de muito bom gênio, nada de esquisitices, nenhumas prisões... Ai, é dar louvores ao céu de estarmos neste descanso.

— E é!

A casa com efeito tinha um aspecto jovial de felicidade tranquila: Luísa saía todos os dias e achava tudo bom; nunca se impacientava; a sua antipatia por Juliana parecia dissipada, considerava-a uma pobre de Cristo! Juliana tomava os seus caldinhos, dava os seus passeios, ruminava. Joana, muito livre, muito só em casa, regalava-se com o carpinteiro. Não vinham visitas. D. Felicidade, na Encarnação, inundava-se de arnica. Sebastião fora para Almada vigiar as obras. O conselheiro partira para Sintra, "dar umas férias ao espírito, tinha ele dito a Luísa, e deliciar-se nas maravilhas daquele Éden". O senhor Julião, "o doutor", como dizia a Joana, trabalhava a sua tese. As horas eram muito regulares, havia sempre um silêncio pacato. Juliana, um dia, na cozinha, impressionada por aquele recolhimento satisfeito de toda a casa, exclamou para Joana:

— Não se pode estar melhor! A barca vai num mar de rosas!

E acrescentou, com uma risadinha:

— E eu ao leme!

7

Por esse tempo, uma manhã que Luísa ia para o *Paraíso*, viu de repente sair de um portal, um pouco adiante do largo de Santa Bárbara, a figura azafamada de Ernestinho.

— Por aqui prima Luísa! — exclamou ele logo muito surpreendido. — Por estes bairros! Que faz por aqui? Grande milagre!

Vinha vermelho, trazia as bandas do casaco de alpaca todas deitadas para trás, e agitava com excitação um rolo grosso de papéis.

Luísa ficou um pouco embaraçada; disse que viera fazer uma visita a uma amiga. — Oh! Ele não conhecia, tinha chegado do Porto...

— Ah, bem! Bem! E que é feito, como tem passado? Quando vem o Jorge? — Desculpou-se logo de a não ter ido ver; mas é que não tinha uma migalha livre! De manhã a alfândega, à noite os ensaios...

— Então sempre vai? — perguntou Luísa.

— Vai.

E entusiasmado:

— E como vai! Um primor! Mas que trabalhão, que trabalhão! — Agora vinha ele de casa do ator Pinto, que fazia o papel de amante, de conde de Monte Redondo; tinha-o ouvido dizer as palavras finais do terceiro ato: *Maldição, a sorte funesta esmaga-me! Pois bem, arcarei braço a braço com a sorte! À luta!* Era uma maravilha! Vinha também de lhe dar parte que alterara o monólogo do segundo ato. O empresário achava-o longo...

— Então continua a implicar, o empresário?

Ernestinho fez uma visagem de hesitação.

— Implica um bocado... — E com um rosto radioso: — Mas está delirante! Estão todos delirantes! Ontem me dizia ele: "Lesminha"... É o nome que me dão por pândega. Tem graça, não é verdade? Dizia-me ele: "Lesminha, na primeira representação cai aí Lisboa em peso! Você enterra-os a todos!" É bom homem! E agora vou-me a casa do Bastos, o folhetinista da *Verdade*. Não conhece?

Luísa não se lembrava bem.

— O Bastos, o da *Verdade*! — insistia ele.

E vendo que Luísa parecia alheia ao nome, ao indivíduo:

— Ora não conhece outra cousa! — Ia descrever-lhe as feições, citar-lhe as obras...

Mas Luísa, impaciente, para findar:

— Ah! sim, lembro-me agora. Perfeitamente... Bem sei!

— Pois é verdade, vou a casa dele. — Tomou um tom compenetrado: — Somos muito amigos, é muito bom rapaz, e tem um pequerrucho lindo!... — E apertando-lhe muito a mão: — Adeusinho, prima Luísa, que não posso perder um momento. Quer que a vá acompanhar?

— Não, é aqui perto.

— Adeus, recados ao Jorge!

Ia a afastar-se, atarefado, mas voltando-se rapidamente, correu atrás dela.

— Ah! esquecia-me dizer-lhe, sabe que lhe perdoei?

Luísa abriu muito os olhos.

— À condessa, à heroína! — exclamou Ernestinho.

— Ah!

— Sim, o marido perdoa-lhe, obtém uma embaixada, e vão viver no estrangeiro. É mais natural...

— De certo! — disse vagamente Luísa.

— E a peça acaba, dizendo o amante, o conde de Monte Redondo: *E eu irei para a solidão morrer desta paixão funesta!* É de muito efeito! — Esteve um momento a olhá-la, e bruscamente:

— Adeus, prima Luísa, recadinhos ao Jorge!

E abalou.

Luísa entrou no *Paraíso* muito contrariada. Contou o encontro a Basílio. Ernestinho era tão tolo! Podia mais tarde falar naquilo, citar a hora, perguntarem-lhe quem era a amiga do Porto...

E tirando o véu, o chapéu:

— Não, realmente é imprudente vir assim tantas vezes. Era melhor não vir tanto. Pode-se saber...

Basílio encolheu os ombros, contrariado:

— Se queres não venhas.

Luísa olhou-o um momento, e curvando-se profundamente:

— Obrigada!

Ia a pôr o chapéu, mas ele veio prender-lhe as mãos, abraçou-a, murmurando:

— Pois tu falas em não vir! E eu, então? Eu que estou em Lisboa por tua causa...

— Não, realmente dizes às vezes cousas... tens certos modos...

Basílio abafou-lhe as palavras com beijos.

— Tá, tá, tá! Nada de questões! Perdoa. Estás tão linda...

Luísa, ao voltar para casa, veio a refletir naquela "cena". Não — pensava — já não era a primeira vez que ele mostrava um desprendimento muito seco por ela, pela sua reputação, pela sua saúde! Queria-a ali todos os dias, egoistamente. Que as más línguas falassem, que as soalheiras a matassem, que lhe importava? E para quê?...

Porque, enfim, saltava aos olhos, ele amava-a menos... As suas palavras, os seus beijos arrefeciam cada dia, mais e mais!... Já não tinha aqueles arrebatamentos do desejo em que a envolvia toda numa carícia palpitante, nem aquela abundância de sensação que o fazia cair de joelhos com as mãos trêmulas como as de um velho!... Já se não arremessava para ela, mal ela aparecia à porta, como sobre uma presa estremecida!... Já não havia aquelas conversas pueris, cheias de risos, divagadas e tontas, em que se abandonavam, se esqueciam, depois da hora ardente e física, quando ela ficava numa lassitude doce, com o sangue fresco, a cabeça deitada sobre os braços nus! — Agora, trocado o último beijo, acendia o charuto, como num restaurante ao fim do jantar! E ia logo a um espelho pequeno que havia sobre o lavatório dar uma penteada no cabelo com um pentezinho de algibeira. (O que ela odiava o pentezinho!) Às vezes até olhava o relógio!... E enquanto ela se arranjava, não vinha, como nos primeiros tempos, ajudá-la, pôr-lhe o colarinho, picar-se nos seus alfinetes, rir em volta dela, despedir-se com beijos apressados da nudez dos seus ombros antes que o vestido se apertasse. Ia rufar nos vidros — ou sentado, com um ar macambúzio, bamboleava a perna!

E depois positivamente não a respeitava, não a considerava... Tratava-a por cima do ombro, como uma burguesinha, pouco educada, estreita, que apenas conhece o seu bairro. E um modo de passear, fumando, com a cabeça alta, falando no "espírito de *madame* de tal", de *toilettes* da "condessa de tal"! Como se ela fosse estúpida, e os seu vestidos fossem trapos! Ah, era secante! E parecia, Deus me perdoe, parecia que lhe fazia uma honra, uma grande honra em a possuir. Imediatamente lembrava-lhe Jorge, Jorge que a amava com tanto respeito!

Jorge, para quem ela era de certo a mais linda, a mais elegante, mais inteligente, a mais cativante!... E já pensava um pouco que sacrificara a sua tranquilidade tão feliz a um amor bem incerto!

Enfim, um dia que o viu mais distraído, mais frio, explicou-se abertamente com ele. Direita, sentada no canapé de palhinha, falou com bom-senso, devagar, com um ar digno e preparado: "Que percebia bem que ele se aborrecia, que o seu grande amor tinha passado, que era portanto humilhante para ela verem-se nessas condições, e que julgava mais digno acabarem..."

Basílio olhava-a, surpreendido da sua solenidade; sentia um estudo, uma afetação naquelas frases; disse muito tranquilamente, sorrindo:

— Trazias isso decorado!

Luísa ergueu-se bruscamente, encarou-o, teve um movimento desdenhoso dos lábios.

— Tu estás douda, Luísa?

— Estou farta! Faço todos os sacrifícios por ti, venho aqui todos os dias, comprometo-me, e para quê? Para te ver muito indiferente, muito secado...

— Mas, meu amor...

Ela teve um sorriso de escárnio.

— *Meu amor*! Oh! são ridículos esses fingimentos! Basílio impacientou-se.

— Já isso cá me faltava, essa cena! — exclamou impetuosamente. E cruzando os braços diante dela: — Mas que queres tu? Queres que te ame como no teatro em S. Carlos? Todas sois assim! Quando um pobre-diabo ama naturalmente, como todo o mundo, com o seu coração, mas não tem gestos de tenor, aqui del-rei que é frio, que se aborrece, é ingrato... Mas que queres tu? Queres que me atire de joelhos, que declame, que revire os olhos, que faça juras, outras tolices?...

— São tolices que tu fazias...

— Ao princípio! — respondeu ele brutalmente. — Já nos conhecemos muito para isso, minha rica.

E havia apenas cinco semanas!

— Adeus! — disse Luísa.

— Bem. Vais zangada?

Ela respondeu, com os olhos baixos, calçando nervosamente as luvas:

— Não.

Basílio pôs-se diante da porta, e estendendo os braços:

— Mas sê razoável minha querida. Uma ligação como a nossa não é o dueto do *Fausto*. Eu amo-te; tu, creio, gostas de mim; fizemos os sacrifícios necessários, encontramo-nos, somos felizes... Que diabo queres tu mais? Por que te queixas?

Ela respondeu com um sorriso irônico e triste:

— Não me queixo. Tens razão.

— Mas não vás zangada, então.

— Não...

— Palavrinha?

— Sim...

Basílio tomou-lhe as mãos.

— Dê então um beijinho em Bibi...

Luísa beijou-o de leve na face.

— Na boquinha, na boquinha! — E ameaçando-a com o dedo, fitando-a muito: — Ah geniozinho! Tens bem o sangue do senhor Antônio de Brito, nosso extremoso tio, que arrepelava as criadas pelos cabelos! — E sacudindo-lhe o queixo: — E vens amanhã?

Luísa hesitou um momento:

— Venho.

Entrou em casa exasperada, humilhada. Eram seis horas. Juliana veio logo dizer-lhe, muito quizilada: que a Joana tinha saído às quatro horas, não tinha voltado, o jantar estava por acabar...

— Onde foi?

Juliana encolheu os ombros com um sorrisinho.

Luísa percebeu. Tinha ido a algum amante, a algum amor... Teve um gesto de piedade desdenhosa.

— Há de lucrar muito com isso. Boa tola! — disse.

Juliana olhou-a espantada.

— Está bêbeda! — pensou.

— Bem, que se lhe há de fazer? — exclamou Luísa. — Esperarei...

E passeando pelo quarto, excitada, revolvendo o seu despeito:

— Que egoísta, que grosseiro, que infame! E é por um homem assim que uma mulher se perde! É estúpido!

Como ele suplicava, se fazia pequenino, humilde ao princípio! O que são os amores dos homens! Como têm a fadiga fácil!

E imediatamente lhe veio a ideia de Jorge! Esse não! Vivia com ela havia três anos — e o seu amor era sempre o mesmo, vivo, meigo, dedicado. Mas o *outro*! Que indigno! *Já a conhecia muito!* Ah! estava bem certa agora, nunca a amara, ele! Quisera-a por vaidade, por capricho, por distração, para ter uma mulher em Lisboa! É o que era! Mas amor? Qual!

E ela mesma, por fim? Amava-o, ela? Concentrou-se, interrogou-se... Imaginou casos, circunstâncias; se ele a quisesse levar para longe, para França, iria? Não! Se por um acaso, por uma desgraça enviuvasse, antevia alguma felicidade casando com ele? Não!

Mas então!... E como uma pessoa que destapa um frasco muito guardado, e se admira vendo o perfume evaporado, ficou toda pasmada de encontrar o seu coração vazio. O que a levara então para ele?... Nem ela sabia; não ter nada que fazer, a curiosidade romanesca e mórbida de ter um amante, mil vaidadezinhas inflamadas, um certo desejo físico... E sentira-a, porventura, essa felicidade, que dão os amores ilegítimos, de que tanto se fala nos romances e nas óperas, que faz esquecer tudo na vida, afrontar a morte, quase fazê-la amar? Nunca! Todo o prazer que sentira ao princípio, que lhe parecera ser o amor — vinha da novidade, do saborzinho delicioso de comer a maçã proibida, das condições do mistério do *Paraíso*, de outras circunstâncias talvez, que nem queria confessar a si mesma, que a faziam corar por dentro!

Mas que sentia de extraordinário *agora*? Bom Deus, começava a estar menos comovida ao pé do seu amante, do que ao pé do seu marido! Um beijo de Jorge perturbava-a mais, e viviam juntos havia três anos! Nunca se secara ao pé de Jorge, nunca! E secava-se positivamente ao pé de Basílio! Basílio, no fim, o que se tornara para ela? Era como um marido pouco amado, que ia amar fora de casa! Mas então, valia a pena?...

Onde estava o defeito? No amor mesmo talvez! Porque enfim, ela e Basílio estavam nas condições melhores para obterem uma felicidade excepcional: eram novos, cercava-os o mistério, excitava-os a dificuldade... Por que era então que quase bocejavam? É que o amor é essencialmente perecível, e na hora em que nasce começa a morrer. Só os começos são bons. Há então um delírio, um entusiasmo, um bocadinho do céu. Mas depois!... Seria pois necessário estar sempre a *começar*, para poder sempre sentir?... Era o que fazia Leopoldina.

E aparecia-lhe então nitidamente a explicação daquela existência de Leopoldina, inconstante, tomando um amante, conservando-o uma semana, abandonando-o como um limão espremido, e renovando assim constantemente a flor da sensação! — E, pela lógica tortuosa dos amores ilegítimos, o seu primeiro amante fazia-a vagamente pensar no segundo!

Logo no dia seguinte pôs-se a dizer consigo que era bem longe o *Paraíso*! Que maçada, por aquele calor, vestir-se, sair! Mandou saber de D. Felicidade por Juliana, e ficou em casa, de roupão branco, preguiçosa, saboreando a sua preguiça.

Nessa tarde recebeu uma carta de Jorge: "que ainda se demorava, mas que a sua viuvez começava a pesar-lhe. Quando se veria enfim na sua casinha, na sua alcovinha?..."

Ficou muito comovida. Um sentimento de vergonha, de remorso, uma compaixão terna por Jorge, tão bom, coitado! Um indefinido desejo de o ver e de o beijar, a recordação de felicidades passadas perturbaram-na até às profundidades do seu ser. Foi logo responder-lhe, jurando-lhe "que também já estava farta de estar só, que viesse, que era estúpida semelhante separação"... E era sincera naquele momento.

Tinha fechado o envelope, quando Juliana lhe veio trazer "uma carta do hotel". Basílio mostrava-se desesperado: "... Como não vieste, vejo que estás zangada; mas é de certo o teu orgulho, não o teu amor que te domina; não imaginas o que senti quando vi que não vinhas hoje. Esperei até às cinco horas; que suplício! Fui talvez seco, mas tu também estavas implicativa. Devemos perdoar-nos ambos, ajoelharmos um diante do outro, e esquecer todo o despeito no mesmo amor... Vem amanhã. Adoro-te tanto! Que outra prova queres, que esta que te dou de abandonar os meus interesses, as minhas relações, os meus gostos, e enterrar-me aqui em Lisboa, etc."

Ficou muito nervosa, sem saber o que havia de fazer, o que havia de querer. Aquilo era verdade. Por que estava ele em Lisboa? Por ela. Mas se reconhecia agora — que o não amava, ou tão pouco! E depois era vil trair assim Jorge, tão bom, tão amoroso, vivendo todo para ela. Mas se Basílio realmente estivesse tão apaixonado!... As suas ideias redemoinhavam, como folhas de outono, violentadas por ventos contraditórios. Desejava estar tranquila, "que a não perseguissem". Para que voltara aquele homem? Jesus! Que havia de fazer? Tinha os seus pensamentos, os seus sentimentos numa dolorosa trapalhada.

E na manhã seguinte estava na mesma hesitação. Iria, não iria? O calor fora, a poeirada da rua faziam-lhe apetecer mais a casa! Mas que desapontamento, o do pobre rapaz também! Atirou ao ar uma moeda de cinco tostões. Era cunho, devia ir. Vestiu-se, sem vontade, secada — tendo todavia um certo desejo dos refinamentos de prazer que dão as expansões da reconciliação...

Mas que surpresa! esperava encontrá-lo humilde e de joelhos, achou-o com a testa franzida e muito áspero.

— Luísa, parece incrível; por que não vieste ontem?

Na véspera, Basílio, quando viu que ela faltava, teve um grande despeito e um medo maior; a sua concupiscência receou perder aquele lindo corpo de rapariga, e o seu orgulho escandalizou-se de ver libertar-se aquela escravazinha dócil. Resolveu portanto, a todo o custo, "chamá-la ao rego". Escreveu-lhe; e mostrando-se submisso para a atrair, decidiu ser severo para a castigar. — E acrescentou:

— É uma criancice ridícula. Por que não vieste?

Aquele modo enraiveceu-a:

— Porque não quis.

Mas emendou logo:

— Não pude.

— Ah! É essa a maneira por que respondes à minha carta, Luísa?

— E tu, é esse o modo com que me recebes?

Olharam-se um momento, detestando-se.

— Bem, queres uma questão? És como as outras.

— Que outras?

E toda escandalizada:

— Ah! É demais! Adeus!

Ia sair.

— Vais-te, Luísa?

— Vou. É melhor acabarmos por uma vez...

Ele segurou o fecho da porta rapidamente.

— Falas sério, Luísa?

— De certo. Estou farta!

— Bem. Adeus.

Abriu a porta para a deixar passar, curvou-se silenciosamente.

Ela deu um passo, e Basílio com a voz um pouco trêmula:

— Então, é para sempre? Nunca mais?

Luísa parou, branca. Aquela triste palavra *nunca mais* deu-lhe uma saudade, uma comoção. Rompeu a chorar.

As lágrimas tornavam-na sempre mais linda. Parecia tão dolorida, tão frágil, tão desamparada!...

Basílio caiu-lhe aos pés; tinha também os olhos úmidos.

— Se tu me deixares, morro!

Os seus lábios uniram-se num beijo profundo, longo, penetrante. A excitação dos nervos deu-lhes momentaneamente a sinceridade da paixão; e foi uma manhã deliciosa.

Ela prendia-o nos braços nus, pálida como cera, balbuciava:

— Não me deixes nunca, não?

— Juro-to! Nunca, meu amor!

Mas fazia-se tarde, era necessário ir-se! E a mesma ideia de certo acudiu-lhes — porque se olharam avidamente, e Basílio murmurou:

— Se pudesses aqui passar a noite!

Ela disse aterrada, quase suplicante:

— Oh! Não me tentes, não me tentes...

Basílio suspirou, disse:

— Não, é uma tolice. Vai.

Luísa começou a arranjar-se, à pressa. E de repente, parando, com um sorriso:

— Sabes tu uma cousa?

— O que, meu amor?

— Estou a cair com fome! Não almocei nada, estou a cair!

Ele ficou desolado:

— Coitadinha, minha pobre filha! Se eu soubesse...

— Que horas são, filho?

Basílio viu o relógio, disse quase envergonhado:

— Sete!

— Ai, Santo Deus!

Punha o chapéu, o véu, atrapalhadamente:

— Que tarde! Jesus! Que tarde!

— E amanhã, quando?

— À uma.

— Com certeza?

— Com certeza.

Ao outro dia foi muito pontual. Basílio veio esperá-la ao fundo da escada; e apenas entraram no quarto, devorando-a de beijos:

— Que me fizeste tu? Desde ontem que estou doudo!

Mas Luísa estava muito intrigada com um cesto que via em cima da cama.

— Que é aquilo?

Ele sorriu, levou-a pela mão junto da barra de ferro, e destapando o cesto, com uma cortesia grave:

— Provisões, festins, bacanais! Não dirás depois que tens fome!

Era um lanche. Havia sanduíches, um *pâté de foie gras*, fruta, uma garrafa de *champagne*, e, envolto em flanela, gelo.

— É brilhante! — disse ela, com um sorriso quente, rubra de prazer.

— Foi o que se pôde arranjar, minha querida prima! Já vê que pensei em si!

Pôs o cesto no chão, e vindo para ela com os braços abertos:

— E tu pensaste em mim, meu amor?

Os olhos dela responderam — e a pressão apaixonada dos seus braços.

Às três horas lancharam. Foi delicioso; tinham estendido um guardanapo sobre a cama; a louça tinha a marca do Hotel Central; aquilo parecia a Luísa muito estroina, adorável — e ria de sensualidade, fazendo tilintar os pedacinhos de gelo contra o vidro do copo, cheio de *champagne*. Sentia uma felicidade exuberante que transbordava em gritinhos, em beijos, em toda a sorte de gestos buliçosos. Comia com gula; e eram adoráveis os seus braços nus movendo-se por cima dos pratos.

Nunca achara Basílio tão bonito; o quarto mesmo parecia-lhe muito conchegado para aquelas intimidades da paixão; quase julgava possível viver ali, naquele cacifo, anos, feliz com ele, num amor permanente, e lunchs às três horas... Tinham as pieguices clássicas: metiam-se bocadinhos na boca; ela ria com os seus dentinhos brancos; bebiam pelo mesmo copo, devoravam-se de beijos — e ele quis-lhe ensinar então a verdadeira maneira de beber *champagne*. Talvez ela não soubesse!

— Como é? — perguntou Luísa erguendo o copo.

— Não é com o copo! Horror! Ninguém que se preza bebe *champagne* por um copo. O copo é bom para o Colares...

Tomou um gole de *champagne*, e num beijo passou-o para a boca dela. Luísa riu muito, achou "divino"; quis beber mais assim. Ia-se fazendo vermelha, o olhar luzia-lhe.

Tinham tirado os pratos da cama; e sentada à beira do leito, os seus pezinhos calçados numa meia cor-de-rosa pendiam, agitavam-se, enquanto um pouco dobrada sobre si, os cotovelos sobre o regaço, a cabecinha de lado, tinha em toda a sua pessoa a graça lânguida de uma pomba fatigada.

Basílio achava-a irresistível; quem diria que uma burguesinha podia ter tanto *chic*, tanta queda? Ajoelhou-se, tomou-lhe os pezinhos entre as mãos, beijou-lhos; depois, dizendo muito mal das ligas "tão feias, com fechos de metal", beijou-lhe respeitosamente os joelhos; e então fez-lhe baixinho um pedido. Ela corou, sorriu, dizia: não! não! — E quando saiu do seu delírio tapou o rosto com as mãos, toda escarlate, murmurou repreensivamente:

— Oh Basílio!

Ele torcia o bigode, muito satisfeito. Ensinara-lhe uma sensação nova; tinha-a na mão!

Só às seis horas se desprendeu dos seus braços. Luísa fez-lhe jurar que havia de pensar nela toda a noite: — Não queria que ele saísse; tinha ciúmes do Grêmio, do ar, de tudo! E já no patamar voltava, beijava-o, louca, repetia:

— E amanhã mais cedo, sim? Para estarmos todo o dia.

— Não vais ver a D. Felicidade?

— Que me importa a D. Felicidade! Não me importa ninguém! Quero-te a ti! Só a ti!

— Ao meio-dia?

— Ao meio-dia!

Quanto lhe pesou à noite a solidão do seu quarto! Tinha uma impaciência que a impelia a prolongar a excitação da tarde, agitar-se. Ainda quis ler, mas bem depressa arremessou o livro; as duas velas acesas sobre o toucador pareciam-lhe lúgubres; foi ver a noite; — estava tépida e serena. Chamou Juliana:

— Vá pôr um xale, vamos a casa da senhora D. Leopoldina. Quando chegaram foi a Justina que veio abrir, depois de uma grande demora, esguedelhada, em chambre branco. Pareceu muito espantada:

— A senhora foi pra o Porto!

— Pra o Porto!

Sim. Demorava-se quinze dias.

Luísa ficou muito desconsolada. Mas não queria voltar o seu quarto solitário aterrava-a.

— Vamos um bocado até ali abaixo, Juliana. A noite está tão bonita!

— Rica, minha senhora!

Foram pela rua de S. Roque. E como guiadas pelas duas linhas de pontos de gás, que desciam à rua do

Alecrim, o seu pensamento, o seu desejo foram logo para o *Hotel Central*.

Estaria em casa? Pensaria nela? Se pudesse ir surpreendê-lo de repente, atirar-se-lhe aos braços, ver as suas malas... Aquela ideia fazia-a arfar. Entraram na praça de Camões. Gente passeava devagar; sob a sombra mais escura que faziam as árvores cochichava-se pelos bancos; bebia-se água fresca; claridades cruas de vidraças, de portas de lojas destacavam em redor no tom escuro da noite; e no rumor lento das ruas em redor, sobressaíam as vozes agudas dos vendedores de jornais.

Então um sujeito com um chapéu de palha passou tão rente dela, tão intencionalmente que Luísa teve medo. — Era melhor voltarem — disse.

Mas ao meio da rua de S. Roque o chapéu de palha reapareceu, roçou quase o ombro de Luísa; dous olhos repolhudos dardejaram sobre ela.

Luísa ia desesperada; o tique-taque das suas botinas batia vivamente a laje do passeio; de repente, ao pé de S. Pedro de Alcântara, de sob o chapéu de palha saiu uma voz adocicada e brasileira, dizendo-lhe junto ao pescoço:

— Aonde mora, ó menina?

Agarrou aterrada o braço de Juliana.

A voz repetiu:

— Não se agaste, menina, onde mora?

— Seu malcriado! — rugiu Juliana.

O chapéu de palha imediatamente desapareceu entre as árvores.

Chegaram a casa a arquejar. Luísa tinha vontade de chorar; deixou-se cair na *causeuse*, esfalfada, infeliz. Que imprudência, pôr-se a passear pelas ruas de noite, com uma criada! Estava douda, desconhecia-se. Que dia aquele! E recordava-o desde pela manhã: o *lunch*, o *champagne* bebido pelos beijos de Basílio, os seus delírios libertinos, que vergonha! E ir a casa de Leopoldina, de noite, e ser tomada na rua por uma mulher do Bairro Alto!... De repente lembrou-lhe Jorge no Alentejo trabalhando por ela, pensando nela... Escondeu o rosto entre as mãos, detestou-se, os seus olhos umedeceram-se.

Mas na manhã seguinte acordou muito alegre. Sentia, sim, uma vaga vergonha de todas as suas "tolices" da véspera, e como a sensação indefinida, palpite ou pressentimento, de que não devia ir ao *Paraíso*. O seu desejo, porém, que a impelia para lá vivamente, forneceu-lhe logo razões; era desapontar Basílio, a não ir hoje não devia voltar, e então romper... Além disso, a manhã muito linda, atraía para a rua; chovera de noite, o calor cedera; havia nos tons da luz e do azul uma frescura lavada e doce.

E às onze e meia descia o Moinho de Vento, quando viu a figura digna do conselheiro Acácio que subia da rua da Rosa, devagar, com o guarda-sol fechado, a cabeça alta.

Apenas a avistou apressou-se, curvou-se profundamente:

— Que encontro verdadeiramente feliz!...

— Como está, conselheiro? Ditosos olhos que o veem!

— E V. Exa., minha senhora? Vejo-a com excelente aspecto!

Passou-lhe à esquerda com um movimento solene, pôs-se a caminhar ao lado dela.

— Permite-me de certo que a acompanhe na sua excursão?

— De certo, com o maior prazer. Mas que tem feito? Tenho muito que lhe ralhar...

— Estive em Sintra, minha querida senhora. — E parando: Não sabia? O *Diário de Notícias* especificou-o!

— Mas depois de vir de Sintra?

Ele acudiu:

— Ah! Tenho estado ocupadíssimo! Ocupadíssimo! Inteiramente absorvido na compilação de certos documentos que me eram indispensáveis para o meu livro... — E depois de uma pausa: — Cujo nome não ignora, creio.

Luísa não se recordava inteiramente. O conselheiro então expôs o título, os fins, alguns nomes de capítulos, a utilidade da obra: era a DESCRIÇÃO PITORESCA DAS PRINCIPAIS CIDADES DE PORTUGAL E SEUS MAIS FAMOSOS ESTABELECIMENTOS.

— É um guia, mas um guia científico. Ilustrarei com um exemplo: V. Exa. quer ir a Bragança; sem o meu livro, é muito natural (direi, é certo) que volta sem ter gozado das curiosidades locais; com o meu livro, percorre os edifícios mais notáveis, recolhe um fundo muito sólido de instrução, e tem ao mesmo tempo o prazer.

Luísa mal o escutava, sorrindo vagamente sob o seu véu branco.

— Está hoje muito agradável! — disse ela.

— Agradabilíssimo! Um dia criador!

— Que bom fresco aqui!

Tinham entrado em S. Pedro de Alcântara; um ar doce circulava entre as árvores mais verdes; o chão compacto, sem pó, tinha ainda uma ligeira umidade; e, apesar do sol vivo, o céu azul parecia leve e muito remoto.

O conselheiro então falou do estio; tinha sido tórrido! Na sua sala de jantar tinha havido 48 graus à sombra! 48 graus! — E com bonomia, querendo logo desculpar a sala daquela exageração canicular: — Mas é que está exposta ao sul! Façamos essa justiça! Está muito exposta ao sul! Hoje porém está verdadeiramente restaurador.

Convidou-a mesmo a dar uma volta embaixo, no jardim. Luísa hesitava. E o conselheiro puxando o relógio, fitando-o de longe, declarou logo que ainda não era meio-dia. Estava certo pelo Arsenal, era um relógio inglês. — Muito preferíveis aos suíços! — acrescentou com ar profundo.

Cobardemente, por inércia, enervada pela voz pomposa do conselheiro, Luísa foi descendo, contrariada, as escadinhas para o jardim. De resto — pensava — tinha tempo, tomaria um trem...

Foram encostar-se às grades. Através dos varões viam, descendo num declive, telhados escuros, intervalos de pátios, cantos de muro com uma ou outra magra verdura de quintal ressequido; depois, no fundo do vale, o Passeio estendia a sua massa de folhagem prolongada e oblonga, onde a espaços branquejavam pedaços da rua areada. Do lado de lá erguiam-se logo as fachadas inexpressivas da rua Oriental, recebendo uma luz forte que fazia faiscar as vidraças; por trás iam-se elevando no mesmo plano terrenos de um verde crestado fechados por fortes muros sombrios, a cantaria da Encarnação de um amarelo triste, outras construções separadas, até ao alto da Graça coberta de edifícios eclesiásticos, com renques de janelinhas conventuais e torres de igrejas, muito brancas sobre o azul; e a Penha-de-França, mais para além, punha em relevo o vivo do muro caiado, de onde sobressaía uma tira verde-negra de arvoredo. À direita, sobre o monte Pelado, o castelo assentava, atarracado, ignobilmente sujo; e a linha muito quebrada de telhados, de esquinas de casas da Mouraria e de Alfama, descia com ângulos bruscos até as duas pesadas torres da Sé, de um aspecto abacial e secular. Depois viam um pedaço do rio, batido da luz; duas velas brancas passavam devagar; e na outra banda, à base de uma colina baixa que o ar distante azulava, estendia-se a correnteza de casarias de uma povoaçãozinha de um branco de cré luzidio. Da cidade um rumor grosso e lento subia, onde se misturavam o rolar dos trens, o pesado rodar dos carros de bois, a vibração metálica das carretas que levam ferraria, e algum grito agudo de pregão.

— Grande panorama! — disse o conselheiro com ênfase. — E encetou logo o elogio da cidade. Era uma das mais belas da Europa, de certo, e como entrada, só Constantinopla! Os estrangeiros invejavam-na imenso. Fora outrora um grande empório, e era uma pena que a canalização fosse tão má, e a edilidade tão negligente!

— Isto devia estar na mão dos ingleses, minha rica senhora! — exclamou.

Mas arrependeu-se logo daquela frase impatriótica. Jurou que "era uma maneira de dizer". Queria a independência do seu país; morreria por ela, se fosse necessário; nem ingleses nem castelhanos!... Só nós, minha senhora! — E acrescentou com uma voz respeitosa: — E Deus!

— Que bonito está o rio! — disse Luísa.

Acácio afirmou-se, e murmurou em tom cavo:

— O Tejo!

Quis então dar uma volta pelo jardim. Sobre os canteiros borboletas brancas, amarelas, esvoaçavam; um gotejar de água fazia no tanque um ritmozinho de jardim burguês; um aroma de baunilha predominava; sobre a cabeça dos bustos de mármore, que se elevam dentre os maciços e as moitas de dálias, pássaros pousavam.

Luísa gostava daquele jardinzinho, mas embirrava com as grades tão altas...

— Por causa dos suicídios! — acudiu logo o conselheiro. — E todavia, segundo a sua opinião, os suicídios em Lisboa diminuíam consideravelmente; atribuía isso à maneira severa e muito louvável como a imprensa os condenava...

— Porque em Portugal, creia isto, minha senhora, a imprensa é uma força!

— Se fôssemos andando?... — lembrou Luísa.

O conselheiro curvou-se, mas vendo-a a ir colher uma flor, reteve-lhe vivamente o braço:

— Ah, minha rica senhora, por quem é! Os regulamentos são muito explícitos! Não os infrinjamos, não os infrinjamos! — E acrescentou: — O exemplo deve vir de cima.

Foram subindo, e Luísa pensava: — Vai para casa; larga-me ao Loreto.

Na rua de S. Roque espreitou o relógio de uma confeitaria: era meia hora depois do meio-dia! Já Basílio esperava!

Apressou o passo, ao Loreto parou. O conselheiro olhou-a, sorrindo, esperando.

— Ah! pensei que ia para casa, conselheiro!

— Já agora quero acompanhá-la, se V. Exa. mo permite. De certo não sou indiscreto?

— Ora essa! De modo nenhum.

Uma carruagem da Companhia passava, seguida de um correio a trote.

O conselheiro, com um movimento ansioso, tirou profundamente o chapéu.

— É o presidente do concelho. Não viu? Fez-me um sinal de dentro. — Começou logo o seu elogio: era o nosso primeiro parlamentar; vastíssimo talento, uma linguagem muito castigada! — E ia de certo falar das cousas públicas, mas Luísa atravessou para os Mártires, erguendo um pouco o vestido por causa de uns restos de lama. Parou à porta da igreja, e sorrindo:

— Vou aqui fazer uma devoçãozinha. Não o quero fazer esperar. Adeus, conselheiro, apareça. — Fechou a sombrinha, estendeu-lhe a mão.

— Ora essa, minha rica senhora! Esperarei, se vir que não se demora muito. Esperarei, não tenho pressa. — E com respeito: — Muito louvável esse zelo!

Luísa entrou na igreja desesperada. Ficou de pé debaixo do coro, calculando: — Demoro-me aqui, ele cansa-se de esperar e vai-se! Por cima reluziam vagamente os pingentes de cristal dos lustres. Havia uma luz velada, igual, um pouco fosca. E as arquiteturas caiadas, a madeica muito lavada do soalho, as balaustradas laterais de pedra davam uma tonalidade clara e alvadia, onde destacavam os dourados da capela, os frontais roxos dos púlpitos, ao fundo dous reposteiros de um roxo mais escuro, e sob o dossel cor de violeta os ouros do Trono. Um silêncio fresco e alto repousava. Diante do batistério, um rapaz de joelhos, com um balde de zinco ao pé, esfregava o chão com uma rodilha, discretamente: dorsos de beatas, encapotados ou cobertos de xales tingidos, curvavam-se, aqui e além, diante de um altar; e um velho, de jaqueta de saragoça, prostrado no meio da igreja, rosnava rezas numa melopeia lúgubre; via-se a sua cabeça calva, as tachas enormes dos sapatos, e a cada momento, dobrando-se, batia no peito com desespero.

Luísa subiu ao altar-mor. Basílio impacientava-se, de certo, pobre rapaz! Perguntou então, timidamente, as horas a um sacristão que passava. O homem ergueu a sua face cor de cidra para uma janela na cúpula, e olhando Luísa de lado:

— Vai indo pra as duas.

Para as duas! Era capaz de não esperar, Basílio! Veio-lhe um receio de perder a sua manhã amorosa, um desejo áspero de se achar no *Paraíso*, nos braços dele! E olhava vagamente os santos, as virgens trespassadas de espadas, os Cristos chagados, — cheia de impaciências voluptuosas, revendo o quarto, a caminha de ferro, o pequeno bigode de Basílio!... Mas demorou-se, queria "fatigar o conselheiro, deixá-lo ir". Quando pensou que ele teria partido, saiu devagarinho. — Viu-o logo à porta, direito, com as mãos atrás das costas, lendo a pauta dos jurados.

Começou imediatamente a louvar a sua devoção. Não entrara porque não quisera perturbar o seu recolhimento. Mas aprovava-a muito! A falta de religião era a causa de toda a imoralidade que grassava...

— E além disso é de boa educação. V. Exa. há de reparar que toda a nobreza cumpre...

Calou-se; aprumava a estatura, todo satisfeito de descer o Chiado com aquela linda senhora, tão olhada. Mesmo, ao passar por um grupo, curvou-se para ela misteriosamente, disse-lhe ao ouvido, sorrindo:

— Está um dia apreciável!

E ofereceu-lhe bolos à porta do Baltreschi. Luísa recusou.

— Sinto. Todavia acho muito sensata a regularidade nas comidas.

A sua voz vinha agora a Luísa com a impertinência de um zumbido; apesar de não fazer calor, abafava, picava-lhe o sangue no corpo; tinha vontade de deitar a correr, de repente; e todavia caminhava devagar, infeliz, como sonâmbula, cheia de necessidade de chorar.

Sem razão, ao acaso, entrou no Valente. Era hora e meia! Depois de hesitar, pediu gravatas de *foulard* a um cavaleiro louro e jovial.

— Brancas? de cor? de riscas? com pintinhas?

— Sim, verei, sortidas.

Não lhe agradavam. Desdobrava-as, sacudia-as, punha-as de lado; e olhava em roda vagamente, pálida... O caixeiro perguntou-lhe se estava incomodada; ofereceu-lhe água, qualquer cousa...

Não era nada; o ar é que lhe fazia bem; voltaria. Saiu. O conselheiro, muito solícito, prontificou-se a acompanhá-la a uma boa farmácia tomar água de flor de laranja... Desciam então a rua Nova do Carmo, e o conselheiro ia afirmando que o caixeiro fora muito polido: não se admirava, porque no comércio havia filhos de boas famílias: citou exemplos.

Mas vendo-a calada:

— Ainda sofre?

— Não, estou bem.

— Temos dado um delicioso passeio!

Foram ao comprido do Rossio, até ao fim. Voltaram, atravessaram-no em diagonal. E pelo lado do Arco da Bandeira, aproximaram-se para a Rua do Ouro. Luísa olhava em redor, aflita, procurava uma ideia, uma ocasião, um acontecimento — e o conselheiro, grave a seu lado, dissertava. A vista do teatro de D. Maria levara-o para as questões da arte dramática; tinha achado que a peça do Ernestinho era talvez demasiado forte. De resto só gostava de comédias. Não que se não entusiasmasse com as belezas de um *Frei Luís de Sousa!*, mas a sua saúde não lhe permitia as agitações fortes. Assim por exemplo...

Mas Luísa tivera uma ideia, e imediatamente:

— Ah! Esquecia-me! Tenho de ir ao Vitri. Vou fazer chumbar um dente.

O conselheiro, interrompido, fitou-a. E Luísa, estendendo-lhe a mão, com a voz rápida:

— Adeus, apareça, hem? — E precipitou-se para o portal do Vitri.

Subiu até ao primeiro andar, correndo com os vestidos apanhados; parou, arquejando; esperou; desceu devagar, espreitou à porta... A figura do conselheiro afastava-se direita, digna, para os lados das secretarias.

Chamou um trem.

— A quanto puder! — exclamou.

A carruagem entrou quase a galope na ruazinha do *Paraíso*. Figuras pasmadas apareceram à janela. Subiu, palpitante. A porta estava fechada — e logo a cancela do lado abriu-se, e a voz doce da patroa segredou:

— Já saiu. Há de haver meia hora.

Desceu. Deu a sua morada ao cocheiro, e atirando-se para o fundo do *coupé*, rompeu num choro histérico. Correu os estores para se esconder; arrancou o véu, rasgou uma luva, sentindo em si violências inesperadas. Então veio-lhe um desejo frenético de ver Basílio! Bateu nos vidros desesperadamente, gritou:

— Ao Hotel Central!

Porque estava num daqueles momentos em que os temperamentos sensíveis têm impulsos indomáveis; há uma delícia colérica em espedaçar os deveres e as conveniências; e a alma procura sofregamente o mal com estremecimentos de sensualidade!

A parelha estacou, resvalando à porta do hotel. "O senhor Basílio de Brito não estava, o senhor visconde Reinaldo, sim."

— Bem, para casa, para onde eu disse!

O cocheiro bateu. E Luísa, sacudida por uma irritabilidade febril, insultava o conselheiro, o estafermo, o imbecil! Maldizia a vida que lhos fizera conhecer, a ele e a todos os amigos da casa! Vinha-lhe uma vontade acre de mandar o casamento ao diabo, de fazer o que lhe viesse à cabeça!

À porta não tinha troco para o cocheiro. Espere! — disse, subindo furiosa. — Eu lhe mandarei pagar!

— Que bicha! — pensou o cocheiro.

Foi Joana que veio abrir; e quase recuou, vendo-a tão vermelha, tão excitada.

Luísa foi direita ao quarto: o *cuco* cantava três horas. Estava tudo desarrumado; vasos de plantas no chão, o toucador coberto com um lençol velho, roupa suja pelas cadeiras. E Juliana, com um lenço amarrado na cabeça, varria tranquilamente, cantarolando.

— Então você ainda não arrumou o quarto? — gritou Luísa.

Juliana estremeceu àquela cólera inesperada.

— Estava agora, minha senhora!

— Que estava agora vejo eu! — rompeu Luísa.

— São três horas da tarde e ainda o quarto neste estado!

Tinha atirado o chapéu, a sombrinha.

— Como a senhora costuma vir sempre mais tarde... — disse Juliana.

E seus beiços faziam-se brancos.

— Que lhe importa a que horas eu venho? Que tem você com isso? A sua obrigação é arrumar logo que eu me levante. E não querendo, rua, fazem-se-lhe as contas!

Juliana fez-se escarlate e cravando em Luísa os olhos injetados:

— Olhe, sabe que mais? Não estou para aturar!

E arremessou violentamente a vassoura.

— Saia! — berrou Luísa. — Saia imediatamente! Nem mais um momento em casa!

Juliana pôs-se diante dela, e com palmadas convulsivas no peito, a voz rouca:

— Hei de sair se eu quiser! Se eu quiser!

— Joana! — bradou Luísa.

Queria chamar a cozinheira, um homem, um polícia, alguém! Mas Juliana descomposta, com o punho no ar, toda a tremer:

— A senhora não me faça sair de mim! A senhora não me faça perder a cabeça! — E com a voz estrangulada através dos dentes cerrados:

— Olhe que nem todos os papéis foram pra o lixo!

Luísa recuou, gritou:

— Que diz você?

— Que as cartas que a senhora escreve aos seus amantes, tenho-as eu aqui! — E bateu na algibeira, ferozmente.

Luísa fitou-a um momento com os olhos desvairados, e caiu no chão, junto à *causeuse*, desmaiada.

8

A primeira impressão, mal acordada, de Luísa foi que duas figuras, que não conhecia, estavam debruçadas sobre ela. Uma a mais forte, afastou-se; o som frio de um frasco de vidro, pousado sobre o mármore do toucador, despertou-a. Sentiu então uma voz dizer abafadamente:

— Está muito melhor. Mas deu-lhe de repente, senhora Juliana?

— De repente.

— Eu vi-a entrar tão afogueada...

Passos sutis pisaram o tapete, a voz de Joana perguntou-lhe junto do rosto:

— Está melhor, minha senhora?

Abriu os olhos, a percepção nítida das cousas foi-lhe voltando; estava estendida na *causeuse*, tinham-lhe desapertado o vestido, e havia no quarto um forte cheiro de vinagre. Ergueu-se sobre o cotovelo, devagar, com um olhar errante, vago:

— E a outra?...

— A senhora Juliana? Foi-se deitar. Também se não achava bem. Foi de ver a senhora, coitada... Está melhorzinha?

Sentou-se. Sentia uma fadiga em todo o corpo; tudo no quarto lhe parecia oscilar brandamente:

— Pode ir, Joana, pode ir — disse.

— A senhora não precisa mais nada? Talvez um caldinho lhe fizesse bem...

Luísa, só, pôs-se a olhar em roda, espantada. Estava já tudo arrumado, as janelas cerradas. Uma luva ficara caída no chão; ergueu-se, ainda trôpega, foi apanhá-la, esteve a esticar-lhe os dedos maquinalmente, como sonâmbula, pô-la na gaveta do toucador. Alisou o cabelo;

achava-se mudada, com outra expressão como se fosse outra; e o silêncio do quarto impressionava-a, como extraordinário.

— Minha senhora — disse a voz tímida de Joana.

— Que é?

— É o cocheiro.

Luísa voltou-se, sem compreender:

— Que cocheiro?

— Um cocheiro; diz que a senhora que não tinha troco, que o mandou esperar...

— Ah!

E como a uma luz de gás que salta subitamente e alumia uma decoração, viu, num relance, toda a "sua desgraça"!

Ficou tão trêmula que mal podia abrir a gavetinha da cômoda:

— Tinha-me esquecido, tinha-me esquecido... — balbuciava.

Deu o dinheiro a Joana; e vindo cair sobre a *causeuse*:

— Estou perdida! — murmurou, apertando as mãos na cabeça.

Tudo descoberto! E representaram-se-lhe logo no espírito, com a intensidade de desenhos negros sobre um muro branco, o furor de Jorge, o espanto dos seus amigos, a indignação de uns, o escárnio dos outros; e estas imagens caindo com ruído na sua alma, como combustíveis numa fogueira, ateavam-lhe desesperadamente o terror.

— Que lhe restava? — Fugir com Basílio!

Aquela ideia, a primeira, a única, apossou-se dela, impetuosamente, trespassou-a — como a água de uma inundação que subitamente alaga um campo.

Ele tinha-lhe tantas vezes jurado que seriam tão felizes em Paris, no seu apartamento da rua Saint Florentin!

Pois bem, iria! Não levaria malas, poria no seu pequeno saco de marroquim alguma roupa branca, as joias da mamã... E os criados? A casa? Deixaria uma carta a Sebastião para que viesse, fechasse tudo!... Levaria na viagem o vestido de riscadinho azul — ou o preto! Mais nada. O resto comprá-lo-ia longe, noutras cidades...

— Se a senhora quer vir jantar... — disse Joana à porta do quarto.

Tinha posto um avental branco, e acrescentou:

— A senhora Juliana está deitada, diz que está com a dor, não pode servir à mesa.

— Já vou.

Tomou apenas uma colher de sopa, bebeu um grande gole de água; e erguendo-se:

— Que tem ela?

— Diz que é uma dor muito forte no coração.

Se morresse! Estava salva, ela! Podia ficar, então! E com uma esperança perversa:

— Vá ver, Joana, vá ver como está!

Tinha ouvido de tantas pessoas que morrem de uma dor! Iria logo ao quarto dela rebuscar-lhe a arca, apossar-se da carta! E não teria medo do silêncio da morte, nem da lividez do cadáver...

— Está mais descansada, minha senhora — veio dizer a Joana — diz que logo que se levanta. Então a senhora não come mais nada? Credo!

— Não.

E entrou para o quarto, pensando: — de que serve estar a imaginar cousas? Só me resta fugir.

Decidiu-se logo a escrever a Sebastião; mas não pôde acertar com outras palavras além do começo, no alto, numa letra muito trêmula: *Meu amigo!*

Para que havia de escrever? Quando ao outro dia ela não voltasse, nem à tarde, nem à noite — as criadas, a outra, a infame! — iriam logo a Sebastião. Era o íntimo da casa. Que espanto o dele! Imaginaria algum acidente, correria à Encarnação, depois à polícia, esperaria numa angústia até de madrugada! Todo o dia seguinte seriam outras esperanças de a ver chegar, decepções aterradas, até que telegrafaria a Jorge! E a essa hora de certo, ela, encolhida no canto do vagão, rolaria, ao ruído ofegante da máquina, para um destino novo!...

Mas por que se afligia, por fim? Quantas invejariam a sua desgraça! O que havia de infeliz em abandonar a sua vida estreita entre quatro paredes, passada a examinar róis de cozinha e a fazer crochê e partir com um homem novo e amado, ir para Paris! Para Paris! Viver nas consolações do luxo, em alcovas de seda, com um camarote na Ópera!... Era bem tola em se afligir! Quase fora uma felicidade aquele "desastre"! Sem ele nunca teria tido a coragem de se desembaraçar da sua vida burguesa; mesmo quando um alto desejo a impelisse, haveria sempre uma timidez maior para a reter!

E depois, fugindo, o seu amor tornava-se digno! Seria só de um homem; não teria de amar em casa e amar fora de casa!

Veio-lhe mesmo a ideia de ir ter imediatamente com Basílio, "acabar com aquilo por uma vez". Mas era tarde para ir ao hotel; temia as ruas escuras, a noite, e os bêbedos...

Foi logo arranjar o saco de marroquim. Meteu lenços, alguma roupa branca, o estojo das unhas, o rosário que lhe dera Basílio, pós de arroz, algumas joias que tinham pertencido à mamã... Quis levar as cartas de Basílio também... Tinha-as guardadas num cofre de sândalo, no gavetão do guarda-vestidos. Espalhou-as no regaço; abriu uma, de onde caiu uma florzinha seca;

outra que tinha, na dobra, a fotografia de Basílio. De repente, pareceu-lhe que não estavam completas! Tinha sete: *cinco* bilhetes curtos, e *duas* cartas — a primeira que ele lhe escrevera, tão terna! e a última no dia do arrufo! Contou-as... Faltava, com efeito, a *primeira*, e *dous* bilhetes! Tinha-lhas roubado, também... Ergueu-se lívida. Ah que infame! Veio-lhe uma raiva de subir ao sótão, lutar com ela, arrancar-lhas, esganá-la!... Que lhe importava, por fim! — E deixou-se cair na *causeuse*, aniquilada. — Que ela tivesse uma, duas, todas — era a mesma desgraça!

E muito excitada, foi preparar o vestido preto que devia levar, o chapéu, um xale-manta...

O *cuco* cantou dez horas. Entrou então na alcova; pôs o castiçal sobre a mesinha, ficou a olhar o largo leito com o seu cortinado de fustão branco. Era a última vez que ali dormia! Fora ela que bordara aquela coberta de crochê no primeiro ano de casada; não havia uma malha que não correspondesse a uma alegria. Jorge às vezes vinha vê-la trabalhar, e, calado, considerava-a com um sorriso, ou falava-lhe baixo enrolando devagar nos dedos o fio de algodão grosso! Ali dormira com ele três anos: o seu lugar era de lá, do lado da parede... Fora naquela cama que ela estivera doente, com a pneumonia. Durante semanas ele não se deitara — a velá-la, aconchegar-lhe a roupa, a dar-lhe os caldos, os remédios, com toda a sorte de palavras doces que lhe faziam tão bem!... Falava-lhe como a criancinha pequena; dizia-lhe: “isso vai passar, amanhã estás boa, vamos passear”. Mas o seu olhar ansioso estava marejado de lágrimas! Ou então pedia-lhe: “Melhora, sim? Faze-me a vontade, minha querida, melhora!...” E ela queria tanto melhorar, que sentia como uma ligeira onda de vida que voltava, lhe refrescava o sangue!

Nos primeiros dias da convalescença era ele que a vestia; ajoelhava-se para lhe calçar os sapatos, embrulhava-a no roupão, vinha estendê-la na *causeuse*, sentava-se ao pé dela a ler-lhe romances, desenhar-lhe paisagens, recortar-lhe soldados de papel. E dependia toda dele, não tinha mais ninguém no mundo para a tratar, para sofrer, chorar por ela — senão ele! Adormecia sempre com as mãos nas suas, porque a doença deixara-lhe um vago medo dos pesadelos da febre; e o pobre Jorge, para a não acordar, ali ficava com a mão presa, horas, sem se mover. Deitava-se vestido num colchãozito ao pé dela. Muitas vezes, acordando de noite, o tinha visto a limpar as lágrimas; de alegria, de certo, porque ela então estava salva! O médico, o bom dr. Caminha, tinha-o dito: "Está livre de perigo, agora é refazer esse corpinho". E Jorge, o pobre Jorge, coitado, sem dizer nada, tinha tomado as mãos do velho, tinha-as coberto de beijos!

E agora, quando ele soubesse, quando ele voltasse! Quando ao entrar ali na alcova — visse os dous travesseirinhos, ainda! Ela iria longe, com outro, por caminhos estranhos, ouvindo outra língua. Que horror! E ele ali estaria, naquela casa, só, chorando, abraçado a Sebastião. Quantas memórias dela para o torturar! Os seus vestidos, as suas chinelinhas, os seus pentes, toda a casa! Que vida triste, a dele! Dormiria ali *só*! Já não teria ninguém para o acordar de manhã com um beijinho, passar-lhe o braço pelo pescoço, dizer-lhe: *é tarde, Jorge!* Tudo acabara para ambos. Nunca mais! — Rompeu a chorar, de bruços sobre a cama...

Mas a voz de Juliana falou alto no corredor com Joana. Ergueu-se aterrada. Viria ter com ela, aquela infame? Os passos achinelados afastaram-se devagar, e Joana entrou com o rol e com a lamparina.

— A senhora Juliana — disse — levantou-se um momento, mas diz que ainda está mal, coitada. Foi-se deitar. A senhora não precisa mais nada?

— Não — disse da alcova.

Despiu-se; e, prostrada, adormeceu profundamente.

Juliana em cima não dormia. A dor passara-lhe — e agitava-se sobre o enxergão, "com o diabo da espertina"! como tantas outras noites, nas últimas semanas. Porque desde que apanhara a carta no *sarcófago* vivia numa febre; mas a alegria era tão aguda, a esperança tão larga que a sustentavam, lhe davam saúde! Deus enfim tinha-se lembrado dela! Desde que Basílio começara a vir a casa, tivera logo um palpite, uma cousa que lhe dizia que tinha chegado enfim a sua vez! A primeira satisfação fora naquela noite em que achara, depois de Basílio sair às dez horas, a travessinha de Luísa caída ao pé do sofá. Mas que explosão de felicidade, quando, depois de tanta espionagem, de tanta canseira, apanhou enfim a carta no *sarcófago*! Correu ao sótão, leu-a avidamente, e quando viu a importância da "cousa", arrasaram-se-lhe os olhos de lágrimas, arremessou a sua alma perversa para as alturas, bradando em si, num triunfo:

— Bendito seja Deus! Bendito seja Deus!

E que havia de fazer *àquilo*? — foi então a sua inquietação. Ora pensava em a vender a Luísa por uma forte soma... mas onde tinha ela o dinheiro? Não; o melhor era esperar a volta de Jorge, e com ameaças de a publicar, extorquir-lhe um *ror* de libras por meio de outra pessoa, já se vê, e ela à capa! E em certos dias em que a figura, as *toilettes*, as passeatas de Luísa a irritavam mais, vinham-lhe venetas de sair para a rua, chamar os vizinhos, ler o papel, pô-la mais rasa que a lama, vingar-se da "cabra"!

Foi a tia Vitória que a calmou, e a dirigiu. Disse-lhe logo "que para a armadilha ser completa era necessário uma carta do janota". Começara então o lento trabalho de lha apanhar! Fora preciso muita finura, muita chave experimentada, duas feitas por moldes de cera, paciência de gato, habilidades de ratoneiro! Mas pilhou-a, e que carta! Tinha-a lido com a tia Vitória — que rira, rira!... Sobretudo o bilhete em que Basílio lhe dizia: "Hoje não posso ir, mas espero-te amanhã às duas; mando-te essa rosinha, e peço-te que faças o que fizeste à outra, trazê-la no seio, porque é tão bom quando vens assim, sentir-te peitinho perfumado!..." A tia Vitória, sufocada, a quis mostrar à sua velha amiga, a Pedra, a Pedra gorda, que estava na saleta.

A Pedra torceu-se! Os seus enormes seios, pendentes como odres, mal cheios, tinham sacudidelas furiosas de hilaridade. E com as mãos nas ilhargas, rubra, roncando, com o seu vozeirão de trombone:

— Essa é das boas, tia Vitória! Essa é de mestre. Não, isso merece ir para os papéis! Ai os bêbedos! Raios do diabo!

A tia Vitória, então, disse muito seriamente a Juliana:

— Bem; agora tens a faca e o queijo! Com isso já podes falar do alto. É esperar a ocasião. Muito bons modos, cara prazenteira, sorrisos a fartar para ela não desconfiar, e o olho alerta. Tens o rato seguro, deixa-o dar ao rabo!

E desde esse dia Juliana saboreava com delícias, com gula, muito consigo — aquele gozo de a ter "na mão", a Luisinha, a senhora, a patroa, a *piorrinha*! Via-a aperaltar-se, ir ao homem, cantarolar, comer bem — e pensava com uma voluptuosidade felina: Anda, folga, folga, que eu cá ta tenho armada! Aquilo dava-lhe um orgulho perverso. Sentia-se vagamente *senhora da casa*. Tinha ali fechada na mão a felicidade, o bom nome, a honra, a paz dos patrões! Que desforra!

E o futuro estava certo! *Aquilo* era dinheiro, o pão da velhice. Ah! Tinha-lhe chegado o seu dia! Todos os dias rezava uma salve-rainha de graças a Nossa Senhora, mãe dos homens!

Mas agora, depois daquela *cena* com Luísa — não podia ficar de braços cruzados, com as cartas na algibeira. Devia sair de casa, pôr-se em campo, fazer *alguma cousa*. O quê? A tia Vitória é que havia de dizer...

Logo pela manhã às sete horas, sem tomar o seu café, sem falar a Joana, desceu devagar, saiu.

A tia Vitória não estava em casa. Gente na saleta esperava. O senhor Gouveia, com a borla do barretinho muito arrebitada, escrevinhava, dobrado, cuspilhando o seu catarro. Juliana deu os bons-dias em redor, e sentou-se a um canto, direita, com a sua sombrinha nos joelhos.

Conversava-se; e uma mulher de trinta anos, picada das bexigas, que estava sentada no canapé, depois de ter dado um sorriso a Juliana, continuou, voltada para uma gordita com um xale de quadrados vermelhos:

— Pois não imagina, senhora Ana, não faz ideia! É uma desgraça! É todas as noites como um carro. Às vezes até acordo com o barulho que ele faz a falar só, a tropeçar na escada... Eu, do que tenho mais medo, é que o demônio adormeça com a luz e haja um fogo. Ah! É de todo!

— Quem? — perguntou um rapazola bonito, com uma blusa de trintanário, que falava de pé a um criado alto, de suíças e gravata branca enxovalhada.

— O Cunha, o filho do meu patrão. É uma desgraça!

— Piteireiro, hem? — disse o rapazola, enrolando o cigarro.

— Um horror! Eu pela manhã nem posso entrar no quarto, que é um cheiro... A mãe, coitadinha, chora, rala-se; o rapaz já esteve para ser posto fora do emprego. Ai! Não estou nada contente, nada contente!

— Pois olhe que por lá também há desgosto grande — disse, baixando a voz, a do xale de quadrados.

Os dous homens aproximaram-se.

— O senhor — continuou ela com gestos aterrados — é um desaforo com a cunhada!... A senhora sabe, e aquilo são questões de dia e de noite! As duas irmãs andam numa bulha pegada. O homem toma as dores da rapariga, a mulher põe-se aos gritos... Ai! Aquilo vem a acabar mal!

— E então se a gente tem lá o seu descuido — disse o da gravata branca com indignação — é aqui del-rei, e daqui e dali!

— Lá a sua gente é sossegada, senhor João — observou a picada das bexigas.

— E boa gente. As raparigas namoradeiras... Proveito das criadas, apanham o seu vestidito, a sua placa... Mas os velhotes são uma santa gente, a verdade é a verdade! E come-se bem!

E voltando-se para o trintanário, batendo-lhe no ombro, com uma voz que o admirava e que o invejava:

— Mas isto sim! Isto é que é levá-la!

O rapazola sorriu com satisfação:

— Ora! São mais as vozes do que as nozes!

— Vá lá, mostra lá — disse o da gravata branca tocando-lhe com o cotovelo — mostra lá!

O rapaz fez-se rogado, e depois de gingar da cintura, arregaçando a blusa, tirou do bolso do colete de riscadinho um relógio de ouro.

— Muito bonito! Rica prenda! — disseram as duas mulheres. —

— Suor do meu rosto — fez ele, acariciando o queixo.

O da gravata branca indignou-se:

— Ora seu maroto! — E baixo para as raparigas: — Suor do seu rosto, hem! — É o serafim da patroa, uma senhora da alta que aquilo são tudo sedas, muitíssimo boa mulher, um bocado entradota, mas muitíssimo boa mulher; recebe destas lembranças, um relógio de um par de moedas — e ainda fala!

O rapazola disse, então, enterrando as mãos na algibeira:

— E se quiser agora, há de largar a corrente!

— Há de lhe custar muito! — exclamou o da gravata branca. — Uma gente que tem aí pela Baixa correntezas de casas! Metade da rua dos Retroseiros é dela!

— Mas muito agarrada! — disse o rapazola. E bamboleando o corpo, com o cigarro ao canto da boca: — Estou com ela há dous meses, e ainda se não desabotoou senão com o relógio e três libras em ouro!... Que eu, como quem diz, um dia passo-lhe o pé! — E cofiando o cabelo para a testa: — Não faltam mulheres! E das que têm *Dom*!

Mas a tia Vitória entrou, muito azafamada, com o xale no braço; e vendo Juliana:

— Olá! Por cá! Tive que dar umas voltas, estou na rua desde as seis. Bons dias, senhora Teodósia; bons dias, Ana. Viva, temos por cá o alfenim! Entra cá pra dentro, Juliana! Eu já venho, meus pombinhos, é um instante!

Levou-a para o outro quarto, para o lado do saguão:

— E então, que há de novo?

Juliana pôs-se a contar longamente a *cena* da véspera, o desmaio...

— Pois minha rica — disse a tia Vitória — o que está feito está feito; não há tempo a perder; é mãos à obra! Tu vais ao Brito, ao hotel, e entendes-te com ele.

Juliana recusou-se logo; não se atrevia, tinha medo...

A tia Vitória refletiu, coçando o ouvido; foi dentro, cochichou com o tio Gouveia, e voltando, fechando a porta do quarto:

— Arranja-se quem vá. Tens tu as cartas?

Juliana tirou da algibeira uma velha carteirinha de marroquim escarlate. Mas hesitou um momento, olhou a tia Vitória com desconfiança.

— Tens medo de largar os papéis, criatura? — exclamou ofendida a velha. — Arranja-te tu, então arranja-te tu...

Juliana deu-lhas logo. Mas que as guardasse, que tivesse cautela!...

— A pessoa — disse a tia Vitória — vai amanhã à noite falar com o Brito e pede-lhe um conto de réis!

Juliana teve um deslumbramento. Um conto de réis! A tia Vitória estava a brincar!

— Ora essa! Que pensas tu? Por uma carta, que quase não tinha mal nenhum, pagou uma pessoa que bate aí o Chiado de carruagem — ainda ontem a vi com uma pequerrucha que tem — pagou trezentos mil-réis. E em belas notas. Pagou-os o janota, já se sabe, foi o janota que pagou. Se fosse outro, não digo, mas o Brito! É rico, é um mãos-rotas, cai logo...

Juliana, muito branca, agarrou-lhe o braço, trêmula:

— Oh tia Vitória, dava-lhe um corte de seda.

— Azul! Até já te digo a cor!

— Mas o Brito é homem muito teso, tia Vitória, se lhe tira as cartas, se lhe faz alguma!

A tia Vitória fitou-a, com desdém:

— Sais-me uma simplória! Imaginas que eu mando lá algum tolo? Nem as cartas vão, o que vai é uma cópia! Olha quem! O melro que lá há de ir!

E depois de refletir um momento:

— Tu vai-te para casa...

— Não, lá isso não volto...

— Também tens razão. Até ver em que param as modas, vem cá dormir. Jantas cá hoje; tenho uma rica pescada...

— Mas não haverá perigo, tia Vitória, se o Brito vai à polícia...

A tia Vitória encolheu os ombros, e impacientada:

— Olha, vai-te, que me estás a enfrenesiar! Polícia! Qual polícia! Essas cousas levam-se lá à polícia... Deixa a cousa comigo! Adeus — e às quatro para jantar, hem!

Juliana saiu como levada pelo ar! Um conto de réis! *Era o conto de réis* que voltava, o que já um dia entrevira, que lhe fugira, que lhe vinha agora cair na mão, com um *tlim-tlim* de libras e um *frou-frou* de notas! E o cérebro enchia-se-lhe confusamente de perspectivas diferentes, todas maravilhosas; um mostrador de capelista onde ela venderia! Um marido ao seu lado, às horas da ceia! Pares de botinas das boas, das *chics*. Onde poria o dinheiro? No Banco? Não; no fundo da arca — para estar mais seguro, mais à mão!

Para passar a sua manhã, comprou uma quarta de rebuçados, e foi-se sentar no Passeio, com a sombrinha aberta, deliciando-se, ruminando já a sua vida rica, julgando-se já senhora; mesmo fez olho a um proprietário pacífico e rubicundo — que se afastou escandalizado!

Àquela hora Luísa acordava. E sentando-se bruscamente na cama: — É hoje! — foi o seu primeiro pensamento. Um susto, uma tristeza horrível contraíram-lhe o coração. Começou depois a vestir-se, muito nervosa com a ideia de ver Juliana! Estava mesmo imaginando fechar-se, não almoçar, sair pé ante pé às onze horas, ir procurar Basílio ao hotel, quando a voz de Joana disse à porta do quarto:

— A senhora faz favor?

Começou logo a contar, muito espantada, que a senhora Juliana tinha saído de manhã, ainda não voltara, estava tudo por arrumar...

— Bem, arranja-me o almoço, eu já vou... — Que alívio para ela!

Calculou logo que Juliana deixara a casa. Para quê? Para lhe armar alguma, de certo! O melhor era sair imediatamente... Podia esperar Basílio no *Paraíso*.

Foi à sala de jantar, bebeu um gole de chá, de pé, à pressa.

— A senhora Juliana ter-lhe-á dado alguma cousa? — veio dizer Joana assombrada.

Luísa encolheu os ombros, respondeu vagamente:

— Depois se saberá...

Era hora e meia, foi pôr o chapéu. O coração batia-lhe alto, e apesar do terror de ver entrar Juliana, não se decidia a sair; sentou-se mesmo, com o saco de marroquim nos joelhos. Vamos! pensou enfim. — Ergueu-se; mas parecia que alguma cousa de sutil e de forte a prendia, a enleava... Entrou na alcova devagar; o seu roupão estava caído aos pés da cama, as suas chinelinhas sobre o tapete felpudo... — Que desgraça! disse alto. Veio ao toucador, mexeu nos pentes, abriu as gavetas; de repente entrou na sala, foi ao álbum, tirou a fotografia de Jorge, meteu-a toda trêmula no saco de marroquim, olhou ainda em roda como desvairada, saiu, atirou com a porta, desceu a escada correndo.

À Patriarcal passava um *coupé* de praça. Tomou-o, mandou-o ir ao *Hotel Central*.

O senhor Brito saíra logo de manhã cedo, disse o porteiro muito azafamado. De certo algum paquete chegara, porque entravam bagagens, fortes malas cobertas de oleado, caixas de madeira debruadas de ferro; passageiros com ar espantado da chegada, ainda entontecidos do balouço do mar, falavam, chamavam. Aquele movimento animou-a; veio-lhe um desejo de viagens, do ruído noturno das *gares* à claridade do gás da agitação alegre das partidas nas manhãs frescas, sobre o tombadilho dos paquetes!

Deu ao cocheiro a adresse do *Paraíso*. E à maneira que o trem trotava parecia-lhe que toda a sua vida passada, Juliana, a casa, se esbatiam, se dissipavam num horizonte abandonado. À porta de um livreiro julgou entrever Julião; debruçou-se pela portinhola, precipitadamente; não o avistou, teve pena; ia-se sem ver um amigo da casa! Todos agora, Julião, Ernestinho, o conselheiro, D. Felicidade lhe pareciam adoráveis, com qualidades nobres, que nunca percebera, que repentinamente tomavam um grande encanto. E o pobre Sebastião, tão bom! Nunca mais lhe ouviria tocar a sua *Malaguenha*!

Ao fim da rua do Ouro o *coupé* parou num embaraço de carroças, e Luísa viu no passeio ao lado o Castro, o Castro dos óculos, o banqueiro, o que Leopoldina lhe dizia que "tinha uma paixão por ela"; um rapazito roto oferecia-lhe cautelas; e o Castro nédio, com os dous polegares nas algibeiras do colete branco, dizia graças ao rapaz, com um desdém ricaço dardejando olhadelas sobre Luísa, através dos seus óculos de ouro. Ela, pelo canto do olho, observava-o; tinha uma paixão por ela, aquele homem, que horror! Achava-o medonho, com o seu ventre pançudo, a perninha curta. A lembrança de Basílio atravessou-a, a sua linda figura!... — e bateu nos vidros impaciente, com pressa de o ver:

O trem partiu enfim. O Rossio reluzia ao sol; do Americano, parado à esquina, gente descia apressada, de calças brancas, vestidos leves, vinda de Belém, de Pedrouços; pregões cantavam. — Todos ali ficavam nas suas famílias, nas suas felicidades, só ela partia!

Na rua Ocidental, viu vir a D. Camila — uma senhora casada com um velho, ilustre pelos seus amantes. Parecia grávida; e adiantava-se devagar, com a face branca satisfeita, uma lassitude do corpo arredondado, passeando um marmanjozinho de jaqueta cor de pinhão, uma pequerrucha de sainhas tufadas, e adiante uma ama, vestida de lavradeira, empurrava um carrinho de mão onde um bebê se babava. E a Camila, feliz, vinha tranquilamente pela rua expondo as suas fecundidades adúlteras! Era muito festejada, ninguém dizia mal dela; era rica, dava *soirées*... — O que é o mundo! — pensava Luísa.

O trem parou à porta do *Paraíso*, era meio-dia. A portinha em cima estava fechada: e a patroa apareceu logo, ciciando que "sentia muitíssimo, mas só o senhor é que tinha a chavezinha, se a senhora quisesse descansar..." Neste momento outra carruagem chegou, e Basílio apareceu galgando os degraus.

— Até que enfim! — exclamou abrindo a porta. Por que não vieste ontem?...

— Ah! se tu soubesses...

E, agarrando-lhe os braços, cravando os olhos nele:

— Basílio, sabes, estou perdida!

— Que há?

Luísa atirara o saco de marroquim para o canapé, e, de um fôlego, contou-lhe a história da carta apanhada nos papéis, as dele roubadas, a *cena* no quarto... — O que me resta é fugir. Aqui estou. Leva-me. Tu disseste que podias, tens dito muitas vezes. Estou pronta. Trouxe aquele saco, com o necessário, lenços, luvas... hem?

Basílio com as mãos nos bolsos, fazendo tilintar o dinheiro e as chaves, seguia atônito os seus gestos, as suas palavras.

— Isso só a ti! — exclamou. — Que douda! Que mulher! E muito excitado: — Isto é lá questão de fugir! Que estás tu a falar em fugir? É uma questão de dinheiro. O que ela quer é dinheiro. É ver quanto quer, e pagar-se-lhe!

— Não, não! — fez Luísa. — Não posso ficar! — Tinha uma aflição na voz. A mulher venderia a carta, mas conservava o segredo; a todo o tempo podia falar, Jorge saber; estava perdida; não tinha coragem de voltar para casa! — Não sinto um momento de descanso, enquanto estiver em Lisboa. Partimos hoje, sim? Se não podes, amanhã. Eu vou para algum hotel, onde ninguém saiba, escondo-me esta noite. Mas, amanhã vamos. Se ele sabe, mata-me, Basílio! Sim, dize que sim! — Agarrara-se a ele, procurava avidamente com os seus olhos o consentimento dos dele.

Basílio desprendeu-se brandamente:

— Estás douda, Luísa, tu não estás em ti! Pode lá pensar-se em fugir? Era um escândalo atroz, éramos apanhados de certo, com a polícia, com os telégrafos! E impossível! Fugir é bom nos romances! E depois, minha filha, não é um caso para isso! É uma simples questão de dinheiro...

Luísa fazia-se branca, ouvindo-o.

— E além disso — continuou Basílio, muito agitado, pelo quarto — eu não estou preparado, nem tu! Não se foge assim. Ficas desacreditada para toda a vida, sem remédio, Luísa. Uma mulher que foge, deixa de ser a senhora D. Fulana, é a Fulana, a que fugiu, a desavergonhada, uma concubina! Eu tenho de certo de ir ao Brasil, onde hás de tu ficar? Queres ir também, um mês num beliche, arriscar-te à febre amarela? E se teu marido nos persegue, se formos detidos na fronteira? Achas bonito voltar entre dous polícias, e ir passar um ano ao Limoeiro? O teu caso é simplicíssimo. Entendes-te com essa criatura, dá-se-lhe um par de libras, que é o que ela quer, e ficas em tua casa, sossegada, respeitada como dantes — somente mais acautelada! Aqui está!

Aquelas palavras caíam sobre os planos de Luísa, como machadadas que derrubam árvores. Às vezes a verdade que elas continham atravessava-a irresistivelmente, viva como um relâmpago, desagradável como um gume frio. Mas via naquela recusa uma ingratidão, um abandono. Depois de se ter instalado, pela imaginação, numa segurança feliz, em Paris — parecia-lhe intolerável ter de voltar para casa, de cabeça baixa, sofrer Juliana, esperar a morte; e os contentamentos que entrevira naquele outro destino, agora que lhe fugiam de entre as mãos, pareciam-lhe maravilhosos, quase indispensáveis! E depois de que servia resgatar a carta a dinheiro? A criatura saberia o seu segredo! E a vida seria amarga, tendo sempre em volta de si aquele perigo a rondar!

Ficara calada, como perdida numa reflexão vaga; e de repente erguendo a cabeça, com um olhar brilhante:

— Então, dize!...

— Mas estou-te a dizer, filha...

— Não queres?

— Não! — exclamou Basílio com força. — Se tu estás douda, não estou eu!

— Oh! Pobre de mim, pobre de mim!

Deixou-se cair no sofá, tapou o rosto com as mãos. Soluços baixos sacudiam-lhe o peito.

Basílio sentou-se ao pé dela. Aquelas lágrimas mortificavam-no, e impacientavam-no.

— Mas, santo nome de Deus, escuta-me!

Ela voltou para ele os olhos que reluziam sob o pranto:

— Para que dizias então, tantas vezes, que seríamos tão felizes, que se eu quisesse...

Basílio ergueu-se bruscamente:

— Pois tu pensaste em fugir, em te meter comigo num vagão, vir para Paris, viver comigo, ser a minha amante?

— Saí de casa para sempre, aí está o que eu fiz!

— Mas vais voltar para casa! — exclamou ele, quase com cólera. — Por que havias de tu fugir? Por amor? Então devíamos ter partido há um mês, não há razão agora para nos irmos. Para quê, então? Para evitar um escândalo? Com um escândalo maior, não é verdade? Um escândalo irreparável, medonho! Estou-te a falar como um amigo, Luísa! — Tomou--lhe as mãos, com muita ternura: — Tu imaginas que eu não seria feliz em ir viver contigo para Paris? Mas vejo os resultados, tenho outra experiência. O escândalo todo evita-se com umas poucas de libras. Tu imaginas que a mulher vai-se pôr a falar? O seu interesse é safar-se, desaparecer; sabe perfeitamente o que fez, que te roubou, que usou de chaves falsas. A questão é pagar-lhe.

Ela disse, com uma voz lenta:

— E o dinheiro, onde o tenho eu?

— Está claro que o dinheiro tenho-o eu! — E depois de uma pausa: — Não muito, estou mesmo um pouco atrapalhado, mas enfim... — Hesitou, disse: — se a criatura quiser duzentos mil-réis, dão-se-lhe!

— E se não quiser?

— Que há de ela querer, então? Se roubou a carta é para a vender! Não é para guardar um autógrafo teu!

Vinham-lhe palavras duras, passeava pelo quarto exasperado. Que pretensão querer vir com ele para Paris, embaraçar-lhe para sempre a sua vida! E que despesa tão tola, dar um ror de libras a uma ladra! Depois aquele incidente, a carta de namoro roubada nos papéis sujos, a criada, a chave falsa do gavetão dos vestidos — parecia-lhe soberanamente burguês, um pouco pulha. E parando, para acabar:

— Enfim oferece-lhe trezentos mil-réis, se quiseres. Mas pelo amor de Deus, não faças outra; não estou para pagar as tuas distrações a trezentos mil-réis cada uma!

Luísa fez-se lívida, como se ele lhe tivesse cuspido no rosto.

— Se é uma questão de dinheiro, eu o pagarei, Basílio!

Não sabia como. Que lhe importava? Pediria, trabalharia, empenharia... Não o aceitaria dele!

Basílio encolheu os ombros:

— Estás-te a dar ares, onde o tens tu?

— Que te importa? — exclamou.

Basílio coçou a cabeça, desesperado. E tomando-lhe as mãos, com uma impaciência reprimida:

— Estamos a dizer tolices, filha, estamos a irritar-nos... Tu não tens dinheiro.

Ela interrompeu-o, agarrou-lhe violentamente o braço:

— Pois sim, mas fala tu a essa mulher, fala-lhe tu, arranja tudo. Eu não a quero tornar a ver. Se a vejo, morro, acredita. Fala-lhe tu!

Basílio recuou vivamente, e batendo com o pé:

— Estás douda, mulher! Se eu lhe falo, então pede tudo, então pede-me a pele! Isso é contigo. Eu dou-te o dinheiro, tu arranja-te!

— Nem isso me fazes?

Basílio não se conteve:

— Não! c'os diabos, não!

— Adeus!

— Tu estás fora de ti, Luísa!

— Não. A culpa é minha — dizia, descendo o véu com as mãos trêmulas — eu é que devo arranjar tudo!

E abriu a porta. Basílio correu a ela, prendeu-a por um braço.

— Luísa, Luísa! O que queres tu fazer? Não podemos romper assim! Escuta...

— Fujamos então, salva-me de todo! — gritou ela, abraçando-o ansiosamente.

— Caramba! Se te estou a dizer que não é possível!

Ela atirou com a porta, desceu as escadas correndo. O *coupé* esperava-a.

— Para o Rossio — disse.

E deitando-se para o canto da carruagem, rompeu a chorar, convulsivamente.

Basílio saiu do *Paraíso* muito agitado. As pretensões de Luísa, os seus terrores burgueses, a trivialidade reles do caso, irritavam-no tanto, que tinha quase vontade de não voltar ao *Paraíso*, calar-se, e *deixar correr o marfim*! Mas tinha pena dela, coitada! E depois, sem a amar, apetecia-a; era tão benfeita, tão amorosa, as revelações do vício davam-lhe um delírio tão adorável! Um conchegozinho tão picante enquanto estivesse em Lisboa... Maldita complicação! Ao entrar no hotel, disse ao seu criado:

— Quando vier o senhor visconde Reinaldo, que vá ao meu quarto.

Estava alojado no segundo andar, com janelas para o rio. Bebeu um cálice de conhaque e estirou-se no sofá. Ao pé, na jardineira, tinha o seu *buvard* com um largo monograma em prata sob a coroa de conde, caixas de charutos, os seus livros — *Mademoiselle Giraud ma femme*, *La vierge de Mabille*, *Ces Frippones!*, *Memoires secrètes d'une femme de chambre*, *Le chien d'arrêt*, *Manuel du chasseur*, números do *Figaro*, a fotografia de Luísa e a fotografia de um cavalo.

E soprando o fumo do charuto, começou a considerar, com horror, a "situação"! Não lhe faltava mais nada senão partir para Paris, com aquele trambolhozinho! Trazer uma pessoa, havia sete anos, a sua vida tão arranjadinha, e patatrás! Embrulhar tudo, porque à menina lhe apanharam a carta de namoro e tem medo do esposo! Ora o descaro! No fim, toda aquela aventura desde o começo fora um erro! Tinha sido uma ideia de burguês inflamado ir desinquietar a prima da Patriarcal. Viera a Lisboa para os seus negócios, era tratá-los, aturar o calor e o *boeuf à la mode* do Hotel Central, tomar o paquete, e mandar a pátria ao inferno!... Mas não idiota! Os seus negócios tinham-se concluído, e ele, burro, ficara ali a torrar em Lisboa, a gastar uma fortuna em tipoias para o largo de Santa Bárbara, para quê? Para uma daquelas! Antes ter trazido a Alphonsine!

Que, verdade, verdade, enquanto estivesse em Lisboa o romance era agradável, muito excitante; porque era muito completo! Havia o adulteriozinho, o incestozinho. Mas aquele episódio agora estragava tudo! Não, realmente, o mais razoável era safar-se!

A sua fortuna tinha sido feita com negócio de borracha, no alto Paraguai; a grandeza da especulação trouxera a formação de uma companhia, com capitais brasileiros; mas Basílio e alguns engenheiros franceses queriam resgatar as ações brasileiras, "que eram um *empecilho*", formar em Paris uma outra companhia, e dar ao negócio um movimento mais ousado. Basílio partira para Lisboa entender-se com alguns brasileiros, e comprara as ações habilmente. A prolongação daquele incidente amoroso tornava-se uma perturbação na sua vida prática... E, agora que a aventura tomava um aspecto secante, convinha passar o pé!

A porta abriu-se e o visconde Reinaldo entrou — afogueado, de lunetas azuis, furioso.

Vinha de Benfica! Morto, absolutamente morto com aquele calor, de um país de negros. Tivera a estúpida ideia de ir visitar uma tia — que o fizera logo membro de uma associação para não sei que diabo de que creche, e que lhe pregara moral! Também, que ideia de colegial — ir visitar a tia! Porque realmente, se havia uma cousa que lhe causasse repugnância, eram as ternuras de família!

— E tu, que queres tu? Eu vou-me meter num banho até ao jantar!

— Sabes o que me sucede? — disse Basílio, erguendo-se.

— O quê?

— Imagina. O caso mais estúpido.

— O marido apanhou-te?

— Não, a criada!

— *Shocking*! — exclamou Reinaldo com nojo.

Basílio contou miudamente "o caso". E cruzando os braços diante dele:

— E agora?

— Agora é safar-te!

E levantou-se.

— Onde vais tu?

— Vou ao banho.

Que esperasse, que diabo, queria falar com ele...

— Não posso! — exclamou Reinaldo com um egoísmo frenético. — Vem tu cá abaixo! Posso perfeitamente conversar na água!

Saiu, berrando por William, o seu criado inglês.

Quando Basílio desceu aos banhos, Reinaldo estirado com voluptuosidade na tina, de onde saía um forte cheiro de água de *Lubin*, exclamou, deleitando-se no seu conforto:

— Então cartinha apanhada nos papéis sujos!

— Não, Reinaldo, mas francamente estou embaraçado; que achas tu que eu faça?

— As malas, menino!

E sentado na tina, ensaboando devagar o seu corpo magro:

— Aí está o que é fazer amor às primas da Patriarcal Queimada!

— Oh! — fez Basílio, impaciente.

— Oh quê? — E, coberto de flocos de espuma, com as mãos apoiadas ao rebordo de mármore da tina: — Pois tu achas isso decente, uma mulher que toma a cozinheira por confidente, que lhe está na mão, que perde a carta nos papéis sujos, que chora, que pede duzentos mil-réis, que se quer safar — isso é lá amante, isso é lá nada! Uma mulher que, como tu mesmo disseste, usa meias de tear!

— Meu rico, é uma mulher deliciosa!

O outro encolheu os ombros, descrente.

Basílio deu logo provas; descreveu belezas do corpo de Luísa; citou episódios lascivos.

O teto e os tabiques envernizados de branco refletiam a luz, com tons macios de leite; a exalação da água tépida aumentava o calor morno; e um cheiro fresco de sabão e água de *Lubin* adoçava o ar.

— Bem! Estás pelo beiço — resumiu Reinaldo com tédio, estirando-se.

Basílio teve um movimento de ombros, que repelia aquela suposição grotesca.

— Mas dize, então, queres ficar-lhe agarrado às saias ou queres desembaraçar-te dela? Mas a verdade, venha a verdade!

— Eu — disse logo Basílio, chegando-se à tina, baixo — se me pudesse desembaraçar decentemente...

— Oh desgraçado! Tens uma ocasião divina! Ela saiu como uma bicha, dizes tu. Bem; escreve-lhe uma carta, "que vendo que ela deseja romper, não a queres importunar, e partes". Os teus negócios estão concluídos, não é verdade? Escusas de negar; o Lapierre disse-me que sim. Bem, então sê decente; manda fazer as malas, e livra-te da sarna!

E tomando a esponja, deixava cair grandes golpes de água pela cabeça, pelos ombros, soprando, regalado na frescura aromática.

— Mas também — disse Basílio — deixá-la agora naquela atrapalhação com a criada! No fim é minha prima...

Reinaldo agitou os braços, com hilaridade.

— Esse espírito de família é ótimo! Vai lá, idiota, dize-lhe que és obrigado a partir, os teus negócios, etc., e mete-lhe umas poucas de notas na mão.

— É brutal...

— É caro!

Basílio disse então:

— Olha que também é uma dos diabos, a pobre rapariga apanhada pela criada...

Reinaldo estirou-se mais, e disse com júbilo:

— Estão a estas horas a esgadanharem-se uma à outra!

Recostou-se, numa beatitude; quis saber as horas; declarou que estava confortável, que se sentia feliz! Contanto que o John se não tivesse esquecido de *frapper* o *champagne*!

Basílio torcia o bigode, calado. Revia a sala de Luísa de repes verde, a figura horrível de Juliana com a sua enorme cuia... Estariam com efeito a ralhar, a descompor-se? Que *pulhice* que era tudo aquilo! Positivamente devia partir.

— Mas que pretexto lhe hei de eu dar para sair de Lisboa?

— Um telegrama! Não há nada como um telegrama! Telegrafa já ao teu homem em Paris, ao Labachardie, ou Labachardette, ou o que é, que te mande logo este despacho: "Parta, negócios maus, etc." É o melhor!

— Vou fazê-lo — disse Basílio erguendo-se, muito decidido.

— E partimos amanhã? — gritou Reinaldo.

— Amanhã.

— Por Madri?

— Por Madri.

— *Salero!* — Pôs-se de pé, na tina, entusiasmado, a escorrer, e com movimentos aduncos de magricela saltou para fora, embrulhou-se no roupão turco. O seu criado William entrou logo, sutilmente, ajoelhou-se, tomou-lhe um pé entre as mãos, secou-lho com precauções, pôs-se respeitosamente a calçar-lhe a meia de seda preta com ferradurinhas bordadas.

Na manhã seguinte, um pouco antes do meio-dia, Joana veio bater discretamente à porta do quarto de Luísa, e com a voz baixa — desde o desmaio falava-lhe sempre baixo, como a uma convalescente:

— Está ali o primo da senhora.

Luísa ficou surpreendida. Estava ainda de robe de chambre, e tinha os olhos vermelhos de chorar; pôs num instante um pouco de pó de arroz, alisou o cabelo, entrou na sala.

Basílio, vestido de claro, sentara-se melancolicamente no mocho do piano. Trazia um ar grave, e, sem transição, começou a dizer: — que apesar de ela se ter zangado na véspera, ele considerava ainda tudo "como dantes". Viera porque naquele momento não se podiam separar sem algumas explicações, sobretudo sem resolver definitivamente o caso da carta... E com um gesto triste, como contendo lágrimas:

— Porque eu vejo-me forçado a sair de Lisboa, minha querida!

Luísa, sem olhar para ele, fez um sorriso mudo, muito desdenhoso. Basílio acrescentou logo:

— Por pouco tempo, naturalmente, três semanas ou um mês... Mas enfim tenho de partir... Se fossem só os meus interesses! — Encolheu os ombros com desdém. — Mas são interesses de outros... E aqui está o que eu recebi esta manhã.

Estendeu-lhe um telegrama. Ela conservou-o um momento, sem o abrir; a sua mão fazia tremer o papel.

— Lê, peço-te que leias!

— Para quê? — fez ela.

Mas leu baixo: "Venha. Graves complicações. Presença absolutamente necessária. Parta já."

Dobrou o papel, entregou-lho.

— E partes, hem?

— É forçoso.

— Quando?

— Esta noite.

Luísa ergueu-se bruscamente, e estendendo-lhe a mão:

— Bem, adeus.

Basílio murmurou:

— És cruel, Luísa!... Não importa! Em todo o caso há um negócio que é necessário terminar. Falaste à mulher?

— Está tudo arranjado — respondeu ela, franzindo a testa.

Basílio tomou-lhe a mão, e quase com solenidade:

— Minha filha, eu sei que és muito orgulhosa, mas peço-te que digas a verdade. Eu não te quero deixar em dificuldades. Falaste-lhe?

Ela retirou a mão, e com uma impaciência crescente:

— Arranjou-se tudo, arranjou-se tudo!...

Basílio parecia muito embaraçado, estava mesmo um pouco pálido; enfim, tirando uma carteira da algibeira, começou:

— Em todo o caso é possível, é natural (nós não sabemos com quem lidamos), é natural que haja outras exigências... — Abriu a carteira, tomou um sobrescrito pequenino e cheio.

Luísa seguia, fazendo-se vermelha, os movimentos de Basílio.

— Por isso, para te poderes entender melhor com ela, sempre me parece bom deixar-te algum dinheiro.

— Tu estás doudo! — exclamou ela.

— Mas...

— Tu queres-me dar dinheiro? — A sua voz tremia.

— Mas enfim...

— Adeus! — E ia sair da sala, indignada.

— Luísa, pelo amor de Deus! Tu não me compreendeste...

Ela parou, disse precipitadamente, como impaciente por acabar:

— Compreendi, Basílio, obrigada. Mas não, não é necessário. Estou nervosa, é o que é... Não prolonguemos mais isto... Adeus...

— Mas sabes que volto, dentro de três semanas...

— Bem, então nos veremos...

Ele atraiu-a, deu-lhe um beijo na boca, encontrou os seus lábios passivos e inertes.

Aquela frieza irritou-lhe a vaidade. Apertou-a contra o peito; disse-lhe baixo, pondo muita paixão na voz:

— Nem um beijo me queres dar?

Nos olhos de Luísa passou um ligeiro clarão; beijou-o rapidamente, e recuando:

— Adeus.

Basílio esteve um momento a olhá-la, teve como um leve suspiro:

— Adeus! — E da porta, voltando-se, com melancolia: — Escreve-me ao menos. Sabes a minha morada. rue Saint Florentin, 22.

Luísa chegou-se à janela. Viu-o acender o charuto na rua, falar ao cocheiro, saltar para o *coupé*, fechar com força a portinhola, sem um olhar para as janelas!

O trem rolou. Era o nº 10... Nunca mais o veria! Tinham palpitado no mesmo amor, tinham cometido a mesma culpa. — Ele partia alegre, levando as recordações romanescas da aventura; ela ficava, nas amarguras permanentes do erro. E assim era o mundo!

Veio-lhe um sentimento pungente de solidão e de abandono. Estava só, e a vida aparecia-lhe como uma vasta planície desconhecida, coberta da densa noite, eriçada de perigos!

Entrou no quarto devagar, foi-se deixar cair no sofá; viu ao pé o saco de marroquim, que preparara na véspera para fugir; abriu-o, pôs-se a tirar lentamente os lenços, uma camisinha bordada — encontrou a fotografia de Jorge! Ficou com ela na mão, contemplando o seu olhar leal, o seu sorriso bom. — Não, não estava no mundo só! Tinha-o a ele! Amava-a aquele, nunca a trairia, nunca a abandonaria! — E colando os beiços ao retrato, umedecendo-o de beijos convulsivos, atirou-se de bruços, lavada em lágrimas dizendo: — Perdoa-me, Jorge, meu Jorge, meu querido Jorge, Jorge da minha alma!

Depois de jantar, Joana veio dizer-lhe timidamente:

— A senhora não lhe parece que seria bom ir saber da senhora Juliana?

— Mas onde quer você ir saber? — perguntou Luísa.

— Ela às vezes vai a casa de uma amiga, uma inculcadeira, para os lados do Carmo. Talvez lhe tivesse dado alguma, esteja mal. Mas também não mandar recado desde ontem pela manhã... Cousa assim! Eu podia ir saber...

— Pois bem, vá, vá.

Aquela desaparição brusca inquietava também Luísa. Onde estava, que fazia? Parecia-lhe que alguma cousa se tramava em segredo, longe dela, que viria de repente estalar-lhe sobre a cabeça, terrivelmente...

Anoiteceu. Acendeu as velas. Tinha um certo medo de estar assim só em casa; e, passeando pelo quarto, pensava que àquela hora Basílio em Santa Apologia comprava alegremente o seu bilhete, instalava-se no vagão, acendia o charuto, e daí a pouco, a máquina, arquejando, levá-lo-ia para sempre! Porque não acreditava "na demora de três semanas, um mês"! Ia para sempre, safava-se! E apesar de o detestar sentia que alguma cousa dentro em si se partia com aquela separação, e sangrava dolorosamente!

Eram quase nove horas quando a campainha retiniu com pressa. Julgou que seria Joana de volta, foi abrir com um castiçal — e recuou vendo Juliana, amarela, muito alterada.

— A senhora faz favor de me dar uma palavra?

Entrou no quarto atrás de Luísa, e imediatamente rompeu, gritando, furiosa:

— Então a senhora imagina que isto há de ficar assim? A senhora imagina que por o seu amante se safar, isto há de ficar assim?

— Que é, mulher? — fez Luísa, petrificada.

— Se a senhora pensa, que por o seu amante se safar, isto há de ficar em nada? — berrou.

— Oh mulher, pelo amor de Deus!...

A sua voz tinha tanta angústia que Juliana calou-se. Mas depois de um momento, mais baixo:

— A senhora bem sabe que se eu guardei as cartas, para alguma cousa era! Queria pedir ao primo da senhora que me ajudasse! Estou cansada de trabalhar, e quero o meu descanso. Não ia fazer escândalo, o que desejava é que ele me ajudasse... Mandei ao hotel esta tarde... O primo da senhora tinha desarvorado! Tinha ido para o lado dos Olivais, para o inferno! E o criado ia à noite com as malas. Mas a senhora pensa que me logram? — E retomada pela sua cólera, batendo com o punho furiosamente na mesa: — Raios me partam, se não houver uma desgraça nesta casa, que há de ser falada em Portugal!

— Quanto quer você pelas cartas, sua ladra? — disse Luísa, erguendo-se direita, diante dela.

Juliana ficou um momento interdita.

— A senhora ou me dá seiscentos mil-réis, ou eu não largo os papéis! — respondeu, empertigando-se.

— Seiscentos mil-réis?! Onde quer você que eu vá buscar seiscentos mil-réis?

— Ao inferno! — gritou Juliana. — Ou me dá seiscentos mil-réis, ou tão certo como eu estar aqui, o seu marido há de ler as cartas!

Luísa deixou-se cair numa cadeira, aniquilada.

— Que fiz eu para isto, meu Deus? Que fiz para isto?...

Juliana plantou-se-lhe diante, muito insolente.

— A senhora diz bem, sou uma ladra, é verdade, apanhei a carta no cisco, tirei as outras do gavetão. É verdade! E foi para isto, para mais pagarem! — E traçando, destraçando o xale, numa excitação frenética: — Não que a minha vez havia de chegar! Tenho sofrido muito, estou farta! Vá buscar o dinheiro onde quiser. Nem cinco réis de menos! Tenho passado anos e anos a ralar-me! Para ganhar meia moeda por mês, estafo-me a trabalhar, de madrugada até à noite, enquanto a senhora está de pânria! É que eu levanto-me às seis horas da manhã — e é logo engraxar, varrer, arrumar, labutar, e a senhora está muito regalada em vale de lençóis, sem cuidados, nem canseiras. Há um mês que me ergo com o dia, pra meter em goma, passar, engomar! A senhora suja, suja, quer ir ver quem lhe parece, aparecer-lhe com tafularias por baixo, e cá está a negra, com a pontada no coração, a matar-se, com o ferro na mão! E a senhora, são passeios, tipoias, boas sedas, tudo o que lhe apetece — e a negra? A negra a esfalfar-se!

Luísa, quebrada, sem força de responder, encolhia-se sob aquela cólera como um pássaro sob um chuveiro. Juliana ia-se exaltando com a mesma violência da sua voz. E as lembranças das fadigas, das humilhações, vinham atear-lhe a raiva, como achas numa fogueira.

— Pois que lhe parece?! — exclamava. — Não que eu coma os restos e a senhora os bons bocados! Depois de trabalhar todo o dia, se quero uma gota de vinho, quem mo dá? Tenho de o comprar! A senhora já foi ao meu quarto? É uma enxovia! A percevejada é tanta que tenho de dormir quase vestida! E a senhora se sente uma mordedura, tem a negra de desaparafusar a cama, e de a catar frincha por frincha. Uma criada! A criada é o animal. Trabalha se pode, senão rua, para o hospital. Mas chegou-me a minha vez — e dava palmadas no peito, fulgurante de vingança. — Quem manda agora, sou eu!

Luísa soluçava baixo.

— A senhora chora! Também eu tenho chorado muita lágrima! Ai! Eu não lhe quero mal, minha senhora, certamente que não! Que se divirta, que goze, que goze! O que eu quero é o meu dinheiro. O que eu quero é o meu dinheiro aqui escarrado, ou o papel há de ser falado! Ainda este teto me rache, se eu não for mostrar a carta ao seu homem, aos seus amigos, à vizinhança toda, que há de andar arrastada pelas ruas da amargura!

Calou-se, exausta; e com a voz entrecortada de cansaços:

— Mas dê-me a senhora o meu dinheiro, o meu rico dinheiro, e aqui tem os papéis, e o que lá vai, lá vai, e até lhe levo outras. Mas o meu dinheiro pra aqui! E também lhe digo, que morta seja eu neste instante com um raio, se depois de eu receber o meu dinheiro esta boca se torma a abrir! — E deu uma palmada na boca.

Luísa erguera-se devagar, muito branca:

— Pois bem — disse, quase num murmúrio — eu lhe arranjarei o dinheiro. Espere uns dias.

Fez-se um silêncio — que depois do ruído parecia muito profundo, e tudo no quarto como que se tornara mais imóvel. Apenas o relógio batia o seu tique-taque, e duas velas sobre o toucador consumindo-se davam uma luz avermelhada, e direita.

Juliana tomou a sombrinha, traçou o xale, e depois de fitar Luísa um momento:

— Bem, minha senhora — disse, muito seca. Voltou as costas, saiu.

Luísa sentiu-a bater a cancela com força.

— Que expiação, Santo Deus! — exclamou, caindo numa cadeira, banhada de novo em lágrimas.

Eram quase dez horas quando Joana voltou.

— Não pude saber nada, minha senhora, na inculcadeira ninguém sabe dela.

— Bem, traga a lamparina.

E Joana, ao despir-se no seu quarto, rosnava consigo:

— A mulher tem arranjo, está metida por aí com algum súcio!

Que noite para Luísa! A cada momento acordava num sobressalto, abria os olhos na penumbra do quarto, e caía-lhe logo na alma, como uma punhalada, aquele cuidado pungente: Que havia de fazer? Como havia de arranjar dinheiro? Seiscentos mil-réis! As suas joias valiam talvez duzentos mil-réis. Mas depois, que diria Jorge? Tinha as pratas... Mas era o mesmo!

A noite estava quente, e na sua inquietação a roupa escorregara, apenas lhe restava o lençol sobre o corpo. Às vezes a fadiga readormecia-a de um sono superficial, cortado de sonhos muito vivos. Via montões de libras reluzirem vagamente, maços de notas agitarem-se brandamente no ar. Erguia-se, saltava para as agarrar, mas as libras começavam a rolar, a rolar como infinitas rodinhas sobre um chão liso, e as notas desapareciam, voando muito leves com um frêmito de asas irônicas. Ou então era alguém que entrava na sala, curvava-se respeitosamente, e começava a tirar do chapéu, a deixar-lhe cair no regaço libras, moedas de cinco mil-réis, peças, muitas, muitas, profusamente; não conhecia o homem; tinha um chinó vermelho e uma pera impudente. Seria o diabo? Que lhe importava? Estava rica, estava salva! Punha-se a chamar, a gritar por Juliana, a correr atrás dela, por um corredor que não findava, e que começava a estreitar-se, a estreitar-se, até que era como uma fenda por onde ela se arrastava de esguelha, respirando mal, e apertando sempre contra si o montão de libras que lhe punha frialdades de metal sobre a pele nua do peito. Acordava assustada; e o contraste da sua miséria real com aquelas riquezas do sonho era como um acréscimo de amargura. Quem lhe poderia valer? — Sebastião! Sebastião era rico, era bom. Mas mandá-lo chamar, e dizer-lhe ela, ela Luísa, mulher de Jorge: — Empreste-me seiscentos mil-réis. — Para quê, minha senhora? E podia lá responder: para resgatar umas cartas que escrevi ao meu amante. Era lá possível! Não, estava perdida. Restava-lhe ir para um convento.

A cada momento voltava o travesseirinho que lhe escaldava o rosto; atirou a touca, os seus longos cabelos soltaram-se, prendeu-os ao acaso com um gancho; e de costas, com a cabeça sobre os braços nus, pensava amargamente no romance de todo aquele verão, — a chegada de Basílio, o passeio ao Campo Grande, a primeira visita ao *Paraíso*...

Onde iria ele, aquele infame? Dormindo tranquilamente nas almofadas do vagão!

E ela ali, na agonia!

Atirou o lençol, abafava. E descoberta, mal se distinguindo da alvura da roupa, adormeceu quando a madrugada rompia.

Acordou tarde, sucumbida. Mas logo na sala de jantar a beleza da manhã gloriosa reanimou-a. O sol entrava abundante e radioso pela janela aberta; os canários faziam um concerto; da forja ao pé saía um martelar jovial; e o largo azul vigoroso levantava as almas. Aquela alegria das cousas deu-lhe como uma coragem inesperada. Não se havia de abandonar a uma desesperança inerte... Que diabo! Devia lutar!

Vieram-lhe esperanças, então. Sebastião era bom, Leopoldina tinha expedientes, havia outras possibilidades, o acaso mesmo; e tudo isto podia, em definitivo, formar seiscentos mil-réis, salvá-la! Juliana desapareceria, Jorge voltaria! — E, alvoroçada, via perspectivas de felicidades possíveis reluzirem, no futuro, deliciosamente.

Ao meio-dia veio o criadito de Sebastião: o senhor tinha chegado de Almada, desejava saber como a senhora estava.

Correu ela mesma à porta: que pedia ao Senhor Sebastião, que viesse logo que pudesse!

Acabou-se! Sentia-se resoluta, ia falar a Sebastião... No fim era o que lhe restava: contar ela tudo a Sebastião, ou que a outra contasse tudo a seu marido. Impossível hesitar! E depois podia atenuar, dizer que fôra só uma correspondência platônica... A partida de Basílio, além disso, fazia daquele erro um fato passado, quase antigo... E Sebastião era tão amigo dela!

Veio, era uma hora. Luísa que estava no quarto sentiu-o entrar, e só o som dos seus passos grossos no tapete da sala deu-lhe uma timidez, quase um terror. Parecia-lhe agora muito difícil, terrível de dizer... Preparara frases, explicações, uma história de galanteio, de cartas trocadas; e estava com a mão no fecho da porta, a tremer. Tinha medo dele! Ouvia-o passear pela sala; e receando que a impaciência lhe desse mau humor, entrou.

Afigurou-se-lhe mais alto, mais digno; nunca o seu olhar lhe parecera tão reto, e a sua barba tão séria!

— Então que é? Precisa alguma cousa? — perguntou-lhe ele depois das primeiras palavras sobre Almada, sobre o tempo.

Luísa teve uma cobardia indominável, respondeu logo:

— É por causa de Jorge!

— Aposto que não lhe tem escrito?

— Não.

— Esteve muito tempo sem me escrever também. — E rindo: — Mas hoje recebi duas cartas por atacado.

Procurou-as entre outros papéis que tirou da algibeira. Luísa fora sentar-se no sofá; olhava-o com o coração aos pulos, e as suas unhas impacientes raspavam devagarinho o estofo.

— É verdade — dizia Sebastião, revolvendo o maço de papéis. — Recebi duas, fala em voltar, diz que está muito secado... — E estendendo uma carta a Luísa: — Pode ver.

Luísa desdobrara-a, e começava a ler; mas Sebastião, estendendo a mão precipitadamente:

— Perdão, não é essa!

— Não, deixe ver...

— Não diz nada, são negócios...

— Não, quero ver!

Sebastião, sentado à beira da cadeira, coçava a barba, olhando-a, muito contrariado. E Luísa de repente, franzindo a testa:

— O quê? — A leitura espalhava-lhe no rosto uma surpresa irritada. — Realmente!...

— São tolices, são tolices! — murmurava Sebastião, muito vermelho.

Luísa pôs-se então a ler alto, devagar:

"Saberás, amigo Sebastião, que fiz aqui uma conquista. Não é o que se pode chamar uma princesa, porque é nem mais nem menos que a mulher do estanqueiro. Parece estar abrasada no mais impuro fogo, por este seu criado. Deus me perdoe, mas desconfio até que me leva apenas um vintém pelos charutos de pataco, fazendo assim ao esposo, o digno Carlos, a dupla partida de lhe arruinar a felicidade e a tenda!" — Que graça! — murmurou Luísa, furiosa. — "Receio muito que se repita comigo o caso bíblico da mulher de Putifar. Acredita que há um mérito em lhe resistir, porque a mulher, estanqueira como é, é lindíssima. E tenho medo que suceda algum fracasso à minha pobre virtude..."

Luísa interrompeu-se, e olhou Sebastião com um olhar terrível.

— São brincadeiras! — balbuciou ele.

Ela seguiu, lendo: "Olha, se a Luísa soubesse desta aventura! De resto, o meu sucesso não para aqui: a mulher do delegado faz-me um olho dos diabos! É de Lisboa, de uma gente Gamacho, que parece que mora para Belém, conheces? E dá-se ares de morrer de tédio, na tristeza provinciana da localidade. Deu uma *soirée* em minha honra, e em minha honra, creio também, decotou-se. Muito bonito colo" — Luísa fez-se escarlate — "e uma queda do diabo..."

— Está doudo! — exclamou ela. — "E aqui tens o teu amigo feito um D. Juan do Alentejo, e deixando um rasto de chamas sentimentais por essa província fora! O Pimentel recomenda-se..."

Luísa ainda leu baixo algumas linhas, e erguendo-se bruscamente, dando a carta a Sebastião:

— Muito bem, diverte-se! — disse com uma voz sibilante.

— São lá cousas que se tomem a sério! Não deve tomar a sério...

— Eu! — exclamou ela. — Acho muito natural até!

Sentou-se, começou, com volubilidade, a falar de outras cousas, de D. Felicidade, de Julião...

— Trabalha muito agora para o concurso — disse Sebastião. Quem não tenho visto é o conselheiro.

— Mas, quem é essa gente Gamacho, de Belém?

Sebastião encolheu os ombros — e com um ar quase repreensivo:

— Ora realmente tomou a sério...

Luísa interrompeu-o:

— Ah! Sabe? Meu primo Basílio partiu.

Sebastião teve um alvoroço de alegria.

— Sim?

— Foi para Paris, não creio que volte. — E depois de uma pausa, parecendo ter esquecido Jorge, e a carta: — Só em Paris está bem... Estava no ar para partir. — Acrescentou com pancadinhas leves nas pregas do vestido: — Precisava casar, aquele rapaz.

— Pra assentar — disse Sebastião.

Mas Luísa não acreditava que um homem que gostava tanto de viagens, de cavalos, de aventuras, pudesse dar um bom marido.

Sebastião era de opinião que às vezes sossegavam, e eram homens de família...

— Têm mais experiência — disse.

— Mas um fundo leviano — observou ela.

E depois destas palavras vagas calaram-se com embaraço.

— Eu a falar a verdade — disse então Luísa — estimei que meu primo partisse... Como tinha havido essas tolices na vizinhança... Ultimamente mesmo quase que o não vi. Esteve aí ontem, veio despedir-se, fiquei surpreendida...

Estava tornando impossível a história de um galanteio platônico, cartas trocadas — mas um sentimento mais forte que ela impelia-a a atenuar, distanciar as suas relações com Basílio. Acrescentou mesmo:

— Eu sou amiga dele, mas somos muito diferentes... Basílio é egoísta, pouco afeiçoado... De resto a nossa intimidade nunca foi grande...

Calou-se bruscamente, sentiu que "se enterrava".

Sebastião lembrava-se ouvir-lhe dizer "que tinham sido criados ambos de pequenos"; mas, enfim, aquela maneira de falar do primo, parecia-lhe a prova maior de que "não houvera nada". Quase se queria mal pelas dúvidas, que tivera, tão injustas!...

— E volta? — perguntou.

— Não me disse, mas não creio. Em se pilhando em Paris!

E com a ideia da carta, de repente:

— Então o Sebastião é o confidente de Jorge?

Ele riu:

— Oh minha senhora! Pois acredita...

— E a mim quando me escreve, que se aborrece, que está só, que não suporta o Alentejo... — Mas vendo Sebastião olhar o relógio:

— O quê, já? É cedo.

Tinha de estar na Baixa antes das três, disse ele.

Luísa quis retê-lo. Não sabia para quê — porque a cada momento sentia a sua resolução diminuir, desaparecer como a água de um rio que se absorve no seu leito. Pôs-se a falar-lhe das obras de Almada.

Sebastião começara-as pensando que duzentos ou trezentos mil-réis fariam as restaurações necessárias; mas depois umas cousas tinham trazido outras — e, dizia, está-se-me tornando um sorvedouro!

Luísa riu, forçadamente.

— Ora, quando se é proprietário e rico!...

— Isso sim! Parece que não é nada; mas uma pintura numa porta, uma janela nova, uma sala forrada de papel, um soalho, e isto e aquilo, e lá se vão oitocentos mil-réis... Enfim!...

Levantou-se, e despedindo-se:

— Eu espero que aquele vadio se não demore muito...

— Se a estanqueira der licença...

Ficou a passear na sala, nervosa, com aquela ideia. Deixar-se namorar pela estanqueira, e a mulher do delegado, e as outras!... De certo, tinha confiança nele, mas os homens!... De repente representou-se-lhe a estanqueira prendendo-o nos braços detrás do balcão, ou Jorge beijando, nalguma entrevista, de noite, o colo bonito da mulher do delegado!... E tumultuosamente apareceram-lhe todas as razões que provavam irrecusavelmente a traição de Jorge: estava há dous meses fora! Sentia-se cansado da sua viuvez! Encontrava uma mulher bonita! Tomava aquilo como um prazer passageiro, sem importância!... Que infame! Resolveu escrever-lhe uma carta digna e ofendida, "que viesse imediatamente, ou que partia ela!" — Entrou no quarto, muito excitada. A fotografia de Jorge, que ela tirara na véspera do saco de marroquim, ficara no toucador. Pôs-se a olhá-la: não admirava que o namorassem, era bonito, era amável... Veio-lhe uma onda de ciúme, que lhe obscureceu o olhar; se ele a enganasse, se tivesse a certeza da "mais pequena cousa" — separava-se, recolhia-se a um convento, morria de certo, matava-o!...

— Minha senhora — veio dizer Joana — é um galego com esta carta. Está à espera da resposta.

Que espanto! Era de Juliana!

Escrita em papel pautado, numa letra medonha, eriçada de erros de ortografia, dizia:

> "Minha Senhora.
>
> Bem sei que fui imprudente, o que a senhora deve atribuir tanto à minha desgraça como à falta de saúde, o que às vezes faz que se tenham gênios repentinos. Mas se a senhora quer que eu volte e faça o serviço como dantes — ao qual creio que a senhora não pode opor-se, terei muito gosto em ser agradável na certeza que nunca mais se falará em tal até que a senhora queira, e cumpra o que prometeu. Prometo fazer o meu serviço, e desejo que a senhora esteja por isto pois que é para bem de todos. Pois que foi gênio e naturalmente todos têm os seus repentes, e com isto não canso mais e sou
>
> Serva muito obediente
> a criada
> *Juliana Couceiro Tavira.*"

Ficou com a carta na mão, sem resolução. A sua primeira vontade foi dizer — não! Tornar a recebê-la, vê-la, com a sua face horrível, a cuia enorme! Saber que ela tinha no bolso a sua carta, a sua desonra, e chamá-la, pedir-lhe água, a lamparina, ser servida por ela! Não! Mas veio-lhe um terror: se recusasse irritava a criatura, Deus sabe o que faria! Estava nas mãos dela, devia passar por tudo. Era o seu castigo... Hesitou ainda um momento:

— Que sim, que venha, é a resposta.

Juliana veio com efeito às oito horas. Subiu pé ante pé para o sótão, pôs o fato de casa e as chinelas, e desceu para o quarto dos engomados, onde Joana sentada num tapete costurava, à luz do petróleo.

Joana, muito curiosa, acabrunhou-a logo de perguntas: Onde estivera? O que tinha acontecido? Por que não dera notícias? — Juliana contou que fora a uma visita a uma amiga, à calçada do Marquês de Abrantes, e que de repente lhe dera um flato, e a dor... Não quis mandar dizer, porque imaginara que poderia vir. Mas qual! Estivera dia e meio de cama...

Quis saber então o que tinha feito a senhora, se saíra, quem estivera...

— A senhora tem andado a modo incomodada — disse Joana.

— É do tempo — observou Juliana. — Tinha trazido a sua costura, e ambas caladas continuaram o serão.

Às dez horas Luísa ouviu bater devagarinho à porta do quarto. Era *ela*, de certo!

— Entre...

A voz de Juliana disse muito naturalmente:

— Está o chá na mesa.

Mas Luísa não se decidia a ir à sala, com medo, horror de a ver! Deu voltas no quarto, demorou-se; foi enfim, toda trêmula. Juliana vinha justamente no corredor; encolheu-se contra a parede, com respeito, disse:

— Quer que vá pôr a lamparina, minha senhora?

Luísa fez que sim com a cabeça, sem a olhar.

Quando voltou ao quarto Juliana enchia o jarro; e depois de ter aberto a cama, cerrado as portas, quase em pontas de pés:

— A senhora não precisa mais nada? — perguntou.

— Não.

— Muito boa noite, minha senhora.

E não houve outra palavra mais.

— Parece um sonho! — pensava Luísa, ao despir-se melancolicamente. — Esta criatura, com as minhas cartas, instalada em minha casa para me torturar para me roubar! — Como se achava ela, Luísa, naquela situação? Nem sabia. As cousas tinham vindo tão bruscamente, com a precipitação furiosa de uma borrasca, que estala! Não tivera tempo de raciocinar, de se defender; fora embrulhada; e ali estava, quase sem "dar fé", na sua casa sob a dominação da sua criada! Ah! Se tivesse falado a Sebastião! Tinha agora o dinheiro, de certo, notas, ouro... Com que frenesi lho arremessaria, a expulsaria, e a arca, e os trapos, e a cuia!... — Jurou a si própria falar a Sebastião, dizer tudo! Iria mesmo a casa dele, para o impressionar mais!

Daí a pouco, quebrada da agitação do dia, adormecera — e sonhava que um estranho pássaro negro lhe entrara no quarto, fazendo uma ventania, com as suas asas pretas de morcego: era Juliana! Corria aterrada ao escritório, gritando: Jorge! Mas não via nem livros, nem estante, nem mesa: — havia uma armação reles de loja de tabaco, e por trás do balcão, Jorge acariciava sobre os joelhos uma bela mulher de formas robustas, em camisa de estopa, que perguntava com uma voz desfalecida de voluptuosidade e os olhos afogados em paixão: — Brejeiros ou de Xabregas? — Fugia então de casa indignada, e, através de sucessos confusos, via-se ao lado de Basílio, numa rua sem fim, onde os palácios tinham fachadas de catedrais, e as carruagens rolavam ricamente com uma pompa de cortejo. Contava soluçando a Basílio a traição de Jorge. E Basílio, saltitando em volta dela com requebros de palhaço, repenicava uma viola, e cantava:

Escrevi uma carta a Cupido
A mandar-lhe perguntar
Se um coração ofendido
Tem obrigação de amar!

— Não tem! — gania a voz de Ernestinho, brandindo triunfante um rolo de papel. — E tudo se obscurecia de repente nos largos voos circulares que fazia Juliana com as suas asas de morcego.

9

Juliana voltara para casa de Luísa por conselhos da tia Vitória.

— Olha, minha rica, tinha-lhe ela dito, não há que ver, o pássaro fugiu-nos! Suspira, bem podes suspirar que o dinheiro grosso foi-se! Quem podia lá adivinhar que o homem desarvorava! Não, lá isso podes tirar daí o sentido! Que dela escusas de esperar nem cheta...

— Também me regalo de mandar as cartas ao marido, tia Vitória!

A velha encolheu os ombros:

— Não lucras nada com isso. Ou que eles se desquitem, ou que ele lhe parta os ossos, ou que a mande para um convento — tu não ganhas nada. E se se acomodarem, mais ficas a chuchar no dedo, porque nem tens a consolação de fazeres a cizânia. E isto é se as cousas correrem pelo melhor, porque podes muito bem ficar, mas é em lençóis de vinagre com alguma carga de pau que eles te mandem dar. — E vendo um gesto espantado de Juliana: — Já não era o primeiro caso, minha rica, já não era o primeiro. Olha que em Lisboa, passa-se muita cousa, e nem tudo vem nos jornais!

Positivamente o que ela tinha a fazer era voltar para a casa. Porque enfim o que restava de tudo aquilo? O medo de D. Luísa: esse é que lá estava sempre a dar-lhe por dentro a cólica; desse é que era necessário tirar partido...

— Tu voltas para lá — dizia — à espera que ela cumpra o que prometeu. Se te dá o dinheiro, bem... Se não, tem-na em todo o caso na mão, estás de dentro da praça, sabes o que se passa, podes-lhe apanhar muita cousa...

Mas Juliana hesitava. — Era difícil viverem debaixo das mesmas telhas sem haver uma questão por dá cá aquela palha.

— Não te diz uma palavra, tu verás...

— Mas tenho medo...

— De quê? — exclamava a tia Vitória. Ela não era mulher para a envenenar, não é verdade? Então? Quem a nada se arriscava nada ganhava. — Isto é se queres — acrescentou — se não, trata de te arranjar noutra parte, e deita as cartas para o fundo da arca. Que diabo! Tu vais ver, se não te convém, safas-te...

Juliana decidiu ir, "a ver".

E reconheceu logo, que "aquela finória da tia Vitória tinha carradas de razão".

Luísa, com efeito, parecia resignada. Sebastião tinha ido para Almada, outra vez. Mas como estava decidida, apenas ele voltasse, a ir a casa dele uma manhã, atirar-se-lhe aos pés, contar-lhe *tudo*, *tudo*, suportava Juliana, refletindo: — É apenas por dias! — Por isso não lhe disse uma palavra. Para quê? O que tinha a fazer era pagar-lhe e pô-la fora, não é verdade? Enquanto o não pudesse fazer, era aguentar e calar. Até que Sebastião voltasse...

Entretanto evitava vê-la. Nunca a chamava. Não saía da alcova de manhã, sem a ter sentido fora no quarto encher o banho, sacudir os vestidos. Ia para a sala de jantar com um livro, e nos intervalos não levantava os olhos das páginas. E durante todo o dia conservava-se no quarto com a porta fechada, lendo, costurando, pensando em Jorge, — às vezes também em Basílio com ódio, desejando a volta de Sebastião, e preparando a sua história.

Juliana, uma manhã, encontrou Luísa no corredor trazendo para o quarto o regador cheio de água.

— Oh minha senhora! Por que não chamou? — exclamou, quase escandalizada.

— Não tem dúvida — disse Luísa.

Mas Juliana seguiu-a ao quarto, e cerrando a porta:

— Ó minha senhora! — disse muito ofendida — isto assim não pode continuar. A senhora parece que tem medo de me ver, credo! Eu voltei para fazer o meu serviço como dantes... Verdade, verdade, naturalmente, sempre espero que a senhora faça o que prometeu... E lá largar as cartas não largo, sem ter seguro o pão da velhice. Mas o que se passou foi um repente de gênio, e já pedi perdão à senhora. Quero fazer o meu serviço... Agora se a senhora não quer, então saio, e — acrescentou com uma voz seca — talvez seja pior para todos!...

Luísa, muito perturbada, balbuciou:

— Mas...

— Não, minha senhora — cortou Juliana severamente — aqui a criada sou eu.

E saiu, empertigada.

Tanta audácia aterrou Luísa. Aquela ladra era capaz de tudo!

Então, para a não irritar começou, daí por diante, a chamá-la, a dizer: — Traga isto, traga aquilo — sem a olhar.

Mas Juliana fazia-se tão serviçal, era tão calada, que Luísa pouco a pouco, dia a dia, com o seu caráter móbil, inconsciente, cheio de deixar-se ir, principiou a perder o sentimento pungente daquela dificuldade. E no fim de três semanas "as cousas tinham entrado nos seus eixos" — dizia Juliana.

Luísa já gritava por ela do quarto, já a mandava a recados fora: Juliana chegava a ter às vezes migalhas de conversação: — Está um calor de morrer... A lavadeira tarda... — Um dia arriscou esta frase mais íntima: — Encontrei a criada da senhora D. Leopoldina.

Luísa perguntou:

— Ainda está para o Porto?

— Ainda se demora um mês, minha senhora...

De resto havia na casa um aspecto muito tranquilo, e Luísa, depois de tantas agitações, abandonava-se com gozo à satisfação daquele descanso. Ia às vezes ver D. Felicidade à Encarnação, que já se levantava. E esperava sempre Sebastião, mas sem impaciência, quase contente por ver adiado o momento terrível de lhe dizer: escrevi a um homem, Sebastião!

Assim iam passando os dias; estava-se no fim de setembro.

Uma tarde Luísa ficara mais tempo à janela da sala de jantar; deixara cair o livro no regaço, e olhava, sorrindo, um bando de pombas que de algum quintal vizinho viera pousar sobre o tabique do terreno vago. Pensava vagamente em Basílio, no *Paraíso*... Sentiu passos, era Juliana.

— Que é?

A mulher cerrara a porta, e vindo junto dela, baixo:

— Então a senhora ainda não decidiu nada?

Luísa sentiu como uma pancada no estômago.

— Ainda não pude arranjar nada...

Juliana esteve um momento a olhar para o chão:

— Bem — murmurou, por fim.

E Luísa ouviu-a, no corredor, dizer alto:

— Isto quando o senhor voltar é que são os ajustes de contas!

Quando Jorge voltasse! Imediatamente no seu espírito, que se tinha pouco a pouco serenado, todos os sustos, as angústias estremeceram de novo àquela ameaça — assim uma rajada súbita põe em convulsão um arvoredo. Devia, pois, fazer *alguma cousa* antes que ele chegasse! Justamente Jorge escrevera-lhe, que "não se demoraria, que a avisaria pelo telégrafo..." Desejava, agora, que do ministério o mandassem fazer uma viagem mais longe, pela Espanha ou pela África; que alguma catástrofe, sem lhe fazer mal, o retardasse meses!...

Que faria ele, se soubesse? Matá-la-ia? Lembravam-lhe as suas palavras muito sérias, naquela noite, quando Ernestinho contara o final do seu drama... Metê-la-ia numa carruagem, levá-la-ia a um convento? E via a grossa portaria fechar-se com um ruído funerário de ferrolhos, olhos lúgubres estudá-la curiosamente...

O seu terror irraciocinado fizera-lhe mesmo perder a ideia nítida de seu marido; imaginava um *outro* Jorge sanguinário e vingativo, esquecendo o seu caráter bom, tão pouco melodramático. Um dia foi ao escritório, tomou a caixa das pistolas, fechou-a num baú de roupa velha, e escondeu a chave!...

Uma ideia amparava-a: era que apenas Sebastião viesse de Almada, estava salva; e apesar daquela agonia miúda de todos os momentos, quase receava saber *que ele tivesse chegado* — tanto a confissão da verdade lhe parecia uma agonia maior! Foi por esse tempo, então, que lhe veio uma lembrança — escrever a Basílio. O terror permanente amolecera-lhe o orgulho, como a lenta infiltração da água faz a uma parede; e todos os dias começou a achar uma razão, *mais uma*, para se dirigir "àquele infame": fora seu amante, já sabia todo o caso das cartas, era o seu único parente... E não teria de "dizer" a Sebastião! Já às vezes pensara que não aceitar dinheiro de Basílio fora uma "fanfarronada bem tola"! Um dia enfim escreveu-lhe. Era uma carta longa, um pouco confusa, pedia-lhe *seiscentos mil-réis*. Foi ela mesma levá-la ao correio, sobrecarregando-a de estampilhas.

Nessa tarde, por acaso, Sebastião, que chegara de Almada, veio vê-la. Recebeu-o com alegria, feliz *por não ter de lhe contar...* Falou da volta de Jorge; aludiu mesmo ao primo Basílio, à "pouca-vergonha da vizinhança..."

— Não — disse — é a primeira cousa que hei de contar ao Jorge.

Porque se considerava salva, agora! E todos os dias seguia a carta, no seu caminho para França, como se a sua mesma vida fosse dentro daquele sobrescrito entregue ao acaso dos trens e à confusão das viagens! Chegara a Madri, depois a Baiona, depois a Paris! Um carteiro corria a entregá-la na rue Saint Florentin. Basílio abria-a tremendo, enchia um sobrescrito de notas, muitas, que cobria de beijos, e o envelope, trazendo a sua salvação e o seu descanso, começava a rolar para baixo, pela França e pela Navarra, soprando como um monstro e apressando-se como um próprio.

No dia em que a resposta *devia* chegar, levantou-se mais cedo, agitada, com o ouvido pregado na porta, esperando o toque do carteiro. Via-se já a expulsar Juliana, a soluçar de alegria!... Mas às dez e meia começou a estar nervosa: às onze chamou Joana, "que fosse saber se o carteiro passara".

— Diz que sim, minha senhora, que já passou.

— Canalha! — murmurou, pensando em Basílio.

Talvez, todavia, não tivesse respondido no mesmo dia! Esperou ainda, mas desconsolada, já sem fé. Nada! Nem na outra manhã, nem nas seguintes! O infame!

Veio-lhe então a ideia da loteria — porque insensivelmente a esperança tornara-se-lhe necessária. A primeira vez que saiu comprou umas poucas de cautelas. Apesar de não ser religiosa nem supersticiosa, meteu-as debaixo da peanha de um S. Vicente de Paula que tinha sobre a cômoda, na alcova. Não se perdia nada! Examinava-as todos os dias, somava os algarismos a ver se davam nove, noves fora, nada, ou um número par — que é de bom agouro! E aquele contacto diário com a imagem do santo levando-a a pensar de certo na proteção inesperada do céu, fez uma promessa de cinquenta missas se as cautelas fossem premiadas!...

Saíram brancas — e então desesperou de tudo; abandonou-se a uma inação em que sentia quase uma voluptuosidade, passando dias sem se importar, quase sem se vestir, desejando morrer, devorando nos jornais todos os casos de suicídios, de falências, de desgraças — consolando-se com a ideia de que nem só ela sofria, e que a vida em redor, na cidade, fervilhava de aflições.

Às vezes, de repente, vinha-lhe uma pontada de medo. Decidia-se então de novo a "abrir-se" com Sebastião; depois pensava que seria melhor escrever-lhe; mas não achava as palavras, não conseguia arranjar uma história racional; vinha-lhe uma cobardia; e recaía na sua inércia, pensando: "amanhã, amanhã..."

Quando, só, no seu quarto, se chegava por acaso à janela, punha-se a imaginar o que "diria a vizinhança, quando se soubesse"! Condená-la-iam? Lamentá-la-iam? Diriam — "Que desavergonhada"? Diriam — "Coitadinha"? E por dentro da vidraça seguia, com um olhar quase aterrado, as passeatas do Paula pela rua, o embasbacamento obeso da carvoeira, as Azevedos por trás das bambinelas de cassa! Como eles todos gritariam: — "Bem dizíamos nós! Bem dizíamos nós!" Que desgraça! — Ou então via de repente Jorge, terrível, fora de si, com as cartas na mão; e encolhia-se como se já estivesse sob a cólera dos seus punhos fechados.

Mas o que a torturava mais era a tranquilidade de Juliana — espanejando, cantarolando, servindo-a ao jantar de avental branco. Que tencionava ela? Que preparava ela? Às vezes vinha-lhe uma onda de raiva; se fosse forte ou corajosa, de certo atirar-se-lhe-ia ao pescoço, para a esganar, arrancar-lhe a carta! Mas pobre dela, era "uma mosquinha"!

Justamente, numa dessas manhãs, Juliana entrou no quarto — com o vestido de seda preto no braço. Estendeu-o na *causeuse*, e mostrou a Luísa, na saia, ao pé do último folho, um rasgão largo que parecia feito com um prego; vinha saber se a senhora queria que o mandasse à costureira.

Luísa lembrava-se bem, rasgara-o uma manhã no *Paraíso* a brincar com Basílio!

— Isto é fácil de arranjar — dizia Juliana, passando de leve a mão espalmada sobre a seda, com a lentidão de uma carícia.

Luísa examinava-o, hesitante:

— Ele também já não está novo... Olhe, guarde-o pra você!

Juliana estremeceu, fez-se vermelha:

— Oh minha senhora! — exclamou. — Muito agradecida! É um rico presente. Muito agradecida, minha senhora! Realmente... — E a voz perturbava-se-lhe.

Tomou-o nos braços, com cuidado, correu logo à cozinha. E Luísa, que a seguira pé ante pé, ouviu-a dizer toda excitada:

— E um rico presente, é o que há de melhor. E novo! Uma rica seda! — Fazia arrastar a cauda pelo chão, com um *frou-frou*. Sempre o invejara; e tinha-o agora, era o seu vestido de seda! — É de muito boa senhora, senhora Joana, é de um anjo!

Luísa voltou ao quarto, toda alvoroçada; era como uma pessoa perdida de noite, num descampado — que de repente, ao longe, vê reluzir um clarão de vidraça!

Estava salva! Era presenteá-la, era fartá-la! Começou logo a pensar no que lhe podia dar mais, pouco a pouco: o vestido roxo, roupas brancas, o roupão velho, uma pulseira!

Daí a dous dias — era um domingo — recebeu um telegrama de Jorge: "Parto amanhã do Carregado. Chego pelo comboio do Porto às 6". Que sobressalto! Voltava, enfim!

Era nova, era amorosa — e no primeiro momento todos os sustos, as inquietações desapareceram sob uma sensação de amor e de desejo, que a inundou. Viria de madrugada, encontrá-la-ia deitada, — e já pensava na delícia do seu primeiro beijo!...

Foi-se ver ao espelho: estava um pouco magra, talvez, com a fisionomia um pouco fatigada... E a imagem de Jorge aparecia-lhe então muito nitidamente, mais queimada do sol, com os seus olhos ternos, o cabelo tão anelado! Que estranha cousa! Nunca lhe apetecera tanto vê-lo. Foi logo ocupar-se dele; o escritório estaria bem arranjado? Quereria um banho morno, seria necessário aquecer a água na tina grande!... E ia e vinha, cantarolando, com um brilho exaltado nos olhos.

Mas a voz de Juliana, de repente no corredor, fê-la estremecer. Que faria ela, a mulher? Ao menos que a deixasse naqueles primeiros dias gozar a volta de Jorge, tranquilamente!... Veio-lhe uma audácia, chamou-a.

Juliana entrou, com o vestido de seda novo, movendo-se cuidadosamente:

— Quer alguma cousa, minha senhora?

— o senhor Jorge volta amanhã... — disse Luísa.

E suspendeu-se; o coração batia-lhe fortemente.

— Ah! — fez Juliana. — Bem, minha senhora.

E ia sair.

— Juliana! — fez Luísa, com a voz alterada. A outra voltou-se, surpreendida.

E Luísa batendo com as mãos, num movimento suplicante:

— Mas você ao menos nestes primeiros dias... Eu hei de arranjar, esteja certa!...

Juliana acudiu logo:

— Oh minha senhora! Eu não quero dar desgostos a ninguém. O que eu quero é um bocadinho de pão para a velhice. Da minha boca não há de vir mal a ninguém. O que peço à senhora é que se for da sua vontade e me quiser ir ajudando...

— Lá isso, sim... O que você quiser...

— Pois pode estar certa que esta boca... — E fechou os lábios com os dedos.

Que alegria para Luísa! Tinha uns dias, umas semanas, enfim, sem tormentos, com o *seu* Jorge! Abandonou-se então toda à deliciosa impaciência de o ver. Era singular — mas parecia-lhe que o amava mais!... — E depois pensaria, veria, daria outros presentes a Juliana, poderia pouco a pouco preparar Sebastião... Quase se sentia feliz.

De tarde Juliana veio dizer-lhe, muito risonha:

— A senhora Joana saiu, que era hoje o seu dia, mas eu tinha tanta precisão de sair, também! Se a senhora lhe não custasse ficar só...

— Não! Fico, que tem? Vá, vá!

E, daí a pouco, sentiu-a bater os tacões no corredor, fechar com ruído a cancela. Então de repente uma ideia deslumbrou-a, como a fulguração de um relâmpago: — ir ao quarto dela, rebuscar-lhe a arca, roubar-lhe as cartas!

Viu-a da janela dobrar a esquina. Subiu logo ao sótão, devagar, escutando, com o coração aos saltos. A porta do quarto de Juliana estava aberta; vinha de lá um cheiro de mofo, de rato e de roupa enxovalhada que a enjoou; pelo postigo entrava uma luz triste, de tarde escura; e por baixo, encostada à parede, ficava a arca! Mas estava fechada! De certo! Desceu correndo, veio buscar o seu molho de chaves... Sentia uma vergonha — mas se achasse as cartas! Aquela esperança dava-lhe todos os atrevimentos, como um vinho alcoólico. Começou a experimentar as chaves; a mão tremia-lhe; de repente a lingueta, com um estalinho seco, cedeu! Ergueu a tampa, estavam ali, talvez! E então, com cautela, muito femininamente, pôs-se a tirar as cousas uma por uma, pondo-as em cima do colchão: — o vestido de merino; um leque com figuras douradas, embrulhado em papel de seda; velhas fitas roxas e azuis, passadas a ferro; uma pregadeira de cetim cor-de-rosa, com um coração bordado a matiz; dous frasquinhos de cheiro, intactos, tendo colados ao vidro raminhos de rosas de papel recortado; três pares de botinas embrulhadas em jornais; a roupa branca, de onde se exalava um cheiro de madeira e de folhas de maçã camoesa. Entre duas camisas estava um maço de cartas atadas com um nastro... Nenhuma era dela! Nem de Basílio! Eram de uma letra de aldeia, ininteligível e amarelada! Que raiva! E ficou a olhar para a arca vazia, de pé, com os braços tristemente caídos.

Uma sombra de repente passou diante do postigo. Estremeceu, aterrada. Era um gato que, com passos leves, vadiava pelo telhado. — Tornou a repor tudo com as mesmas dobras, fechou a arca, ia a sair, — mas lembrou-se de procurar na gaveta da mesa e debaixo do travesseiro. Nada! Impacientou-se então; não se queria ir sem ter gasto toda a esperança; desmanchou a roupa da cama, remexeu a palha amolentada do enxergão, sacudiu as velhas botinas, esgaravatou os cantos... Nada! Nada!

Subitamente, a campainha tocou. Desceu a correr. Que surpresa! Era D. Felicidade.

— És tu! Como estás tu? Entra.

Estava melhor, veio logo contando pelo corredor. Saíra na véspera da Encarnação; o pé, às vezes, ainda lhe fazia mal; mas graças a Deus estava escapa! E que lhe agradecesse, era a sua primeira visita!

Entram no quarto. Escurecia, Luísa acendeu as velas.

— E como me achas tu, hem? — perguntou D. Felicidade, pondo-se diante dela.

— Um bocadito mais pálida.

Ai! Tinha sofrido muito! Ergueu a saia, mostrou o pé calçado num sapato largo, obrigou Luísa a apalpá-lo... Que uma consolação lhe restava: é que toda a Lisboa a fora ver! Graças a Deus! Toda a Lisboa, o que há de melhor em Lisboa!

— E tu esta semana — acrescentou — nem apareceste! Pois olha que te cortaram na pele...

— Não pude, filha. O Jorge chega amanhã, sabias?

— Ah sua brejeira! Viva! Está esse coraçãozinho aos pulos! — E disse-lhe um segredinho.

Riram muito.

— Pois eu — continuou D. Felicidade sentando-se — arranjei-te hoje a partida. Encontrei esta manhã o conselheiro, que me disse que vinha. Encontrei-o aos Mártires! Olha que foi sorte, logo no primeiro dia que saí! E um bocado adiante dou com Julião; diz que também vinha!... — E com a voz desfalecida:

— Sabes? Tomava uma colherinha de doce...

Foi Luísa que abriu a porta ao conselheiro e a Julião, que se tinham encontrado na escada, dizendo-lhes a rir:

— Hoje sou eu o guarda-portão!

D. Felicidade, na sala, para disfarçar a perturbação que lhe deu o espetáculo amado da pessoa de Acácio, começou, falando muito, a censurá-la "por deixar assim sair no mesmo dia as duas criadas..."

— E se te achares incomodada, filha, se te der alguma cousa?

Luísa riu. Não era afeta a fanicos...

Todavia achavam-na abatida. E o conselheiro, com interesse:

— Tem continuado a sofrer dos dentes, D. Luísa?

Dos dentes? Era a primeira vez que tal ouvia! — exclamou D. Felicidade. Julião declarou que raras vezes vira uma dentição tão perfeita.

O conselheiro apressou-se a citar:

Em lábios de coral, pérolas finas...

E acrescentou:

— É verdade, mas a última vez que tive a honra de estar com D. Luísa, viu-se tão repentinamente aflita com um dente, que teve de ir a correr chumbá-lo ao Vitri!

Luísa fez-se muito vermelha. Felizmente a campainha tocou. Devia ser a Joana, ia abrir...

— É verdade — continuou o conselheiro — tínhamos feito um delicioso passeio, quando de repente D. Luísa empalidece, e parece que a dor era tão urgente, que se precipitou para a escada do dentista, como louca...

A propósito de dores, D. Felicidade, que estava ansiosa por interessar, comover o conselheiro, começou a história do seu pé: disse a queda, o milagre de não ter morrido, as visitas assíduas de condessas e viscondessas, o susto em toda a Encarnação, os cuidados do bom dr. Caminha...

— Ai! Sofri muito! — suspirou, com os olhos no conselheiro, para provocar uma palavra simpática.

Acácio, então, disse com autoridade:

— É sempre um erro, ao descer uma escada íngreme, não procurar o apoio do corrimão.

— Mas podia ter morrido! — exclamou ela. E voltando-se para Julião: — Pois não é verdade?

— Neste mundo morre-se por qualquer cousa — disse ele enterrado numa poltrona, fumando voluptuosamente. Ele mesmo estivera naquela tarde para ser atropelado por um trem; destinara o domingo para se dar *um feriado*, e fizera um grande passeio pela circunvalação... — Há mais de um mês vivo no meu cubículo, como um frade beneditino na livraria do seu convento! — acrescentou, rindo, quebrando complacentemente a cinza do cigarro sobre o tapete.

O conselheiro quis saber então o assunto da tese: de certo muito momentoso!... E apenas Julião lhe disse: "Sobre fisiologia, senhor conselheiro", Acácio observou logo, com uma voz profunda:

— Ah! Fisiologia! Deve ser então de grande magnitude! E presta-se mais ao estilo ameno.

Queixou-se, também, de "vergar ao peso dos seus trabalhos literários..."

— Esperemos todavia, senhor Zuzarte, que não sejam infrutíferas as nossas vigílias!

— As suas, senhor conselheiro, as suas! — E com interesse: — Quando nos dá o seu novo trabalho? Há sofreguidão em o ver!

— Há alguma sofreguidão — concordou o conselheiro com seriedade. — Há dias me dizia o senhor Ministro da Justiça (esse robustíssimo talento), há dias me dizia, me fazia a honra de me dizer: Dê-nos depressa o seu livro, Acácio, estamos precisados de luz, de muita luz! Foi assim que ele disse. Eu inclinei-me, naturalmente, e respondi: Senhor Ministro, não serei eu que a negue ao meu país, quando o meu país a necessitar!

— Muito bem, muito bem, conselheiro!

— E — acrescentou — dir-lhes-ei, aqui em família, que o nosso ministro do reino me deixou entrever num futuro não remoto, a comenda de S. Tiago!

— Já lha deviam ter dado, conselheiro! — exclamou Julião, divertindo-se. — Mas neste desgraçado país... Já a devia ter ao peito, conselheiro!

— Há que tempos! — exclamou com força D. Felicidade.

— Obrigado, obrigado! — balbuciou o conselheiro, rubro. E na expansão do seu júbilo ofereceu com uma familiaridade agradecida, a sua caixa de rapé a Julião.

— Tomarei para espirrar — disse ele.

Sentia-se naquela tarde numa disposição benévola; o trabalho e as altas esperanças que ele lhe dava tinham de certo dissipado o seu azedume; parecia até ter esquecido a sua humilhação, quando encontrara ali, naquela sala, o primo Basílio, porque apenas Luísa entrou, perguntou-lhe por ele.

— Partiu para Paris, não sabiam? Há que tempos!

D. Felicidade e o conselheiro fizeram logo o elogio de Basílio. Tinha ido deixar bilhetes de visita a ambos — o que encantara D. Felicidade, e ensoberbecera o conselheiro. Era um verdadeiro fidalgo! — exclamava ela. E Acácio afirmou com autoridade:

— E uma voz de barítono, digna de S. Carlos.

— E muito elegante! — disse D. Felicidade.

— Um *gentleman*! — resumiu o conselheiro.

Julião, calado, bamboleava a perna. Agora, àqueles elogios, o seu despeito renascia; lembrava a secura cortante de Luísa, naquela manhã, as poses do outro. Não resistiu a dizer:

— Um pouco sobrecarregado nas joias e nos bordados das meias. De resto é moda no Brasil, creio...

Luísa corou; teve-lhe ódio. E, vagamente, veio-lhe uma saudade de Basílio.

D. Felicidade então perguntou por Sebastião; não o via havia um século; e lamentava, porque era uma pessoa que lhe dava saúde, só vê-la.

— É uma grande alma — disse com ênfase o conselheiro. — Todavia, censurava-o um pouco por não se ocupar, não se tornar útil ao seu país. — Porque enfim — declarou — o piano é uma bonita habilidade, mas não dá uma posição na sociedade. — Citou então Ernestinho, que, posto que dando-se à arte dramática, era todavia (e a sua voz tornou-se grave), segundo todas as informações, um excelente empregado aduaneiro...

Que fazia ele, Ernestinho? — perguntaram.

Julião tinha-o encontrado. Dissera-lhe que a *Honra e Paixão* ia daí a duas semanas, já se estavam a imprimir os cartazes, e na rua dos Condes já lhe não chamavam senão o *Dumas filho português*! E o pobre rapaz crê-se realmente um *Dumas filho*!

— Não conheço esse autor — disse com gravidade o conselheiro — posto que me pareça, pelo nome, ser filho do escritor que se tornou famoso pelos *Três Mosqueteiros* e outras obras de imaginação!... Mas, de resto, o nosso Ledesma é um esmerado cultor da arte dos Corneilles! Não lhe parece, D. Luísa?

— Sim — disse ela com um sorriso vago.

Parecia preocupada. Fora já duas vezes ao relógio do quarto ver as horas: quase dez, e Juliana sem voltar! Quem havia de servir o chá? Ela mesma foi pôr as chávenas no tabuleiro, armar o paliteiro. Quando voltou à sala notou um silêncio enfastiado... — Queriam que fosse tocar? — perguntou.

Mas D. Felicidade que olhava, ao pé de Julião, as gravuras do Dante, ilustrado por G. Doré, que ele folheava, com o volume sobre os joelhos, exclamou, de repente:

— Ai que bonito! que é? Muito bonito! Viste, Luísa?

Luísa aproximou-se.

— É um caso de amor infeliz, senhora D. Felicidade — disse Julião. — É a história triste de Paulo e Francesca de Rímini. — E explicando o desenho: — Aquela senhora sentada é Francesca; este moço de guedelha, ajoelhado aos pés dela, e que a abraça, é seu cunhado, e, lamento ter de o dizer, seu amante. E aquele barbaças, que lá ao fundo levanta o reposteiro e saca da espada, é o marido que vem, e zás! — E fez o gesto de enterrar o ferro.

— Safa! — fez D. Felicidade, arrepiada. — E aquele livro caído o que é? Estavam a ler?..

Julião disse discretamente:

— Sim... Tinham começado por ler, mas depois...

Quel giorno più no vi leggiemi avante,

o que quer dizer: — *E nós não lemos mais em todo o dia!*

— Puseram-se a derriçar — disse D. Felicidade com um sorriso.

— Pior, minha rica senhora, pior! Porque segundo a mesma confissão de Francesca, este moço, o da guedelha, o cunhado,

La bocca me bacciò tutto tremante,

o que significa: — *A boca me beijou tremendo todo...*

— Ah! — fez D. Felicidade, com um olhar rápido para o conselheiro.

— É uma novela?

— É o Dante, D. Felicidade — acudiu com severidade o conselheiro — um poema épico classificado entre os melhores. Inferior, porém, ao nosso Camões! Mas rival do famoso Milton!

— Que nessas histórias estrangeiras os maridos matam sempre as mulheres! — exclamou ela. E voltando-se para o conselheiro: — Pois não é verdade?

— Sim, D. Felicidade, repetem-se lá fora com frequência essas tragédias domésticas. O desenfreamento das paixões é maior. Mas entre nós, digamo-lo com orgulho, o lar é muito respeitado. Assim eu, por exemplo, em todas as minhas relações em Lisboa, que são numerosas, graças a Deus, não conheço senão esposas modelos. — E com um sorriso cortesão: — De que é de certo a flor a dona da casa!

D. Felicidade revirou os olhos para Luísa que estava encostada à cadeira dela, e batendo-lhe no braço:

— Isto é uma joia! — disse com amor.

— E de resto — acudiu o conselheiro — o nosso Jorge merece-o. Porque, como diz o poeta:

> Seu coração é nobre, e a fronte altiva
> Revela-lhe da alma a pura essência.

Aquela conversação impacientava Luísa. Ia sentar-se ao piano, quando D. Felicidade exclamou: — Dize cá, então não se toma hoje chá nesta casa?

Luísa foi outra vez à cozinha. Disse a Joana que viesse ela mesma com o chá. — E daí a pouco Joana, de avental branco, vermelha, muito atarantada, entrou com o tabuleiro.

— E a Juliana? — perguntou logo D. Felicidade..

— Saiu, coitada — explicou Luísa — tem andado doente...

— E anda-te então por fora até estas horas?... Boa! Até desacredita uma casa...

O conselheiro também achava imprudente:

— Porque enfim as tentações são grandes numa capital, minha senhora!

Julião exclamou, rindo:

— Não, se aquela é tentada, descreio para sempre e totalmente, dos meus contemporâneos.

— Oh senhor Zuzarte! — acudiu o conselheiro, quase severamente — referia-me a outras tentações: entrar, por exemplo, numa loja de bebidas, apetecer-lhe ir ao circo e desleixar os seus deveres...

Mas D. Felicidade não podia sofrer a Juliana; achava-lhe cara de Judas, tinha ar de ser capaz de tudo...

Luísa defendeu-a; era muito serviçal, muito boa engomadeira, muito honesta...

— E anda-te pela rua até às onze da noite! ... Credo! Fosse comigo!

— E creio — observou o conselheiro — que tem uma doença mortal. Não é verdade, senhor Zuzarte?

— Mortal. Um aneurisma — respondeu Julião, sem levantar os olhos do Dante.

— Ainda para mais! — exclamou D. Felicidade. E abaixando a voz: — Tu o que deves fazer é descartar-te dela! Uma criada com uma doença dessas! Que até lhe pode arrebentar a vir dar um copo de água à gente. Cruzes!

O conselheiro apoiava:

— E às vezes, que embaraços com a autoridade!

Julião fechou o Dante, e disse:

— Eu tem-me esquecido de avisar o Jorge; mas um dia a criatura cai-lhes redonda no chão. — E sorveu um gole de chá.

Luísa estava aflita. Parecia-lhe que uma nova complicação se formava para a torturar... Pôs-se a dizer que era tão difícil arranjar criadas...

Lá isso era, concordaram.

Falaram de criados, das suas exigências. Estavam cada vez mais atrevidos! E em se lhes dando confiança! E que imoralidade!...

— Muitas vezes é culpa das amas — disse D. Felicidade. — Fazem das criadas confidentes, e isto, em elas apanhando um segredo, tornam-se as donas da casa...

As mãos trêmulas de Luísa faziam-lhe tilintar a chávena. Disse, com uma voz afetadamente risonha:

— E o conselheiro, que tal de criados?

Acácio tossiu:

— Bem. Tenho uma pessoa respeitável, com bom paladar, muito escrupulosa em contas...

— E que não é feia — acudiu Julião. — Assim me pareceu uma vez que fui à rua do Ferregial...

Uma vermelhidão espalhara-se pela calva do conselheiro. D. Felicidade fitava-o ansiosamente, com a pupila chamejante. Acácio, então, disse com severidade:

— Nunca reparo para a fisionomia dos subalternos, senhor Zuzarte.

Julião ergueu-se e enterrando as mãos nos bolsos, jovialmente:

— Foi um grande erro abolir a escravatura!...

— E o princípio da liberdade? — acudiu logo o conselheiro. — E o princípio da liberdade? Que os pretos eram grandes cozinheiros, concordo... Mas a liberdade é um bem maior.

Alargou-se então em considerações; fulminou os horrores do tráfico, lançou suspeitas sobre a filantropia dos ingleses, foi severo com os plantadores da Nova Orleães, contou o caso da *Charles et Georges*; dirigia-se exclusivamente a Julião, que fumava, cabisbaixo.

D. Felicidade fora-se sentar ao pé de Luísa e muito inquieta, falando-lhe ao ouvido:

— Tu conheces a criada do conselheiro?

— Não.

— Será bonita?

Luísa encolheu os ombros.

— Não sei que me diz o coração, Luísa! Estou a abafar!

E enquanto Acácio, de pé, perorava para Julião, D. Felicidade ia murmurando a Luísa as queixas da sua paixão.

Que alívio para Luísa quando eles saíram! O que ela sofrera, lá por dentro, toda aquela noite! Que maçadores, que idiotas! — E a outra sem vir! Oh que vida a sua!

Foi à cozinha dizer a Joana:

— Espere pela Juliana, tenha paciência. Que ela não pode tardar; aquilo a mulher achou-se pior!

Mas já passava de meia-noite, já Luísa estava deitada, quando a campainha tocou de leve; depois mais forte; enfim, com impaciência.

A rapariga adormeceu, pensou Luísa. Saltou da cama, subiu descalça à cozinha. Joana, estirada para cima da mesa, ressonava ao pé do candeeiro de petróleo, que fumegava fetidamente. Sacudiu-a, fê-la pôr de pé, estremunhada; voltou, correndo, deitar-se; e sentiu daí a pouco, no corredor, a voz de Juliana dizer com satisfação:

— Já está tudo acomodado, hem? Pois eu estive no teatro. Muito bonito! Do melhor, senhora Joana; do melhor!

Luísa adormeceu tarde, e durante toda a noite um sonho inquieto agitou-a. — Estava num teatro imenso, dourado como uma igreja. Era uma gala: joias faiscavam sobre seios mimosos, condecorações reluziam sobre fardas palacianas. Na tribuna, um rei triste e moço, imóvel numa atitude rígida e hierática, sustentava na mão a esfera armilar, e o seu manto de veludo escuro, constelado de pedrarias como um firmamento, espalhava-se em redor em pregas de escultura, fazendo tropeçar a multidão dos cortesãos vestidos como valetes de paus.

Ela estava no palco; era atriz; debutava no drama de Ernestinho; e toda nervosa via diante de si, na vasta plateia sussurrante, fileiras de olhos negros e acesos, cravados nela com furor; no meio a calva do conselheiro, de uma redondeza nevada e nobre, sobressaía, rodeada como uma flor de um voo amoroso de abelhas. No palco oscilava a vasta decoração de uma floresta; ela notava sobretudo, à esquerda, um carvalho secular, de uma arrogância heroica — cujo tronco tinha a vaga configuração de uma fisionomia, e se parecia com Sebastião.

Mas o contrarregra bateu as palmas; era esguio, parecia-se com D. Quixote, trazia óculos redondos com aros de lata, brandia o *Jornal do Comércio* torcido em saca-rolhas, e gania: salta a cenazinha de amor! Salta-me essa maravilha! Então a orquestra, onde os olhos dos músicos reluziam como granadas e as suas cabeleiras se eriçavam como montões de estopa, tocou com uma lentidão melancólica o fado de Leopoldina; e uma voz áspera e canalha cantava em falsete:

> Vejo-o nas nuvens da tarde,
> Nas ondas do mar sem fim,
> E por mais longe que esteja
> Sinto-o sempre ao pé de mim.

Luísa achava-se nos braços de Basílio que a enlaçavam, a queimavam; toda desfalecida, sentia-se perder, fundir-se num elemento quente como o sol e doce como o mel; gozava prodigiosamente; mas, por entre os seus soluços, sentia-se envergonhada, porque Basílio repetia no palco, sem pudor, os delírios libertinos do *Paraíso*! Como consentia ela?

O teatro numa aclamação imensa bradava: Bravo! Bis! Bis! Lenços aos milhares esvoaçavam como borboletas brancas num campo de trevo; os braços nus das mulheres lançavam com um gesto ondeado ramos de violetas dobradas; o rei erguera-se espectralmente, e, triste, arremessou como um *bouquet* a sua esfera armilar; e o conselheiro logo, num frenesi, para seguir os exemplos de Sua Majestade, desaparafusando rapidamente a calva, atirou-lha, com um berro de dor e de glória! O contrarregra gania: — Agradeçam! Agradeçam! Ela curvava-se, os seus cabelos de Madalena rojavam pelo tablado; e Basílio, a seu lado, seguia com olhos vivos os charutos que lhe atiravam, apanhando-os com a graça de um toureiro e a destreza de um *clown*!

Subitamente, porém, todo o teatro teve um *ah!* de espanto. Fez-se um silêncio ansioso e trágico; e todos os olhos, milhares de olhos atônitos se fitavarn no pano de fundo, onde um caramanchão arqueava a sua estrutura toda estrelada de rosinhas brancas. Ela voltou-se também como magnetizada, e viu Jorge, Jorge que se adiantava, vestido de luto, de luvas pretas, com um punhal na mão; e a lâmina reluzia — menos que os olhos dele! Aproximou-se da rampa e curvando-se disse com uma voz graciosa:

— Real Majestade, senhor infante, senhor governador civil, minhas senhoras, e meus senhores — agora é comigo! Reparem neste trabalhinho!

Caminhou então para ela com passos marmóreos que faziam oscilar o tablado; agarrou-lhe os cabelos, como um molho de erva que se quer arrancar; curvou-lhe a cabeça para trás; ergueu de um modo clássico o punhal; fez a pontaria ao seio esquerdo; e balançando o corpo, piscando o olho, cravou-lhe o ferro!

— Muito bonito! — disse uma voz. — Rico trabalho!

Era Basílio que fizera entrar nobremente na plateia o seu faéton! Direito na almofada, com o chapéu ao lado, uma rosa na sobrecasaca, continha com a mão negligente a inquietação soberba dos seus cavalos ingleses; e ao seu lado, sentado como um trintanário coberto das suas vestes sacerdotais, vinha o patriarca de Jerusalém! — Mas Jorge arrancara o punhal todo escarlate; as gotas de sangue corriam até a ponta, coalhavam; caíam depois com um som cristalino, punham-se a rolar pelo tablado como continhas de vidro vermelho. Ela deitara-se, expirante, sob o carvalho que se parecia com Sebastião; então, como a terra era dura, a árvore estendeu por baixo dela as suas raízes, macias como coxins de penas; como o sol a mordia, a árvore desdobrou sobre ela as suas ramagens, como os panos de uma tenda; e das folhas deixava-lhe escorrer sobre os lábios gotas de vinho da Madeira! Ela via no entanto com terror o seu sangue sair da ferida, vermelho e forte, correr, alastrar-se, fazendo poças aqui, ribeirinhos tortuosos além. E ouvia a plateia berrar:

— O autor! Fora o autor!

Ernestinho, muito frisado, pálido, apareceu; agradecia soluçando; e, às cortesias, saltava aqui, acolá — para não sujar no sangue da prima Luísa os seus sapatinhos de verniz...

Sentiu que ia morrer! Uma voz disse vagamente: — Olá, como vai isso? — Parecia-lhe de Jorge. De onde vinha? Do céu? Da pateia? Do corredor? Um ruído forte, como de uma mala que se deixa cair, acordou-a. Sentou-se na cama.

— Bem, deixe aí — disse a voz de Jorge.

Saltou em camisa. Ele entrava. E ficaram enlaçados, num longo abraço, os beijos colados, sem uma palavra. O relógio do quarto dava sete horas.

10

Nesse dia pela uma hora Jorge e Luísa acabavam de almoçar, como na véspera da partida dele. Mas agora não pesava a faiscante inclemência da calma, as janelas estavam abertas ao sol amável de outubro; já passavam no ar certas frescuras outonais; havia uma palidez meiga na luz; à tardinha já "sabiam bem" os paletós; e tons amarelados começavam a envelhecer as verduras.

— Que bom achar-se a gente outra vez no seu ninho! — disse Jorge, estirando-se na *voltaire*.

Estivera contando a Luísa a sua viagem. Tinha trabalhado como um mouro, e tinha ganho dinheiro! Trazia os elementos de um belo relatório; criara amigos naquela boa gente do Alentejo; estavam acabadas as soalheiras, as cavalgadas pelos montados, os quartos de hospedaria; e ali estava enfim na sua casinha. E como na véspera da sua partida, soprava o fumo do cigarro, cofiando com delícias o bigode, porque tinha cortado a barba! Fora a grande admiração de Luísa, quando o viu. Ele explicara, com humilhação e melancolia, que tivera um furúnculo no queixo, com o calor...

— Mas que bem te fica! — tinha ela dito — que bem que te fica!

Jorge trouxera-lhe como presente seis pratos de louça da China, muito antigos, com mandarins bojudos, de túnicas esmaltadas, suspensos majestosamente no ar azulado; uma preciosidade que descobrira em casa de umas velhas miguelitas, em Mértola. Luísa dispunha-os muito decorativamente nas prateleiras do guarda-louça; e em bicos de pés, com a larga cauda do seu roupão estendida por trás, a massa loura do cabelo pesado, um pouco desmanchado sobre as costas — parecia a Jorge mais esbelta, mais irresistível, e nunca a sua cinta fina lhe atraíra tanto os braços.

— A última vez que aqui almocei, antes de partir, foi um domingo, lembras-te?

— Lembro — disse Luísa sem se voltar, colocando muito delicadamente um prato.

— E é verdade — perguntou Jorge de repente — teu primo? Viste-o? Veio ver-te?

O prato escorregou, houve um tlim-tlim de copos.

— Sim, veio — disse Luísa, depois de um silêncio — esteve aí umas poucas de vezes. Demorou-se pouco...

Abaixou-se, abriu o gavetão do guarda-louça, esteve a remexer nas colheres de prata; ergueu-se enfim, voltou-se com um sorriso, vermelha, sacudindo as mãos:

— Pronto!

E foi sentar-se nos joelhos de Jorge.

— Como te fica bem! — dizia, torcendo-lhe o bigode. Admirava-o, de um modo ardente. Quando se atirara aos seus braços naquela madrugada, sentira como abrir-se-lhe o coração, e um amor repentino revolver-lho deliciosamente; viera-lhe um desejo de o adorar perpetuamente, de o servir, de o apertar nos braços até lhe fazer mal, de lhe obedecer com humildade; era uma sensação múltipla, de uma doçura infinita, que a traspassara até às profundidades do seu ser. E passando-lhe um braço pelo pescoço, murmurava com um movimento de uma adulação quase lasciva:

— Estás contente? Sentes-te bom? Dize!

Nunca lhe parecera tão bonito, tão bom; a sua pessoa depois daquela separação dava-lhe as admirações, os enlevos de uma paixão nova.

— É o senhor Sebastião — veio dizer Juliana toda risonha para Jorge.

Jorge deu um pulo, afastou Luísa bruscamente, atirou-se pelo corredor gritando:

— Aos meus braços! Aos meus braços, celerado!

Daí a dias, uma manhã que Jorge saíra para o ministério, Juliana entrou no quarto de Luísa, e fechando a porta devagarinho, com uma voz muito amável:

— Eu desejava falar à senhora numa cousa.

E começou a dizer, — que o seu quarto em cima no sótão era pior que uma enxovia; que não podia lá continuar; o calor, o mau cheiro, os percevejos, a falta de ar, e no inverno a umidade, matavam-na! Enfim, desejava mudar para baixo, para o quarto dos baús.

O *quarto dos baús* tinha uma janela nas traseiras; era alto e espaçoso, guardavam-se ali os oleados de Jorge, as suas malas, os paletós velhos, e veneráveis baús do tempo da avó, de couro vermelho com pregos amarelos.

— Ficava ali como no céu, minha senhora!

E... aonde se haviam de pôr os baús?

— No meu quarto, em cima. — E com um risinho: — Os baús não são gente, não sofrem...

Luísa disse um pouco embaraçada:

— Bem, eu verei, eu falarei ao senhor Jorge.

— Conto com a senhora.

Mas apenas nessa tarde Luísa explicou a Jorge "a ambição da pobre de Cristo", ele deu um salto:

— O quê? Mudar os baús? Está douda!

Luísa então insistiu: era o sonho da pobre criatura desde que viera para a casa! Enterneceu-o. Não, ele não imaginava, ninguém imaginava o que era o quarto da pobre mulher! O cheiro empestava, os ratos passeavam-lhe pelo corpo, o forro estava roto, chovia dentro; fora lá há dias, e ia tombando para o lado...

— Santo Deus! Mas isso é o que minha avó contava das enxovias de Almeida! Muda-a, muda-a depressa, filha!... Porei os meus ricos baús no sótão.

Quando Juliana soube o *favor*:

— Ai, minha senhora, é a vida que me dá! Deus lho pague! Que eu não tinha saúde para viver num cacifo daqueles.

Ultimamente queixava-se mais; andava amarela, trazia os beiços um pouco arroxeados; tinha dias de uma tristeza negra, ou de uma irritabilidade mórbida; os pés nunca lhe aqueciam. Ah! Precisava muitos cuidados, muitos cuidados!

Foi por isso que daí a dous dias veio pedir a Luísa, "se fazia o favor de ir ao quarto dos baús". E lá, mostrando-lhe o soalho velho e carunchoso:

— Isto não pode ficar assim, minha senhora, isto precisa uma esteira senão, não vale a pena mudar. Eu se tivesse dinheiro não importunava a senhora, mas...

— Bem, bem, eu arranjarei — disse Luísa com uma voz paciente.

E pagou a esteira, sem dizer nada a Jorge. Mas na manhã em que os esteireiros a pregavam, Jorge veio perguntar atônito a Luísa o que era aquilo, "rolos de esteira no corredor"?

Ela pôs-se a rir, pousou-lhe as mãos sobre os ombros:

— Foi a pobre Juliana que pediu como uma esmola a esteira, que o soalho estava podre. Até a queria pagar, e que eu lha descontasse nas soldadas. Ora por uma ridicularia... — E com um gesto compassivo: Também são criaturas de Deus, não são escravas, filho!

— Magnífico! E que não tardem os espelhos e os bronzes! Mas que mudança foi essa, tu que a não podias ver?

— Coitada! — fez Luísa — reconheci que era boa mulher. E como estive tão só, dei-me mais com ela. Não tinha com quem falar, fez-me muita companhia. Até quando estive doente...

— Estiveste doente? — exclamou Jorge espantado.

— Oh! três dias, só — acudiu ela — uma constipação. Pois olha que dia e noite não se tirou de ao pé de mim.

Luísa ficou logo com receio que Jorge falasse *na doença*, e Juliana desprevenida negasse; por isso, nessa tarde, ao escurecer, chamou-a ao quarto:

— Eu disse ao senhor Jorge que você me tinha fèito muito boa companhia numa doença... — E o seu rosto abrasava-se de vergonha.

Juliana logo, risonha, contente da cumplicidade:

— Fico entendida, minha senhora! Pode estar sossegada!

Com efeito Jorge, ao outro dia, depois do café, voltou-se para Juliana, e com bondade:

— Parece que você fez boa companhia à senhora D. Luísa.

— Fiz o meu dever — exclamou, curvando-se com a mão no peito.

— Bem, bem — fez Jorge, remexendo no bolso. E ao sair da sala meteu-lhe na mão meia libra.

— Palerma! — rosnou ela.

Foi nessa semana que começou a queixar-se a Luísa, "que a roupa e os vestidos, na arca, se lhe amarfanhavam..." Estava-se-lhe a estragar tudo! Se ela tivesse dinheiro, não vinha com aqueles pedidos à senhora, mas... Enfim uma manhã declarou terminantemente que precisava uma cômoda.

Luísa sentiu uma raiva acender-lhe o sangue, e sem levantar os olhos do bordado:

— Uma meia cômoda?

— Se a senhora quer fazer o favor, então uma cômoda inteira...

— Mas você tem pouca roupa — disse Luísa. Começava a instalar-se na humilhação e já regateava as condescendências.

— Tenho, sim, minha senhora — replicou Juliana — mas vou agora completar-me!

A cômoda foi comprada em segredo, e introduzida ocultamente. Que dia de felicidade para Juliana! Não se fartava de lhe saborear o cheiro da madeira nova! Passava a mão, com a tremura de uma carícia, sobre o polimento luzidio!... Forrou-lhe as gavetas de papel de seda; *e começava a completar-se!*

Foram semanas de amargura para Luísa.

Juliana entrava no quarto todas as manhãs, muito cumprimenteira, começava a arrumar, e de repente com uma voz lamentosa:

— Ai! Estou tão falta de camisas! Se a senhora me pudesse ajudar...

Luísa ia às suas gavetas cheias, cheirosas, e começava melancolicamente a pôr à parte as peças mais usadas. Adorava a sua roupa branca; tinha tudo às dúzias, com lindas marcas, *sachets* para perfumar; e aquelas dádivas dilaceravam-na como mutilações! Juliana por fim já pedia com secura, com direito:

— Que bonita que é esta camisinha! — dizia simplesmente. — A senhora não a quer, não?

— Leve, leve! — dizia Luísa sorrindo, por orgulho, para não se mostrar violentada.

E todas as noites Juliana fechada no seu quarto, encruzada na esteira, inchada de alegria, com o candeeiro sobre uma cadeira, desmarcava roupa, desfazendo as duas letras de Luísa, marcando regaladamente as suas, a linha vermelha, enormes — *J. C. T.* — Juliana Couceiro Tavira!

Mas enfim cessou, porque, como ela dizia, "de roupa branca estava como um ovo".

— Agora, se a senhora me quiser ajudar com alguma cousa para sair...

E Luísa começou a *vesti-la*.

Deu-lhe um vestido roxo de seda, um casaco de casimira preta, com bordados a *soutache*. E receando que Jorge estranhasse as generosidades, transformava-as para ele as não reconhecer; mandou tingir de castanho o vestido, ela mesma por sua mão pôs uma guarnição de veludo no casaco. Trabalhava para ela, agora! — Como acabaria tudo aquilo, Santo Deus?

Todavia Jorge um domingo disse ao jantar, rindo:

— Esta Juliana anda uma janota! Prospera a olhos vistos.

D. Felicidade, à noite, também notou:

— Que *chic*! Nem uma criada do paço!

— Coitada! Cousas que ela aproveita...

Prosperava, com efeito! Não punha na cama senão lençóis de linho. Reclamara colchões novos, um tapete para os pés da cama, felpudo! Os *sachets* que perfumavam a roupa de Luísa iam passando para a dobra das suas calcinhas. Tinha cortinas de cassa na janela, apanhadas com velhas fitas de seda azul; e sobre a cômoda dous vasos da Vista Alegre dourados! Enfim um dia santo, em lugar da *cuia* de retrós, apareceu com um *chignon* de cabelo!

Joana pasmava daquelas tafularias. Atribuía-as à bondade da senhora, e ressentia-se de ser "esquecida".

Um dia mesmo, que Juliana estreara uma sombrinha, disse diante de Luísa, com uma voz de despeito:

— Para umas tudo, para outras nada!...

Luísa riu, acudiu:

— Tolices! Eu sou a mesma pra todas.

Mas refletiu: Joana podia ter desconfianças também, ter ouvido alguma cousa a Juliana... E logo ao outro dia, para a conservar contente e amiga, deu-lhe dous lenços de seda, depois dous mil-réis para um vestido; e daí por diante nunca lhe recusou licença para sair à noitinha a casa de uma tia...

A Joana ia por toda a parte falando da "senhora, que era um anjo". Na rua, de resto, tinha-se notado o luxo de Juliana. Sabia-se do "quarto novo", dizia-se baixo que tinha alcatifa! O Paula decidira, com indignação, "que ali positivamente havia marosca". Mas Juliana uma tarde, diante do Paula e da estanqueira, explicou, acalmou as suspeitas.

— Ora! Dizem que tenho isto e aquilo. Não é tanto! Tenho as minhas comodidades. Mas também a maneira como eu lhes tratei a tia, de dia e de noite, sem arredar pé... Por mais que façam não me pagam, que arruinei a minha saúde!

Assim se justificou a prosperidade de Juliana. Era a família agradecida, dizia-se; tratavam-na como parenta!

E, pouco a pouco, a casa do "Engenheiro" teve para os criados da vizinhança a vaga sedução de um paraíso; dizia-se que as soldadas eram enormes, havia vinho à discrição, recebiam-se presentes todas as semanas, ceava-se todas as noites caldo de galinha! Cada um invejava aquela "pechincha". Pela inculcadeira, a fama da "casa do Engenheiro" alargou-se. Criou-se uma legenda.

Jorge, atônito, recebia todos os dias cartas de pessoas oferecendo-se para criados de quarto, criadas de dentro, cozinheiros, escudeiros, governantas, cocheiros, guarda-portões, ajudantes de cozinha... Citavam as casas titulares de que tinham saído; pediam audiência; suspeitando certas cousas, uma bonita criada de quarto juntou a sua fotografia; um cozinheiro trouxe uma carta de empenho do diretor-geral do ministério.

— Estranho caso! — dizia Jorge, pasmado — disputam-se a honra de me servir! Imaginarão que me saiu a sorte grande?

Mas não dava muita atenção àquela singularidade. Vivia então muito ocupado; andava escrevendo o seu relatório; e todos os dias saía ao meio-dia, voltava às seis, com rolos de papéis, mapas, brochuras, fatigado, berrando pelo jantar, radiante.

Contou o caso todavia, rindo, um domingo à noite. O conselheiro observou logo:

— Com o bom gênio de D. Luísa, com o seu, Jorge, neste bairro saudável, numa casa sem escândalos, sem questões de família, toda virtude, é natural que a criadagem menos favorecida aspire a uma posição tão agradável.

— Somos os amos ideais! — disse Jorge, batendo muito alegre no ombro de Luísa.

A casa, com efeito, tornava-se "agradável". Juliana exigira que o jantar fosse mais largo (para ter uma parte sua, sem sobejos), e como era boa cozinheira vigiava os fogões, provava, ensinava pratos à Joana.

— Esta Joana é uma revelação — dizia Jorge — vê-se-lhe crescer o talento!...

Juliana, bem alojada, bem alimentada, com roupa fina sobre a pele, colchões macios, saboreava a vida; o seu temperamento adoçara-se naquelas abundâncias; depois, bem aconselhada pela tia Vitória, fazia o seu serviço com um zelo minucioso e hábil. Os vestidos de Luísa andavam cuidados como relíquias. Nunca os peitilhos de Jorge tinham resplandecido tanto! O sol de outubro alegrava a casa, muito asseada de uma pacatez de abadia. Até o gato engordava.

E no meio daquela prosperidade — Luísa definhava-se. Até onde iria a tirania de Juliana? Era agora o seu terror. E como a odiava! Seguia-a por vezes com um olhar tão intensamente rancoroso, que receava que ela se voltasse subitamente, como ferida pelas costas. E via-a, satisfeita, cantarolando a *Carta adorada*, dormindo em colchões tão bons como os seus, pavoneando-se na sua roupa, reinando na sua casa! Era justo, justos céus?

Às vezes vinha-lhe uma revolta, torcia os braços, blasfemava, debatia-se na sua desgraça, como nas malhas de uma rede; mas, não encontrando nenhuma solução, recaía numa melancolia áspera — em que o seu gênio se pervertia. Seguia com satisfação a amarelidão crescente das feições de Juliana; tinha esperanças no aneurisma: não rebentaria um dia, o demônio?

E diante de Jorge tinha de a elogiar!

A vida pesava-lhe. Apenas ele pela manhã saía e fechava a cancela, logo as suas tristezas, os seus receios lhe desciam sobre a alma devagar, como grandes véus espessos que se abatem lugubremente; não se vestia então até as quatro, cinco horas, e com o roupão solto, em chinelas, despenteada, arrastava o seu aborrecimento pelo quarto. Vinham-lhe, por momentos, de repente, desejos de fugir, ir meter-se num convento! A sua sensibilidade muito exaltada impeli-la-ia de certo a alguma resolução melodramática, — se a não retivesse, com a força de uma sedução permanente, o seu amor por Jorge. Porque o amava agora, imensamente! Amava-o com cuidados de mãe, com ímpetos de concubina... Tinha ciúmes de tudo, até do ministério, até do relatório! Ia interrompê-lo a cada momento, tirar-lhe a pena da mão, reclamar o seu olhar, a sua voz; e os passos dele no corredor davam-lhe o alvoroço dos amores ilegítimos...

De resto ela mesma se esforçava por desenvolver aquela paixão achando nela a compensação inefável das suas humilhações. Como lhe viera aquilo? Porque sempre o amara, de certo, reconhecia-o agora, mas não tanto, não tão exclusivamente! Nem ela sabia. Envergonhava-se, mesmo sentindo vagamente naquela violência amorosa pouca dignidade conjugal; suspeitava que o que tinha era apenas um capricho. Um capricho por seu marido! Não lhe parecia rigorosamente casto... Que lhe importava, de resto? Aquilo fazia-a feliz, prodigiosamente. Fosse o que fosse era delicioso!

Ao princípio a ideia do outro pairava constantemente sobre este amor, pondo um gosto infeliz em cada beijo, um remorso em cada noite. Mas pouco a pouco esquecera-o tanto, *o outro* — que a sua recordação, quando por acaso voltava, não dava mais amargor à nova paixão, que um torrão de sal pode dar às águas de uma torrente. Que feliz que seria — se não fosse *a infame*!

Era a *infame* que se sentia feliz! Às vezes, só no seu quarto, punha-se a olhar em redor com um riso de avaro; desdobrava, batia os vestidos de seda; punha as botinas em fileira, contemplando-as de longe, extática; e debruçada sobre as gavetas abertas da cômoda contava, recontava a roupa branca, acariciando-a com o olhar de posse satisfeita. Como a da *Piorrinha*! — murmurava, afogada em júbilo.

— Ai! Estou muito bem! — dizia ela à tia Vitória.

— Que dúvida que estás! A carta não te rendeu um conto de réis, mas olha que te trouxe um par de regalos. E é que há de ser uma pingadeira; há de ser a boa peça de linho, o bom adereço, boas moedas... E ainda muito obrigada por cima. Carda-a, filha, carda-a!

Mas já havia pouco que *cardar*. E lentamente Juliana começou a pensar, que agora o que devia era *gozar*. Se tinha bons colchões para que se havia de levantar cedo? Se tinha bons vestidos — por que não havia de ir espairecer para a rua? Toca a tirar partido!

Uma manhã que estava mais frio deixou-se ficar na cama até as nove horas, com as janelas entreabertas, um bom raio de sol na esteira. Depois explicou secamente, que tinha estado com a dor. Daí a dous dias Joana, às dez horas, veio dizer baixo a Luísa:

— A senhora Juliana ainda está na cama, está tudo por arrumar.

Luísa ficou aterrada. O quê? Teria de sofrer os seus desmazelos, como sofrera as suas exigências?

Foi ao quarto dela:

— Então você levanta-se a estas horas?

— Foi o que me recomendou o médico — replicou muito insolente.

E daí por diante Juliana poucas vezes se erguia antes da hora de servir ao almoço. Luísa pediu logo a Joana que fizesse "o serviço por ela": era por pouco tempo, a pobre criatura andava tão adoentada! E para acomodar a cozinheira deu-lhe meia moeda, para a ajuda de um vestido.

Juliana depois, sem pedir licença, começou a sair. Quando voltava tarde, para o jantar, não se desculpava!

Um dia Luísa não se conteve, disse-lhe, vendo-a passar no corredor a calçar as luvas pretas:

— Você vai sair?

Ela respondeu, muito atrevidamente:

— É como vê. Fica tudo arrumado, tudo o que é minha obrigação. — E abalou, batendo os tacões.

Ora, não lhe faltava mais nada senão estar a constranger-se por causa da *Piorrinha*!

Joana começava a resmungar: "passa a sua vida na rua a senhora Juliana, e eu é que aguento..."

— Se você estivesse doente, também ninguém lhe ia à mão — acudia Luísa, aflita, quando percebia estas revoltas. E presenteava-a. Dava-lhe mesmo vinho e sobremesa.

Havia agora um desperdício na casa. Os róis cresciam. Luísa andava sucumbida. — Como acabaria tudo aquilo?

Os desleixos de Juliana iam-se tornando graves.

Para sair mais cedo fazia apenas o "essencial". Era Luísa que acabava de encher os jarros, que levantava muitas vezes a mesa do almoço, que levava para o sótão roupa suja que ficava pelos cantos...

Um dia Jorge, que entrara às quatro horas, viu por acaso a cama por fazer. Luísa apressou-se a dizer que "Juliana saíra, mandara-a ela à modista".

Daí a dias, eram seis horas, ainda não tinha voltado para servir ao jantar. "Tinha ido à modista...", explicou Luísa.

— Mas se a Juliana é unicamente para ir à modista, então toma-se outra criada para fazer o serviço da casa — disse ele.

Àquelas palavras secas Luísa fez-se pálida, duas lágrimas rolaram-lhe pela face.

Jorge ficou pasmado. Que era? Que tinha? Luísa não se dominou, rompeu num choro nervoso, histérico.

— Mas que é, minha filha, que tens? Zangaste-te?...

Ela não podia responder, sufocada. Jorge fez-lhe respirar vinagre de *toilette*, beijou-a muito.

Só quando o choro acalmou é que ela pôde dizer, com voz soluçada:

— Falaste-me tão secamente, e eu estou tão nervosa...

Ele riu, chamou-lhe tontinha, limpou-lhe as lágrimas — mas ficou inquieto.

Já então lhe notara certas tristezas, abatimentos inexplicáveis, uma irritabilidade nervosa... Que seria?

Para que Jorge não tornasse a surpreender os desleixos, Luísa começou a completar todas as manhãs os arranjos. Juliana percebeu logo; e muito tranquilamente decidiu-se a "deixar-lhe de cada vez mais com que se entreter". Ora não varria, depois não fazia a cama; enfim uma manhã não vasou as águas sujas. Luísa foi espreitar no corredor que Joana não descesse, não a visse, e fez ela mesma os despejos! Quando veio ensaboar as mãos, as lágrimas corriam-lhe pelo rosto. Desejava morrer!... A que tinha chegado!...

D. Felicidade, um dia, tendo entrado de repente, surpreendera-a a varrer a sala.

— Que eu o faça — exclamou — que tenho só uma criada, mas tu!...

A Juliana tinha tanto que engomar...

— Ai! Não lhe tires serviço do corpo, que não to agradece. E ainda se ri por cima! Se a pões em maus costumes!... Que aguente, que aguente!

Luísa sorriu, disse:

— Ora, por uma vez na vida!

A sua tristeza aumentava cada dia.

Refugiava-se então no amor de Jorge como na sua única consolação. A noite trazia-lhe a sua desforra; Juliana a essa hora dormia; não via a sua cara medonha; não a receava; não tinha de a elogiar; não trabalhava por ela; era *ela mesma*, era Luísa, como dantes! Estava na sua alcova, com o seu marido, fechada por dentro, livre! Podia viver, rir, conversar, ter até apetite! E trazia com efeito às vezes marmelada e pão para o quarto — para fazer uma ceiazinha!

Jorge estranhava-a. "Tu de noite és outra", dizia. Chamava-lhe *ave noturna*. Ela ria em saia branca pelo quarto, com os braços nus, o colo nu, o cabelo num rolo; e passarinhava, cantarolava, chalrava — até que Jorge lhe dizia:

— Passa da uma hora, filha!

Despia-se então rapidamente, caía-lhe nos braços.

Mas que acordar! Por mais clara que estivesse a manhã, tudo lhe parecia vagamente pardo. A vida sabia-lhe mal. Vestia-se devagar, com repugnância — entrando no seu dia como numa prisão.

Perdera agora toda a esperança de se libertar! Às vezes ainda lhe vinha, como um relâmpago, a vontade "de contar tudo a Sebastião, tudo". Mas quando o via, com o seu olhar honesto, abraçar Jorge, rirem ambos, e irem fumar o seu cachimbo, e ele tão cheio sempre de admiração por ela, parecia-lhe mais fácil sair para a rua, pedir dinheiro ao primeiro homem que encontrasse — que ir a Sebastião, ao íntimo de Jorge, ao melhor amigo da casa, dizer-lhe: escrevi uma carta a um homem, a criada roubou-ma! Não, antes morrer naquela agonia de todos os dias, e ter ela mesma, de rastos, de lavar as escadas! Às vezes refletia, pensava: — Mas com que conto eu?

— Não sabia. Com o acaso, com a morte de Juliana... E deixava-se viver, gozando como um favor cada dia que vinha, sentindo vagamente, a distância, alguma cousa de indefinido e de tenebroso onde se afundaria!

Por esse tempo Jorge começou a queixar-se que as suas camisas andavam mal engomadas. A Juliana positivamente "perdia a mão". Um dia mesmo zangou-se; chamou-a, e atirando-lhe uma camisa toda amarrotada:

— Isto não se pode vestir, está indecente!

Juliana fez-se amarela, cravou em Luísa um olhar chamejante; mas, com os beiços trêmulos, desculpou-se: "a goma era má, fora já trocá-la, etc.

Apenas, porém, Jorge saiu, veio como uma rajada ao quarto, fechou a porta e pôs-se a gritar — que a senhora sujava um *ror* de roupa, o senhor um *ror* de camisas, que se não tivesse alguém que a ajudasse não podia dar aviamento!... Quem queria negras trazia-as do Brasil!

— E não estou para aturar o gênio de seu marido, percebe a senhora? Se quer é arranjar quem me ajude.

Luísa disse simplesmente:

— Eu a ajudarei.

Tinha agora uma resignação muda, sombria, aceitava tudo!

Logo no fim da semana houve uma grande trouxa de roupa; e Juliana veio dizer — que se a senhora passasse, ela engomava. Se não, não!

Estava um dia adorável, Luísa tencionava sair... Pôs um roupão, e, sem uma palavra, foi buscar o ferro.

Joana ficou atônita.

— Então a senhora vai engomar?

— Há uma carga, e a Juliana só não pode aviar tudo, coitada!

Instalou-se no quarto dos engomados, — e estava laboriosamente passando a roupa branca de Jorge, quando Juliana apareceu, de chapéu.

— Você vai sair? — exclamou Luísa.

— É o que eu vinha dizer à senhora. Não posso deixar de sair. E abotoava as luvas pretas.

— Mas as camisas, quem as engoma?

— Eu vou sair — disse a outra secamente.

— Mas, com os diabos, quem engoma as camisas?

— Engome-as a senhora! Olha a sarna!

— Infame! — gritou Luísa. Atirou o ferro para o chão, saiu impetuosamente.

Juliana sentiu-a ir pelo corredor aos soluços. Pôs-se logo a tirar o chapéu e as luvas, assustada. Daí a um momento ouviu a cancela da rua bater com força. Veio ao quarto, viu o roupão de Luísa arremessado, a chapeleira tombada. Onde teria ido? Queixar-se à polícia? Procurar o marido? C'os diabos! Fora estúpida, com o gênio! Arrumou depressa o quarto, foi-se pôr a engomar, com o ouvido à escuta, muito arrependida. Onde diabo teria ido? Devia ter cuidado! Se a impelisse a fazer algum despropósito, quem perdia? Ela, que teria de sair da casa, deixar o seu quarto, os seus regalos, a sua posição! Safa!

Luísa saíra, como louca. Na rua da Escola um *coupé* passava, vazio; atirou-se para dentro, deu ao cocheiro a morada de Leopoldina. Leopoldina devia ter chegado do Porto, queria vê-la, precisava dela, sem saber para quê... Para desabafar! Pedir-lhe uma ideia, um meio de se vingar! Porque a vontade de se libertar daquela tirania — era agora menor que o desejo de se vingar daquelas humilhações. Vinham-lhe ideias insensatas! Se a envenenasse! Parecia-lhe que sentiria um prazer delicioso em a ver torcer-se com vômitos dilacerantes, uivando de agonia, largando a alma!

Galgou as escadas de Leopoldina; a campainha ficou a retinir muito tempo do puxão da sua mão febril.

A Justina apenas a viu foi a gritar pelo corredor:

— É a senhora D. Luísa, minha senhora, é a senhora D. Luísa!

E Leopoldina despenteada, com um roupão escarlate de grande cauda, correu estendendo os braços:

— És tu! Que milagre é este? Eu levantei-me agora! Entra cá pra o quarto. Está tudo desarranjado, mas não importa. Mas que é isto, que é isto?

Abriu as janelas que estavam ainda cerradas. Havia um forte cheiro de vinagre de *toilette*; a Justina tirava à pressa uma bacia de latão, com água ensaboada; toalhas sujas arrastavam; sobre uma jardineira tinham ficado da véspera os rolos de cabelo, o colete, uma chávena com um fundo de chá cheio de pontas de cigarros. E Leopoldina corria o transparente, dizendo:

— Ora graças a Deus que honras esta casa, minha fidalga!...

Mas vendo o rosto perturbado de Luísa, os seus olhos vermelhos de lágrimas:

— Que é? Que tens tu? Que sucedeu?

— Um horror, Leopoldina! — exclamou, apertando as mãos. A outra foi fechar a porta, rapidamente.

— Então?

Mas Luísa chorava sem responder. Leopoldina olhava-a, petrificada.

— A Juliana apanhou-me umas cartas! — disse enfim por entre soluços. — Quer seiscentos mil-réis! Estou perdida... Tem-me martirizado... Quero que me digas, vê se te lembras... Estou como douda. Sou eu que faço tudo em casa... Morro, não posso! — E as lágrimas redobravam.

— E as tuas joias?

— Valem duzentos mil-réis. E Jorge, que lhe havia eu de dizer?

Leopoldina ficou um momento calada, e olhando em roda de si, abrindo os braços:

— Tudo o que eu tenho, no prego, minha filha, dá vinte libras!...

Luísa murmurava, limpando os olhos:

— Que expiação esta, Santo Deus, que expiação!

— Que diz a carta?

— Horrores! Estava douda... É uma minha, duas dele.

— De teu primo?

Luísa disse "sim", com a cabeça, lentamente.

— E ele?

— Não sei! Está em França, nunca me respondeu.

— Pulha! Como tas apanhou, a mulher?

Luísa contou rapidamente a história do sarcófago, e do cofre.

— Mas tu também, Luísa, atirar uma carta dessas! Oh mulher, isso é medonho!

E Leopoldina pôs-se a passear pelo quarto, arrastando a longa cauda do roupão escarlate; os seus grandes olhos negros, excitados, pareciam procurar um meio, um expediente... Murmurava:

— A questão é de dinheiro...

Luísa, prostrada no sofá, repetia:

— A questão é de dinheiro!

Então Leopoldina, parando bruscamente diante dela:

— Eu sei quem te dava o dinheiro!...

— Quem?

— Um homem.

Luísa ergueu-se, espantada:

— Quem?

— O Castro.

— O de óculos?

— O de óculos.

Luísa fez-se muito corada:

— Oh Leopoldina! — murmurou. E depois de um silêncio, rapidamente.

— Quem to disse?

— Sei-o eu. Disse-o ele ao Mendonça. Sabes que eram unha e carne. Que te dava tudo o que tu lhe pedisses! Disse-lho mais de uma vez.

— Que horror! — exclamou Luísa subitamente indignada. — E tu propões-me semelhante cousa? — O seu olhar, sob as sobrancelhas franzidas, dardejava de cólera. Ir com um homem por dinheiro! — Tirou o chapéu, violentamente, com as mãos trêmulas, arremessou-o para a jardineira, e com passos rápidos pelo quarto: — Antes fugir, ir para um convento, ser criada, apanhar a lama das ruas!

— Não te exaltes, criatura! Quem te diz isso? Talvez o homem te emprestasse o dinheiro, desinteressadamente...

— Acreditas tu?

Leopoldina não respondeu: com a cabeça baixa, fazia girar os anéis nos dedos.

— E quando fosse outra cousa? — exclamou de repente. — Era um conto de réis, eram dous, estavas salva, estavas feliz!

Luísa sacudia os ombros, indignada daquelas palavras — dos seus próprios pensamentos, talvez!

— É indecente! É horrível! — dizia.

Ficaram caladas.

— Ah! Fosse eu!... — disse Leopoldina.

— Que fazias?

— Escrevia ao Castro, que viesse e com dinheiro!

— Isso és tu! — exclamou Luísa, arrebatadamente.

Leopoldina fez-se escarlate sob a camada de pó de arroz.

Mas Luísa atirou-lhe os braços ao pescoço:

— Perdoa-me, perdoa-me! Estou douda, não sei o que digo!...

Começaram ambas a chorar, muito nervosas.

— Tu zangas-te! — dizia Leopoldina cortada de soluços. — Mas é pra teu bem. É o que me parece melhor. Se eu pudesse dava-te o dinheiro... Fazia tudo. Acredita!

E abrindo os braços, indicando o seu corpo com um impudor sublime:

— Seiscentos mil-réis! Se eu valesse tanto dinheiro, tinha-o amanhã!

Nós de dedos bateram à porta.

— Quem é?

— Eu — disse uma voz rouca.

— É meu marido. O animal ainda hoje não despegou de casa... Não posso abrir. Logo.

Luísa limpava os olhos, à pressa, punha o chapéu.

— Quando voltas? — perguntou Leopoldina.

— Quando puder; se não escrevo-te.

— Bem. Eu vou pensar, vou esquadrinhar...

Luísa agarrou-lhe o braço:

— E disto, nem palavra.

— Douda!

Saiu. Foi subindo devagar até ao largo de S. Roque. A porta da igreja da Misericórdia estava aberta, com o seu largo reposteiro vermelho de armas bordadas que o vento agitava brandamente. Veio-lhe um desejo de entrar. Não sabia para quê; mas parecia-lhe que depois da excitação apaixonada em que vibrara, o fresco silêncio da igreja a acalmaria. E depois sentia-se tão infeliz que se lembrou de Deus! Necessitava alguma cousa de superior, de forte a que se amparar. Foi-se ajoelhar ao pé de um altar, persignou-se, rezou o padre-nosso, depois a salve-rainha. Mas aquelas orações, que ela recitava em pequena, não a consolavam; sentia que eram sons inertes que não iam mais alto no caminho do céu que a sua mesma respiração; não as compreendia bem, nem se aplicavam ao seu caso: Deus por elas, nunca poderia saber o que ela pedia, ali, prostrada na aflição. Quereria falar a Deus, abrir-se toda a Ele; mas com que linguagem? Com as palavras triviais, como se falasse a Leopoldina? Iriam as suas confidências tão longe, que O alcançassem? Estaria Ele tão perto, que a ouvisse? E ficou ajoelhada, os braços moles, as mãos cruzadas no regaço, olhando as velas de cera tristes, os bordados desbotados do frontal, a carinha rosada e redonda de um menino Jesus!

Lentamente perdeu-se num cismar que ela não dirigia, que se formava e se movia no seu cérebro, com a flutuação de um fumo que se eleva. Pensava no tempo tão distante, em que, por melancolia e por sentimentalidade, frequentava mais as igrejas. Ainda a mamã vivia então; e ela, com o coração quebrado — quando o outro, Basílio, lhe escrevera, rompendo — procurava dissipar a sua tristeza nas consolações da devoção. Uma amiga sua, a Joana Silveira, fora por esse tempo professar à França; e ela, às vezes, lembrava-se de partir também, ser irmã de caridade, levantar os feridos nos campos de batalha, ou viver na paz de uma cela mística! Que diferente a sua vida teria sido — desta agora tão alvoroçada de cólera, e tão carregada de pecado!... Onde estaria? Longe, nalgum mosteiro antigo, entre arvoredos escuros, num vale solitário e contemplativo; na Escócia, talvez, país que ela sempre amara desde as suas leituras de Walter Scott. Podia ser nas verde-negras terras de Lamermoor ou de Glencoe, nalguma velha abadia saxônia. Em redor os montes cobertos de abetos, esbatidos nas névoas, isolam aqueles retiros numa paz funerária; num céu saudoso, as nuvens passam devagar, com recolhimento; nenhum som festivo quebra a meiga taciturnidade das cousas; revoadas de corvos cortam à tarde o ar num voo triangular. Ali viveria entre as monjas de alta estatura e olhar cético, filhas de duques normandos, ou de *lords* de clãs convertidos a Roma; leria livros doces e cheios das cousas do céu; sentada na estreita janela da sua cela, veria passar nas matas baixas os altos paus dos veados, ou pelas tardes vaporosas escutaria o som distante da *bagpipe*, que vai tristemente tocando o pastor que vem dos vales de Calêndar; e todo o ar estaria cheio do murmúrio choroso e gotejante dos fios de água, que por entre as relvas escuras caem de rocha em rocha!

Ou então seria outra existência mais regalada, no convento pacato de uma boa província portuguesa. Ali os tetos são baixos; as paredes caiadas faíscam ao sol, com as suas gradezinhas devotas; os sinos repicam no vivo ar azul; em roda, nos campos de oliveiras que dão azeite para o convento, raparigas varejam a azeitona cantando; no pátio lajeado de uma pedra miudinha as mulas do almocreve, sacudindo a mosca, batem com a ferradura; matronas cochicham ao pé da roda; um carro chia na estrada empoeirada e branca; galos cacarejam, brilhando ao sol; e freiras gordinhas, de olho negro, chalram nos frescos corredores.

Ali viveria, engordando, com uma quebrazinha de sono à hora do coro, bebendo copinhos de licor de rosa no quarto da madre-escrivã, copiando receitas de doces com uma letra garrafal; morreria velha, ouvindo as andorinhas cantar à beira da sua grade; e o senhor bispo na sua visita, com a pitada nos seus dedos brancos, ouviria sorrindo da boca da madre abadessa a história edificante da sua santa morte...

Um sacristão, que passava, escarrou fortemente; e, como um bando de pássaros que se calam a um ruído brusco, todos os seus sonhos fugiram. Suspirou, ergueu-se devagar, foi indo para casa, triste.

Foi Juliana quem veio abrir, e logo no corredor, com a voz suplicante e baixa:

— A senhora por quem é perdoe, que depois estava douda! Estava com a cabeça perdida, não tinha dormido nada toda a noite. Fiquei mais aflita...

Luísa não respondeu, entrou na sala. Sebastião, que vinha jantar, tocava a serenata de D. Juan — e apenas ela apareceu:

— De onde vem, tão pálida?

— Debilidade, Sebastião, venho da igreja...

Jorge entrava do escritório com uns papéis na mão:

— Da igreja! — exclamou. — Que horror!

11

Foi por esse tempo que, num sábado, o DIÁRIO DO GOVERNO publicou a nomeação do conselheiro Acácio ao *grau de cavalheiro da ordem de S. Tiago*, atendendo aos seus grandes merecimentos literários, às obras publicadas de reconhecida utilidade, e mais partes...

Na noite seguinte, ao entrar em casa de Jorge, todos o cercaram, felicitando-o com alarido; o conselheiro, depois de os abraçar um por um, numa pressão nervosa e comovida, caiu no sofá, exausto, e murmurou:

— Não o esperava tão cedo da real munificência! Não o esperava tão cedo! — E acrescentou, pondo a mão espalmada sobre o peito: Direi como o filósofo: Esta condecoração é o melhor dia da minha vida!

E convidou logo Jorge, Sebastião e Julião para um jantar na quinta-feira, "um modesto jantar de rapazes, no seu humilde tugúrio, para festejarem a régia graça".

— Às cinco e meia, meus bons amigos!

Na quinta-feira, os três, que se tinham encontrado na Casa Havanesa, eram introduzidos por uma rapariguita vesga, suja como um esfregão, na sala do conselheiro. Um vasto canapé de damasco amarelo ocupava a parede do fundo, tendo aos pés um tapete onde um chileno roxo caçava ao laço um búfalo cor de chocolate; por cima uma pintura tratada a tons cor de carne, e cheia de corpos nus cobertos de capacetes, representava o valente Aquiles arrastando Heitor em torno dos muros de Troia. Um piano de cauda, mudo e triste sob a sua capa de baeta verde, enchia o intervalo das duas janelas. Sobre uma mesa de jogo, entre dous castiçais de prata, uma galguinha de vidro transparente galopava; e o objeto em que se sentia mais o calor do uso era uma caixa de música de 18 peças!

O conselheiro recebeu-os, com o *hábito* de S. Tiago sobre a lapela do fraque preto. Havia outro sujeito na sala, o senhor Alves Coutinho. Era picado das bexigas, tinha a cabeça muito enterrada nos ombros; quando o seu olhar parvo se fixava nas pessoas, com pasmo, o seu bigode pelado arreganhava-se logo por hábito, num sorriso alvar que mostrava uma boca medonha cheia de dentes podres; falava pouco, esfregava sempre as mãos, concordava em tudo; havia nele o ar de um deboche banal, e de um embrutecimento antigo. Era um empregado do ministério do reino, ilustre pela sua boa letra.

Daí a pouco entrou a figura conhecida do Savedra, redator do *Século*. A sua face branca parecia mais balofa; o bigode muito preto reluzia de brilhantina; as lunetas de ouro acentuavam o seu tom oficial; trazia ainda no queixo o pó de arroz, que lhe pusera momentos antes o barbeiro; e a mão, que escrevia tanta banalidade e tanta mentira, vinha aperreada numa luva nova, cor de gema de ovo!

— Estamos todos! — disse com júbilo o conselheiro. E curvando-se: — Bem-vindos, meus amigos! Estamos talvez mais à vontade no meu quarto de estudo! Por aqui. Há um degrau, cuidado! Eis o meu *Sanctum Sanctorum*!

Numa saleta muito espanejada a que as cortinas de cassa, a luz de duas janelas de peitoril, e o papel claro davam um aspecto alvadio, estava a larga escrivaninha de trabalho, com um tinteiro de prata, os lápis muito aparados, as réguas bem dispostas. Via-se o sinete de armas do conselheiro, pousado sobre a *Carta Constitucional* ricamente encadernada. Encaixilhada, na parede, pendia a *carta régia* que o nomeara conselheiro; defronte uma litografia de El-Rei; e sobre uma mesa, era eminente o busto em gesso de Rodrigo da Fonseca Magalhães, tendo no alto da cabeça uma coroa de perpétuas — que ao mesmo tempo o glorificava e o chorava.

Julião pusera-se logo a examinar a livraria.

— Prezo-me de ter os autores mais ilustres, amigo Zuzarte! — disse com orgulho o conselheiro.

Mostrou-lhe a *História do consulado e do império*, as obras de Delile, o *Dicionário da conversação*, a ediçãozinha bojuda da *Enciclopédia Roret*, o *Parnaso lusitano*. Falou dos seus trabalhos; e acrescentou que, vendo ali reunidas pessoas de tão subida ilustração, desejaria muito ler-lhes algumas das provas que estava revendo do seu novo livro — *Descrição das principais cidades do reino e seus estabelecimentos*, para ouvir a opinião deles, desassombrada e severa!

— Se não acham maçada...

— Prazer, conselheiro! prazer!

Escolheu então "como mais própria para dar ideia da importância do trabalho" a página relativa a Coimbra. Assoou-se, colocou-se no meio da saleta, de pé, com as folhas na mão, e, com uma voz cheia, gestos pausados, leu:

"— ... Reclinada molemente na sua verdejante colina, como odalisca em seus aposentos, está a sábia Coimbra, a lusa Atenas. Beija-lhe os pés, segredando-lhe de amor, o saudoso Mondego. E em seus bosques, no bem conhecido salgueiral, o rouxinol e outras aves canoras soltam seus melancólicos trilos. Quando vos aproximais pela estrada de Lisboa, onde outrora uma bem organizada *mala-posta* fazia o serviço que o progresso hoje encarregou à fumegante locomotiva, vede-la branquejando, coroada do edifício imponente da Universidade, asilo da sabedoria. Lá campeia a torre com o sino, que em sua folgazã linguagem a mocidade estudiosa chama *a cabra*.

Para além logo uma copada árvore nos atrai as vistas: é a celebrada *árvore dos Dórias*, que dilata seus seculares ramos no jardim de um dos membros desta respeitável família. E avistais logo, sentados nos parapeitos da antiga ponte, em seus inocentes recreios, os briosos moços, esperança da pátria, ou requebrando galanteios com as ternas camponesas que passam reflorindo de mocidade e frescura, ou revolvendo em suas mentes os problemas mais árduos de seus bem elaborados compêndios..."

— Está a sopa na mesa — veio dizer uma criada, de avental branco, muito nutrida.

— Muito bem, conselheiro, muito bem! — disse logo o Savedra do *Século*, erguendo-se. — É admirável!

Declarou para os lados com autoridade: "que o estilo era digno de um Rebelo ou de um Latino, e que realmente estava-se precisando muito em Portugal de uma obra daquele quilate..." E pensava baixo: "Grandíssima cavalgadura!..." O que era a sua apreciação genérica de todas as obras contemporâneas — excetuando os seus artigos no *Século*.

— Que lhe pareceu, meu bom amigo? — perguntou baixo o conselheiro a Julião, passando-lhe a mão sobre o ombro. — Mas uma opinião desafrontada, meu Zuzarte.

— Senhor conselheiro — disse Julião com uma voz profunda — tenho-lhe inveja! — E as suas lunetas escuras fixavam-se com uma preocupação crescente num xale-manta pardo, que a um canto cobria cuidadosamente, a julgar pelas saliências, altas pilhas de livros. Que seria? — Tenho-lhe inveja! — repetiu. — E outra cousa, conselheiro, não se me dava de lavar as mãos.

Acácio levou-o logo ao seu quarto, e retirou-se discretamente. Julião, sempre curioso, observou, surpreendido, duas grandes litografias aos lados da cama — um *Ecce*

Homo! e a *Virgem das Sete Dores*. O quarto era esteirado, o leito baixo e largo. Abriu então a gavetinha da mesa de cabeceira, e viu, espantado, uma touca e o volume brochado das poesias obscenas de Bocage! Entreabriu os cortinados fechados; e teve a consolação de verificar que havia sobre o travesseiro duas fronhazinhas chegadas de um modo conjugal e terno!

Apenas ele saiu do quarto, limpando as unhas com o lenço, o conselheiro conduziu-os à sala de jantar, dizendo, jovialmente:

— Não esperem o festim de Lúculo; é apenas o modesto passadio de um humilde filósofo!

Mas o Alves Coutinho extasiou-se sobre a abundância das travessas de doce; havia *creme* crestado a ferro de engomar, um prato de *ovos queimados*, aletria com as iniciais do conselheiro desenhadas a canela.

— É um grande dia para Sebastião! — disse Jorge.

O Alves Coutinho voltou-se logo para Sebastião, esfregando as mãos, com um riso na face amarela:

— É cá dos meus, hem? Gosta do belo doce! Também me pelo, também me pelo!...

Houve então um silêncio. As colheres de prata, remexendo devagar a sopa muito quente, agitavam os longos canudos brancos e moles do macarrão.

O conselheiro disse:

— Não sei se gostarão da sopa. Eu adoro o macarrão!

— Gosta do macarrão? — acudiu o Alves.

— Muito, meu Alves. Lembra-me a Itália! — E acrescentou: — País que sempre desejei ver. Dizem-me que as suas ruínas são de primeira ordem. Pode ir trazendo o cozido, senhora Filomena... — Mas detendo-a, com um gesto grave: — Perdão, com franqueza, preferem o cozido ou o peixe? É um pargo.

Houve uma hesitação, Jorge disse:

— O cozido talvez.

E o conselheiro com afeto:

— O nosso Jorge opina pelo cozido.

— Também estou pela sua. — exclamou o Alves Coutinho, voltado para Jorge, com o olho afogado em reconhecimento: — O cozidinho!

E o conselheiro, que julgava do seu dever dar à conversação nobreza e interesse, disse, limpando devagar o bigode da gordura da sopa:

— Dizem-me que é muito liberal a constituição da Itália!

Liberal! Segundo Julião, se a Itália fosse liberal, devia ter há muito expulso a coronhadas o papa, o sacro colégio, e a sociedade de Jesus!

O conselheiro pediu, com bondade, a benevolência do amigo Zuzarte para o "chefe da Igreja".

— Não — explicou — que eu seja um sectário do *Syllabus*! Não que eu queira ver os jesuítas entronizados no seio da família! Mas — e a sua voz tornou-se profunda — o respeitável prisioneiro do Vaticano é o vigário de Cristo! Meu Sebastião, sirva o arroz!

Não havia que estranhar aquelas opiniões católicas do conselheiro, ia observando Julião, porque tinha duas imagens de santos pendentes à cabeceira da cama...

A calva de Acácio fez-se rubra. O Savedra do *Século* exclamou com a boca cheia:

— Não o sabia carola, conselheiro!

Acácio, aflito, suspendeu o trinchador sobre o paio escarlate, e acudiu:

— Eu peço ao meu Savedra que não tire desse fato ilações erradas. Os meus princípios são bem conhecidos.

Não sou ultramontano, nem faço votos pelo restabelecimento da perseguição religiosa. Sou liberal. Creio em Deus. Mas reconheço que a religião é um freio...

— Para os que o precisam — interrompeu Julião.

Riram; o Alves Coutinho torcia-se. O conselheiro interdito respondeu, devagar, dispondo na travessa as rodelas do paio:

— Não o precisamos nós de certo, que somos as classes ilustradas. Mas precisa-o a massa do povo, senhor Zuzarte. Senão veríamos aumentar a estatística dos crimes.

E o Savedra do *Século*, erguendo as sobrancelhas, com a fisionomia muito séria:

— Pois olhe que diz uma grandíssima verdade. — Repetiu a máxima, modificando-a: — A religião é um bridão! — Fazia com o gesto o esforço de conter uma mula. E pediu mais arroz. Devorava.

O conselheiro continuava, explicando:

— Como dizia, sou liberal, mas entendo que algumas litografias ou gravuras, alusivas ao mistério da Paixão, têm o seu lugar num quarto de cama, e inspiram de certo modo sentimentos cristãos. Não é verdade, meu Jorge?

Mas o Savedra interrompeu ruidosamente, com a face acesa numa jovialidade libertina:

— Eu, num quarto de dormir, as únicas pinturas que admito são uma bela ninfa, nua, ou uma bacante desenfreada!

— Isso, isso! — bradou o Alves Coutinho. A boca dilatava-se-lhe numa admiração sensual. — Este Savedra! Este Savedra! — E baixo para Sebastião: — Tem um talento! Tem um talento!

O conselheiro voltou-se para Julião, e puxando o guardanapo para o estômago:

— Espero que não sejam esses os painéis imorais, que se veem no seu gabinete de estudo.

Julião emendou:

— No meu cubículo. Ah! não, conselheiro! Tenho apenas duas litografias — uma é um homem sem pele para representar o sistema arterial, o outro é o mesmo indivíduo igualmente sem pele para se ver o sistema nervoso...

O conselheiro teve com a sua mão branca um vago gesto enojado, e exprimiu a opinião — que na medicina, aliás uma grande ciência! havia cousas bastante asquerosas. Assim, ouvira dizer que nos teatros anatômicos, os estudantes de ideias mais avançadas levavam o seu desprezo pela moral até atirarem uns aos outros, brincando, pedaços de membros humanos, pés, coxas, narizes...

— Mas é como quem mexe em terra, conselheiro! — disse Julião, enchendo o copo — é matéria inerte!

— É a alma, senhor Zuzarte!... — exclamou o conselheiro. Fez um gesto de vaga reticência; e julgando tê-lo aniquilado com aquela palavra suprema, abriu para Sebastião um sorriso cortês e protetor:

— E que diz o nosso bondoso Sebastião?

— Estou a ouvir, senhor conselheiro.

— Não dê ouvidos a estas doutrinas! — Com o garfo mostrava a figura biliosa de Julião. — Mantenha a sua alma pura. São perniciosas. Que o nosso Jorge (o que é de lamentar num homem estabelecido e empregado do Estado) também vai um pouco para estas exagerações materialistas!

Jorge riu; afirmou que *sim*, que tinha essa honra...

— Então o conselheiro quer que eu, um engenheiro, um estudante de matemática, acredite que há almas que vivem no céu, com asinhas brancas, túnicas azuis, e tocando instrumentos?

O conselheiro acudiu:

— Não, instrumentos não! — E como apelando para todos: — Não creio que tivesse falado em instrumentos. Os instrumentos são uma exageração. São, podemos dizê-lo, táticas do partido reacionário...

Ia fulminar a doutrina ultramontana — mas a senhora Filomena colocou-lhe diante a travessa com a perna de vitela assada. Compenetrou-se logo do seu dever, afiou o trinchador com solenidade, foi cortando fatias finas, com a testa muito franzida como na aplicação de uma função grave. Então Julião, pousando os cotovelos sobre a mesa, e escabichando os dentes com a unha, perguntou:

— E o ministério, cai ou não cai?

Sebastião ouvira dizer no vapor de Almada, de tarde, que "a situação estava firme".

Mas o Savedra esvaziou o copo, limpou os beiços e declarou que em duas semanas "estavam em terra". Nem aquele escândalo podia continuar! Não tinham a mais pequena ideia de governo. Nem a mais leve! Assim, por exemplo, ele... — E meteu as mãos nos bolsos, firmando-se nas costas da cadeira. — Ele tinha-os apoiado, não é verdade? E com lealdade. Porque era leal! Sempre o fora em política! Pois bem, não lhe tinham despachado o primo recebedor de Aljustrel, tendo-lho prometido! E nem lhe tinham dado uma satisfação. Assim não era possível fazer política! Era uma coleção de idiotas!

Jorge alegrava-se que viessem outros; talvez lhe dessem de novo a sua comissão no ministério; e ele o que queria era estar quieto ao seu cantinho...

O Alves Coutinho calava-se, com prudência, engolindo buchas de pão.

— Eu que caiam, ou que fiquem — disse Julião — que venham estes, ou que venham aqueles... Obrigado, conselheiro — e recebeu o seu prato de vitela — ... é-me inteiramente indiferente. É tudo a mesma podridão! O país inspirava-lhe nojo; de cima abaixo era uma *choldra*; e esperava breve que, pela lógica das cousas, uma revolução varresse a porcaria...

— Uma revolução! — fez o Alves Coutinho, assustado, com olhares inquietos para os lados, coçando nervosamente o queixo.

O conselheiro sentara-se, e disse, então:

— Eu não quero entrar em discussões políticas, só servem para dividir as famílias mais unidas, mas só lhe lembrarei, senhor Zuzarte, uma cousa, os excessos da Comuna...

Julião recostou-se, e com uma voz muito tranquila:

— Mas onde está o mal, senhor conselheiro, se fuzilarmos alguns banqueiros, alguns padres, alguns proprietários obesos, e alguns marqueses caquéticos! Era uma limpezazinha!... — E fazia o gesto de afiar a faca.

O conselheiro sorriu, cortesmente; tomava como um gracejo aquela saída sanguinária.

O Savedra porém interpôs-se, com autoridade:

— Eu no fundo sou republicano...

— E eu — disse Jorge.

— E eu — fez o Alves Coutinho, já inquieto. — Contem-me a mim também!

— Mas — continuou o Savedra — sou-o em princípio. Porque o princípio é belo, o princípio é ideal! Mas a prática? Sim, a prática? — E voltava para todos os lados a sua face balofa.

— Sim, na prática! — exclamava o Alves Coutinho, em eco admirativo.

— A prática é impossível! — declarou o Savedra. E encheu a boca de vitela.

O conselheiro então resumiu:

— A verdade é esta: o país está sinceramente abraçado à família real... Não acha, meu bom Sebastião? — Dirigia-se a ele, como proprietário e possuidor de inscrições.

Sebastião, interpelado, corou, declarou que não entendia nada de política; havia, todavia, fatos que o afligiam; parecia-lhe que os operários eram mal pagos; a miséria crescia; os cigarreiros, por exemplo, tinham apenas de nove a onze vinténs por dia, e, com família, era triste...

— É uma infâmia — disse Julião, encolhendo os ombros.

— E há poucas escolas... — observou timidamente Sebastião.

— É uma torpeza! — insistiu Julião.

O Savedra calava-se, ocupado com o alimento; tinha desabotoa-do a fivela do colete; espalhava-se-lhe no rosto gordo uma cor de enfartação, e sorria vagamente, inchado.

— E os idiotas de S. Bento?... — exclamou Julião. Mas o conselheiro interrompeu-o:

— Meus bons amigos, falemos de outra cousa. É mais digno de portugueses e de súditos fiéis.

E voltando-se logo para Jorge, quis saber como ficara a interessante D. Luísa?

Estava um pouco adoentada havia dias — disse Jorge. — Mas não era nada, mudança de estação, um bocadito de anemia...

O Savedra pousando o copo, e cumprimentando:

— Tive o prazer de a ver passar este verão quase todas as manhãs por minha casa — disse. — Ia para os lados de Arroios. Às vezes de trem, às vezes a pé...

Jorge pareceu um pouco surpreendido; mas o conselheiro ia dizendo quanto lhe pesava não ter o prazer de a ver partilhar daquele modesto repasto; como celibatário porém... não tendo uma esposa para fazer as honras...

— E é o que eu admiro, conselheiro — observou Julião — é que tendo uma casa tão confortável, não se tenha casado, não se tenha dado o conchego de uma senhora...

Todos apoiaram. Era verdade! O conselheiro devia-se ter casado.

— São graves, perante Deus e perante a sociedade, as responsabilidades de um chefe de família — considerou ele.

Mas enfim — disseram — é o estado mais natural. E depois, que diabo, às vezes havia de se sentir só! E numa doença! Sem contar a alegria que dão os filhos!...

O conselheiro objetou: "os anos, as neves da fronte..."

Também ninguém lhe dizia que fosse casar com uma rapariga de quinze anos! Não, era arriscado. Mas com uma pessoa de certa idade que tivesse atrativos, cuidados de interior... Era mesmo moral.

— Porque enfim, conselheiro, a natureza, é a natureza! — disse Julião com malícia.

— Há muito, meu amigo, que se apagou dentro em mim o fogo das paixões.

Ora qual! Era um fogo que nunca se extinguia! Que diabo! Era impossível que o conselheiro, apesar dos seus cinquenta e cinco, fosse indiferente a uns belos olhos pretos, a umas formazinhas redondas!...

O conselheiro corava. E o Savedra declarou, com um circunlóquio pudico — que nenhuma idade se eximia à influência de Vênus. Toda a questão é nos gostos — disse: — aos quinze anos gosta-se de uma matrona cheia, aos cinquenta de um frutozinho tenro... Pois não é verdade, amigo Alves?

O Alves arregalou os olhos concupiscentes, e fez estalar a língua.

E o Savedra continuou:

— Eu, a minha primeira paixão foi uma vizinha, mulher de um capitão de navios, mãe de seis filhos, e que não cabia por aquela porta. Pois senhores, fiz-lhe versos, e a excelente criatura ensinou-me um par de cousas agradáveis... Deve-se começar cedo, não é verdade? — E voltou-se para Sebastião.

Quiseram então saber as opiniões de Sebastião — que se fez escarlate.

Por fim, muito solicitado, disse com timidez:

— Eu acho que se deve casar com uma rapariga de bem, e estimá-la toda a vida...

Aquelas palavras simples produziram um curto silêncio. Mas o Savedra, reclinando-se, classificou uma tal opinião de "burguesa"; o casamento era um fardo; não havia nada como a variedade...

E Julião expôs dogmaticamente:

— O casamento é uma fórmula administrativa, que há de um dia acabar... — De resto, segundo ele, a fêmea era um ente subalterno; o homem deveria aproximar-se dela em certas épocas do ano (como fazem os animais, que compreendem estas cousas melhor que nós), fecundá-la, e afastar-se com tédio.

Aquela opinião escandalizou a todos, sobretudo o conselheiro, que a achou "de um materialismo repugnante".

— Essas fêmeas para quem é tão severo, senhor Zuzarte — exclamava ele — essas fêmeas são nossas mães, nossas carinhosas irmãs, a esposa do Chefe de Estado, as damas ilustres da nobreza...

— São o melhor bocadinho deste vale de lágrimas — interrompeu com fatuidade o Savedra, dando palmadinhas sobre o estômago. Dissertou então sobre as mulheres. O que sobretudo lhes exigia era um bonito pé; não havia nada como um pezinho catita! E a todas preferia a mulher espanhola!

O Alves votava pelas francesas; citava algumas do Café-Concerto, criaturas de fazer perder a cabeça!... — E injetavam-se-lhe os olhos.

O Savedra disse com um trejeito hostil:

— Sim, para um bocado de cancã... Para o cancã não há como as francesas... Mas muito chupistas!

O conselheiro afirmou ajeitando as lunetas:

— Viajantes instruídos têm-me afiançado que as inglesas são notáveis mães de família...

— Mas frias como esta madeira — disse o Savedra, batendo na mesa. — Mulheres de gelo! — E reclamava espanholas! Queria fogo! Queria *salero*! Tinha o olhar brilhante do vinho; a comida acendia-lhe o sentimento!

— Uma bela *gaditana*, hem, amigo Alves?

Mas em presença dos doces que a senhora Filomena dispôs sobre a mesa, o Alves Coutinho esquecera as mulheres, e, voltado para Sebastião, discutia gulodices. Indicava as especialidades: para os folhados, o Cocó! Para as natas, o Baltreschi! Para as gelatinas, o largo de S. Domingos! Dava receitas; contava proezas de lambarice, revirando os olhos:

— Porque — dizia — o docinho e a mulherzinha é o que me toca cá por dentro a alma!

Era; todo o tempo que não dedicava ao serviço do Estado, dividia-o com solicitude, entre as confeitarias e os lupanares.

Savedra e Julião discutiam a imprensa. O redator do *Século* gabava a profissão de jornalista — quando a gente, já se sabe, tem alguma cousa de seu; mais tarde ou mais cedo apanha-se um nicho, não é verdade? Depois as entradas nos teatros, a influência nas cantoras. Sempre se é um bocado temido...

E o conselheiro, cortando os ovos queimados, saboreando as alegrias da convivência, dizia a Jorge:

— Que maior prazer, meu Jorge, que passar assim as horas entre amigos, todos de reconhecida ilustração, discutir as questões mais importantes, e ver travada uma conversação erudita?... Parecem excelentes os ovos.

A senhora Filomena, então, com solenidade, veio colocar-lhe ao pé uma garrafa de *champagne*.

O Savedra pediu logo para a abrir, porque o fazia com muito *chic*. E apenas a rolha saltou, e, no silêncio que criou a cerimônia, se encheram os copos, o Savedra, que ficara de pé, disse:

— Conselheiro!

— Acácio curvou-se, pálido.

— Conselheiro, é com o maior prazer que bebo, que todos bebemos, à saúde de um homem, que — e arremessando o braço, deu um puxão ao punho da camisa com eloquência — pela sua respeitabilidade, a sua posição, os seus vastos conhecimentos, é um dos vultos deste país. À sua saúde, conselheiro!

— Conselheiro! Conselheiro! Amigo conselheiro!

Beberam com ruído. Acácio, depois de limpar os beiços, passou a mão trêmula pela calva, levantou-se comovido, e começou:

— Meus bons amigos! Eu não me preparei para esta circunstância. Se o soubesse de antemão, teria tomado algumas notas. Não tenho a verbosidade dos Rodrigos ou dos Garretts. E sinto que as lágrimas me vão embargar a voz...

Falou então de si, com modéstia; reconhecia quando via na capital tão ilustres parlamentares, oradores tão sublimes, tão consumados estilistas, reconhecia que era um zero! — E com a mão erguida formava no ar, pela junção do polegar e do indicador um 0: um *zero*! Proclamou o seu amor à pátria: que amanhã as instituições ou a família real precisassem dele — e o seu corpo, a sua pena, o seu modesto pecúlio, tudo oferecia de bom grado! Queria derramar todo o seu sangue pelo trono! — E, prolixo, citou o *Eurico*, as instituições da Bélgica, Bocage e passagens dos seus prólogos. Honrou-se de pertencer à Sociedade Primeiro de Dezembro... — Nesse dia memorável — exclamou — eu mesmo ilumino as minhas janelas, sem o luxo dos grandes estabelecimentos do Chiado, mas com uma alma sincera!

E terminou dizendo: — Não esqueçamos, meus amigos, como portugueses, de fazer votos pelo ilustrado monarca, que deu às neves da minha fronte, antes de descerem ao túmulo, a consolação de se poderem revestir com o honroso hábito de S. Tiago! Meus amigos, à família real! — e ergueu o copo — à família modelo, que sentada ao leme do Estado, dirige, cercada dos grandes vultos da nossa política, dirige... Procurou o fecho; havia um silêncio ansioso — dirige... — Através das lunetas negras, os seus olhos cravavam-se, à busca da inspiração, na travessa de aletria — dirige... — Coçou a calva, aflito; mas um sorriso clareou-lhe o aspecto, encontrara a frase; e estendendo o braço: ... dirige a barca da governação pública com inveja das nações vizinhas! À família real!

— À família real! — disseram com respeito.

O café foi servido na sala. As velas de estearina punham uma luz triste naquela habitação fria; o conselheiro foi dar corda à caixa de música; e, ao som do coro nupcial da *Lúcia*, ofereceu em redor charutos.

— E a senhora Adelaide pode trazer os licores — disse à Filomena.

Viram então aparecer uma bela mulher de trinta anos, muito branca, de olhos negros, e formas ricas, com um vestido de merino azul, trazendo numa bandeja de prata, onde tremelicavam copinhos, a garrafa de conhaque e o frasco de curaçao.

— Boa moça! — rosnou com o rosto aceso o Alves Coutinho.

Julião quase lhe tapou a boca com a mão. E falando-lhe ao ouvido, olhando o conselheiro, recitou:

> Não ouses, temerário, erguer teus olhos
> Para a mulher de César!

E enquanto se bebia o curaçao, Julião pé ante pé dirigiu-se ao escritório, e foi erguer a ponta do xale-manta pardo do que tanto o preocupava; eram rumas de livros brochados, atadas com guitas — as obras do conselheiro intactas!

Quando Jorge entrou, às onze horas, Luísa já deitada lia, esperando-o.

Quis saber do jantar do conselheiro.

Excelente, contou Jorge, começando a despir-se. Gabou muito os vinhos. Tinha havido *speechs*... E de repente:

— É verdade, onde ias tu a Arroios?

Luísa passou devagar as mãos sobre o rosto para lhe cobrir a alteração. Disse bocejando ligeiramente:

— A Arroios?

— Sim. O Savedra, um sujeito que estava em casa do conselheiro, diz que te via passar todos os dias para lá, de trem e a pé.

— Ah! — fez Luísa, depois de tossir — ia ver a Guedes, uma rapariga que andou comigo no colégio, que tinha chegado do Porto. A Silva Guedes!

— Silva Guedes!... — disse Jorge refletindo. — Imaginei que estava secretário-geral em Cabo Verde!

— Não sei. Estiveram aí um mês no verão. Moravam a Arroios. Ela estava doente, coitada: eu ia lá às vezes. Mandava-me pedir para ir lá. Põe essa luz fora, está-me a fazer impressão.

Queixou-se então que toda a tarde estivera esquisita. Sentia-se fraca, e com uma pontinha de febre...

E nos dias seguintes não se achou melhor. Queixava-se ainda vagamente de peso na cabeça, mal-estar... Uma manhã mesmo ficou de cama. Jorge não saiu, inquieto, querendo já mandar chamar Julião. Mas Luísa insistiu que "não era nada, um bocadito de fraqueza, talvez..."

Foi também a opinião de Juliana, em cima na cozinha.

— Que aquela senhora é fraca; ali há cousa do peito — disse com importância.

Joana, que estava debruçada sobre o fogão, acudiu logo:

— O que ela é, é uma santa!...

Juliana cravou-lhe nas costas um olhar rancoroso. E com um risinho:

— A senhora Joana diz isso como se as outras fossem uma peste.

— Que outras?

— Eu, vossemecê, a mais gente...

Joana sempre remexendo nas panelas sem se voltar:

— Olhe, outra não encontra vossemecê, senhora Juliana! Uma senhora que lhe deixa fazer tudo o que quer, e faz ela mesma o serviço! Noutro dia andava a despejar as águas. É uma santa!

Aquele tom hostil de Joana exasperou-a; mas conteve-se; apesar da sua *posição* na casa, dependia dela para os caldinhos, os bifes, os petiscos; tinha diante dela a vaga timidez respeitosa das constituições franzinas pelos corpos possantes; pôs-se a dizer com uma voz tortuosa, ambígua:

— Ora! — São gênios! Gosta de arrumar. Ah, lá isso deve-se dizer, é senhora de muita ordem. Mas gosta, gosta de trabalhar. Às vezes basta-lhe ver um bocadinho de pó, agarra logo no espanador... É gênio. Tenho visto outras assim... — E punha a cabeça de lado, franzindo os beiços.

— O que ela é, é uma santa — repetiu a Joana.

— É gênio! Está sempre numa labutação. Eu nunca saio sem deixar tudo num brinco. Pois senhores, nunca está satisfeita. Até noutro dia lá embaixo a passar a roupa... Eu ia a sair, pois tirei logo o chapéu, e não consenti... Olhe, quer que lhe diga? Falta de cuidados, não ter filhos... Que ela não lhe falta nada...

Calou-se, remirou o pé, e com satisfação:

— Nem a mim — disse reclinando-se na cadeira.

A Joana pôs-se a cantarolar. Não queria "questões". Mas ultimamente achava "tudo aquilo muito fora dos eixos", a Juliana sempre na rua, ou metida no quarto a trabalhar para si, sem se importar, deixando tudo ao deus-dará, e a pobre senhora a varrer, a passar, a emagrecer! Não, ali havia cousa! Mas o seu Pedro que ela consultara, disse-lhe com finura, retorcendo o buço: — Elas lá se entendem! Trata tu de gozar, e não te importes com a vida dos outros. A casa é boa, toca a tirar partido!

Mas Joana sentia "lá por dentro" a crescer-lhe uma embirração pela senhora Juliana. Tinha-lhe asca pelas tafularias, pelos luxos do quarto, pelas passeatas todo o dia, pelos modos de madama; não se recusava a fazer-lhe o serviço, porque isso lhe rendia presentinhos da senhora; mas, quê, tinha-lhe birra! O que a consolava era a ideia de que um piparote desfazia aquela magricela! E ia tirando partido da casa, também. O Pedro tinha razão...

Juliana com efeito, agora, não se constrangia. Depois da "cena da roupa" assustara-se, porque, enfim, o escândalo podia-lhe fazer perder a *posição*; durante alguns dias não saiu, foi cuidadosa; mas quando viu Luísa resignar-se, abandonou-se logo, quase com fervor, às satisfações da preguiça e às alegriazinhas da vingança. Passeava, costurava fechada no seu quarto, e a *Piorrinha* que se arranjasse! Diante de Jorge ainda se continha: temia-o. Mas apenas ele saía! Que desforra! Às vezes estava varrendo ou arrumando — e, mal o sentia fechar a cancela, atirava o ferro, a vassoura, punha-se a "panriar". Lá estava a *Piorrinha*, para acabar!

Luísa, no entanto, passava pior: tinha de repente, sem razão, febres efêmeras; emagrecia, e as suas melancolias torturavam Jorge.

Ela explicava tudo pelo *nervoso*.

— Que será, Sebastião? — era a pergunta incessante de Jorge. E lembrava-se com terror que a mãe de Luísa morrera de uma doença de coração!

Na rua, pela cozinheira, pela tia Joana, sabia-se que a do Engenheiro "ia mal". A tia Joana jurava que era a solitária. Porque enfim, uma pessoa a quem não faltava nada, com um marido que era um anjo, uma boa casa, todos os seus cômodos — e a esmorecer, a esmorecer... Era a bicha! Não podia ser senão a bicha! E todos os dias lembrava a Sebastião que se devia mandar chamar o homem de Vila-Nova-de-Famalicão, que tinha o remédio "para a bicha".

O Paula explicava de outro modo.

— Ali anda cousa de cabeça — dizia, franzindo a testa, com o ar profundo. — Sabe o que ela tem, senhora Helena? É muita dose de novelas naquela cachimônia. Eu vejo-a de pela manhã até à noite de livro na mão. Põe-se a ler romances e mais romances... Aí têm o resultado: arrasada!

Um dia Luísa de repente, sem razão, desmaiou; e quando voltou a si ficou muito fraca, com o pulso sumido, os olhos cavados. Jorge foi logo buscar Julião; encontrou-o muito agitado, porque o concurso era para o dia seguinte, e "sentia cólicas".

Durante todo o caminho não deixou de falar excitadamente da sua tese, do escândalo dos patrocinatos, do barulho que faria se fossem injustos, — arrependido agora de não ter "metido mais cunhas"!

Depois de ter examinado Luísa veio dizer, furioso, a Jorge:

— Não tem nada! E vais-me buscar para isto! Tem anemia, o que todos temos. Que passeie, que se distraia. Distrações e ferro, muito ferro... E água fria, água fria pra cima daquela espinha!

Como eram cinco horas, convidou-se para jantar, deblaterando toda a tarde contra o país, amaldiçoando a carreira médica, injuriando o seu concorrente, e fumando com desespero os charutos de Jorge.

Luísa tomava o ferro, mas recusava as distrações; fatigava-a vestir-se, aborrecia-lhe ir ao teatro... Depois, logo que viu Jorge preocupar-se do seu estado, quis afetar força, alegria, bom humor; e aquele esforço abatia-a, extraordinariamente.

— Vamos para o campo, queres tu? — dizia-lhe Jorge desolado, vendo-a esmorecida.

Ela, receando complicações possíveis, não aceitava; não se sentia bastante forte, dizia: onde estava mais confortável que em casa? Depois as despesas, os incômodos...

Uma manhã, que Jorge voltara a casa inesperadamente, encontrou-a em *robe de chambre*, com um lenço amarrado na cabeça, varrendo, lugubremente.

Ficou à porta atônito:

— Que andas tu a fazer? Andas a varrer?

Ela corou muito, atirou logo a vassoura, veio abraçá-lo.

— Não tinha que fazer... Deu-me a mania da limpeza... Estava aborrecida, além disso faz-me bem, é um exercício.

Jorge, à noite, contou a Sebastião aquela "tolice, de se andar a esfalfar..."

— Uma pessoa que está tão fraca, minha senhora... — observou repreensivamente Sebastião.

Mas não! — dizia ela, achava-se bem melhor! Até agora andava muito melhor...

Todavia, quase não falou nessa noite, curvada sobre o seu crochê, um pouco pálida: e os seus olhos às vezes erguiam-se com uma fadiga triste, sorrindo silenciosamente, de um modo desconsolado.

Pediu a Sebastião que tocasse alguma cousa do *Réquiem* de Mozart. Achava tão lindo! Gostava que lho cantassem na igreja quando ela morresse...

Jorge zangou-se. Que mania de falar em cousas ridículas!

— Mas então, não é possível que eu morra?...

— Pois bem, morre e deixa-nos em paz! — exclamou ele furioso.

— Que bom marido! — dizia ela sorrindo a Sebastião. — Deixou cair o crochê no regaço, pediu-lhe então os *Dezesseis compassos da Africana*. Escutava, com a cabeça apoiada à mão; aqueles sons entravam-lhe na alma com a doçura de vozes místicas que a chamavam; parecia-lhe que ia levada por elas, se desprendia de tudo o que era terrestre e agitado, se achava numa praia deserta, junto ao mar triste, sob um frio luar — e ali, puro espírito, livre das misérias carnais, rolava nas ondulações do ar, tremia nos raios luminosos, passava sobre as urzes nos sopros salgados...

A melancólica atitude do seu corpo abatido enfureceu Jorge:

— Ó Sebastião, fazes-me favor de tocar o fandango, o Barba Azul, o Pirolito, o diabo? Senão, se querem melancolia, eu começo com o cantochão!

E cantou, com um tom fúnebre:

Dies iroe, dies illae,
Solvunt saecula in favilla!...

Luísa riu-se:

— Que doudo! Nem pode a gente estar triste...

— Pode! — exclamou Jorge. — Mas então venha a bela tristeza, venha a tristeza completa. — E com uma voz medonha entoou o *Bendito*!

— Os vizinhos hão de dizer que estamos doudos, Jorge — acudiu ela.

— É justamente o que nós estamos! — E entrou no escritório, atirando com a porta.

Sebastião bateu alguns compassos, e voltando-se para ela, baixo:

— Então que ideias são essas? Que melancolia é essa?

Luísa ergueu os olhos para ele; viu a sua face boa e amiga, cheia de simpatia; ia talvez dizer-lhe tudo numa explosão de dor, mas Jorge saía do escritório. Sorriu, encolheu os ombros, retomou devagar o seu crochê.

No domingo seguinte, à noite, conversava-se na sala. Julião contara o seu concurso. Em resumo, estava contente: tinha falado duas horas bem, com precisão, com lucidez.

O dr. Figueiredo dissera-lhe que "devia ter amenizado um bocado mais..."

— Literatos! — fazia Julião, encolhendo os ombros, com desprezo. — Não podem falar cinco minutos sobre o osso do tornozelo, sem trazerem as "flores da primavera" e "o facho da civilização"!

— O português tem a mania da retórica... — disse Jorge.

Neste momento Juliana entrou na sala, com uma carta.

— Oh! É do conselheiro!

Ficaram inquietos. Mas Acácio apenas se desculpava de "não poder vir, como prometera na véspera, partilhar do excelente chá de D. Luísa. Um trabalho urgente retinha-o à banca do dever. Pedia lembranças aos nossos Sebastião e Julião, e afetuosos respeitos à interessante D. Felicidade".

Uma onda de sangue abrasou o rosto da excelente senhora. Ficou a arfar, toda alterada; mudou duas vezes de cadeira, foi tocar no teclado com um dedo a *Pérola de Ofir*; e, enfim, não se dominando, pediu baixo a Luísa "que fossem para o quarto, tinha um segredo..."

Apenas entraram, fechando a porta da sala:

— Que me dizes à carta dele?

— Os meus parabéns — disse Luísa, rindo.

— É o milagre! — exclamou D. Felicidade — já é o milagre a fazer-se! — E mais baixo: — Mandei o homem! O que eu te disse, o galego!

Luísa não compreendia.

— O homem a Tuí, à mulher de virtude! Levou o meu retrato e o dele. Partiu há uma semana; a mulher naturalmente já começou a enterrar-lhe as agulhas no coração...

— Que agulhas? — perguntou Luísa atônita.

Estavam de pé, junto ao toucador. E D. Felicidade com uma voz misteriosa:

— A mulher faz um coração de cera, cola-o ao retrato do conselheiro, e durante uma semana à meia-noite crava-lhe uma agulha benta com o preparo que ela tem, e faz as orações...

— E deste o dinheiro ao homem?

— Oito moedas.

— Oh D. Felicidade!

— Ai! Não me digas! Que já vês! Que mudança! Daqui a uns dias, baba-se! Ai! Nossa Senhora da Alegria o permita! Nossa Senhora o permita! Que aquele homem traz-me douda. De noite, é cada sonho! Até ando em pecado mortal! E são suores! Mudo de camisa três e quatro vezes!

E ia-se olhando ao espelho; queria convencer-se que as belezas da sua pessoa ajudariam as agulhas da bruxa; alisou o cabelo.

— Não me achas mais magra?

— Não.

— Ai estou, filha, estou! — E mostrou o corpete lasso.

Já fazia planos. Iria passar a *lua de mel* a Sintra... Os olhos afogavam-se-lhe num fluido lúbrico.

— Nossa Senhora da Alegria o permita. Tenho-lhe duas velas acesas, de dia e de noite...

Mas de repente a voz aflita de Joana bradou da escada da cozinha:

— Minha senhora! Minha senhora, acuda!

Luísa correu, Jorge também, que ouvira na sala o grito. Juliana estava estendida no soalho da cozinha, desmaiada!

— Deu-lhe de repente, deu-lhe de repente! — exclamava Joana, muito branca, a tremer. — Tombou pra o lado de repente...

Julião tranquilizou-os logo; era uma síncope, simples. Transportaram-na para a cama. Julião fez-lhe esfregar violentamente com uma flanela quente as extremidades, e, mesmo antes que Joana atarantada, em cabelo, corresse à botica por um antiespasmódico, Juliana voltava a si, muito fraca. Quando desceram à sala, Julião disse, enrolando o cigarro:

— Não vale nada. São muito frequentes, estas síncopes, nas doenças de coração. Esta é simples. Mas é o diabo, às vezes, têm um caráter apoplético, e vem a paralisia; pouco duradoura, sim, porque a efusão de sangue no cérebro é muito pequena, mas enfim, sempre desagradável. — E acendendo o cigarro: — Esta mulher um dia morre-lhes em casa.

Jorge, preocupado, passeava pela sala com as mãos nos bolsos.

— Sempre o tenho dito — acudiu D. Felicidade, baixando a voz, assustada. — Sempre o tenho dito. É desfazerem-se dela.

— Além disso o tratamento é incompatível com o serviço — disse Julião. — Enfim, mesmo a engomar roupa se pode tomar digitális ou quinino; mas é que o verdadeiro tratamento é o repouso, é a absoluta exclusão da fadiga. Que ela um dia se zangue ou que tenha uma manhã de canseira, e pode ir-se!

— E vai adiantada a doença? — perguntou Jorge.

— Pelo que ela diz já tem a dificuldade asmática, opressões, uma dor aguda na região cardíaca, flatulência, umidade nas extremidades — o diabo!

— Olha que espiga! — murmurou Jorge, olhando em roda.

— É pô-la na rua! — resumiu D. Felicidade.

Quando ficaram sós, às onze horas, Jorge disse logo a Luísa:

— Que te parece esta, hem? É necessário descartarmo-nos da criatura. Não quero que me morra em casa!

Ela, sem se voltar, diante do toucador, tirando os brincos, começou a dizer, que não se podia mandar também a pobre criatura morrer pra a rua... Lembrou vagamente o que ela tinha feito pela tia Virgínia... Ia colocando devagar as suas palavras com a cautela com que se pousa o pé num terreno traiçoeiro. — Podia-se talvez dar-lhe algum dinheiro, que ela fosse viver algures...

Jorge, depois de um silêncio, respondeu:

— Não tenho dúvida em lhe dar dez ou doze libras, e que se vá, que se arranje!

Dez ou doze libras! — pensou Luísa com um sorriso infeliz. — E à beira do toucador olhava para o seu rosto, ao espelho, com uma indefinida saudade, como se as suas faces devessem dentro em pouco estar cavadas pela aflição, e os seus olhos fatigados pelas lágrimas...

Porque, enfim, a crise tinha chegado. Se Jorge insistisse em despedir a criatura, ela não podia, sem provocar um espanto e uma explicação, dizer a Jorge: não quero que ela saia, quero que ela aqui morra! E Juliana, vendo-se expulsa, desesperada, doente, percebendo que Luísa não a defendia, não a reclamava, vingar-se-ia! Que havia de fazer?

Ergueu-se ao outro dia numa grande agitação. Juliana, muito fatigada, ainda estava na cama. E enquanto Joana punha a mesa, Luísa sentada na *voltaire*, à janela da sala de jantar, lia maquinalmente o *Diário de Notícias*, quase sem compreender, quando uma notícia, no alto da página, lhe deu um sobressalto: "Parte além de amanhã para a França o nosso amigo e conhecido banqueiro Castro, da firma Castro Miranda & Cia. S. Exa. retira-se dos negócios da praça, e vai estabelecer-se definitivamente em França, perto de Bordéus, onde comprou ultimamente uma valiosa propriedade".

O Castro! O homem que lhe dava dinheiro, o que ela quisesse! — dizia Leopoldina. Partia!... E apesar de ter achado, desde o primeiro momento, aquele recurso infame, vinha-lhe a seu pesar como uma desconsolação de o ver desaparecer! Porque nunca mais voltaria a Portugal, o Castro!... E de repente uma ideia atravessou-a, que a fez vibrar toda, erguer-se direita, muito pálida. — Se na véspera da partida dele, Santo Deus! Se na véspera ela consentisse!... Oh! Era horrível! Nem pensar em tal!...

Mas pensou — e sentia-se toda fraca contra uma tentação crescente, que se lhe enroscava na alma com carícias persuasivas. É que então estava salva! Dava seiscentos mil-réis a Juliana! E o demônio iria morrer para longe!

E ele, o homem, tomaria o paquete! Não teria de corar diante dele; o seu segredo ia para o estrangeiro, tão perdido como se fosse para o túmulo! — E, além disso, se o Castro tinha uma paixão por ela, era bem possível que lhe emprestasse, sem condições!...

Bom Deus! No dia seguinte podia ter ali na algibeira do seu roupão as notas, o ouro... Por que não? — Por que não? E vinha-lhe um desejo ansioso de se libertar, de viver feliz, sem agonias, sem martírios...

Voltou ao quarto. Pôs-se a remexer no toucador, olhando de lado Jorge que se vestia... A presença dele deu-lhe logo um remorso; ir pedir a um homem dinheiro, consentir nos seus olhares lascivos, nas suas palavras intencionais!... Que horror! — Mas já sutilizava. Era por Jorge, era por ele! Era para lhe poupar o desgosto de *saber*! Era para o poder amar livremente, toda a vida, sem receios, sem reservas...

Durante todo o almoço esteve calada. O rosto simpático de Jorge enternecia-a; o *outro* parecia-lhe medonho, odiava-o já!...

Quando Jorge saiu ficou muito nervosa. Ia à janela; o sol parecia-lhe adorável, a rua atraía-a. — Por que não? Por que não?

A voz de Juliana, muito áspera, falou então nas escadas da cozinha; e aquele cantado odioso decidiu-a bruscamente.

Vestiu-se com cuidado; era mulher; quis parecer bonita. — E chegou toda esbaforida a casa de Leopoldina, quando dava meio-dia a S. Roque.

Encontrou-a vestida, esperando o almoço. E tirando imediatamente o chapéu, instalando-se no sofá, explicou muito claramente a Leopoldina a sua resolução. Queria o dinheiro do Castro. Emprestado ou dado, queria o dinheiro!... Estava numa aflição, devia valer-se de tudo!... Jorge queria despedir a mulher... Tinha medo de uma vingança dela... Queria dinheiro, ali estava!

— Mas assim de repente, filha! — disse Leopoldina, pasmada do seu olhar decidido.

— O Castro vai-se amanhã. Vai para Bordéus, para o inferno! É necessário fazer alguma cousa, já!

Leopoldina lembrou escrever-lhe.

— O que quiseres... Eu aqui estou!

A outra sentou-se devagar à mesa, escolheu uma folha de papel, e, com o dedinho no ar, a cabeça de lado, começou a escrevinhar.

Luísa passeava pelo quarto, nervosa. Tinha agora uma resolução teimosa, que a presença de Leopoldina fortificava! Divertia-se, aquela, dançava, ia ao campo, gozava, vivia, sem ter como ela uma tortura a minar-lhe, a estragar-lhe a vida! Ah! Não voltaria para casa sem levar na algibeira em boas libras o resgate, a salvação! Ainda que tivesse de ser vil como as do Bairro Alto! Estava farta das humilhações, dos sustos, das noites cortadas de pesadelos!... Queria saborear a vida, que diabo! O seu amor, o seu jantar, sem cuidados, com o coração contente!

— Vê lá — disse Leopoldina, lendo:

> "Meu Caro Amigo.
>
> Desejo absolutamente falar-lhe. É um negócio grave. Venha logo que possa. Talvez me agradeça. Espero-o até às tres horas, o mais tardar.
>
> "Com toda a estima,
>
> Sua amiga
Leopoldina."

— Que te parece?

— Horrível! Mas está bem... Está muito bem! Risca-lhe o *talvez me agradeça*. É melhor.

Leopoldina copiou o bilhete, mandou-o pela Justina num trem.

— E agora vou almoçar, que me não tenho nas pernas.

A sala de jantar dava para um saguão estreito. As paredes estavam cobertas de uma pintura medonha, em que grandes manchas verdes semelhavam colinas, e linhas azuis-ferretes representavam lagos. Um armário, no ângulo da parede, servia de guarda-louça. As cadeiras de palhinha tinham almofadinhas de paninho vermelho e na toalha havia nódoas do café da véspera.

— De uma cousa podes tu ter a certeza — dizia Leopoldina, bebendo grandes goles de chá — é que o Castro é um homem pra um segredo!... Se te emprestar o dinheiro, que empresta, daquela boca não sai uma palavra. Lá nisso é perfeito... Olha que foi o amante da Videira anos! E nem ao Mendonça, que é o seu íntimo, disse uma palavra. Nem uma alusão! É um poço.

— Que Videira? — perguntou Luísa.

— Uma alta, de nariz grande, que tem um landô.

— Mas passa por uma mulher tão séria...

— Já tu vês! — E com um risinho: — Ai elas passam, passam. Lá passar, passam. A questão é conhecer-lhes os podres, minha fidalga!

E barrando de manteiga grandes fatias de pão, pôs-se a falar complacentemente dos escândalos de Lisboa, a desdobrar o sudário: citava nomes, especialidades, as que depois de terem "feito o diabo", gastam, numa devoção tardia, o resto de uma velha sensibilidade; que é por onde elas acabam, algumas são pelas sacristias! As que, cansadas de certo de uma virtude monótona, preparam habilmente o seu "fracasso" numa estação em Sintra ou em Cascais. E as meninas solteiras! Muito pequerrucho por essas amas, dos arredores, tem o direito de lhes chamar *mamã*! Outras mais prudentes, receando os resultados do amor, refugiam-se nas precauções da libertinagem... Sem contar as senhoras que, em vista dos pequenos ordenados, completam o marido com um sujeito suplementar! — Exagerava muito; mas odiava-as tanto! Porque todas tinham, mais ou menos, sabido conservar a exterioridade decente que ela perdera, e manobravam com habilidade, onde ela, a tola, tivera só a sinceridade! E enquanto elas conservavam as suas relações, convites para *soirées*, a estima da corte, ela perdera tudo; era apenas a Quebrais!...

Aquela conversação enervava Luísa; numa tal generalidade do vício parecia-lhe que o seu caso, como um edifício num nevoeiro, perdia o seu relevo cruel, se esbatia; e sentindo-o tão pouco visível quase o julgava já justificado.

Ficaram caladas vagamente entorpecidas por aquele sentimento de uma forte imoralidade geral, onde as resistências, os orgulhos se amolecem, se enlanguecem — como os músculos numa estufa fortemente saturada de exalações mornas.

— Este mundo é uma história — disse Leopoldina erguendo-se e espreguiçando-se.

— E teu marido onde está? — perguntou Luísa no corredor.

Fora pra o Porto. Estavam à vontade, podiam cometer crimes!

E Leopoldina, no quarto, estirando-se no canapé, com o cigarrinho *laferme* na boca começou também a queixar-se.

Andava aborrecida há tempos; enfastiava-se, achava tudo secante; queria alguma cousa de novo, de desusado! Sentia-se bocejar por todos os poros do seu corpo...

— E o Fernando, então? — disse distraidamente Luísa, que a cada momento se aproximava da janela.

— Um idiota! — respondeu Leopoldina com um movimento de ombros, cheio de saciedade e de desprezo.

Não, realmente tinha vontade de outra cousa, não sabia bem de quê! Às vezes lembrava-se fazer-se freira! (E estirava os braços com um tédio mole.) Eram tão sensaborões todos os homens que conhecia! Tão corriqueiros todos os prazeres que encontrara! Queria uma outra vida, forte, aventurosa, perigosa, que a fizesse palpitar — ser mulher de um salteador, andar no mar, num navio pirata... Quanto ao Fernando, o amado Fernando dava-lhe náuseas! E outro que viesse seria o mesmo. Sentia-se farta dos homens! Estava capaz de tentar Deus!

E, depois de escancarar a boca, num bocejo de fera engaiolada:

— Aborreço-me! Aborreço-me!... Oh, céus!

Ficaram um momento caladas.

— Mas, que se lhe há de dizer, a esse homem? — perguntou de repente Luísa.

Leopoldina, soprando o fumo do cigarro, com voz muito preguiçosa:

— Diz-se-lhe que se precisa um conto de réis, ou seiscentos mil-réis... Que se lhe há de então dizer? Que se lhe paga.

— Como?

Leopoldina disse, deitada, com os olhos no teto:

— Em afeto.

— Oh! És horrível! — exclamou Luísa, exasperada. — Vês-me aqui desgraçada, meio douda, dizes que és minha amiga, e estás a rir, a escarnecer... — A sua voz tremia, quase chorava.

— Mas também que pergunta tão tola! Como se lhe há de pagar?... Tu não sabes?

Olharam-se um momento.

— Não, eu vou-me embora, Leopoldina! — exclamou Luísa.

— Não sejas criança!

Um trem parou na rua. A Justina apareceu. Não encontrara o senhor Castro em casa, estava no escritório. Fora lá, disse que vinha imediatamente.

Mas Luísa, muito pálida, tinha o chapéu na mão.

— Não — disse Leopoldina, quase escandalizada — tu agora não me deixas aqui com o homem! Que lhe hei de eu dizer?

— É horrível! — murmurou Luísa com uma lágrima nas pálpebras, deixando cair os braços, solicitada pelo interesse, enleada pela vergonha, muito infeliz!

— É como quem toma óleo de rícino — disse a outra com um gesto cínico. E acrescentou, vendo o horror de Luísa: — Que diabo! Onde é que está a desonra, em pedir dinheiro emprestado? Todo o mundo pede...

Naquele momento outra carruagem, a largo trote, parou.

— Entra tu primeiro! Fala-lhe tu primeiro! — suplicou Luísa, erguendo as mãos para ela.

A campainha retiniu. Luísa muito trêmula, muito branca, olhava para todos os lados com um olhar muito aberto, de susto, de ânsia, como procurando uma ideia, uma resolução ou um recanto para se esconder! Botas de homem rangeram na esteira da sala ao lado. Leopoldina então disse-lhe baixo, devagar, como para lhe cravar as palavras na alma, uma a uma:

— Lembra-te que daqui a uma hora podes estar salva, com tuas cartas na algibeira, feliz, livre!

Luísa pôs-se de pé com uma decisão brusca. Foi pôr pós de arroz alisou o cabelo, — e entraram na sala.

Ao ver Luísa, o Castro teve um movimento surpreendido. Curvou-se, com os pés pequeninos muito juntos, inclinando a cabeça grossa onde os cabelos muito finos alourados já rareavam.

Sobre o seu ventrezinho redondo, que a perna curta fazia parecer quase pançudo, o medalhão do relógio pousava com opulência. Trazia na mão um chicote, cujo cabo de prata representava uma Vênus retorcendo os braços. A pele tinha um rubor próspero; o bigode farto terminava em pontas agudas, empastadas em cera *moustache*, de um aspecto napoleônico. E os seus óculos de ouro tinham um ar autoritário, bancário, amigo da Ordem. Parecia contente da vida como um pardal muito farto.

Com quê! Era necessário mandá-lo chamar, para que se lhe pusesse a vista em cima — começou logo Leopoldina. E depois de apresentar a Luísa "sua íntima, sua amiga de colégio":

— Que tem feito, por que não tem aparecido?

O Castro repoltreou-se numa cadeira de braços, e batendo com chicote nas botas, desculpou-se com os preparativos da partida...

— Sempre é verdade? Deixa-nos?

O Castro curvou-se:

— Além de amanhã. No *Orenoque*.

— Então desta vez os jornais não mentiram. E com demora?

— *Per omnia saecula saeculorum*.

Leopoldina pasmava. Deixar Lisboa! Um homem tão estimado, que se podia divertir tanto! — Pois não é verdade? — disse voltando-se para Luísa, para a tirar do seu silêncio embaraçado.

— Com certeza — murmurou ela.

Estava sentada à beira da cadeira como assustada, pronta a fugir. E os olhares do Castro, insistentes por trás do reflexo dos óculos, incomodavam-na.

Leopoldina reclinara-se no sofá e ameaçando-o com o dedo erguido:

— Ah! Aí nessa ida pra França anda história de saias!

Ele negou frouxamente, com um sorriso fátuo.

Mas Leopoldina não achava as francesas bonitas — o que era é que tinham muito *chic*, muita animação...

O Castro declarou-as adoráveis. Sobretudo para a estroinice! Ah, conhecia-as bem! Enfim, lá como mães de família não dizia. Mas para uma ceia, para um bocado de cancã não havia outras... — Afirmava-o com convicção, pois, como os burgueses "da sua roda", avaliava doze milhões de francesas por seis prostitutas de Café-Concerto — que tinha pago caro e enfastiado imenso!

Leopoldina, para o lisonjear, chamou-lhe *estroina*! Ele sorria, deliciando-se, afiando as pontas do bigode:

— Calúnias, calúnias... — murmurava.

E Leopoldina voltando-se para Luísa:

— Comprou uma quinta magnífica em Bordéus, um palácio!...

— Uma choupana, uma choupana...

— E naturalmente vai dar festas magníficas!...

— Modestos chás, modestos chás... — dizia, repoltreando-se.

E riam ambos de um modo muito afetado. O Castro curvou-se então para Luísa:

— Tive o gosto de ver V. Exa. há tempos, na rua do Ouro...

— Creio que também me lembro — respondeu ela.

E ficaram calados. Leopoldina tossiu, sentou-se mais à beira do sofá, e depois de sorrir:

— Pois eu mandei-o chamar porque temos uma cousa a dizer-lhe.

Castro inclinou-se. O seu olhar não deixava Luísa, percorria-a com atrevimento, palpava-a.

— Aqui está o que é. Eu vou direita às cousas, sem preâmbulos. — E teve outro risinho. — Aqui a minha amiga está num grande apuro, e precisa um conto de réis.

Luísa acudiu com a voz quase sumida:

— Seiscentos mil-réis...

— Isso não importa — disse Leopoldina com uma indiferença opulenta — estamos a falar com um milionário! A questão é esta: quer o meu amigo fazer o favor?

O Castro endireitou-se na cadeira, devagar, e com uma voz arrastada, ambígua:

— Certamente, certamente...

Leopoldina ergueu-se logo:

— Bem. Eu tenho ali no quarto a costureira à espera. Deixo-os falar do negócio.

E à porta do quarto, voltando-se para o Castro, ameaçando-o com o dedo, a voz muito alegre:

— Que o juro seja pequeno, hem?

E saiu, rindo.

O Castro disse logo a Luísa, curvando-se:

— Pois minha senhora, eu...

— A Leopoldina contou-lhe a verdade, estou numa grande aflição de dinheiro. E dirijo-me a si... São seiscentos mil-réis... Procurarei pagar, o mais depressa...

— Oh minha senhora! — fez o Castro com um gesto generoso. Começou então a dizer, que compreendia perfeitamente, todo o mundo tinha os seus embaraços... Lamentava que a não tivesse conhecido há mais tempo... Sempre tivera uma grande simpatia por ela... Uma grande simpatia!...

Luísa calava-se, com os olhos baixos. Ele foi pousar o chicote na jardineira, veio sentar-se no sofá junto dela. Vendo o seu ar embaraçado, pediu-lhe que não se afligisse. Valia lá a pena por questões de dinheiro! Tinha o maior prazer em servir uma senhora nova, tão interessante... Fizera perfeitamente em se dirigir a ele. Conhecia casos em que senhoras se dirigiam a agiotas que as exploravam, eram indiscretos... — E falando tinha-lhe tomado a mão; o contacto daquela pele apetecida, exaltando-lhe o desejo brutalmente, fazia-o respirar alto; Luísa, toda constrangida, nem retirara a mão; e Castro abrasado — com uma verbosidade um pouco rouca, prometia *tudo, tudo o que ela quisesse*!... Os seus olhinhos arregalados devoravam-lhe o pescoço muito branco.

— Seiscentos mil-réis..., o que quiser!...

— E quando? — disse Luísa muito perturbada.

Ele via-lhe o seio arfar — e sob a irrupção de um desejo brutal:

— Já!

Agarrou-a pela cinta, atirou-lhe um beijo voraz, quase lhe mordeu a face.

Luísa ergueu-se com o salto de uma mola de aço.

Mas o Castro escorregara sobre o tapete, de joelhos; e, prendendo-lhe sofregamente os vestidos:

— Dou-lhe o que quiser, mas sente-se! Há anos que tenho uma paixão por si. Escute! — Os seus braços trêmulos subiam; envolviam-na, e o que sentia das suas formas inflamava-o.

Luísa, sem ruído, repelia-lhe as mãos, recusava-se.

— O que quiser! Mas ouça! — balbuciava ele puxando-a violentamente para si. A concupiscência brutal dava-lhe uma respiração de touro.

Então, com um puxão desesperado às saias, ela soltou-se, e recuando aflita:

— Deixe-me! Deixe-me!

O Castro ergueu-se, a bufar, e com os dentes cerrados, os braços abertos, rompeu para ela.

Diante daquela luxúria bestial, Luísa, indignada, agarrou instintivamente de sobre a jardineira o chicote e deu-lhe uma forte chicotada na mão.

A dor, a raiva, o desejo enfureceram-no.

— Seu diabo! — rosnou, rangendo os dentes.

Ia-se arremessar. Mas Luísa então, erguendo o braço, revolvida por uma cólera frenética, atirou-lhe chicotadas rapidamente pelos braços pelos ombros — muito pálida, muito séria, com uma crueldade a reluzir-lhe nos olhos, gozando uma alegria de desforra em fustigar aquela carne gorda.

O Castro, assombrado, defendia-se vagamente, com os braço diante da cara, recuando; de repente, topou contra a jardineira; o candeeiro de porcelana oscilou, desequilibrou-se, rolou no chão, com estilhaços de louça, e uma nódoa escura de azeite alastrou-se na esteira.

— Aí está! Vê? — disse Luísa toda a tremer, apertando ainda convulsivamente o chicote.

Leopoldina ao barulho correu, do quarto.

— Que foi? Que foi?

— Nada, estávamos a brincar — disse Luísa.

Atirou o chicote para o chão, saiu da sala.

O Castro, lívido de raiva, tinha agarrado o chapéu; e fixando terrivelmente Leopoldina:

— Agradecido! Conte comigo quando quiser!

— Mas que foi? Que foi?

— Até à vista! — rugiu o Castro. — E indo apanhar o chicote, sacudindo-o ameaçadoramente para o quarto, onde Luísa entrara:

— Grande bêbeda! — murmurou com rancor. E saiu, atirando com as portas.

Leopoldina, atônita, veio encontrar Luísa no quarto a pôr o chapéu, com as mãos ainda trêmulas, os olhos muito brilhantes, satisfeita.

— Chegou-me cá uma cousa, e enchi-lhe a cara de chicotadas — disse ela.

Leopoldina esteve um momento a olhá-la petrificada.

— Bateste-lhe?... — E de repente desatou a rir, convulsivamente.

— O Castro de óculos, o Castro coberto de chicotadas! O Castro a levar uma coça! Atirou-se para cima da *chaise longue*, rolou-se; sufocava. Até já tinha uma pontada, Jesus! O Castro!... Vir a uma casa amiga, levar o tiro de seiscentos mil-réis e ser corrido a chicote!... Com o seu próprio chicote!... Oh! Era para estourar!...

— O pior foi o candeeiro — disse Luísa.

Leopoldina ergueu-se, de salto.

— E o azeite! Ai que agouro! — Correu à sala. Luísa veio encontrá-la diante da nódoa escura, com os braços cruzados, como se visse, toda pálida, catástrofes avizinharem-se. — Que agouro, Santo Deus!

— Deita-lhe sal depressa.

— Faz bem?

— Quebra o agouro.

Leopoldina correu a buscar sal; e de joelhos, salgando a nódoa:

— Ai! Nossa Senhora permita que não haja nada mau! Mas que caso este, que caso este! E agora, filha?

Luísa encolheu os ombros.

— Eu sei cá! Sofrer!...

12

Nessa semana, uma manhã, Jorge, que se não recordava que era dia de gala, encontrou a secretaria fechada, e voltou para casa ao meio-dia. Joana à porta conversava com a velha que comprava os ossos; a cancela em cima estava aberta; e Jorge, chegando despercebido ao quarto, surpreendeu Juliana comodamente deitada na *chaise longue*, lendo tranquilamente o jornal.

Ergueu-se, muito vermelha, mal o viu, balbuciou:

— Peço desculpa, tinha-me dado uma palpitação tão forte...

— Que se pôs a ler o jornal, hem?.. — disse Jorge, apertando instintivamente o castão da bengala. — Onde está a senhora?

— Deve estar pra a sala de jantar — disse Juliana, que se pôs logo a varrer, muito apressada.

Jorge não encontrou Luísa na sala de jantar; foi dar com ela no quarto dos engomados, despenteada, em roupão de manhã, passando roupa, muito aplicada e muito desconsolada.

— Tu estás a engomar? — exclamou.

Luísa corou um pouco, pousou o ferro. — A Juliana estava adoentada, juntara-se uma carga de roupa...

— Dize-me cá, quem é aqui a criada e quem é aqui a senhora?

A sua voz era tão áspera, que Luísa fez-se pálida, murmurou:

— Que queres tu dizer?

— Quero dizer que te venho encontrar a ti a engomar, e que a encontrei a ela lá embaixo muito repimpada na tua cadeira, a ler o jornal.

Luísa, atarantada, abaixou-se sobre o cesto da roupa lavada, começou a remexer, a desdobrar, a sacudir com a mão trêmula...

— Tu não podes fazer ideia do que aqui vai por fazer — ia dizendo. — É a limpeza, são os engomados, é um servição. A pobre de Cristo tem estado doente...

— Pois se está doente que vá para o hospital!

— Não, também não tens razão!

Aquela insistência em defender a outra, que se repoltreava embaixo na sua *chaise longue*, exasperou-o:

— Dize cá, tu dependes dela? Havia de dizer que tens medo dela!

— Ah! Se estás com esse gênio! — fez Luísa com os beiços trêmulos, uma lágrima já nas pálpebras.

Mas Jorge continuava, muito zangado:

— Não, essas condescendências hão de acabar por uma vez! Ver aquele estafermo, com os pés pra a cova, a prosperar em minha casa, a deitar-se nas minhas cadeiras, a passear, e tu a defendê-la, a fazer-lhe o serviço, ah! Não! É necessário acabar com isso. Sempre desculpas! Sempre desculpas! Se não pode que arreie. Que vá pra o hospital, que vá pra o inferno!

Luísa lavada em lágrimas assoava-se, soluçando.

— Bem! Agora choras. Que tens tu? Por que choras?

Ela não respondia, num grande pranto.

— Por que choras, filha? — perguntou ele, com uma impaciência comovida, chegando-se a ela.

— Para que me falas tu assim? — dizia, toda soluçante, limpando os olhos. — Sabes que estou doente, nervosa, e tens mau gênio pra mim! O que me sabes dizer são cousas desagradáveis.

— Cousas desagradáveis! Minha filha, eu disse-te lá nada desagradável! — E abraçou-a, ternamente.

Mas ela desprendeu-se, e com a voz cortada de soluços:

— Então é algum crime estar a engomar? Porque trabalho, porque trato das minhas cousas, zangas-te? Querias que eu fosse uma desarranjada? A mulher tem estado doente! Enquanto se não arranja outra, é necessário fazer as cousas... Mas tu falas, falas! Pra me afligir!...

— Estás a dizer tolices, filha. Não estás em ti. Eu o que não quero é que te canses!

— Para que dizes então que tenho medo dela? — E as lágrimas recomeçavam. — Medo de quê? Por que hei de eu ter medo dela? Que despropósito!

— Pois bem, não digo. Não se fala mais na criatura. Mas não chores... Vá, acabou-se! — Beijou-a. E tomando-a pela cinta, levando-a docemente: — Vá, deixa o ferro agora. Vem! Que criança que tu és!

Por bondade, por consideração com os nervos de Luísa, Jorge durante alguns dias não falou "na criatura". Mas pensava nela; e aquele estafermo, com os pés para a cova, em sua casa, exasperava-o. Depois as madracices que lhe percebera, os confortos do quarto que vira na noite em que ela desmaiara, aquela bondade ridícula de Luísa!... Achava aquilo estranho, irritante!... Como estava fora de casa todo o dia, e diante dele Juliana só tinha sorrisos para Luísa, muitas atitudes de afeto, imaginava que ela se soubera insinuar, e, pelas pequenas intimidades de ama, a criada se tornara necessária e estimada. Isso aumentava a sua antipatia. E não a disfarçava.

Luísa vendo-o às vezes seguir Juliana com um olhar rancoroso, tremia! Mas o que a torturava era a maneira que Jorge adotara de falar dela com uma veneração irônica; chamava-lhe a *ilustre D. Juliana, a minha ama e senhora*! Se faltava um guardanapo ou um copo, fingia-se espantado: "Como! A D. Juliana esqueceu-se! Uma pessoa tão perfeita!" Tinha gracejos que gelavam Luísa.

— A que sabia o filtro que ela te deu? Era bom?

Luísa agora, diante dele, já nem se atrevia a falar a Juliana com um modo natural; temia os sorrisos malignos, os apartes: — "Anda, atira-lhe um beijo, conhece-se na cara que estás com vontade de lho atirar!" E, receando as suspeitas dele, querendo mostrar-se *independente*, começou na sua presença a falar a Juliana com uma dureza brusca, muito afetada. A pedir-lhe água, uma faca, dava à voz inflexões de um rancor postiço.

Juliana, muito fina, tinha percebido *tudo*, e suportava, calada. Queria evitar toda a questão que a perturbasse no seu conchego. Sentia-se agora muito mal, e nas noites em que não podia dormir com aflições asmáticas, punha-se a pensar com terror — se fosse expulsa daquela casa, para onde iria? Para o hospital!

Tinha por isso medo de Jorge.

— Ele está morto por me pilhar em desleixo grosso, e descartar-se de mim — dizia ela à tia Vitória — mas não lhe hei de dar esse gosto ao boi manso!

E Luísa, pasmada, vira-a pouco a pouco recomeçar a fazer todo o serviço, com zelo, aparentemente; e todavia, às vezes, não podia, vencida pela doença; tinha "flatos" que a faziam cair numa cadeira, arquejando, com as mãos no coração. Mas reagia. Uma ocasião mesmo vendo Luísa a passar um espanejador pelas consolas da sala, zangou-se:

— A senhora faz favor de se não meter no meu serviço? Eu ainda posso! Ainda não estou na cova!

Consolava-se então com regalos de gulodice. Durante todo o dia debicava sopinhas, croquetes, pudinzinhos de batata. Tinha no quarto gelatina e vinho do Porto. Em certos dias mesmo queria caldos de galinha à noite.

— Com o meu corpo o pago — dizia ela a Joana — que trabalho como uma negra! Arraso-me!

Um dia, porém, que Jorge se irritara mais com a figura amarelada de Juliana, e que estava nervoso, ao achar à noite o jarro vazio e o lavatório sem toalha, enfureceu-se desproporcionadamente:

— Não estou para aturar estes desleixos! Irra! — gritou.

Luísa veio logo, inquieta, desculpar Juliana.

Jorge mordeu o beiço, curvou-se profundamente, e com a voz um pouco trêmula:

— Perdão! Esquecia-me que a pessoa de Juliana é sagrada! Eu mesmo vou buscar água!

Luísa então zangou-se; se havia de estar sempre com aqueles remoques, era mandar a criada embora por uma vez! Imaginava talvez que ela amava de paixão a Juliana? Se a conservava é porque era uma boa criada. Mas se ela se tornava a causa de maus humores, de questões, se ele lhe ganhara tamanho ódio, bem, então que se fosse! Era uma seca aquela ironia constante...

Jorge não respondeu.

E durante a noite Luísa, sem dormir, pensava que aquilo não podia durar! Estava farta! Aturar a mulher, a sua tirania, e ouvir a todo o momento ditinhos, alusões, ah, não! Era demais! Bastava! Ele começava a desconfiar, a bomba ia estalar! Pois bem, ela mesma chegaria o lume ao rastilho! Ia mandar a Juliana embora! E que mostrasse as cartas, acabou-se! Se ele a metesse num convento, se separasse dela, bem! Sofreria, morreria! Tudo, menos aquele martírio reles, às picadinhas, medonho e grotesco!

— Que tens tu? — perguntou Jorge, meio a dormir, sentindo-a inquieta.

— Espertina.

— Coitada! Conta cento e cinquenta pra trás! — E voltou-se, enrolando-se comodamente na roupa.

Ao outro dia Jorge levantara-se cedo. Devia encontrar-se com o Alonso, o espanhol das minas, e jantar com ele no Gibraltar. Depois de vestido foi à sala de jantar — eram dez horas — e voltou dizer a Luísa, com uma cortesia profunda, espaçando as palavras: — que não estava a mesa posta! Que as chávenas do chá da véspera estavam ainda por lavar! E que a senhora D. Juliana, a ilustre senhora D. Juliana, tinha saído, a seu passeio!

— Eu disse-lhe ontem à noite que me fosse ao sapateiro... — começou Luísa, que vestia o seu roupão.

— Ah, perdão! — interrompeu Jorge muito cerimoniosamente. — Esquecia-me outra vez que se trata de Juliana, tua ama e senhora! Perdão!

Luísa acudiu logo:

— Não. Tens razão. Tu verás! E preciso pôr um cobro... Subiu logo à cozinha, desesperada:

— Você, por que não pôs a mesa, Joana, se a outra saiu?

Mas a rapariga não ouvira sair a senhora Juliana! Imaginara que estava pra baixo, pra a sala! Como ela agora é que queria fazer tudo!... Quando Joana trouxe o almoço daí a pouco, Jorge veio sentar-se à mesa, torcendo muito nervosamente o bigode. Levantou-se duas vezes com um sorriso mudo para ir buscar uma colher, o açucareiro. Luísa via-lhe os músculos da face contraídos; mal podia comer, atarantada; a chávena quando a erguia, tremia-lhe na mão; com os olhos baixos espreitava Jorge às furtadelas, e o seu silêncio torturava-a.

— Tu falaste ontem que ias jantar fora hoje...

— Vou — disse secamente. E acrescentou: — Graças a Deus!

— Estás de bom humor!... — murmurou ela.

— Como vês!

Luísa fez-se pálida, pousou o talher; tomou o jornal para disfarçar uma lagrimazinha que lhe tremia na pálpebra; mas as letras confundiam-se, sentia pular o coração. De repente a campainha tocou. Era a outra, de certo!

Jorge, que se ia erguer, disse logo:

— Há de ser essa senhora. Ora, vou lhe dizer duas palavras...

E ficou de pé, junto à mesa, aguçando devagar um palito.

Luísa, a tremer, levantou-se também:

— Eu vou-lhe falar...

Jorge reteve-a pelo braço, e tranquilamente:

— Não, deixa-a vir. Deixa-me gozar!...

Luísa recaiu na cadeira, muito pálida.

Os tacões de Juliana soaram no corredor. Jorge aguçava tranquilamente o seu palito.

Luísa então voltou-se para ele, e batendo as mãos, aflita:

— Não lhe digas nada!...

Ele fixou-a, assombrado:

— Por quê?

Juliana neste momento abriu o reposteiro.

— Então que desaforo é este? Sair e deixar tudo por arrumar? — disse-lhe Luísa logo, erguendo-se.

Juliana que vinha sorrindo, estacou à porta, petrificada: apesar da sua amarelidão, uma vaga cor de sangue espalhou-se-lhe nas feições.

— Não lhe torne a acontecer semelhante cousa, ouviu? A sua obrigação é estar em casa pela manhã... —

Mas o olhar de Juliana, que se cravava nela terrivelmente, emudeceu-a. Agarrou no bule com as mãos trêmulas.

— Deite água neste bule, vá.

Juliana não se mexeu.

— Você não ouviu? — berrou de repente Jorge. E atirou uma punhada à mesa, que fez saltar a louça.

— Jorge! — gritou Luísa, agarrando-lhe no braço. Mas Juliana fugira da sala, correndo.

— E logo, na rua! — exclamou Jorge. — Faze-lhe as contas e que se vá. Ah! Estou farto! Nem mais um dia! Se a torno a ver, desfaço-a! Até que enfim! Chegou-me a minha vez!

Foi buscar o paletó, muito excitado, e antes de sair, voltando à sala:

— E que se vá hoje mesmo, ouviste? Nem uma hora mais! Há quinze dias que a trago aqui atravessada. Pra a rua!

Luísa veio para o quarto quase sem se poder suster. Estava perdida! Estava perdida! Uma multidão de ideias, todas extremas e insensatas, redemoinhava no seu cérebro como um montão de folhas secas numa ventania; queria fugir, atirar-se ao rio, de noite; arrependia-se de não ter cedido ao Castro... De repente imaginou Jorge abrindo as cartas que Juliana lhe entregava, lendo: *Meu adorado Basílio*! Então uma cobardia imensa amoleceu-lhe a alma. Correu ao quarto de Juliana. Ia suplicar-lhe que lhe perdoasse, que ficasse, que a martirizasse!... E Jorge depois? Diria que a Juliana chorara, se atirara de joelhos! Mentiria, cobri-lo-ia de beijos... Era nova, era bonita, era ardente — convencê-lo-ia!

Juliana não estava no quarto. Subiu à cozinha; estava lá, sentada, com os olhos chamejantes, os braços nervosamente cruzados, numa raiva muda. Apenas viu Luísa, deu um salto sobre os calcanhares, e mostrando-lhe o punho, berrou:

— Olhe que a primeira vez que você me torne a falar como hoje, vai aqui tudo raso nesta casa!

— Cale-se, sua infame! — gritou Luísa.

— Você manda-me calar, sua p...! — E Juliana disse a palavra. Mas a Joana correu, atirou-lhe pelo queixo uma bofetada que a fez cair, com um gemido, sobre os joelhos.

— Mulher! — bradou Luísa, arremessando-se sobre a Joana, agarrando-a pelos braços.

Juliana, assombrada, fugiu.

— Ó Joana! Ó mulher! Que desgraça, que escândalo! — exclamava Luísa com as mãos apertadas na cabeça.

— Racho-a! — dizia a rapariga com os dentes cerrados, os olhos como brasas — racho-a!

Luísa andava em volta da mesa da cozinha, automaticamente, pálida como a cal, repetindo, toda a tremer:

— O que você foi fazer, mulher! O que você foi fazer!

A Joana ainda toda revolvida da sua cólera, com o rosto manchado de vermelho, remexia furiosamente as panelas.

— E se ela me diz uma palavra, acabo-a, aquela bêbeda! Acabo-a!

Luísa desceu ao quarto. No corredor saiu-lhe Juliana, com a cuia à banda, as dedadas escarlates na face, medonha.

— Ou aquela desavergonhada vai já para a rua — gritou ela — ou eu vou-me pôr lá embaixo na escada, e quando o seu homem vier, mostro-lhe tudo!...

— Pois mostre, faça o que quiser! — disse Luísa, passando, sem a olhar.

Fora uma desesperação, um ódio que a tinham decidido. Mais valia acabar por uma vez!...

Sentia então como um alívio doloroso, em ver o fim do seu longo martírio! Havia meses que ele durava. E pensando em tudo o que tinha feito e que tinha sofrido, as infâmias em que chafurdara e as humilhações a que descera, vinha-lhe um tédio de si mesma, um nojo imenso da vida. Parecia-lhe que a tinham sujado e espezinhado; que nela nem havia orgulho intacto, nem sentimento limpo; que tudo em si, no seu corpo e na sua alma, estava enxovalhado, como um trapo que foi pisado por uma multidão, sobre a lama. Não valia a pena lutar por uma vida tão vil. O convento seria já uma purificação, a morte uma purificação maior... — E onde estava ele, o homem que a desgraçara? Em Paris, retorcendo a guia dos bigodes, chalaceando, governando os seus cavalos, dormindo com outras! E ela morria ali, estupidamente! E quando lhe escrevera a pedir-lhe que a salvasse, nem uma palavra de resposta; nem a julgara digna do meio tostão da estampilha! O que ele lhe dizia pelas terras da Pólvora acima, naquele *coupé*: — Dar-lhe-ia toda a sua vida, viveria à sombra das suas saias! O infame! Já tinha talvez no bolso o bilhete da passagem! Enquanto ela fora a mulher alegre, que vem, despe o corpete, mostra um lindo colo — então bem, pronto! Mas teve uma dificuldade, chorou, sofreu — ah! não, isso não! És um belo animal que me dás um grande prazer — perfeitamente, tudo o que quiseres; mas tornas-te uma criatura dolorida que precisa consolações, talvez uns poucos de centos de mil-réis — então, boas noites, cá vou no paquete! Oh que estúpida que é a vida! Ainda bem que a deixava!

Foi-se encostar à janela. Estava um dia muito azul, muito doce. O sol punha grandes claridades de um dourado ligeiro sobre as paredes brancas, sobre a calçada. E havia no ar uma suavidade aveludada. O Paula, em chinelas de tapete, aquecia-se à porta do estanque. Então, diante do lindo ar de inverno, enterneceu-se. Todos eram felizes naquela manhã de rosas, só ela sofria, pobre dela! E ficou a olhar, como esquecida numa vaga saudade, com uma lágrima na pálpebra... De repente viu Juliana atravessar a rua, dobrar a esquina, — e daí a pouco voltar com um galego, velho e pesado, que trazia o seu saco ao ombro.

Ia-se embora! — pensou Luísa. — Mandava pôr fora os baús! E depois? Remetia as cartas a Jorge, ou entregava-lhas ela mesma, no portal! Santo Deus! — E parecia-lhe ver Jorge aparecer no quarto, lívido, com as cartas na mão!...

Veio-lhe um terror alucinado; não queria perder o seu marido, o seu Jorge, o seu amor, a sua casa, o seu homem! Apossou-se dela a revolta da fêmea contra a viuvez; aos vinte e cinco anos ir murchar para um convento! Não, c'os diabos!

Foi direita ao quarto de Juliana.

— Vem ver se lhe levo alguma cousa? — gritou logo a outra, furiosa.

Sobre a cama estava roupa branca espalhada, pelo chão botinas embrulhadas em jornais velhos.

— E ainda cá me ficam quatro camisas, dous pares de calcinhas, três pares de meias, seis punhos na lavadeira. Fica aí o rol. E quero as minhas contas!...

— Escute, Juliana, não se vá. — Mas a voz desapareceu-lhe, as lágrimas saltaram-lhe dos olhos.

Juliana pôs-se a olhar para ela do alto, triunfando, com uma botina de duraque em cada mão.

— É mandar aquela desavergonhada embora, e está tudo acabado! — E com uma voz aguda, batendo as solas das botinas: — Fica tudo como dantes, na paz do Senhor!

Uma alegria extraordinária acendia-lhe o olhar. Vingava-se! Fazia-a chorar! Expulsava a *outra*! E não perdia os seus cômodos!

— É pôr a bêbeda na rua! É pô-la na rua!

Luísa curvou os ombros, foi à cozinha devagar; os degraus da escada pareciam-lhe imensos, infindáveis. Deixou-se cair num banco, e limpando os olhos:

— Joana, venha cá, escute, você não pode continuar na casa... A rapariga ficou a olhar para ela, espantada.

— O que a Juliana disse foi num repente... Tem estado a chorar, a arrepender-se. É a criada mais antiga. O senhor estima-a muito...

— Então a senhora manda-me embora? Então a senhora manda-me embora?

Luísa insistiu, baixo, envergonhada:

— Foi um repente, tem estado a pedir perdão...

— Eu foi para defender a senhora! — exclamou a rapariga, abrindo os braços, aflita.

Luísa sentiu-se indignada; e impaciente, para acabar:

— Bem, Joana, não estejamos com mais. Eu é que sou a dona da casa... Vou-lhe fazer as contas.

— Olha que pago este! — gritou Joana, então, desesperada. E com uma resolução, batendo o pé: — Pois o senhor é que há de dizer! Eu vou dizer tudo ao senhor! Hei de lhe contar tudo o que se passou! A senhora não tem razão!...

Luísa olhava-a, estúpida. Agora era aquela! Era daquela rapariga, teimosa na sua justiça, que vinha o desastre! Era demais! Veio-lhe um terror sobrenatural, como um espanto da consciência, e apertando as fontes nas mãos abertas:

— Que expiação! Que expiação, Santo Deus!

De repente, como desvairada, agarrou Joana pelos braços, e falando-lhe junto do rosto:

— Joana, vá-se pelo amor de Deus, vá-se! Não diga nada! Despeça-se você! — E perdendo inteiramente todo o respeito próprio, caiu de joelhos, diante da cozinheira, soluçando: — Pelas cinco chagas de Cristo, vá, Joana, minha rica Joana, vá! Peço-lhe eu, Joana! Pelo amor de Deus!

A rapariga, assombrada, rompeu num choro estridente.

— Vou, sim, minha senhora!... vou, sim, minha rica senhora!...

— Sim, Joana, sim. Eu dou-lhe alguma cousa. Você bem vê... Não chore... Espere...

Desceu ao quarto correndo, tirou da gaveta duas libras das suas economias, voltou, galgando os degraus, meteu-lhe na mão, dizendo-lhe baixo:

— Faça uma trouxa, eu amanhã lhe mandarei o baú.

— Sim, minha senhora — soluçava a rapariga, babada de dor — sim, minha rica senhora!

Luísa veio deixar-se cair de bruços sobre a sua *chaise longue*, num choro convulsivo também, desejando a morte, pedindo, num terror, piedade a Deus!

Mas a voz áspera de Juliana disse bruscamente à porta:

— Então em que ficamos?

— A Joana vai-se. Que quer mais?

— Que saia já! — disse a outra imperiosamente. — Que o jantar o faço eu. Por hoje, já se vê!

As lágrimas de Luísa secavam-se, de raiva.

— E a senhora agora ouça!

O tom de Juliana era tão insultante, que Luísa ergueu-se, como ferida.

E Juliana, ameaçando-a, do alto, como o dedo erguido:

— E a senhora agora é andar-me direita, senão eu lhas cantarei!...

E voltou as costas, batendo os tacões.

Luísa olhou em roda, como se um raio tivesse atravessado o quarto; mas tudo estava imóvel e correto; nem uma prega das cortinas se movera, e os dous pastorinhos de porcelana sobre o toucador sorriam pretensiosamente.

Então tirou o roupão violentamente, passou um vestido sem apertar o corpete, vestiu por cima um casaco largo de inverno, atirou o chapéu para a cabeça despenteada, saiu, desceu a rua tropeçando nas saias, quase a correr.

O Paula saltou para o meio da rua para a seguir; viu-a parar à porta de Sebastião, e veio dizer à estanqueira:

— Em casa do Engenheiro há novidade!

E ficou plantado à porta com os olhos cravados para as janelas abertas, onde as bambinelas de repes verde caíam com as suas pregas imóveis.

— O senhor Sebastião? — perguntava Luísa à rapariga sardenta que correra a abrir a porta.

E ia entrando pelo corredor.

— Na sala — disse a pequena.

Luísa subiu; sentia sons de piano; abriu violentamente a porta, correndo para ele, apertando as mãos contra o peito, numa voz angustiosa e sumida:

— Sebastião, escrevi uma carta a um homem, a Juliana apanhou-ma. Estou perdida!

Ele ergueu-se devagar, assombrado, muito branco; viu-lhe o rosto manchado, o chapéu mal posto, a aflição do olhar:

— Que é? Que é?

— Escrevi a meu primo — repetiu, com os olhos cravados nele ansiosamente — a mulher apanhou-me a carta... Estou perdida!

Fez-se muito pálida, os olhos cerraram-se-lhe.

Sebastião amparou-a, levou-a meio desmaiada para o sofá de damasco amarelo. E ficou de pé mais descorado que ela, com as mãos nos bolsos do seu jaquetão azul, imóvel, estúpido.

De repente correu fora, trouxe um copo de água, borrifou-lhe o rosto ao acaso. Ela abriu os olhos, as suas mãos errantes apalparam em redor, fitou-o espantada, e deixando-se cair sobre o braço do canapé, com o rosto escondido nas mãos, rompeu num choro histérico.

O seu chapéu caíra. Sebastião apanhou-o, sacudiu-lhe delicadamente as flores, pô-lo sobre a jardineira com cuidado; e vindo nas pontas dos pés debruçar-se junto dela:

— Então! Então! — murmurava. E as suas mãos, tocando-lhe de leve o braço, tremiam como folhas.

Quis dar-lhe água para a sossegar; ela recusou com a mão, endireitou-se devagar no sofá, limpando os olhos, assoando-se com grandes soluços.

— Desculpe, Sebastião, desculpe — dizia. — Bebeu então um gole de água, ficou com as mãos no regaço, quebrada; e, uma a uma, as suas lágrimas silenciosas caíam sem cessar.

Sebastião foi fechar a porta — e vindo ao pé dela, com muita doçura:

— Mas então? Que foi?

Ela ergueu para ele a sua face chorosa, onde os olhos brilhavam febrilmente; olhou-o um momento, e deixando pender a cabeça, toda humilhada:

— Uma desgraça, Sebastião, uma vergonha! — murmurou.

— Não se aflija! Não se aflija!

Sentou-se ao pé dela, e baixo, com solenidade:

— Tudo o que eu puder, tudo o que for necessário, aqui me tem!

— Oh Sebastião!... — exclamou num impulso de reconhecimento humilde; e acrescentou: — Acredite, tenho sido bem castigada! O que eu tenho sofrido, Sebastião!

Esteve um momento com os olhos cravados no chão; e agarrando-lhe o braço de repente, com força, as palavras romperam abundantes e precipitadas, como os borbulhões de uma água comprimida que rebenta.

— Apanhou-me a carta, não sei como, por um descuido meu! Ao princípio pediu-me seiscentos mil-réis. Depois começou a martirizar-me... Tive de lhe dar vestidos roupa, tudo! Mudou de quarto, servia-se dos meus lençóis, dos finos. Era a dona da casa. O serviço quem o faz sou eu!... Ameaça-me todos os dias, é um monstro. Tudo tem sido baldado, boas palavras, bons modos... E onde tenho eu dinheiro! Pois não é verdade? Ela bem via... O que eu tenho sofrido! Dizem que estou mais magra, até o Sebastião reparou. A minha vida é um inferno. Se Jorge soubesse!... Aquela infame queria hoje dizer-lhe tudo!... E trabalho como uma negra. Logo pela manhã a limpar e varrer. Às vezes, tenho de lavar as xícaras do almoço. Tenha piedade de mim, Sebastião, por quem é, Sebastião! Coitada de mim, não tenho ninguém neste mundo!

E chorava, com as mãos sobre o rosto.

Sebastião, calado, mordia o beiço; duas lágrimas rolavam-lhe também pela face, sobre a barba. E levantando-se, devagar:

— Mas santo nome de Deus, minha senhora! Por que me não disse há mais tempo?

— Ó Sebastião, podia lá! Uma vez estive para lho dizer... Mas não pude, não pude!

— Fez mal!...

— Esta manhã o Jorge quis pô-la fora. Embirra com ela, percebe os desmazelos. Mas não desconfia de nada, Sebastião!... — E desviou os olhos, muito escarlate. — Escarnecia-me às vezes por eu parecer tão apaixonada por ela... Mas esta manhã zangou-se, mandou-a embora. Apenas ele saiu, veio como uma fúria, insultou-me...

— Santo Deus! — murmurava Sebastião assombrado, com a mão sobre a testa.

— Talvez não acredite, Sebastião, sou eu que faço os despejos!

— Mas merece a morte, essa infame! — exclamou batendo com o pé no chão.

Deu alguns passos pesados pela sala, devagar, as mãos nos bolsos, os seus largos ombros curvados. Voltou a sentar-se ao pé dela, e tocando-lhe timidamente no braço, muito baixo:

— É necessário tirar-lhe as cartas...

— Mas como?

Sebastião coçava a barba, a testa.

— Há de se arranjar — disse, por fim. Ela agarrou-lhe a mão:

— Oh Sebastião, se fizesse isso!

— Há de se arranjar.

Esteve um momento calculando — e com o seu tom grave:

— Eu vou-me entender com ela... É necessário que ela esteja só em casa... Podiam ir ao teatro, esta noite.

Levantou-se lentamente, foi buscar o *Jornal do Comércio*, sobre a mesa, olhou os anúncios:

— Podiam ir a S. Carlos, que acaba mais tarde... É o *Fausto*... Podiam ir ver o *Fausto*...

— Podíamos ir ver o *Fausto* — repetiu Luísa, suspirando.

E então, muito chegados, ao canto do sofá, Sebastião foi-lhe dizendo um plano, em palavras baixas, que ela devorava, ansiosa.

Devia escrever a D. Felicidade, para a acompanhar ao teatro... Mandar um recado a Jorge, prevenindo-o que o iriam buscar ao *Hotel Gibraltar*... E a Joana? A Joana deixara a casa. Bem. Às nove horas, então. Juliana estaria só.

— Vê como tudo se arranja? — disse ele, sorrindo.

Era verdade... Mas daria a mulher as cartas? Sebastião tornou a coçar a barba, a testa:

— Há de dar — disse.

Luísa olhava-o quase com ternura; parecia-lhe ver na sua face honesta uma alta beleza moral. E de pé diante dele, com uma melancolia na voz:

— E vai fazer isso por mim, Sebastião, por mim, que fui tão má mulher...

Sebastião corou, respondeu encolhendo os ombros.

— Não há más mulheres, minha rica senhora, há maus homens, é o que há! E acrescentou logo:

— Eu vou buscar o camarote. Uma boa frisa, hem?... Uma frisazinha ao pé do palco...

Sorria, para a tranquilizar. Ela punha o chapéu, descia o véu com pequeninos soluços tristes, que voltavam a espaços.

No corredor encontraram a tia Joana com os braços abertos; beijou muito Luísa; aquela visita era um milagre! E que bonita que estava! Era a flor do bairro!

— Está bom, tia Joana, está bom — disse Sebastião afastando-a brandamente.

Ora que não fosse metediço! Já lá a tinha tido mais de meia hora, também ela agora a queria um bocadinho! Assim é que ele devia ter uma mulherzinha! Uma rapariga de bem! Uma açucena!

Luísa corava, embaraçada.

E o senhor Jorge? Que era feito dele? Ninguém o via. E a D. Felicidade?

— Está bom, basta, tia Joana! — fez Sebastião impaciente.

— Olha o sôfrego!... Ninguém lhe come a menina!... Cruzes!...

Luísa sorriu; lembrou-se então de repente que não tinha por quem mandar os bilhetes a D. Felicidade e a Jorge, ao hotel.

Sebastião fê-la entrar logo embaixo no escritório; que escrevesse, ele os mandaria; escolheu-lhe o papel, molhando-lhe a pena — mais pronto, mais dedicado desde que a sabia infeliz. Luísa fez o bilhete para Jorge; e, como apesar das suas aflições, se lembrou com terror de certo vestido verde decotado de D. Felicidade acrescentou num pós-escrito, no bilhete para ela: "o melhor é vires de preto, e não fazeres grande *toilette*. Nada de decotes nem de cores claras".

Quando entrou em casa, viu um galego saindo com a trouxazita de Joana. E logo no corredor sentiu a voz grossa da rapariga, que das escadas da cozinha dizia para cima, ameaçadoramente:

— Torne eu a apanhá-la, que não me sai viva das mãos, sua bêbeda!

— Bufa! Bufa! — gritou de cima Juliana — mas vai-te indo para o olho da rua!

Luísa escutava mordendo os beiços. Em que se convertera a sua casa! Uma praça! Uma taberna!

— Se eu te apanho! — rosnava a Joana descendo.

— Rua! Rua, sua porca! — gania a Juliana.

Luísa então chamou a rapariga:

— Joana, não procure casa, venha por aqui além de amanhã — disse-lhe baixo.

Juliana em cima cantava a *Carta adorada*, com um júbilo estridente.

E daí a pouco desceu, veio dizer, muito secamente, "que estava o jantar na mesa".

Luísa não respondeu. Esperou que ela subisse à cozinha, correu à sala de jantar, trouxe pão, um prato de marmelada, uma faca, veio fechar-se no quarto: — e ali *jantou*, a um canto da jardineira.

Às seis horas um trem parou à porta. Devia ser Sebastião! Foi ela mesma abrir, em bicos de pés. Era ele, animado, vermelho, com o chapéu na mão; trazia-lhe a chave da frisa número dezoito...

— E isto...

Era um ramo de camélias vermelhas, rodeadas de violetas dobradas.

— Oh, Sebastião! — murmurou ela, com um reconhecimento comovido.

— E carruagem, tem?

— Não.

— Eu cá mando. Às oito, hem?

E desceu, todo feliz de a servir. Ela seguiu-o com o olhar que se umedecia. Foi à janela do quarto vê-lo sair. — Que homem! — pensava. E cheirava as violetas, voltava o ramo na mão, sentia também um prazer doce na proteção dele, nos seus cuidados.

Nós de dedos bateram à porta do quarto:

— Então a senhora não quer jantar? — disse a voz impaciente de Juliana, de fora.

— Não.

— Mais fica!

D. Felicidade veio um pouco antes das oito. Luísa ficou tranquila, vendo-a com vestido preto afogado, e o seu adereço de esmeraldas.

— Então que é isto? Que estroinice é esta, vamos a saber? disse logo, muito alegre, a excelente senhora.

Um capricho! — O Jorge tinha jantado fora, ela sentira--se tão só!... Dera-lhe o apetite de ir ao teatro. Não pudera resistir... Tinham de o ir buscar pelo *Hotel Gibraltar*.

— Eu tinha acabado de jantar quando recebi o teu bilhete. Fiquei!... E estive pra não vir — disse, sentando-se, com pancadinhas muito satisfeitas nas pregas do vestido. — Apertar-me depois de jantar! Felizmente, não tinha comido quase nada!

Quis então saber o que ia. O *Fausto*? Ainda bem! De que lado era a frisa? Dezoito. Perdiam a vista da Família Real, era pena!... Pois estava mais longe daquela noitada de teatro!... — E erguendo-se passeava diante do toucador com olhares de lado, alisando os bandós, ajeitando as pulseiras, entalada nos espartilhos, a pupila luzidia.

Uma carruagem parou à porta.

— O trem! — disse, toda risonha.

Luísa calçando as luvas, já com a capa, olhava em redor: o coração batia-lhe alto; nos seus olhos havia uma febre. Não lhe faltava nada? perguntou D. Felicidade. A chave da frisa? O lenço?

— Ai! O meu ramo! — exclamou Luísa.

Juliana ficou espantada quando a viu vestida *pra teatro*. Foi alumiar, calada; e atirando a cancela com uma pancada insolente:

— Não tem mesmo vergonha naquela cara! — rosnou.

O trem já rodava, quando D. Felicidade rompeu a gritar, batendo nos vidros:

— Espere, pare! Que ferro, esqueceu-me o leque! Não posso ir sem leque! Pare, cocheiro!

— Faz-se tarde, filha, dou-te o meu. Toma! — fez Luísa impaciente.

Aquelas agitações abalavam a digestão comprimida de D. Felicidade; felizmente, como ela dizia, arrotava! Graças a Deus, louvada seja Nossa Senhora, que podia arrotar!

Mas a descida do Chiado alegrou-a muito. Grupos escuros, onde se gesticulava, destacavam às portas vivamente alumiadas da Casa Havanesa; os trens passavam para o lado do picadeiro, com um rápido reluzir de lanternas ricas, que alumiavam as bandas brancas dos capotes dos criados. D. Felicidade, com a sua face jubilosa à portinhola, gozava a claridade do gás nas vitrinas, o ar de inverno; e foi com uma satisfação que viu o guarda-portão do Gibraltar, de calções vermelhos, vir com o boné na mão, à portinhola.

Perguntaram por Jorge.

E, caladas, olhavam a escada de lance decorativo onde globos foscos derramavam uma luz doce. D. Felicidade, muito curiosa da "vida de hotel", reparou na engomadeira que entrou com um cesto de roupa; depois numa senhora que lhe pareceu "estabanada", e que descia, vestida de *soirée*, mostrando o pé calçado num sapato redondo de cetim branco; e sorria de ver sujeitos roçarem-se pelo trem, lançando para dentro olhares gulosos.

— Estão a arder por saber quem somos.

Luísa calada apertava nas mãos o seu ramo. Enfim Jorge apareceu no alto da escada, conversando muito interessadamente com um sujeito magríssimo, de chapéu ao lado, as mãos nos bolsos de umas calças muito estreitas, e um enorme charuto enristado ao canto da boca. Paravam, gesticulavam, cochichavam. Por fim o sujeito apertou a mão de Jorge, falou-lhe ao ouvido, riu baixo, torcendo-se, bateu-lhe no ombro, obrigou-o muito seriamente a aceitar outro charuto, — e pondo o chapéu mais ao lado, foi conversar com o guarda-portão.

Jorge correu à portinhola do trem, rindo:

— Então que extravagância é esta? Teatro, tipoias!... Eu reclamo o divórcio!

Parecia muito jovial. Somente tinha pena de não estar vestido... Ficaria atrás no camarote. — E para as não amarrotar subiu para a almofada.

13

Passava das oito horas quando o trem parou em S. Carlos. Um gaiato, que tossia muito, com o casaco pregado sobre o peito por um alfinete, precipitou-se a abrir a portinhola; e D. Felicidade sorria de contentamento, sentindo a cauda do vestido de seda arrastar sobre o tapete esfiado do corredor das frisas.

O pano já estava levantado. Era à luz diminuída da rampa, a decoração clássica de uma cela de alquimista; embrulhado num roupão monástico com uma abundância hirsuta de barbas grisalhas, tremuras senis, Fausto cantava, desiludido das ciências, pousando sobre o coração a mão onde reluzia um brilhante. Um cheiro vago de gás extravasado errava sutilmente. Aqui e além tosses expectoravam. Havia ainda pouca gente. Entrava-se.

Na frisa, para se colocarem, D. Felicidade e Luísa cochichavam, com gestozinhos de recusa, olhares suplicantes:

— Oh D. Felicidade, por quem é!

— Se estou aqui muito bem...

— Não consinto...

Enfim D. Felicidade sentou-se no lugar superior alteando o peito. Luísa ficara atrás calçando as luvas; enquanto Jorge arrumava os agasalhos, furioso com o chapéu que já duas vezes rolara.

— Tem banquinho, D. Felicidade?

— Obrigada, cá o sinto. — E remexeu os pés. — Que pena não se ver a família real!

Nos camarotes de assinantes iam aparecendo os altos penteados medonhos, enchumaçados de postiços: peitilhos de camisas branquejavam. Sujeitos entravam para as cadeiras devagar, com um ar gasto e íntimo, compondo o cabelo. Conversava-se baixo. Ao fundo da plateia havia um rumor desinquieto entre moços de jaquetão; e à entrada, sob a tribuna, viam-se num aparato militar, correames polidos de municipais, bonés carregados de polícias; e reluzindo à luz, punhos de sabres.

Mas na orquestra correram fortes estremecimentos metálicos, dando um pavor sobrenatural; Fausto tremia como um arbusto ao vento; um ruído de folhas de lata, fortemente sacudidas, estalou; e Mefistófeles ergueu-se ao fundo, escarlate, lançando a perna com um ar charlatão, as duas sobrancelhas arrebitadas, uma barbilha insolente, *un bel cavalier*; e enquanto a sua voz poderosa saudava o Doutor, as duas plumas vermelhas do gorro oscilavam sem cessar de um modo fanfarrão.

Luísa chegara-se para a frente; ao ruído da cadeira, cabeças na plateia voltaram-se, languidamente; pareceu de certo bonita, examinaram-na; ela, embaraçada, pôs-se a olhar para o palco muito séria: — por trás de véus sobrepostos que se levantavam, numa afetação de visão, Margarida apareceu fiando o linho, toda vestida de branco; a luz elétrica, envolvendo-a num tom cru, fazia-a parecer de gesso muito caiado; e D. Felicidade achou-a tão linda que a comparou a uma santa!

A visão desapareceu num trêmulo de rebecas. E depois de uma ária, Fausto, que ficara imóvel ao fundo do palco, debateu-se um momento dentro da túnica e das barbas, e emergiu jovem, gordinho, vestido de cor de lilás, coberto de pós de arroz, compondo o frisado do cabelo. As luzes da rampa subiram; uma instrumentação alegre e expansiva ressoou: Mefistófeles, apossando-se dele, arrastou-o sôfrego através da decoração. E o pano desceu rapidamente.

As plateias ergueram-se com um rumor grosso e lento. D. Felicidade um pouco afrontada abanava-se. Examinaram então as famílias, algumas *toilettes*; e sorrindo concordaram que estava "do mais fino".

Nos camarotes conversava-se sobriamente; às vezes, uma joia brilhava, ou a luz punha tons lustrosos de asa de corvo nos cabelos pretos onde almejavam camélias ou reluzia o aro de metal de um pente; os vidros redondos dos binóculos moviam-se devagar, picados de pontos luminosos.

Na plateia, nas bancadas clareadas, sujeitos quase deitados namoravam com languidez; ou de pé, taciturnos, acariciavam as luvas; velhos diletantes, de lenço de seda, tomavam rapé, caturravam; e D. Felicidade interessava-se por duas espanholas de verde, que na superior imobilizavam, numa afetação casta, os seus corpos de lupanar.

Um colega de Jorge, magrinho e janota, entrou então no camarote; parecia animado, e perguntou logo se não sabiam o grande escândalo? Não. E o engenheiro, com gestos vivos das suas mãozinhas calçadas numas luvas esverdeadas, contou que a mulher do Palma, o deputado, sabiam, tinham fugido!...

— Pra o estrangeiro?

— Qual! — E a voz do engenheiro tinha agudos triunfantes. — Aí é que estava o bonito. Pra casa de um espanhol que morava defronte!... Era divino! De resto — e a sua voz tornou-se grave — estava entusiasmado com o baixo!

E depois de ter sorrido, olhado pelo binóculo, ficou calado, extenuado do que dissera, batendo apenas de vez em quando no joelho de Jorge, com um *Sim, senhor!* familiar, ou um *Então que é feito?* amigável.

Mas a campainha retinia finamente. O engenheiro saiu, em bicos de pés. E o pano ergueu-se devagar na alegria da quermesse, cheia de uma luz branca e dura. Casas acasteladas branquejavam no pano de fundo, nalguma colina do Reno amiga das vinhas. Escarranchado sobre uma pipa, o barrigudo e folgazão rei Cambrino ria enormemente, erguendo, na sua atitude de tabuleta gótica, a vasta caneca, emblemática da cerveja germânica. E estudantes, judeus, *reîtres* e donzelas, nas suas cores vivas de paninho, moviam-se de um modo automático e sonâmbulo, aos compassos largos da instrumentação festiva.

A valsa então desenrolou-se languidamente, como um fio de melodia, em espirais suaves que ondeavam e fugiam; Luísa seguia os pezinhos das dançarinas, as pernas musculosas volteando no tablado; e as saias tufadas e curtas faziam como o girar multiplicado e reproduzido de vagos discos de cambraia.

— Que bonito! — murmurava ela, com uma felicidade no rosto.

— De apetite — afirmava D. Felicidade, revirando os olhos.

Certas agudezas delicadas de flautins enterneciam Luísa; e a casa, Juliana, as suas misérias, tudo lhe parecia recuado, no fundo de uma noite esquecida.

Mas o jovial Diabo adiantava-se por entre os grupos, e logo, com gestos aduncos e rapaces, cantou o *Dio del oro*. A sua voz arremessada afirmava, num tom brutal, o poder do dinheiro; nas massas da instrumentação passavam sonoridades claras e tilintantes de um remexer sôfrego de tesouros; e as notas altas finais caíam, de um modo curto e seco como marteladas triunfantes cunhando o divino ouro!

Luísa então viu D. Felicidade perturbar-se; e seguindo o seu olhar negro, subitamente avivado, descobriu na geral a calva polida do conselheiro Acácio, — que cumprimentava, prometendo generosamente, com a mão espalmada, a sua visita próxima.

Veio, apenas o pano desceu, e felicitou-as imediatamente por terem escolhido aquela noite; a ópera era das melhores e estava gente muito fina. Lamentou ter perdido o primeiro ato; — ainda que não gostasse extremamente da mímica, apreciava-o por ser muito filosófico. E, tomando da mão de Luísa o binóculo, explicou os camarotes, disse os títulos, citou as herdeiras ricas, nomeou os deputados, apontou os literatos. — Ah! Conhecia bem S. Carlos! Havia dezoito anos!

D. Felicidade, rubra, admirava-o. O conselheiro sentia que não pudessem ver o camarote real; a rainha, como sempre, estava adorável.

— Sim? Como estava?

De veludo. Não sabia se roxo, se azul-escuro. Afirmar-se-ia, e viria dizer...

Mas quando o pano subiu, ficou sentado por trás de Luísa, começando logo a explicar — que aquela (Siebel, colhendo flores no jardim de Margarida), posto que segunda dama, ganhava quinhentos mil-réis por mês...

— Mas apesar destes ordenadões morrem quase sempre na miséria — disse com reprovação. — Vícios, ceias, orgias, cavalgadas...

A portinha verde do jardim abriu-se, e Margarida entrou devagar, desfolhando o malmequer da legenda, caracterizada de virgem, com as duas longas tranças louras. Cismava, falava só, amava; a doce criatura sente em volta de si o ar pesado, e quereria bem que sua mãe voltasse!

Os olhos de Luísa encheram-se então de melancolia, com a saudosa balada do rei de Tule; aquela melodia dava-lhe a vaga sensação de um pálido país de amores espirituais, banhado de luares frios, longe, no Norte, junto a um mar gemente — ou de tristezas aristocráticas, cismadas num terraço, sob a sombra de um parque...

Mas o conselheiro preveniu-as, dizendo:

— Agora é que é! Reparem. Agora é o ponto capital.

De joelhos, diante do cofre das joias, a dama requebrava-se, garganteando; apertava nas mãos o colar, extasiada; punha os brincos com denguices delirantes; e da sua boca muito aberta saía um canto trinado, de uma cristalinidade aguda — entre o vago sussurro da admiração burguesa.

O conselheiro disse discretamente:

— Bravo! Bravo!

E, excitado, dissertou: aquilo era o melhor da época! Era ali que se via a força das cantoras...

D. Felicidade quase tinha medo que lhe estalasse alguma cousa na garganta. Preocupava-se também com as joias. Seriam falsas? Seriam dela?

— É pra a tentar, não é verdade?

— É um drama alemão — disse-lhe baixo o conselheiro.

Mas Mefistófeles ia arrastando a boa Marta; Fausto e Margarida perdiam-se nas sombras cúmplices do jardim afrodisíaco, e o conselheiro observou que todo aquele ato era um pouco fresco.

D. Felicidade murmurou-lhe — entre repreensiva e extática:

— Quantas cenas não terá tido assim, maganão!

O conselheiro fitou-a, indignado:

— O quê, minha senhora? Levar a desonra ao seio de uma família!

Luísa fez-lhe *chuta*, sorrindo. Interessava-se agora. Tinha escurecido; uma faixa de luz elétrica enchia o jardim de um vago luar azulado, onde os maciços arredondados se recortavam em pastas escuras; e Fausto e Margarida enlaçados, quase desfalecidos, soltavam de um modo expirante o seu dueto; uma sensualidade delicada e moderna, com relances de um requinte devoto, arrastava-se na orquestra gemente; o tenor esforçava-se, agarrando o peito, com um jeito mórbido dos quadris, o olhar anuviado; e desprendendo-se da lânguida arcada dos violoncelos, o canto subia para as estrelas...

Al pallido chiarori
Dei astri d'oro.

Mas o coração de Luísa batia precipitadamente; vira-se de repente sentada no divã, na sua sala, ainda tomada dos soluços do adultério, e Basílio, com o charuto ao canto da boca, batia distraído no piano aquela ária — *Al pallido chiarori dei astri d'oro.* Dessa noite tinha vindo toda a sua miséria! — e subitamente, como longos véus fúnebres que descem e abafam, as recordações de Juliana, da casa, de Sebastião, vieram escurecer-lhe a alma.

Olhou o relógio. Eram dez horas. Que se passaria?

— Estás incomodada? — perguntou-lhe Jorge.

— Um pouco.

Margarida apoiava-se, expirante de voluptuosidade, ao rebordo da sua janelinha. Fausto corre. Enlaçam-se. E entre as gargalhadas do Diabo e o roncar dos rabecões — o pano desceu, pondo uma reticência pudica...

D. Felicidade, abrasada, quis água. Jorge apressou-se: queria bolos? Neve? A excelente senhora hesitou; o *chic* da neve atraía-a, mas coibiu-se com terror da cólica. Veio sentar-se ao fundo ao pé de Luísa, e ficou a olhar, vagamente cansada; havia um sussurro lento; bocejava-se discretamente; e o fumo dos cigarros, entrando, de fora, fazia uma névoa apenas perceptível que enchia a sala, ia prender-se ao lustre, embaciando ligeiramente as luzes. Quando Jorge saiu o conselheiro acompanhou-o; ia acima tomar o seu copo de gelatina...

— É a minha ceia em dia de S. Carlos — disse.

Voltou daí a pouco, limpando os beiços ao lenço de seda, ter com Jorge que fumava no pequeno patamar junto à entrada das cadeiras:

— Veja isto, conselheiro — disse-lhe logo Jorge, indignado, mostrando a parede — que escândalo!

Tinham desenhado, com o charuto apagado sobre a parede caiada, enormes figuras obscenas; e alguém, prudente e amigo da clareza, ajuntara por baixo as designações sexuais com uma boa letra cursiva.

E Jorge, revoltado:

— E passam por aqui senhoras! Veem, leem! Isto só em Portugal!...

O conselheiro disse:

— A autoridade devia intervir de certo... — Acrescentou com bonomia: — São rapazes, com o charuto. Apreciam muito esta distração... — E sorrindo, recordando-se: — Uma ocasião mesmo, o conde de Vila-Rica, que tem graça, muita graça, insistiu comigo, dando-me o charuto, para que eu fizesse um desenho... — E mais baixo: — Eu dei-lhe uma lição severa. Tomei o charuto...

— E fumou-o?

— Escrevi.

— Uma obscenidade?

O conselheiro, recuando, exclamou com severidade:

— Jorge, conhece o meu caráter! Pois supõe...? — E acalmando-se: — Não, tomei o charuto e escrevi com mão firme: HONRA AO MÉRITO!

Mas a campainha retiniu, entraram no camarote. Luísa incomodada não quis sentar-se à frente. E o conselheiro, grave, tomou o seu lugar — defronte de D. Felicidade. Foi para a nutrida senhora um momento feliz, de um gozo requintado. Estavam *ambos*, ali, como noivos! O seu peito abundante arfava: via-se a saírem, mais tarde, de braço dado, entrarem num *coupé* estreito, pararem à porta da casa conjugal, pisarem o tapete da alcova... Tinha um suor à raiz dos cabelos — e vendo o conselheiro sorrir-lhe, amável, com a sua calva toda luzidia ao gás, sentia um reconhecimento apaixonado pela mulher de virtude que, àquela hora, no fundo da Galiza, estava cravando agulhas num coração de cera!...

Mas de repente o conselheiro bateu na testa, arremessou-se sobre o chapéu, saiu impetuosamente. Olharam-se inquietos. D. Felicidade empalideceu: seria alguma dor? Santo Deus! Já murmurava baixo uma reza.

Mas viram-no entrar logo, e dizer com uma voz triunfante:

— De azul-escuro!

Abriram grandes olhos, sem compreender.

— Sua Majestade, a rainha! Tinha prometido verificá-lo, cumpri-o!

E sentou-se com solenidade, dizendo a Luísa:

— Lamento que se esconda nesse recanto, D. Luísa! Na sua idade! Na flor dos anos! Quando tudo na vida é cor-de-rosa!

Ela sorriu. Estava agora muito sobressaltada. A cada momento olhava o relógio. Sentia-se doente; os pés arrefeciam-lhe, uma vaga febre fazia-lhe a cabeça pesada. O seu pensamento estava na casa, em Juliana, em Sebastião, cortado de palpites, de esperanças, de terrores... E via, sem compreender, a multidão de soldados vestidos de cores bipartidas, com armas obsoletas, que marchavam, paravam numa cadência afetada, erguendo uma poeira sutil no tablado mal regado. Um coro vigoroso ressoava: era a marcha arrogante e festiva dos *reîtres* alemães, celebrando a alegria das excursões vitoriosas pelos países do vinho e a posse das bolsas mercenárias cheias de sonoros *rixdales*! E os seus olhos seguiam um barbaças corpulento, que, por cima dos gorros quadrados dos besteiros, balançava monotonamente um largo quadrado de paninho — a bandeira do Santo Império, negra, vermelha e de ouro!

Mas então ergueu-se um rumor no fundo da plateia. Vozes duras altercavam. Ordem! Ordem! dizia-se. Localistas na superior puseram-se rapidamente em bicos de pés na palhinha das cadeiras. Quatro polícias e dous municipais apareceram à porta do fundo; e depois de uma troça, de risadas, foram levando um moço lívido, que cambaleava, — e o lado esquerdo do seu jaquetão de pelúcia estava todo vomitado!

Mas fez-se logo silêncio; o pano de fundo oscilava um pouco acotovelado pela saída festiva dos *reîtres* e dos populares; e no palco deserto, tendo à direita um pórtico oscilante de catedral e à esquerda a portinha triste de uma casa burguesa, Valentim, com uma longa pera, à beira da rampa, beijava sofregamente uma medalha; — mas Luísa não o escutava. Pensava com o coração confrangido: que fará a esta hora Sebastião?

Sebastião, às nove horas, por um nordeste agudo que torcia as luzes do gás dentro dos candeeiros, dirigia-se devagar a casa de um comissário de polícia, seu primo afastado, o Vicente Azurara. Uma velha servente, engelhada como uma maçã raineta, levou-o ao quarto escolástico, "onde o senhor comissário estava a cozer uma grande constipação": encontrou-o com um gabão pelos ombros, os pés embrulhados num cobertor, tomando grogues quentes, e lendo o *Homem dos três calções*. Apenas Sebastião entrou, tirou do nariz adunco as grandes lunetas, e erguendo para ele os olhos pequeninos, chorosos do defluxo, exclamou:

— Estou com um diabo de uma constipação há três dias, que me não quer largar... — E rosnou algumas pragas passando a mão magra e nodosa sobre uma face trigueira, de linhas duras, a que um espesso bigode grisalho dava ferocidade.

Sebastião lamentou-o muito; não admirava com a estação que ia!... Aconselhou-lhe água sulfúrica com leite fervido.

— Eu, se isto não despega — disse o comissário rancorosamente — atiro-lhe amanhã pra dentro com meia garrafa de genebra; e se não for por bem, há de ir à força... E que há de novo?

Sebastião tossiu, queixou-se de andar também adoentado, e chegando a cadeira para ao pé do primo Vicente, pondo-lhe a mão sobre o joelho:

— Ó Vicente, tu, se eu te pedisse um polícia pra me acompanhar cá pra uma cousa, só pra meter medo, só pra fazer que uma pessoa restitua o que tirou, tu davas ordem, hem?

— Ordem pra quê? — perguntou lentamente o Vicente com a cabeça baixa, os olhinhos avermelhados em Sebastião.

— Ordem pra me acompanhar, pra se mostrar. É só pra se mostrar. É só pra se mostrar. É um caso esquisito... Pra meter medo... Tu sabes que eu não sou capaz... É pra que uma pessoa restitua o que tirou. Sem fazer escândalo...

— Roupas? Dinheiro?

E o comissário cofiava refletidamente o bigode com os seus longos dedos magros, muito queimados do cigarro.

Sebastião hesitou:

— Sim. Roupas, cousas... É pra não haver escândalo... Tu percebes...

O Vicente murmurou com um ar profundo, fixando-o:

— Um polícia pra se mostrar...

Escarrou ruidosamente. E franzindo a testa:

— Não é cousa de política?

— Não! — fez Sebastião.

O comissário embrulhou mais os pés no cobertor, rolou em redor os olhos, ferozmente:

— Nem toca com gente graúda?

— Qual!

— Um polícia pra se mostrar... — ruminava o Vicente. — Tu és um homem de bem... Dá cá aquela pasta de cima da cômoda.

Tirou um papel pautado, examinou, acavalando a luneta no nariz, meditou com a mão em garra sobre a testa:

— O Mendes... Serve-te o Mendes?

Sebastião, que não conhecia o Mendes, acudiu logo:

— Sim, quem quiseres. É só pra se mostrar...

— O Mendes. É um homenzarrão. É sério, foi da Guarda.

Fez-lhe aproximar o tinteiro; escreveu devagar a ordem; releu-a duas vezes; cortou os *tt*, secou-a à chaminé do candeeiro; e dobrando-a com solenidade:

— À segunda divisão!

— Obrigado, Vicente. É um grande favor... Obrigado. E agasalha-te, homem! E não te esqueça: água sulfúrica da farmácia Azevedo na rua de S. Roque: meia chávena de leite fervido... E obrigado. Não queres nada, hem?

— Não. Dá uma placa ao Mendes. É sério, foi da Guarda!

E acavalando as lunetas retomou o *Homem dos três calções*. Sebastião daí a meia hora, seguido do robusto Mendes, que marchava militarmente, com os braços um pouco arqueados, encaminhava-se para casa de Jorge. Não tinha ainda um plano definido. Calculava naturalmente que Juliana vendo, àquela hora da noite, o polícia com o seu terçado, se aterraria, imaginaria logo a Boa Hora, o Limoeiro, a costa da África, entregaria as cartas, pediria misericórdia! E depois? Pensava vagamente em lhe pagar a passagem para o Brasil, ou dar-lhe quinhentos mil-réis para ela se estabelecer longe, na província... Veria. O essencial era aterrá-la!

Juliana, com efeito, depois de abrir a porta, apenas viu subir, atrás de Sebastião, o polícia, fez-se muito amarela, exclamou:

— Credo! Que temos nós?

Estava embrulhada num xale preto, e o candeeiro de petróleo, que ela erguia, prolongava na parede a sombra disforme da cuia.

— Ó senhora, faça favor de acender luz na sala — disse Sebastião, tranquilamente.

Ela fixava no polícia um olhar faiscante e inquieto.

— Ó senhor, que aconteceu? Credo! Os senhores não estão em casa. Eu se soubesse nem tinha aberto... Há alguma novidade? Olha o propósito!

— Não é nada — disse Sebastião, abrindo a porta da sala — tudo em paz!

Ele mesmo acendeu com um fósforo uma vela na serpentina — que fez sair vagamente da sombra os dourados dos caixilhos das gravuras, a pálida face do retrato da mãe de Jorge, um reflexo de espelho.

— Ó senhor Mendes, sente-se, sente-se!

O Mendes colocou-se à beira da cadeira com a mão na cinta, o terçado entre os joelhos, muito soturno.

— Esta é que é a pessoa — disse Sebastião, indicando Juliana, que ficara à porta da sala, atônita.

A mulher recuou, lívida:

— Ó senhor Sebastião, que brincadeira é esta?

— Não é nada, não é nada...

Tomou-lhe o candeeiro da mão, e tocando-lhe no braço:

— Vamos lá dentro à sala de jantar.

— Mas que é? É alguma cousa comigo? Credo! E esta! Olha que desconchavo!

Sebastião fechou a porta da sala de jantar, pousou o candeeiro sobre a mesa, onde havia ainda um prato com côdeas de queijo e um fundo de vinho num copo, deu alguns passos, fazendo estalar nervosamente os dedos, e parando bruscamente diante de Juliana:

— Dê cá umas cartas que roubou à senhora...

Juliana teve um movimento para correr à janela, gritar.

Sebastião agarrou-lhe o braço, e fazendo-a sentar com força sobre uma cadeira:

— Escusa de ir à janela gritar, a polícia já está dentro de casa. Dê cá as cartas, ou pra a enxovia!

Juliana entreviu num relance um quarto tenebroso no Limoeiro, o caldo do rancho, a enxerga nas lajes frias...

— Mas que fiz eu? — balbuciava — que fiz eu?

— Roubou as cartas. Dê-as pra cá, avie-se.

Juliana sentada à beira da cadeira, apertando desesperadamente as mãos, rosnava por entre os dentes cerrados:

— A bêbeda! A bêbeda!

Sebastião, impaciente, pôs a mão no fecho da porta.

— Espere, seu diabo! — gritou ela, erguendo-se com um salto. Fixou-o rancorosamente, desabotoou o corpete, enterrou a mão no peito, tirou uma carteirinha. Mas de repente batendo com o pé, num frenesi:

— Não! Não! Não!

— Diabos me levem se você não for dormir à enxovia! — Entreabriu a porta. — Ó senhor Mendes!

— Aí tem! — gritou ela atirando-lhe a carteira. E brandindo para ele os punhos: — Raios te partam, malvado!

Sebastião apanhou a carteira. Havia três cartas: uma muito dobrada era de Luísa; leu a primeira linha: *Meu adorado Basílio*; e muito pálido guardou logo tudo na algibeira interior do casaco. Abriu então a porta: a possante figura do Mendes estava na sombra.

— Está tudo arranjado, senhor Mendes, — a voz tremia-lhe um pouco — não lhe quero tomar mais tempo.

O homem fez uma continência, calado; quando Sebastião, no patamar, lhe resvalou na mão uma libra, o Mendes curvou-se respeitosamente e disse, com uma voz pegajosa:

— E para o que quiser, o sessenta e quatro, o Mendes, que foi da Guarda. Não se incomode V. Sa. Às ordens de V. Sa. Minha mulher e filhos agradecem. Não se incomode V. Sa. O sessenta e quatro, o Mendes, que foi da Guarda!

Sebastião fechou a cancela, voltou à sala de jantar. Juliana ficara numa cadeira, aniquilada; mas apenas o viu, erguendo-se furiosamente:

— A bêbeda foi-lhe contar tudo! Foi você que arranjou a armadilha! Também você dormiu com ela!...

Sebastião, muito branco, dominava-se.

— Vá pôr o chapéu, mulher. O senhor Jorge despediu-a. Amanhã mandará buscar os baús...

— Mas o homem há de saber tudo! — berrou ela. — Este teto me rache se eu não lhe disser tudo tim-tim por tim-tim. Tudo! As cartas que recebia, onde ia ver o homem. Deitava-se com ela na sala, até os pentes lhe caíam na balbúrdia. Até a cozinheira lhes sentia o alarido!

— Cale-se! — bradou Sebastião com uma punhada na mesa, que fez tremer toda a louça do aparador, e esvoaçar os canários. E com a voz toda trêmula, os beiços brancos: — A polícia tem o seu nome, sua ladra! À menor palavra que você diga vai para o Limoeiro, e pela barra fora. Você não roubou só as cartas; roubou roupas, camisas, lençóis, vestidos... — Juliana ia falar, gritar. — Bem sei — continuou ele violentamente — deu-lhos ela, mas à força, porque você a ameaçava. Você arrancou-lhe tudo. É roubo. É de África! — E o que é dizer ao senhor Jorge, pode ir dizer. Vá. Veja se ele a acredita. Diga! São algumas bengaladas que leva por esses ombros, ladra!

Ela rangia os dentes. Estava apanhada! Eles tinham tudo por si, a polícia, a Boa Hora, a cadeia, a África!... E ela — nada!

Todo o seu ódio contra a *Piorrinha* fez explosão. Chamou-lhe os nomes mais obscenos. Inventou infâmias.

— É que nem as do Bairro Alto! E eu — gritava — sou uma mulher de bem, nunca um homem se pôde gabar de tocar neste corpo. Nunca houve raio nenhum que me visse a cor da pele. E a bêbeda!... — Tinha arremessado o xale, alargou ansiosamente o colar do vestido. — Era um desaforo por essa casa! E o que eu passei com a bruxa da tia! É o pago que me dão! Os diabos me levem se eu não for para os jornais. Via-a eu abraçada ao janota, como uma cabra!

Sebastião a seu pesar escutava-a, com uma curiosidade dolorosa por aqueles pormenores; sentia desejos agudos de a esganar, e os seus olhos devoravam-lhe as palavras. Quando ela se calou arquejante:

— Vá, ponha o chapéu, e pra a rua!

Juliana então alucinada de raiva, com os olhos saídos das órbitas, veio para ele, e cuspiu-lhe na cara!

Mas de repente a boca abriu-se-lhe desmedidamente, arqueou-se para trás, levou com ânsia as mãos ambas ao coração, e caiu para o lado com um som mole, como um fardo de roupa.

Sebastião abaixou-se, sacudiu-a; estava hirta, uma escuma roxa aparecia-lhe aos cantos da boca.

Agarrou no chapéu, desceu as escadas, correu até a Patriarcal. Um *coupé* vazio passava; atirou-se para dentro, mandou a "todo o que der", para casa de Julião; e obrigou-o a vir imediatamente, mesmo em chinelas, sem colarinho.

— É caso de morte, é a Juliana — balbuciava muito pálido.

E pelo caminho, entre o ruído das rodas e o tilintar dos caixilhos, contava confusamente que entrara em casa de Luísa, que achara Juliana muito despeitada por ter sido despedida, e que a falar, a esbracejar, de repente, tombara pra o lado!

— Foi o coração. Estava pra dias — disse Julião, chupando a ponta do cigarro.

Pararam. Mas Sebastião desorientado, ao sair, fechara a porta! E dentro só a morta! O cocheiro ofereceu a sua gazua, que serviu.

— Então nem se vai a uma passeadinha ao Dafundo, meus fidalgos? — disse o homem, metendo a gorjeta na algibeira.

Mas vendo-os atirar com a porta:

— Também não é gente disso — rosnou com desprezo, batendo a parelha.

Entraram.

No pequeno pátio o silêncio da casa pareceu a Sebastião pavoroso. Subia, aterrado, os degraus, que se afiguravam infindáveis; e com fortes pancadas do coração, esperava ainda que ela estivesse apenas adormecida num desmaio simples, ou já de pé, pálida e respirando!

Não. Lá estava como a deixara, estendida na esteira, com os braços abertos, os dedos retorcidos como garras. A convulsão das pernas arregaçara-lhe as saias, viam-se as suas canelas magras com meias de riscadinho cor-de-rosa e as chinelas de tapete; o candeeiro de petróleo, que Sebastião esquecera ao pé sobre uma cadeira, punha tons lívidos na testa, nas faces rígidas; a boca torcida fazia uma sombra; e os olhos medonhamente abertos, imobilizados na agonia repentina, tinham uma vaga névoa, como cobertos de uma teia de aranha diáfana. Em redor tudo parecia mais imóvel, de um hirto morto. Vagos reflexos de prata reluziam no aparador; e o tique-taque do *cuco* palpitava sem descontinuar.

Julião apalpou-a, ergueu-se sacudindo as mãos, disse:

— Está morta com todas as regras. É necessário tirá-la daqui. Onde é o quarto?

Sebastião, pálido, fez sinal com o dedo que era por cima.

— Bem. Arrasta-a tu, que eu levo o candeeiro. — E como Sebastião não se movia: — Tens medo? — perguntou rindo.

Escarneceu-o; que diabo, era matéria inerte, era como quem agarrava uma boneca! Sebastião, com um suor à raiz dos cabelos, levantou o cadáver por debaixo dos braços, começou a arrastá-lo, devagar. Julião adiante erguia o candeeiro; e por fanfarronada cantou os primeiros compassos da marcha do *Fausto*. Mas Sebastião escandalizou-se, e com uma voz que tremia:

— Largo tudo, e vou-me...

— Respeitarei os nervos da menina! — disse Julião curvando-se. Continuaram calados. Aquele corpo magro parecia a Sebastião de um peso de chumbo. Arquejava. Nas escadas uma das chinelas do cadáver soltou-se, rolou. E Sebastião sentia aterrado alguma cousa que lhe batia contra os joelhos; era a cuia caída, suspensa por um atilho.

Estenderam-na na cama; Julião, dizendo que se deviam seguir as tradições, pôs-lhe os braços em cruz e fechou-lhe os olhos.

Esteve um momento a olhá-la:

— Feia besta! — murmurou, estendendo-lhe sobre o rosto uma toalha enxovalhada.

Ao sair examinou, admirado, o quarto:

— Estava mais bem alojada que eu, o estafermo!

Fechou a porta, deu volta à chave:

— *Requiescat in pace* — disse.

E desceram, calados.

Ao entrar na sala, Sebastião, muito pálido, pôs a mão no ombro de Julião:

— Então achas que foi o aneurisma?

— Foi. Enfureceu-se. Estourou. É dos livros...

— Se não se tivesse zangado hoje...

— Estourava amanhã. Estava nas últimas... Deixa em paz à criatura. Está começando a esta hora a apodrecer; não a perturbemos.

Declarou então, esfregando as mãos com frio, que "comia alguma cousa". Achou no armário um pedaço de vitela fria, uma garrafa meia de Colares. Instalou-se e, com a boca cheia, deitando o vinho do alto:

— Então sabes a novidade, Sebastião?

— Não.

— O meu concorrente foi despachado!

Sebastião murmurou:

— Que ferro!

— Era previsto — disse Julião com um grande gesto. — Eu ia fazer um escândalo, mas... — e teve um risinho — amansaram-me! Estou num posto médico, deram-me um posto médico! Atiraram-me um osso!

— Sim? — fez Sebastião. — Homem, ainda bem, parabéns. E agora?

— Agora, roê-lo.

De resto, tinham-lhe prometido a primeira vagatura. O posto médico não era mau... Em definitivo, a situação melhorara...

— Mas mesquinha, mesquinha! Não saio do atoleiro...

Estava farto de medicina, disse depois de um silêncio. Era um beco sem saída. Devia-se ter feito advogado, político, intrigante. Tinha nascido pra isso!

Ergueu-se, e com grandes passadas pela sala, o cigarro na mão, a voz cortante expôs um plano de ambição:

— O país está a preceito para um intrigante com vontade? Esta gente toda está velha, cheia de doenças de catarros de bexiga, de antigas sífilis! Tudo isto está podre por dentro e por fora! O velho mundo constitucional vai a cair aos pedaços... Necessitam-se homens!

E plantando-se diante de Sebastião:

— Este país, meu caro amigo, tem-se governado até aqui com *expedientes*. Quando vier a revolução contra os *expedientes*, o país há de procurar quem tenha os *princípios*. Mas quem tem aí princípios? Quem tem aí quatro princípios? Ninguém; têm dívidas, vícios secretos, dentes postiços; mas princípios, nem meio! Por consequência, se houver três patuscos que se deem ao trabalho de estabelecer meia dúzia de princípios sérios, racionais, modernos, positivos, o país tem de se atirar de joelhos, e suplicar-lhes: Senhores, fazei-me a honra insigne de me pôr o freio nos dentes! Ora, eu devia ser um destes. Nasci pra isso! E seca-me a ideia de que enquanto outros idiotas, mais astutos e mais previdentes, hão de estar no poleiro a reluzir ao sol, *al hermoso sol portugués*, como se diz nas zarzuelas, eu hei de estar a receitar cataplasmas a velhas devotas ou a ligar as rupturas de algum desembargador caduco.

Sebastião calado pensava na outra, morta em cima.

— Estúpido país, estúpida vida! — rosnou Julião.

Mas uma carruagem entrou na rua, parou à porta.

— Chegam os príncipes! — disse Julião. Desceram logo.

Jorge ajudava Luísa a sair do trem, quando Sebastião, abrindo a porta, bruscamente:

— Houve cá grande novidade.

— Fogo? — gritou Jorge voltando-se aterrado.

— A Juliana, que lhe rebentou o aneurisma — disse a voz de Julião da sombra da porta.

— Oh c'os diabos! — E Jorge atarantado procurava à pressa na algibeira troco para o cocheiro.

— Ai, eu já não entro! — exclamou logo D. Felicidade, mostrando à portinhola a sua larga face envolvida numa manta branca. — Eu já não entro!

— Nem eu! — fez Luísa, toda trêmula.

— Mas para onde queres que vamos, filha? — exclamou Jorge.

Sebastião lembrou que podiam ir para casa dele. Tinha o quarto da mamã, era só pôr lençóis na cama.

— Vamos, sim! Vamos, Jorge! É o melhor! — suplicou Luísa.

Jorge hesitava. A patrulha que ia passando ao alto da rua, ao ver aquele grupo junto à lanterna do trem, parou. E Jorge enfim, instado, muito contrariado, consentiu.

— Diabo da mulher, morrer a semelhante hora! A carruagem vai-a levar, D. Felicidade...

— E a mim, que estou em chinelas! — acudiu Julião.

D. Felicidade lembrou então, como cristã, que era necessário alguém, para velar a morta...

— Ora, pelo amor de Deus, D. Felicidade! — exclamou Julião, entrando logo para a carruagem, batendo com a portinhola.

Mas D. Felicidade insistia: era uma falta de religião! ao menos pôr duas velas, mandar chamar um padre!...

— Largue, cocheiro! — berrou Julião, impaciente.

A carruagem deu a volta. E D. Felicidade à portinhola, apesar de Julião que a puxava pelos vestidos, gritava:

— É um pecado mortal! É uma irreverência! Ao menos duas velas!

O trem partiu a trote.

Luísa agora tinha escrúpulos; realmente podia-se mandar chamar alguém...

Mas Jorge enfureceu-se. Chamar quem, àquela hora? Que beatice! Estava morta, acabou-se! Enterrava-se... Velar o estafermo! Fazer-lhe talvez câmara ardente também? Queria ela ir velá-la?...

— Então, Jorge, então!... — murmurava Sebastião.

— Não, é demais! É vontade de criar embaraços, que diabo!

Luísa baixava a cabeça; e, enquanto Jorge, praguejando, ficou atrás a fechar a porta da casa, ela foi descendo a rua pelo braço de Sebastião.

— Estourou de raiva — disse-lhe ele baixinho.

Toda a rua Jorge resmungou. Que ideia, irem dormir agora fora de casa! Realmente era levar muito longe as mariquices...!

Até que Luísa lhe disse, quase chorando:

— Vê se me queres torturar mais, e fazer-me mais doente, Jorge!

Ele calou-se, mordendo furioso o charuto. E Sebastião, para a sossegar, propôs que viesse a tia Vicência, a preta, velar a Juliana.

— Era talvez melhor — murmurou Luísa.

Chegaram à porta de Sebastião. O *frou-frou* do vestido de seda de Luísa, àquela hora, na sua casa, dava uma comoção a Sebastião; a mão tremia-lhe ao acender as velas da sala. Foi acordar a tia Vicência para fazer chá; tirou ele mesmo os lençóis dos baús, apressado, feliz daquela hospitalidade. Quando voltou à sala, Luísa estava só, muito pálida, ao canto do sofá.

— Jorge? — perguntou ele.

— Foi ao seu escritório, Sebastião, escrever ao pároco para o enterro... — E com os olhos brilhantes, numa voz sumida e assustada:

— Então?

Sebastião tirou da algibeira a carteirinha de Juliana. Ela agarrou-a sofregamente — e com um movimento brusco tomou-lhe a mão e beijou-lha.

Mas Jorge entrava, sorrindo.

— Então agora está mais descansada, a menina?

— Inteiramente — disse ela com um suspiro de alívio.

Foram tomar chá. Sebastião contou a Jorge, corando um pouco, a maneira como entrara em casa, a Juliana lhe estivera a dizer que fora despedida, e falando, exaltando-se, zás, de repente, caíra para o lado morta...

E acrescentou:

— Coitada!

Luísa via-o mentir, olhando-o com adoração.

— E a Joana? — perguntou Jorge, de repente.

Luísa, sem se perturbar, respondeu:

— Ah, esqueci-me dizer-te... Tinha pedido licença pra ir ver uma tia que está muito mal, pra os lados de Belas... Diz que volta amanhã.. Mais uma gota de chá, Sebastião...

Esqueceram-se depois de mandar a Vicência — e ninguém velou a morta.

14

Luísa passou a noite às voltas, com febre. Jorge de madrugada ficou assustado da frequência do seu pulso e do calor seco da pele.

Ele mesmo, muito nervoso, não pudera dormir. O quarto, onde se não acendera luz havia muito, tinha uma frialdade desabitada; na parede, junto ao teto, havia manchas de umidade; e a cama antiga de colunas torneadas sem cortinados, o velho tremó do século passado com o seu espelho embaciado davam, à luz bruxuleante da lamparina, um sentimento triste de convivências extintas. O achar-se ali com sua mulher, numa cama alheia, trazia-lhe, sem saber por quê, uma vaga saudade; parecia-lhe que se dera na sua vida uma alteração brusca — e que, semelhante a um rio a que se muda o leito, a sua existência, desde essa noite, começaria a correr entre aspectos diferentes. O nordeste fazia bater os caixilhos da vidraça, e uivava encanado na rua.

Pela manhã, Luísa não se pôde levantar.

Julião, chamado à pressa, tranquilizou-os:

— É uma febrezita nervosa. Quer sossego, não vale nada. Foi o medozinho de ontem, hem?

— Sonhei toda a noite com ela — disse Luísa. — Que tinha ressuscitado... Que horror!

— Ah! Pode estar sossegada... E já a aviaram, a mulher?

— O Sebastião lá anda com a maçada — disse Jorge. — E eu vou dar uma vista de olhos.

Na rua já se sabia a morte da *tripa-velha*.

A mulher que a veio amortalhar, uma matrona muito picada das bexigas, com os olhos avermelhados da paixão da aguardente, era conhecida da senhora Helena. Estiveram um momento a palrar ao sol, à porta do estanque:

— Muito que fazer agora, senhora Margarida, hem?

— Bastante, bastante, senhora Helena — disse a amortalhadeira com a voz um pouco rouca. — No inverno sempre há mais obra. Mas tudo gente velha, com os frios. Nem um corpinho bonito pra vestir...

A senhora Margarida tinha predileções artísticas. Gostava de um bonito corpo de dezoito anos, uma mocinha fresca para lavar, escarolar, enfeitar... Entrouxava à má cara a gente velha. Mas com as raparigas novas esmerava-se: acatitava as pregas da mortalha; calculava o *chic* de uma flor, de um laço; trabalhava com os requintes ajanotados de uma modista do sepulcro.

A estanqueira contou-lhe muitas particularidades sobre a Juliana, os favores dos patrões, as tafularias dela, os luxos do quarto tapetado... A senhora Margarida dizia-se "banzada". E para quem iria agora tudo aquilo? — perguntavam. — A *tripa-velha* não tinha parentes...

— Era uma riqueza pra a minha Antoninha! — disse a amortalhadeira, traçando o xale com tristeza.

— Como vai ela, a pequena?...

— Aquilo vai mal, senhora Helena. Aquela cabeça douda! — E exalando a sua dor com loquacidade: — Deixar o brasileiro que a trazia nas palminhas... E por quem? Por aquele desalmado, que lhe come tudo, que já lhe arranjou um filho, e que a derreia com pau... Mas então, as raparigas são assim... Vão atrás do palmo de cara... Que ele é bonito rapaz! Mas um bêbedo!... Coitada!... Pois vou vestir a boneca, senhora Helena. — E entrou na casa compungidamente.

O padre já chegara também. Estava na sala com Sebastião, que conhecia de Almada, e falava de lavoura de enxertos, das regas numa voz grossa — passando, com um gesto lento da sua mão cabeluda, o lenço enrolado por debaixo do nariz. As janelas em toda a casa estavam abertas ao sol muito doce. Os canários chilreavam.

— E estava há muito tempo na casa, a defunta? — perguntou o padre, a Jorge que passeava pela sala, fumando.

— Há quase um ano.

O padre desdobrou lentamente o lenço, e sacudindo-o, antes de se assoar:

— A sua senhora há de sentir muito... É um tributo universal!...

E assoou-se, com estrondo.

A Joana, então, de xale e lenço, apareceu, em bicos de pés. Soubera pelos vizinhos que a Juliana "arrebentara", que os senhores estavam em casa do Senhor Sebastião. Vinha de lá. Luísa mandara-a entrar no quarto. Quando a viu doente, a sua rica senhora, lagrimejou muito. Luísa disse-lhe — "que agora estava tudo como dantes, podia voltar..."

— E ouça, Joana, se o senhor Jorge lhe perguntar... que esteve em Belas, com a tia...

A rapariga fora logo buscar a trouxa e vinha instalar-se — um pouco assustada da morte em casa.

Daí a pouco o Paula bateu discretamente à porta.

Ali vinha oferecer-se para o que fosse necessário naquele transe! E tirando e pondo rapidamente o boné, raspando o pé, dizia com a sua voz catarrosa:

— Lamento a desgraça, lamento a desgraça! Todos somos mortais...

— Bem, bem, senhor Paula, não é necessário nada — disse Jorge. — Obrigado!

E fechou bruscamente a cancela.

Estava impaciente por se desembaraçar "daquela estopada"; e mesmo como o enfastiavam as marteladas espaçadas dos homens pregando o caixão, em cima, chamou a Joana:

— Diga a essa gente que se avie. Não vamos ficar aqui toda a vida!

A Joana foi logo dizer que o senhor estava num frenesi! Tinha-se feito já íntima da senhora Margarida. A amortalhadeira fora mesmo com ela à cozinha para tomar uma "sustanciazinha". Como o lume estava apagado, contentou-se com sopas de pão em vinho.

— Sopinha de burro — dizia, fazendo estalar a língua.

Mas estava enojada com a defunta! Nunca vira bicho mais feio. Um corpo de sardinha seca! E pondo um olhar complacente nas belas formas de Joana: — A menina, não. A menina tem-me o ar de ter muito bom corpo... — E parecia calcular como talharia a mortalha para aquelas linhas robustas.

Joana disse, escandalizada:

— Longe vá o agouro, cruzes!

A outra sorriu; faltavam-lhe dous dentes; e aflautando a voz:

— Tem-me passado pela mão muita gente fina, minha menina. Mais uma gotinha de vinho, faz favor? É do Cartaxo, não? É muito aveludado! Rica gota!

Enfim, com grande satisfação de Jorge, às quatro horas os homens desceram o caixão. A vizinhança estava pelas portas. O Paula mesmo, por fanfarronada, disse com dous dedos adeus ao esquife, murmurando:

— Boa viagem!

Jorge em cima, ao sair, perguntou a Joana:

— E você não tem medo de ficar aqui só?

— Eu não, meu senhor. Quem vai não volta!

Tinha medo, com efeito; mas preparava-se a passar a noite com o Pedro, e batia-lhe o coração de alegria de "terem a casa por sua" até de manhã, e de se poderem rolar amorosamente, como fidalgos, por cima do divã da sala.

Jorge voltou com Sebastião para casa, e apenas entrou no quarto, onde Luísa estava deitada:

— Tudo pronto — disse, esfregando as mãos. — Lá vai para o Alto de S. João, devidamente acondicionada. *Per omnia saecula saeculorum*!

A tia Joana, que estava à cabeceira de Luísa, acudiu:

— Ai, quem lá vai, lá vai... Mas boa mulher, não era ela!

— Era um bom estafermo — disse Jorge. — Esperemos que a esta hora esteja a ferver na caldeira de Pero Botelho. Não é verdade, tia Joana?

— Jorge! — fez Luísa repreensivamente. E julgou dever rezar-lhe baixo dous padre-nossos por alma.

Foi tudo o que a terra deu na sua morte àquela que ia rolando a essa hora, ao trote de duas velhas éguas, para a vala dos pobres, e que fora na vida Juliana Couceiro Tavira!

No dia seguinte Luísa estava melhor; falaram mesmo, com grande desconsolação da tia Joana, em voltar para casa. Sebastião não dizia nada, mas quase desejava secretamente que uma convalescença a retivesse ali semanas indefinidas. Ela parecia tão agradecida! Tinha olhares tão reconhecidos, que só ele compreendia! E era tão feliz tendo-a ali e a Jorge na sua casa! Conferenciava com a tia Vicência sobre o jantar; andava pelos corredores e pela sala, com respeito, quase em bicos de pés, como se a presença dela santificasse a casa; enchia os vasos de camélias e de violetas; sorria beatamente ao ver Jorge, à sobremesa, saborear e gabar o seu velho conhaque; sentia alguma cousa de bom acalentá-lo como um manto acolchoado e macio; e já pensava que, quando ela partisse, tudo lhe pareceria mais frio, e com uma tristeza de ruína!

Mas daí a dous dias voltaram para casa.

Luísa ficou muito agradada com a criada nova. Fora Sebastião que a arranjara. Era uma rapariguita asseadinha e branca, com grandes olhos bonitos e pasmados, um ar amorável: chamava-se Mariana; e foi logo correndo dizer a Joana "que morria pela senhora! Tinha uma carinha de anjo! Que linda que era!"

Jorge logo nessa manhã mandou os dous baús de Juliana à tia Vitória.

Luísa, quando ele saiu à tardinha, fechou-se no quarto, com a carteirinha de Juliana, correu os transparentes por precaução, acendeu uma vela, e queimou as cartas. As mãos tremiam-lhe; e via, com os olhos marejados de lágrimas, a sua vergonha, a sua escravidão irem-se, dissiparem-se num fumo alvadio! Respirou completamente! Enfim! E fora Sebastião, aquele querido Sebastião!

Foi então à sala, à cozinha, ver a casa: tudo lhe pareceu novo, a sua vida cheia de doçura; abriu todas as janelas; experimentou o piano; rasgou mesmo em pedaços, por superstição, a música da *Medjé*, que lhe dera Basílio; conversou muito com a Mariana; e saboreando o seu caldo de galinha de convalescente, com a face alumiada da felicidade:

— Que bem que vou passar agora! — pensava.

Quando sentiu no corredor os passos de Jorge que entrava, correu, deitou-lhe os braços ao pescoço, e com a cabeça no ombro dele:

— Estou tão contente hoje! E se tu soubesses, é tão boa rapariga a Mariana!

Mas nessa noite a febre voltou. Julião, de manhã, achou-a pior.

— Crescimentos... — disse descontente.

Estava receitando, quando D. Felicidade entrou, muito excitada. Ficou toda surpreendida de ver Luísa doente; e debruçando-se sobre ela, disse-lhe logo ao ouvido:

— Tenho que te contar!

Apenas Jorge e Julião saíram, desabafou, sentada aos pés da cama, — com uma voz, ora baixa pela gravidade da confidência, ora aguda pelo ímpeto da indignação:

Tinha sido roubada! Indignamente roubada! O homem que mandara a Tuí, o grande ladrão, tinha escrito à Gertrudes, à criada, que não estava resolvido a voltar a Lisboa; que a mulher de virtude mudara de povoação; que ele não queria saber mais desse negócio e que até o achava esquisito; que oferecia o seu préstimo em Tuí, — tudo isto numa boa letra de escrevente público, num português horrível — e do dinheiro nem palavra!

— Que te parece o mariola? Oito moedas! Eu se não fosse pela vergonha, ia direita à polícia... Ai! Os galegos pra mim acabaram! Por isso o conselheiro não se chegava ao rego! Pudera! A mulher nunca lançou a sorte!... — Porque se já não acreditava na honestidade dos galegos, não perdera a fé no poder das bruxas.

Que ela não era pelas oito moedas! Era pelo ferro! E depois, quem sabe onde estaria agora a mulher! Ai, era de endoudecer!... Que te parece, hem?

Luísa encolheu os ombros, muito abafada na roupa, as faces escarlates, cerravam-se-lhe os olhos numa sonolência pesada: D. Felicidade aconselhou-lhe vagamente um "suadouro", suspirando; e como Luísa não lhe podia dar consolações, saiu para ir à Encarnação desabafar com a Silveira.

Nessa madrugada Luísa piorou. A febre recrudescera. Jorge, inquieto, vestiu-se à pressa, às nove horas da manhã, foi buscar Julião. Descia a escada rapidamente, abotoando ainda o paletó, quando o carteiro subia, tossindo o seu catarro.

— Cartas? — perguntou Jorge.

— Uma pra a senhora — disse o homem. — Há de ser pra a senhora...

Jorge olhou o envelope: tinha o nome de Luísa, vinha de França.

— De quem diabo é isto? — pensou. Meteu-a no bolso do paletó, e saiu.

Daí a meia hora voltava com Julião, num trem. Luísa dormitava, amodorrada.

— É preciso cautela... Vamos a ver... — murmurou Julião, coçando devagar a cabeça, enquanto do outro lado do leito Jorge o olhava ansiosamente.

Receitou e ficou para almoçar com Jorge. Estava um dia frio e pardo. A Mariana, abafada num casabeque, servia, com os dedos vermelhos, inchados de frieiras. E Jorge sentia-se entristecer, como se toda a névoa do ar se lhe fosse lentamente depositando e condensando na alma.

A que se podia atribuir semelhante febre? — dizia, muito desconsolado. Tão extraordinário! Havia seis dias, ora melhor, ora pior...

— Estas febres vêm por tudo — replicou Julião partindo tranquilamente uma torrada. — Às vezes por uma corrente de ar, às vezes por um desgosto. Tenho eu, por exemplo, um caso curioso: um sujeito, um Alves, que esteve para falir, e que viveu, coitado, durante dous meses em torturas. Há duas semanas, por um golpe de fortuna — a velhaca às vezes tem destes caprichos —

arranjou todos os seus negócios, viu-se livre. Pois senhor, desde então tem uma febre assim, tortuosa, complexa, com sintomas disparatados... O que é? É que a excitação nervosa abateu, e a felicidade trouxe-lhe uma revolução no sangue. Pode muito bem dar à casca. Faz então a falência geral, a grande, aquela em que o credor é implacável, saca à vista, e... *per omnia saecula*!

Ergueu-se, e acendendo o cigarro:

— Em todo o caso um repouso absoluto. É necessário ter-lhe o espírito em algodão em rama. Nada de palestra, nada de frases, e se tiver sede, limonada. Até logo!

E saiu, calçando as luvas pretas que usava agora desde que pertencia ao posto médico.

Jorge voltou à alcova; Luísa ainda dormitava. Mariana sentada ao pé numa cadeirinha baixa, com o rostinho muito triste, não tirava de Luísa os seus grandes olhos vagamente espantados.

— Tem estado muito inquieta — murmurou.

Jorge apalpou a mão de Luísa que ardia, conchegou-lhe a roupa. Beijou-a devagarinho na testa, foi cerrar as portas da janela, defronte da alcova. — E passeando no escritório, voltavam-lhe as palavras de Julião: são febres que vêm por um desgosto! Pensava na história do negociante, recordava aquele estado de abatimento e de fraqueza de Luísa que o preocupara tanto, ultimamente, tão inexplicável! Ora, tolices! Desgosto de quê? Em casa de Sebastião estivera tão animada! Nem a morte da outra lhe fizera abalo! — De resto acreditava pouco nas *febres de desgosto*! Julião tinha uma medicina literária. Pensou mesmo que seria mais prudente chamar o velho doutor Caminha...

Ao meter a mão no bolso, então, os seus dedos encontraram uma carta; era a que o carteiro lhe dera, de manhã, para Luísa. Tomou a examiná-la com curiosidade; o sobrescrito era banal, como os que há nos cafés ou nos restaurantes; não conhecia a letra; era de homem, vinha de França... Atravessou-o um desejo rápido de a abrir. Mas conteve-se, atirou-a para cima da mesa, embrulhou devagar um cigarro.

Voltou à alcova. Luísa permanecia na sua modorra; a manga do *chambre* arregaçada descobria o braço mimoso, com a sua penugem loura; a face escarlate reluzia; as pestanas longas pousavam pesadamente, no adormecimento das pálpebras finas; um anel do cabelo caíra-lhe sobre a testa, e pareceu a Jorge adorável e tocante com aquela cor, a expressão da febre. Pensou, sem saber por quê, que outros a deveriam achar linda, desejá-la, dizer-lho, se pudessem... Para que lhe escreviam da França? Quem?

Voltou ao escritório, mas aquela carta sobre a mesa irritava-o; quis ler um livro, atirou-o logo impaciente; e pôs-se a passear, torcendo muito nervoso o forro das algibeiras.

Agarrou então a carta, quis ver, através do papel delgado do envelope; os seus dedos, mesmo irresistivelmente, começaram a rasgar um ângulo do sobrescrito. Ah! Não era delicado aquilo!... Mas a curiosidade, que governava o seu cérebro, sugeriu-lhe toda a sorte de raciocínios, com uma tentação persuasiva: — Ela estava doente, e podia ter alguma cousa urgente; se fosse uma herança? Depois ela não tinha segredos, e então em França! Os seus escrúpulos eram pueris! Dir-lhe-ia que a abrira por engano. E se a carta contivesse o segredo daquele desgosto, do desgosto das teorias de Julião!... Devia abri-la então para a curar melhor!

Sem querer achou-se com a carta desdobrada na mão. Num relanço ávido devorou-a. Mas não compreendeu bem; as letras embrulhavam-se; chegou-se à janela, releu devagar:

"Minha querida Luísa.

Seria longo explicar-te, como só anteontem em Nice — de onde cheguei esta madrugada a Paris — recebi a tua carta, que pelos carimbos vejo que percorreu toda a Europa atrás de mim. Como já lá vão dous meses e meio que a escreveste, imagino que te arranjaste com a mulher, e que não precisas do dinheiro. De resto se por acaso o queres, manda um telegrama e tens-lo aí em dous dias. Vejo pela tua carta que não acreditaste nunca que a minha partida fosse motivada por negócios. És bem injusta. A minha partida não te devia ter tirado, como tu dizes, *todas as ilusões sobre o amor*, porque foi realmente quando saí de Lisboa que percebi quanto te amava, e não há dia, acredita, em que me não lembre do *Paraíso*. Que boas manhãs! Passaste por lá por acaso alguma outra vez? Lembras-te do nosso *lunch*? Não tenho tempo para mais. Talvez em breve volte a Lisboa. Espero ver-te, porque sem ti Lisboa é para mim um desterro.

Um longo beijo do

Teu do C.
Basílio."

Jorge dobrou o papel, lentamente, em duas, em quatro dobras, atirou-a para cima da mesa, disse alto:

— Sim, senhor! Bonito!

Encheu o cachimbo de tabaco maquinalmente, com os olhos vagos, os beiços a tremer; deu alguns passos incertos pelo escritório — de repente arremessou o cachimbo que despedaçou um vidro da janela, bateu com as mãos desvairado, e atirando-se de bruços para cima da mesa, rompeu a chorar, rolando a cabeça entre os braços, mordendo as mangas, batendo com os pés, louco!

Ergueu-se subitamente, agarrou a carta, ia com ela à alcova de Luísa. Mas a lembrança das palavras de Julião imobilizou-o: que esteja sossegada, nada de frases, nenhuma excitação! Fechou a carta numa gaveta, meteu a chave na algibeira. E de pé, a tremer, com os olhos raiados de sangue, sentia ideias insensatas alumiarem-lhe bruscamente o cérebro, como relâmpagos numa tormenta — matá-la, sair de casa, abandoná-la, fazer saltar os miolos...

Mariana bateu ligeiramente à porta, disse-lhe que a senhora o chamava.

Uma onda de sangue subiu-lhe à cabeça; fitava Mariana, estúpido, batendo as pálpebras:

— Já vou — disse com a voz rouca.

Ao passar na sala, diante do espelho oval, ficou pasmado do seu rosto manchado, envelhecido. Foi correr uma toalha molhada pela face, alisou o cabelo; e ao entrar na alcova, ao vê-la, com os seus grandes olhos dilatados onde a febre reluzia, teve de se agarrar à barra do leito, porque sentiu, em redor, as paredes oscilarem como lonas ao vento. Mas sorriu-lhe:

— Como estás?

— Mal — murmurou ela debilmente.

Chamou-o para ao pé de si com um gesto muito fatigado. Ele veio, sentou-se sem a olhar.

— Que tens? — disse ela chegando o rosto para ele. — Não te aflijas. — E tomou a mão que ele pousara à beira do leito.

Jorge, com um repelão seco, sacudiu a mão dela, ergueu-se bruscamente com os dentes cerrados; sentia uma cólera brutal; ia-se, com medo de si, de um crime, quando ouviu a voz de Luísa, arrastando-se, numa lamentação:

— Por quê, Jorge? Que tens?...

Voltou-se; viu-a meio erguida com os olhos abertos para ele, uma angústia no rosto; e duas lágrimas caíam-lhe silenciosamente.

Atirou-se de joelhos, agarrou-lhe as mãos, aos soluços.

— Que é isto? — exclamou a voz de Julião à porta da alcova.

Jorge, muito pálido, ergueu-se devagar.

Julião levou-o para a sala, e cruzando terrivelmente os braços diante dele:

— Tu estás doudo? Pois tu sabes que ela está num estado daqueles, e vais-te pôr a fazer-lhe cenas de lágrimas?

— Não me pude conter...

— Estoura. Eu estou a cortar-lhe a febre por um lado, e tu a dar-lha por outro? Estás doudo!

Estava realmente indignado. Interessava-se por Luísa como doente. Desejava muito curá-la e sentia uma satisfação em exercer o domínio de pessoa necessária naquela casa, onde as suas visitas tinham tido sempre uma atitude dependente; mesmo agora ao sair, não se esquecia de oferecer negligentemente um charuto a Jorge.

Jorge foi heroico durante toda essa tarde. Não podia estar muito tempo na alcova de Luísa, a desesperação trazia-o num movimento contraditório; mas ia lá a cada momento, sorria-lhe, conchegava-lhe a roupa com as mãos trêmulas; e como ela dormitava, ficava imóvel a olhá-la feição por feição, com uma curiosidade dolorosa e imoral, como para lhe surpreender no rosto vestígios de beijos alheios, esperando ouvir-lhe nalgum sonho da febre murmurar um nome ou uma data; e amava-a mais desde que a supunha infiel, mas de um outro amor, carnal e perverso. Depois ia-se fechar no escritório, e movia-se ali entre as paredes estreitas, como um animal numa jaula. Releu a carta infinitas vezes, e a mesma curiosidade roedora, baixa, vil, torturava-o sem cessar: Como tinha sido? Onde era o *Paraíso*? Havia uma cama? Que vestido levava ela? O que lhe dizia? Que beijos lhe dava?

Foi reler todas as cartas que ela lhe escrevera para o Alentejo, procurando descobrir nas palavras sintomas de frieza, a data da traição! Tinha-lhe ódio então, voltavam-lhe ao cérebro ideias homicidas — esganá-la, dar-lhe clorofórmio, fazer-lhe beber láudano! E depois imóvel, encostado à janela, ficava esquecido num cismar espesso, revendo o passado, o dia do seu casamento, certos passeios que dera com ela, palavras que ela dissera...

Às vezes pensava — seria a carta uma *mistificação*? Algum inimigo dele podia tê-la escrito, remetido para França. Ou talvez Basílio tivesse *outra* Luísa em Lisboa, e por engano ao sobrescritar o envelope tivesse escrito o nome da prima; e a alegria momentânea que lhe davam aquelas fantasias fazia-lhe parecer a realidade mais cruel. Mas como fora? Como fora? Se pudesse saber a verdade! Tinha a certeza que sossegaria, então! Arrancaria de certo do seu peito aquele amor como um parasita imundo; apenas ela melhorasse, levá-la-ia a um convento, e ele iria morrer longe, na África, ou algures... Mas quem saberia?... JULIANA!

Era ela que sabia! De certo! E todas as condescendências dela por Juliana, os móveis, o quarto, as roupas, compreendeu tudo! Era a pagar a cumplicidade! Era a sua confidente! Levava as cartas, sabia tudo. E estava na vala, morta, sem poder falar, a maldita!

Sebastião, como costumava, veio à noitinha. Não havia ainda luzes, e apenas ele entrou, Jorge chamou-o ao escritório, calado, acendeu uma vela, tirou a carta da gaveta.

— Lê isto.

Sebastião ficara assombrado ao ver o rosto de Jorge. Olhava a carta fechada, e tremia. Apenas viu a assinatura, uma palidez de agonia cobriu-lhe o rosto. Parecia-lhe que o soalho tinha uma vibração onde ele se firmava mal. Mas dominou-se, leu devagar, pousou a carta sobre a mesa, sem uma palavra.

Jorge disse então:

— Sebastião, isto pra mim é a morte. Sebastião, tu sabes alguma cousa. Tu vinhas aqui. Tu sabes. Dize-me a verdade!

Sebastião abriu devagar os braços e respondeu:

— Que te hei de eu dizer? Não sei nada!

Jorge agarrou-lhe as mãos, sacudiu-lhas, e procurando o seu olhar ansiosamente:

— Sebastião, pela nossa amizade, pela alma de tua mãe, por tantos anos que temos passado juntos, Sebastião, dize-me a verdade!...

— Não sei nada. Que hei de eu saber?

— Mentes!

Sebastião disse apenas:

— Podem-te ouvir, homem!

Houve um silêncio: Jorge apertava as fontes nas mãos, com passadas pelo escritório, que faziam vibrar o soalho; e de repente pondo-se diante de Sebastião, quase suplicante:

— Mas dize-me ao menos o que fazia ela! Saía? Vinha aqui alguém?

Sebastião respondeu devagar, os olhos fixos na luz:

— Vinha o primo às vezes, ao princípio. Quando a D. Felicidade esteve doente, ela ia vê-la... O primo depois partiu... Não sei mais nada.

Jorge esteve um momento a olhar Sebastião, com uma fixidez abstrata.

— Mas que lhe fiz eu, Sebastião? Que lhe fiz eu? Adorava-a! Que lhe fiz eu pra isto? Eu, que a adorava, àquela mulher!

Rompeu a chorar. Sebastião ficara de pé junto à mesa, estúpido, aniquilado.

— Foi talvez uma brincadeira, apenas... — murmurou.

— E o que diz a carta? — gritou Jorge, voltando-se numa cólera, sacudindo o papel. — Este *Paraíso*! As *boas manhãs* lá passadas! É uma infame!...

— Está doente, Jorge — disse apenas Sebastião.

Jorge não respondeu. Passeou calado algum tempo. Sebastião, imóvel, fatigava a vista contra a chama da luz. Jorge então fechou a carta na gaveta, e tomando o castiçal com um tom de lassidão lúgubre e resignado:

— Queres vir tomar chá, Sebastião?

E não tornaram mais a falar na carta.

Nessa noite Jorge dormiu profundamente. Ao outro dia o seu rosto estava impassível, de uma serenidade lívida.

Foi daí por diante o enfermeiro de Luísa.

A doença, depois de uma marcha incerta durante três dias, definiu-se: eram crescimentos; enfraquecia muito, mas Julião estava tranquilo.

Jorge passava os seus dias ao pé dela. D. Felicidade vinha ordinariamente pelas manhãs; sentava-se aos pés da cama, e ficava calada, com uma face envelhecida;

aquela esperança na mulher de Tuí, tão subitamente destruída, abalara-a como um velho edifício a que se tira subitamente um pilar; ia-se tornando ruína; e só se animava quando o conselheiro aparecia pelas três horas a saber da "nossa formosa enferma". Trazia sempre alguma palavra grave que dizia com um tom profundo, conservando o chapéu na mão, sem querer entrar na alcova, por pudor:

— A saúde é um bem que só apreciamos quando nos foge!

Ou:

— A doença serve para aquilatarmos os amigos.

E terminava sempre:

— Meu Jorge, as rosas da saúde bem cedo reflorirão nas faces de sua virtuosa esposa!...

De noite Jorge dormia vestido, num enxergão sobre o chão; mas apenas cerrava os olhos uma ou duas horas. O resto da noite procurava ler; começava um romance, mas nunca ia além das primeiras linhas; esquecia o livro, e com a cabeça entre as mãos punha-se a pensar: era sempre a mesma ideia — *como* tinha sido? Conseguira reconstruir aproximadamente, com lógica, certos fatos; via bem Basílio chegando, vindo visitá-la, desejando-a, mandando-lhe ramos, perseguindo-a, indo-a ver aqui e além, escrevendo-lhe; mas depois? Viera já a compreender que o dinheiro era para Juliana. A criatura tivera alguma exigência: tinha-os surpreendido? Possuía cartas?... E encontrava, naquela reconstrução dolorosa, falhas, vazios, como buracos escuros, onde a sua alma se arremessava sofregamente. Então, começava a recordar os últimos meses desde a sua volta do Alentejo, e como ela se mostrara amante, e que ardor punha nas suas carícias... Para que o enganara então?

Uma noite com precauções de ladrão, rebuscou todas as gavetas dela, esquadrinhou os vestidos, até as dobras da roupa branca, as caixas de colares, de rendas; viu bem o cofre de sândalo; estava vazio; nem o pó de uma flor seca! Às vezes punha-se a fitar os móveis no quarto, na sala, a sondá-los como se quisesse descobrir neles os vestígios do adultério. Ter-se-iam sentado ali? Ele teria ajoelhado aos pés dela, acolá, sobre o tapete? Sobretudo o divã tão largo, tão cômodo, desesperava-o; tomou-lhe ódio. Veio a detestar mesmo a casa, como se os tetos que os tinham coberto, os soalhos que os tinham sustentado tivessem uma cumplicidade consciente. Mas o que o torturava sobretudo eram aquelas palavras — o *Paraíso*, *as boas manhãs*...

Luísa então já dormia tranquilamente. Ao fim de uma semana os crescimentos desapareceram. Mas estava muito fraca; no dia em que pela primeira vez se levantou, desmaiou duas vezes; era necessário vesti-la, trazê-la amparada para a *chaise longue*: e não dispensava Jorge, queria-o ali, ao pé, com exigências de criança! Parecia receber a vida dos seus olhos, a saúde do contato das suas mãos. Fazia-lhe ler o jornal pela manhã, e vir escrever para ao pé dela. Ele obedecia, e mesmo aquelas instâncias eram para a sua dor como carícias consoladoras. É porque o amava de certo!

Sentia então, maquinalmente, abertas de felicidade. Surpreendia-se a dizer-lhe ternuras, a rir com ela, esquecido, como dantes! E, estendida na *chaise longue*, Luísa, contente, percorria antigos volumes da *Ilustração francesa*, que lhe mandara o conselheiro, — “onde”, segundo ele lhe dissera, “podia, ao mesmo tempo que se divertia com os desenhos, adquirir noções úteis sobre importantes acontecimentos históricos”; ou, com a cabeça reclinada, saboreava a felicidade de melhorar, de estar livre das tiranias da *outra*, das amarguras do *passado*.

Uma das suas alegrias era ver entrar a Mariana com o seu jantarzinho disposto num guardanapo sobre o tabuleiro; tinha apetite, saboreava muito o cálice de vinho do Porto, que Julião recomendara; quando Jorge não estava, fazia longas conversações com Mariana, palrando baixo, consolada, e lambendo colherinhas de gelatina.

Às vezes, calada, com os olhos no teto, fazia planos. Dizia-os depois a Jorge: iria estar duas semanas no campo, para ganhar forças; à volta começaria a bordar tiras de casimira para cobrir as cadeiras da sala; porque queria ocupar-se muito da casa, viver recolhida; ele não voltaria ao Alentejo, não sairia de Lisboa, não é verdade? E a sua vida seria daí por diante de uma doçura contínua e fácil.

Mas Luísa às vezes achava-o "macambúzio". Que tinha? Ele explicava pela fadiga, pelas noites mal dormidas... Se adoecesse, ao menos, dizia ela, que fosse quando ela estivesse forte para o tratar, para o velar!... Mas não adoeceria, não? E fazia-o sentar ao pé de si, passava-lhe a mão pelos cabelos, com o olhar quebrado, porque com as forças que renasciam vinham os impulsos do seu temperamento amoroso. Jorge sentia que a adorava, e era mais desgraçado!

Luísa, só consigo, tinha outras resoluções. Não tornaria a ver Leopoldina, e frequentaria as igrejas. Saía da doença com uma vaga sentimentalidade devota. Durante a febre, em certos pesadelos de que lhe ficara uma indistinta ideia aterrada, vira-se às vezes num lugar pavoroso, onde corpos se erguiam, torcendo os braços, do meio de chamas escarlates: formas negras giravam com espetos em brasa, um rugido de agonia subia para a mudez do céu; e já lhe tocavam o peito línguas de fogueiras, quando alguma cousa de doce e de inefável de repente a refrescava; eram as asas de um anjo luminoso e sereno, que a tomava nos braços e ela sentia-se elevar, apoiando a cabeça contra o seio divino, que a penetrava de uma felicidade sobrenatural; via as estrelas de perto, ouvia frêmitos de asas. Aquela sensação declarava-lhe como uma recordação saudosa do céu. E aspirava a ela nas debilidades da convalescença, esperando ganhá-la pela pontualidade à missa, e pela repetição de coroas à Virgem.

Enfim uma manhã veio à sala, e abriu pela primeira vez o piano; Jorge, à janela, olhava para a rua — quando ela o chamou, e sorrindo:

— Estou a detestar, há tempos, aquele divã — disse. — Podia-se tirar, não te parece?

Jorge sentiu uma pancada no coração; não pôde responder logo; disse, enfim, com esforço:

— Sim, parece...

— Estou com vontade de o tirar — disse ela saindo da sala, arrastando tranquilamente a longa cauda do seu roupão.

Jorge não pôde destacar os olhos do divã. Veio mesmo sentar-se nele; passava a mão sobre o estofo às listras; e sentia um prazer doloroso em verificar *que fôra ali*!

Principiara a vir-lhe agora uma espécie de resignação sombria; quando a ouvia gozar tanto as melhoras, falar com felicidade de futuros tranquilos, decidia-se a aniquilar a carta, esquecer tudo. Ela tinha-se arrependido de certo, amava-o: para que havia de criar a sangue frio uma infelicidade perpétua? Mas quando a via com os seus movimentos lânguidos estender-se na *chaise longue*, ou ao despir-se mostrar a brancura do seu colo — e pensava que aqueles braços tinham enlaçado outro homem, aquela boca gemido de amor numa cama alheia — vinha-lhe uma onda de cólera bruta, precisava sair para a não esganar!

Para explicar os seus maus humores, os seus silêncios, começou a queixar-se, a dizer-se doente. E as solicitudes dela, então, as interrogações mudas do seu olhar inquieto faziam-no mais infeliz — por se sentir amado, agora que se sabia traído!

Um domingo enfim Julião deu licença a Luísa para se deitar mais tarde, e fazer à noite as honras da casa. Foi uma alegria para todos vê-la na sala, ainda um pouco pálida e fraca — mas, como disse o conselheiro, restituída aos deveres domésticos e aos prazeres da sociedade!

Julião, que veio às nove horas, achou-a *como nova*. E abrindo os braços, no meio da sala:

— E que me dizem à novidade? — exclamou. — A peça do Ernesto teve um triunfo!...

Assim tinham lido nos jornais. O *Diário de Notícias* dizia mesmo que o "autor chamado ao proscênio, no meio do mais vivo entusiasmo, recebera uma formosa coroa de louros". Luísa declarou logo que queria ir ver!

— Mais tarde, D. Luísa, mais tarde — acudiu com prudência o conselheiro. — Por ora é conveniente evitar toda a comoção forte. As lágrimas que não deixaria de derramar, conheço o seu bom coração, podiam produzir uma recaída. Não é verdade, amigo Julião?

— De certo, conselheiro, de certo. Eu também quero ir. Quero convencer-me por meus olhos...

Mas o ruído de uma carruagem, lançada a trote largo, que parou à porta, interrompeu-o. A campainha retiniu fortemente.

— Aposto que é o autor! — exclamou ele.

E quase imediatamente a figura radiante de Ernestinho, de casaca, precipitou-se na sala: ergueram-se com ruído, abraçaram-no: mil parabéns! Mil parabéns! E a voz do conselheiro, dominando as outras:

— Bem-vindo o festejado autor! Bem-vindo!

Ernesto sufocava de júbilo. Tinha um sorriso imobilizado; as asas do nariz dilatavam-se-lhe como para respirar os incensos; trazia o peito alto, enfunado de orgulho; e movia a cabeça, sem cessar, como num agradecimento instintivo a multidões aplaudidoras.

— Aqui estou! Aqui estou! — disse.

Sentou-se ofegante; e, com um modo amável de Deus--bom-rapaz, declarou que os últimos ensaios de apuro não lhe tinham deixado um momento para vir ver a prima Luísa. Tinha tido naquela noite um instante de seu, mas devia voltar às dez horas para o teatro; até nem mandara a tipoia embora...

Contou então largamente o triunfo. Ao princípio tivera "grandes cólicas". Todos as tinham, os mais acostumados, os mais ilustres! Mas apenas o Campos disse o monólogo do primeiro ato — e como o disse! haviam de ver, uma cousa sublime! — os aplausos romperam. Tinha agradado tudo. No fim era um barulho, gritos pelo autor, salvas de palmas... Ele viera ao palco, arrastado; não queria, mas obrigaram-no, a Jesuína por um lado, a Maria Adelaide por outro! Um delírio! O Savedra do *Século* tinha-lhe dito: o amigo é o nosso Shakespeare! O Bastos da *Verdade* tinha afirmado: és o nosso Scribe! Houve uma ceia. E tinham-lhe dado uma coroa.

— E serve-lhe? — acudiu Julião.

— Perfeitamente; um bocadinho larga...

O conselheiro disse com autoridade:

— Os grandes autores, o famigerado Tasso, o nosso Camões são sempre representados com as suas respectivas coroas.

— É o que eu lhe aconselho, senhor Ledesma — acudiu Julião, erguendo-se e batendo-lhe no ombro — é que se faça retratar de coroa!...

Riram. E Ernestinho, um pouco despeitado, desdobrando o seu lenço perfumado:

— O senhor Zuzarte não dispensa o seu epigramazinho...

— É a prova da glória, meu amigo. Nos triunfos dos generais vitoriosos, em Roma, havia um bobo no préstito!

— Eu não sei! — disse Luísa muito risonha. — É uma honra pra a família!...

Jorge concordou. Passeava pela sala fumando; e disse que gozava tanto a coroa, como se tivesse direito a usá-la...

E Ernestinho voltando-se logo para ele:

— Sabes que lhe perdoei, primo Jorge? Perdoei à esposa...

— Como Cristo...

— Como Cristo — confirmou o Ernestinho, com satisfação.

D. Felicidade aprovou logo:

— Fez muito bem! Até é mais moral!

— O Jorge é que queria que eu desse cabo dela — disse Ernestinho, rindo tolamente. — Não se lembra, naquela noite...

— Sim, sim — fez Jorge, rindo também, nervosamente.

— O nosso Jorge — disse com solenidade o conselheiro — não podia conservar ideias tão extremas. E de certo a reflexão, a experiência da vida...

— Mudei, conselheiro, mudei — interrompeu Jorge. E entrou bruscamente no escritório.

Sebastião, inquieto, foi devagar ter com ele. Estava às escuras.

— Aqueles idiotas não se calarão? Não se irão? — disse ele abafadamente, agarrando o braço de Sebastião.

— Sossega!

— Oh Sebastião! Sebastião! — E a sua voz tremia, com lágrimas.

Mas Luísa, da sala, gritou:

— Que conspiração é essa aí dentro às escuras? Sebastião apareceu logo, dizendo:

— Nada, nada. Estávamos lá dentro... — E acrescentou baixo: — O Jorge está fatigado. Está adoentado, coitado!

Notaram, quando ele voltou — que tinha com efeito o ar esquisito.

— Não, realmente não me sinto bom, estou incomodado!

— E a débil D. Luísa precisa o repouso do seu leito — disse o conselheiro erguendo-se.

Ernestinho, que não se podia demorar, ofereceu logo ao conselheiro e a Julião — "a sua carruagem, que era uma caleche, se iam para a Baixa..."

— Que honra — exclamou Julião olhando Acácio — irmos na tipoia do Grande Homem!

E enquanto D. Felicidade se agasalhava, os três desceram.

No meio da escada Julião parou, e cruzando os braços:

— Ora aqui vou eu entre os representantes dos dous grandes movimentos de Portugal desde 1820. A Literatura — e cumprimentou Ernestinho — e o Constitucionalismo! — e curvou-se para o conselheiro. Os dous riram, lisonjeados.

— E o amigo Zuzarte?

— Eu? — E baixando a voz: — Até há dias um revolucionário terrível. Mas agora...

— O quê?

— Um amigo da Ordem — gritou com júbilo.

E desceram, contentes de si e do seu país, para se meterem na tipoia do Grande Homem!

15

Ao outro dia Jorge foi ao ministério, onde não tinha aparecido nos últimos tempos. Mas demorou-se pouco. A rua, a presença dos conhecidos ou dos estranhos torturava-o; parecia-lhe que *todo o mundo sabia*; nos olhares mais naturais via uma intenção maligna, e nos apertos de mão mais sinceros uma irônica pressão de pêsames; as carruagens mesmo que passavam davam-lhe a suspeita de a terem conduzido ao *rendez-vous*, e todas as casas lhe pareciam a fachada infame do *Paraíso*. Voltou mais sombrio, infeliz, sentindo a vida estragada. E logo no corredor ao entrar ouviu Luísa cantarolando, como outrora, a *Mandolinata*!

Estava-se a vestir.

— Como estás tu? — perguntou, pondo a um canto a sua bengala.

— Estou boa. Hoje estou muito melhor. Um bocado fraca ainda...

Jorge deu alguns passos pelo quarto, taciturno.

— E tu? — perguntou-lhe ela.

— Pra aqui ando — disse tão desconsoladamente que Luísa pousou o pente, e com os cabelos soltos veio pôr-lhe as mãos nos ombros, muito carinhosa:

— Que tens tu? Tu tens alguma cousa. Estranho-te tanto há dias! Não és o mesmo! Às vezes estás com uma cara de réu... Que é? Dize.

E os seus olhos procuravam os dele, que se desviavam perturbados.

Abraçou-o. Insistia, queria que dissesse tudo à "sua mulherzinha".

— Dize. Que tens?

Ele olhou-a muito, e de repente, com uma resolução violenta:

— Pois bem, digo-te. Tu agora estás boa, podes ouvir... Luísa! Vivo num inferno há duas semanas. Não posso mais... Tu estás boa, não é verdade? Pois bem, que quer dizer isto? Dize a verdade!

E estendeu-lhe a carta de Basílio.

— O que é? — fez ela muito branca. E o papel dobrado tremia-lhe na mão.

Abriu-a devagar, viu a letra de Basílio, num relance adivinhou-a. Fixou Jorge um momento de um modo desvairado, estendeu os braços sem poder falar, levou as mãos à cabeça com um gesto ansioso como se se sentisse ferida, e oscilando, com um grito rouco, caiu sobre os joelhos, ficou estirada no tapete.

Jorge gritou. As criadas acudiram. Estenderam-na na cama. Ele quis que Joana corresse a chamar Sebastião; e ficou, como petrificado, junto ao leito, olhando-a, enquanto Mariana toda trêmula desatacava os espartilhos da senhora.

Sebastião veio logo. Felizmente havia éter, fizeram-lho respirar; apenas abriu lentamente os olhos, Jorge precipitou-se sobre ela:

— Luísa, ouve, fala! Não, não tem dúvida. Mas fala. Dize, que tens?

Ao ouvir a voz dele, desmaiou outra vez. Movimentos convulsivos sacudiram-lhe o corpo. Sebastião correu a buscar Julião.

Luísa parecia adormecida agora, imóvel, branca como cera, as mãos pousadas sobre a colcha; e duas lágrimas corriam-lhe devagar pelas faces.

Um trem parou. Julião apareceu esbaforido.

— Achou-se mal de repente... Vê, Julião. Está muito mal! — disse Jorge.

Fizeram-lhe respirar mais éter; despertou outra vez. Julião falou-lhe, tomando-lhe o pulso.

— Não, não, ninguém! — murmurou ela retirando a mão. Repetiu com impaciência: — Não, vão-se, não quero... — As suas lágrimas redobravam. E como eles saíam da alcova para a não excitar, contrariando-a, ouviram-na chamar:

— Jorge!

Ele ajoelhou-se ao pé da cama, e falando-lhe junto do rosto:

— Que tens tu? Não se fala mais em tal. Acabou-se. Não estejas doente. Juro-te, amo-te... Fosse o que fosse, não me importa. Não quero saber, não.

E como ela ia falar, ele pousou-lhe a mão na boca:

— Não, não quero ouvir. Quero que estejas boa, que não sofras! Dize que estás boa! Que tens? Vamos amanhã para o campo, e esquece-se tudo. Foi uma cousa que passou...

Ela disse apenas com a voz sumida:

— Oh! Jorge! Jorge!

— Bem sei... Mas agora vais ser feliz outra vez... Dize, que sentes?

— Aqui — disse ela, e levava as mãos à cabeça. — Dói-me!

Ele ergueu-se para chamar Julião, mas ela reteve-o, atraiu-o; e devorando-o com os olhos onde a febre se acendia, adiantando o rosto, estendia-lhe os lábios. Ele deu-lhe um beijo inteiro, sincero, cheio de perdão.

— Oh! Minha pobre cabeça! — gritou ela.

As fontes latejavam-lhe, e uma cor ardente, seca, esbraseava-lhe o rosto.

Como era habituada a enxaquecas, Julião tranquilizou-os; recomendou um sossego imóvel e sinapismos de mostarda aos pés — até que ele voltasse.

Jorge ficou junto do leito, taciturno, cortado de pressentimentos, de sustos, suspirando às vezes.

Eram então quatro horas; caía uma chuva miudinha, enevoada; a alcova tinha uma luz lúgubre.

— Não há de ser nada... — dizia Sebastião.

Luísa agitava-se no leito, apertando as mãos na cabeça, torturada pela dor crescente, cheia de sede.

Mariana acabava de arrumar em pontas de pés, vagamente assombrada daquela casa, onde só vira desgosto e doença; mas só o pousar sutil dos seus passos fazia sofrer Luísa, como se fossem marteladas sobre o crânio.

Julião não tardou; logo da porta do quarto, o aspecto dela inquietou-o. Acendeu um fósforo, aproximou-lho do rosto; e aquela luz fez-lhe dar um grito como se um ferro frio lhe trespassasse a cabeça.

Os olhos dilatados tinham um reluzir metálico. Conservava-se muito quieta, porque o gesto mais lento lhe dava na nuca dores penetrantes que a dilaceravam. Só de vez em quando sorria para Jorge com uma expressão de aflição serena e muda.

Julião fez logo pôr três travesseiros, para lhe conservar a cabeça alta. Fora caía o crepúsculo úmido. Andavam em bicos de pés, com cuidado; e mesmo tiraram o relógio da parede para afastar o tique-taque monótono. Ela começava agora a murmurar sons cansados, e a voltar-se com movimentos bruscos que lhe arrancavam gritos; ou imóvel gemia de um modo contínuo e angustioso. Tinham-lhe envolvido as pernas num longo sinapismo; mas não o sentia. Pelas nove horas começou a delirar; a língua tornara-se-lhe branca e dura, como de gesso sujo.

Julião fez logo aplicar na cabeça compressas de água fria. Mas o delírio exacerbava-se.

Ora tinha um murmúrio espesso, um vago rosnar modorrento onde os nomes de Leopoldina, de Jorge, de Basílio voltavam incessantemente; depois debatia-se, esgarçava a camisa com as mãos; e, arqueando-se, os seus olhos rolavam, como largos bugalhos prateados onde a pupila se sumia.

Sossegava mais; dava risadinhas de uma doçura idiota; tinha gestos lentos sobre o lençol, que aconchegavam e acariciavam, como num gozo tépido; depois começava a respirar ansiosamente, vinham-lhe expressões torturadas de terror, queria enterrar-se nos travesseiros e nos colchões, fugindo a aspectos pavorosos; punha-se então a apertar a cabeça freneticamente, pedia que lha abrissem, que a tinha cheia de pedras, que tivessem piedade dela! — e fios de lágrimas corriam-lhe pelo rosto. Não sentia os sinapismos; expunham-lhe agora os pés nus ao vapor de água a ferver, carregada de mostarda; um cheiro acre adstringia o ar do quarto. Jorge falava-lhe com toda a sorte de palavras consoladoras e suplicantes; pedia-lhe que sossegasse, que o conhecesse; mas de repente ela desesperava-se, gritava pela carta, maldizia Juliana — ou então dizia palavras de amor, enumerava somas de dinheiro... Jorge temia que aquele delírio revelasse tudo a Julião, às criadas; tinha um suor à raiz dos cabelos — e quando ela, um momento, julgando-se no *Paraíso* e nas exaltações do adultério, chamou Basílio, pediu *champagne*, teve palavras libertinas, Jorge fugiu da alcova alucinado, foi para a sala às escuras, atirou-se para o divã a soluçar, arrepelou-se, blasfemou:

— Está em perigo? — perguntou Sebastião.

— Está — disse Julião. — Se sentisse os sinapismos, ao menos! Mas estas malditas febres cerebrais...

Calaram-se vendo Jorge entrar na alcova, com o rosto manchado, esguedelhado.

E Julião tomando-o pelo braço, levando-o para fora:

— Ouve lá, é necessário cortar-lhe o cabelo, e rapar-lhe a cabeça.

Jorge olhou-com um ar estúpido:

— O cabelo? — E agarrando-lhe os braços: — Não, Julião, não, hem? Pode-se fazer outra cousa. Tu deves saber. O cabelo não! Não! Isso não, pelo amor de Deus! Ela não está em perigo. Para o quê?

Mas aquela massa de cabelo era o diabo, impedia a ação da água!

— Amanhã, se for necessário. Amanhã! Espera até amanhã... Obrigado, Julião, obrigado!

Julião consentiu, contrariado. Fazia então umedecer constantemente as compressas da cabeça, e como Mariana trêmula, desjeitosa, molhava muito o travesseiro, foi Sebastião que se colocou à cabeceira da cama, toda a noite, espremendo sem cessar uma esponja, de onde a água gotejava lentamente; tinham jarros fora da varanda, na sala, para dar à água uma frialdade gelada. O delírio alta noite acalmara um pouco. Mas o seu olhar injetado tinha um aspecto selvagem: as pupilas pareciam apenas um ponto negro.

Jorge, sentado aos pés da cama, com a cabeça entre as mãos, olhava para ela; lembravam-lhe vagamente outras noites de doença assim, quando ela tivera a pneumonia; e melhorara! Até ficara mais linda, com tons de palidez que lhe adoçavam a expressão! Iriam para o campo quando ela convalescesse; alugaria uma casinha; voltaria à noite no ônibus, e vê-la-ia de longe na estrada vindo ao seu encontro, com um vestido claro, na tarde suave!... Mas ela gemia, ele erguia os olhos sobressaltado; e não lhe parecia a mesma; afigurava-se-lhe que se ia dissipando, desaparecendo naquele ar de febre que enchia a alcova, no silêncio mórbido da noite, e no cheiro da mostarda. Um soluço sacudia-o, e recaía na sua imobilidade.

Joana, em cima, rezava. As velas, com uma chama alta e direita, extinguiam-se.

Enfim uma vaga claridade desenhou nos transparentes brancos os caixilhos da vidraça. Amanhecia. Jorge ergueu-se, foi olhar para a rua. Não chovia; a calçada secava, o ar tinha uma vaga cor de aço. Tudo dormia; e uma toalha, esquecida à janela das Azevedos, agitava-se ao vento frio, silenciosamente.

Quando entrou na alcova, Luísa falava com uma voz extinta; sentia muito vagamente os sinapismos, mas a dor de cabeça não cessava. Começou a agitar-se — e o delírio daí a pouco voltou. Julião, então, determinou que se lhe rapasse o cabelo.

Sebastião foi acordar um barbeiro na rua da Escola — que veio logo, com um ar transido, a gola do casaco levantada; e batendo o queixo começou a tirar imediatamente de um saco de couro as navalhas, as tesouras, devagar, com as mãos moles da gordura das pomadas.

Jorge foi refugiar-se na sala; parecia-lhe que grandes pedaços mutilados da sua felicidade caíam com aquelas lindas tranças, destruídas às tesouradas; e com a cabeça nas mãos recordava certos penteados que ela usava, noites em que os seus cabelos se tinham desmanchado nas alegrias da paixão, tons com que brilhavam à luz... Voltou ao quarto, atraído irresistivelmente; sentiu na alcova o ruído seco e metálico das tesouras; sobre a mesa, numa caixa de sabão, estava um velho pincel de barba, entre flocos de espuma... Chamou Sebastião baixo:

— Dize-lhe que se avie! Estão-me a matar a fogo lento! É demais. Que ande depressa!

Foi à sala de jantar, errou pela casa; a manhã fria clareava; erguera-se vento, que ia levando, aos pedaços, nuvens de um tom alvadio.

Quando tornou a entrar no quarto, o barbeiro guardava as navalhas com a mesma lentidão mole; e tomando o seu chapéu desabado, saiu em bicos de pés, murmurando num tom funerário:

— Estimo as melhoras. Deus há de permitir que não seja nada...

O delírio com efeito daí a uma hora acalmou; — e Luísa caiu numa sonolência prostrada com gemidos fracos, que saíam de seus lábios como a lamentação interior da vida vencida.

Jorge tinha então dito a Sebastião que desejava chamar o Doutor Caminha. Era um médico velho que tratara sua mãe e que curara Luísa da pneumonia, no segundo ano de casada. Jorge conservara uma admiração agradecida por aquela reputação antiquada; e agora a sua esperança voltava-se sofregamente para ele, ansiando pela sua presença como pela aparição de um santo.

Julião condescendeu logo. Até estimava! E Sebastião desceu correndo, para ir a casa do dr. Caminha.

Luísa, que saíra um momento do seu torpor, sentiu-os falar baixo. A sua voz extinta chamou Jorge:

— Cortaram-me o cabelo... — murmurou tristemente.

— É para te fazer bem — disse-lhe Jorge, quase tão agonizante como ela. — Cresce logo. Até te vem melhor...

Ela não respondeu; duas lágrimas silenciosas correram-lhe pelos cantos dos olhos.

Devia ser a sua última sensação; a prostração comatosa ia-a imobilizando, apenas a sua cabeça rolava num movimento doce e vagoroso sobre o travesseiro, gemendo sempre com um cansaço triste; a pele empalidecia como um vidro de janela, por trás do qual lentamente uma luz se apagava; e mesmo os ruídos da rua que começavam não a impressionavam, como se fossem muito distantes e abafados em algodão.

Ao meio-dia D. Felicidade apareceu. Ficou petrificada quando a viu tão mal; e ela que a vinha buscar para irem à Encarnação, talvez às lojas! Tirou logo o chapéu, instalou-se; fez arranjar a alcova, tirar as bacias, os velhos sinapismos que arrastavam, compor a cama — "porque não havia pior pra um doente que desarranjo no quarto"; e muito corajosamente animava Jorge.

Uma carruagem parou à porta. Era o doutor Caminha, enfim!... Entrou atabafado no seu cachenê de quadrados verdes e pretos, queixando-se muito do frio; — e tirando devagar as grossas luvas de casimira, que pôs dentro do chapéu metodicamente, adiantou-se para a alcova com um passo cadenciado, acamando com a mão as suas repas grisalhas já muito coladas ao crânio pela escova.

Julião e ele ficaram sós na alcova.

No quarto os outros esperavam calados, ao pé de Jorge, pálido como cera, com os olhos vermelhos como carvões.

— Vai-se-lhe pôr um cáustico na nuca — veio dizer Julião.

Jorge devorava com o olhar ansioso o doutor Caminha, que se pusera a calçar tranquilamente as suas luvas de casimira, dizendo:

— Vamos a ver com o cáustico. Não está bem... Mas há ainda pior. E eu volto, meu amigo, eu volto.

O cáustico foi inútil. Não o sentia, imóvel e branca, com as feições crispadas; e tremuras passaram-lhe de repente nos nervos da face como vibrações fugitivas.

— Está perdida — disse Julião baixo a Sebastião.

D. Felicidade ficou muito aterrada, falou logo nos sacramentos.

— Pra quê? — resmungou Julião impaciente.

Mas D. Felicidade declarou que tinha escrúpulos, que era um pecado mortal; e chamando Jorge para o vão da janela, toda trêmula:

— Jorge, não se assuste, mas seria bom pensar nos sacramentos...

Ele murmurava como assombrado:

— Os sacramentos!

Julião chegou-se bruscamente, e quase zangado:

— Nada de tolices! Qual sacramentos! Pra quê? Ela nem ouve, nem compreende, nem sente. É necessário deitar-lhe outro cáustico, talvez ventosas, e é o que é! Isso é que são os sacramentos!

Mas D. Felicidade escandalizada, muito abalada, começou a chorar. Esqueciam Deus, e em Deus é que está o remédio! — dizia, assoando-se com estrondo.

— Pelo que Deus faz por mim... — exclamou Jorge, saindo do seu torpor. E batendo as mãos, como revoltado por uma injustiça:

— Por que realmente, que fiz eu pra isto? Que fiz eu?...

Julião ordenara outro cáustico. Havia agora na casa um movimento alucinado. Joana entrava de repente com um caldo inútil que ninguém pedira, os olhos muito vermelhos de chorar. Mariana soluçava pelos cantos. D. Felicidade ia, vinha pelo quarto, refugiando-se na sala para rezar, fazendo promessas, lembrando que se chamasse o doutor Barbosa, o doutor Barral.

E Luísa no entanto estava imóvel; uma cor macilenta ia-lhe dando às faces tons cavados e rígidos.

Julião extenuado pediu um cálice de vinho, uma fatia de pão. Lembraram-se então que desde a véspera não tinham comido, e foram à sala de jantar onde Joana, sempre lavada em lágrimas, serviu uma sopa, e ovos. Mas não achava as colheres, nem os guardanapos; murmurava rezas, pedia desculpa; enquanto isso, Jorge com os olhos inchados, fitos na borda da mesa, a face contraída, fazia dobras na toalha.

Depois de um momento pousou devagarinho a colher, desceu ao quarto. Mariana estava sentada aos pés do leito: Jorge disse-lhe que fosse servir os senhores; e apenas ela saiu, deixou-se cair de joelhos, tomou uma das mãos de Luísa, chamou-a baixo; depois mais forte:

— Escuta-me. Ouve, pelo amor de Deus. Não estejas assim, faze por melhorar. Não me deixes neste mundo, não tenho mais ninguém! Perdoa-me. Dize que sim. Faze sinal que sim ao menos. Não me ouve, meu Deus!

E olhava-a ansiosamente. Ela não se movia.

Ergueu então os braços ao ar numa desesperação alucinada.

— Sabes que creio em ti, meu Deus. Salva-a! Salva-a! — E arremessava a sua alma para as alturas: — Ouve, meu Deus! Escuta-me! Sê bom!

Olhava em roda, esperando um movimento, uma voz, um acaso, um milagre! Mas tudo lhe pareceu mais imóvel. A face lívida cavava-se; o lenço que lhe envolvia a cabeça desarranjara-se, via-se o crânio rapado, de uma cor ligeiramente amarelada. Pôs-lhe então a mão na testa, hesitando, com medo; pareceu-lhe que estava fria! Abafou um grito, correu para fora do quarto, e deu com o doutor Caminha que entrava, tirando pausadamente as luvas.

— Doutor! Está morta! Veja. Não fala, está fria...

— Então! Então! — disse ele. — Nada de barulho, nada de barulho!

Tomou o pulso de Luísa, sentiu-o fugir sob os dedos, como a vibração expirante de uma corda.

Julião veio logo. E concordou com o doutor Caminha que as ventosas eram inúteis.

— Já as não sente — disse o doutor, sacudindo o tabaco dos dedos.

— Se se lhe desse um copo de conhaque?... — lembrou de repente Julião. E vendo o olhar espantado do doutor: — Às vezes estes sintomas de coma não querem dizer que o cérebro esteja desorganizado; podem ser apenas a inação da força nervosa exausta. Se a morte é irremediável não se perde nada; se é apenas uma depressão do sistema nervoso, pode-se salvar...

O doutor Caminha, com o beiço descaído, oscilava incredulamente a cabeça:

— Teorias! — murmurou.

— Nos hospitais ingleses... — começou Julião.

O doutor Caminha encolheu os ombros com desprezo.

— Mas se o doutor lesse... — insistiu Julião.

— Não leio nada! — disse o doutor Caminha com força — tenho lido demais! Os livros são os doentes... — E curvando-se, com ironia: — Mas se o meu talentoso colega quer fazer a experiência...

— Um copo de conhaque ou de aguardente! — pediu Julião à porta.

E o doutor Caminha sentou-se comodamente "para gozar o fracasso do talentoso colega".

Levantaram Luísa: Julião fez-lhe engolir o conhaque; quando a deitaram ficou na mesma imobilidade comatosa; o doutor Caminha tirou o relógio, viu as horas, esperou; havia um silêncio ansioso; enfim o doutor ergueu-se, tomou-lhe o pulso, apalpou a frialdade crescente das extremidades; e indo buscar silenciosamente o chapéu, começou a calçar as luvas.

Jorge foi com ele até à porta:

— Então, doutor? — disse, agarrando-lhe com uma força desvairada o braço.

— Fez-se o que se pôde — disse o velho, encolhendo os ombros.

Jorge ficou estúpido no patamar, vendo-o descer. As suas passadas vagarosas nos degraus caíam-lhe com uma percussão medonha no coração. Debruçou-se no corrimão, chamou-o baixo. O doutor parou, levantou os olhos; Jorge pôs as mãos para ele, com uma ansiedade humilde:

— Então não é possível mais nada?

O doutor fez um gesto vago, indicou o céu.

Jorge voltou para o quarto, encostando-se às paredes. Entrou na alcova, atirou-se de joelhos aos pés da cama, e ali ficou com a cabeça entre as mãos num soluçar baixo e contínuo.

Luísa morria; os seus braços tão bonitos, que ela costumava acariciar diante do espelho, estavam já paralisados; os seus olhos, a que a paixão dera chamas e a voluptuosidade lágrimas, embaciavam-se como sob a camada ligeira de uma pulverização muito fina.

D. Felicidade e Mariana tinham acendido uma lamparina a uma gravura de Nossa Senhora das Dores, e de joelhos rezavam.

O crepúsculo triste descia, parecia trazer um silêncio funerário.

A campainha, então, tocou discretamente; e daí a momentos apareceu a figura do conselheiro Acácio.

D. Felicidade ergueu-se logo; e vendo as suas lágrimas, o conselheiro disse lugubremente:

— Venho cumprir o meu dever, ajudar-lhes a passar este transe!

Explicou "que encontrava por acaso o bom doutor Caminha, que lhe contara a fatal ocorrência"! Mas muito discretamente não quis entrar na alcova. Sentou-se numa cadeira, colocou melancolicamente o cotovelo sobre o joelho, a testa sobre a mão, dizendo baixo a D. Felicidade:

— Continue as suas orações. Deus é imperscrutável em seus decretos.

Na alcova, Julião estivera tomando o pulso de Luísa; olhou então Sebastião, fez-lhe o gesto de alguma cousa que voa e desaparece... Aproximaram-se de Jorge, que não se movia, de joelhos, com a face enterrada no leito:

— Jorge — disse baixinho Sebastião.

Ele levantou o rosto desfigurado, envelhecido, os cabelos nos olhos, as olheiras escuras.

— Vá, vem — disse Julião. E vendo o espanto do seu olhar: — Não, não está morta, está naquela sonolência... Mas vem.

Ele ergueu-se, dizendo com mansidão:

— Pois sim, eu vou. Estou bem... Obrigado.

Saiu da alcova.

O conselheiro levantou-se, foi abraçá-lo com solenidade:

— Aqui estou, meu Jorge!

— Obrigado, conselheiro, obrigado.

Deu alguns passos pelo quarto; os seus olhos pareciam preocupar-se com um embrulho que estava sobre a mesa; foi apalpá-lo; desapertou as pontas e viu os cabelos de

Luísa. Ficou a olhá-los, erguendo-os, passando-os de uma das mãos para outra, e disse com os beiços a tremer:

— Fazia tanto gosto neles, coitadinha!

Tornou a entrar na alcova. Mas Julião tomou-lhe o braço, queria-o afastar do leito. Ele debatia-se docemente; e, como uma vela ardia sobre a mesinha ao pé da cabeceira, disse, mostrando-a:

— Talvez a incomode a luz... Julião respondeu comovido:

— Já não a vê, Jorge!

Ele soltou-se da mão de Julião, foi debruçar-se sobre ela; tomou-lhe a cabeça entre as mãos com cuidado para a não magoar, esteve a olhá-la um momento; depois pousou-lhe sobre os lábios frios um beijo, outro, outro, e murmurava:

— Adeus! Adeus!

Endireitou-se, abriu os braços, caiu no chão. Todos correram. Levaram-no para a *chaise longue.*

E enquanto D. Felicidade num pranto aflito fechava os olhos de Luísa, o conselheiro, com o chapéu sempre na mão, cruzava os braços, e oscilando a sua calva respeitável, dizia a Sebastião:

— Que profundo desgosto de família!

16

Depois do enterro de Luísa, Jorge despediu as criadas, foi para casa de Sebastião.

Nessa noite pelas nove horas o conselheiro Acácio, muito abafado, descia o Moinho de Vento, quando encontrou Julião, que vinha de ver um doente na rua da Rosa. Foram andando juntos, conversando de Luísa, do enterro, da aflição de Jorge.

— Pobre rapaz! Aquilo é que é sofrer! — disse Julião compadecido.

— Era uma esposa modelo!... — murmurou o conselheiro.

De resto, disse, vinha justamente de casa do bom Sebastião, mas não pudera ver o seu Jorge; tinha-se estirado sobre a cama, e dormia profundamente. E acrescentou:

— Ultimamente lia eu que aos grandes golpes sucedem sempre sonos prolongados. Assim, por exemplo, Napoleão depois de Waterloo, depois do grande desastre de Waterloo!

E passado um momento, continuou:

— É verdade. Fui ver o nosso Sebastião... Fui mostrar-lhe... — E interrompendo-se, parando: — Porque eu entendi que era o meu dever dedicar um tributo à memória da infeliz senhora. Era o meu dever, e não me eximi a ele! E estimo tê-lo encontrado, porque quero saber a sua opinião conscienciosa e desassombrada.

Julião tossiu, e perguntou:

— É um necrológio?

— É um necrológio.

E o conselheiro, apesar de "não achar próprio, na sua posição, o entrar em cafés públicos", lembrou a Julião que poderiam descansar um momento no Tavares, se não estivesse muita gente, e ele poderia ler-lhe "a produção".

Espreitaram. Estavam apenas, a uma mesa, dous velhos calados defronte dos seus cafés, com os chapéus na cabeça, apoiados a bengalas de cana-da-índia. O moço dormitava ao fundo. Uma luz crua e intensa enchia a sala estreita.

— Há um silêncio propício — disse o conselheiro.

Ofereceu um café a Julião; e tirando então do bolso uma folha de papel pautado, murmurou: — Infeliz senhora! — Inclinou-se para Julião, e leu:

NECROLÓGIO
À MEMÓRIA DA SRA. D. LUÍSA MENDONÇA
DE BRITO CARVALHO

Rosa d'amor, rosa purpúrea e bela,
Quem entre os goivos te esfolhou na campa?

— É do imortal Garrett! — E continuou com uma voz lenta e lúgubre:

"... Mais um anjo que subiu ao céu! Mais uma flor pendida na tenra haste que o vendaval da morte, em sua inclemente fúria, arremessou mal desabrochada para as trevas do túmulo..."

Olhou Julião para solicitar a sua admiração, e vendo-o curvado a remexer o seu café, prosseguiu com entonações mais funerárias:

"Detende-vos, e olhai a terra fria! Ali jaz a casta esposa tão cedo arrancada às carícias do seu talentoso cônjuge. Ali soçobrou, como baixel no escarcéu da costa, a virtuosa senhora, que em sua folgazã natureza era o encanto de quantos tinham a honra de se aproximar do seu lar! Por que soluçais?"

— Um café, ó Antônio! — bradou a voz rouca de um sujeito grosso, de jaquetão, que se sentou ao pé, pondo com ruído a bengala sobre a mesa e deitando o chapéu para o cachaço.

O conselheiro olhou-o de lado, com rancor. E baixando a voz:

— "... Não soluceis! Que o anjo se não pertence à terra pertence ao céu!..."

— O *sô* Guedes esteve já por aí? — perguntou a voz rouca.

O criado disse de trás do balcão, limpando com uma rodilha as travessas de metal:

— Ainda não, senhor D. José!

— "... Ali — continuou o conselheiro — seu espírito, librando-se nas cândidas asas, entoa louvores ao Eterno! E não cessa de pedir ao Onipotente mercês e favores para derramar sobre a cabeça do dileto esposo que um dia, não duvideis, a encontrará nas regiões celestes, pátria das almas de tão subido quilate..." — E a voz do conselheiro aflautava-se para indiciar aquela ascensão paradisíaca.

— E ontem à noite esteve cá, o *sô* Guedes? — insistiu o sujeito de jaquetão com os cotovelos sobre a mesa, fumando como uma chaminé.

— Esteve tarde. Lá pelas duas horas.

O conselheiro sacudiu o papel com um desespero mudo; por trás dos vidros da luneta escura fuzilavam-lhe nos olhos os despeitos homicidas de autor interrompido. Mas prosseguiu:

— "... E vós, ó almas sensíveis, vertei as lágrimas, mas vertendo-as, não percais de vista que o homem deve curvar-se aos decretos da Providência..."

E interrompendo-se:

— Isto é para dar coragem ao nosso pobre Jorge! — Continuou: — "... da Providência. Deus conta mais um anjo, e a sua alma brilha pura..."

— Esteve com a pequena, o *sô* Guedes? — fez o sujeito, quebrando no mármore da mesa a cinza do charuto.

O conselheiro suspendeu-se, pálido de raiva.

— Deve ser pessoa da mais baixa extração — rosnou com ódio.

E o criado erguendo a vozinha fina de trás do balcão:

— Nada, não; tem vindo agora com uma espanhola daí de cima da rua. Uma magrinha, com o cabelo riçado, uma capa vermelha...

— A Lola! — acudiu o outro com satisfação. E espreguiçou-se com voluptuosidade à recordação da Lola.

O conselheiro agora apressava-se:

"... E de resto, o que é a vida? Uma rápida passagem sobre o orbe, e um vão sonho de que acordamos no seio do Deus dos Exércitos, de que todos somos indignos vassalos."

E com esta frase monárquica o conselheiro terminou.

— Que lhe parece, com franqueza?

Julião sorveu o fundo da chávena, e colocando-a devagar no pires lambendo os beiços:

— É para imprimir?

— Na *Voz Popular*, com tarjeta preta.

Julião coçou convulsivamente a caspa, e erguendo-se:

— Está muito bom. Muito bom, conselheiro!

E Acácio procurando o troco para o moço:

— Creio que está digno dela, e de mim!

E saíram calados.

A noite estava muito escura; erguera-se um nordeste frio; gotas de chuva tinham caído. Ao Loreto, Julião parou subitamente; e exclamou:

— Ai, esquecia-me! Sabe a novidade, conselheiro? A D. Felicidade recolhe-se à Encarnação.

— Ah!

— Disse-mo agora. Eu fui justamente vê-la antes de ir ver um doente à rua da Rosa. Estava com uma febrezita. Cousa de nada... A comoção, o susto! E deu-me parte: recolhe-se amanhã à Encarnação.

O conselheiro disse:

— Sempre conheci naquela senhora ideias retrógradas. É o resultado das manobras jesuíticas, meu amigo! — E ajuntou com a melancolia do liberal descontente: — A reação levanta a cabeça!

Julião tomou familiarmente o braço do conselheiro, e sorrindo:

— Qual reação! É por sua causa, ingrato...

O conselheiro estacou:

— Que quer o meu nobre amigo insinuar?

— Sim, homem! Não sei como diabo descobriu uma cousa grave...

— O quê? Acredite...

— O que eu também descobri, seu maganão! Que o conselheiro tem duas travesseirinhas na cama, tendo só uma cabeça... Disse-mo ela! — E rindo muito, dizendo-lhe *adeus! adeus!* desceu rapidamente a rua do Alecrim. O conselheiro ficou imóvel, no largo, de braços cruzados, como petrificado. — Que infeliz senhora! Que funesta paixão! — murmurou enfim. E acariciou o bigode, com satisfação.

Como tinha de passar a limpo o *Necrológio*, apressou-se a entrar em casa. Abancou com uma manta sobre os joelhos; bem depressa as responsabilidades de prosador distraíram-no das preocupações de homem; e até às onze horas a sua bela letra cursiva e burocrática desenrolou-se nobremente sobre uma larga folha de papel inglês, no silêncio do seu *Sanctum Sanctorum*. Terminava quando a porta rangeu, e a Adelaide, com um xale forte pelos ombros, veio dizer, numa voz constipada:

— Então hoje não se faz nenê?

— Não tardo, minha Adelaide, não tardo!

E releu baixo, enlevado. Pareceu-lhe então que o final não era comovente: queria terminar por uma exclamação dolorosa, prolongada como um *ai*! Meditou, com os cotovelos sobre a mesa, a cabeça entre os dedos muito abertos; Adelaide então, chegando-se devagar, passou-lhe a mão pela calva; aquele doce roçar amoroso fez de certo saltar a ideia como uma faísca, porque tomou rapidamente a pena, e acrescentou:

— "Chorai! Chorai! E quanto a mim, a dor sufoca-me!"

Esfregou as mãos com orgulho. Repetiu alto num tom plangente:

— "Chorai, chorai; e quanto a mim, a dor sufoca-me!"

— E passando o braço concupiscente pela cinta da Adelaide, exclamou:

— Está de fazer sensação, minha Adelaide!

Ergueu-se. Tinha terminado o seu dia. Fora bem preenchido e digno; de manhã certificara-se com regozijo no *Diário do Governo*, que a família real "passava sem novidade"; cumprira o dever de amigo, acompanhando Luísa aos Prazeres numa carruagem da Companhia; a alta das inscrições assegurava-lhe a paz da sua pátria; compusera uma prosa notável; a sua Adelaide amava-o! E de certo se deliciou na certeza destas felicidades, que contrastavam tanto com as imagens sepulcrais que a sua pena revolvera, porque Adelaide ouviu-o murmurar:

— A vida é um bem inestimável! — E acrescentar como bom cidadão: — Sobretudo nesta era de grande prosperidade pública!

E entrou no quarto com a cabeça ereta, o peito cheio, os passos firmes, erguendo alto o castiçal.

A sua Adelaide seguia-o, bocejando; estava cansada da constipação e — de uma hora de ternuras, que tivera à tardinha, com o louro e meigo Arnaldo, caixeiro da *Loja da América*.

Aquela hora dous homens desciam de uma carruagem à porta do Hotel Central: um trazia uma *ulster* de xadrez, o outro uma longa peliça. Um ônibus quase ao mesmo tempo parou, carregado de bagagens.

Um criado alemão que conversava embaixo com o porteiro, reconheceu-os logo, e tirando o coco:

— Oh senhor D. Basílio! Oh senhor visconde!

O visconde Reinaldo, que batia os pés nas lajes, rosnou de dentro da sua peliça:

— É verdade, aqui estamos outra vez na pocilga!

Mas àquela hora?

— A que horas queria você que chegássemos? As horas da tabela, talvez! Doze horas de atraso, essa bagatela! Em Portugal é quase nada...

— Houve algum transtorno? — perguntava o criado com solicitude, seguindo-os pela escada.

E Reinaldo, pisando com um pé nervoso o esparto do corredor:

— O transtorno nacional! Descarrilou tudo! Estamos aqui por milagre! Abjeto país!... — E desabafava a sua cólera com o criado; tê-la-ia desabafado com as pedras da rua, tanto era o excesso da bílis: — Há um ano que a minha oração é esta: Meu Deus, manda-lhe outra vez o terramoto! Pois todos os dias leio os telegramas a ver se o terramoto chegou... e nada! Algum ministro que cai, ou algum barão que surge. E de terremoto nada! O

Onipotente faz ouvidos de mercador às minhas preces... Protege o país! Tão bom é um como outro! — E sorria, vagamente reconhecido a uma nação, cujos defeitos lhe forneciam tantas pilhérias.

Mas quando o criado, muito consternado, lhe declarou — que não havia senão um salão e uma alcova com duas camas, no terceiro andar — a cólera de Reinaldo não conheceu restrições:

— Então havemos de dormir no mesmo quarto? Você pensa que o senhor D. Basílio é meu amante, seu devasso? Está tudo cheio? Mas quem diabo se lembra de vir a Portugal? Estrangeiros? É justamente o que me espanta! — E encolhendo os ombros com rancor: — É o clima, é o clima que os atrai! O clima, este prodigioso engodo nacional! Um clima pestífero. Não há nada mais reles de que um bom clima!...

E não cessou de invectivar o seu país enquanto o criado à pressa, sorrindo servilmente, punha sobre a jardineira pratos, fiambre, um frango frio e *Bourgogne*.

Reinaldo vinha vender a última propriedade, e acompanhara Basílio que voltava a terminar "o secante negócio da borracha". E não cessava de rosnar soturnamente de dentro da peliça:

— Aqui estamos! Aqui estamos no chiqueiro!

Basílio não respondia. Desde que chegara a Santa Apolônia, recordações do *Paraíso*, da casa de Luísa, de todo aquele romance do verão passado, começavam a voltar, a atraí-lo, com um encanto picante. Fora encostar-se à vidraça. Uma lua fria, lívida, corria agora entre grossas nuvens cor de chumbo; às vezes, uma grande malha luminosa caía sobre a água, faiscava; depois tudo escurecia; vagas mastreações desenhavam-se na obscuridade difusa; e algum fanal de navio tremeluzia friamente.

— Que fará ela a esta hora! — pensava Basílio. — Naturalmente, deitava-se... Mal sabia que ele estava ali, num quarto do Hotel Central...

Cearam.

Basílio levou a garrafinha de conhaque para a cabeceira da cama; e com a cara coberta de pó de arroz, os folhos da sua camisa de dormir abertos sobre o peito, muito estendido, soprando o fumo do charuto, gozava uma lassidão confortável.

— E amanhã estou-te daqui a ver — disse Reinaldo. — Vais-te logo meter com a prima!

Basílio sorriu, o seu olhar errou um pouco pelo teto; certas recordações das belezas dela, do seu temperamento amoroso, trouxeram-lhe uma vaga voluptuosidade; espreguiçou-se. — Que diabo! — disse — é uma linda rapariga! Vale imenso a pena! — Bebeu mais um cálice de conhaque, e daí a pouco dormia profundamente. Era meia-noite.

Àquela hora Jorge acordava, e sentado numa cadeira, imóvel, com soluços cansados que ainda o sacudiam, pensava nela. Sebastião, no seu quarto, chorava baixo. Julião, no posto médico, estendido num sofá, lia a *Revista dos Dous Mundos*. Leopoldina dançava numa *soirée* da Cunha. Os outros dormiam. E o vento frio, que varria as nuvens e agitava o gás dos candeeiros, ia fazer ramalhar tristemente uma árvore sobre a sepultura de Luísa.

Daí a dous dias pela manhã, Basílio, no Rossio, procurava, com o olhar em redor, um *coupé* decente. Mas o Pintéus, avistando-o de longe, lançou logo a parelha. Cá está o Pintéus, meu amo! Parecia encantado de tornar a ver o senhor D. Basilinho, e apenas ele lhe disse:

— Lá acima, à Patriarcal, ó Pintéus!

— A casa da senhora? Pronto, meu amo. — E endireitando-se na almofada, bateu.

Quando a tipoia parou à porta de Jorge — o Paula saiu para a rua, a estanqueira correu de dentro do balcão, a criada do doutor debruçou-se logo na janela. E, imóveis, arregalavam os olhos.

Basílio tocara a campainha, um pouco nervoso; esperou, arremessou o charuto, tornou a puxar o cordão com força.

— As janelas estão trancadas, meu amo — disse o Pintéus.

Basílio recuou ao meio da rua; as portadas verdes estavam fechadas, a casa tinha um aspecto mudo.

Basílio dirigiu-se ao Paula:

— Os senhores que ali moram, estão para fora?

— Já não moram — disse o Paula soturnamente, passando a mão sobre o bigode.

Basílio fixou-o, surpreendido daquela entonação fúnebre.

— Onde vivem agora, então?

O Paula escarrou, e cravando em Basílio um olhar desolado:

— V. Sa. é o parente?

Basílio disse sorrindo:

— Sou o parente, sou.

— Então não sabe?

— O quê, homem de Deus?

O Paula esfregou o queixo, e bamboleando a cabeça:

— Pois sinto dizer-lho. A senhora morreu.

— Que senhora? — perguntou Basílio. E fez-se muito branco.

— A senhora! A senhora D. Luísa, a mulher do senhor Carvalho, o Engenheiro... E o senhor Jorge está em casa do senhor Sebastião. Ali ao fim da rua. Se V. Sa. lá quer ir...

— Não! — fez Basílio com um gesto rápido de mão. Os beiços tremiam-lhe um pouco. — Mas que foi?

— Uma febre! Rapou-a em dous dias!

Basílio dirigiu-se ao *coupé* devagar, com a cabeça baixa. Olhou mais uma vez para a casa; fechou com força a portinhola. O Pintéus *bateu* pra a Baixa.

O Paula então aproximou-se do estanque:

— Não lhe fez muita mossa! Fidalgos! Canalha! — murmurou.

A estanqueira disse lamentosamente:

— Pois eu não sou parenta, e todas as noites lhe rezo dous padre-nossos por alma...

— E eu! — suspirou a carvoeira.

— Há de lhe isso servir de muito! — rosnou o Paula, afastando-se.

Estava ultimamente mais amargo. Vendia pouco. Aquelas mortes na rua traziam-no desconfiado da vida. Cada dia detestava mais os padres! E todas as noites lia a *Nação* que lhe emprestava o Azevedo, repastando-se com rancor de artigos devotos, que o exasperavam, o impeliam para o ateísmo; e o descontentamento das cousas públicas inclinava-o para a comuna. Como ele dizia, achava tudo uma *porcaria*.

Foi de certo sob este sentimento que, voltando-se à porta do estanque, disse às vizinhas com um ar lúgubre:

— Sabem o que isto é? Sabem o que tudo isto é? — Fazia um gesto que abrangia o universo. Fitou-as de um modo irado, e rosnou esta palavra suprema:

— Um monte de estrume!

Ao descer a rua do Alecrim, Basílio viu o visconde Reinaldo à porta do Hotel *Street*. Mandou parar o Pintéus, e saltando do *coupé*:

— Sabes?

— O quê?

— Minha prima morreu.

O visconde Reinaldo murmurou polidamente:

— Coitada!...

E foram descendo a rua, de braço dado, até ao Aterro. O dia estava glorioso; um friozinho sutil errava; no ar luminoso, leve, trespassado de sol, as casas, os galhos das árvores, os mastros das faluas, as mastreações dos navios tinham uma nitidez muito desenhada; os sons sobressaíam com uma tonalidade cantada e alegre; o rio reluzia como um metal azul; o vapor de Cacilhas ia soltando rolos de fumo que tomavam a cor do leite; e ao fundo as colinas faziam na pulverização da luz uma sombra azulada, onde as casarias caiadas rebrilhavam.

E os dous passeando devagar, iam falando de Luísa.

O visconde Reinaldo, delicado, lamentava a pobre senhora, coitada, que se tinha deixado morrer por um tempo tão lindo! — Mas em resumo, sempre achara aquela ligação absurda...

Porque enfim fossem francos: que tinha ela? Não queria dizer mal "da pobre senhora que estava naquele horror dos Prazeres", mas a verdade é que não era uma amante *chic*; andava em tipoias de praça; usava meias de tear; casara com um reles indivíduo de secretaria; vivia numa casinhola; não possuía relações decentes; jogava naturalmente o quino, e andava por casa de sapatos de ourelo; não tinha espírito, não tinha *toilette*... que diabo! Era um trambolho!

— Para um ou dous meses que eu estivesse em Lisboa... — resmungou Basílio com a cabeça baixa.

— Sim, pra isso talvez. Como higiene! — disse Reinaldo com desdém.

E continuaram calados, devagar. Riram-se muito de um sujeito que passava governando atarantadamente dous cavalos pretos: — Que faéton! Que arreios! Que estilo! Só em Lisboa!...

Ao fundo do Aterro voltaram; e o visconde Reinaldo passando os dedos pelas suíças:

— De modo que estás sem mulher...

Basílio teve um sorriso resignado. E, depois de um silêncio, dando um forte raspão no chão com a bengala:

— Que ferro! Podia ter trazido a Alphonsine! E foram tomar Xerez à *Taverna Inglesa*.

Setembro de 1876 — Setembro de 1877

"O primo Basílio"

(Carta a Teófilo Braga)

Newcastle, 12 de março de 1878.

Meu caro Teófilo Braga.

É de você que tenho recebido, depois das minhas duas tentativas de arte, as cartas mais animadoras e mais recompensadoras. É você, como o nosso belo e grande Ramalho que mais me tem empurrado pra diante. Eu nunca respondi à sua excelente carta sobre o Padre Amaro*; contava então ir a Lisboa, e lá conversar longamente consigo; o homem propõe, a ocasião dispõe, — e as poucas semanas que aí estive passaram, sem nos encontrarmos. Talvez você imaginasse que a sua carta de então me tinha passado sobre o espírito como água sobre guta-percha. Está bem enganado: embebi-me dela. Ela deu-me valor e arranque para me atirar ao* primo Basílio *— com a consoloção de que vale a pena escrever um livro quando se tem um leitor como você.*

A sua última foi para mim um grande alívio. Eu estava-lhe com receio: Como todos os artistas, creia, eu trabalho para três ou quatro pessoas, tendo sempre presente a sua crítica pessoal. E, muitas vezes, depois de ver o primo Basílio *impresso, pensei: — o Teófilo não vai gostar! Com o seu nobre e belo fanatismo da Revolução, não admitindo que se desvie do seu serviço nem uma parcela do movimento intelectual — era bem possível que você vendo o* primo Basílio *separar-se, pelo assunto e pelo processo, da arte de combate a que pertencia o* Padre Amaro, *o desaprovasse. Por isso a sua aprovação foi para mim uma agradável surpresa, e todavia a sua aprovação é mais ao processo que ao assunto; e você vendo-me tomar a família como assunto, pensa que eu não devia atacar esta instituição eterna, e devia voltar o meu instrumento de experimentação social contra os produtos transitórios, que se perpetuam além do momento que os justificou, e que de forças sociais passaram a ser empecilhos públicos. Perfeitamente: mas eu não ataco a família — ataco a família lisboeta — a família lisboeta produto do namoro, reunião desagradável de egoísmos que se contradizem, e mais tarde ou mais cedo, centro de bambochata. No* primo Basílio*, que apresenta, sobretudo, um pequeno quadro doméstico, extremamente familiar a quem conhece bem a burguesia de Lisboa; — a senhora sentimental, mal-educada, nem espiritual (porque cristianismo já o não tem; sanção moral da justiça, não sabe o que isso é), arrasada de romance, lírica, sobre-excitada no temperamento pela ociosidade e pelo mesmo fim do casamento peninsular que é ordinariamente a luxúria, nervosa pela falta de exercício e disciplina moral, etc., etc., — enfim a burguesinha da baixa; por outro lado o amante — um maroto, sem paixão nem a justificação da sua tirania, que o que pretende é a vaidadezinha de uma aventura, e o amor grátis; do outro lado a criada, em revolta secreta contra a sua condição, ávida de desforra; por outro lado a sociedade que cerca estes personagens — o formalismo oficial (Acácio), a beatice parva de temperamento irritado (D. Felicidade), a literaturinha acéfala (Ernestinho), o descontentamento azedo e o tédio da profissão (Julião) e às vezes quando calha, um pobre bom rapaz (Sebastião). Um grupo social, em Lisboa, compõe-se, com pequenas modificações, destes elementos dominantes. Eu conheço vinte grupos assim formados. Uma sociedade sobre estas falsas bases, não está na verdade: atacá-las é um dever. E neste ponto o* primo Basílio *não está inteiramente fora da arte revolucionária,* *creio. Amaro é um empecilho, mas os Acácios, os Ernestos, os Savedras, os Basílios são formidáveis empecilhos; são uma bem bonita causa de anarquia no meio da transformação moderna; merecem partilhar com o* Padre Amaro *da bengalada do homem de bem.*

A minha ambição seria pintar a sociedade portuguesa, tal qual a fez o Constitucionalismo desde 1830 — e mostrar-lhe como num espelho, que triste país eles formam, — eles e elas. É o meu fim nas Cenas da Vida Portuguesa. *É necessário acutilar o mundo oficial, o mundo sentimental, o mundo literário, o mundo agrícola, o mundo supersticioso — e com todo o respeito pelas instituições que são de origem eterna, destruir as falsas interpretações e falsas realizações, que lhe dá uma sociedade podre. Não lhe parece você que um tal trabalho é justo?*

Em quanto ao processo, estimo que você o aprove. Eu acho no primo Basílio *uma superabundância de detalhes, que obtive e abafo um pouco a ação; o meu processo precisa simplificar-se, condensar-se — e estudo isso; o essencial é dar a nota justa; um traço justo e sóbrio, cria mais que a acumulação de tons e de valores — como se diz em pintura. Mas isto é querer muito. Pobre de mim — nunca poderei dar a sublime nota da realidade eterna, como o divino Balzac — ou a nota justa da realidade transitória como o grande Flaubert! Estes deuses e estes semideuses da arte estão nas alturas — e eu, desgraçadinho, rabeio nas ervas ínfimas. E todavia, se já houve sociedade que reclamasse um artista vingador, é esta! É, sobretudo, vista de longe no seu conjunto, e contemplada de um meio forte como este aqui (sejam quais forem os seus grandes males, forte de certo) que contrista, achá-la tão mesquinha, tão estúpida, tão convencionalmente pateta, tão grotesca e tão pulha.*

Alegra-me que você queria escrever alguma cousa sobre o Basílio*; a sua opinião, publicada, daria ao meu pobre romance uma autoridade imprevista. Dar-lhe-ia um direito de existência; e de todos os defeitos, faltas, ou erros que você notar — tomarei cautelosamente nota. Eu tenho a paixão de ser lecionado; e basta darem-me a entender o bom caminho para eu me atirar para ele. Mas a crítica, ou o que em Portugal se chama a crítica, conserva sobre mim um silêncio desdenhoso.*

Como você viu bem o caráter do Basílio*! Está claro que a fortuna nunca o poderia ter moralizado; a sua fortuna, como você diz, foi um bambúrrio; era pulha antes, um pulha pobre, depois tornou-se apenas um pulha rico. Pessoas amigas escrevem-me dizendo, que parece incrível que um homem que trabalhou no Brasil com valor seja no fundo um canalha! Estranha opinião! A Bahia considerada — como a Fonte Santa da Purificação...*

Basta de cavaqueira. Se você publicar algum livro por esta ocasião — mande-mo; e se tiver por aí alguns volumes da sua História da Literatura *a de mais, e que lhe não façam falta, dê-os ao Ramalho que ele mos manda. Eu, os que tinha, perdi-os estupidamente, com as obras de Shakespeare, de V. Hugo, num caixote, caminho do Havre, e outras obras mais. Escrevi para o Porto a um amigo a mandá-los pedir, e nunca me respondeu sequer; e eu preciso deles para um pequeno trabalho. Se não se esquecer — lembre-se. Um abraço do*

Seu grande admirador, e dedicado amigo velho,

Eça de Queirós.

Nota final

No ano de seu falecimento, em 1900, Eça de Queirós deixara publicadas ou completas para publicação as seguintes obras, vulgarmente conhecidas pela designação de "não póstumas":

O crime do Padre Amaro (1876)
O primo Basílio (1878)
O Mandarim (1880)
A Relíquia (1887)
Os Maias (1888)
A ilustre Casa de Ramires (1900)
Correspondência de Fradique Mendes (1900)
A Cidade e as Serras (1901)
Contos (1902)
Prosas Bárbaras (1903)
Cartas de Inglaterra (1905)
Ecos de Paris (1905)
Cartas familiares e Bilhetes de Paris (1907)
Notas contemporâneas (1909)
Últimas páginas (1912)

Guia de leitura

1. Leia o trecho abaixo, de *O primo Basílio*

“Luísa espreguiçou-se. Que seca ter de se ir vestir! Desejaria estar numa banheira de mármore cor-de-rosa, em água tépida, perfumada e adormecer! Ou numa rede de seda, com as janelinhas cerradas, embalar-se, ouvindo música! (...) Tornou a espreguiçar-se. E saltando na ponta do pé descalço, foi buscar ao aparador por detrás de uma compota um livro um pouco enxovalhado, veio estender-se na “voltaire”, quase deitada, e, com o gesto acariciador e amoroso dos dedos sobre a orelha, começou a ler, toda interessada. Era a *Dama das Camélias*. Lia muitos romances; tinha uma assinatura, na Baixa, ao mês.”

De que maneira o narrador pode ser classificado? Justifique sua resposta com elementos do texto.

2. Juliana pode ser considerada um tipo social? Justifique sua resposta com elementos da narrativa.

Leia o trecho abaixo para responder as questões 3 e 4:

“Ia encontrar Basílio no *Paraíso* pela primeira vez. E estava muito nervosa; não pudera dominar, desde pela manhã, um medo indefinido que lhe fizera por um véu muito espesso, e bater o coração ao encontrar Sebastião. Mas ao mesmo uma curiosidade intensa, múltipla, impelia-a, tempo um estremecimentozinho de prazer.”

3. Qual é o motivo do comportamento de Luísa, nessa passagem? Justifique sua resposta.

4. O que é o *Paraíso* em *O primo Basílio*? Qual é o recurso estilístico empregado na escolha dessa palavra?

Leia o trecho abaixo para responder as questões 5 e 6:

"E, então, invocou a opinião de Jorge. Não lhe parecia que o bom Ernesto devia perdoar?

— Eu, Conselheiro? De modo algum. Sou pela morte. Sou inteiramente pela morte. E exijo que a mates, Ernestinho!

D. Felicidade acudiu; toda bondosa:

— Deixe falar, Sr. Ledesma. Está a brincar. E ele então que é um coração de anjo!

— Está enganada, D. Felicidade — disse Jorge, de pé diante dela. — Falo sério e sou uma fera! Se enganou o marido, sou pela morte. No abismo, na sala, na rua, mas que a mate. Posso lá consentir que, num caso desses, um primo meu, uma pessoa da minha família, do meu sangue, se ponha a perdoar como um lamecha! Não! Mata-a! É um princípio de família. Mata-a quanto antes!"

5. Por qual motivo Jorge menciona "no abismo, na sala, na rua"?

6. Após a leitura da obra, o que essa cena revela sobre Jorge?

7. No capítulo X, os frutos da chantagem de Juliana sobre Luísa aparecem. Segundo o narrador, "até o gato engordava"; se Luísa é gradativamente oprimida pela empregada, esta vive "satisfeita", a cantarolar. Qual é a música cantada por Juliana, e qual é o motivo dessa escolha?

8. Relacione a leitura de Luísa (*Dama das Camélias*) e o teatro de Ernestinho Ledesma (*Honra e Paixão*) com o contexto literário da época.

Leia o trecho abaixo para responder as questões 9 e 10:

"Ao descer a Rua do Alecrim, Basílio viu o Visconde Reinaldo à porta do Hotel Street. Mandou parar o Pintéus, e saltando do *coupé*:

— Sabes?

— O quê?

— Minha prima morreu.

O Visconde Reinaldo murmurou polidamente:

— Coitada!...

E foram descendo a rua, de braço dado, até ao Aterro. O dia estava glorioso: um friozinho sutil errava; no ar luminoso, leve, trespassado de sol, as casas, os galhos das árvores, os mastros das faluas, as mastreações dos navios tinham uma nitidez muito desenhada; os sons sobressaíam com uma tonalidade cantada e alegre; o rio reluzia como um metal azul; o vapor de Cacilhas ia soltando rolos de fumo que tomavam a cor do leite; e ao fundo as colinas faziam na pulverização da luz uma sombra azulada, onde as casarias caiadas rebrilhavam.

E os dois, passeando devagar, iam falando de Luísa.

O Visconde Reinaldo, delicado, lamentava a pobre senhora, coitada, que se tinha deixado morrer por um tempo tão lindo! — Mas em resumo, sempre achara aquela ligação absurda...

Porque enfim fossem francos: que tinha ela? Não queria dizer mal "da pobre senhora que estava naquele horror dos Prazeres", mas a verdade é que não era uma amante chic: andava em tipóias de praça; usava meias de tear; casara com um reles indivíduo de secretaria; vivia numa casinhola, não possuía relações decentes; jogava naturalmente o quino, e andava em casa de sapatos de ourelo; não tinha espírito, não tinha toilette...que diabo! Era um trambolho!

— Para um ou dois meses que eu estivesse em Lisboa... — resmungou Basílio com a cabeça, baixo.

— Sim, pra isso talvez. Como higiene! — disse Reinaldo com desdém.

E continuaram calados, devagar. Riram-se muito dum sujeito que passeava governando atarantadamente dois cavalos pretos: — Que faéton! Que arreios! Que estilo! Só em Lisboa!...

Ao fundo do Aterro voltaram; e o Visconde Reinaldo passando os dedos pelas suíças:

— De modo que estás sem mulher...

Basílio teve um sorriso resignado. E, depois dum silêncio, dando um forte raspão no chão com a bengala:

— Que ferro! Podia ter trazido a Alphonsine!

E foram tomar xerez à Taverna Inglesa."

9. De que maneira Basílio reage frente à morte de Luísa? Justifique a resposta com elementos do texto.

10. A que setor da sociedade portuguesa Eça de Queirós direciona sua crítica?

Questões de vestibular

1. (Fuvest) Ao criticar *O primo Basílio*, Machado de Assis afirmou: "a Luisa é um caráter negativo, e no meio da ação ideada pelo autor, é antes um títere que uma pessoa moral."

Títere é um boneco mecânico, acionado por cordéis controlados por um manipulador. Nesse sentido, as personagens que, principalmente, manipulam Luisa, determinando-lhe o modo de agir, são:

a) Basílio e Juliana

b) Jorge e Justina

c) Jorge, Conselheiro Acácio e Juliana

d) Basílio, Leopoldina e Conselheiro Acácio

e) Jorge e Leopoldina

2. (Fuvest) "Encostou a cabeça à mão com uma lassidão. Mil pensamentozinhos corriam-lhe no cérebro como os pontos de luz que correm num papel que se queimou. (...) "Fechou a janela, espreguiçou-se; e sentada na caseuse, no seu quarto, ficou ali, numa imobilidade, pensando em Jorge, em lhe escrever, em lhe pedir que viesse. Mas bem depressa aquele cismar começou a quebrar-se a cada momento como uma tela que se esgarça em rasgões largos, e, por trás, aparecia logo com uma intensidade luminosa e forte a idéia do primo Basílio."

(O primo Basílio, Eça de Queirós)

Sobre o trecho de O primo Basílio, assinale a alternativa incorreta:

a) O emprego do diminutivo em "pensamentozinhos" revela em tom sarcástico o julgamento do narrador: Luísa é frágil e pueril intelectualmente.

b) Os termos "lassidão", "espreguiçou-se" e "imobilidade" indicam a inatividade e o ócio a que rotineiramente Luísa se entrega.

c) O trecho apresenta os raros momentos em que o narrador ameniza a culpa de Luísa, na medida em que mostra seu esforço em pensar em Jorge e resistir aos assédios de Basílio.

d) Simbolicamente, o narrador comunica a fragilidade de caráter de Luísa por meio da imagem da tela que se rasga.

e) As duas comparações presentes no trecho revelam, respectivamente, a superficialidade e dispersão de Luísa, e a força dos apelos sensuais.

3. (Fuvest) Leia o seguinte trecho, transcrito de uma carta a Eça de Queirós, na qual o pai do escritor comenta o romance *O primo Basílio*:

"No ponto de vista da escola realista que te domina, o romance é uma obra de arte perfeita. Entretanto eu creio que, mesmo nessa escola, há um ponto além do qual não é permitido. Ou pelo menos não é conveniente passar. Pode-se mostrar a chaga, e o realismo está nisso; mostrar porém toda a podridão não dá mais caráter à escola realista e leva ao exagero, que é um defeito em todo gênero de composição."

Verifica-se que o autor da carta:

a) quando diz "há um ponto além do qual não é permitido ou pelo menos não é conveniente passar", refere-se aos procedimentos típicos do Naturalismo, que poderiam chocar o leitor pelo exagero descritivo.

b) condena a adesão de Eça de Queirós à escola realista, a qual considera defeituosa por sua apologia à descrição minuciosa.

c) acredita que o romance é bem realizado segundo os padrões do Realismo, mas sugere que a obra seria melhor se resgatasse o comedimento e os princípios morais que orientaram a literatura romântica.

d) censura o romance por ser representativo das propostas realistas que não respeitam o decoro, e os limites da moralidade social.

e) afirma que "mostrar toda a podridão" resulta em um realismo exacerbado, que deve ser obtido a qualquer custo por um escritor que queira fazer uma obra de arte.

4. (Vunesp) A questão a seguir é baseada no trecho extraído de *O primo Basílio*, de Eça de Queirós. Nesse trecho, a personagem Luísa, cujo marido (Jorge) está viajando a trabalho, é narrada num momento de solidão:

Havia doze dias que Jorge tinha partido e, apesar do calor e da poeira, Luísa vestia-se para ir à casa de Leopoldina. Se Jorge soubesse não havia de gostar, não! Mas estava tão farta de estar só! Aborrecia-se tanto! De manhã ainda tinha os arranjos, a costura, a toilette, algum romance... Mas de tarde!

À hora em que Jorge costumava voltar do ministério, a solidão parecia alargar-se em torno dela. Fazia-lhe tanta falta o seu toque de campainha, os seus passos no corredor!...

Ao crepúsculo, ao ver cair o dia, entristecia-se sem razão, caía numa vaga sentimentalidade: (...) o que pensava em tolices então! (Eça de Queirós. O primo Basílio)

Em relação aos sentimentos expressos na narração desse trecho assinale a alternativa INCORRETA:

a) No trecho "Se Jorge soubesse não havia de gostar, não!" poderíamos imaginar que a voz do narrador se mistura à imaginação de Luísa.

b) No trecho "De manhã ainda tinha os arranjos, a costura, a toilette, algum romance... Mas de tarde!" podemos ler o retrato do modo de vida da classe burguesa cujo ócio leva ao tédio.

c) Nos períodos "À hora em que Jorge costumava voltar do ministério, a solidão parecia alargar-se em torno dela. Fazia-lhe tanta falta o seu toque de campainha, os seus passos no corredor!...", as construções "toque de campainha" e "passos no corredor" fazem alusão à sensibilidade auditiva da solidão de Luísa.

d) O trecho "(...) o que pensava em tolices então!" sugere uma certa malícia nos pensamentos de Luísa.

e) Em "caía numa vaga sentimentalidade", o narrador expressa a satisfação da personagem.

5. (Fuvest) Como se sabe, Eça de Queirós concebeu o livro *O primo Basílio* como um romance de crítica da sociedade portuguesa cujas "falsas bases" ele considerava um "dever atacar". A crítica que ele aí dirige a essa sociedade incide mais diretamente sobre:

a) o plano da economia, cuja estagnação estava na base da desordem social.

b) os problemas de ordem cultural, como os que se verificavam na educação e na literatura.

c) a excessiva dependência de Portugal em relação às colônias, responsável pelo parasitismo da burguesia metropolitana.

d) a extrema sofisticação da burguesia de Lisboa, cujo luxo e requinte conduziam à decadência dos costumes.

e) os grupos aristocráticos, remanescentes da monarquia, que continuavam a exercer sua influência corruptora em pleno regime republicano.

6. (Fuvest) Leia o trecho, transcrito de *O primo Basílio*, de Eça de Queirós:

A carruagem parou ao pé de uma casa amarelada, com uma portinha pequena. Logo à entrada um cheiro mole e salobro enojou-a. A escada, de degraus gastos, subia ingrememente, apertada entre paredes onde a cal caía, e a umidade fizera nódoas. No patamar da sobreloja, uma janela com um gradeadozinho de arame, parda do pó acumulado, coberta de teias de aranha, coava a luz suja do saguão. E por trás de uma portinha, ao lado, sentia-se o ranger de um berço, o chorar doloroso de uma criança.

Observando-se os recursos de estilo presentes na composição desse trecho, é correto afirmar que:

a) O acúmulo de pormenores induz a uma percepção impessoal e neutra do real.

b) A descrição assume caráter impressionista, dando também dimensão subjetiva à percepção do espaço.

c) As descrições veiculam as impressões do narrador, e o monólogo interior, as da personagem.

d) A carência de adjetivos confere caráter objetivo e real à representação do espaço.

e) O predomínio da descrição confere caráter expressionista ao relato, eliminando seus resíduos subjetivos.

7. (Mackenzie) Ia encontrar Basílio no Paraíso pela primeira vez. E estava muito nervosa; (...) Mas ao mesmo tempo uma curiosidade intensa, múltipla, impelia-a, com um estremecimentozinho de prazer. — Ia, enfim, ter ela própria aquela aventura que lera tantas vezes nos romances amorosos! Era uma forma nova do amor que ia experimentar, sensações excepcionais! Havia tudo — a casinha misteriosa, o segredo ilegítimo, todas as palpitações do perigo! Porque o aparato impressionava-a mais que o sentimento; e a casa em si interessava-a, atraía-a mais que Basílio! Como seria? Conhecia o gosto de Basílio, — e o Paraíso decerto era como nos romances de Paulo Féval. A carruagem parou ao pé de uma casa amarelada, com uma portinha pequena. Logo à entrada um cheiro mole e salobro enojou-a. (Eça de Queirós — O Primo Basílio)

Assinale a alternativa correta sobre o texto:

a) O narrador de primeira pessoa confunde-se, no discurso indireto, com a personagem, configurando um quadro com fortes marcas de subjetividade.

b) O narrador-observador interrompe o fluxo dissertativo para tecer comentários críticos a respeito do caráter da personagem.

c) A linguagem do texto, marcada pela recorrência de exclamações, revela o envolvimento emotivo do narrador-personagem com o fato narrado.

d) O narrador onisciente, por meio do discurso indireto livre, revela os desejos e as inquietações que povoam o imaginário da personagem.

e) O predomínio do discurso direto é estratégia do narrador-observador para que o leitor conheça os devaneios amorosos da personagem.

8. (Fuvest) Leia o seguinte trecho, transcrito de uma carta a Eça de Queirós, na qual o pai do escritor comenta o romance *O primo Basílio*:

“No ponto de vista da escola realista que te domina, o romance é uma obra de arte perfeita. Entretanto eu creio que, mesmo nessa escola, há um ponto além do qual não é permitido. Ou pelo menos não é conveniente passar. Pode-se mostrar a chaga, e o realismo está nisso;

mostrar porém toda a podridão não dá mais caráter à escola realista e leva ao exagero, que é um defeito em todo gênero de composição."

Verifica-se que o autor da carta:

a) quando diz "há um ponto além do qual não é permitido ou pelo menos não é conveniente passar", refere-se aos procedimentos típicos do Naturalismo, que poderiam chocar o leitor pelo exagero descritivo.

b) condena a adesão de Eça de Queirós à escola realista, a qual considera defeituosa por sua apologia à descrição minuciosa.

c) acredita que o romance é bem realizado segundo os padrões do Realismo, mas sugere que a obra seria melhor se resgatasse o comedimento e os princípios morais que orientaram a literatura romântica.

d) censura o romance por ser representativo das propostas realistas que não respeitam o decoro, e os limites da moralidade social.

e) afirma que "mostrar toda a podridão" resulta em um realismo exacerbado, que deve ser obtido a qualquer custo por um escritor que queira fazer uma obra de arte.

9. (Fuvest) Personagem do romance *O primo Basílio*, de Eça de Queirós, tornou-se tão conhecida por suas intervenções, que seu nome deu origem a palavras dele derivadas como: acaciano, acacianismo, acacianamente.

Assinalar a alternativa que explica o significado atribuído a estas palavras em função do Conselheiro Acácio:

a) trivialidade com feição sentenciosa ou gravemente ridículas;

b) inesperadas declarações ou informações que dão novo rumo à conversa;

c) afirmações irrefutáveis ou solidamente argumentadas;

d) ironias profundas ou sutis ridicularizações imprevisíveis;

e) argumentação cerrada ou raciocínios cerebrinamente elaborados.

10. (Unicamp) No romance *O primo Basílio*, de Eça de Queirós, Ernestinho é autor de uma peça teatral que tematiza o adultério. Aconselhado por seu empresário, decide que, na peça, o marido traído deve perdoar a esposa no final. No trecho a seguir, Ernestinho revela sua decisão a Luísa:

"— Ah! Esquecia-me de dizer-lhe, sabe que lhe perdoei?

Luiza abriu muito os olhos.

— À condessa, à heroína! Exclamou Ernestinho.

— Ah!

— Sim, o marido perdoa-lhe, obtém uma embaixada, e vão viver no estrangeiro. É mais natural."

A primeira fala de Ernestinho pode ser interpretada de duas maneiras.

a) Quais são as duas interpretações?

b) Qual das duas foi a interpretação de Luísa?

c) Que fatos da vida de Luísa motivam essa interpretação da fala de Ernestinho?

Gabarito

1. a
2. c
3. a
4. e
5. b
6. b
7. d
8. a
9. a

10 a) Em "sabe que lhe perdoei", o pronome pessoal do caso oblíquo "lhe" pode fazer referência a duas pessoas; é possível relacioná-lo à protagonista da peça de Ernestinho, a condessa, ou à interlocutora, Luísa.

b) De acordo com as reações de Luísa, que primeiro arregalou os olhos e, em seguida, suspirou de alívio, percebe-se que a interpretação de Luísa está relacionada à segunda possibilidade de interpretação da frase, conforme o exercício anterior: Luísa entendeu, primeiramente, que Ernestinho fazia referência a ela, e não à condessa.

c) Luísa interpreta a fala de Ernestinho como um perdão a ela mesma, pois era uma mulher adúltera, relacionando-se com seu primo, Basílio.

DIREÇÃO
Martin Claret

PRODUÇÃO EDITORIAL
Carolina Marani Lima
Mayara Zucheli

DIREÇÃO DE ARTE E CAPA
José Duarte T. de Castro

DIAGRAMAÇÃO
Giovana Quadrotti

REVISÃO
Saulo Krieger / Lucyana Rocha de Oliveira / Regina Machado

IMPRESSÃO E ACABAMENTO
Bartira Gráfica

Dados Internacionais de Catalogação na Publicação (CIP)
(Câmara Brasileira do Livro, SP, Brasil)

Queirós, Eça de, 1845-1900.
O primo Basílio / Eça de Queirós. — São Paulo: Martin Claret, 2022.

I. Romance português I. Título

ISBN 978-65-5910-225-9

22-128607 CDD-869.3

Índices para catálogo sistemático:

1. Romances: Literatura portuguesa 869.3
Cibele Maria Dias – Bibliotecária – CRB-8/9427

EDITORA MARTIN CLARET LTDA.
Rua Alegrete, 62 – Bairro Sumaré – CEP: 01254-010 – São Paulo, SP
Tel.: (11) 3672-8144 – www.martinclaret.com.br
3ª reimpressão – 2025